双语译林
壹力文库
175

〔英国〕托马斯·哈代 著
张成萍 译

一个想象力丰富的女人
——哈代短篇小说选

译林出版社

目　录

盖房记[①]

我妻子索菲娅、我自己，以及我们一群孩子里的头一个，最早住在伦敦郊区一种号称是“梦寐以求的半独立式别墅”里。但事实上我们的住处跟我们梦想的样子完全相反。我们连招待来访朋友的地方都没有；燃煤也不得不放在屋外，靠着后墙堆成一堆。假如某天我们硬塞了几个熟人进来一起共进晚餐的话，上菜就成了一大难题。因为没有餐柜间，这种时候女仆就会习惯性地把盘子放在楼梯上或过道的凳子椅子上。假如我们就座后又有客人来的话，来人就会看到剩饭剩菜杯盘狼藉地摆放在这些地方，可能旁边还有待上桌的芹菜，于是通常便嫌弃地离开。在下雨天、扫烟囱，以及大扫除的时候，你会看到椅子四腿朝天，水桶挡在门口，人需要侧身才能在这些障碍物中间穿行。我们自然对这个别墅牢骚满腹，并下定决心：一旦条件成熟——当然是指跟钱有关的条件——我们就要将心头盘算已久的一个念头付诸实践。

这个念头就是要在比我们当时住所离城更远一点的地方盖一座我们自己的房子。这个新住宅在所有方面都将完美无缺。它的大小和比例虽然尚未可知，但足以让我们从此无比幸福快乐地生活在一起，这一点我们早已确定。盖房的花费既不能太多也不能太少，要刚刚好，能配得上我们新得的幸福。它的选址要在一个有益健康的地点，底土得是一层干沙砾，在泉水上游约九十英尺[②]处。北面需有

① 本文是哈代在伦敦和布鲁姆菲尔德建筑事务所担任助理建筑师时写成，于1865年发表在《钱伯斯杂志》上，是他发表的第一篇文学类文章。此前哈代曾投稿过几首诗歌，但均被退回未录用。哈代称本文为一篇“幽默小品”，为给事务所同事和学徒取乐，并非严肃的文学作品。但本文得以发表给了哈代激励，让他开始考虑散文类写作。

② 一英尺约为零点三零五米，九十英尺则约为二十七点四米。

树林，南边需有风景，还要交通便利、铁路直达。

十八个月前，蒙上天恩赐我们有了第三个孩子，我们决定要将以上想法付诸行动了。我想详细地介绍一下房子本身，而不是它的地理位置，至于我克服了多少困难最后才找到一个合适的地点，在此恕不赘述。对那些蜿蜒的路旁标记着粉红或绿色小长方形的地图我早已了如指掌。那些张贴在火车站和房产中介窗上“建筑用租地”的多姿多彩的规划图我也都谙熟于心：草图里那一行行的，或是富有艺术感的不规则的卷心菜，指的其实是大树，种下去长大后就可以提供阴凉；那一块块蓝色指的是鱼塘和喷泉；直抵地图边缘那又宽又直的一条是通往火车站的路，有时火车站的一角也会入图，以假装此地离火车站很近，有的地主大概是想以此掩盖事实。

经过相当长一段时间的仔细研究之后，我意识到我们在选址这个问题上的一些想法必须得放弃。最先放弃的是北面的树林，经过短暂的挣扎后，位于泉水上游九十英尺的要求也随之而去了。索菲娅像所有妻子一样无比执着，坚持她对南边要有优美风景的要求，而我则早早被打败不再想着沙砾底土的事了。最后我们终于定下了一块地，假装那里交通便利、有益健康，除此之外再无任何可称道之处。约定的租期是九十九年。

我们接下来要考虑的是找一位建筑设计师。我有个时不时写点艺术和科学方面的文章向杂志社投稿的朋友，他向我倾情推荐了一位彭尼先生，说这位先生在建筑方面是个全才，要说他在专业上有哪方面更为出色，那就是为普通收入的家庭设计高性价比的房子。我马上跟索菲娅提议，先好好计划一下最适合我们的房间安排，然后去拜访这位设计师，好让他把我们的计划变成现实。

我画了个草图，索菲娅也画了一个。她画的客厅和餐厅很大，几乎是我画的两倍，不过她的门窗大小还算合理。我们很快就发现无论怎么努力都不可能达成一致。争论很久都无果之后，我们就直接去了彭尼先生的办公室。我告诉了他我的来意，他拿出一张大图纸，做了一些气势十足的笔记，还标上大大的括号和破折号。坐在他的办公室里，四周环绕的是一卷卷的图纸、圆形、正方形、三角板、圆规以及其他各种被人类时不时想出来的新发明，我意识到这些我在数年前才从欧几里得几何学里隐约知道的东西原来都是真实存在的，于是我顺理成章地变成了任由他摆布的傀儡。他奇迹般地摆平了一切问题：我们被告知每一个房间只能是多大面积，上楼梯只能采用某一种方法，以及我们一次只能订多少红酒，才能放得进他脑中设想的酒窖。在他辅以实例力劝之下，不管我想不想接受，他专业的意见都在我的脑海中自动浮现出来。索菲娅当时一直保持沉默，所以我认为她也跟我一样身不由己；但她事后跟我说根本不是这么回事，她只不过是那会儿有点疲惫罢了。

在整个过程中我一直急于想说明讲定的千八百英镑不能超支，于是我又跟彭尼先生重申了一遍。

“我会把我预想的房子给您做一个大致的估算，”他呼唤他的职员，“莱能！”

“先生，请讲。”

“四十九乘五十四乘二十八，十四的两倍乘三十一乘十一，还有其他一些小地方我们大概算个一百六十。”

“八万两千四百——”

“但是最多一千八百，”我说，“是我们能给——”

“英尺，我亲爱的先生，英尺，立方英尺，”彭尼先生接着说，“莱能，就算一英尺六个便士，余数忽略不计。”

“两千两百镑。”这实在是太多了。

“这样，试试再少一点，把所有一百以下的全都减掉。”

“大概一千八百七十镑。”

“在我看来这非常令人满意，”彭尼先生说着转过身来问我，“您觉得呢？”

“约翰，你别太吹毛求疵了。”我妻子插进来说，“我相信这已经是非常非常公道的价格了，又要讲究又要便宜，二者兼得是不可能的。”

（顺便说一句，索菲娅在人前从来不会以“亲爱的”来称呼我。她的理由是，这种行为就跟古代被围城时故意把面包扔到城墙外面去一样，它其实意味着内在的匮乏而不是富足。）

我没有再跟设计师纠缠下去，然后我俩便站起身来准备告辞。

“彭尼先生，请你一定要建一个很棒的花房，”我的妻子说，“要别具特色的。最好能是中国园林风格的，在角落有些漂亮的装饰，就像史密斯夫人家的一样，或者比她的更好。”她补充了一句，转头瞥了我一眼，我在那一瞥中仿佛看见被打破了的摩西第十诫。[①]

“我们会把设计草图给您送过去，相信会非常适合您的。”彭尼先生亲切地回答，就好像对所有打算盖房的人的想法他早已拥有一本指南大全似的。

至于盖房规划的全过程我就不赘述了。有一天早上我们到现场查看房子的地基，这时建筑施工队已经选定，房子结构也已经在地上标了出来。

说起来真是奇怪。新房子画在地上的轮廓不知为何看上去真是小得荒谬又恼人。看到它，想想每天会在墙板、门柱和壁炉上撞出多少瘀青来，就觉得下半生都要在这样的狭小空间里度过将是多么凄惨。在我看来，画线标记出的起居室就跟个牢房差不多；厨房看起来就像个大盒子，而书房好像只能装下一个壁炉和一扇门。我们被告知房子画在地上看起来都是这个样子，但是索菲娅看到客厅小成这样，厌恶之情无论讲什么科学道理都没法减弱半分。得再加长六英尺——或者四英尺——至少得三英尺，她理论了半天，于是客厅相应加长了。我好不容易把她哄离现场踏上回家的路，这才大大地松了口气。

房子一天天垒高了，烟囱也竖起来了。一天，我们正站在一旁看着工人们在屋顶上忙活，施工队的工头向我们走来。

“先生，这是您自己的房子，而且我们正在做最后一根烟囱，您要不要上去看一看呢？”他说。

“我要是个男人的话，肯定上去了，”我妻子对我说，“从那么高的地方望去，周围的风景一定很美吧！”

这回答使我陷入了一种两难境地，因为我必须承认我对登高并

① 摩西第十诫为：“不可贪恋邻人的房屋；不可贪恋邻人的妻子、仆婢、牛驴，并他的一切所有。”

不热衷。每次看到那种人容易失足滑落，却没有防护栏的高处，无论是悬崖峭壁、屋顶、脚手架还是其他高处，我都会觉得站在地面上远比站在这些地方更合我意。但是我的房子无论如何都算不上很高，而且也就只需要上去这么一次，所以我还是回答说我打算上去看看。

我在爬梯子的时候膝盖就已经颇感压力了，但这还不算什么；当我跟着工头踏上两条窄窄的木板，每走一步木板就向下弯一下的时候，所经受的恐惧才真正让人难以忍受。但是既然已经开始就只好继续下去，于是我接下来又爬上了另一个梯子，看起来又细又不坚固，而且顶端也没有用绳索固定。我看着梯子踏板之间的地平线，忍不住假想万一梯子某一部分突然断裂，将是多么骇人的场景。为了驱逐这个念头，我赶紧在脑海中批判起当天早上《泰晤士报》的头条社论来，可是这个方法并不奏效。于是我又开始想象，虽然看上去出奇的高，其实我离地面不过四英尺而已，但这个方法也失败了。当我正准备开始想象地面上铺着无数羽绒褥垫的时候，我发现自己已经到达了脚手架顶端。

“这儿可真高啊。”我对工头说，竭力想显得镇定自若，但显然并不成功。

“嗯，不，我们有时候盖的建筑比这个高多了。”他回答，“我得提醒您别踩到那块木板的顶端，因为它会翻转——当然，您要是从这儿掉下去，跟从纪念碑上掉下去是一样的效果，等他们把您抬起来的时候，您的小命早就玩儿完了。”他边说边眺望四下里的庄稼和天气，说得就跟这件事真的发生了一样。

这时一个工人把一摞砖放在了前面提到过的木板上，木板就在我脚边翻转了，于是我就像私家马车后面那些小个子男仆一般，被颠得上下晃动不已。我战战兢兢地问这些砖这么重会不会导致危险，同时脑中浮现出一段报纸新闻，题为“脚手架超重酿成的惨剧”。

“我正想说这个事儿呢。阿丹放的砖确实有点太多了。”工头回答，“不过只要我们不上下乱蹦，不打喷嚏，架子是不会断的。虽然那次那个拌砂浆的小子百日咳实在是太厉害，导致我可怜的兄弟吉姆挂掉了。”他语气是那么轻描淡写，就好像他自个儿长了好几个脖子，所以摔断一两个不足为虑似的。

我的妻子在远处摘雏菊，很显然她毫不在意我是在脚手架顶端，还是在底端，或是躺在圣乔治医院里；于是我打起精神准备下来，并再次踏上那个瘦小的梯子。我没法准确描述自己是怎么下来的，但整个过程中我觉得身上就像是被打了无数个孔，风从四面八方贯穿而过。待我离地面越来越近时，这种感觉终于消失了。我妻子对于高度的认知显然和我相去甚远，她仔细地询问在上面看周围风景如何，而我压根儿就忘了这件事。即便如此，我也不会再来一次。我已经下定决心再也不去打扰我的烟囱了。

接下来就是持续的焦虑以及在老住所、新房子和建筑设计事务所之间来回奔波。除此之外一切还算顺利，直到房子即将落成之际。索菲娅在建房之初热情满满，但现在她的热情已燃烧殆尽，只留下我独自面对后期遇到的种种麻烦。其中一个问题就是门廊。我本人很讨厌下雨天在别人门外等候还要经受风雨侵袭，所以我一直打算如果有朝一日要盖房就一定要有一个堪称典范的门廊。结果当工人们已经进入收尾阶段时，我才懊恼地想起我一直忘了跟彭尼先生提这件事，而他也从来没有跟我建议过要建个门廊。

“要不要门廊这纯属个人感觉和品味，”他听到我的抱怨以后如是回答，“所以，当然您要是不提，我是不会放上去的。不过这一回正好,您的房子加个门廊的话外观上会有所改善。不过这会有个问题，就是门廊的顶部会把原来楼梯平台那儿的窗子给堵住；当然我们可以在高一点的地方开个口保证通风，只要您不介意屋内有些许黑暗，或者说昏暗。”

我的第一反应就是这很可能会让我和家人患上慢性忧郁症；但是我又想起来在广告里看到过一种反射镜，据说能把阳光反射到屋子里任何一个角落，于是为了梦想中的门廊，我决定忍受窗户被遮挡的不便。不过后来我发现昏暗是全天候的——那个所谓的专利反射镜只能把一团圆圆的亮光反射到我们压根儿不想要它照到的对面墙上，而我们想要它照到的楼梯平台那里黑暗如故。

跟建筑施工队以规定好的金额签合同建房的过程中有一种陷阱，

稍不留神你就会中招，这种事故有个学名叫作“产生额外费用”。如果你不想被左邻右舍说闲话，那么唯一的办法就是付给施工队一大笔远远超过合同金额的钱，中间的差额当然就是额外费用。就我的情况而言，虽然我一开始就很清楚最后肯定要付一些额外的钱，但我的常识显然还是不足；也许彭尼先生本人也应该更明确地告诉我，但凡我回答了“是”的所有问题我都得付钱。比如某个窗子，我想不想要比原设计的更大一些？而另一个窗子，考虑到门的位置，要不要比原计划的小一点点？诸如此类。此外还有一大堆的“未包含在内”的东西：餐具洗涤室的水槽、集雨箱和水泵、屋顶的天窗、刮泥板、屋顶的风向标以及东西南北四个字，还有育儿室的换气设备、厨房的换气设备，虽然这些设备运转良好，但方向却正好弄反了；还有获专利的神奇的门铃拉绳，以及皇家特许的非凡的厨房炉灶——只需三便士三法寻就能让火持续燃烧十二小时，还可以用各种方式烹制大块肉骨头，加热头一天的剩饭剩菜，煮得了蔬菜，熨得了衣服。我没有严格地把每笔花费都记个账，而且太过信任彭尼先生，认为在他手里可以放心，不会有太过分的超支。结果当我发现所有这些额外花费加起来有好几百镑时，整个人都不好了。我有种想再盖一座房子的冲动，哪怕要再经受一次所有的担忧焦虑，以证明这次我会殚精竭虑避免产生任何额外费用！

最后一切总要结束，于是不知从哪儿冒出来了一位房屋监察员。传说中监察员的职责就是要确保你不会被建筑商以附加费用形式多收哪怕半个便士。建筑商先对房子某一部分报个价，可能比实际价值贵一倍，监察员又再报一个价，只有实际价值的一半。然后他们再通过打嘴仗来解决争端，把估价的差距逐渐缩小，一直到最后取个中间价。我所有的账目都经过了此种操作。

搬家车把我们的家具和财物送到了新房子，其间还算顺利；但是在安顿下来的过程中又发生了一些恼人的小事，要不是因为索菲娅对此事的态度如同圣马丁节[1]前的和煦小阳春，估计我的感受会更

---

① 圣马丁节，天主教节日，设于每年十一月十一日，大部分欧洲国家会庆祝这个节日，其性质类似美国的感恩节。

加糟糕。烟就是其中一件烦心事。书房的壁炉一生火，所有的烟尘就全都灌进了屋子。我们在困扰中只好叫来了设计师彭尼先生，他第一句话就是问我们有没有试过把烟道排气阀打开来解决这个问题。我们之前确实没打开，一打开后，烟尘立刻就都被抽走了。最后，我还记得一天晚上索菲娅突然跳起来大喊，把我三魂都吓掉了两魂："天哪，那个该死的施工队！育儿室的窗子连一根铁栅都没有装！约翰，说不定哪天我可怜的孩子们一不留神就掉出去了——他们哪里懂什么危不危险？——然后就会摔得粉身碎骨！你当初为什么要把育儿室放到三楼啊？"你们可以确信，第二天一早铁栅就钉上去了。

一八六五年

喷嚏不止的贼

许多年前，当这些老态龙钟的橡树还只有年长绅士的手杖那么粗的时候，在威塞克斯住着一个自耕农的儿子，名叫休伯特。他那时年方十四，个性坦诚直率，无忧无虑，而且很有胆量，他本人对此也颇为自得。

一个寒冷的圣诞前夕，他父亲因为找不到帮手，只得打发他到离家数英里之外的小镇上去办一趟重要差事。他骑着马去了镇上，办事耽搁了许久，直到很晚才终于办完。他回到客栈，装好马鞍，立刻动身上路。回家的路要经过布莱克摩尔山谷，那里土地肥沃但人烟稀少，沿途都是难走的黏土路和弯曲的小道。那时候跟现在一样，大部分的山谷都被茂密的树林覆盖。

当时应该已是晚上九点，休伯特正骑着他壮实的矮脚马杰里穿行在树枝交错的密林中，嘴里唱着圣诞颂歌应景。突然他觉得似乎听到树枝间传来什么声音，这让他想起他正经过的地点素有恶名：有人曾在此处被打劫。他看看杰里，真希望它的毛色是种别的颜色，因为浅灰色让这头温顺的牲畜在这浓荫暗处都十分显眼。“怕什么呀？”沉思了几分钟以后，他大声说，“杰里的腿脚又轻又快，才不会让拦路的强盗追上我。”

“嗬嗬！真的嘛！”一个低沉的声音响起来；下一秒钟一个男人从休伯特右边的树丛里窜出来，另一个男人从左边冲过来，还有一个从他前面几码[①]远的一棵树干后跳出来。他们抢走了缰绳，把休伯特拖下马来。尽管他用尽全身力气又踢又打，尽显一个英勇男孩的本色，但还是被制服了。他的胳膊被反绑起来，双腿被紧紧捆在一块儿。强盗们把他扔进了壕沟，随即牵马离开了，他只能隐约看到

---

① 码（yard），长度单位。一码为三英尺，约零点九一四米。

他们的脸被刻意涂黑了。

休伯特惊魂初定后，费了很大的劲儿终于把双腿从绳索中解救出来；但是无论怎么努力，双臂依然被紧紧绑着无法挣脱。他只好站起身来反背着手继续赶路，解不解得开只能看运气了。虽然他知道在这种情形下，光靠双脚根本不可能在当晚赶到家，但还是继续前行。不过突如其来的遇袭让他头脑有些混乱，所以走着走着就迷了路。要不是因为深知在这严寒霜冻的天气不盖铺盖睡着的后果实在太严重，他真想倒在枯叶堆里一觉睡到天亮。现在他只好向前漫游，胳膊被绳索反绑到已经麻木，心里为失去了杰里而哀痛：可怜的杰里，它从不曾踢人、咬人或表现出任何一点不端行为，现在却平白被抢走了！就连看到树丛里透出远处的灯光，也无法让他高兴起来。他朝着灯光处走去，一会儿就走到了一座大宅前，侧翼、三角阁、塔楼、城垛和烟囱在星空下依稀可见。

四下里悄无声息，但宅门却大敞着，吸引休伯特走到这里来的灯光就是从这门内传来的。他走进去，发现自己进了一个巨大的房间，应该是作宴会厅之用的，厅内灯火通明。四面墙壁被大块儿的暗色护墙板覆盖，上有凹凸纹造型、雕花、壁橱门以及这种豪宅常见的各种装饰。最吸引他的还是大厅正中那巨大的餐桌，上面摆满了丰盛的晚餐，尚未动过。餐椅已围着餐桌摆好了，看起来像是有什么突发事件导致正准备开始的宴会突然中断了。

休伯特双手被缚，就算是想吃也有心无力，除非他像猪或牛一样直接把嘴凑到盘子里去。他的第一个想法是找人帮忙。当他正要继续往里屋走去找人的时候，突然听到了门廊外传来急匆匆的脚步声和说话声，“快点！”声音低沉，跟他被拖下马时听到的那个声音一样。他刚钻到桌子底下，三个男人就进了大厅。他悄悄从垂下来的桌布底下窥视，看到了他们那涂黑的脸，对于这三人是不是打劫他的那一伙人的最后一点怀疑也立刻烟消云散了。

“好啦，”第一个人（就是声音低沉的那个）说，“我们先躲起来。他们马上就会回来的。我把他们引开的把戏还不错吧，是不是？”

“是啊，你模仿遇难的人的号叫声模仿得很像。”第二个人说。

“太棒了！”第三个人说。

“但是他们很快就会发现这是假警报。快，我们躲哪儿呢？我们得找个能待上两三个小时的地方，等到所有人都上床睡觉了再出来。哈！我知道了。这边来！我听说那里头的橱柜一年到头都开不了一次，我们正好躲里面去。”

三个人走进一条与大厅相连的走廊。休伯特往前匍匐爬了一小段，看到了走廊尽头面朝着宴会厅有一个大橱柜。窃贼们钻了进去，关上了柜门。休伯特屏住呼吸，悄悄溜过去，想看看能不能探听到他们更多的计划。他慢慢靠近，听到强盗们在低声讨论宅子里哪个房间有珠宝，哪个房间有餐具，哪个房间有其他贵重物品，很显然他们打算要大捞一把。

他们藏起来不久后，就听到外面的阳台传来一阵女士先生们欢快的闲聊声。休伯特心想可不能被他们发现自己在屋子里头晃荡，不然肯定会被当成强盗的，于是他赶紧轻手轻脚溜回大厅，走到门外，在门廊的一个黑暗的角落站定。这样他就能眼观四方但又不会被发现。过了片刻，一大群人从他旁边经过，进了房子：有一对年长的绅士和夫人、八九位年轻的女士和八九位年轻的先生，以及半打男女仆人。看来刚才宅子里的人全都出动了。

“好啦，孩子们，年轻人，我们继续晚宴吧！”年长的绅士说道，“刚才那声音到底是什么，我实在不太明白。我当时简直确信无疑是有个人就在我家门口被谋杀了。”

接着女士们开始议论，说她们当时是如何给吓坏了，如何预期会有一场大冒险，又如何发现最后什么事都没有。

“等着吧，女士们，”休伯特在心里说，“你们很快就会来一场大冒险的。”

看起来这些年轻的先生和女士是这对年长夫妇的已婚的儿女，特地在这一天赶回来陪父母一起过圣诞节。

大门已经关上了，休伯特一人留在外面门廊里。他觉得现在时机已到，可以找人帮忙了。既然没法用手敲门，他便大胆地用脚踢门。

“嘿！你在这儿捣什么乱？”门房开了门，抓住休伯特的肩膀把他扯进大厅里，报告说：“西蒙爵士，我抓到这个小子在门廊里吵吵闹闹。”

所有人都转过身来。

“把他带到前面来吧。”西蒙爵士就是上面提到的那位年长的绅士。“孩子，你在这儿做什么？”

“呀，他的胳膊被绑住了！”有一位女士惊呼。

“可怜的人！”另一位女士说。

休伯特赶紧开始解释他在回家的路上被打劫了，马也被抢走了，还被强盗们无情地丢弃，弄成现在这副惨状。

“想想都好惨！”西蒙爵士感叹道。

“说得倒像真的一样！”一位男宾带着怀疑的语气说。

“你觉得很可疑？”西蒙爵士问。

“说不定他自己就是个强盗呢！”又有一位女士提议。

“现在我仔细地一看，他的面相果然是有些凶狠邪恶呀。”老母亲说。

休伯特羞愤得脸都红了，没有再继续说下去，告诉他们这些贼现在就躲在这座房子里，而是固执地不再开口说话，心里已半打定主意等他们自己去以身涉险算了。

“好了，把他的绳子解开，”西蒙爵士说，“这样吧，今天是圣诞前夕，我们还是要好好地招待他。来吧孩子，坐到餐桌末尾的那个空位上去，想吃什么就尽情地吃吧。等你吃饱了，我们再来听你说说详情。”

宴会继续进行。休伯特现在双手重获自由，也毫不后悔自己加入了这场宴会。大家吃吃喝喝，情绪越来越高涨。酒杯不停被斟满，壁炉里木头熊熊燃烧，女士们听着先生们的逸闻趣事笑得乐不可支。聚会欢乐喧闹，正是从前的圣诞聚会该有的样子。

虽然一开始休伯特因为他们怀疑自己的诚实而颇为受伤，但身处热闹情境，听着欢声笑语，看着身边人人兴高采烈，他的身体和头脑也渐渐热和起来。到后来他听到他们说的趣闻和他们妙语连珠的对话，也笑得跟老西蒙爵士一样开怀。宴会快结束时，西蒙爵士的一个儿子，显然有些喝多了——当然在那个年代对男人来说这是常态——他对休伯特说:“嘿,孩子,你还好吧？要不要来一撮鼻烟？”他递过来一个鼻烟壶，那是当时全国上下老老少少都很时兴用的玩意儿。

“谢谢先生。”休伯特取了一撮鼻烟。

“跟我们的女士们说说，你是谁，来自何处，有些什么本事吧！”那位年轻人继续说，边说边用力拍了拍休伯特的肩膀。

“好的，”我们的主人公挺直身子站起来，觉得这个时候最好做出一副信心十足的样子，“我是一个旅行魔术师。”

“不可能吧！”

“下面还有更离奇的故事吗？”

“小巫师，你能把魂灵从地狱深处召唤出来不？”

“我能在橱柜里召唤出暴风雨。”休伯特回答。

“哈哈！”老爵士开心地搓了搓手，“我们一定得看看他的表演。姑娘们别走，有好戏可看啦。”

“不会有什么危险吧？”老夫人问。

休伯特离开餐桌，对刚才让他任意取用鼻烟的年轻人说:“请把您的鼻烟壶递给我。现在，请大家跟我来，可不能发出一点声音。要是有任何人说话，咒语可就不灵了。”

大家都同意遵守规矩。休伯特走进长廊，脱掉鞋子，蹑手蹑脚走到橱柜跟前，其他人则保持一小段距离默默地跟在他身后。休伯特接着搬了一张凳子放到柜门前，站上去，高度正好够得到柜顶。然后他悄无声息地把鼻烟壶里所有的鼻烟沿着柜门上方边缘倒了一圈，再短促地吹了几口气，把鼻烟从门缝吹进橱柜里去。他对围观的人群举起手指示意，让他们保持安静。

“天哪，那是什么声音？”过了一两分钟后，老妇人惊问道。

橱柜里头响起了一声压抑的喷嚏声。

休伯特再次举起手指让他们噤声。

“真离奇啊！”西蒙爵士悄声低语，“实在是太有意思了。”

休伯特借此机会把橱柜的门闩轻轻地拨回原位，然后镇定地说：

“再给我一些鼻烟。”

“再给他一些鼻烟。”西蒙爵士下令。两三位先生把鼻烟壶递了过去，里面的鼻烟全被从柜门顶吹进了柜子里。又传来一声喷嚏声，这次可没能像第一次那样压住。接着又是一声，明显地宣告着喷嚏是无论如何都压制不住了。最后橱柜里响起了一阵惊天动地的喷嚏风暴。

“了不起！这么年轻就有这样的本事真是了不起！”西蒙爵士说，“我自己对这种隔物传声的把戏也很感兴趣——我想这个应该是叫腹语吧？”

“再给我一些鼻烟。”休伯特说。

“再给他一些鼻烟！”西蒙爵士又下令。仆人端上来一罐上好的苏格兰调香鼻烟。

休伯特再一次把柜门上沿堆满鼻烟，再吹进柜子里。如此循环往复，直到把满满一罐子鼻烟全部倾空。柜里的喷嚏声这会儿已经是不绝于耳,无比壮观。听上去就像是狂风呼啸、暴雨倾盆、飓风过境、海浪翻腾。

“我敢说柜子里是真的有人，这不是在变戏法！”西蒙爵士如梦初醒，大声说。

“的确是有人，”休伯特说，“他们是打算来打劫这座宅子的，就是他们抢走了我的马。”

喷嚏声变成了断断续续的呻吟声。一个贼听出了休伯特的声音，大喊：“啊！饶命啊！饶命啊！放我们出去吧！”

“我的马在哪儿？”休伯特问。

“拴在肖茨绞刑场后面洼地的树旁了。饶命啊！饶命啊！放我们出去吧，我们要被憋死了啊！”

现在所有宾客都看出来这不是玩闹，而是真格儿的了。所有男仆都被唤来，手持火枪或短棍在橱柜外摆好队形严阵以待。休伯特打了个手势，把门闩打开，然后站定，做好了防御的姿势。但是三个强盗并没有发起进攻。大家发现他们蜷缩在橱柜的角落里，上气不接下气地喘息着。他们压根儿没有抵抗，被捆起来扔到外屋里待到天亮。

休伯特现在才把他开始没讲完的故事讲给众人听，大家都对他的慷慨相助感激不尽。西蒙爵士极力劝说他留下来过夜，住在这座宅子最好的房间里。当年伊丽莎白女王和查尔斯国王相继到此地巡访时都曾在该房间下榻。休伯特谢绝了，他着急要找回他的杰里，想要赶快确认一下强盗们所说的是否属实。

于是，依着三个贼所指的杰里的藏身之处，数位男宾陪同休伯特一起去了绞刑场后面。他们来到土堆后面四下里张望，呀！他的马果然就拴在那儿，毫发无伤，而且一副满不在乎的模样。看到休伯特后它欢快地嘶叫起来。休伯特找回了杰里，心里的快乐真是无以复加。他翻身上马，和他刚认识的朋友们道了声“晚安”，沿着他们所指的回家最近的路骑马慢跑离去，并在凌晨四点时安全抵达。

一八七七年

牧羊人的四个月夜见闻

第一夜

那位和蔼可亲的治安官[①]——可惜现在已不在人世了——宣称对这个故事的真实性负责。他喜欢以一个明亮的月夜和一个神秘的身影这样老套的方式来做开场白。这种开头就算在今天看来也是很巧妙的，如果后面展开得好的话。

他会这么开始:圣诞之月将她清冷的面容向着山地，山地下了霜，反射着月亮的光辉——光芒极其微弱，只有靠得很近的眼睛才能看清。这眼睛，他说，是一个牧羊少年的眼睛，他的年纪做牧羊人还太年轻了些。此时他正站在一个带轮子的小茅屋里，心不在焉地从墙上的窗洞望向外面。这种茅屋多是牧羊人在产羔季节早期居住。

这个地方叫作产羔角，是广袤的马尔布里丘山地牧场有天然屏障的一块区域。从伦敦穿过奥德布里克汉姆通往巴斯和布里斯托尔有一条大路，沿着这条大路横跨中威塞克斯的途中正好路过此地。茅屋所在之处，除北面之外，地势高且干爽，非常开阔，方圆几英里连绵起伏的山丘可尽收眼底。北面是一片高高的荆豆，茎秆粗壮巨大。前面还有单独的一丛,与那一大片不相连。这丛荆豆是中空的，里头被巧妙地加以利用来放置前面提到的小茅屋，这样既挡风又隐蔽，不到跟前几乎看不见。不过，茅屋的两个小窗前的荆豆枝已被砍去，以方便屋里的人观察羊群的动静。

---

① 治安官（magistrate），又称太平绅士（Justice of the Peace），是源自英国的职衔。在维多利亚时期，乡村地区的治安官通常由当地的乡绅担任，以维持社会治安，并处理一些不严重的违法乱纪行为。治安官并无俸禄，属于绅士应尽的义务，也不需要有法律或理政方面的专业训练或资格认证。

茅屋后方的一长带荆豆丛所提供的庇护又被人为地改进，钉上了笔直的木桩圈成一个围场，围栏加以多刺的荆豆枝相互缠绕，围场里躺着八百头闻名遐迩的马尔布里丘品种的母羊。

年少的牧羊人漫不经心地望向南面，沐浴在月光下看起来别无二致的高地之上矗立着一个显眼的物体，而且只有一个。那是一个德鲁伊巨石牌坊，三块长条形的大石构成了一个门的形状，两块直立着做门框，一块横在上方做门梁。每一块石头都已饱经沧桑，被无数风雨打磨、擦刮、冲刷、啃噬、劈裂。但现在月光给它们镀上了一层美丽的银色，让它们看上去不觉破落反觉有型。当地人把这废墟称为“恶魔之门”。

这时一个老牧羊人从羊群的方向走来，进了小屋，在阴暗中四下望了望。“你现在渴不渴睡？”他问道，听起来很不客气。

少年怯生生地给了个否定的回答。

“好，”牧羊人说，“那我就回家去睡两个钟头。我看现在这儿也没啥事要干的了。母羊应该要到天亮以后才需要照顾——晚上还需要照顾就怪咯。但是上头说我们一定要有人待在这儿，所以你就留下来，听到没有？反正你白天可以睡觉，我又睡不成。万一有啥事你就赶快跑下来找我，十分钟就到我家。我买不起蜡烛给你，但是现在是圣诞周，大家都在过节，所以你可以在椅子上眯一下，不用整个晚上睁起眼睛。但是小心点，一次不能眯太久，不要超过恶魔之门的影子移动两格的时间，你还要注意下那些母羊。”[①]

男孩没有明确地回答，老牧羊人用他的手杖拨了拨炉子里的火，关上门离开了。

---

① 英文中作者是通过语法错误、拼写错误以及用词和句子结构等来表现威塞克斯地区的劳动者说的方言。威塞克斯原为盎格鲁—撒克逊人于公元519年建立的王国名，至十世纪初被诺曼王朝取代。哈代借用了“威塞克斯”指代其小说中描绘的英格兰的西南部，实际上是以哈代所在的故乡多塞特为中心，包括伯克郡（北威塞克斯）、汉普郡（上威塞克斯）、威尔特郡（中威塞克斯）、多塞特（南威塞克斯）、萨默塞特（外威塞克斯）和德文郡（下威塞克斯）。因语法错误、拼写错误不能以中文表示出来，所以译者在译文中作了处理，用某些方言表示，便于读者理解。

这是产羔季开始以来每晚的例行公事，所以男孩对这命令并不惊讶。他在炉子上烧稻草自娱自乐了一会儿，再出去看了看母羊和刚出生的小羊,回来,坐下,然后睡着了。这是他履行职责的惯常方式。虽然他只在这一周被允许打个盹儿，但事实上之前的每个晚上他都会打盹儿，直到凌晨三四点的时候肩膀上挨一记老牧羊人的手杖给打醒。

他醒来时大约是晚上十一点。他很惊讶没人叫也没被打怎么会自己醒来，但转念一想，很可能是有人叫过他，虽然他没看见。于是他从窗口往羊群的方向望去。羊群安静地躺着，跟他上次去看的时候一样，听不到什么羊叫声，也没有任何人打扰。他又从另一头的窗子望出去，发现了不同寻常的情况。地上的霜依然在月光下闪着微光，中间间或夹杂着一丛荆豆的黑影，最显眼的则是巨石牌坊幽灵般的形状。不同之处在于，牌坊前站着一个男人。

仔细看看就可以确定他不是牧羊人或者附近的庄稼汉。他穿着深色的外套，身形修长，仪态优雅，在巨石牌坊前走来走去。

牧羊少年正在猜测这个陌生人为何会在这个时间出现在这里，突然发现另一个身影正穿过开阔的草地，朝着巨石牌坊以及被荆豆丛掩盖的茅屋方向走来。这是个女子。陌生男子一看到她就急匆匆走上前来，正好在茅屋窗前迎上了她。没等她弄明白他的意图，他已经把她紧紧搂在怀里。

女子挣脱了他，庄重地退后两步。

“哈丽特，你终于来了——愿上帝为此保佑你！”他热切地喊。

“希望不是为这个而保佑我，”她有些愠怒地回答，接着她缓和了一下语气，“弗莱德，我来是因为你恳求我！你写这样一封信到底是什么意思？我怕如果我不来，可能会对你造成什么严重的伤害。你是怎么过来的？”

“我从父亲的住处一路走过来的。”

“这是怎么回事？上次分别以后你过得还好吗？”

“过得很是艰难，也许你不用问也能猜得到。自从上次离开这片山丘之后，我到过许多地方，见过许多人，但我心里只想着你。”

“你用这种奇怪的方式把我叫到这儿来就是为了告诉我这个吗？”

一阵微风吹过，掩盖了男子轻声的回答和接下来的几句话，之后他的声音又传了过来，“哈丽特——我们俩实话实说吧！我听说，公爵对你并——不——好！”

“他脾气是有些急躁，但他是个好丈夫。”

“他对你说话粗暴，有时候还威胁要把你关在门外。”

“只有一次，弗莱德！我发誓只有一次。我再说一遍，公爵是个很好的丈夫。而你应该为今晚要这样的把戏把我叫出来受到惩罚！你到底想做什么？”

“我最亲爱的哈丽特！你这样说公平吗？诚实吗？你跟他生活在一起很悲惨，这难道不是尽人皆知的吗？你性情温和，他却脾气乖张，让你过得苦不堪言。我来是想问问，有没有什么我可以帮忙的。你是一位公爵夫人，而我不过是个小小的弗莱德·奥格本；但是我并不是完全没有可能帮到你……上帝啊！你那甜蜜的言语，再加上你那甜美的容貌，难道还不足以让他斯文一点吗！”

“奥格本上尉！”她低喊，带着半开玩笑的惊恐口吻强调说，“你作为我年少时的好朋友怎么能这样对我？不要这样对我说话，也不要这样瞪着我！你要说的真的就只有这些吗？看来我不应该来这儿。我真是太轻率了。”

又来了一阵风，吹走了一段对话。

“好吧。我看出来了，对我来说你已经死了，我已经失去了你。”接下来听到他如是说，“‘奥格本上尉’这个称呼证明了这一点。哈丽特，我曾经深爱过你，现在也一样，没有一丝一毫的减少。但你已经不是当初的那个你了——你曾经对我诚实而坦白，而现在你却捏造谎言，隐藏你的心意。就这样吧，我再也不能见你了。”

“不要用这么悲凉的语气说这样的话，傻瓜。你可以用正常的方式来见我——为什么不呢？但是，不能再像今天这样了。要不是公爵正好出门去了，没人能让我控制自己反复无常的冲动的话，我本来是不会来的。”

“他什么时候回来？”

“后天，或者大后天。”

“那你明天晚上再来跟我见面吧。”

“不行，弗莱德，我不能来。”

“如果你明天晚上来不了的话，你可以后天晚上来。请把他回来之前的两个晚上赐一个给我吧。请发誓一定要来！明天或后天晚上你一定要来跟我道别！”他握住了这位公爵夫人的手。

“不，弗莱德——放开我的手！你怎么还胆敢这样搂着我？难道你弗雷德里克所谓的爱，就是只记得一个女人的过去，而忘记了她现在的处境，对她完全没有一丝尊重了吗？你利用我对你的同情把我哄到这里来，然后还这样紧紧搂着我，实在是太过分、太不绅士了！”

“求你再来见我一次吧！我赶了两千英里的路来这里，只为了这一个请求！”

“不，我不能答应你！人们会造谣的——天知道他们会怎么捏造！我不能再见你。看在从前的情分上不要再提了。”

“那你就承认两件事：一是你曾经爱过我，二是你的丈夫对你很不好，所以你常常会想起你曾经爱我的时候。”

“好吧——我两件事都承认。”她含糊地回答，“但是承认这样的事对我很不利。我发誓你由此得出的推论是不成立的。”

“请别这么说。毕竟你还是来见我了——至于原因，让我爱怎么想就怎么想吧，反正对你也不会有什么危害。请再来见我一次吧！”

他仍然拉着她的手，搂着她的腰。“好吧，”她说，“你的这种哀求方式说服了我。我答应明天或者后天晚上再来见你。现在请你放开我！”

他松开了手，两人就此分别。公爵夫人飞快地跑下了山坡，朝着远处的抖森塔公爵府奔去。他望着她的身影消失在远处，转过身向着相反的方向大步离开了。一切又重归寂静空旷。

但这寂静空旷只保持了一小会儿。他们刚离开，又一个身影出现了。他从巨石牌坊后面走了出来，体形看上去比第一个男子要健壮，身着骑手的马靴和马刺。从这情形来看有两件事显而易见：一是他目睹了上尉和公爵夫人私会的全过程；二是虽然他能看见两人的一举一动，包括拥抱，但是距离太远他不可能听到女士的抗议，或是任何只言片语，所以在他看来更像是一对恋人两情相悦的幽会。可惜牧羊少年还要再过些年才足够成熟，能得出这样的结论。

第三个人定定地站了一会儿，似乎陷入了沉思。然后他走到了之前女士和先生站的地方，低头看着地面，接着转身朝第三个方向走了，似乎想离前两个人走的路越远越好。他朝着大路的方向走去。几分钟之后，似乎传来了一阵马蹄踏在寒霜覆盖的路面上的声音，逐渐远去，直到再也听不见。

少年在茅屋内继续一动不动地面朝着巨石牌坊，似乎期待着有更多演员登场表演，但之后再没有人来。不知道他小脸贴着窗站了有多久，突然背上挨了重重的一击将他从恍惚中惊醒。他立刻辨认出这熟悉的感觉来自老牧羊人的手杖。

"比尔·米尔斯！你个没长眼睛没长手脚的臭小子！都怪你，把火都搞熄了，你明明晓得我需要火一直燃着！我就晓得你一个人在这儿肯定要出问题，害得我在床上都睡不稳，就跟蓟花毛毛遇到风一样，待都待不住！哪，发生啥事了，你个呆瓜？"

"没啥事。"

"母羊都还好吗？"

"好。"

"有没有小羊崽儿要抱进来嘞？"

"没有。"

老牧羊人重新生着了火，提着灯走进羊群。这时月亮已渐渐西沉。他很快又回来了。

"要死咯——你说没啥事发生，结果有一头母羊生了对双胞胎差点要挂了，另外一头没人看也快不行咯！比尔·米尔斯，我给你说过有啥事马上跑下来喊我，结果你就是这个样子做事情哇！"

"你说了现在是过节我可以睡一下，所以我就睡了。"

"小伙子，不要这个样子跟老人家说话，不然你要上绞刑架！你肯定不是一直都在睡觉，不然你不可能会站在窗子那儿偷看！现在你先回家，吃早餐的时候再回来。唉，我是个老人家咯，有些老人家可以享清福，而我——算咯，能睡一下是一下！”

老牧羊人在茅屋里躺下来，少年往山下他住的小村庄走去。

第二夜

第二个夜晚到来时，少年的举动明显表明他在想着头一晚目睹的约会，以及女士被迫做出的还会再来的承诺。至于照料羊群，今晚不过是重复之前的惯例：十到十一点之间老牧羊人像往常一样离开，回家睡觉去了，希望能不受打扰地睡上一会儿，但其实睡不睡得着要碰运气；不行就只有在白天偶尔补一觉。少年又一个人留在小屋里了。

寒霜几乎跟前一晚一样,也许更重了些。月亮一如既往地照耀着，只是比平时晚出来三刻钟。少年的情形也同往常一样，只是今晚他睡意全无。他其实心里也很害怕，但是总的来说，他宁愿冒被老牧羊人发现自己玩忽职守的风险，也不想错过那对陌生人的幽会。

在远处的抖森塔敲响十一点的钟声之前，他看到午夜剧场的第二幕开始上演。但是率先出现的既不是那位情人也不是公爵夫人，而是第三个人——那个穿着马靴和马刺的壮硕男子，他从东边走上来，头一晚他也是从那里离开的。他绕着巨石牌坊走了一圈，然后朝隐藏着茅屋的荆豆丛大步走过来。月光照亮了他的脸，牧羊少年认出了他就是公爵，顿时被恐惧牢牢攫住。对当地的农人来说，公爵就是上帝。冒犯了他就意味着挨饿、丧家、死亡；看他一眼就会呆若木鸡、心受创伤。牧羊少年封上炉子，以免有光线透出来，然后迅速钻进了角落的稻草堆里。

公爵走到了荆豆丛跟前，站在头一晚他妻子与上尉谈话的地点。他仔细打量了一下荆豆丛，似乎是想找个藏身之处，然后发现了茅屋的存在。他绕着屋子转了转，又往里面张望了一下，发现屋里似乎空无一人，便钻了进来，关上门，把脸贴在少年的脸刚贴过的圆形小窗上。

如果公爵此举的目的是要藏起来的话，那么他的速度真是恰到好处。他刚刚藏好，十一点的钟声就响起了，头一晚光临过的那个身材修长的年轻人立刻出现在山丘北面。由于他昨晚情不自禁地往前奔跑迎接，约会之处便自动从恶魔之门转移到了荆豆丛旁。他本能地朝着这方向走来，在头一晚见面的地方等候公爵夫人。

然而，今晚等待着他，以及角落里瑟瑟发抖的少年的，却是可怕的意外。自他出现后，公爵的呼吸就越来越急促，呼吸声连蜷缩着的少年都能听得清清楚楚。年轻人才刚刚停下脚步，机敏的公爵就轻手轻脚推开了茅屋的门，绕过荆豆丛，突然从正面迎上了弗莱德上尉。

“你玷污了她的名誉，必须为此去死！”严厉低沉的私语声穿过茅屋的板壁传到牧羊少年耳里。

牧羊少年一向沉默寡言，对外界无动于衷，但此刻内心也激荡不已。他冒险站起身来向窗外张望，但除了荆豆枝什么也看不见，外面两个人已经转到侧面去了。接下来的一段时间发生了什么他一直不敢确定。地上有个影子迅速有力地动了一下，但他只能看到影子的一部分。接着传来什么东西倒地的声音，之后是一片死寂。

两三分钟后，公爵出现在茅屋的一角，攥着第二个人的衣领，那个人此刻已经一动不动了。公爵拖着他穿过空地，朝巨石牌坊而去。这废墟后面有个凹凸不平的洼地，那里荆豆和荆棘丛生，里头布满孔洞，是獾群的旧巢，这些动物现在不是迁离就是灭绝了。公爵拖着重负消失在洼地里，不一会儿又出现了。他回来时已经没有拖着东西了。

他走回茅屋侧面，把草地上的什么东西清理了一下，然后又开始蹲守，但这次他没有进茅屋，而是站在屋外的暗处。“现在轮到第二个了！”他说。

就算是不谙世事的少年也明白，他是在等约会的另一方——他的妻子，公爵夫人——等候的目的是什么，少年简直不敢去想。公爵看上去是个意志如钢的人，复仇时绝不心慈手软，定会赶尽杀绝。

而且——虽然牧羊少年那时候还不太明白——更合理的可能是，头一晚看到的哑剧给坏脾气的公爵传达了错误的信息，夸大了事实，从而令他走上了极端。

妒火中烧的守望者等了许久却一无所获。男孩在茅屋里都能听到他间或发出的讶异的感叹声，似乎他那有罪的公爵夫人没有如他所想前来赴约令他很是失望一般。他隔一阵就从荆豆丛的阴影里走到月光下，举起怀表看看时间。

到了十一点半，他似乎终于放弃了等候。他又去了一趟巨石牌坊后面的洼地，在那里待了差不多一刻钟。接着他沿着山肩的斜坡迅速地往靠左的地方走去，很快骑着马回来了，证明他的马一直就拴在底下某个隐蔽之处。他再一次穿过巨石牌坊和茅屋之间的山坡，仔细地四下查看，像是要最后一次确定她没有来。然后他便骑着马缓缓下山，朝着抖森塔驰去。

牧羊少年想到了躺在远处洼地里的东西，一秒钟也不想一个人在山上待着了，就算是老牧羊人的牧羊手杖也强迫不了他。他宁愿与最可怕的活人同行，也不愿与死人做伴。于是他像野兔一样急奔下山去追赶那位骑马人，并在第二个下坡处赶上了报复心大炽的公爵。（宽阔的西行大路就在这里穿过中威塞克斯，这里离庄园的一个侧门不远——现在这个门已经封闭，看门人的小屋也拆掉了，虽然拆除时大家都不明就里，因为这本是庄园最方便的一个出入口。）

一听到马蹄声，比尔·米尔斯就觉得好过一些了。因为公爵虽然位高权重令他心存畏惧，不过他对与公爵同路并没有道德上的反感。虽然公爵刚刚干了一件可怕的事，但他认为贵族有权在自己的领地里为所欲为。公爵稳稳地骑着马，头顶上是祖辈留下的大树，马蹄踏在石板铺就的车道上，敲击出清脆的声音。很快他就来到了府邸大门前，大门上方是护墙，方方的城垛在砾石铺成的平台上投下锯齿状的阴影。小比尔·米尔斯对这些轮廓很熟悉，虽然从未有机会见识里面是什么样子。

当骑马人走近府邸时，一个小塔楼的门很快开了，一个女人走了出来。她一看到骑手的身形，就立刻跑出府，在月光下迎接他。

“啊！亲爱的——你回来啦？”她说，“你翻过小山丘的时候，我听到了希罗的蹄声，就知道是你回来了。我本来想再走远一点去迎接你的，要是我知道——”

“见到我很高兴吧？嗯？”

“这还用问吗？”

“嗯，这是个可爱的夜晚，很适合约会啊。”

“是的，这是个可爱的夜晚。”

公爵下马站到她身旁，问道：“你既然不是在等我，那为什么这个时辰了还在竖着耳朵倾听？”

“是啊，为什么呢！其实这后面有个离奇的故事，我必须得马上告诉你。但是你为什么比之前说的提前了一个晚上回来呢？这让我很遗憾——真的好遗憾！”她顽皮地摇了摇头，“因为我本来想给你个惊喜，叫人堆好了一个篝火堆，打算等你明天回来的时候点燃，结果现在白费心思了。你看那边还有篝火堆的影子呢。”

公爵望向树林间一块略高的空地，看到了一堆柴火。他垂下眼帘望着地面，眼神里半是冷漠半是不解。“让你辗转难眠的离奇故事是什么？”他低声问。

“是这样的——事情还挺严重的。我的表弟弗莱德·奥格本——现在是奥格本上尉啦——在他少年时代曾是我的忠实倾慕者，我想我以前告诉过你吧，虽然我比他要大六岁。说实话，他喜欢我到了有些荒谬的地步了。”

“你以前从来没跟我提过这事。”

“那我应该是跟你姐姐说过——是的，是跟她说的。我已经很多年没有见他了，所以我几乎都忘记了他过去对我的仰慕之情了。前天我收到一封没写寄信地址的神秘来信，打开一看发现是他写的，你可以猜到我有多惊讶。信的内容真是把我吓坏了。他从加拿大回来了，住在他父亲家中，他想尽各种方法恳求我马上去见他。我可以先跟你原文复述一遍信的内容，等我们进门了我再给你看信。

“他的信是这样的：‘我亲爱的哈丽特表姐，很久没见了，我这样突然出现一定让你大吃一惊吧。而我的请求会让你更吃惊。可是，如果你对我的生命和未来还有一点点的关切的话，求你答应我。亲爱的哈丽特，求你今晚十一点到马尔布里丘的德鲁伊巨石那儿来见我，从你的住处到那里大约有一英里多。除了恳求你来见我之外，我不能再多说了。等你到了，我会跟你解释清楚的。重要的是，我想见你。请你独自一人前来。相信我，要不是我的幸福——上帝啊，我全部的幸福——都寄托于此，我是不会提这样的要求的！我太激动，没法再写下去了——你的弗莱德。'

"这封信就是这么写的。当然，事后证明我不该去的，但是当时我没想到会是这样。我记得他性格鲁莽冲动，很担心他遇到了什么可怕的事，却找不到一个朋友能帮忙，而他又只愿意把麻烦向我一个人倾诉。于是我就把自己裹得暖暖的，在他指定的时间去了马尔布里丘。我是不是很勇敢呀？"

"非常勇敢。"

"等我到了那儿——我们要不要进去呀，外面有点冷了呢？"但是公爵没有动。"等我到了那儿，他来了。当然啦，他已经不是我记忆中的少年模样了，已经是个成年人，一个军官了。我一见到他就后悔去了。我都不知道该怎么跟你说他的所作所为。我到现在也不明白他到底想干什么，但我感觉他就只是想要跟我见面。他握着我的手，搂着我的腰——搂得紧紧的——不肯放手，直到我答应再去见他才放开。在那么偏僻的地方，他的举止那么古怪又那么热切，我实在有点害怕了，于是我就答应再去见他，然后就赶紧逃走——赶紧跑回家了——就是这样。今晚，随着约好见面的时间越来越近——当然我根本没打算去见他——我有点不安，怕他发现我不打算赴约之后会来家里找我，所以我实在睡不着。你怎么这么沉默呀！"

"我赶了很长时间的路。"

"那我们快进屋吧。你怎么一个人回来，连个随从都没带呢？"

"我喜欢这样。"

两人沉默着向里走了一会儿，她又说："我想到一件事，虽然我也许不该跟你提。但他说，如果我今晚没去见他的话，他明晚会继续在那里等候。要不，明晚我们一起去山那边——去看看他还在不在那儿吧？如果在的话，你就好好地训斥他一顿，告诉他旧爱重燃的念头是多么愚蠢，而且不好好来府上做客却把我那样哄出去，是多么不合情理！”

“我们为什么要去看他还在不在那儿？”她的丈夫阴郁地问。

“因为我觉得我们应该做点什么。可怜的弗莱德！如果你好好跟他讲讲道理，再把我们俩真实的想法和立场告诉他，他会听你的劝告的。对一个显然是由于某种原因遭受了打击的人，我们这样做也只是出于基督徒应有的仁慈。他的神志似乎有点错乱了。”

说话间他们已经走到了门口，打了门铃等候。整个府邸似乎都在沉睡，但很快出来了一个仆人迎接他们，牵走了马，公爵同公爵夫人迈进了大门。

第三夜

这是没办法的事。老牧羊人离开以后，比尔·米尔斯必须得留下来看羊，今晚也一样，不然他就只有失去工作丢了饭碗。他想到魔鬼之门后面躺着的东西，尽量让自己勇敢一点，但是并不成功。所以当他看到公爵和公爵夫人的身影，看到他们沿着下了霜的草地慢慢走上来时，虽然依然充满敬畏，但同时也松了口气。公爵夫人步履轻快地走在丈夫前面几码远的地方。

“我跟你说过了，他肯定觉得不值得再来一趟了！”公爵停下脚步，不愿意再继续走了。

“他很可能会来，而且会等一晚上的。让他再这么空等一次有点残忍了。”

“他不在这儿，我们还是回家吧。”

“他看起来确实不在这儿。我在想他会不会出了什么事。万一出了事，我永远都不能原谅我自己！”

公爵有些不自在地说：“哦，不会的。他可能有别的事要办。”

“那不太可能。”

“要么就是他觉得距离太远了。”

“那也不可能。”

“那就是他终于想通了。”

“是的，也许他终于想通了。其实，也有可能他一直都在这儿——就在恶魔之门后面的洼地里藏着。我们过去看看吧，说不定我们会吓他一跳，不过那也是他活该。”

“哦，他不在那儿。”

“说不定就是因为你，所以他正静悄悄地躺在那里呢。”她狡黠地说。

“哦不——不是因为我！”

“那就跟我来吧。亲爱的，我觉得你今天晚上就像是个不肯去上学的孩子，而且反应还那么迟钝！你是在嫉妒那个可怜的孩子，这样做太傻啦。”

“好吧好吧，我跟你去！别说了，哈丽特！”他们穿过了草地。

牧羊少年想知道他们会做什么，于是出了茅屋，弓着身子藏在那一片荆豆丛后面，打算悄悄靠近巨石牌坊再站起身来窥看。但当他穿过一小段空地的时候暴露了自己。

“啊！我终于看到他了！”公爵夫人说。

“看到他！在哪？！”公爵问。

“在恶魔之门旁边。你没看到那儿有个人影吗？唉，我可怜的‘恋人’表弟呀，这次你可要挨一顿骂了！”她半带怜悯地笑着说，“咦，你怎么了？”她转头问丈夫。

“那不是他！”公爵哑着嗓子说。

“啊，确实不可能是他！”

“不，不是他。这个太小了，是个男孩。”

“我也是这么想的！孩子，你过来。”

牧羊少年提心吊胆地走上前来。

“你在这儿干什么？”

“我在看羊，公爵大人。”

“啊，你认识我！你每天晚上都在这儿看羊吗？”

“有时候在，公爵大人。”

“那么今晚或昨晚你有没有看到什么？”公爵夫人问，“有人在这里等候或转悠么？”

少年沉默不语。

“他什么都没看见。”她的丈夫插话，双眼死死盯住男孩，眼神令人生畏，眼中似乎有火在燃烧，“好了，我们走吧。天气太冷不宜久留。”

他们离开后，少年回了茅屋，然后又去到羊群中，不像开始那么恐惧了——熟悉的环境逐渐占据了他的思绪，让他不再时刻想着附近埋着的那具尸体。但是他独处的时间并不长。待到从这里到抖森塔一个来回的时间过去后，抖森塔那个方向又出现了公爵壮硕的身影。这次他是一个人来的。

这位贵族的眼力似乎同牧羊少年的一样敏锐，因为他一眼就看见了羊群中间的少年，然后径直向他走来。

“你就是我刚才问过话的那个牧羊孩子吗？”

“就是我，公爵大人。”

“听着。公爵夫人之前问你今晚和这几晚你在这儿看到过什么，而你没有回答。现在我问你同样的问题，你不要害怕，老实回答。这几天晚上你在这里看羊的时候有看见什么奇怪的事吗？”

“公爵大人，我是个粗心大意的穷小子，看到啥都记不得了。”

“我再问你一次，”公爵走近两步，“这几天晚上你看羊的时候看见过什么奇怪的事吗？”

“啊，我的大人啊！我只是个刚开始学放羊的小子，我爸就是给大人您种篱笆的，我妈就是您后院里头扫煤渣的！我一个人待着的时候就是睡觉，我啥都没看见！”

公爵抓住了男孩的肩膀，逼近他的脸，死死盯着他的眼睛。“说，你昨天晚上看到了什么？”

“天哪，公爵大人饶命啊！不要拿刀捅我啊！”男孩哭喊着，跪了下来，“我没看见您在这儿走过，或骑马经过，或者埋伏等人，或者拖了个重东西！”

“嗯！”审问者森森地说，放开了他，“你没有看见过这些事情，这很好。那现在你是想看我做一遍这些事呢,还是想终生保守秘密？”

“保守秘密，公爵大人！”

“你确定你能守得住？”

“肯定，大人，您可以随便考验我！”

“非常好。我问你，你喜不喜欢放羊？”

“一点都不喜欢。对喜欢热闹的人来说，放羊太孤单了。而且我还老是遭欺负。”

“我相信你。你还年幼，不适合做牧羊人。我得做点事让你过得更好。你会换下罩衫和粗胶靴，穿上真正的细布上衣和锃亮的皮鞋。你会被送进学校，学习你从未听说过的东西，度假的时候就打打球，你将被培养成一个男子汉。但是，你绝不能说出你曾经当过放羊娃，晚上在山上守过夜。因为没人愿意跟放羊娃交朋友。”

“相信我，公爵大人。”

“假如什么时候你得意忘形了，提起了你放羊的日子——不管是今年还是明年，不管是在学校里还是已经毕业，哪怕是二十年以后你坐在马车里——我对你的资助就会立刻撤销，你就会被打回原形，跟以前一样回来放羊。我记得你刚才说过你有父母？”

“只剩一个寡母了，公爵大人。”

“我会出钱供养她，让她过上舒适的生活，除非你说起——什么来着？”

“我放羊的日子，还有我在这儿看到的事情。”

“嗯。如果你真的提起了呢？”

“她也会被打回原形，跟以前一样当她的寡妇！”

“好——很好。不过这还不够。你跟我来。”他带着少年来到了巨石牌坊前，让他跪下。

“喏，这里曾是一个圣地，”公爵继续说，“这个祭坛是为供奉一个神明家族而建的。在人们还没听说过上帝的远古时代，这些神明就已被人们广为传颂，所以在这里立下的誓言会具有双倍的效力。现在你跟着我一起说：‘神明在上——天使、大天使、权天使和力天使做证，假如我跟别人提起我放羊的日子，或是我在马尔布里丘上的所见所闻，则必遭天谴！我将受尽折磨，无论在屋内还是花园，在田野还是路上，教堂还是礼拜堂，故乡还是他乡，陆地还是海洋。我将身患恶疾，无论是进餐还是宴饮，成人还是老朽，鲜活还是弥留，我身心都必遭苦痛，直到永远。我愿如此，此乃我愿。阿门，阿门。'现在，亲吻这块石头。"

男孩浑身发抖地重复了这些话，并亲吻了石头。

公爵松开了抓着他的手。那天晚上牧羊少年住在抖森塔府里。第二天，他被送去一个遥远的村庄上学，后来又去了一个预备学校，念完之后接着去了公学。

第四夜

这是很多年之后的一个冬夜，曾经的牧羊少年正坐在抖森塔北翼的一间陈设得当的办公室里，穿着打扮看上去是个受过教育的普通办事员。他看上去大约三十八到四十岁，但实际上并没这么大。当他偶尔抬起头，寻找放错地方的信件或文件时，那疲惫不安的眼神似乎说明他有些心绪不宁，虽然他四周环境都很祥和。他肤色苍白，完全不像个农人。他声称自己在写东西，却一字未著。他只坐了几分钟后就放下笔，将椅子推后，不安地把双手搭在扶手上，眼望着地板。

很快，他站起身离开了房间。他穿过一段走廊，经过一个八角形的中央大厅，来到一扇门前敲了敲门。一个虚弱而低沉的声音让他进去。这是个书房，里面只有一个人——他的恩主，公爵大人。

这么多年过去，公爵已不复当初的壮硕。他现在几乎只剩皮包骨头了，白发稀疏，双手几近透明。"啊，是米尔斯？坐下吧，什么事？"

"没什么特别的，公爵大人。没什么重要的来信，也没有访客。"

"噢——那是什么事呢？你看起来有点忧虑。"

"往昔旧事重新复活了，有情况唤醒了它们。"

“见鬼的往昔旧事——你说的是哪些旧事？”

“二十二年前的圣诞周，已故公爵夫人的表弟弗雷德里克请求与她在马尔布里丘见面。我目睹了他们那次的会面——那天晚上就跟今天一样——而且我，您也知道，还看到了更多。她见了他一面，但再没有见过第二面。”

“米尔斯，需不需要我提醒你一些话——有个放羊娃在那座山上立誓时说的话？”

“不需要。他一直信守着他的誓言和承诺。自那一晚以后，他从未有只言片语提起过他牧羊的日子——就连跟您也不曾提起。大人，您想不想听我继续说下去？”

“我不想听你再说下去了。”公爵愠怒地说。

“好的，如您所愿。不过，似乎时辰已到——也许已迫在眉睫——就算我守口如瓶，纸可能也包不住火了。”

“我不想再听你说这个了！”公爵重复了一遍。

“您不必担心我会背叛您，”管家说，语气中颇有些苦涩，“我是您的人，您对我恩重如山——没有哪位恩主会比您更好了。您供我吃穿，送我读书，又让我在府里做管家为您效劳，我绝不是忘恩负义的人。但是那又怎样呢？我守口如瓶，大人您因此得到什么好处了吗？我觉得并没有。奥格本上尉的失踪引起了轩然大波，我一个字也没有说。他的遗体至今没有下落。二十二年来我一直在想，您究竟把他怎么处置了。现在我知道了。今天下午发生的一件事迫使我回想起了当年。为了确定那一切都不是梦，我带着一把铁锹去了那里。我搜寻了一遍，看到了我想知道的事。在一个封闭的獾洞里，有东西在腐烂。”

“米尔斯，你觉得公爵夫人猜到了吗？”

“她从没猜到过，我敢保证，到死都没有。”

“你离开的时候把一切都恢复原样了吗？”

“是的。”

“是什么事让你非得今天下午上那儿去？”

“就是刚才大人您说您不想听的那件事。”

公爵沉默了。这个夜晚安静得出奇，远处响起了丧钟的声音，清清楚楚传到他们耳里。

“这钟是为何而鸣？”这位贵族问道。

“为了我想来告诉您的事，大人。”

“你在折磨我——你就喜欢这样！”公爵大声吼道，“村子里谁死了？”

“最年长的人——那位老牧羊人。”

“终于死了——他多大了？”

“九十四。”

“我才七十岁，所以我还有二十四年可以活呢！”

“我在马尔布里丘上放羊的时候在那位老牧羊人手下当差。那件事的隔天晚上，也就是当我第一次同大人您说话的时候，他就在山上。他一直都在山上，只是我不知道他在场——您也不知道。”

“啊！”公爵惊跳起来，“说下去——我让步了——你可以说出来。”

“今天下午我听说他已到弥留之际。这让我想起了过去——促使我去山上搜寻，正如我告诉您的一样。回来的时候我听人说，他提出要见牧师，说要忏悔并坦白一个他已经保守了二十多年的秘密——据他说是‘出于对公爵大人的尊敬’——是他在二十二年前十二月的一个晚上回去看羊时发生的事。我仔细地回想了一遍，那天晚上他把我留下看羊，但他通常都会中途突然回来，以免我睡着了出娄子。那天晚上我没有见到他，虽然他说了他会回来。他肯定回来过了，而且——因为某种原因躲起来了。一切都很明显了。另一件事是，牧师两小时前去了他的住处。除此之外我还没有听到更多的消息。”

“这已经够了。让牧师明天天亮时来见我。”

“做什么呢？”

“让他在接下来的二十四年里闭嘴——直到我跟老牧羊人一样在九十四岁入土。”

“我的大人——您命令我保持沉默，我就绝不说出去，哪怕要砍头我也不会说。我发誓为您效劳，我就会为您效劳。但是这样的坚持真的有用吗？”

“我说了，我要让他闭上嘴！”公爵喊着，口气里带着几分过去的粗鲁与强硬，“现在，你回家休息去吧，米尔斯，我自己来对付他。”

谈话结束了，管家起身离开。这个夜晚，正如他所说，就跟二十二年前的那个夜晚一样。正是那一晚发生的事让他从此无法再把这个时节看成一个欢乐与友爱的季节。他回到庄园边上自己的屋里，这些年他一直独自一人，无亲无故。十一点钟他准备就寝——但并未上床。他坐下，沉思了半天。十二点的钟声响起，他望着窗外惨白的月亮，不知为何，突然起身戴上帽子走出家门。比尔·米尔斯走啊走，一直来到了马尔布里丘的顶端。他已经整整二十多年都不曾在晚上这个时间来这里了。

他估摸着当初小茅屋所在之处，尽量走近些。现在这里没有产羔的羊群了，当初粗暴待他的老牧羊人昨天也已经咽了气。但是巨石牌坊还一如既往地矗立在那里，反射着银白的月光。他穿过中间的草地走近牌坊，有些迷乱地将嘴唇贴在了石头上。虽然他内心充满不安与自责，但是想到当初在这个远古异教神庙前立下的可怕誓词，还亲吻巨石以示将永守誓言，他还是忍不住笑了一下。他的确一直信守诺言，但不是当作宗教誓言，而是当作承诺。他也因此获得了许多实际的好处，虽然并没有得到幸福。随着时间的推移，年岁的增长，他心中反叛的情绪逐渐滋长，以至于今晚听到的消息几乎让他如释重负。

就在他靠着恶魔之门思绪万千之际，他突然意识到自己并不是山丘上唯一的人。一个穿白衣的身影在他对面无声地迈着大步走来。米尔斯一动不动，等人影走近，他发现来人正是公爵本人，还穿着睡衣——很显然是在梦游。米尔斯不想惊动他，紧紧地贴在石头的阴影里。公爵径直走进了洼地，跪到地上，开始像獾一样用双手刨土。几分钟后，他站起身来，沉重地叹了口气，沿着来时的路往回走。

管家怕他路上伤到自己，但又不想惊醒他，于是便悄无声息地一路尾随。公爵准确无误地沿原路返回，进了庄园，走近宅子，钻进了一扇开着的窗——他大概就是从这扇窗里出来的。米尔斯觉得没必要惊动屋子里的人，于是便轻轻地把窗户关上，然后回到住处，等待着第二天一早真相被揭露。

不过，整个晚上他都感到心神不宁，不仅担心第二天即将到来的事，也担忧公爵的身体状况。他一大早就去了抖森塔。百叶窗还紧闭着，门房来开门时神色有些怪异。管家说想求见公爵大人。

门房压低了声音郁郁地回答：“先生，很抱歉，公爵大人过世了！昨晚不知道什么时候他离开了房间，也不知道他去了哪儿。他回来时，上楼梯失足摔了下去。”

没等牧师开口，管家米尔斯就坦白了马尔布里丘上发生的故事。米尔斯早就决定，等到公爵一死他就要让真相大白。他可以欣然接受这么做给自己带来的后果，但他并没有因此活得更久。他死的时候还不到四十九岁，正在开普郡务农。

马尔布里丘品种的羊群依然闻名遐迩，看上去也跟从前毫无差别。但是现在这些羊经过了许多代繁衍，跟已故治安官讲述的故事中的那些羊其实已相差甚远。产羔角已经许久不做产羔之用了，虽然这个名字沿用至今。之所以弃用，部分是因为当时给牧羊人提供了许多便利的高大的荆豆丛被清除掉了。还有部分原因，可能跟另一件事有关。据当地现在的牧羊人说，在圣诞周的夜晚，巨石牌坊附近的空地上会看见有影子掠过，武器的寒光一闪，然后一个男人拖着一个重物走进洼地。不过这些都只是未经证实的传言罢了。

一八八一年圣诞节

三个陌生人

在英格兰农业区，历经世纪更迭却几乎原貌未改的大概要算广袤无际、青草茂密、荆豆丛生的牧场了。牧场根据种类不同分别被称为丘陵牧场、峡谷牧场和草场，主要集中在南部和西南部几个郡的大片地区。因此在这些地区如果偶尔看到有人烟，通常都是某个牧羊人孤零零的小屋。

五十年前，在这个地区的某个丘陵牧场上，就矗立着这么个孤单的小屋，也许现在还在那儿。尽管它孑然独立，但实地测量一下就会发现它距离最近的小镇还不到三英里。不过这于事无补：三英里崎岖不平的山路，加上一年中大部分时间天气恶劣——冰雹、降雪、大雨、迷雾——就算是豪爽好客的泰门或尼布甲尼撒王到了这里也会落得形影相吊；即便是在气候宜人的时节，那些喜爱亲近自然的人——诗人、哲人、艺术家，以及其他那些专事“酝酿与思考美好事物”的人——也会对这山路望而却步。

通常这些偏僻的住所在修建之初都会将某处废弃的土泥营地或古冢、某簇树丛，至少也是一截干枯的古老树篱利用起来就近搭建。不过，本故事里说到的这个牧羊人的住处却未用此法。这所房子叫作“高报晓梯”，可谓是茕茕孑立、毫无遮挡。选址于此的唯一原因大概就是附近正好有两条小路垂直交叉，可能五百年来一直如此。因此屋子四面都全然暴露于自然的威力之下。不过，尽管此处刮风时一定挨吹，下雨时一定遭淋，但这丘陵上冬季的种种天气并不像低处居民们想象的那般可怕。这里的霜降没有峡谷里那么有害，霜冻也极少那么恶劣。不明就里的人怜悯牧羊人一家住在这里受尽风刀霜剑，他们自己却说，总的来讲，原来住在附近温暖山谷里的一条小溪边时总是“又齁又堵”（即嗓子沙哑、咳嗽痰多），现在反而好得多了。

一八二几年三月二十八日那晚，正是最容易唤起这种怜悯之情的时节。暴风雨猛烈拍打着墙壁、斜坡和篱笆，就像森拉克之战和克雷西之战中长弓射出的箭雨一般。[①]羊群和其他户外养的牲口无处躲藏，只得转身用屁股迎着风；栖息在参差不齐的荆棘枝上的小鸟，尾巴被风吹得翻起来，像一把张开的伞。牧羊人小屋的山墙顶已有浸水的痕迹，屋檐的滴水直拍打到了墙上。但怜悯牧羊人绝对是大错特错。因为这位乡下人正兴高采烈在家中招待客人，庆祝他的二女儿受洗命名。

客人们是在落雨之前到达的，此刻大家都聚在房子的主屋，又叫客厅。在这个意义重大的夜晚八点时分，看看屋内就会觉得，在这狂暴的天气里有这么个温暖舒适的安乐窝真是别无所求了。屋子主人做什么行当，只要看看壁炉上方挂着做装饰用的一排牧羊手杖便一目了然了。这些手杖去掉了棍把，只留下曲柄，磨得锃亮，每一个曲柄的样式都不同，从旧时家庭圣经图片里画的最古老的样式到最近当地羊市流行的时新样式应有尽有。屋内点了半打蜡烛照明，烛芯只比包着它们的蜡油略细一点，都插在只有节日、圣日和家庭聚餐等重要日子才会使用的烛台上。蜡烛遍布整个房间，有两支摆放于壁炉架上。这个位置是有讲究的，家里有聚会时才会把蜡烛摆在壁炉架上。

壁炉里有一根粗大的木头慢慢燃着垫底，木头前的荆棘在熊熊燃烧，发出噼啪的爆裂声，就像是“愚人的笑声”[②]。

在座一共有十九人，其中有五位妇人，穿着各色鲜艳的长裙，在靠墙的椅子上就座，或娇羞或大方的姑娘们坐在靠窗的长凳上。四位男子正懒懒地坐在高背长椅上，其中包括篱笆匠查理·杰克、

① 森拉克之战是一〇六六年黑斯廷斯战役决定胜负之役；克雷西之战是英法百年战争中的经典战役，发生于一三四六年。两次战争均以弓箭手为决胜关键。

② 引自《圣经·旧约·传道书》第七章第六节，“愚人的笑声，便如同烧荆棘的爆声，不过是虚空”。意即两者都既喧闹又毁灭自己，毫无意义。

教区执事以利亚·纽，以及附近奶牛场的场主、牧羊人的岳父约翰·皮彻。一个小伙子坐在墙角的碗橱前正对一个姑娘说着要缔结良缘的绵绵情话，姑娘听得脸颊绯红。还有一个五十多岁上了年纪的男子，他刚订婚不久，正心神不定地晃悠着，慢慢朝他未婚妻所在之处挪过去。聚会整体来说非常愉快，可以自由自在不受世俗限制使得大家更加兴高采烈。人人都相互信赖、互怀善意，因此更加放松。而他们最好的一点就是没人表现出想飞黄腾达，或欲增进心智，或要鹤立鸡群的样子，因而显得平和从容，几近高贵。如今除了社会阶层的两极之外，似乎其余所有人都患上了此种病症，因而大大破坏了温柔敦厚之风气。

牧羊人菲诺结了门好亲，他的妻子是奶牛场主的女儿，娘家就在稍远一些的一个山谷里。她出嫁时带来了五十基尼[①]的陪嫁——到现在还留着，待到养育后代有急需时才动用。这位节俭的妇人对于聚会究竟该如何安排颇费了些心思。倘若以静坐为主，虽然也有好处，但在椅子上或坐或靠，一放松就很容易让男人们开怀畅饮起来，最后把所有酒都喝个精光。办成舞会也不是不可以，但舞会虽可避免酗酒，却另有坏处：大运动量会导致胃口大开，他们的食物储藏室又会惨遭洗劫。菲诺太太于是决定采取折中方案，最好是先跳一会儿舞，然后聊会儿天，再唱几首歌，这样穿插进行，以避免出现不可控制的狂饮或饕餮。其实这不过是她自己脑中的盘算罢了，牧羊人菲诺可是一心一意想要好好展示一下主人家的热情好客。

提琴手是当地的一个男孩，大约十二岁，拉起吉格舞曲和里尔舞曲来可谓相当熟练。但他毕竟手小指头短，左手不停地在高音把位和第一把位间变换，有时难以应付，于是间或会发出一些杂音。晚上七点，男孩便开始奏响欢快的音乐，教区执事以利亚·纽周到地带上了他最中意的乐器蛇形号，吹出呜呜的低音为提琴伴奏。大家即刻闻声起舞。菲诺太太私底下嘱咐两位演奏者，跳舞的时间一定不要超过一刻钟。

---

① 基尼，一六六三年英国发行的一种金币。一基尼等于二十一先令，即一点零五英镑。于一八一三年停止流通，后由英镑取代。

但是以利亚和男孩演奏得正畅快，完全忘了她的叮嘱。加上在场有一个十七岁的小伙子奥利弗·盖尔斯，被他的舞伴，一个三十三岁的美貌姑娘迷得神魂颠倒，不假思索地塞了一个崭新的克朗银币[①]给乐师们作为贿赂，希望他们不到力气用光千万别停。菲诺太太看到客人们脸上开始热气腾腾，赶紧走上去扯了扯小提琴手的胳膊肘，又用手堵了堵蛇形号的喇叭口，但两人却置若罔闻。菲诺太太怕如果干涉得太明显，会让别人闲话自己这个女主人不够亲切好客，只得退回坐下，无计可施。舞会于是继续欢快地进行，越来越狂热；跳舞的人们如同行星沿既定轨道运行一般，上前、退后、靠近、拉远，直到房间尽头那嘀嗒作响的时钟的指针转了整整一个圆周。

正当牧羊人菲诺的乡村小屋里宾客皆欢之际，外面阴沉的夜里一件与这场聚会颇为相关的事也正在进行中。在菲诺太太对越来越激烈的舞会的担忧逐渐加剧的同时，有一个人正从三英里外的小镇方向朝着“高报晓梯”所在的孤零零的小山丘逐渐靠近。此人顶着大雨，沿着牧羊人屋子旁蜿蜒的小路一刻不停地大步前行。

已经快到满月时候了，因此虽然天空中雨云密布，屋子外头却都大体看得见。惨淡的光照出这个孤单的路人灵活的身姿；他的步态显示出他已经过了最敏捷矫健的年龄，但必要时依然还能迅速行动。粗略估计他大约四十岁左右。他个头看上去很高，不过征兵队长或其他善于通过打量估计个头的人就能看出，他之所以显高是因为他非常消瘦，其实他的身高最多五英尺八九英寸[②]。

他步履如常，却透露着谨慎，仿佛每走一步都要经过思索一样；虽然他穿的并不是黑色或深色的外套，但他给人的感觉却像是属于穿黑衣的那一类人[③]。他穿着粗斜纹布衣、平头钉靴子，但他走路的姿态却不太像是个穿惯了平头钉靴和粗斜纹布衫的乡下人。

他来到牧羊人的屋子跟前时，雨正好落下来——或者说一直下着，只是这会儿来势更加凶猛。屋子的外围稍微阻挡了一下急风暴雨，

---

① 价值五先令。

② 也就是不超过一点七五米。

③ 指城镇里的技术工人和公职人员等。

使得他停下站定。牧羊人的住所最打眼的是花园前角处有个空空的猪圈，花园没有栽树篱，因为在这些乡野里，人们还没有要把住处不甚雅观的地方遮挡起来的意识。旅人的目光被猪圈顶棚湿漉漉的石板瓦反射的微光给吸引了。他转身看了看，发现猪圈是空的，于是便在顶棚下躲雨。

这时旁边的房子里蛇形号洪亮的呜呜声伴着小提琴隐隐的奏鸣声传了过来，正好同暴雨落在泥地上的唰唰声，落在花园卷心菜叶上的啪啪声，落在小路旁隐约可见的近十个蜂箱的稻草顶上的哧哧声，以及屋檐水滴落到墙边地上一排桶和锅里的咚咚声相互应和。在像“高报晓梯”这一类的高地住处，住户的一个巨大难题就是缺水；所以但凡下雨，屋里能用得上的锅碗瓢盆全都会摆出来接水。你可能听说过在干旱的夏季，连肥皂水和洗碗水都要被反复利用的一些奇特的节水方法；这在高地人家是绝对必要的。不过目前这个季节需求则没有这么急迫，只要接受上天的赐予，储备起来就足够了。

蛇形号终于停止了吹奏，整个房子安静下来。这中断惊醒了陷入沉思的孤单的旅人。他走出猪圈，沿小路朝屋子正门走去，显然是有了新的打算。到了门前，他的第一个动作是在那一排用来接水的容器旁的一块大石头上跪下，就着其中一个满满饮了一大口。止住渴后，他站起身抬手准备敲门，却又看着门停了下来。木门的面板黑黝黝的什么也看不出来，所以很明显他是在脑中想象着门内的场景，就好像是他想要估算一下这种房子里头会有的各种可能性，以及它们对他进去后可能会造成的各种后果。

举棋不定中，他又转身打量了一下四周，一个人也看不到。脚下的花园小路蜿蜒而下，像是蜗牛爬过的痕迹一样闪着微光；常年干涸的小井上的井架、井口盖板，花园门上的扶手，全都泛着一层暗暗的水光；远处山谷里有隐隐的一线白色，比平时要更明显，表明草场旁的河水水位上涨了。再远处是几点隐隐约约的灯光在急雨中闪烁，灯光指示着小镇的所在，他应该就是打那儿来的。那个方向此时动静全无，这似乎坚定了他的决心，于是他敲了敲门。

屋内，音乐和舞步已被闲聊所取代。篱笆匠正向众人提议唱首歌，但似乎没人愿意响应，所以敲门声来得很是时候，正好转移注意力。

“请进！”牧羊人立刻说。

门闩咔嗒向上抬起，我们的夜行人站在门前的脚垫上。牧羊人站起身，剪去身旁两只蜡烛的烛花，转过身打量来者。

光照之下，陌生人看上去肤色偏黑，五官颇为俊秀。他进门后没有立刻脱帽，帽檐儿低垂，但仍然可以看到他的双眼。他的眼睛大而有神，目光坚定，不是匆匆地一瞥，而是机敏地一扫，掠过整个房间。他似乎对查看的结果很是满意，这才脱下帽来，露出一头乱发，用低沉而有磁性的声音说：“朋友，雨势太大，可否让我进来休息片刻？”

“当然可以了，陌生人，”牧羊人回答，“老实说，你很会挑时间来，因为我们正为一件高兴事儿在聚会作乐呢——当然，一个男人可不希望这种喜事一年多过一次。”

“也不能少于一次，”一个女人插嘴说，“最好是早点儿把该成的家成了，该生的娃生了，早点儿弄完，就可以早点儿累完。”

“敢问这高兴事儿是？”陌生人问道。

“生了个娃，今天受洗命名。”牧羊人回答。

陌生人表达了他对主人的祝贺，希望他往后子嗣不多不少刚刚好，让他能继续高兴下去。主人示意请他喝一口大酒缸里的酒，他也欣然接受了。在进门前他看起来疑虑重重，现在却是一副坦然随性的样子。

“这个时候横穿这山谷有点晚了哟——是不是？”五十岁刚订婚的男子说。

“确实是很晚了，先生，正如你所说。夫人，如果您不反对的话，我想在壁炉边找个位置坐下来，因为我被雨淋到的那一边湿透了。”

牧羊人菲诺的太太同意了，给这位不请自来的陌生人让了让位，他整个人坐进去后，便伸展开四肢，看起来很是自在，完全不把自己当外人了。

“是的，我的鞋面都开裂了，”他发现牧羊人妻子望向他的靴子，便坦率地说，“而且这身衣服也不太合适。我最近日子比较艰难，所以只能有什么就穿什么啦，不过等回到家以后，我就得找一套适合平时穿的衣服了。”

“你就住在附近吗？”她问。

“没那么近——还得再往上走。”

“我估计也是。我也住那边，听你说话的口音我觉得你应该是我娘家那边的人。”

“不过你应该没有听说过我，”他忙回答，“你看，我的年纪可比你要大多了，夫人。”

赞美女主人年轻的话起到了阻止她继续盘问下去的效果。

“我现在再有一样东西就快活无比啦，”陌生人说，“那就是来一点烟叶。真是不好意思，我的烟全都抽完了。”

“把烟斗给我，我帮你装满。”牧羊人说。

“我得请你借我一个烟斗才行。”

“你抽烟，居然随身不带烟斗？”

“我在路上某个地方弄丢了。”

牧羊人拿了一个新的陶土烟斗，装上烟叶递给他，一边说：“反正现在已经在装了，干脆把你的烟盒也递给我，我帮你一起装满。”

男人把所有口袋统统搜了个遍。

“烟盒也掉了啊？”主人问，颇有些讶异。

“恐怕是也掉了，”男子迷惑不解地说，“你就用纸包一点给我好了。”他就着蜡烛点燃烟斗，猛吸一大口，连蜡烛的火焰都被吸进烟嘴里去了。然后他又在壁炉旁坐下来，低头望着他的裤腿上升腾起的淡淡水汽，似乎不打算再多说话了。

这时大部分宾客都不太留意来客了，他们正在全神贯注地同乐队商量下一支舞选哪一首曲子才好。达成一致意见后，他们正准备起身，门口又传来一阵敲门声，把他们的动作给打断了。

听到敲门声，坐在壁炉角的男子拿起拨火棍开始拨弄起壁炉里的那根大木头来，就好像这是他存在的唯一目的似的。牧羊人第二次扬声说：“请进！”很快，又一个人站在门前稻草编的脚垫上。这又是一个陌生人。

这次的来客同第一个可真是迥然不同。他的言行举止看起来更加稀松平常，五官一副快活相，像是个走南闯北见过世面的人。他比头一个人要大几岁，头发已略有花白，眉毛又粗又硬，络腮胡腮帮上的部分被刮掉了。他的脸盘浑圆，肌肉有些松弛，但还是颇有气势。鼻子附近有几个酒糟疙瘩。他把褐色的厚大衣往后一掀，露出了里面穿的一套烟灰色的衣服。他身上唯一的饰物是某种金属制成的又大又沉的徽章，用怀表链吊着，看来似乎需要打磨抛光了。他抖了抖泛着水光的低顶帽，说："伙伴们，我必须请求你们容我避会儿雨，不然我还没赶到卡斯特桥就已经淋成落汤鸡了。"

"先生，请自便吧，不用客气。"牧羊人说，不过似乎没有第一次那么热忱了。这倒绝对不是因为菲诺生性小气，只是房间不大，空椅子也不多，所以对身着鲜艳长裙的妇人和姑娘们来说，旁边坐个湿漉漉的人确实不太方便。

第二个人脱掉了大衣，把帽子挂在天花板横梁的一根钉子上——虽然并没有人让他挂在那里——然后走到桌前坐下。桌子早已被推到紧挨着壁炉，好多留一些空间给客人们跳舞；一头的边缘都擦到坐在壁炉旁的那个人的手肘了。于是两个陌生人便紧靠在了一起。他们相互点头致意，算是打破互不相识的拘束。第一个陌生人把牧羊人家的大酒缸——一个巨大的褐色陶土容器递给他的邻座。酒缸口的边缘历经数代饥渴唇齿的反复触碰摩擦已经磨损，浑圆的缸身上烧制着几个黄色的字：

> 我若不来
> 何以开怀

第二个人毫不嫌弃地把酒缸举到嘴边，喝了一口，两口，三口——直喝到牧羊人的妻子脸色开始微微发青，她看到第一个陌生人如此随意地借花献佛时就已颇感讶异。

"我就知道！"豪饮者心满意足地对牧羊人说，"我还没进门之前，走过你家花园，看见那一排蜂箱，我就对自己说，'有蜜蜂则必有蜂蜜，有蜂蜜则必有蜜酒’。但是我从没料到老了还能喝上味道这么香醇的蜜酒！”他说完又喝了一大口，从缸子的倾斜程度看，很是不妙。

“你喜欢喝就好！”牧羊人热情地说。

“酒倒是不错，”菲诺太太赞同地说，但语气并不热诚，似乎觉得倾尽酒窖只换得一句赞扬，代价实在是太大了，“酿这酒实在是太麻烦——实话说我们应该不会再酿了。蜂蜜销路很好，而且我们自己要喝的话，只需要用洗蜂巢的水酿淡蜜酒或是蜂蜜药酒就够了。”

“噢，你怎么忍心呢！”穿烟灰色衣服的陌生人用责怪的语气说道。他第三次举起酒缸，一饮而尽。“我热爱蜜酒，尤其是这种陈酿，就像我热爱礼拜天上教堂、平日里天天帮人排忧解难一样。”

“哈哈哈！”坐在壁炉边的那个人大笑起来。虽然他开始一直默默地抽着烟，但同伴的小幽默似乎让他忍俊不禁了。

话说当年的陈年蜜酒，是用最纯的头年蜜或称为少女蜜酿制而成，每一加仑需要四磅蜂蜜——加上蛋清、肉桂、生姜、丁香、肉豆蔻、迷迭香、酵母等辅料，历经酿造、装瓶和窖藏而成。这酒后劲儿其实相当大，但喝起来却并不觉得特别浓。这会儿坐在桌边的穿烟灰色衣服的陌生人酒劲儿慢慢地上来了，他解开了背心的纽扣，向后仰靠在椅背上，伸展双腿，四仰八叉的模样实在引人注目。

“哎呀，哎呀，我刚说到，”他接着说，“我要去卡斯特桥，不去不行啊。本来我这会儿都应该快到了，没想到大雨把我赶进了你们家，不过我可一点也不后悔。”

“你不住在卡斯特桥？”牧羊人问。

“还没有，不过我很快就会搬过去的。”

“是不是打算在那儿找份活干？”

“不，不，”牧羊人的妻子说，“看得出来这位先生是个有钱人，根本不需要工作。”

烟灰色衣服的陌生人顿了一下，似乎在考虑是否要接受这样的定义，随后立刻否定了这种说法，回答说：“夫人，有钱人这个词可不适合我。我有工作，而且非得工作不可。就算我要半夜才能到达卡斯特桥，我明天一早八点也必须开工。是的，不管天晴还是下雨，刮风还是降雪，饥荒还是战乱，明天的活也必须得干。”

“好可怜哪！所以，虽然外表看不出来，其实你比我们还要穷困呀！”牧羊人的妻子感叹说。

“这是我干的这行的性质决定的，各位。与其说是贫困，不如说是我的行当的性质……不过我确实真的得马上走了，不然就算到了镇上也找不到住处了。”他口里这么说着，却并没有挪窝，而是直截了当地又加了句，“现在还有点时间，我走之前可以再喝上一盅友谊的酒，可惜酒缸已经空了，不然我就会马上来一口了。”

“这里有一缸淡蜜酒，”菲诺太太说，“我们说它‘淡’，其实它是洗蜂巢的头一道水呢。”

“不不，”陌生人嫌弃地说，“我可不能让你们头一盅的盛情被这第二盅给糟蹋了。”

“当然不会，”菲诺插进来，“我们又不是天天都生孩子办聚会。我给你把酒满上。”他去到楼梯下放酒桶的暗处，他的妻子尾随而来。

“你为啥要这样做？”两人一独处，她便立刻责备他说，“他已经喝掉了一缸酒了，本来都够十个人喝的！现在他还看不起淡酒，还非要劲头大的！他以为他是谁呀！我们都不认得他！他那副德行，我一点儿都不喜欢。”

“亲爱的，他来都来了，而且今天晚上又下雨，我们还在庆祝洗礼。去他的，多一杯少一杯又有啥关系嘛？下一次熏蜂割蜜的时候再多做一点就是了。”

“好吧，那就这一次，下不为例。”她郁闷地看看酒桶说，“这个人是做啥的，哪儿的人，为啥到这儿来这样打扰我们？”

“我也不晓得。我再问问他吧。”

这一次菲诺太太很警惕地提防穿烟灰色衣服的陌生人又把酒一口饮尽。她把给他喝的酒倒到一个小杯子里，把大缸放得离他远远的，这招果然有效。待到他喝完了杯里的酒，牧羊人重又问起他的行当。

陌生人没有马上回答，坐在壁炉旁的第一个陌生人却突然很坦率地说：“大家都可以知道我的行当——我是修轮子的。”

“在这一带做这个行当挺不错。”牧羊人说。

“大家也都可以知道我的行当——如果你们猜得出来的话。”穿烟灰色衣服的陌生人说。

“一般只要看一个人的手就能看得出他是做啥的了，”篱笆匠发话了，顺便看了看自己的手，“我的指头上都是刺扎过的印子，就跟旧针线包上都是针眼一样。”

壁炉旁的人本能地将双手往暗处藏了藏，又开始抽烟斗，眼睛盯着壁炉里的火。桌前的陌生人接过了篱笆匠的话头，机灵地说：“的确如此。不过我的行当的特殊之处是，它不会在我身上留下痕迹，而是在我的客户身上留下痕迹。”

没人发话来解答这个谜语，于是牧羊人的妻子又问有谁愿意唱歌助兴。但是这次的麻烦跟上次一样——一个人嗓子哑了，另一个不记得第一段的歌词了。坐在桌旁的陌生人酒过两巡，已到了飘飘然的境界，出来帮大家解围，宣布说他要抛砖引玉先来一首。他一只手大拇指扣着马甲的袖圈，另一只手在空中挥舞，眼睛盯着壁炉台上方挂着的牧羊杖柄，开口唱起来：

啊，我的行当实在太稀罕，
我淳朴的牧羊人呀——
我的行当是个大奇观；
客户会被我捆起，再把他们高高吊起，
送他们到遥远的国度去！

他唱完了这一段，屋里所有人都沉默了，只有坐在壁炉旁的陌生人例外。他听到唱歌的人喊：“伴唱！”便用他浑厚悦耳的嗓音应和，“送他们到遥远的国度去！”

奥利弗·盖尔斯、奶牛场主约翰·皮彻、教区执事、五十岁的订婚男子，还有靠墙坐着的一排年轻姑娘似乎都有些走神，但想的似乎并不是什么开心事。牧羊人望着地面若有所思，他的妻子牢牢盯着唱歌的人，狐疑地思索他究竟是在凭着记忆唱一首老歌呢，还是在即兴发挥来应景。在座所有人都迷惑不解，如同伯沙撒王宴会上的宾客一般。[1]只有壁炉旁的第一个陌生人轻声说："第二段，唱起来！"然后继续抽他的烟斗。

歌者又满满地喝了一杯酒润嗓，应邀继续唱第二段：

我的工具实在太简单，
我淳朴的牧羊人呀——
我的工具一点不稀奇；
给我一小截麻绳，再加根高高的柱子，
这些已够我演一场好戏！

牧羊人菲诺四下瞥了瞥。这下已再无疑问，陌生人正是在用唱歌的方式回答他提出的问题。客人们一个个都吓得向后一缩，发出低低的惊呼声。五十岁男子年轻的未婚妻一副快晕倒的样子，但她发现未婚夫可能身手不够敏捷没法及时接住她，于是便没有再继续倒下去，而是坐了下来，浑身颤抖。

"啊，他就是那个——！"大家悄声低语，提到了一个不祥的公职名称。"他是来干那个的！就是明天，在卡斯特桥监狱！那个偷羊贼——听说是个可怜的钟表匠，原来住在肖茨福特——叫作蒂莫西·萨默斯，后来没有活干了，全家人都快饿死了，于是他就沿着大路出了肖茨福特，光天化日之下偷了别人家的一头羊，公然反抗农场主和他的妻儿，还有在场的每一个人。他——"他们的头朝那个从事死亡职业的陌生人微微点了点，"是从北边过来的，他自己的镇上没多少活干了，所以就到这边来了；我们镇上原来干这活的人死了，他就得了这个职位；以后他就要住到监狱高墙下面的那个屋子里头啦！"

穿烟灰色衣服的陌生人没有理会这一阵窃窃私语，而是又喝了一杯酒润嗓。看到只有壁炉旁的那位朋友对他的欢快有所回应，他便向这位颇有眼光的伙伴举杯致意，对方也举杯回应，两人碰了碰

① 出自《圣经·旧约·但以理书》，伯沙撒是古巴比伦王国最后一位国王，在一次宴饮时命人将他父亲从耶路撒冷圣殿中掠夺来的器皿给宾客饮酒。正在纵情欢乐之际，上帝突然显现一只手在宫殿墙上写了几行字，但无人能识。

杯。屋里其他人眼睛都盯着歌者的一举一动。他张口正准备唱第三段，突然门外又传来一阵敲门声。这次声音很轻且犹疑不决。

所有人似乎都被吓到了。牧羊人惊慌失措地看看门口，又看看妻子那不赞成的眼色，费了些劲儿才扛住，第三次说出欢迎的话："请进！"

门轻轻地开了，又一个男人站在脚垫上。跟前两位来客一样，这也是个陌生人。这次的来者个子矮小，肤色白皙，穿着一套体面的深色衣服。

"能否问个路，我想去——"他开口说话了，同时环顾了一下屋内，看看里面都是些什么人，然后他看见了穿着烟灰色衣服的陌生人。后者那会儿正全神贯注开始唱他的第三段，完全没有理会别的事的打岔。他的歌声让所有的私语和询问都停了下来：

> 明天是我工作的日子，
> 我淳朴的牧羊人呀——
> 明天已到干活的佳期，
> 农夫的羊被宰啦，宰羊的人被逮啦，
> 愿上帝让他的灵魂安息！

坐在壁炉旁的陌生人举着酒杯快活地伴着歌声挥手，连蜜酒洒出来了都浑然不觉，然后又用他低沉浑厚的嗓音伴唱："愿上帝让他的灵魂安息！"

在此期间第三个陌生人一直站在门口。大家发现他既没有走进来也没有开口说话，便抬头仔细地打量他，然后惊讶地发现他一副惊恐万状的模样——两腿直打哆嗦，手也抖得很厉害，把拉着的门闩都弄得嗒嗒作响；他张着嘴，嘴唇惨白，眼睛死死盯着屋子中间那位快活的绞刑官。再下一刻他转过身，把门一关，仓皇逃走了。

"这是个什么人哪？"牧羊人说。

屋子里的人一面因最新的发现而恐惧，一面因第三位来客的举止而诧异，个个看上去都有些不知所措，一时间都不说话了。他们不自觉地退后，想尽可能离那位可怕的先生远一点；有的人简直就把他当成了死神本尊。最后他们全都缩在边上围成一个大圆圈，与他之间隔了远远一段距离——

“……一个圆圈，恶魔立于其间。”①

屋内一片死寂——虽然里面明明坐着二十多个人——能听到的唯有雨打在窗棂上的声音，以及间或一滴雨落进烟囱滴到火上发出的嗞嗞声，还有角落里的陌生人抽着烟斗发出的有节奏的吐烟声。

这沉默被出其不意地打断了。远处传来一声枪响，在空气中回荡着——很显然是从三英里外的小镇方向传来的。

“糟糕！”唱歌的陌生人跳起来喊。

“那是什么意思？”几个人问道。

“有人越狱了——就是这个意思。”

众人侧耳倾听，枪声又响了一遍。大家都不说话了，壁炉旁的陌生人低声开口说：“我以前听人说过在这个地方出现这种情况的时候他们就会开枪示警；但今天还是头一回听到。”

“我在想逃走的是不是我的那个人？”穿烟灰色衣服的人自言自语。

“肯定是的！”牧羊人不由自主地说，“我们见到的肯定就是他！现在想想，那个小个子从门口往里头看，一看到是你，又听到你唱的歌，就抖得跟片树叶一样！”

“他吓得牙齿直打架，气都喘不上来了！”奶牛场主也说。

“然后他就像心头落了块大石头！”奥利弗·盖尔斯接着说。

“然后他拔腿就跑，就跟挨了一枪一样。”篱笆匠说。

“确实如此——他牙齿咯咯打战，心头一沉，然后就跟挨了一枪一样拔腿就跑了。”坐在角落的陌生人慢吞吞地总结陈词。

“我都没注意到呢。”绞刑官说。

“我们那——那个时候就在想到底是啥把他吓成这样，一溜烟就跑了。”靠墙坐着的一个妇人结结巴巴地发话，“现在终于晓得了！”

示警的枪声还在间歇地响着，声音沉闷，他们的怀疑变成了确定的事实。穿烟灰色衣服的死神使者振奋起来，语气沉重地问道：“这里有没有治安警察？有的话请上前一步说话。”

---

① 原文为拉丁文。

五十岁的订婚男子哆哆嗦嗦从墙边走过来，他的未婚妻靠着椅背开始抽泣。

“你是宣过誓的治安警察？”

“是嘞，长官。”

“那就赶快带上人去追犯人，把他带回这儿来。他肯定跑不了多远。”

“好嘞，长官，好嘞——我拿上警棍就去。我马上就回家拿警棍，然后马上回来，然后跟大家一起出发。”

“警棍！——这个时候还管什么警棍，再不去人就跑了！”

“但是没得警棍我不能抓人哪——威廉，约翰，还有查尔斯·杰克，你们都晓得，对不对？因为警棍上头印有国王陛下金黄色的王冠，还有狮子和独角兽，那我把警棍举起来打犯人就是合法的。没得警棍我就不能抓人，不行，真的不行。要是没得法律给我壮胆，哎呀，不是我抓他，倒是他来抓我哟！”

“好吧，我自己就是国王陛下的官差，我可以授权你去干这件事，”令人敬畏的穿烟灰色衣服的绞刑官说，“现在，所有人，各就位。你们有没有灯？”

“是！——你们没有灯？——我需要灯！”警官说。

“你们剩下的那些身强力壮的——”

“身强力壮的男人——对——你们所有人！”警官应和。

“这里有没有结实的棍子和草叉——”

“棍子和草叉——以法律的名义！你们都把武器拿在手头，出发去找人，照我们长官的吩咐去做！”

这样安排完后，男人们便准备出发去追赶犯人。证据虽然只是旁证，但足以令人信服，所以根本不需要再向客人们多解释。他们已经亲眼看到了之前的场景，假如还不马上出去追那第三个倒霉的陌生人的话，那简直就是纵容默许，等同共犯。在这崎岖不平的山路上，那个人最多只能跑出去几百码远。

牧羊人家里最不缺的就是风灯。于是男人们匆匆点上灯，手里抄着搭羊栏用的木棍，涌出大门，朝着与小镇相反的方向往山顶而去，幸好这时候雨势小了一些。

受洗的婴儿被响动给惊醒，也可能是梦到了可怕的受洗，开始在楼上房间里伤心欲绝地大哭起来。哭声透过地板的缝隙传到了楼下女人们的耳中，她们一个接一个地跳起来，赶着上楼去安抚婴儿，似乎很高兴终于有个理由可以离开，因为前半个小时里发生的事实在是让她们心情郁闷。不过两三分钟的时间，一楼便空无一人了。

不过这情况并没持续多久。脚步声刚刚停息，有一个人就从追捕犯人的那个方向回来了。他从屋子的拐角转出来，在门口探头偷偷看了看，发现没人，便大大咧咧地走进来，正是坐在壁炉旁的那个陌生人，他之前跟着大家一起出去了。他回来的目的很快就清楚了：他在刚才坐过的壁炉旁的架子上切下一块油面糕，看来是刚才忘带上了。他又从酒缸里倒了半杯蜜酒，站在那里狼吞虎咽地吃吃喝喝。还没等他吃完，另一个人也悄悄地进来了——正是他那穿着烟灰色衣服的伙伴。

“噢——你也在啊？”后来者微笑着说，“我还以为你跟着他们一起抓人去了呢。”他也暴露了回来的目的，眼睛热切地搜寻那一缸令人沉醉的陈年蜜酒。

“我也以为你跟他们去了呢。”另一个回答，费了点劲儿才又继续吃他的油面糕。

“嗯，我转念一想，人已经够多了，不少我一个，”前者推心置腹地说，“何况还是在这么个夜晚。而且，抓犯人是衙门的事——不该我来干。”

“是的，的确如此。我也是这么想的，人已经够多了，不差我一个。”

“我可不想在这荒山野岭里爬坡下坎，把手脚给摔断咯。”

“我也不想，咱们私底下悄悄说。”

“这些牧羊人倒是习惯了——这些头脑简单的人，你知道的，有点什么动静立马就能爬起来。天亮前他们肯定能帮我把他抓回来，根本不需要我自己动手。”

“他们肯定能抓住他，我们在这件事上也省得劳力费神了。”

“对的，对的。我要去卡斯特桥，我的腿脚也只能走那么远了。我们同不同路？”

“唉，可惜咱们不同路！我得赶回那边的家。”他头朝着右方某个地方点了一点，“我也一样，等我到家上床睡觉的时候，腿估计差不多也快废了。”

另一个人这会儿已经把缸里的蜜酒饮尽了。两人在门边热烈地握握手，互道珍重，然后各自上路了。

与此同时，追捕者们已经来到了这片牧场最高处的猪脊顶。他们并没有一个具体的行动方案，再加上发现从事可怕行当的那位官员不在人群里，于是更加没了主意。他们从各个方向下山搜寻，结果好几个人都掉进了大自然在这片白垩纪地貌区为深夜迷路的人设下的陷阱里。稍微不留神，就会在陡坡的燧石带上滑倒。这些燧石带每隔十几码就有一段，稍不留神踩到，就会失足摔倒，沿着布满碎石的陡坡急速下滑，风灯也脱手而出直滚到山下，侧翻在地，羊角架子都被烧焦了。

待到他们重新聚齐以后，最谙熟这片地区的牧羊人便站了出来，领着大家绕过这片危险的斜坡。风灯灭掉了，因为它对此行的目的毫无裨益，不但刺眼，而且还可能会惊动那个逃亡的人，同时所有人都保持安静。大家在这种更有序的状态下来到了山谷里。谷底杂草密布、荆棘丛生、潮湿狭窄，有心人能在此找到不少藏身之处。大家来回搜索了一遍但没有任何发现，于是又从另一边上了山。他们从这里开始分头行动，隔一阵再碰头汇报进展。等到第二次碰头的时候，他们来到了一棵孤零零的梣树旁，整片山谷只有这么唯一的一棵，很可能是五十年前一只飞鸟经过时落下了种子。就在那儿，靠近树干一侧站着，像树干一样一动不动的，正是他们要找的人。他的轮廓在天空的衬托下格外显眼。大家蹑手蹑脚靠近，然后正面迎上了他。

“要钱还是要命！”警官对着一动不动的人影厉声喝道。

“错了错了，”约翰·皮彻小声说，“我们这边不能这个样子说，这种话是他那种强盗说的，我们是正义的一方。”

“哎呀，哎呀！”警官不耐烦地回答，“我总要说点啥嘛，对不对？要是你心头一直想到要担这么大的责任，你还不是会说错话！

嘿，那个坐牢的犯人，我以主的名义——哦不，我以国王的名义命令你，马上投降！”

树下的男人似乎到现在才第一次注意到他们，他慢慢向他们走过来，并没有给他们任何展示勇气的机会。他正是那个个头矮小的第三个陌生人，不过这时他魂飞魄散的神色已经消失了。

“过路人，你们刚才是在对我说话吗？”他问道。

“说对了！你赶快过来，马上束手就擒！”警察说，“我们指控你不在卡斯特桥监狱里头好好待着，等到明天执行绞刑。乡亲们，大家各就位，把犯人抓起来！”

听到上述指控，陌生人似乎终于明白了他们的意图，没有再说什么，而是出乎意料地客气，立刻束手就擒。追捕队员们手持棍棒将他围在中间，押回了牧羊人的小屋。

他们到达小屋时已是晚上十一点。待他们走近时，发现门敞开着，灯光从里透出来，伴随着男人说话的声音，说明他们离开后又有新情况发生了。

他们走进客厅，发现新闯入者原来是卡斯特桥监狱的两个守卫和住在附近庄园、闻名当地的治安官，看来犯人逃走的消息已经传开了。

“先生们，”警察说，“我把你们要找的人带回来了——经过许多波折和危险。当然每个人都要尽忠职守！他现在被这群身强力壮的男人包围着呢，他们帮了我很大的忙，想想他们对官差的工作一无所知，干得算是很不错咯。伙计们，把犯人带上来！”第三个陌生人被押到了亮处。

“这是谁？”一个守卫问。

“逃犯呀。”警察回答。

“肯定不是！”第二个守卫说，头一个也证实说不是。

“咋可能不是？”警察问，“不然他为啥一看到那个唱歌的绞刑官就吓成那个样子？”他于是描述了一遍第三个陌生人在进门听到绞刑官唱歌后的古怪行为。

“不晓得为啥。”守卫冷淡地说，“我只晓得这个人不是那个死刑犯。他们两个完全是两回事。那个死刑犯很瘦，黑头发黑眼睛，长得还蛮标致，声音低沉又悦耳，你只要听到过一次，一辈子都不会认错。”

“天哪，——那不是坐在壁炉旁边的那个人嘛！”

“嘿——在说什么呢？”治安官此前在一旁询问牧羊人事情的经过，现在走上前来，“你们最后还是没抓住那个犯人？”

“是的，长官，”警察说，“这个人就是我们要找的人没错，但是他不是我们该找的人。因为我们要找的人不是我们该找的那个，我这样表达不晓得您能不能明白，我们该找的其实是壁炉旁边的那个人！”

“实在是太混乱了！”治安官说，“你最好马上出发去找另外的那个！”

他们抓回来的陌生人现在终于头一次开口说话了。听到他们提起壁炉旁的那个人，他似乎被深深地触动了。“长官，”他走上前对治安官说，“不必在我身上费心思啦。我想该是我说话的时候了。我没做什么坏事。我的罪过在于，那个死刑犯是我哥哥。今天下午我早早就出门从肖茨福特一路走来准备去卡斯特桥监狱跟他告别。天黑时路过这里，于是我敲门进来想休息一下再问个路。谁知道我一开门，就看见了我哥哥，我本来应该在卡斯特桥监狱的死囚室里才会见到他的。而他就坐在这壁炉旁边，他旁边还紧挨着个人，所以他就算想跑都跑不出去。他挨着的那个人还是专门来取他性命的刽子手，而且还编了一首歌正在唱这件事。刽子手完全不知道坐在旁边的就是他要执刑的犯人，而那个犯人还装模作样地跟他一起唱！我哥哥给我递了个眼色，饱含着悲痛，我知道他在说，‘不要说出来，我的性命就在你手上！’我当时真是给吓得魂飞魄散，站都站不稳了，所以，我自己都不知道做了什么，转过身就赶紧跑掉了。”

说话人的举止和语气情真意切，话的真实性无须怀疑。他讲的故事给众人留下了深刻的印象。

“你知不知道你哥哥现在在哪儿？”治安官问。

“不知道。关上这扇门以后，我就再也没有见过他。”

“我可以做证，后来我们都在场。”警察说。

“他可能会逃到哪些地方？——他是干什么的？”

“他是个钟表匠，长官。”

“他还撒谎说自己是修轮子的——可恶的骗子！”警察说。

“他指的肯定是钟表的齿轮，”牧羊人菲诺说，“我当时就想，修轮子的人手咋会那么白。”

“好吧，我觉得没有必要再拘留这个倒霉的人了，”治安官说，“毫无疑问，你们要抓的是另外那个人。”

小个子男人被当场释放了。但是他看起来依然忧心忡忡，不过治安官和警察对此也无能为力，因为他现在心中最大的担忧并不是自己，而是另一个人。等他重获自由并离开后，夜已经深了，大家决定还是等到第二天一早再去追逃犯。

到了第二天，追捕那位聪明的偷羊人的工作便大面积深入展开了——至少表面上看来如此。但是由于刑罚与罪过实在太不对等，当地的乡民们大多暗暗同情亡命的逃犯。他在牧羊人家的庆祝会上，那样前所未有的场合上表现出的出奇冷静以及同绞刑官的亲密互动、斗智斗勇更是赢得了大家的仰慕。因此，乡民们表面上看起来忙忙碌碌，挨个翻遍了树林、田野和小径，但他们在查看自家的草料棚和外屋时是否也一样仔细就很难讲了。起初有传言说在远离大路的某条荒草覆盖的古道上偶尔看到神秘人影出没，但等到真的去搜查这些可疑地点时，却又一无所获。于是时间一天天、一周周过去了，却始终没有偷羊人的消息。

总之，坐在壁炉旁的那位嗓音浑厚的男子终究没有被抓到。有人说他已离开了英国，有人说他其实只是深藏于某个大城市的人海之中。无论如何，穿烟灰色衣服的绅士没能如期执行卡斯特桥早晨的差事，也没有再在他干活的时候遇到那位曾与他在丘陵牧场牧羊人孤零零的屋子里共度一段休闲时光的好伙伴。

牧羊人菲诺和他节俭的妻子坟头早已绿草萋萋，当年前来庆祝洗礼的宾客们大多已跟随着主人入了土，宾客们为之而来的小婴儿如今已到垂老暮年。但那一晚牧羊人家中的三个陌生来客的故事以及中间的种种细节却流传至今，让“高报晓梯”在当地家喻户晓。

一八八三年三月

高岗故人来

一

沿卡斯特桥镇往北的大路漫长无趣、行人稀少，尤其是在冬季。沿此路前行，可通往长椤树道。长椤树道是一条单调乏味的小径，方圆数英里都看不到村舍与人家，也很少有转弯。不知情的路人，假如过于老迈、年幼或羸弱，走这么远的路会异常吃力。但倘若又非走不可时，他们就只能向往地望望前方，安慰自己，“只要爬上那个小山顶，肯定就能看到长椤树道的尽头了”！然而等他们爬到山顶时，长椤树道却一如既往继续无情地向前伸展。

数年前，曾有一个农场主在一个暮霭沉沉的冬日黄昏骑马走在这条道上。他的朋友，一个奶牛场主，也骑着马与他并肩而行。身后隔几步远处跟着农场主的帮工。三人都骑着浑圆壮实的矮脚马；而在长椤树道上，有好马骑意味着比可怜的徒步行人更容易保持好心情。

不过一路上农场主很少同友人交谈。他的脑子里满是令他来这路上走一遭的那件事，因为那的确是件大事。也许从它对整个社会的价值来衡量并不那么重要，但如果一件事的重要性跟它在做这件事的人心里所占据的空间成正比的话，农场主查尔斯·达顿今晚要做的事几乎可等同于君王的国家大事。

他是个家境殷实的农场主。他的“营业收入”——按专业说法——一年大约有三万英镑。他的农场里驮马奶牛成群，绵羊无数。但这些家业并不是他自己挣来的，而是他的父亲创下的。他父亲同他这个家族血脉的最新代表相比，性格可是完全不同。

老达顿是个一意孤行的人，口袋守得紧紧的，眼睛细细的像条缝，里头满是生意人的精明。而到了儿子这里，这种工于算计的精明却转化成了感性，原来的严苛则完全消失了；若不是他有一群快活的朋友，他也时常小心不跟他们唱反调的话，他简直可以被称为是个忧郁的人。他喜欢沉思,大脑常常成为回忆与希望交汇的静谧场所。因此毫不奇怪，自从他继承家业到现在三十二岁的这些年来，他的家产既未再扩大，也不曾减少。但这故步自封并未让他有丝毫不快，他本就毫无野心也不善计谋，因为他自认为已经拥有了想要的一切。今晚此行的目的同样显示了他对自己不甚在意。

三人的马步缓慢而谨慎，在天色已晚路又难行时这谨慎的确很有必要。在夜色中，农场主达顿的头一上一下颠得很不浪漫。他的好友，杰夫斯·约翰斯，则以更大幅度的抖动与他相应和。而后者的动作又被随从小伙子模仿得毫无美感可言，几近抽搐。随从身上一前一后各搭着一个白色的东西，每走一步就要撞一下，更是破坏了他坐姿的雅观。仔细近看就会发现原来是两个没有盖儿的蒲草篮子——一个装着一只火鸡，另一个装着几瓶酒。

“达顿老兄,你觉得自己真的可以像个男人一样面对命运了哇？”等到他们已经经过了二十五丛树篱后,约翰斯打破了沉默,开口问道。

达顿先生微笑了一下，低声说：“是啊——这就是我的命！娶妻跟上绞刑一样，都是命中注定。”然后两人又不说话了。

夜色迅速变浓，每隔一段时间就能看见它拍动黑翼下降，逐渐笼罩大地。与此同时空气也逐渐凝滞，加速了白昼的结束。随着夜色降临，潮湿的雾气弥漫开来，足以让人不适，但还不至于把人打湿。生为乡下人，可以说他们与四季天气之间只隔着一扇敞开的门——因此他们只把这雾气看作增加了行路的一些障碍，却并不在意它的潮湿。

达顿此次“朝圣”的目的地是一个老式的村庄，因此一路上并没有现代化的车流穿梭增添生气。这个村子是众多欣托克村中的一个（在那片地区有许多村子都叫这个名字，并在前面或后面添个不同的词缀加以区别）——这个村酿的苹果汁和苹果酒是全威塞克斯最好的。村里的堆肥散发出的都是苹果渣的气味，而不像别处尽是牲畜的粪便味。这条小路有些地方非常狭窄，树篱上的刺藤就像是小溪上垂下的钓竿，会挂住他们的帽子或勾住他们的胡须。然而这条人烟稀少的小道在伊丽莎白时代曾是女王的臣民和车马队出行的主要干道。它早已不复当年盛况，作为一条举国闻名的主干道的历史已永远终结。

“我之所以决定娶她，”达顿环视了一下，看到帮工离他们还不算太近，便继续开口（声音悦耳，语气平和，充满自信，充分展示了他的性格气质），“不光是因为我喜欢她，也因为我没有更好的选择了，就算是从很务实的角度来看。有人说我可以找个门第更高的，也许没错，但其实蠢透了。我已经吃过了想高攀的苦头。那以后——你知道是什么时候，我就告诉自己，‘我再也不会去招惹高高在上的女人了。’莎莉长得好，有主见，头脑简单，也不会装腔作势，在她心中我高高在上，就像曾经——你知道是谁——在我心中高高在上一样。”

“对头，”约翰斯回答，“但是我可不觉得莎莉·霍尔头脑简单。第一，莎莉头脑并不简单。第二，就算有的人头脑简单，你的这位也不会。这种说法不应该用来形容一个女人。查尔斯，作为你的伴郎，听到这种话我简直就像遭泼了一盆冷水。感觉就像你花了半个克朗买了一张戏票，结果人家跟你说这出戏里头没有谋杀，没有坏蛋，也没有任何严重伤害一样。”

“哦，你爱怎么想就怎么想吧，反正我的看法跟你完全不同。”接着达顿把对话从哲学思辨转到了世俗现实，说他希望莎莉已经收到了他那天让邮差带给她的东西。

约翰斯问带的是什么。

“是一条长裙，”达顿回答，“不算是结婚礼服，当然如果她愿意也可以当成结婚礼服穿。主要是为了实用而不是为了好看——适合冬天穿。”

“好得很，”约翰斯说，“‘实用’这个词由新郎官说出来简直太明智啦。我要好好表扬你，查尔斯。”

“因为，”达顿辩解说，“结婚就跟死亡一样，都是人一生中最严肃的大事，这种时候为什么要穿得像个走钢丝的杂技演员一样花里胡哨呢？”

“是呀，为啥呢？但是她肯定会穿得花里胡哨，因为她就是要穿得花里胡哨。”奶牛场主约翰斯说。

“哦。”达顿回答。

他们走过的小道一连数英里几乎都是笔直的。现在他们离开了这条道，走上了一条更窄的小路，弯弯曲曲绕了不知道多远后，分成了两条岔路。乡村小路在晚上比白天更容易暴露出丑陋的一面，白天很可能没太留意就过去了。虽然达顿以前走过这条路，但毕竟不常走。他追求莎莉时她住在离他家不远的亲戚家里。他根本不记得在这个地方有两条看起来完全一样的岔路。约翰斯骑马上前几步。

“伙计，不要垂头丧气。”他喊道，“这儿有个路标。伊斯拉——你过来爬上去看一下，告诉我们该走哪条路。”

小伙子翻身下马，跳进了路标所在的一棵树下的灌木丛里。

“把篮子先解下来，不然你会把酒瓶摔碎的！”看见年轻人跟抽筋一样一蹿一蹿地抱着柱子往上爬，身上还背着两个篮子，达顿连忙喊道。

“这个世界已经够没脑子了，你比它还要蠢！”约翰斯说，“算了，蠢蛋伊斯拉，等我来。”他跳下马，吭哧吭哧颇费了些劲儿爬到路标顶端，划了根火柴，借着光察看路牌，小伙子站在下面定定地看着这景象。

“这二十年来我每次被人耍，脾气从来都好得像温开水！”约翰斯说，“但遇到这种事绝对是撞鬼啰！”他把火柴一扔，滑下地来。

“怎么回事？”达顿问。

“牌子上头一个字都没有，既没有圣徒写的字，也没有异端写的字！连去地狱的路咋走都没写——虽然这个话说起来有点罪过！要不就是生霉长苔藓把原来的字吃掉了，要不就是我们到了原始社会，当地人都不会写字喽。我们应该像哥伦布一样带个指南针来才对。”

“我们就走最直的那条路吧，”达顿平静地说，“希望能早点到——骑马还是相当累人的。早知道这样，我就坐马车来了。”

“我也想快点到，先生，”伊斯拉说，“我肩膀上的背带跟犁一样都勒到肉里头去了。要是去您夫人家的路还远的话，达顿老爷，我就要求您让我把这些好东西装一半到我肚子里了——嘻嘻！”

“伊斯拉，不要像个激进党人一样叽叽歪歪，”约翰斯严厉地说，“来，我来拿火鸡。”

等他把火鸡篮子接过来以后，三人踏上了右边的那条小路，小路通往一座小山。左边的那条路则蜿蜒向下通向一片种植林。嗒嗒的马蹄声逐渐上坡远去；那个充满讽刺的路标一如之前，孤零零竖在原地，在阴冷的晚风中伸展着空无一字的手臂，风带来了树林的鼾声，仿佛巨人斯克里米尔正在那里沉睡一般。[①]

二

沿着三人没选的左边那条路向前走三英里，路边有一栋老房子，直棂窗用的是哈姆丘陵岩，烟囱也极其结实。房子位于国王的欣托克村正街旁的一个斜坡顶，离国王的欣托克大宅只有一两英里远，但却同那座府邸及其所辖区域隔绝开来。紧挨着房子正前方有一棵巨大的槭树，树根裸露在地面的部分形成了一个简易的阶梯，沿斜坡下的路直通到大门口。人们根据房子所处的地理位置给它取了个不甚有特色的名字，叫作“高岗”。距房子四十码开外有一条小溪涓涓流过，溪虽小，流水声却十分嘹亮。屋后有一个奶场院子，车辆和牲口可以从侧边的一条“巷子”进出。在这昏暗的傍晚，外头只能看到这户人家的这些情况了。

不过屋内却有足够多的灯光照明——此处的“足够多”是按欣托克村当地的理解而言的。屋内有一个都铎式壁炉，壁炉上方的四圆心尖拱几乎被一个盖着印花蓝布的风箱给挡住了。壁炉旁坐着两个女人——她们是母女——霍尔太太和萨拉，别名莎莉。在这个地区，后一种简称尚未被增进的智识视为鄙俗而废除。叫这个名字的是个年轻姑娘，达顿先生正是打算借助她在翌日告别单身。

① 斯克里米尔是北欧神话中的一名巨人。

母亲孀居多年，如今无论从表情还是穿着都已看不出丧夫的痕迹。她戴回了早年新婚时常戴的头巾软帽，衬以几根玫瑰粉的丝带，使白帽子不至于太过寡淡。莎莉不需要这额外的粉色装点。她面色白里透红，眼神乐观温和，五官轮廓分明，显出理性与决断；说她是个热心、急性子的漂亮姑娘应该不会有错。

说话的主要是莎莉，母亲心不在焉地一边听，一边用火钳把烧得通红的碎木块拣出来，堆到垫底的大木头上。两人的交谈同其中传递的信息比起来可谓惜字如金，常年相伴让她们心有灵犀不点亦通。在她们身后，房间正中央的餐桌上已经摆好了餐具，厨房里间一阵阵带着肉香的蒸气飘进来，表明彼处正在准备晚餐。

“他说要送给你的长裙就跟他本人一样都还在路上。”莎莉的母亲正在说。

“是啊，我估计是还没做好吧，”莎莉说话很有主见，“主啊，就算是永远不送来我也不会觉得奇怪！男人们就是这样，在你面前山盟海誓，一转过身就忘得一干二净。不过他并没打算把它当结婚礼服——只是件外套，什么时候想穿就穿——有些人把这叫作出门装。早来也好，晚来也罢，关系都不大，反正我自己也有裙子可以撑一下。现在几点钟了？”

她走到钟跟前打开玻璃门，因为晚上天黑看不清时间——其实任何时候都没法单靠一瞥就能看清，一定得仔细察看，因为屋子墙多窗少。“快八点了。”她说。

“都八点了，衣服没到人也没到。”霍尔太太说。

“妈，如果您以为这样说就能让我着急，那您可错了！随便他想多晚来就多晚来吧——就算他一辈子都不来——我也无所谓。”莎莉说，但是她说“无所谓”时语气里带着一丝微微的颤抖，暴露了她说这话的勉强。

霍尔太太觉察出来了，淡淡地说她可不认为莎莉真的不在乎。“不过也许你的确不如我那么在乎。”她说，“因为我比你更清楚，这是门能让你发达的好亲事，我们应该感谢达顿先生。而且我相信他会是个好丈夫。所以我们要祈祷上帝让一切顺顺当当，让结果称心如意。”

莎莉这会儿听不进去任何担忧的话。她确信一切肯定都会顺顺当当的。“您别这么忐忑不安啦，妈妈！”她接着说，“不管是什么原因让他来晚了，这会儿他想要快点到这儿的心情比咱们想见到他的心情要迫切得多呢！他的心肯定比他的人跑得快，已经像东边升起的星星一样来到我们家了。快听！”她喊了一声，松了一口气，眼睛闪着喜悦的光芒，“我听到有声音了。是的——是他们来了！”

下一刻她有点耳背的母亲也听到了脚踩着槭树根爬上坡发出的熟悉声响。

“是的，看来他们终于到了，”她说，“唉，总的来说还不算太晚，想想要走那么远的路呢。”

脚步声停了，两人站起身来，等待敲门声响起。她们等了又等，差点要开始怀疑刚听到的脚步声不过是村里某个乡亲，因为喝醉了酒，所以走偏了路。但来人进了走廊，打消了她们的疑虑。房门被轻轻地推开了，可是进来的不是我们已经提到过的那两位旅人，而是一个脸色苍白的男子，穿着极其褴褛——几乎就是一堆破布。

“哦，天哪——是个流浪汉！”莎莉吓得退后一步。

来人脸颊干瘪、眼窝深陷——但很可能更多的是体质虚弱的缘故，而不单是因为饱一顿饥一顿，看得出来他的日子过得并不精心。他定定地望了两个女人一会儿，然后低头望向地面，带着一副羞愧不安、忍辱负重的神情，一言不发地瘫坐到椅子上。

莎莉抢先一步走上前去，她的母亲则站在壁炉边没动弹。莎莉借着烛光仔细辨认来者。

“啊——妈妈，”莎莉转过身，对着霍尔太太，仿佛突然失了力气，“是菲尔，他从澳大利亚回来了！”

霍尔太太大惊，脸色“唰”地一下子变白了。衣着褴褛的男子爆发了一阵咳嗽。“成这个样子回来！”她说，“啊，菲利普——你病了？”

“不，没有，母亲。”他一恢复力气开口，便不耐烦地回答。

“但，我的天哪，你是怎么回来的——而且还在这个时候？”

“唉，我就是回来了，”男子说，“怎么回来的我也不知道。母亲，我之所以回来，是因为迫不得已。在那边什么都不如意，情况越来越糟。”

“那你为什么不告诉我们？——这两三年你从没写过一个字回来。”

儿子哀伤地承认自己没有写过信。他解释说，他一直希望并相信自己也许能挽回局面，就可以给家里报喜。但后来他不得不放弃希望，直到穷途末路只能回来——且待他日东山再起。他看到她们怜悯地打量着他穿的破烂，又重复了一遍：“是的，我的日子很不好过。”

她们把他扶到火边，从他干枯消瘦的手里把帽子接过去。他的手小而光滑，可见他想借以翻盘的办法应该不是干体力活。他的母亲又继续盘问，狐疑地问他是不是有什么特别的原因，所以才特意挑了这一晚回来。

他告诉她没有什么特别原因，只是碰巧而已。说完后菲利普·霍尔环顾四周，这才发现餐桌上的餐具很是奢华，而且不止两个人的数，母女俩的穿着也很隆重喜庆。他赶紧询问是怎么回事。

“莎莉这两天就要成亲了，”母亲回答。她解释说达顿先生，莎莉的未婚夫，今天晚上要同伴郎约翰斯先生一起来做客，以及其他一些详情，“我们听到你的脚步声时还以为是他们来了。”霍尔太太说。

潦倒的流浪汉又一次眼望地面。“明白了——明白了，”他喃喃地说，“是啊，确实，我为什么要今天晚上回来呢？像我这样的人当然不应该出现在这种时候。我根本没有资格出现在这里——搅了别人的好事。”

“菲尔，”他的母亲眼里泛起泪光，但她依然紧抿嘴唇、举止严厉，这应该是源于过去种种而令她不得不这样做，“既然你这样对我说话，那我也对你开诚布公吧。过去三年里你压根儿没管过我们。你离开家的时候不愁钱也不愁力气，你也受过教育，本应好好利用这些条件，过上好日子。可你现在回来，还弄得像个乞丐；而且，不可否认，你回来的时间对我们来说确实非常尴尬。你今晚回来可能会害了我们。不过请记住，只要我还在，这个家就欢迎你。我不会把你拒之门外。事到如今我们也只有尽人事听天命了。你的病严不严重？”

“呃，不严重。只是咳嗽比较烦人。”

她急切地看看他，“我觉得你最好马上去睡一觉。”

“是的——这样我就不会碍事了。”儿子疲惫地说道，“我已经毁了我自己，可别让别人看见我穿着这身破烂，我的天哪，免得毁了你们的幸福。你刚才说莎莉要嫁给谁来着——一个叫达顿的农民？”

“是的——一位绅士农场主——非常富有。地位远高出她的预期。总的来说，这是件大好事。”

“干得漂亮，小莎尔！”她的兄长眼睛一亮，微笑着抬头看她，“我本该写信回来的，但是我怕写了信会更想你。现在让我先躲起来吧，我宁可去跳河也不想在这里被人看到。不过你们有没有什么喝的？我走了很远很远的路，现在渴得嗓子都冒烟了。”

“有的，有的，我们给你送到楼上去。”莎莉说，脸上表情很哀伤。

“好，那非常好。但是，莎莉，母亲——”他欲言又止，她们便等着他说下去。

“母亲，我还没有跟你说完，”他慢慢地开口了，依然低头望着双膝之间的地面，“您看我这副样子已经很落魄，但是还有更糟的在后头。”

他的母亲惊疑不定地盯着他。莎莉走过去靠着柜子，凝神静听，长长叹了口气，然后她突然转过身说：“让该来的都来吧，我不在乎！菲利普，把最坏的事都说出来吧，慢慢说。”

“好吧，”倒霉的菲尔说，“这个烂摊子里，我不是唯一的一个人。上天啊，要是只有我一个就好了！但是——”

“噢，菲尔！”

“我还有个妻子，跟我一样一贫如洗。”

“妻子？”他的母亲问道。

“很不幸！”

“妻子！对啊，养儿子还有这一茬儿！”

“除此之外——”他又说。

“除此之外！噢，菲利普，难道你——”

“我还有两个孩子。”

“妻子和孩子！”霍尔太太低声说，失魂落魄地瘫坐在地上。

“可怜的孩子们！”莎莉不由自主地说。

母亲又转向他说：“我猜你把你可怜的妻儿留在澳大利亚了？”

“不，他们在英格兰。”

“那么，我只能希望你把他们留在了一个还算体面的地方。”

“我没把他们留在任何地方。他们就在这儿——离我们只有几码远。长话短说，他们在马厩里。”

“在……在哪里？”

“在马厩里。我想等我先见到您——母亲——跟您透露一点坏消息之后，再带他们来见您。他们很疲惫了，在里面的稻草堆上歇息。”

霍尔太太的坚毅很明显被击垮了。她也是在体面人家长大的，因此看到儿子斯文扫地，受到的打击比起寻常的奶牛场主遗孀要大得多。“无论如何，都必须得扛着。”她低声地说，双手紧握，“饿得半死的儿子，饿得半死的儿媳妇，饿得半死的孩子！来就来吧。但是你为什么非要在这个节骨眼回来，非要在今天，非要在今晚？为什么要让这样不幸的事情发生在两个无依无靠的女人身上，让我可怜的女儿得到幸福的机会就此被毁掉？菲利普，你为什么要这样害我们？有哪个体面的男人到了这里，看到这一家子的流浪汉，还会愿意跟他们结亲？”

“妈妈，别乱说！”莎莉激烈地说，脸涨得通红，“查理[①]不是那样的人，不会因此抛弃我。但假如他真的因为菲尔回来就不愿意娶我的话，那就让他走，去娶别人吧。我不会为了全英格兰任何一个男人而嫌弃自己的亲人——任他是谁，我都不会！”说完，她扭过头去，眼泪夺眶而出。

“再等二十年，你就不会说这种话了！”她的母亲回答。

儿子站起身来。“母亲，”他苦涩地说，“我怎么来的就怎么走。我只请求您让我和我的家人今晚在您的马厩里歇息一夜。我向您保证，到天亮时我们就会离开，从今往后再不给您添麻烦！”

听到这话，他的母亲霍尔太太变了脸色。“哦不！”她匆忙说，“我可不能让别人说我把自己的亲人拒之门外。菲利普，把他们带进来吧，或者带我过去见他们。”

“我们让他们住到大卧室去吧，”莎莉的脸色高兴了些，“把火生

---

① 查尔斯的昵称。

得旺旺的。我们一起过去带他们进来，然后去叫黎贝卡。”（黎贝卡在她们家奶场做帮手并兼做家务，她丈夫则帮着养牛，两人就住在大房旁边的小屋里。）

莎莉到后面厨房拿了一盏灯，但她兄长说：“不需要带灯过去，我已经把挂在马厩那儿的灯点亮了。”

“我们怎么称呼你的妻子？”霍尔太太问。

“海伦娜。”菲利普回答。

母女俩头裹上披巾，向后门走去。

“等一等，”菲利普叫住她们，“我还有件事没说。”

“上天可怜可怜我们吧！”霍尔太太整个人靠向门，双手紧捏在一起，平静而绝望地说。

“我们来的时候经过艾福斯海德，”他接着说，“我顺便去‘猪与橡子’小酒馆看了一眼，看看老迈克还在不在那里干活，正好碰到邮差从谢顿阿巴斯镇过来，他猜我要到这里来——我估计他认出了我——于是让我捎带一个裁缝寄给莎莉的包裹，上面标着‘急件’。我妻子和孩子已经先往前走了。包裹很薄，包装纸磨破了，我看到里面是一件厚实的长裙。我不想让你们看到海伦娜穿得太寒碜，我会觉得很丢人——她生来家境不是这样的。我在路上就把包裹拆了，到下巴恩找她，她在那儿等我。我告诉她我找了件衣服给她穿，让她不要多问。可怜见的，她大概以为是我回到家乡找到了熟人，赊了点账买来的，就很高兴地穿上了。她现在就穿着这件衣服。莎莉应该还有别的衣服吧，我敢说。”

莎莉看了看母亲，一句话也说不出来。

“你肯定还有别的衣服，对不对！”菲尔又重复了一遍，带着病人不耐烦的腔调，“我对自己说，‘就算把莎莉惹哭也好过让海伦娜挨冻。’怎么，这裙子很重要吗？看上去也没有多华丽，至少我看来是这样。”

“不——不，没有多重要。”莎莉凄楚地回答，又柔声加了一句，“你应该不会介意我另外借一件长裙给她，把这条换回来吧？”

菲利普听到这话情绪有点激动，结果又勾起了一阵惊天动地的咳嗽，整个人都快散架了。他实在不适合再坐在椅子里，于是她们立刻扶着他上了楼，匆匆给他倒了一杯药酒，把卧室的火生起来，然后下楼去接那些倒霉的新亲戚了。

三

少女和她的母亲，不久前还喜气洋洋，现在从后门走出来时却有种异样感觉。奶场院子里弥漫着干草的芬芳和奶牛呼出的带着青草味的气息。天上下起了冻雨，她们小跑着穿过院子。马厩门开着，有灯光透出来——正如菲利普所说，他点亮了一直挂在马厩里的那盏灯。她们轻轻地走近门边，霍尔太太呼唤："海伦娜！"

里面一时没有回应。霍尔太太探头进去，惊愕地发现里面站着两个人。第一个人，不像她想象中的干枯邋遢，而是一个面色苍白，眼睛黝黑，大家闺秀般的女人；不是衣服衬托了她的气质，倒是她的气质衬托得衣服更好看了。她穿着一件簇新的漂亮长裙，正是莎莉的那件，戴着一顶旧帽子。她站在那里，神色激动不安；她的手被在场的另一个人握着——那正是莎莉的未婚夫，农场主查尔斯·达顿。那位面容苍白的陌生女人正凝视着身形健美的达顿，达顿也深深地凝视着她。他另一只手还牵着缰绳，马站在一旁，马鞍尚未卸下，看上去像是刚进来。

两人一看到霍尔太太便马上转过身来望着她，神情有些恍恍惚惚，似乎都想不出任何说辞来解释当下的场景。下一刻莎莉走了进来，达顿先生放开了女人的手，把马牵到一旁，上前问候未婚妻和霍尔太太。

"啊！"他微笑着说，看起来有些故作镇定，"亲爱的霍尔太太，您一定会说我来得太拐弯抹角了吧。其实是因为我们走错了路，所以来晚了。我看到这里有灯光，就牵着马先上来了，我的朋友约翰斯和帮工把马领到前面的小客栈去歇着，省得您这儿挤不下。我一进来就看见这位女士正在这里暂歇——然后才发现我冒昧打扰到她了。"

"这是我儿媳妇，"霍尔太太镇定地说，"我儿子也在家，不过他身体不太舒服已经睡下了。”

莎莉一直站在一旁观望，心里满是疑惑，甚至都没注意到达顿跟她握了握手。直到她看到一堆干草上坐着两个孩子时才如梦初醒。她立刻走上前去跟他们说话，然后把一个抱在怀里，一个牵在手上。

“还有两个孩子？”达顿先生问，由此可见他也是刚到，还没来得及弄明白究竟是什么情况。

“是我的孙子孙女。”霍尔太太回答，依然在故作平静。

尽管刚才菲利普·霍尔的妻子同达顿的邂逅被打断了，但她似乎并未受太大影响，除了达顿，她尚未意识到其他人的存在。然后她突然回过神来，用她忧郁的眼睛探究地打量了一下霍尔太太；结果显然还比较满意，便恭顺地向霍尔太太走去。莎莉同她友好地交谈了几句，便带着孩子们进了屋。霍尔太太和海伦娜紧随其后，后面又跟着达顿先生；他盯着海伦娜的长裙和身形，听着她说话的声音，如在梦中。

等到他们进了屋，莎莉已经带着疲惫的孩子们上楼了。她急速地敲了敲墙，叫黎贝卡过来帮忙一起照料孩子们。黎贝卡家抹灰泥的小木屋就在旁边，紧傍着霍尔太太家高房子的牢固石墙。她过来给孩子们铺了床，又送了些晚餐上来给他们吃。等安排妥当后，莎莉下楼来到会客厅。年轻的霍尔太太也刚进来，在此之前她跟着婆婆进里屋摘掉了帽子，简单拾掇了一下让自己看上去更得体些。所以可以肯定她跟达顿先生在马厩里短暂碰面之后两人再没有说过话。

杰夫斯·约翰斯先生这个时候恰好也到了，引见完毕，他和霍尔太太按社交惯例先就天气问题寒暄了几句，于是大家便没那么拘谨了。众人立刻坐下来开始晚餐，但送的酒和火鸡没有拿出来在今晚享用，因为霍尔太太怕太早将这些礼物呈上会让人怀疑她缺吃少喝、请不起客。

“尽情地喝吧，约翰斯先生，请尽情地喝，”女主人大方地说，“这样的酒我们还有很多哪，不过也许这苹果酒不合你的口味？——这酒其实浓度很高。”

“正好相反，夫人——正好相反，”奶牛场主说，“虽然我继承了我父亲要喝就喝麦芽酒的信条，但我其实是随我母亲，更爱喝苹果酒的。她就是这个地方的人，您知道。我说苹果酒还有一个好处——这个酒更平和，不会像有些烈酒一样喝了就要去把别人放倒。小心点的话，这个酒一年到头喝上十二个月，你都不会打倒一个邻居，或者遭熟人打得鼻青眼肿。”

闲谈就这样开了头并继续轻快地进行下去，但主要是霍尔太太和杰夫斯[①]在聊。说实在的，两人也根本不需要什么帮腔。莎莉既然无须开口，便有大量的闲暇做自己最想做的事——仔细观察她的未婚夫和嫂子，想要弄清她和母亲在马厩里意外撞上两人时那古怪的一幕究竟是怎么回事。如果那一幕有任何含义的话，它至少意味着这两人以前见过面。莎莉看得出来两人没来得及做解释，因为他们两人到现在都还对彼此出现在这里感到迷惑不解，虽然他们都强忍着没问。达顿的眼光依然时不时地瞟向海伦娜穿的长裙，似乎这件事让他的迷惑又多加了一层——虽然对莎莉来说这是整出戏里唯一不是秘密的事。达顿似乎感到在他即将开场的爱的吉格舞中，命运突然恶作剧地给他换了一个舞伴。穿着长裙的本该是莎莉，可转过身却换成了海伦娜的脸。那手伸出袖口，被他握住的竟是一只久违了的手。

莎莉看得出来，无论海伦娜与达顿交情究竟是深是浅，她肯定都不明白为何这长裙会让他如此困惑。这位年轻姑娘有时候几乎都要相信达顿先生之所以总看她嫂子，纯粹是因为这件衣服的关系。但有时候她的爱人眼里流露出更多的探究及情感，又绝非只是衣服和人不对应所能引起的。

莎莉是个独立自强的姑娘，因此极少有妒忌之心。但是这两位来客的关系的确有需要澄清之处。

杰夫斯·约翰斯继续用他那众人熟知的风格天南海北地聊着，间或杂以他对达顿和莎莉的亲事的一些个人感想，说的时候眼神闪闪发亮，看得出来很是自得其乐，但对其他人来说其实是词不达意。最后他终于告辞了，到前面半英里外的路边客栈去歇息。达顿告诉

① 原文此处未用约翰斯而是用他的名——杰夫斯，换称呼的用意是表明闲聊增进了感情，所以称呼从姓变成了名。

他自己随后就来。

半小时过去了，达顿先生也站起身准备告辞，莎莉和她嫂子两人同时向他道晚安，然后便各自上楼回房间了。霍尔太太把他送到正门口，却发现外面下起了倾盆大雨，便建议他回到壁炉边坐坐，等暴雨停了再走。

达顿接受了她的建议，但坚持说时间已晚，很显然她也累了，所以就不必为了陪他一直熬着，他到时候可以自行离开，在此之前自己一个人在壁炉边抽一斗烟就好了。霍尔太太同意了，达顿便独自一人留在屋里。他摊开双膝烤火，然后像他刚说的那样点燃了烟草，坐在那里眼望着炉火以及壁炉上方挂钩的卡口。

间或有一滴雨沿着烟囱滚落下来，在火上发出嗞嗞声。他继续抽着烟，心情却并不轻松。尽管他一直在想心事，但白天里上午在地里转悠，下午又骑马走了那么远的路，这劳累奔波终究还是产生了自然而然的结果：他开始打盹了。

他这样半梦半醒睡了多久自己也不清楚。等他突然睁开眼，壁炉里垫底的大圆木已烧裂成了两半，没有明火了，他放在壁炉台上的灯也差不多快熄灭了。尽管如此，房子里还是有亮光——是别处传来的。他转过头，看见菲利普·霍尔的妻子站在会客厅入口处，一只手举着一根床头蜡烛，另一只手提着一个黄铜小茶壶，他送的长裙——看起来应该是那件——还穿在她身上。

"海伦娜！"达顿吃惊地坐起身。

她的表情很惊慌，说出的第一句话是道歉。"我——不知道您也在这里，达顿先生，"她说，脸上泛起一丝红晕，"我以为所有人都已经睡了——我来是想烧点开水；我丈夫的病情好像更严重了。不过也许我可以去厨房把火重新生起来。"

"不用因为我在而去厨房。请照你原来的打算，就把壶放在这儿吧，"达顿说，"让我来帮你。"他走上前去接茶壶，但是她却不肯，自己把壶放到了火上。

两人隔了一段距离，分别站在壁炉的两边等水烧开。蜡烛放在中间的壁炉台上，海伦娜眼睛盯着水壶。达顿率先打破了沉默，问："我要不要叫莎莉下来？”

“噢不用了，”她赶紧回答，“我们已经添了太多麻烦了。我们本来无权待在这儿，但最后阴差阳错，不得不来这里。”

“无权待在这儿！”达顿惊异地说。

“是的。一时半会儿也解释不清。”海伦娜回答，“这个壶烧水可真慢呀。”

对话又打住了。那句用来形容欲速则不达的谚语“眼望着锅锅不开”在此真是找到了最好的例证。①

海伦娜的相貌属于楚楚可怜型，仿佛总在求助，虽然并不自知——跟莎莉正好截然相反：莎莉脸上明明白白写着自力更生。达顿眼睛一会儿看看水壶，一会儿看看海伦娜的脸，再回到水壶，然后在她的脸上停留更长的时间。“所以这个让我分心了一晚上的秘密，我是无权知道真相了？”他问，“一个女人当初拒绝了我的求婚，我想应该是因为我地位低品位差配不上她吧，为什么后来却嫁给了一个看起来比我落魄得多的男人？”

“因为他有优先权。”她回答。

“什么！你在那之前就认识他了？”

“是的，是的！他那时去了澳大利亚，然后写信来要我去跟他会合，于是我就去了。”

“啊——原来是这样！”

“请别再提了，”她恳求道，“不管我犯了什么错，过去的五年里我已经受到了惩罚。”

达顿容易感情泛滥，有时可以说是善良过了头。“我衷心为你感到难过。”他说，不自觉地靠近她。海伦娜后退了一两步，他意识到了自己的举动，连忙又回到了之前的位置。他没有再说话，小水壶开始鸣叫起来。

“所以，如果你愿意，你本可以嫁给我。”他最后又开口了，“当然这些都已成往事无须再提了。不过，如果你遇到任何麻烦或急需钱，

① 英语谚语“A watched pots never boils”，直译为“眼望着锅锅不开”，意即越是心急越办不了事。

我都会很乐意帮你；作为姻亲，我也有权提供帮助。你叔叔知道你的困窘吗？”

“我叔叔已经过世了，他没给我留下一分钱。可现在我和我丈夫还有两个孩子要养活。”

“什么，他一分钱都没留给你？他为什么要对你这么残忍？”

“在他看来，我是名誉扫地丢尽了脸吧。”

“既然如此，”达顿诚恳地说，“让我来照顾孩子们吧，至少在你们安顿下来之前。你属于别人，所以我不能照顾你了。”

“你能照顾她，”一个声音传来，接着一个身影突然出现在他们旁边。来者正是莎莉，“你能照顾她，你看上去也很想照顾她是吧？”她重复了一遍，“她已经不属于别人了……我可怜的哥哥已经死了！”

她的脸涨得通红，眼中泪光闪闪，女人的天性此时表露无遗。“我全听到了！”她激动地对他说，“你现在可以连她带她的孩子一起照顾了！”她转过身看着她不安的嫂子，声音柔和下来，跟刚才的激烈完全不同，“我听到有动静，于是进了他的房间。应该就是在你离开的时候发生的。他那么快就走了，那么虚弱，那么出人意料，所以我都来不及离开去叫你。”

达顿这才从莎莉后面有些语无伦次的话里听明白：在他睡着的时候，尚未谋面的莎莉的兄长病情恶化了；而在海伦娜离开去烧水的当儿，他的大限就这样不期而至了。两个年轻女人匆匆上楼去了，他又一个人留在了会客室。

他在那儿站了一小会儿之后，走到前门往外望了望；然后他轻轻关上门，走到了大槭树下站定。星星冷冷地闪烁着，先头下雨带来的潮气现在挟裹着寒冷袭来。达顿陷入了一种奇怪的境地，他自己也感觉到了。年轻的海伦娜小姐，一位已故海军军官的女儿，由律师叔叔养大，数年前拒绝了达顿的求婚。现在她出其不意地回来了，身无分文。他眼前又出现了莎莉见到他们两人在一起时激动到近乎愤怒的样子，以及突如其来的海伦娜成了寡妇的消息。所有这一切机缘巧合同时袭来，让他一时半会儿不知如何应对。他思忖着是该离开呢还是留下来帮忙。要不是因为莎莉的态度，他会毫不犹豫地选择后者。

他还在树下站着时，前门突然开了，霍尔太太走了出来。她朝旁边的花园门走去，并没有看见他。达顿跟了上去，打算开口说话。她在门前停了一下，似乎在思考什么，然后继续走到了花园里的一处，此处春天阳光最早到达，北风从来吹不到。那儿靠着墙角摆了一排蜂箱。达顿明白了她的意图，于是停下来等待。

在那片地区有个习俗，但凡家里有人去世，就得去拍打蜂箱把蜜蜂唤醒，大家都说假如不这样的话蜜蜂们在来年就会衰竭而死。听到第一个蜂箱里随着她的拍打传出了嗡嗡的回应，霍尔太太又去拍打下一个，一直到整排蜂箱全都拍打完毕。等她一出来，达顿就走上前去。

“霍尔太太，有什么我能帮上忙的吗？”他问。

“哦，不用了，谢谢你，不用了。”她这才看见他，声音里带着一丝哭腔回答道，“我们已经叫了黎贝卡和她的丈夫过来，他们会把一切安排妥当的。”她简短地说了一下她儿子是如何回来的，身体如何已完全垮掉——是的，已到了死亡的边缘，虽然那时她们没有觉察——然后建议说婚礼最好能够推迟，这是她和女儿商量的结果。

“是的，当然应该推迟，”达顿回答，“我想现在就回客栈，告诉约翰斯发生了什么事。”两人握手道别，达顿犹犹豫豫地又转过身来补充说，“既然两个孩子已经没了父亲，能否请您转告他孩子的母亲，我很愿意收养大一点的那个孩子，如果她和您觉得合适的话？”

霍尔太太答应会告知她儿子的遗孀，然后两人便分别了。他沿着树根走下斜坡，消失在通往客栈的方向，去告知约翰斯这突发的情况。与此同时霍尔太太进了房子。莎莉独自一人坐在楼下会客室里，她的母亲告诉她达顿很通情达理地同意了推迟婚礼。

“他当然同意了，”莎莉辛酸地回答，她强调道，“这不是推迟一个星期，或者一个月，或者一年。我永远也不会嫁给他了。她会！”

四

时光飞逝，高岗人家的生活又重归平静，毕竟每天都有日常家事要做，起到了稳定情绪的效果。莎莉·霍尔和达顿保持着断断续续的——非常断断续续的——通信。达顿一直不知道如何理解莎莉在她兄长死去当晚情急之下说出的那些话，便也一直被动地等待着。海伦娜和她的两个孩子还住在高岗，因为她也没有别处可去了，所以达顿觉得自己最好还是回避。

七个月后的一天，达顿同往常一样待在农场里，农场距离国王的欣托克村有二十英里。他收到了海伦娜寄来的一封短信，感谢他之前提出的收养她孩子的好意，她的婆婆当时就已经转告她了，并说她很乐意接受这帮助，让达顿收养她的长子。海伦娜的确需要这么做，因为她的叔叔没给她留下一分钱，而她向住在北部的亲戚们求援也都无果。而且，正如她所说，在欣托克附近也没有什么好学校能送孩子去念书。

在一个明媚的夏日男孩被送来了。莎莉和男孩的母亲把他送到中途的“白马客栈”，这是位于乔克纽顿村的一个很有情调的伊丽莎白时期的古老旅馆[①]；在那里他被交给了达顿的管家，坐上一辆光亮耀眼的轻便弹簧减震马车走了。

他被安排在卡斯特桥镇一所有名的学校走读，学校离达顿的农庄大约三四英里。达顿先教会他骑马，他于是每天骑着他的森林矮种马往返上下学，达顿希望他每天到那知识的源泉探险时都能在里头汲取养分，装满一脑袋带回家。达顿近来常常思绪万千沉默寡言，这孩子的到来让他明显好了不少。

圣诞节学校放寒假了，双方商定安排男孩去母亲那儿度假。出于某种原因，这次旅途跟他来时一样还是分成两个阶段，不过这次没让管家来，而是由达顿亲自带着男孩一起骑马前去。

到了著名的“白马客栈”后，达顿询问霍尔小姐和少霍尔太太是否已如约到达来接小菲利普了。话音刚落，就看到海伦娜独自一人出现在门口。

“要出门时莎莉突然又不肯来了。”她有些支支吾吾地说。

---

① 哈代原文注释：“该客栈已经被拆除，原址上现在建了一间红砖墙的现代旅馆（一九一二年）——托马斯·哈代。”

这一次相会差不多明确了这对分离许久的人终于要重修旧好，但是此事并没有立刻开始讨论，而是又拖了一段时间。事实上，莎莉·霍尔通过拒绝与海伦娜同去这一行为已经启动了决定性的第一步。很快，她又推着他们进入了第二步——她给达顿写了这样一封短信：

【亲启】

亲爱的查尔斯，

我同海伦娜同住了这许多时日，朝夕相伴，自然也已知悉了她的过去，尤其是同你相关的部分。我确信在时机恰当时她会很乐意接受你做她的丈夫，而你也应当给予她此机会。你之前信中问我在听到你同她交谈时发脾气（其实并不是）事后是否感到后悔。不，查尔斯，我并不后悔当时说过那些话。

你诚挚的

莎莉·霍尔

既然已经开了头，达顿的心重回到曾留恋过的地方也就只是时间问题了。到了第二年七月，达顿去找他的朋友杰夫斯，告诉他终于可以履行自头一年一月一直推迟至今的婚礼伴郎的职责了。

“绝对没问题，忠贞不渝的好男人！”奶牛场主约翰斯热情地满口答应，“虽然我最近在大热天里头晒干草，皮肤没以前那么白净，显得不够文雅了，但是我一定不会比那些小白脸干得差。感谢上帝，幸好这个世界上还有香水和发油，打扮下看起来就没那么粗糙了。我要好好地恭维她一通。我会跟她说：‘莎莉·霍尔，迟到总比不到好。’”

“不是莎莉，”达顿匆忙说，“是少霍尔太太。”

杰夫斯搞清楚状况之后，脸色马上变了，满是震惊与谴责。“不是莎莉？”他说，“为啥不是莎莉？我简直不敢相信！少霍尔太太！天哪，天哪——你的脑子到哪儿去了？”

达顿简短地解释了一下，但是约翰斯不愿接受。“要是有哪个女人还值得娶的话，那就只有莎莉！”他喊，“你反而还要放手！”

“我觉得我应该可以想娶谁就娶谁吧。”达顿说。

“嗯，”奶牛场主意味深长地扬了扬眉，“这桩婚事太不合适了，查尔斯——真的不合适。要是我这样子干，你肯定会骂我是个该死的北方来的傻瓜，居然被一个花——花——花瓶勾得冲昏了头误入歧途。”

农场主达顿对这言简意赅的评论报以激烈的言辞回应，两个朋友最后不欢而散。约翰斯最终还是没给达顿当伴郎，他断然拒绝了。达顿离开的时候很是遗憾和伤感，而且杰夫斯就快离开此地了，因此两人说的那些反目的话也许永远也没有机会缓和或和解了。

这次会面后不久，达顿就同海伦娜举办了一个简单务实的婚礼，她带着小女儿同儿子团聚了。男孩这时已经把达顿家当成了自己的家。

接下来的几个月，这位农场主度过了一段前所未有的快乐满足的时光。他的生命中曾有所缺憾，如今在人力能及的范围内已得到了完美的弥补。然而很快日子便有些暗流涌动，他的美梦也打上了阴影。海伦娜生性脆弱，不管体力也好道德也好，都缺乏忍耐力。从他最早认识她那会儿——八到十年前——到现在，其间她遭受了重重磨难。简言之，她的爱已燃烧殆尽，现在时不时会自怨自艾一番。她有时候会哀怨地追忆早年过的养尊处优的生活。她不去想现在的生活比起她跟不幸的霍尔在一起时好了多少，却偏要去跟她踏出致命的第一步——与霍尔秘密结婚——之前的生活相比较。她不屑与富有农场主的妻子们通常会打交道的那些人为伍。农家生活的各种琐事在她看来都是令人苦恼的烦琐细节，不愿打理。要不是因为还有两个孩子，达顿的屋子几乎还是跟从前一样黯淡无光。

这些间或的种种不快终于让达顿开始抱怨，觉得他企图重拾旧情以纠正当初爱的偏差的努力最终还是白费了。“也许约翰斯是对的，”他会对自己说，“我应该继续跟莎莉过的。随浪而动见机而行，总好过逆水行舟。”但这些不和谐的想法他只是自己私底下想一想，表面上他依然是个体贴而仁爱的丈夫。

他人生中这一段灰暗的时光过了不到一年半，这些想法便戛然而止了，因为它们所牵涉的那位女子去世了。等她入了土，达顿对她的看法便改观了许多。无论如何，农场有她在还是比没她在强。她不过是一介普通女子，嫁给第一任丈夫后吃了那么多苦，性情变得尖酸一些实属正常。她有时缺乏同理心，时而行为又不可理喻，但底下藏着的是一颗坦诚善良的心，原本她也是个充满了希望与热情的人啊。她人走了，却留下了一个裹在白色襁褓里的红通通的小婴儿。他的全部心思立刻都用在照顾这个可爱的小家伙身上去了。

等到孩子开始蹒跚学步、牙牙学语了，达顿想到了一个可行的计划，很是欢喜。回顾迄今为止他对自己的人生所做的种种试验，他认为自己已经从失败中学会了谨慎、从错误中获得了智慧。

至于他的计划是什么无须深究就能猜到。莎莉·霍尔还同母亲住在欣托克，过着平静的生活，他还有机会纠正错误、改写人生，与她重归于好。海伦娜给一个家庭带来的是哀伤与优雅；而莎莉却会给一个家庭带来欢乐与希望。她不会像海伦娜一般鄙夷农家的质朴生活。而且，她嫁到达顿家还有一个明显的优势，没有谁比她更适合做她兄长的两个孩子以及达顿自己的孩子的继母了——而对莎莉来说，达顿现在也比从前更有可能成为一个好丈夫，因为海伦娜已死，他不会再时不时缅怀一下自己未愈的爱情的伤了。

达顿不是一个想到就做、雷厉风行的人。他的这一补救计划原本很可能会拖上一段时间才执行，但突然一个冬夜到来了，就跟他上一次骑马去欣托克时一模一样，他于是问自己，连周遭的景致都在呼唤他再尝试一次，自己为何还要拖延。

他叫帮工给马备上鞍，穿上讲究的马靴和马刺，打扮得像个小伙子一般，亲了亲最小的两个孩子，然后上路了。他多希望老朋友杰夫斯·约翰斯也在场，这样就可以完美重现上一次的旅程了。唉！可惜约翰斯却不在。他搬到了这个郡的另一头，两人之间的裂痕到现在还没有机会修补。虽然达顿心里已经原谅了他一百次，大概约翰斯也早已原谅了达顿，但现在相隔太远，想要握手言欢的可能性很小了。

虽然没有好友相伴，他还是尽量让自己保持高昂的情绪；他边走边想事情，尽管没有同伴聊天，但也逐渐自得其乐。太阳渐渐西沉，树枝在天幕上逐渐勾勒出其形状，就像是一副蚀刻版画；驼背的老人背着柴火问候“先生，晚上好”，达顿也兴致勃勃地回答“晚上好”。

等他来到那个岔路口的时候，天色就跟当年约翰斯爬上路标那会儿一样暗了。这次达顿没有再走错路。“感谢上天，这次我到了以后也不会再认错人了。”他自言自语地说。一想到这次的求婚跟上一次一样，都是要纠正之前犯下的错误，而不是一时的意乱情迷，他心里就有一种特别的满足感。

这次旅途没有受阻非常顺利，路程似乎还不到上次的一半远。虽然天色很暗，但当大槭树后面霍尔太太家房子的大烟囱出现在他眼帘中时，时间不过傍晚五六点而已。达顿转念一想，又退回来，像上次一样先去了前面路边的客栈歇脚；他对着客栈的镜子仔细修饰了一番，要了点喝的，抚平一下因操劳而开始出现的皱纹，然后快步走向了高岗。

五

那天晚上莎莉正在给挤奶女工们做围裙，她们又添了两位新帮手，霍尔太太和莎莉已经不去挤奶了。不过总的来说她们的家庭生计状况变化不大，房子的外观变化也不大，除了一些小地方，例如那或许已有百年历史的窗上的裂缝，似乎又加宽了一点；而屋子横梁，似乎又变黑了一层；受现代生活品味的影响，她们在原来空空的壁炉角添加了一个格栅；还有黎贝卡，从前头发浓密时总是戴着帽子，现在头发稀疏了却脱掉了帽子，因为她听说现在不时兴戴帽子了。还有莎莉的脸，现在自然多了些阅历、添了些女人味。

霍尔太太正在用火钳夹木炭，就跟原来一模一样。

“五年前的今晚，要是我没记错的话——”她一边说一边放了一块木炭。

“不是今晚——不过应该是这个星期的某一晚。”莎莉的记性从不出错。

“哎，反正差不多啦。五年前达顿先生到这儿来娶你，而我可怜的儿子菲尔到这儿来死在家里。”她叹了口气，“唉，莎莉，”她紧接着说，“如果当初你有点手段的话，达顿先生会娶你的，不管有没有海伦娜。”

“这个没什么好伤感的，妈妈，”莎莉用乞求的语气说，“在这件事上我真的不想要什么手段。虽然我喜欢他，但我并不是非他不可。加上中间还有这么个结，我绝不能嫁给他，”她态度坚决地补充说，“就算他现在再来找我，我想我也不会答应。”

“我可不敢确定，除非你心里已经有了别人。”

“我不会的，我告诉您是为什么吧。到现在这个年纪，我已经不会为了爱情而结婚了。而且即使我们明天就把奶场给关了，我们也不会缺吃少穿，所以我也不必为了一些更卑微的原因而结婚……我现在已经生活得很开心，这样就够了。”

这话刚说完没多久，外头就传来了轻轻的敲门声，接着黎贝卡进来了，表情就像见了鬼一般。原来这位擅长脱脂及做黄油的能干女工（现在已搬进大屋来住了）开始听到了母女俩的闲聊，接着一开门就看见了达顿先生，这巧合顿时让她觉得毛骨悚然。霍尔太太和莎莉也都一面讶异，一面热情地招呼农场主，但很快他们就无话可说了。

“达顿先生，你可否帮我把壁炉的挂钩往上抬一下？卡口被卡住了。”女主人说。他依言照办，这个自家人一般的小动作一时缓解了他已有四年未曾踏足此地的尴尬和拘束。

霍尔太太很快就看出了他的来意，便起身去为客人准备晚茶，把两位主角留下。眼见莎莉举止温文尔雅，霍尔太太不禁为她刚才断然宣称自己不在乎他而暗暗发笑。等到茶备好了她才出来，觉得达顿看上去似乎没有刚来时那么信心满满；但莎莉看上去倒是很轻松，三人愉快地用过了茶点。

到七点时他起身告辞。霍尔太太一直送他到门前，好让灯照亮他下坡的路。走到门口时，他坦率地告诉她：“我来是向您女儿求婚的；我特意选了这个时辰，做好了各种准备，以为能够得到一个肯定的答复。但是她拒绝了。”

“那她实在太不知好歹了！”霍尔太太重重地说。

达顿停了一下，思考怎么表达，然后问：“我——我想她是不是有别的更中意的人了呢？”

“我说不好到底是有还是没有，”霍尔太太回答，“她有的事会对我保密。不过达顿先生，我肯定支持你。我会跟她谈谈的。”

“谢谢您，谢谢您！”农场主听起来高兴了一些，得到了她的保证后，这次不太圆满的来访便结束了。达顿沿着槭树根走下了斜坡，灯收了回去，门关上了。在斜坡底他差点撞上一个正准备上坡的人。

“在这么黑的晚上，要是个没有知觉的稻草人，恐怕不敢相信自己的眼睛！”一个声音说道。达顿虽然非常意外，但还是马上辨认出了来人。“有可能稻草人不敢，但是我敢相信自己的眼睛！”说话的是杰夫斯·约翰斯。

达顿说虽然这个时间地点不太对，但他还是非常高兴有这个机会让两人摒弃前嫌和好如初，然后问奶牛场主到这儿来做什么。

杰夫斯马上就表现出了他一贯的乐观和自信。“我打算来看看你的——亲戚——我一直都把她们，霍尔太太和莎莉，当成你的亲戚，”他说，“唉，查尔斯，其实是这样的，我发觉打光棍会让一个人越来越像个野蛮人，所以，我打算来这儿接受一点文明的熏陶，因为我觉得你剩下不要的对我来说已经够好喽。”他朝着坡上的大房子方向点了点头。

“你不是要来找莎莉——求婚吧？”达顿问，感觉似乎一盆冰水当头浇来。

“就是，我要用我的个人魅力，加上老天给点运气，争取娶到她。我觉得我应该能成功。我每个星期都要路过这儿——我现在的奶牛场离这儿只有四英里，你晓得吧？我每次都会隔着窗子跟她说几句话。但是今天晚上我是第一次要跟她说正事，是不是有点奇怪？你刚去过她们家？”

“是的，坐了一小会儿。但是她并没有提到你。”

“这是个好迹象，好迹象。现在我下定决心了，我要乘胜追击，按计划今天晚上就要得到她的答复。”

两人又说了几句话，达顿祝愿他的朋友能够成功赢得莎莉芳心，虽然语气听起来略微有些干涩，然后两人便道别了。约翰斯答应会写信来告知详情，接着便沿斜坡而上，消失在大树和房子的阴影中了。一方方形的灯光传来，约翰斯进了屋，一切又重归黑暗。

“幸福的杰夫斯啊！”达顿说，“原来这就是答案！”

他决定当天晚上就回家。一刻钟以后他便出了村，第二天照常劳作，搬运储藏大头菜，就像什么都没发生过一样。

他等了又等，盼着约翰斯写信来告知婚期是否已定下，但是一直没有信来，也没听到任何消息。直到有一天在马匹拍卖会上见到了约翰斯，他喜气洋洋地——至少比他内心的感觉要显得喜气洋洋——问道：“你的大喜日子是哪一天呀？”

出乎意料的是约翰斯并没有回应他的喜气洋洋。“根本没有，”他很小声地说，“事情办砸喽，她不肯嫁给我。”

达顿屏住了呼吸暂停片刻，然后颇为虚伪地安慰说：“你再试试——她可能只是矜持。”

“不是，”约翰斯很肯定地说，“不是这个原因。我们已经直截了当地谈了几十次了。她很直接地跟我说我不适合她。再跟她求婚她就要生气了。唉，查尔斯啊，五年前你放走了她简直就是丢了个宝。”

“确实——确实。”达顿回答。

他从拍卖会回家后，心情又发生了新的变化。他还以为约翰斯是他的对手，原来是完全弄错了。看来他还是有希望可以得到莎莉的。

这一次，因为事务繁忙，达顿只有将此事托付于纸笔传情了。他给她写了一封信，用一个女人能想得到的最具男子气、最直白的方式向她求婚。回信很快就送到了：

亲爱的达顿先生，

我非常明了您是出于何等善意第二次向我提出此事。比我条件更好的女子都会因这份荣幸而引以为傲；我读到过您在卡斯特桥农场主俱乐部上所做的关于甜菜牛饲料及其他类似话题的精彩长篇演讲，真的感到万分荣幸。但是我的回答跟之前一样。我不想费力去解释理由，事实上也很难解释清楚；所以我只能简单地说我必须谢绝同您结婚。

同以往一样祝您一切顺利。

您忠诚的朋友

莎莉·霍尔

信跌落在地上，达顿很是绝望。除了拒绝之外，信里似乎还有一些讽刺的意味在其中——“关于甜菜牛饲料的精彩长篇演讲”读起来很是可疑。不过，讽刺与否，她的回答已经很明确，他必须就此作罢。

于是他便全心投入事务中去以排遣郁闷。近来确实有件事占据了他大部分的心思——最近郡里正在谣传说本地一家银行倒闭，连累他也濒临破产了，他得澄清这个古怪的误会。确实有一个叫达顿的农场主损失惨重，大概是因为两人名字相近，造成了这样的误解。而且很多人都相信了这谣传，所以达顿花了好几天时间四处写信，终于让别人相信他跟原来一样并无负债，这才解决了问题。这件事还在收尾中时，他突然收到了一封莎莉的来信，让他很是高兴。

达顿撕开信封，信很简短：

亲爱的达顿先生，

我们前几天听说您因为XX银行倒闭破产了，非常担忧。现在误会已澄清，我的母亲催促我赶紧给您写信，告诉您我们非常高兴这只是空穴来风。您待我哥哥的两个孩子视若已出，而我无以为报，只能在这种时候写一封信以示关怀。他们两人几天之前都分别给我们来过信。

您诚挚的朋友

莎莉·霍尔

“这个见钱眼开的小女人！”达顿微笑着自言自语，“原来她以为我破产了，所以才拒绝了我啊。”

不过达顿的性格就是这样，几个小时过去后，他再想起这件事就宽宏大量多了，无法再责备莎莉。他问自己希望妻子拥有什么样的品质？爱心与忠诚。除此之外呢？精明世故。那么，不愿意踏上一艘沉船不正是她精明世故的表现吗？而现在她也知道了事情的真相。“管它呢，”他对自己说，“我得再试一次。”

他现在是一颗心全在莎莉身上，而且非莎莉不可，因此决不允许有别的阻挠；他总认为之前不成功是时间不对造成的。

既然上次挑周年纪念去结果不如意，他这次便等到了五月底一个阳光灿烂的日子——这种天气会让所有生命都傻傻地以为自己会永远沐浴在蓝天与阳光之下。他骑马走在长椤树道上时，几乎都认不出来这是他前两个冬日走过的那条道。现在他绝对不会再走错路了，哪怕闭着眼睛也不会。杜鹃的歌声正是最美妙时，不像在四月里还带着踌躇，或是六月时已显出颓势。阳光下爬行动物们就跟壁炉边的猫咪一般温顺迷人。他到达欣托克时已是傍晚，跟上一次到达的时间差不多，但是天色依然大亮，阳光依然明媚，远远地就能看清高岗。他看到莎莉在花园里，心顿时一阵颤抖。他第一想法是先去客栈，但他又对自己说：“不，我就把马拴在花园门前。如果一切顺利，我很快就可以把它牵进去。如果不顺，我就马上骑马离开。”

骑手高高的影子使得屋内变暗了，坐在里面的霍尔太太吃了一惊。他是从一条侧道骑马上斜坡来的，一般很少有人骑马走这条路。几秒钟以后他便进了花园来到莎莉身边。

五分钟——唉，也许只有三分钟——在那排蜂箱后面这桩事情就了结了。虽然春光正明媚，蓝天美得令人心醉，但达顿还是没能如愿。“不，”莎莉非常坚决地说，“达顿先生，我永远，永远都不会嫁给您的。我——曾经很乐意，但是现在我永远都不能了。”

“可是——”达顿乞求地说，他突然变得能说会道，滔滔不绝地描述他愿意为她做的一切。他会每周赶着马车带她回来看望母亲——带她去伦敦——给她一大笔钱——他简直是想尽了各种办法来承诺、哄劝和诱导她。但是全都无济于事。她用一个实实在在的“不”字插进来，结束了他的一番辩解，就像是大路上的铁门轰然关上了一般。达顿停了下来。

“所以，”他简短地问，“你上次拒绝我时并没有听说我要破产的传闻？”

“没有。”她说，“你以为我会因为这样的原因拒绝你，这好像更于事无补。”

“也不是因为几年前我轻慢了你让你记恨？”

“不是。那点记恨早就过去了。”

“啊——那你一定是鄙视我了，莎莉！”

“不，”她缓缓地回答，“我并没有鄙视你。的确，我不再像从前一样视你为英雄，但也只是这样了。真实的原因是，我自己一个人过得就很开心，我压根儿就没打算要跟任何人结婚。现在，我能否请您帮我个忙呢，先生？”她说话时的神态真是难以言喻地令人心动神迷，往后每次达顿一想起来，都禁不住咒骂自己当初愚蠢，如今只得一辈子后悔。

“请尽管吩咐。”

“请你以后再也不要跟我提起这件事了。只要你愿意，我们可以永远是朋友，但是永远也不会是爱人和夫妻。”

“我再也不会了，”达顿说，“就算活到一百岁也不会了。”

他的确再没有提起。他很清楚她的芳心里已经没有自己的位置了。

等到他的养子养女成人，各自成家立业后，达顿同霍尔一家的通信彻底中断了。许多年后，一个偶然的机会，他听人说起莎莉，她因为个人魅力招来好些个求婚者，但她全都拒绝了，一直坚守着她独身的决定。

一八八四年五月

乡村旧闻

引　子

这是一个礼拜六的下午，正值金秋，天色湛蓝；地点是在一个有名的集市小镇的正街。一辆高大的驿站马车停在“白鹿客栈”前面方方正正的广场上，宽大的顶篷侧面写着几个饱经风雨已有些模糊的字：“博森，往朗普多村”。在这一带有许多这样的客运马车，虽然速度迟缓，但颇为体面，所以广受那些收入不多的正经旅客的青睐。高档一些的大约等同于法国老式的“迪利昂斯”——一种四轮公共马车。

这辆马车定于下午四点准时发车出镇，现在正街最高处塔楼上的时钟显示已到三点半。不一会儿，几个商店的跑腿差役背着大包小包来了，把包裹扔进车里便算完事，然后转身吹着口哨走了。差二十分钟四点，一位年长的妇人来了，把提篮放在车辕上，慢慢爬上车，找了个靠里的座位坐下，双手抄起、双唇紧闭。她已经为本次旅途占好了座位，虽然这会儿既不见拉车的马，也不见车夫本人。到了三刻钟时，又有两个妇人来了，车里头先上来的那位认出一个是上朗普多村租车行的女老板，另一个是书记员的太太。她们也认出了她是同村杂货店年长的女店主。差五分钟四点，那边走过来的是小学校长普罗菲特先生，戴着一顶绒毡帽；还有高级茅屋匠克里斯托弗·屯克；四点的钟声敲响时，又有几位乘客匆匆赶到：教堂执事及太太、种子商和他的书记员老父亲；还有一位不被外界赏识的本地风景画家德先生。他年事已高，一直居住在故乡，作品从未在家乡以外的地方出售过一幅。不过他的同村乡邻都以高尚的行为支持他对艺术的自命不凡，他们对他的天才抱有的信心简直就跟外界对他才华的忽视一样令人惊叹。因此，他的画作在本乡里广为流传（一幅画卖价几个先令，这个不假）[①]，几乎全教区每家每户墙上都挂着三四幅众人仰慕的德先生的大作。

车夫博森这会儿正在车前车后忙碌。马已经套上轭，车夫整理好缰绳，跳上座位，似乎这套活他已经很熟了一样——事实上他的确很熟。

“所有人都到齐了吧？”准备出发前，他对着身后车厢里的乘客扬声问。

那些没到的人自然没有回答，于是他便认定集合完毕。经过一番吱吱呀呀之后连车带人便上路了。马车一路缓慢向前来到了一座桥前，这是市镇的边缘了。车夫突然停住了马车。

“我的老天爷！”他说，“我把副牧师给忘了！”

车厢里所有能从后窗向外望的乘客都抬眼望了望，但是没有看到副牧师的身影。

“不知道他现在人到哪儿了？”车夫又说。

“可怜的人，他都这把年纪了应该得到圣职才对。”[②]

“他应该要守时才对，”车夫说，“我跟他说咯，‘四点整我就要出发。’他自己说，‘我会准时到。’结果他没来。作为一个正儿八经的老教会牧师他应该说话算话才对嘛。福莱克斯顿先生可能晓得他做啥去了，你们两个是同行？”他转头问教堂执事。

“的确，半个小时以前我还跟他谈了好多事，”教会职员回答，大家都认为他同另外那位神职人员应当关系亲密，这也的确不假，“但是他没说他会迟到。”

这时马车的转角突然出现了两束光，打断了大家的讨论，那是副牧师眼镜片的反光。紧随其后出现的是他的脸和几缕白色的腮须，

---

① 维多利亚时期农村劳动人口的年收入平均约为二十五英镑，月收入约二英镑，折合四十先令。每幅画几个先令对中产阶级来说非常廉价，但对农村劳动者来说价格并不算低。

② 英国国教中把教区牧师的职位称为“圣职”(Living)。副牧师 (Curate) 是教区牧师聘用的助手，未获圣职，收入很低。有些副牧师要等待很长时间才能获得圣职，有足够的收入可以娶妻成家。

再接着是他随风飘摇的寒碜的长袍后摆。没人责备他，因为大家都看得出来他已经够自责了。他上气不接下气地上了车，找座位坐下。

“现在我们都到齐了吧？”车夫又问。他们第二次起步了，往前走到出了镇差不多三百码的地方，几乎快到第二座桥了。当地人都知道过了桥之后路就拐弯了，打这儿开始大路上的行人车辆就将彻底消失在小镇居民的眼帘中了。

“哎哟，我肯定没看错！”租车行的女老板在车厢里喊出来，她正从方形的小后窗望向市镇的方向。

“咋了？”车夫问。

“有人在向我们招手！”

车又猛地停下来。“还有人？”车夫问。

“是的，真的！”所有人默默等待着，能向外看的则伸着头向外看。

“这次又是哪个哟？”博森接着说，“我就跟你们说，乡亲们，啥人会这样拖拖拉拉耽误时间？我们不是都坐满了吗？这个人到底又是哪个哟？”

“看上去像是个绅士。”小学校长说，他的位置比其他人的更容易看清外面的路况。

招呼马车的陌生人之前一直举着伞吸引他们的注意力，现在看到自己已成功把马车叫停，便颇为从容地走上前来。他的穿着肯定不是本地样式，虽然也说不出来具体哪里不一样。他左手拿着一个小旅行皮包。他一赶上马车便迅速瞟了一眼侧面的字，似乎是要确认一下他招呼的马车没错，然后问车上还有没有空位。

车夫回答说虽然车上人已经很多了，但再多一个应该还装得下，于是陌生人上了车，大家给他腾出了一个位置。驮马们再次抬脚，这次终于不用半路再停下来了，摇摇晃晃拉着共计十四个人上路了。

“先生，你不是这个地方的人吧？”车夫问，“我一看你就晓得咯。”

“不，我就是这个地方的人。”陌生人回答。

“噢？哦。”

接下来的沉默似乎暗示了他颇为怀疑陌生人声明的真实性。“我是说上朗普多，”车夫大着胆子继续说，“我觉得我差不多认得村子里头所有的人。”

“我就在朗普多出生，在朗普多长大，我的父亲和祖父也是。”乘客平静地回答。

“呀，真的呀！”年长的杂货店女老板在后面开口了，“这个不会是约翰·拉克兰的儿子吧——不可能——也不可能是三十五年前带着老婆孩子去了国外的拉克兰本人——但是——我听到的声音——明明就是他父亲的声音呢！”

“就是他，”陌生人回答，“约翰·拉克兰是我的父亲，我就是约翰·拉克兰的儿子。三十五年前，我才十一岁大，我父母带着我和妹妹一起移民到海外去了。走的那天，凯茨家的小子托尼赶车，一大早把我们和行李送到卡斯特桥镇。他是朗普多村里我见到的最后一个人。我们那个星期就坐船漂洋过海去了国外，一直待在那里，我也是从那儿回来的——把另外三人都留在了那边。”

“他们是活着还是死了？”

“死了，”他低声回答，“我现在回到老家，心里头想着——不过还没有决定，只是计划——一两年以后回这儿来，就在这里过完下半生。”

“你成家了吧，拉克兰先生？”

“还没有。”

“你这些年过得还好吧，先生——或者我就叫你约翰吧，你打小我就认识你了。我们都经常听说那几个新国家很有钱，你跟其他人一样在那儿也发财了吧？”

“我并不是很有钱，”拉克兰先生说，“就算是在新的地方，你知道，也总有失败者。比赛不一定总是跑得快的一方赢，打仗也不一定总是兵力强的一方胜。就算有时候是，你也很可能是那个既不快又不强的。不过，先不说我的事了。我回答了你们的问题，现在该轮到你们回答我的问题啦。我现在住在伦敦，来这儿纯粹是想看看朗普多现在变成什么样子了，还有哪些人住在这儿。所以我没有雇一辆马车自己过去，而是更想跟你们一起坐车去。”

“哦，说起朗普多，我们反正都差不多，一样过日子咯。可以说，老一辈的人慢慢就不在了，年轻一辈慢慢又长起来了。你刚才提到，托尼·凯茨在你们走的那天赶着他父亲的马车把你们一家连人带行李送到卡斯特桥镇。我想托尼现在应该还在世，但是不住在朗普多了。他结婚以后就搬走了，住在梅尔斯托克附近的卢门。哎哟，托尼这个人可真是！”

“我认识他那会儿，他的德行还没怎么显露出来。”

“是呀。不过说起德行，他倒也不算坏——除了在女人这一方面。我是不会忘记他的恋爱史哩——永远也忘不掉！”

新回故乡的人静静等待着下文，于是车夫就继续往下说。

花心情圣托尼·凯茨

“我是不会忘记托尼的脸的。那张脸小小的、圆圆的，绷得紧紧的，因为出过天花，所以脸上这儿那儿有一些印迹，但是不至于影响他在姑娘们心中的帅气形象，虽然他小的时候这些痕迹相当严重。他看上去严肃得不得了，从来不会笑，这个小伙子，感觉就像笑一下良心就会痛。他跟你说话的时候，总喜欢盯着你眼睛里头的小光斑看。而且托尼·凯茨的脸上一根胡子都没有，就跟我的手掌一样光溜溜的。他原来还喜欢唱《裁缝的裤子》那首歌，态度还虔诚得很，简直跟唱赞美诗一样——

哎，脱下了你的衬裙来呀，穿上了裁缝的裤子。[①]

还有其他那些乱七八糟的歌。姑娘们都喜欢他，他也来者不拒全部都喜欢。

“但是到了后来托尼慢慢就选定了一个，米莉·理查兹——一个

① 这是多塞特流传的一首民歌，讲述一个裁缝晚上喝醉了酒，想勾引姑娘，于是穿上了姑娘的裙子跳舞逗乐，没想到反被姑娘趁机穿上他的裤子，偷走了他的手表和钱包的故事。在许多民歌中，裁缝都是被取笑的对象。

娇小玲珑、温柔漂亮的姑娘。很快就听说他们订婚了。一个礼拜六，他去了趟集市帮他父亲办事，下午赶着马车回家。他来到山脚下——再过十分钟我们就会走到那座山啦——发现山顶上有个人在等他，不是别人，正是尤丽蒂·沙勒，一个漂亮姑娘，他在跟米莉订婚前曾经有一段时间对她很有感觉。

"托尼一走近，尤丽蒂就说：'亲爱的托尼，能不能搭我回家呀？'

"'当然了，亲爱的，'托尼说，'你以为我会忍心拒绝你吗？'

"她微微一笑，跳上了车，然后托尼继续前进。

"'托尼，'她说，语气里带着温柔的责怪，'你为啥为了她把我抛弃了？她哪一点比我好嘛？我绝对比她更适合当老婆，而且比她对你更好。一追就到手的女子肯定不是最好的。你想一下，我们都认识好多年了——差不多算是从小就认识了——对不对，托尼？'

"'是啊，确实是。'托尼回答，似乎被这话里的真相深深打动了。

"'而且我也没有啥缺点让你觉得不满意吧，有没有，托尼？你给我说老实话。'

"'没有，我发誓。'托尼说。

"'而且——难道你觉得我不够好看，托尼？你看看我。'

"他的眼睛在她脸上停了好久。'绝对没有，'他说，'说真心话，我觉得你今天比任何时候都要好看！'

"'比她更好看吗？'

"托尼会咋回答没人晓得，因为他还没来得及开口，就看见前面路上拐弯处的树篱那边有一根他非常熟悉的羽毛——是米莉的帽子上头的羽毛——他之前正打算跟米莉商量要在那个星期去教堂发布结婚告示。

"'尤丽蒂，'托尼用最温柔的声音说，'我看到米莉来了。要是让她看到你坐在我旁边，我就要倒霉了。如果你现在下车，她等下拐个弯过来，看到你站在路上，肯定就猜到我们是一起来的。唉，我最亲爱的尤丽蒂，为了避免不必要的麻烦，我想你跟我一样都受不了这种麻烦，所以你能不能躺到马车后头去，让我用油布把你盖起来，等到米莉过去了再出来？只要一分钟就搞定了。求你了！——

我会仔细想一下我们刚才说的话，说不定我最后会决定不是向米莉，而是向你提出那个爱的问题。我跟她其实还没最后定下来嘞。’

“哎，于是尤丽蒂·沙勒同意了，躺到了马车后头，托尼把她盖了起来，这样马车看上去就像是空的，只有一些松松的防雨的油布。然后托尼就继续赶车，迎上了米莉。

“‘我亲爱的托尼！’米莉看着他走近，噘起小嘴抬头看他，‘你回家咋花了这么长时间呀！简直就跟上朗普多没有我这个人一样！而我还乖乖地听你的话，到这儿来等你，跟你一起坐车回去，还要讨论我们未来新家的事情——因为你求我，我又答应了你。不然我才不会来呢，托尼先生！’

“‘对哟，亲爱的，确实是我让你——我现在想起来了——我刚才都忘了。你刚才说要跟我一起坐车回去是吧，亲爱的米莉？’

“‘当然了！不然我要咋办？你不可能让我走路回去吧，我都已经走到这儿来了？’

“‘哦不，不，当然不！我只是在想你有可能想去镇上跟你妈妈碰头。我在那儿看到她了——她看上去好像在等你一样。’

“‘没有啊，她已经回家了。她是从田里头走的，所以比你还早到。’

“‘哦！这个我还真不晓得。’托尼说。无奈之下，他只得扶着她上车，让她坐到他身旁。

“他们俩一路愉快地聊天，看花看树看鸟看虫，看田间农民犁地，直到托尼看到了前面路旁的一座屋子，有个姑娘从楼上的窗户往外眺望，正是汉娜·乔里佛，当地的另一个美人儿，也是托尼的初恋情人——早在米莉和尤丽蒂之前，其实他本来差点就要跟她结婚的。她比米莉·理查兹更为时髦和迷人，但是托尼最近差不多已经把她抛在脑后了。汉娜所在的那屋子是她姨妈的。

“‘我亲爱的米莉——我未来的老婆，我应该可以这样叫你，’托尼低声下气地说，声音不大，尽量不让尤丽蒂听到，‘我看到有个年轻女人在窗边打望，我估计她可能会跟我搭话。其实是这样的，米莉，她原来以为我想跟她结婚，结果现在她发觉我要娶别人，而且还比她漂亮，我很怕她要是看到我们两个在一起，可能会大发雷霆。米莉，

你能不能帮我个忙——我未来的老婆，我应该可以这样叫你吧？’

“‘当然可以啦，最亲爱的托尼。’她说。

“‘那你能不能爬到车厢前头的油布底下，躲在里面，等我们走过房子以后再出来？她现在还没有看到我们。你想，现在快到圣诞节了，我们应该要过个和平祥和的节日，这样做可以避免惹起怒火大动干戈，我们一直都应该这样过日子。’

“‘为了让你高兴，那我就听你的吧，托尼。’米莉说。虽然她其实并不情愿，但还是钻到了油布底下，伏身蹲在座位的后面，而尤丽蒂则躲在车厢的另一头。马车继续前行，来到了路边的农舍前。汉娜已经看到了他，在窗前等待着，低着头看他。她带着傲慢的微笑鄙夷地甩了甩头。

“‘喂，你是不是应该更有风度一点，问下我要不要搭你的车回家？’她看到他点头微笑了一下之后就打算走，便开口问道。

“‘噢，对哟！我刚才在想啥呢？’托尼不安地说，‘但是你看上去好像还想在你姨妈家多待一阵？’

“‘不，我没有这个打算。’她说，‘你没看到我都已经戴上帽子穿好外套了吗？我只是在回家的路上进来看一看她而已。你咋这么笨呢，托尼？’

“‘这个样子啊——噢——那你肯定应该搭我的车走咯。’托尼说，感觉衣服底下起了一层薄薄的汗。他勒住缰绳，等她下楼来，扶她坐到他旁边，然后继续打马赶路。他的脸已经拉到了一张圆脸所能拉到的最长的长度。

“汉娜转过头，从侧面盯着他的眼睛。‘托尼，这感觉不错吧？我喜欢跟你一起坐车。’

“托尼转头回望着她，过了一阵后回答：‘我也喜欢跟你一起。’总之，看到她之后，他又热血沸腾了。越看她就越喜欢，到后来他自己都想不通有汉娜·乔里佛在，他为什么还会跟米莉或者尤丽蒂提结婚的事。于是两人坐得越来越近，脚一起踩着踏板，肩膀挨挨挤挤，托尼心里翻来覆去想的就是汉娜真是太漂亮了。他说话的声音越来越温柔，到最后就跟耳语一样喊她‘亲爱的汉娜’。

"'我估计你现在已经跟米莉定下来了吧。'她说。

"'不——不，还没有完全定下来。'

"'什么？托尼，你说话好小声呀。'

"'对——我嗓子有点哑。我说，还没有完全定下来。'

"'我猜你是打算要定下来了吧？'

"'嗯，说到这个问题——'他的眼睛盯着她的脸，她也盯着他。他问自己当初咋会这么蠢放弃了汉娜。'我的汉娜宝贝！'他情不自禁抓住了她的手，完全忘了米莉和尤丽蒂以及所有其他的事情，脱口而出，'定下来？我并没有打算定下来！'

"'快听！'汉娜说。

"'听啥？'托尼放开了她的手，问道。

"'我刚才听到那个油布底下有尖叫声传出来，哎呀，你车上原来装的是玉米，肯定是车上有老鼠，我敢说！'她赶紧把长裙的裙脚往上拉。

"'不不，是车的轮轴，'托尼用肯定的语气说，'天气干燥时它有时候就会这样响。'

"'可能吧……那，亲爱的托尼，你现在老实给我说，你是喜欢她还是喜欢我？因为——因为，虽然我一直做出一副独立的样子，但我最后还是要承认我确实很喜欢你，托尼。要是你向我提出——你懂的嘛，我应该不会拒绝你的。'

"托尼刚回头看了一眼后面的车厢，汉娜一直都跟后面的两位完全不同（她有时候过于矜持保守，不知道你们还记不记得），现在居然这么主动，立刻便赢得了他的心。他于是柔声低语说：'我还没有答应她哩，我想我应该可以解决掉她，然后跟你提出你刚才说的那个问题。'

"'你要把米莉甩了？——为了跟我结婚！我太开心咯！'汉娜又惊又喜，大声喊了出来，还开心地拍手。

"话音未落，又传来一声尖叫——一声愤怒、怨恨的尖叫，然后是长长的呜咽声，像是心碎欲绝的声音，接着车厢里的油布动了一下。

"'那儿有东西！'汉娜吃了一惊。

“‘没啥东西，真的，’托尼用宽慰的声音说，同时在心里祈祷能找个脱身之计，‘我刚开始没跟你说，因为我怕吓到你。其实，汉娜，我在那底下放了个袋子，里面装了几只鼬鼠，用来逮兔子，它们有时候会打架。我不想让别人晓得，怕别人说我偷猎。哦，别怕，它们跑不出来！——你很安全。那个——那个——汉娜，今天天气很不错啊，对这个季节来说，是不是？你下周六是不是要去集市？你姨妈现在身体还好吧？’托尼不停地东拉西扯，免得她继续谈感情的事，又被米莉听到。

“但是他发现他的努力又白费了，只得又开始寻思怎样才能从这个烂摊子里头脱身，并四下里张望，寻找机会。快到家的时候他看到他父亲在不远处的田里举手示意，好像想要跟他说话。

“‘汉娜，你能不能帮我拉一下马缰？’他大大松了口气，说，‘我要过去看一下我爸想做啥。’

“她答应了，他于是飞快地朝田间跑去，很高兴终于可以喘口气了。他发觉他父亲非常严厉地看着他。

“‘哎，哎，托尼，’一等到儿子站在旁边，老凯茨先生就马上说，‘你晓不晓得，你这个样子可不行！’

“‘啥不行？’托尼说。

“‘啥不行？你打算要娶米莉·理查兹，那你就赶快娶，娶了就算完了，你不能又跟乔里佛家的姑娘赶个车满乡里头逛，惹别人闲话！我可不能让你这样子干。’

“‘我只是邀请她——其实是她要求我——让她搭车回来的。’

“‘她？嗨，听着，如果是米莉，那这样很正常；但是你和汉娜·乔里佛单独走动——’

“‘爸，米莉也在那儿。’

“‘米莉？在哪儿？’

“‘在油布底下！哎呀，爸，是这个样子的，我怕是给自己下了个套喽！尤丽蒂·沙勒也在那儿——是的，就在油布另一头的底下。她们三个都在车上，现在咋办我也不晓得了。我觉得，最好的办法就只有当着她们的面对其中一个明明白白地求婚，然后就算解决了，

当然她们几个肯定免不了是要吵翻天的了。爸，要是你是我的话，你会娶哪一个？’

“‘我会娶没主动要求搭你车的那个。’

“‘那就只有米莉了，我不得不承认，是我先邀请她她才上来的。但是米莉——’

“‘那你就继续跟米莉好，她才是最好的……糟了，你快看！’

“他父亲指着马车，‘她拉不住那匹马！你就不应该把马缰交给她的。赶快跑过去把马头拉住，不然那几个女娃儿要出事！’

“尽管汉娜用力拉缰绳，但托尼的马已经开始自己快步走起来了，因为它在外头跑了一整天，很想赶快回马厩去。托尼来不及多说，立刻冲上去追马。

“话说，在所有让他放弃米莉的理由里头，没有哪一条比他父亲推荐米莉更有说服力了。于是他决定绝对不选米莉。既然不能三个都娶，那他就娶汉娜吧。他一边追马车一边心里头盘算好了，没想到这会儿车厢里头发生了意想不到的事。

“刚才在油布下发出尖叫的当然是米莉，她只有通过这样的方式发泄听到托尼说的话所产生的悲愤和耻辱。但是自尊心让她不敢露面，怕被人发现她躲在后面遭耻笑。她越来越焦躁不安，左扭右扭的时候突然发现她头边有一只穿着白色长袜的女人的脚。她吓坏了，因为不晓得尤丽蒂·沙勒也在车里头。但是等恐惧过了以后她决定要把事情搞明白，于是就沿着车厢爬呀爬，躲在油布底下看起来简直跟条蛇一样；然后突然，哎哟，她就跟尤丽蒂面对面喽。

“‘好哇，真是够不要脸的！’米莉愤怒地低声对尤丽蒂说。

“‘确实不要脸，看到你这个样子躲在人家小伙子的车里头，你们两个都不是好东西！’尤丽蒂说。

“‘你给我把嘴巴放干净点！’米莉说，拔高了嗓门，‘我是正儿八经跟他订了婚的，我当然有权利在这儿！我倒是想问，你是凭啥在这儿？他又对你有啥承诺？估计就是一堆花言巧语！但是他跟其他女人说的话不过就是一阵风，我才不会放在心上嘞！’

“‘你不要太自以为是！’尤丽蒂说，‘人家要娶的是汉娜，不是你，

也不是我，我都听到喽！’

“结果，汉娜听到油布底下发出来的这些古怪声音，大惊失色，吓得简直要昏过去了。马正好在这个时候开始自己动起来。汉娜拼命扯缰绳，自己都不晓得自己在做啥。等到后面两个越吵越大声，她吓得直接就松手了。马开始自己小跑起来，来到了一个弯道前面，我们就是在那个地方拐弯然后下山去下朗普多村。结果马拐弯拐得太急了，右边的车轮压上了路的边坡，车厢就朝一边歪了，越来越倾斜，然后三个姑娘就都滚下了车掉在路上叠成一堆。

“等托尼给吓得魂飞魄散、气喘吁吁地赶上来的时候，看到三个心爱的姑娘除了被路边树篱上的刺挂了几道之外，都没有受太大的伤，总算放心了。但听到三人吵成一团，他又头大了。

“‘别吵了，各位亲爱的——别吵了！’他边说边脱帽致意。他还差点想挨个亲一下以示公平，但是她们情绪过于激动，不肯让他亲，又吵又闹又哭又叫，直到筋疲力尽才停下来。

“‘现在，我就实话实说吧，因为我也应该说实话，’托尼终于等到她们能听自己说话的机会了，赶紧说，‘事实就是，我已经向汉娜求婚了，她也同意了，所以我们打算把结婚启事在下个——’

“托尼没留意到汉娜的父亲从他背后走过来，也没注意到汉娜的脸被刺划破开始流血了。汉娜看到了父亲，于是朝他跑过去，哭得更厉害了。

“‘我女儿不同意，先生。’乔里佛先生怒火朝天、语气强硬地说，‘汉娜，你同不同意？只要你贞操还在、没啥后患的话，你就给我有点骨气拒绝他！’

“‘我没有碰过她，我敢对天起誓！’托尼勃然大怒，‘说到这个问题，其他两个也一样，虽然你可能以为我是个随便的人！’

“‘我有骨气，我就是要拒绝他！’汉娜说，一来是因为她父亲在场，二来是因为发现事情的真相，而且脸还被划破了，一时间闹脾气，‘我刚才对他好是因为我没想到他居然是这样一个虚伪的大骗子！’

“‘汉娜，你说啥？你不肯嫁给我了？’托尼惊讶得下巴都掉了，跟个死人一样。

“‘我才不嫁给你，我宁愿嫁——嫁给空气！’她喘着气说，心都提到了嗓子眼儿里头，因为其实要是托尼私底下悄悄背着她父亲向她求婚，而且她脸也没被刺划破的话，她是肯定不会拒绝他的。她说完后就挽着她父亲的手臂走了，心里头希望托尼改天再来向她求婚。

“托尼接下来不晓得该说啥了。米莉正在伤心欲绝地哭泣，但是因为托尼的父亲强烈推荐米莉，所以他反而偏不愿意就范。他于是又转向尤丽蒂。

“‘那么亲爱的尤丽蒂，你愿不愿意嫁给我呢？’他问。

“‘捡别人不要的？想得美！’尤丽蒂说，‘我才瞧不上！’说完尤丽蒂·沙勒也大步走了，虽然走了一段路之后她回头望了望，看他有没有追上来。

“于是最后就只剩下米莉和托尼两个人，米莉哭得眼泪都快成河了，而托尼看上去就跟遭雷劈过的树一样。

“‘哎呀，米莉，’他最后终于开口了，朝她走过去，‘看来我们两个是命中注定要在一起，其他人都不行。那我们就听天由命算了。米莉，你觉得呢？’

“‘只要你愿意就行，托尼。你跟她们说的那些话不是当真的吧？’

“‘没一个字是真的！’托尼捏起一只拳头锤在另一只手掌上，斩钉截铁地说。

“然后他就亲了亲她，把马车扶正，两个人又爬上了车。下一个礼拜天他们就在教堂张贴了结婚启事。我当时没去参加他们的婚礼，但听说婚礼后的舞会简直是空前绝后，几乎整个朗普多村的人都到场了，我记得你当时也去了是不是，福莱克斯顿先生？”讲故事的人转头问教堂执事。

“是的，我也去了。”福莱克斯顿先生说，“而且那场舞会还很奇特地扭转了另外几个人的命运；我是指史蒂夫·哈德康姆和他的表弟詹姆斯。”

“啊，是哈德康姆家的，”拉克兰先生说，“这个名字很熟悉！他们怎么了？”

执事清了清嗓子，开始了他的故事。

哈德康姆兄弟交换伴侣

“是的，托尼的婚礼舞会确实是我参加过的最棒的一次。你知道，作为教会职员，我有幸能出席所有的洗礼命名、婚礼以及葬礼后的舞会——这是我们威塞克斯的习俗——所以我参加过许许多多场舞会。

“他们的婚礼舞会是在圣诞周的一个落霜的晚上举办的，应邀参加的人里头就有刚才提到的住在克里默斯顿的哈德康姆家的两个表兄弟——史蒂夫和詹姆斯。两人都是小农场主，刚刚开始自立门户经营农场。跟他们一起来的当然还有他们的未婚妻，住在附近的两位年轻姑娘，两人都漂亮又活泼。应邀来的还有从阿伯茨－塞耐尔、威瑟伯里和梅尔斯托克以及其他不知哪儿来的一些朋友——总之满满一屋子的人。

“为了方便大家跳舞，厨房的家具都被搬走了。年纪大的老人家们在客厅里玩‘普特’和‘全四’纸牌游戏，但后来也不玩儿了，加入了跳舞的行列。跳舞列队的队头排在房间里前头的大窗边，因为人太多，队尾一直出了后门排到了没点灯的外屋。事实上，你根本都看不到头，所以大家都说不清楚到底跳舞的队伍有多长，因为最末尾的一对都被外屋的柴火和树枝堆给挡住了。

“大家跳了几个小时，男人里个子高的因为头顶不时撞到天花板上的横梁，都肿起包了。首席小提琴手把琴弓一扔，说他不想再拉了，因为他也想跳舞。一个小时以后，第二提琴手也放下琴弓说要跳舞。于是只剩下了第三提琴手，他是个退伍士兵，年纪已经很大了，手腕也没什么劲儿。不过，他还是一直坚持拉出很微弱的曲子，但是屋里没有椅子，他的膝盖跟手腕一样没有力气，于是只好挤坐在墙角碗柜上方钉在墙上的一个小角儿上，对一个年纪这么大的人来说，这个座位实在不怎么宽敞。

“那些跳得最欢几乎没歇过的人里头就有那两对订了婚的情侣，这对他们来说也很正常。每一对都非常登对，而且跟另一对很不一样。詹姆斯·哈德康姆的未婚妻名叫艾米丽·达诗，她和詹姆斯都是温和、善良、居家的类型，喜欢过宁静的小日子。史蒂夫和他选的爱人奥莉芙·鲍尔则完全不同，他们俩都是急性子，中意寻欢作乐，喜欢新鲜事物。两对人安排好了要在同一天结婚，婚期就在不久之后。参加托尼的婚礼对他们来说就像给他们打了兴奋剂一样，当然这种情况很常见——我在我的职业生涯中已经见过很多次了。

“他们跳舞的意愿真是无比强烈，只有恋爱到了那个阶段的年轻人才会有这样的热情。随着夜色来临，詹姆斯的舞伴碰巧换成了史蒂夫的订婚对象奥莉芙。与此同时史蒂夫正在同詹姆斯的未婚妻艾米丽跳舞。大家发现虽然交换了舞伴，但是两个年轻小伙子享受舞蹈的热忱依然未减。到后来，他们跟交换过的舞伴又开始了下一支舞，虽然一开始他们都严格地同另一位的未婚妻保持着半臂长的距离，生怕离得近了会引起那位女士的正当伴侣的反对，但是随着时间的推移，他们便越靠越近，再过一阵，又越靠越近。

“越往后，表兄弟俩跟属于另一个人的那位年轻姑娘跳得越久，在带着她旋转时便将她搂得越紧。而且，令人惊奇的是两人似乎都并不介意对方这样做。舞会到了快结束的时间，我是最早离开的人之一，因为我第二天一大早还有事要做，所以后面的情形我就没看见了。不过我从其他知情人那里听说了后来的事。

“在跟交换的舞伴，就像我刚提到的，跳过了一场异常热情洋溢的舞之后，两个年轻人相互看了看，过了一会儿一起出了屋，走到了门廊下。

“‘詹姆斯，’史蒂夫说，‘你跟我的奥莉芙跳舞的时候在想些什么？’

“‘嗯，’詹姆斯说，‘大概跟你和我的艾米丽跳舞的时候想的差不多吧。’

“‘我在想，’史蒂夫犹豫了一下，说，‘我不介意我们永远交换

下去！’

“‘我当时也是这样觉得的。’詹姆斯说。

“‘我非常愿意，如果你觉得我们俩能搞定的话。’

“‘我也没问题。但是姑娘们会怎么说呢？’

“‘我个人觉得，’史蒂夫说，‘她们应该也不会很反对。刚才你的艾米丽紧紧依偎着我，简直就跟已经是我的人了一样，这亲爱的姑娘。’

“‘你的奥莉芙也是紧紧靠着我，’詹姆斯说，‘我都能感觉到她的心跳，像时钟摆动一般。’

“于是，兄弟俩就同意等到四个人走路回家时把这个问题向两位姑娘提出来。然后他们就真的提了。等到他们当晚分开时，这交换便决定了——大家都还被那一晚热舞的兴奋劲儿笼罩着。在下一个礼拜天的早晨，大家坐在教堂里张着嘴等着听牧师宣读两对新人的结婚启事，期待着听到意料中的名字的时候，发现名字配对弄反了，不禁大为诧异。人们窃窃私语，以为是牧师搞错了，最后发现他并没有念错。既然他们这样决定了，他们也就这样结婚了，都娶了原本属于另一个人的那一位。

“话说，这两对人就这么平平常常地过了一两年小日子，然后对各自配偶的热情便慢慢冷淡下去，这当然是所有婚姻的普遍规律。两个表兄弟开始在心底寻思，当初到底中了什么邪，居然在最后一刻交换了结婚对象，本来他们可以跟上天注定的、自己当初爱上的那个人结婚的。很明显，是托尼的婚礼舞会搞的鬼，他们真希望自己当初没去参加。詹姆斯是个安静、喜欢坐在壁炉边阅读的人，他有时觉得自己跟妻子奥莉芙之间隔着一条鸿沟——奥莉芙非常喜欢骑马、坐车和户外旅行。而总是四处跑来跑去的史蒂夫却有个非常居家的妻子，成天做刺绣啊，织壁炉地毯啊，连大门都不想出，跟他一起赶车出门纯粹是为了让他高兴。

“不过，他们俩很少跟熟人谈论这错误的搭配，虽然有时候史蒂夫会看着詹姆斯的妻子叹息，而詹姆斯也会看着史蒂夫的妻子叹息。事实上，这两个男人到最后彼此都很坦白，不介意私底下提起这事。两人说起来就会苦着脸，黯然微笑，一副不解的神情，再一起摇头，感叹他们居然为了一小时的舞会中的心猿意马便轻易否定了一个深思熟虑的选择。当然，他们都是理智而诚实的年轻人，既然已经如此安排，也就尽力将就下去，而不是成天对已经不能改变和弥补的现状抱怨不止。

“日子就这样过下去，直到一个晴朗的夏日，两家一起每年一度的短途出游，这是他们很久以来一直保持的惯例。这一次他们选了巴德茅斯-里吉斯作为度假地点，于是早上九点他们就穿上最好的衣服出发了。

“到了巴德茅斯-里吉斯后，他们先是在海边两两散步——崭新的靴子踩在潮湿柔软的沙子上发出咯吱咯吱的响声。唉，我现在好像还能看见他们的样子！他们接下来去港口看了看过往船只，然后到瞭望塔上眺望大海，之后又去客栈吃了正餐，最后重新回到海边两两散步，咯吱咯吱地踩着柔软的沙滩。黄昏将近，他们坐在海滨大道旁的公共座椅上听乐队奏乐，然后彼此询问‘我们接下来做什么呢？’

“奥莉芙（即詹姆斯·哈德康姆太太）说：‘我现在什么都不想干，就想到海湾里划船！我们在海上跟这儿一样也能听到音乐，而且还多了划船的乐趣。’

“‘说得对，我也想去。’史蒂夫说，他的喜好向来跟她一样。”

说到这里，执事转过头看着副牧师。

“不过，先生，您比我们其他人都更清楚那个奇特的傍晚发生的奇事的细节，因为他们亲口跟您讲述过，我没有听到。也许您愿意满足这位先生的好奇心？”

“当然可以了，只要他愿意听。”副牧师说。他接着执事的故事讲了下去：

“史蒂夫的妻子很讨厌大海，除非是站在陆地上观赏，坐船的事情她想都不愿意想。詹姆斯跟她一样也不想下水，说他自己更愿意留下来坐在椅子上听乐队演奏，但如果他的妻子很想划船的话，他并不会阻止她去。讨论的结果是詹姆斯和他表哥的妻子艾米丽决定就待在原地听音乐，另外两个人到下面去雇条船，在水上游玩半小时左右，再回来跟坐在海滨大道上的两个人会合，然后一起启程回家。

“这个安排对那两个坐立不安的人来说真是再好不过了。于是艾米丽和詹姆斯看着他们下到海边去找船家租船，挑了一条黄色的小艇，小心翼翼地踏着搭在栈架上的木板来到小艇旁。他们看到史蒂夫扶奥莉芙上了船，坐到她对面的座位。他们坐稳之后，朝岸上望着他们的两人挥了挥手，然后史蒂夫操起两支短桨，和着乐队的曲子节拍划着小艇出发了，奥莉芙则操纵小艇在周围其他来往的小船中间穿梭，因为那天傍晚海面平静如镜，海面上满是荡舟游玩的人。

“‘他们这样划着船看上去真棒啊，是不是？’艾米丽对詹姆斯说（这是他们自己告诉我的）。‘他们俩都非常享受。他们对每件事的喜好都一模一样。’

“‘确实是。’詹姆斯回答。

“‘如果他俩结婚的话，一定会是很般配的一对。’她说。

“‘是的，’他说，‘我们把他们给拆散了，实在太可惜了。’

“‘别提这件事了，詹姆斯，’她说，‘是我们自己做的决定，所以无论好坏都只能接受了。’

“之后他们没有再说话，只是并排坐在那里，乐队依然在奏乐；路人来来往往，史蒂夫和奥莉芙直朝海里驶去，身影越来越小。岸上的两个人还告诉我，他们看到史蒂夫停了一会儿，把外套脱掉了好更方便划船；但詹姆斯的妻子则一直坐在船尾没动，手拉着掌舵索，用来掌握船的方向。他们离岸很远了的时候，她转过头来看了看岸上。

“‘她在对我们挥舞手帕呢。’史蒂夫的妻子说，也掏出了自己的手帕挥舞做回应。

“詹姆斯太太朝着她的丈夫以及史蒂夫太太挥手帕的时候忘了掌舵，于是小船行驶的方向就有些偏了；但是小船继续往前划行，很快他们就看不清两人了，只能依稀看到奥莉芙浅色的披风和史蒂夫白色的衬衫袖子。

“岸上的两个人又聊开了。‘我们在托尼·凯茨的婚礼舞会上决定交换伴侣真是太奇怪了。’艾米丽说，‘据大家说，托尼是个花心大萝卜，我觉得他的德行那天晚上好像传染给了我们。你们俩是谁

先提出来不按之前安排好的结婚的？'

"'嗯——我现在想不起来了，'詹姆斯说，'我们两人聊起了这事儿，你知道，结果说干就干了。'

"'就是因为跳舞的原因，'她说，'跳舞有时候会让人干出疯狂的事情来。'

"'是的。'他承认。

"'詹姆斯——你觉得他们俩心里是不是还有对方？'史蒂夫太太问。

"詹姆斯·哈德康姆沉思了一下，承认说也许两人心中时不时还会闪过片刻的柔情吧。'不过，也没什么大不了的。'他说。

"'我有时候觉得史蒂夫心里满是奥莉芙，'史蒂夫太太喃喃地说，'尤其是她骑着驮马飞驰过我们窗前的时候，特别得他的欢心……我永远都做不到，我没法克服对马的恐惧。'

"'我也不怎么喜欢骑马，虽然为了她我装得很喜欢，'詹姆斯·哈德康姆也低声说，'不过，他们现在不是应该掉头往回划了吗？其他那些划船的人都回来了。我不明白奥莉芙让船一直朝天边划过去是什么意思？自打出发以后，她就一直让船直直往前走，几乎没有转过弯。'

"'毫无疑问他们是在聊天，没注意他们正往哪儿去。'史蒂夫的妻子推测。

"'可能是吧，'詹姆斯说，'我都不知道史蒂夫居然这么能划船。'

"'噢，是的，'她说，'他经常过来这里办事，然后会到海湾里划一划船。'

"'我现在已经看不到船也看不见他们了，'詹姆斯又说，'天已经黑下来了。'

"那两个在海上漂着的心不在焉的人，现在在逐渐降临的夜幕中变成了一个小点儿，夜色越来越浓，最后把他们遥远的身影完全吞没了。他们消失时船还在朝着和陆地相反的方向直直地向前行驶，就好像他们打算从大海的边缘跌落到太空中去，再也不回地球了一样。

"岸上的两个人继续坐着，严格地遵守承诺，在原地等着另外两个人回来。海滨大道上的路灯一盏接一盏点亮了，乐队成员收起乐谱架离开了，海湾里的游艇挂起了停泊灯，小船们也一艘接一艘回到了岸边，雇船的乘客又踩着他们之前上船的木板回到沙滩上，但是这些人里头没有史蒂夫和奥莉芙。

"'他们怎么这么晚！'艾米丽说，'我身上都冷起来了。我没想到需要晚上在室外坐这么久。'

"听到这话，詹姆斯·哈德康姆说他用不着穿外套，坚持要借给她穿。

"他把外套披在艾米丽的肩上。

"'谢谢你，詹姆斯，'她说，'唉，奥莉芙穿着那件薄薄的上衣该有多冷呀！'

"他说他也正在想这事。'哎，他们现在肯定已经很近了，虽然我们看不见他们。船还没有全都回来。有的人喜欢沿着岸边再划一圈，把剩下的租船时间用完。'

"'那我们要不要沿着岸边走一走，'她说，'看看能不能看到他们？'

"他同意了，提醒她说不能走到看不见他们座位的地方，免得迟返的两人回来时跟他们错过，还以为他俩没有遵守约定，又会生气。

"他们就像哨兵巡逻一样在正对着座位的那片沙滩上来来回回地走，但是那两个人还是没回来。最后，詹姆斯·哈德康姆过去找船家，怀疑是不是他的妻子和表哥已经回来了，但是在暮色昏暗中没看见他们，而这两人已经忘了长凳上还有人在等他们。'所有的船都回来了吗？'詹姆斯问。

"'还有一条没回来。'租船的船家说，'我不知道那一对划到哪个方向去了。恐怕在黑暗里可能会撞到什么东西。'

"史蒂夫的妻子和奥莉芙的丈夫于是又继续等，心里越来越焦虑不安。但是黄色的小船还是没有回来。他们会不会是停靠在海滨大道再往前的地方了呢？

"'有的人为了逃船钱可能会这么干，'船家说，'但是他们看起来不像是会干这种事的人。'

"詹姆斯·哈德康姆知道他不能把希望建立在这种理由之上。不过，现在想起他和史蒂夫偶尔闲谈时提到各自伴侣时的言语，他第一次想到了另一种可能性，那就是那两位在面对面相处的情景下旧情复燃，强烈程度可能他们自己都始料未及——出海逛逛很显然只是做戏——他知道码头再往前有一处台阶，他们很可能已经在那里上岸了，好有更多时间单独相处。

“但他不愿老想着这个念头，也不想跟他的同伴提及这种想法。他只是对她说：‘我们再继续往前走走吧。’

“他们继续往前走，在船坞和码头之间来回徘徊，直到史蒂夫·哈德康姆的妻子身体不适，不得不挽住詹姆斯伸过来的手臂。夜越来越深，艾米丽已经精疲力竭萎靡不振，詹姆斯觉得有必要先送她回家；而且，那对逃跑的人也不是完全没有可能已经在小镇的另一头，或者别处上了岸，再者以为他们的伴侣不会有耐心等那么久，便出其不意地匆匆赶回了家。

“不过，他还是在镇上找了人帮他留意那两人的下落，当然这是私底下安排的，虽然那两人私奔的可能性不大，但也足以让他保持低调。最后，两个被抛下的人满怀着忧虑搭上了离开巴德茅斯－里吉斯的末班列车，到了卡斯特桥镇后，再赶车回到了上朗普多村。”

“就是我们现在正走着的这条路。”教堂执事补充说。

“是的——就是这条路。”副牧师说，“可是，史蒂夫和奥莉芙并不在家。自从那天早上离开村子后，他们就没回来过。艾米丽和詹姆斯·哈德康姆各自回家，匆匆合眼眯了一会儿，第二天天一亮他们又赶着马车到卡斯特桥，上了去巴德茅斯的第一班火车。

“在他们离开的短短的空当里并没有那两个人的消息。接下来几个小时里，有几个年轻人证实确实见过一对男女划着一艘不太结实的雇船，船头朝向大海那头驶去，两人面对面相互望着，表情如在梦中，似乎完全没意识到他们在做什么、将往何处去。直到那天下午，詹姆斯才收到更多消息。在离陆地很远的地方，人们发现了那条船，底朝天在海上漂着。到了傍晚海水涨潮了，在小镇以东几英里的拉尔温德湾有两具尸体被冲上了岸，消息立刻传遍了小镇。尸体被送到巴德茅斯，经检查确认他们就是失踪的两人。据说发现他们时，两人紧紧搂着对方，他低头亲吻着她的唇，他们的面容依然还笼罩在平静和梦幻般的安乐中，就跟他们在水上划行时旁边人看到的一样。

“詹姆斯和艾米丽都没有追问这对不幸的男女下海的初衷，不过两人的意图不容置疑。无论他们对彼此的感觉将把他们引向何方，但一开始便私相授受肯定不是他们的本性。有人猜测他们很可能在四目相对时，想起这双眼睛曾经只为自己一个人而闪亮，因此陷入了一种深情的恍惚中；他们又不愿承认对彼此的感情，于是便这样恍恍惚惚地继续往前，忘了时间和空间，直到远离陆地，突然被黑暗吞没。不过真相永远也无从知晓了。他们这样死去只能说是命中注定。这两个一半，原本造物主要让他们成为完美的整体，可是生前他们却未能达成夙愿，于是‘死时也不分离’。[①]他们的遗体被带回家，在同一天下葬。我记得在念祷告词的时候我环顾了一下教堂墓地，几乎整个教区的人都来参加了葬礼。”

“是这样的，先生。”执事确认。

“剩下的那两个人，”副牧师继续说（在讲述那对恋人的悲惨命运时他的声音有些沙哑了），“跟第一对相比，虽然没那么浪漫多情，却更深思熟虑、富有远见。他们现在彼此都没了伴侣，因为这事故，反倒能够重新达成造物主给他们设定好的命运，重新实现他们原本早在头脑冷静时就做好的决定。于是一年半以后，詹姆斯·哈德康姆娶了艾米丽做妻子。他们的婚姻无论从哪个角度来说都算得上是幸福美满的。是我给他们主持的婚礼，也是哈德康姆在找我帮他们宣布结婚启事时，告诉了我他是怎么失去第一个妻子的，我刚才跟你们讲的故事几乎就是他的原话，一个字不差。”

“他们现在还住在朗普多吗？”那位新来的人问。

“啊不，先生，”执事插话说，“詹姆斯已经死了有十多年了，他

---

① 引自《圣经·旧约·撒母耳记下》第一章第二十三节，大卫作哀歌祭奠扫罗和他的儿子约拿单：“扫罗和约拿单，活时相悦相爱，死时也不分离。”此处关于两个一半结合成完美的整体的典故出自柏拉图的《会饮篇》。根据古希腊传说，人生来原本有四只胳膊、四条腿、一个脑袋、两张脸。宙斯畏惧人的力量，将人劈成两半，他们终其一生都在寻觅自己的另一半，倘若寻到，便会坠入爱河，永远不分离。

的遗孀六七年前也不在了，他们没有子嗣。威廉·普里威特没去世之前一直在他家干杂活。”

“噢——威廉·普里威特！他也死了吗？——天哪！”拉克兰先生说，“全都去世了！”

“是的，先生。威廉比我年龄大得多，他要是现在还活着，得有八十多岁了吧。”

“威廉的死很是古怪——真的非常古怪！”车厢尾坐着的一个郁郁寡欢的男子说。这是种子商的父亲，他之前一直都没说过话。

“那是怎么回事呢？”拉克兰先生问。

旧仲夏夜惊魂

“你可能也知道，威廉是个怪里怪气、少言寡语的人。他一走近，你就能感觉得出来。要是他在屋子里头或者在你背后，就算你没看到他，你都能感觉到空气中有种阴冷的东西，就像你身边有一扇地窖的门打开了一样。然后，有一个礼拜天——那个时候威廉看起来还健康得很——教堂的钟突然一下子变得特别沉。教堂司事，就是他告诉我的，说他敲钟好多年都没有觉得钟这么沉——他怀疑这预示着教区里可能有人要死了。那是在礼拜天，我刚才说过了。接下来的那个星期，恰好有一天晚上威廉的老婆很晚还没睡，赶着要把衣服熨完，她在哈德康姆家帮男女主人洗衣服。她丈夫已经吃过晚饭，跟往常一样，一两个小时以前就上床睡觉去了。她在熨衣服的时候听到他下楼，在楼梯口停下来穿靴子，他一般都把鞋放在那儿，然后走到她熨衣服的起居室，穿过起居室走到门口——从楼梯走出屋子必须经过这里。他们两个没有说话，威廉本身话就不多，他老婆当时又忙着干活。他走出去关上了门。之前有时候他要是身体不舒服，或者睡不着想抽管烟的时候他就会这样出门，所以他老婆也就没有特别理会，继续熨衣服。过一会儿她弄完之后，看他还没回来，就一边收拾熨斗和其他东西，一边等了他一会儿，又顺便把第二天早上他吃早餐用的桌子先摆好。但他还是没回来，她估计他应该没走远，而且她自己也累了想睡了，就没有闩门，在门背后用粉笔写了几个字：记得锁门（因为他比较健忘），然后就朝楼梯走了过去。

“她走到楼梯口时，非常吃惊，可以说简直是吓到了，因为威廉的靴子就在那儿，跟他去睡觉之前一样。她上楼进了卧室，发现他就在床上睡得跟石头一样沉。在她没有看到也没有听到的情况下他是咋回来的，她实在想不通。有可能是在她乒乒乓乓弄熨斗的时候从她后面轻手轻脚绕过去的；但是这个想法没啥说服力：这么小个房间，他要是进来她怎么也不可能看不到。她实在解不开这个谜团，只是觉得很不对劲。但是她又不好把他叫起来，只好自己睡了。

“第二天一早她还没醒威廉就起床干活去了，她焦虑地等他回来吃早饭好问个清楚，因为天亮以后她仔细想了想，觉得情况越发骇人。等他进屋吃早饭时，还没等她开口问，他就说，‘你用粉笔写在门背后的字是啥意思？’

“她跟他解释了一下，又问他昨天晚上出去做啥了。威廉说他进了卧室以后就再也没出来过，直接脱了衣服躺下睡着了，到了五点钟他就起床干活去了，中间连醒都没有醒过。

“贝蒂·普里威特心里面一万个肯定他绝对出去过，也很肯定他并没有回来。她现在满心不安不想跟他争辩，所以就当是她搞错了，没有再继续这个话题。那天下午她在朗普多街上走着时，遇到了吉姆·维多的女儿南希，便跟她打招呼，‘呀，南希，你今天看起来好像很困哪！’

“‘是呀，普里威特太太，’南希说，‘我悄悄给你说是为啥，不过你不要告诉别人哦。昨天晚上是旧仲夏夜[①]，我们几个人去了教堂

① 仲夏节（Midsummer）最早是为纪念夏至日而设，后附会为纪念基督教施洗者约翰的生日（六月二十四日）。教皇格里高利十三世为矫正日历的偏差，令人重新编制了更准确的格里高利日历，即现在俗称的公历，于一五八二年颁布。根据新公历，仲夏夜便改到了七月四日庆祝。由于人们不愿接受新的日期，于是仍按照原来的日子庆祝，并在节日前加上了“旧”字。旧仲夏夜（Old Midsummer's Eve）即旧仲夏节前夜，六月二十三日晚上举行庆祝活动。根据英国的传说，人们会在这个晚上有奇异的经历，可能进入魔幻世界。

门廊，到晚上一点钟才回家。’

“‘是吗？’普里威特太太说，‘昨天是旧仲夏节？说实在的我根本想不起来是仲夏节还是米迦勒节了，我有太多活要干了。’

“‘是呀，而且我们都被看到的事情吓坏了，我跟你说。’

“‘你看到啥了？’

“先生，你很早就去了外国，所以可能不一定记得了，我们这一带都传说在仲夏夜，你可以看到整个教区在这一年里要在死神门前走一遭的人的影子走进教堂。过一阵以后，那些能够病愈的人的影子会再走出来；而那些注定要死的人的影子就再也回不来了。

“‘你看到什么了？’威廉的老婆又问。

“‘呃，’南希有点迟疑地说，‘我们最好不要说出来我们看见了啥，或者看见了谁。’

“‘你看见我丈夫了。’贝蒂·普里威特平静地说。

“‘嗯，既然你自己说起来了，’南希犹豫不决地说，‘我们——觉得好像是看到他了，但是天很黑，而且我们都给吓到了，所以也很可能不是他。’

“‘南希，你不需要有顾虑不敢说出来，虽然我晓得你是出于好意不愿说。他没有再走出教堂，我跟你一样心里头很清楚。’

“南希没有承认也没有否认，两人没有再说下去。三天以后，威廉·普里威特和约翰·柴尔斯一起在哈德康姆先生的牧场上割草，在正午最热的时候他们在树下坐下来吃了顿午饭，喝光了一壶酒，然后两人就坐着睡着了。约翰·柴尔斯先醒过来，他望望对面还在睡的工友，突然看见一只巨大的白色的飞蛾——我们把它叫磨坊幽灵——从他大张着的嘴里爬出来，径直飞走了。约翰觉得这事很诡异，因为威廉小时候曾经在一家磨坊干过好几年的活。他抬头看看太阳的位置，发现他们睡了很久，但是威廉还没醒。约翰就喊他，说该起来干活了。威廉还是没有理睬，约翰上去推他，发现他已经死了。

“然后，就在同一天，老菲利普·胡克洪恩到朗普多泉边去打水，转身时正好看到了威廉，脸色苍白，神情怪异。菲利普·胡克洪恩非常惊讶，因为许多年前，威廉的小儿子——他的独生子——在那个泉边玩耍的时候被淹死了，这个事情一直折磨着威廉，所以大家都晓得他后来再也没靠近过那个泉，宁愿多绕半英里的路也要避开。他问过别人以后，就晓得威廉那时应该在两英里以外的牧场上，出现在泉边的不可能是他本人；后来又发现在泉边看见他的时间正是他死去的时候。”

“这真是个阴郁的故事啊。”归来的侨民沉默了一会儿，评论道。

“确实，确实。唉，人生的起起伏伏，我们都必须要承受啊。”种子商的父亲说。

“拉克兰先生，我估计你可能没听说过安德里·撒切尔和简·瓦伦斯以及司克林普顿的牧师和执事之间的奇事吧？”高级茅屋匠开口了，他眼里闪着一丝光芒，那是被刻意压抑着的活力。他坐在马车车厢前部，两脚搭在车厢外，此前一直在看着道路前方远处的事物，“很少听说牧师和执事有这样的奇遇，刚才那个故事可能让你觉得不舒服，听了这个你可能会高兴一点。”

归来的人回答说他没听说过这故事，很乐意听一听，他现在想起那个叫撒切尔的人来了。

“哦不，这个安德里·撒切尔是你知道的那个撒切尔的儿子；这个撒切尔才刚结婚两三年，我打算给你讲的这个事情是发生在他的婚礼当天，或者要不这儿的其他人给你讲也行。”

“哎呀，哎呀，老兄，还是你来讲最好。”有几个人连忙说。拉克兰先生也加入进来，请他继续说下去，并补充说他离开英国之前跟撒切尔一家相当熟。

“因为你是新来的，所以我就提醒一句，”车夫轻声对拉克兰说，“那个克里斯托弗讲的故事你不要太信以为真。”

侨民点了点头。

“好吧，那我现在就来讲。”高级茅屋匠说，语气听来极为笃定，“其实这个故事跟安德里关系不大，更多是跟牧师和执事有关，所以其实找个教会人员来讲可能比我还更合适一点。”

安德里·撒切尔结婚记

“你可能不清楚，所有这些事情，都是从安德里喜欢喝酒开始的——虽然据大家说他现在已经不喝酒了，这个对他来说当然是好事。他的新娘，简，比安德里要大一些，到底大多少我就不清楚了。她不是我们这个教区的,要看他们的结婚登记才晓得她的年纪。反正，总而言之，她比小伙子年纪要大一些，再加上由于这个小伙子的原因造成她的某种身体状况——

（“哎呀，好可怜哟！”在场的女人们都叹息着。）

“所以她非常着急，要赶在他改变主意前把这件事办成。所以，十一月的一个早上，天才刚亮，她就跟安德里还有他的哥哥嫂嫂往教堂出发了，这样安德里以后就一辈子都是她的了。据说走的时候她看起来兴高采烈。天还没亮安德里就已经出了我们教区，凡是已经起来了的人看到他，都对他挥舞手里头的灯，把帽子抛到空中。

“女方所在的教区教堂离她住的地方不到两英里，因为那个时候正好是一年当中天气最好的时候，他们计划婚礼结束以后就马上动身赶车去布莱迪港度个假，去看一看大海、轮船，还有驻扎的士兵啥的，省得回她住的远亲家去吃饭，然后傻呆呆地在那儿闲坐一个下午。

“嗯，有些人注意到安德里那天早上去教堂时步子有些偏偏倒倒。原来头天晚上他隔壁邻居的娃娃举行命名受洗晚会，还请安德里当教父，他用酒给自己洗礼了一个晚上，还自顾自地说：‘我就算活到了一千岁也不会再有这种福气，头一天当教父，第二天又当丈夫，可能再下一天就当爸爸咯，所以这种千载难逢的机会我要尽情享受啊。’因此他早上出发前根本没合过眼。结果，就像我刚说的，他跟他的新娘走进教堂举行仪式时，牧师（不管在外头咋样，在教堂里头还是个很严格的人）严厉地盯着安德里，然后很尖锐地说：‘小伙子，这是怎么回事？你喝酒了，而且还是一大早就喝。我真替你害臊！’

“‘是的，我确实喝了，先生，’安德里回答，‘但是我要干正事的话，照样可以走得很直，我还可以沿粉笔线走嘞，’他说（这会儿还没什么冒犯的意思），‘就跟其他人一样，而且——（他说着说着语气越来越冲）——我敢保证要是你，比利·土谷牧师，像我一样参加了一整晚命名受洗晚会的话，你可能连站都站不稳咯；你要站得稳才他妈的见鬼了！’

“这个回答让比利牧师——他们是这么称呼他的——很是恼怒，虽然还没到勃然大怒的地步，因为他还算是个性子温和的人，就算惹到他了也不会暴跳如雷。于是他很坚决地说：‘你现在这种情况我不能给你们主持婚礼。我绝不会这样做！你回家去吧，酒醒了再来！’然后他‘啪’一声合上了经书，就像老鼠夹弹起来了一样。

“然后新娘就伤心欲绝地号啕大哭起来，她费尽心思好不容易才让安德里就范，这么一来他说不定就跑了。她于是苦苦哀求牧师继续婚礼仪式。但是没用。

“‘婚姻是庄严的，我不能让你跟一个醉鬼结婚。’土谷先生说，‘这既不合适也不体面。姑娘，我很抱歉，我看得出来你现在状态不妙，但你最好还是回家吧。我真奇怪他这么醉醺醺的你怎么会把他带到这儿来！’

“‘但是如果——如果他不是喝醉了的话他根本都不会来！’她抽抽搭搭边哭边说。

“‘这个我也没办法。’牧师说。她无论怎么哀求都打动不了他。她于是又换了个办法。

“‘先生，要不这样，您先回家去，我们留在这儿，您过一两个小时以后再回来，我敢说那会儿他肯定已经清醒得跟个法官一样了。’她哭道，‘如果您允许的话，我们就留在这里。要是他没有结成婚就走出了这个教堂，以后一百匹马也休想把他拖回来了！’

“‘好吧，’牧师说，‘给你们两个小时的时间，我到时候再回来。’

“‘还有先生，请您把门锁上，这样我们就跑不出去了！’她又说。

“‘可以。’牧师说。

“‘请不要让任何人知道我们在里面。’

“牧师脱下了纯白的罩衫，然后离开了。剩下的人商量怎样才能保密，还好这个地方很偏僻，时辰又很早。至于证婚人——安德里的哥哥嫂嫂，他们本来就不赞成安德里娶简当老婆，来这一趟实属无奈，说他们可不能在这黑洞洞的地方等两个小时，要在吃正餐之前赶回朗普多去。两个人都很固执，执事只好说他们想走就走吧。他们可以就当弟弟的婚礼已经举行过了，并且新婚夫妇已经按计划出发到布莱迪港旅行去了，等牧师回来以后，教堂执事自己再找个过路的人，就可以当证婚人了。

"一切都谈妥之后，安德里的亲戚便乐意之极地走了，执事把教堂门关上，准备把这一对锁在里面。新娘又走过去对他耳语了几句，眼睛里依然泪流成河。

"'亲爱的执事先生呀，'她说，'我们要是就坐在这里面等的话，路过的人可能会从窗子里看见我们，然后就知道发生了啥事。到时候肯定会成为丑闻和笑料，我估计一辈子都抬不起头来了，而且，亲爱的安德里说不定会设法跑出去，把我一个人丢在这儿！你能不能把我们锁到塔楼上去呢，亲爱的执事先生？如果你愿意的话，我就把他哄上去。'

"为了让这个可怜的姑娘高兴一点，执事并不反对这样做。他们把安德里哄到了塔楼上，执事毫不犹豫地把两人锁在里头，然后就回家了，打算过两个小时再回来。

"土谷牧师离开教堂回到家不久，突然看到一位身着粉衣、脚蹬长筒靴的绅士骑马经过窗前，脑中陡然一闪，想起来这天正是猎犬在他那个教区边上集合去猎狐的日子。牧师非常热爱打猎，非常希望也能到场。[①]

---

① 猎狐运动始于十六世纪的英格兰。由于狐狸对农民的庄稼和畜禽造成危害，因此猎狐被认为是一种驱除害兽的有效办法。到了斯图亚特王朝时期，猎狐开始在王公贵族中大规模流行起来，在十八、十九世纪成为乡绅阶层最喜爱的运动。猎狐活动一般在秋天进行，参加猎狐的"猎手"们一大清早就集合出发，猎犬被带到狐狸的巢穴，以记住狐狸的气味，然后"猎手"们把狐狸从洞穴里驱赶出来，猎犬便开始循着气味追逐这只狐狸。"猎手"们骑着马跟在猎犬后面。狐狸到最后跑得筋疲力尽时，只能在地上刨洞躲起来。这时对这只狐狸的围猎就算结束。猎犬把这只躲起来的狐狸从地洞里赶出来，由专人射杀；如果在地面被猎犬抓住，则会被头犬咬住咽喉窒息而死。二〇〇二年英国政府颁布禁令，禁止在苏格兰猎狐，二〇〇四年又禁止在英格兰和威尔士地区带犬猎狐。

"一句话，除了礼拜天以及平时有工作在身，其他时间比利牧师可是嗜猎狐如命。虽说他很潦倒，而且骑马的时候整个人在马背上趴成一堆，他的黑马也年老体衰，他的筒靴年龄更老，从上到下都是一种颜色——已经发白的黄褐色，而且到处都开裂了，但他参加过无数次猎狐，已经目睹过三千只狐狸丧生。而且——因为他是个光棍——夏天他每次睡觉都会把被褥展开，从床尾钻进去朝前爬到床头，来提醒自己冬天就快来了，他又可以参加精彩的猎狐运动了，以及又有多少狐狸要逃入洞穴了。每次乡绅家举行受洗命名礼，他事后总是留下来吃晚餐，每次都会喝上满满一大瓶波特酒，绝对够把娃娃再洗一遍了。

"话说，执事平时还给牧师当清洁工、园丁和干杂活，他刚刚才进花园准备干活，就看到了那位身着猎装的绅士路过，接着马上又看见了更多的人，有贵族、乡绅，还有大群的猎犬以及'猎手'吉姆·崔德海吉、赶猎犬的人等等。执事跟牧师一样是狂热的狩猎迷，以至于他每次只要看到猎犬或听到它们的声音，就会跟听到了天堂仙音一样，完全失控。不管他当时是在睡觉，还是在播种——全都忘得一干二净。他马上扔掉手里的铲子跑进屋去找牧师，后者这会儿跟他一样迫不及待地想出发了。

"'先生，您的马今天上午很需要，非常非常需要出去遛一遛了！'执事说，声音激动得有点发抖，'您看要不我带它到小丘上去转一个小时再回来？'

"'确实，它的确很需要运动一下了。我自己带它去溜达吧。'牧师说。

"'噢——您要自己去遛吗？那，先生，那儿还有匹矮脚马。哎，它在马厩里关得太久，简直都要关不住了！如果您不介意，我就给它装上马鞍——'

"'好吧。你当然可以带它出去。'牧师说，他这会儿只要自己能尽快出发，才不在乎执事要干啥。于是，他匆匆忙忙套上长筒靴和马裤朝着集合的地方奔去，打算一个小时以后回来。他刚一走，执事也跳上了矮脚马尾随而至。牧师到了集合地点后遇到了许多熟人，最令人高兴的是猎犬一被放开就发现了猎物，众人都大为兴奋。牧师顿时忘了他本来打算来溜达一趟就马上回去的，反倒跟着猎手队伍跑远了，越过了利匹森林和格林家的灌木林之间的那片休耕地；他打马大步飞奔时环顾了一下四周，发现执事紧跟在他后头。

“‘哈哈，执事——你也来了？’他说。

“‘是的，先生，我也跟来了。’对方回答。

“‘这对马来说真是再好不过的锻炼！’

“‘说得太对了，先生——嘻嘻！’执事说。

“他们就这样往前骑着，进了格林家的灌木林，横穿而过到了高吉尔顿；再跨过我们现在正走着的这条收费公路到了沃特斯顿岭，然后转头往约伯里森林而去。翻过山丘，冲下山谷，跟疾风一样，执事紧跟着牧师，牧师紧追着猎犬。那群猎犬那天的追踪可说是前所未有的精彩；牧师和执事都压根儿没想起来教堂的塔楼上那对没结成婚的人还在等他们回去嘞。

“‘先生，这一趟跑下来，您的马脚力绝对会大有长进！’执事边跑边说，离牧师只一颈之差，‘您今天让它们出来遛遛实在太英明咯！再过两天可能就会下霜而路滑了，这两个可怜的家伙可能就有好几个星期出不来咯。’

“‘的确有可能，的确有可能。夫善士者，待牲畜亦当以仁心行善也。’牧师说。

“‘嘻嘻！’执事望着牧师，目光充满狡黠。

“‘哈哈！’牧师也回望执事，‘嘿！当心！’他突然发现狐狸突破了封锁，于是大声喊。

“‘嘿！’执事也大喊，‘它往那边跑了！哎呀，见他妈的鬼，好像有两只狐狸——’

“‘嘘，执事，闭嘴！别再让我听到你说那几个字！你得记住我们的使命！’

“‘好的，先生，好的。不过确实，打猎容易让人冲昏头脑，让他连更高尚的使命都搞忘了！’下一分钟执事的眼睛又偷偷斜瞄了牧师一下，牧师也瞄了瞄他。‘嘻嘻！’执事又笑起来。

“‘哈哈！’土谷牧师也笑了。

“‘啊，先生，’执事又开口说，‘这比起在冬天早上对着您永恒的经书唱阿门可要好得多了！’

“‘是的，执事，的确如此！凡事皆有定期[①]。’土谷牧师回答，说得真是一字不差，因为他还是一个颇有学识的基督徒，只要他高兴，经书章章句句信口拈来，完全是个正经八百的牧师样子。

“最后狩猎终于在下午结束了，狐狸跑进了一个老妇人家，钻到她的桌子底下，又跳到了钟盒子里。牧师和执事是最早赶到现场目睹狐狸被抓住并杀死的人，他们把脸贴在老妇人家窗子上往里头望啊望。那口钟咣当乱响一气，以前从来没这么响过。接下来问题来了，他们得想办法找到回家的路。

“牧师和执事都不确定能不能回得去，因为他们的马早就累瘫在地了。但他们还是尽量能走就走，虽然他们精疲力竭，只能拖着脚慢慢走，还得走一阵歇一阵。

“‘我们永远、永远都回不去咯！’土谷先生呻吟着说，腰都直不起来了。

“‘永远回不去了！’执事也呻吟着，‘这肯定是神对我们罪孽的惩罚哟！’

“‘我估计是的。’牧师喃喃地说。

“结果，等他们终于踏进牧师家大门的时候天早都黑了，两个人进了教区以后一直偷偷摸摸的，就像偷了把锤子一样，他们不想被教众晓得白天他俩是做啥去了。两个人都累得要死，又怕马也累死，其间根本没想起来那对还没有完成婚礼的人。把马牵回马厩喂过之后，牧师和执事也匆匆吃了点东西便上床睡觉了。

“第二天早上土谷牧师正在吃早饭，脑子里还在回味头一天的辉煌猎事，突然执事慌慌张张上门来找他。

“‘先生，我刚刚突然想起，我们昨天忘记了还要给那对准新人举行婚礼嘞！’

---

① 《圣经·旧约·传道书》第一章第三节：“凡事皆有定期，天下万物都有定时。”

“牧师吃了一半的食物从嘴里掉了出来，整个人就跟挨了一枪一样。‘我的神哪！’他说，‘我们真的给忘了！这实在太糟糕了！’

“‘是啊，先生，太糟糕了。说不定我们已经毁了那个女人！’

“‘啊哟——是呀——我想起来了。她在这之前就应该结婚的。’

“‘要是她就在那个塔楼上面——而且还没有医生或者接生婆在场——’

（“哎呀——好可怜呀！”在场的女士们又异口同声地叹息。）

“‘这个够得上让我们两个上值季法庭了，更不要说我们还让教会也蒙羞！’

“‘天哪，别说了，执事！我要疯掉了！’牧师说，‘真见鬼，我为什么当时没给他们主持婚礼，管他喝醉还是清醒！（在那个时候，牧师就跟其他那些诚实的普通人一样急了也会骂娘。）你有没有去教堂看看他们怎么样了，或者去村里问一问？’

“‘先生，我咋会呢！我刚刚才想起来这件事，而且在教会的事情上我都要先向您请示的嘛。我想起来的时候，吓得腿都软了，先生，您用一根麻雀毛都能把我打倒，我敢发誓！’

“于是，牧师从餐桌旁跳起来，两人匆匆赶去教堂。

“‘他们很可能已经不在那儿了，’土谷先生边走边说，‘说实在的，我希望他们已经走了。他们很可能已经逃出去回家了。’

“然而，等他们打开大门，走进墓地，抬头看塔楼的时候，他们看到窗边有一张惨白的小脸，还有一只小手在挥舞。那是新娘。

“‘我不行了！执事！’土谷先生说，‘我真觉得自己没脸去见他们了！’他跌坐在一块墓碑上，‘我真希望自己当时没那么该死的吹毛求疵！’

“‘确实——当时开都开始了却没有进行下去是有点可惜。’执事说，‘但是，既然您神圣的牧师天性不允许您继续，那这两人也必须要忍受了。’

“‘说得对，执事，说得对！她看上去怎么样，有没有什么早产的迹象？’

“‘我只能看到她肩膀以上的部分，先生。’

“‘那——她的脸色看起来啥样？’

“‘看上去确实白得吓人！’

“‘唉，我们必须做好最坏的打算！天哪，昨天骑马骑得我腰酸背痛！……但是现在还是先把更神圣的事情搞定吧！’

“他们进了教堂，打开了塔楼楼梯的锁，可怜的简和安德里立刻冲了出来，就像饥饿的老鼠冲出碗柜一样。安德里一瘸一拐，神志已经完全清醒。他的新娘则脸色惨白，冷得直哆嗦，但还没有别的状况。

“‘啊，’牧师大大松了口气，‘你们不会一直都待在这里吧？’

“‘是的，先生，我们一直都在！’新娘说，虚弱地坐在一张座椅上，‘我们从那时到现在，一口水没喝过，一口饭也没吃过！没人帮忙我们根本不可能出得去，所以我们就只好一直在这里待着了！’

“‘你们为什么不叫人呢，我的天？’牧师问。

“‘她不让我叫。’安德里说。

“‘因为我们被关在这里头的原因实在太丢人了，’简抽泣着说，‘我们怕要是事情传出去，这一辈子都要成为笑柄！有一两次安德里都想敲钟叫人了，但是他想想又说：“不行，我宁可饿死。我不能让我们两家的姓氏蒙羞，亲爱的。”于是我们等了又等，转了一圈又一圈；但你们直到现在才来！’

“‘我非常抱歉！’牧师说，‘那么，现在我们尽快把这事完成吧。’

“‘我——我想先吃点东西，’安德里说，‘随便一点面包或者一片洋葱都好，可以给我点勇气把仪式完成，我现在饿得前胸都贴到后背了。’

“‘我觉得我们还是先完成仪式吧，’新娘有点不安地说，‘趁我们所有人都在，大家都方便！’

“安德里放弃了对食物的要求，执事从外面叫了个证婚人进来，并确保他不会把这事传出去。很快两人的连理总算打上了个死结，新娘如释重负，笑得格外舒心；而安德里却比往常跛得更厉害了。

“‘现在，’土谷牧师说，‘请你俩务必到我家来，出发之前先好好地吃一顿填饱肚子吧！’

“夫妇俩很高兴地接受了邀请，四人从两条路分头出了教堂，以免引起别人的注意，因为现在时辰还很早。他们走进牧师公馆，假装刚从布莱迪港旅行回来，然后便痛痛快快胡吃海喝了一顿，直到再也装不下为止。

“很长一段时间这件事都还颇为保密，但后来慢慢就传开了，连他们自己现在都会当成笑话来讲；虽然简大费周章得到的并不是啥好货，但至少她保住了自己的名声。”

“这个安德里是不是那个扮成提琴手，圣诞节去乡绅家表演的那个？”种子商问。

“不，不，”小学校长普罗菲特先生说，“那个是他父亲。唉，出那个洋相全都是因为他是个吃货的缘故。”他发现大家都在侧耳倾听，于是便继续讲述起来。

滥竽充数的老安德里

“我那个时候是教堂唱诗班的成员，我们和乐队在圣诞周通常要去乡绅家的府邸，在大厅里给乡绅的家人和客人奏乐唱歌（客人里头有副主教，巴克斯比爵爷及夫人和其他人）；等表演完毕，按照惯例，我们还会在仆役厅里吃上一顿丰盛的晚餐。安德鲁知道这个惯例，等到我们准备出发时跑来找我们，说：‘天哪，我好想跟你们这些幸福的人一起去享受一顿牛排、火鸡、梅子布丁和麦芽酒啊！多一个少一个对乡绅来说根本就没啥区别。可惜我年纪太大装不成唱诗班男娃子，胡子又太多扮不了唱诗班女娃子。好乡亲呀，你们能不能借我一把提琴，我就假装是乐队成员跟你们一起去？’

“唉，我们不想对他太苛刻，于是就借给他一把旧提琴，虽然安德鲁并不比巨人科奈儿更懂音乐。有了这把乐器装样，他便同我们一起在指定时间去了乡绅家，大模大样地走进去，提琴夹在腋下。他尽量装得很自然地翻开乐谱、挪动蜡烛的位置，让光充分照亮那些音符；开始一切都很顺利，我们表演了《牧羊人为证》《星星啊，升起来吧》《听那欢乐之音》等几首歌。乡绅的母亲是一位高个子、

坏脾气的老夫人，对教会音乐颇感兴趣。她突然对安德鲁说：'小伙子，我发现你没有跟其他人一起演奏乐器。怎么回事？'

"眼见安德鲁陷入困境，唱诗班每个人的心都沉到了谷底。我们都看见他开始冒冷汗，不知道他怎样才能脱身。

"'夫人哪，我的运气不太好，'他像个孩子一样恭顺地鞠了一躬，说，'我在来的路上摔了一跤，把琴弓摔坏了。'

"'噢，太遗憾了，'她说，'确定没法修了吗？'

"'是的，夫人，'安德鲁说，'全摔碎了。'

"'我看看有没有办法帮你。'她说。

"当时看起来好像危险已经过去了，我们又接着表演了 D 大调升两个半音的《沉睡的人们，欢呼吧》。等我们一唱完，她就对安德鲁说：'我派人去了阁楼，那里有一些旧乐器，在那里帮你找到了一把琴弓。'然后她把琴弓递给了可怜的安德鲁，他连应该拿哪一头都不知道。'现在我们终于可以听到完整的伴奏了。'她说。

"安德鲁站在一堆演奏者中间，面前放着乐谱，脸看起来就跟个烂苹果一样；因为全教区要说有谁是人见人怕的，那就数这位鹰钩鼻的老夫人了。不过，他还是装得很像地开始了'演奏'，比旁边的人稍稍迟一步；他把琴弓在琴上拉来拉去，但没有碰到琴弦，看起来就像是在全神贯注演奏曲子一般。他说不定能这样糊弄过去的，要不是乡绅的一位客人——不是别人，正是那位副主教——注意到他把提琴拿反了，琴马夹在下巴底下，腮托抓在手里；他们开始围拢过来，以为这是一种新的演奏方法。

"于是事情败露了。乡绅的母亲让人把安德鲁这个无耻的骗子赶了出去，整场和谐的表演也被迫中断了许久。乡绅宣布说会通知安德鲁两个星期后搬出农舍滚蛋走人。但当我们完事后到仆役厅时却看见安德鲁安然坐在那里，他从前门刚被乡绅命人赶出去，又从后门被乡绅的太太派人叫回来，大家后来也没听说他要搬出农舍的事。不过自那晚之后安德鲁再也没有扮成乐手当众演奏。现在他已经不在人世了，可怜的人啊，就像我们所有人都将归于尘土！"

"我都差不多快忘了那个老唱诗班了，还有小提琴和低音提琴，"

归乡的人若有所思地说，“他们现在还跟以前一样吗？”

“哎呀！”高级茅屋匠克里斯托弗·屯克说，“你还不晓得呀，他们早在二十年前就已经被解散咯。现在由一个滴酒不沾的年轻人在教堂拉手摇风琴，拉得相当不错。当然不如原来的音乐那么好，因为这个风琴要用手转摇柄，那个年轻人说他有时候没法全心投入去表现曲子，因为他手都要摇断了。”

“那他们为什么要换乐队呢？”

“嗯，一方面是因为现在流行手摇风琴，另一方面是因为那些老乐手捅了娄子。真是个大娄子！——是吧，约翰？我反正是永远都忘不了——永远！他们可以说是完全丢尽了教会职员的德行，简直就跟他们从来都没有德行一样。”

“那对他们来说真是太糟糕了。”

“是啊。”高级茅屋匠眼睛盯着前方，全神贯注地回想着过去的时光，仿佛他们就在一英里外一样，然后开始接着讲述。

神游天外的教区唱诗班

“那件事发生在圣诞节后第一主日——也是他们最后一次在朗普多村教堂楼座上表演，虽然当时他们并没料到。先生，你可能晓得，这些乐手组成的乐队相当不错——几乎跟杜伊一家领衔的梅尔斯托克教区唱诗班乐队一样好，[①]这样说大家应该就明白了。乐队成员有领衔的第一提琴手，尼古拉斯·普定康姆；低音提琴手，提摩西·托马斯；高音提琴手，约翰·拜尔斯；蛇形号手，丹尼尔·霍恩海德；罗伯特·道多负责吹单簧管；尼克斯先生则负责双簧管——这些全都是可靠、有感染力的乐手，吹管乐的那几个人也个个中气十足。因为这个原因，他们在圣诞周的时候特别抢手，小型里尔舞及各种

① 哈代于一八七二年匿名发表的第二部长篇小说《绿荫树下》就是以梅尔斯托克教堂唱诗班为背景，讲述了迪克·杜伊与学校新来的女教师范茜·德之间的爱情故事。

舞会都会邀请他们去伴奏：因为他们吹拉弹奏起吉格舞曲和角笛舞曲真是信手拈来，就跟他们演奏赞美诗一样纯熟，甚至更好——我可不是亵渎喔。总之，他们前半个钟头可能还在乡绅府上的大厅里为女士们先生们演奏圣诞颂歌，像圣徒一样谦逊有礼跟人家一起品茶喝咖啡；后半个钟头他们可能就已经在“锅匠的手臂”小酒馆里像脱缰野马一样为九对或更多舞者奏起《英武的白衣中士》，大口牛饮起烈性的朗姆苹果酒了。

“哪，就在那个圣诞节，他们每天晚上都不停赶场子，一个舞会接一个舞会地演奏，差不多就没睡过觉。然后就到了圣诞节后第一主日，他们倒霉的那一天。那一年冬天简直是冷死人，他们在二楼楼座上根本坐不住；虽然楼下正堂里的教众有个炉子可以烤火抵挡一下寒气，楼座上的这些乐手却啥都没有。那天早上，天冷得过一个小时水就多结一英寸冰；做早礼拜时，尼古拉斯就说：‘神哪，我受不了这冻死猪狗的天气咯；就算要花巨款，今天下午我们也要整点东西下肚暖一下身子。’

“他于是买了一加仑兑好的白兰地加啤酒，下午带到了教堂。他们把酒罐子裹得严严实实，放在提摩西·托马斯的低音提琴袋里，让它能保持微温，等他们需要的时候再拿出来喝：在牧师宣读赦罪文时先喝几小口，读完经文之后再喝几小口，剩下的在牧师开始布道时全部喝光。等他们喝下最后一口的时候，觉得浑身暖洋洋的十分舒畅；随着布道的进行——那天下午的布道还特别长，对他们来说真是特别倒霉——他们就睡着了，每一个人都不例外；而且还睡得跟石头一样沉。

“那个下午天色特别暗，布道快结束的时候，教堂里头能看到的就只有站在布道坛上的牧师、他旁边的两根蜡烛，和蜡烛后面他唠唠叨叨的脸。布道终于结束了，牧师宣布晚课赞美诗开始。但是没有听到唱诗班音乐响起，人们便转过头来看是咋回事，接着坐在楼座上的一个男孩，列维·林皮特，推了推提摩西和尼古拉斯，喊：‘开始了！开始了！’

“‘诶？开始啥？’尼古拉斯惊醒了，教堂里面一片昏暗，他的脑子也一片混乱，以为自己还在头一晚通宵演奏的那个舞会上，便拿起提琴和琴弓，开始拉起了我们这个地方当时最流行的吉格舞曲《裁缝中的恶魔》。乐队其他人也都昏头昏脑，毫不迟疑地跟着他们的首席提琴手全力演奏起来。他们演奏得无比卖力，连屋顶上的蜘蛛网都被《裁缝中的恶魔》这曲子的低音震得鬼晃鬼晃的。然后尼古拉斯看到下面没有人动弹，便一边拉琴一边高喊（他平时在舞会上，如果看到别人不晓得这舞步咋跳时就会用这种口吻指挥他们）：'领舞交叉手牵起来！等我结束时把小提琴拉出咯吱咯吱的声音，男伴就在槲寄生下亲他的女伴！'

"叫列维的那个男娃子吓坏了，闪电一样冲下了楼座，冲出教堂往家跑。牧师听到这邪恶的小调响彻教堂，简直是怒发冲冠。他怀疑乐队是中了什么邪，高举起双手喊：'停，停，停！快停下来，停下来！你们在干什么！'但是音乐声太大，他们根本就听不见他的声音，他越喊他们吹拉得越大声。

"人们从座席里走出来，彻底懵了，然后议论纷纷：'他们居然做出这种恶行，是什么意思？我们会不会像索多玛和蛾摩拉一样遭神降罪毁灭啊？'[①]

"接着乡绅也从他铺了绿色羊毛呢的座席里走出来，那天跟他一起来做礼拜的还有许多来他府上做客的贵人和夫人；乡绅走到楼座上，在前头站定，对着乐手们挥舞拳头，说：'成何体统！在这神圣的地方！成何体统！'

"乐师们终于在演奏间隙听到了他的声音，停了下来。

"'我从未见过如此丧心病狂、毫无廉耻的行为！从来没有！'乡绅失控地大吼。

"'从来没有！'牧师走下布道坛，也来到了乡绅旁边。

"'除非天堂里的天使，'乡绅说，（其实他自己也不是什么好鸟，虽然就这么一次他恰好站在了上帝这一边）'除非天堂里的天使亲自

① 索多玛和蛾摩拉（Sodom and Gomorrah），出自《圣经·旧约·创世记》，是摩押平原上的两个城。据第十八、十九章记载，两个城的人因为罪孽深重，被耶和华降天火全部毁灭。

下凡，’他说，‘否则你们这些厚颜无耻的家伙休想再在这个教堂里面奏响哪怕一个音符！你们对我不敬，对我的家人不敬，对我的客人不敬，对牧师不敬，对上帝不敬，为了你们今天下午做的恶，活该遭此惩罚！’

“倒霉的教堂唱诗班乐队成员终于酒醒了，记起来他们身在何处。当时情景实在是壮观，看到尼古拉斯·普定康姆、提摩西·托马斯和约翰·拜尔斯用胳膊夹着提琴灰溜溜爬下楼梯，还有可怜的丹尼尔·霍恩海德抱着蛇形号，罗伯特·道多抱着单簧管，恨不得缩成一小团的样子；他们就这样离开了教堂。牧师了解了真相以后可能已经原谅了他们，但是乡绅坚决不肯。他在同一个星期就订购了一架手摇风琴，能绝对准确无误地演奏二十二支时新的赞美诗曲子。所以不管弹的人心头有些啥罪恶的念头，拉出来的都只能是赞美诗。而且像我刚才说过的，他还找了一个相当体面的人来专门转手柄，那些老乐手再也没演奏过。”

“我认识的一位老熟人，温特太太，肯定已经不在了吧？就是靠年金过活，平时看上去总是心事重重的那位？”返乡人沉默了很久，然后问道。

马车里似乎没人想起来这个名字。

“噢，是的，她肯定早就已经死了——认识她时我还是个孩子，她那会儿都七十岁了。”他又补充说。

“别人可能都不记得温特太太了，不过我还记得很清楚，”年长的杂货店女店主说，“是的，她死了至少已经有二十五年了。先生，我估计她心事重重，眼神空洞的原因你应该知道吧？”

“我记得有一次听人说，好像是因为她儿子的缘故吧。但是我那时候还太小，所以人家也没跟我详细说。”

杂货店店主叹息着，脑海中又浮现出那久远的过往。“是的，”她喃喃地说，“确实是跟一个儿子有关。”她看看车厢里大家都摆出倾听的姿态，便继续说了下去。

温特与帕姆利两家的爱恨情仇

“故事必须得从头说起——我小的时候，这个教区有两个姑娘都以美貌著称，于是自然成了对手。撇开具体情况不说，总之结果就是两人最后变得势不两立，其中一个还挖了另一个的墙角，抢了对手的恋人并结婚了。被挖走的小伙子姓温特，很快这两人就生了个儿子。

“另一个姑娘单身了很多年；等她差不多三十岁的时候，一个姓帕姆利的沉默寡言的男人向她求婚，她便嫁给了他。你可能不记得朗普多原来有帕姆利这家人了，不过我记得很清楚。她也生了个儿子，当然，比起第一个的儿子要小九到十岁。而且这孩子脑子还不大好使，虽然他母亲把他视如珍宝。

“这孩子八岁的时候帕姆利就死了，留下孤儿寡母，过得很是拮据。她原来的对头现在也成了寡妇，但是丈夫留下的遗产比较丰厚，吃穿不愁。温特太太出于同情，就让帕姆利太太的儿子去她家当帮工，虽然这孩子年纪还小；她自己的儿子杰克已经差不多十七岁了。贫困的帕姆利太太别无他法，只好让儿子去帮工，于是小帕姆利就去了富裕些的寡妇温特太太家里。

“唉，总之，在十二月的一天，这位殷实的温特太太——没人知道她究竟是怎么搞的——打发小男孩送一封信到邻村去，虽然他着实不情愿。天已经快黑了，孩子乞求她不要让他去，因为回来的路上会感到害怕。但是女主人却坚持要他去，与其说是她生性冷酷不如说是考虑不周，反正男孩只好去了。他回来的路上经过雅尔布里森林，有东西突然从树后面跳出来，把他给吓抽风了。这孩子就这样毁了，他从此就变成了个成天说胡话的白痴，没过多久就死了。

“这下另外的那个女人完全没有活着的念想了，她发誓一定要报复这个先是抢走了她的恋人，然后又害死了她的孩子的对头。虽然这丧子之痛肯定不是她那位富有的熟人有意为之，但是不得不说后者对这后果显得无动于衷。可怜帕姆利太太心头有再大的仇恨，也找不到报复的机会。她孤身一人继续过活，时间也许会慢慢冲淡仇恨，让她淡忘她遭受的委屈。孩子死了一年之后，就在那样的情形下，帕姆利太太在埃克森布里城里出生长大的侄女来到了朗普多与她同住。

“这位年轻姑娘——哈丽特·帕姆利小姐——是一个骄傲貌美的姑娘，受过很好的教养，比起我们村子的人要时髦文雅得多，当然想想她从城里来，这也很正常。在她眼里自个儿的地位可比温特太太和她儿子高多了，就像那两位觉得自己比帕姆利太太地位高一样。可惜爱情是个不拘礼节的东西，不该来的偏偏就来了，年轻的杰克·温特对哈丽特·帕姆利一见钟情，可说是难以自拔、不可救药。

“哈丽特比杰克读的书多，对他母亲自认为高她婶婶一等的这种乡下人见识嗤之以鼻，对他的爱慕并没有给予鼓励。但是朗普多实在是个小地方，她既然在那儿常住，两个人难免会时常碰面，因此她虽然心高气傲，但也慢慢开始对他的关注与追求有些沾沾自喜。

“有一天两人在一起采苹果的时候，他向她求婚了。她没料到他这么早就会谈及这么实在的问题，吃惊之下便含含糊糊半答应了；反正至少她没有明确地拒绝，而且还接受了他给她准备的小礼物。

“不过他也看出来了，她只把他当成了一个没见过世面的乡下小子，而不是值得仰慕的恋人，他决定要做些让她刮目相看的事以确保获得她的芳心。于是他有一天就说：‘我得换个地方，设法找个在这里得不到的好活路。’两三周以后他就向她告别，去了蒙克斯布里学习管理农场，打算以后自己做个农场主。他到那儿以后定期给她写信，就好像两个人的婚事是彼此默认了一般。

“话说，哈丽特虽然喜欢小伙子送她的礼物，享受他仰慕的眼神，但是他在信纸上的魅力实在大打折扣。她母亲曾是位学校教师，哈丽特自己对读书写作也很有天赋，在那个时候会写作的人还没现在这么多，写得一手好字这本身就是一种了不起的本事啦。杰克·温特在情书里的表现实在是有损她的城里人气质、不符合她的高雅品位，于是她在回复其中一封信时，用她引以为傲的流畅秀丽的字体，非常严厉、傲慢地命令他，说假如他想取悦她的话，那就好好对着拼音字典练好拼写和书法。他有没有按她说的去做我们不得而知，但是他后来写的信可没什么长进。他还笨拙地在信里冒冒失失地对她说，假如她心里对他感情更深的话，就不会这么介意他的书法和拼写了，当然这说得没错。

“唉，杰克一不在，他在哈丽特心里点燃的一点微弱的小火苗很快就黯淡下去，最后完全熄灭了。他一封接一封地写信，请求乃至乞求她说清楚为什么如此冷淡。她便直截了当地告诉他，她是城里人，他的教养实在是配不上她。

“虽然杰克·温特在读书写字上面受的训练不多，但不代表他就比别人脸皮更厚；事实上他遇事会特别的脆弱敏感。她给的这个抛弃他的理由让他心碎欲绝、羞愧难当、屈辱不堪，这种感觉现在也许很难理解了——在那个时候能够写一手漂亮的字是多么令人羡慕，而不能写出漂亮的字又多么令人悲伤。杰克于是给她回了一封怒气冲冲的短信，而她的报复还击则既巧妙又伤人：她指出他在头一封信里拼错了多少个单词，并宣称光是这一点就已经足够让任何女人打消嫁给他的念头。一定得要个更有学问的人才配做她的丈夫。

“他默默承受了她的拒绝，但心已受到了巨大的伤害——而且越是闷着不说，越是心如刀割。哈丽特再也没有跟他联系。他当初出去闯荡的本意是为了给她一个更好的家，现在既然已失去她，他也就失去了努力的动力，便辞去了农场的工作，回到了母亲的住处。

“他一回到朗普多，就得知哈丽特已经看上了另一个小伙子，是个公路承包商。杰克不得不承认对手确实从举止到学识都比自己强太多。的确，被命运偶然扔到这偏僻山村来的美人再不可能找到比这一位更好的伴侣了，比起前途未卜、能力有限的杰克，他能给她更好的机会。事实太过明显，杰克实在没什么可以责备哈丽特的。

“有一天，杰克偶然看到了一张小纸片上有哈丽特的新恋人的笔迹。字迹行云流水，拼写准确无误，一看就出自惯于同墨水和字典打交道的人的手笔；整个教区都会把这种人称为文化人。杰克脑子里突然想到这个年轻人的书信跟他原来写过的那些可怜巴巴的情书比起来将是多么大的反差，会让他自己的那些字句看起来多么荒谬可笑啊。他懊恼地叹息，希望自己从没给她写过信，心里又猜她是否还保留着他那些一塌糊涂的信。很可能她还留着，他想，因为女人们都有这个习惯，而只要这些信一天还在她手上，他那些质朴笨拙的爱的誓言就有可能会被哈丽特拿出来给她的现任恋人当成笑话讲，或者是被任何碰巧翻到这些信的人嘲笑。

“这个神经脆弱、阴郁的小伙子一想到这些就无法忍受，最后决定让哈丽特把信还给他，既然订婚取消了，他要回那些信也是理所应当的。他花了许多个小时构思、誊抄、再誊抄那封索要信件的便条，写好以后就让人送去她的住处。他派去送信的人捎回了口信，说帕姆利小姐让他带话，她不会放弃本就属于她的东西，并质问他怎么敢这样去打扰她。

“杰克被这回答激怒了，决定自己上门去索要他的信。他挑了一个她肯定在家的时间去，敲了敲门，不顾礼节径直闯了进去；因为虽然哈丽特高高在上，但杰克对她的婶婶帕姆利太太并无敬意可言——她儿子早些时候不过是给他擦鞋的帮工而已。哈丽特在家，这还是她甩了他以后两人第一次见面。他严厉而怨恨地看着她，要求她把信退还给他。

“刚开始，她说他可以把信拿回去，反正她也不稀罕，说着便把信从书桌里拿了出来。然后她瞥了一瞥那一包信最上头的一封，突然改变了主意，没好气地说他的要求实在是太愚蠢了，接着就把那一堆信塞进了书桌上敞开着的她婶婶的工具箱里，上了锁，还带着嘲弄的笑容说她觉得最好还是留着这些信，说不定将来还用得着，可以用来证明她有充分的理由拒绝嫁给他。

“他勃然大怒，‘把信还给我！’他喊，‘这些信是我的！’

“‘不对，’她回答，‘是我的。’

“‘不管是谁的总之我要拿回来！’他说，‘我不想因为自己的字被别人嘲笑。你已经有了新的小伙子，你会给他说你的秘密，讲各种闲话。你会把这些信给他看的！’

“‘有可能哦。’哈丽特大小姐平静又冷淡地回答，就像个没心没肺的女人一样，她也确实是这样的人。

“她的举动简直让他气得发疯，于是他上前一步去抓工具箱，但她抢先一步抓到手里，把它锁到了书桌里，然后转过身一副胜利者的姿态看着他。有一刻他看上去似乎要从她手里把书桌的钥匙夺过来；但他终究忍住了，猛地转身大步走了。

“等他独自一人来到屋外，已经是晚上了，他焦躁不安地走着，想到自己彻头彻尾都被她打败，真是心如针扎。他忍不住想象她把刚才这一幕讲给她的新欢或者熟人听，再跟他们一起嘲笑他急于拿回来的那些写得歪歪扭扭、涂得乱七八糟的信。夜晚一点点过去，他最后执拗地决定，无论付出多少代价也一定要把这些信拿回来。

“等到夜深人静，他从他母亲房子的后门溜出来，钻过花园篱笆，沿着旁边的农田一直来到哈丽特婶婶家后面。据说，那晚月亮特别明亮，月光打在墙上，爬山虎的每一片叶子在月光下都闪闪发光，就像一面面小镜子。熟识多年，杰克对帕姆利太太屋里的陈设了如指掌，就跟熟悉自己家一样。他旁边的后窗是铅条包着小方格玻璃的铰链窗，今天也还用着；而且直到现在，都还是起居室用来采光的两扇窗之一。另一扇在前门，百叶窗紧闭；而后面这一扇却连个窗帘都没有，月光涌进去，房间里家具上的物件从外面都能看得清清楚楚。房间右边是壁炉，你可能还记得；左边放的就是书桌；书桌里是工具箱，他以为是哈丽特的（但其实是她婶婶的），而工具箱里就是他的信。于是，他拿出了小刀，悄无声息地把其中一块玻璃的铅条包边撬下来，取出玻璃，再伸手进去打开窗钻进了房间。房子里所有人——也就是帕姆利太太，哈丽特和一个小女仆——都睡着了。杰克径直走到书桌前，他是这么说的，想看看锁开了没有——通常那个书桌都不会上锁的——但是哈丽特自从那天把信锁进去后就没有打开过。杰克事后说他当时想到她就睡在楼上，对自己无情无义，还嘲笑他和他写的信；而且既然都已经来了就没有回头的余地了。他把刀子的刀片强行插到写字板下面，将那把不牢靠的锁给撬开了；里头正是她白天匆匆塞进去的那个黄檀木的工具箱。现在已经没时间把信从里头拿出来了，他于是把工具箱夹在胳膊底下，关上书桌，设法钻出了房子，把窗子铰链重新闩上，再把玻璃和铅条重新复原。

“温特沿着来时的路回到了他母亲的房子，整个人疲惫不堪，爬上楼就睡了，箱子被他藏了起来，等要把信毁掉的时候再拿出来。

第二天一大早他就动手，把箱子拿到他母亲房子后面外建的棚子里。他在灶台边打开了工具箱，开始把他费了那么多心思写成、想起来就无比羞耻的信一封一封烧掉，打算等烧完后把箱子修一修，因为他没有钥匙只好强行开箱以致造成了一点损坏；等修好了还给哈丽特时，里头要再附上一张便条——那将是他写给她的最后一封信——里面将用胜利者的口吻告诉她，她以为自己拒绝把信还给他，他就会屈服于她的反复无常？实在是大错特错了。

“然而当他拿起最后一封信后，着实大吃了一惊。因为在信下头，在箱子底下，还有一堆钱——好几个基尼的金币——‘肯定是哈丽特的零用钱。’他想道。但其实这是帕姆利太太的。他还没来得及从这发现所产生的不安中醒过神来，就听到有脚步声从房子过道向他所在的外棚走来。他急忙把箱子连同里头的东西塞到棚子里堆着的柴火下头去；但他已经被发现了。两个警察进了棚子，在他跪在地上藏箱子和里头东西的时候把他抓了个现行。他们以头一晚闯进帕姆利太太家里盗窃的罪名逮捕了杰克；还没等他明白怎么回事，他们就把他押在中间，沿着连接村头和这条收费公路的巷子，一路带到了卡斯特桥镇监狱。

“杰克的行为被认定为深夜入室盗窃罪——虽然他本意并非如此——而入室盗窃是重罪，在那个时候是要判死刑的。他从帕姆利太太家后窗出来离开时，有目击者看到他的影子映在月光照亮的墙上；工具箱和钱都在他手里找到；而撬开的书桌的锁、动过的玻璃窗等作为旁证也已足够。他辩解说他进去只是想拿回他的信，他认为这些信本该属于他。我不知道他的这些抗辩，如果再加上其他一些证据，能不能对他有利；但是唯一能为他做证的人就只有哈丽特，可她则完全听从了她婶婶的摆布。她的婶婶一心一意要杰克·温特的命。帕姆利太太等候多时的机会终于来了，她终于可以对那个先抢走了她的恋人，又害她心肝宝贝儿子丧了命的女人进行报复了。等到巡回法庭审判周到来时，杰克不得不接受审判，而哈丽特根本没有出庭，于是案件便如常审理，帕姆利太太证实了杰克入室盗窃的种种细节。不知道如果杰克哀求她的话，哈丽特是否会来；也许出于怜悯她会愿意来，但是杰克的自尊心让他不愿意去求一个抛弃了他的女子；他没有去打扰她。审判很快就结束了，他被判了死刑。

“年轻的杰克上绞架的那天是三月里一个寒冷的灰蒙蒙的礼拜六。他的身材还像个男孩一样瘦削纤弱，他们怕他上了绞架后自己的体重不够让颈椎断裂，出于怜悯便不得不给他戴上监狱里最重的脚镣。这脚镣太重，他几乎都没有力气爬上绞刑台的抽板。[①]在那个时候，政府对于死刑犯人的尸体必须葬在监狱附近还没有严格要求，在他可怜的母亲苦苦哀求下，他的尸体被允许领回家。全教区的人那天傍晚都在门前等着她带他回来。我那时候还是个小女孩，我还记得自己站在母亲身边。快八点钟的时候，在寒冷明亮的星光下，我们站在门前石子路上侧耳倾听，听到一辆马车从大路方向隐约传来的吱吱呀呀的声音。马车下到山谷里，声音就消失了。等它缓缓走下一个长长的斜坡时，声音又出现了。然后它就进了朗普多。当天晚上，棺材就放在钟楼里，第二天是礼拜天，我们在早课和晚课的间隙里把他下葬了。当天下午牧师为他进行了葬礼祷告，挑选的经文是，‘这人是他母亲独生的儿子，他母亲又是寡妇。’[②]……是的，那真是个残酷的年代啊！

“至于哈丽特，她和她的恋人在合适的时候就结婚了。不过据说她过得并不开心。由于她跟不幸的杰克之间的纠葛，她和丈夫发现他们已经没法在朗普多好好过日子了，所以就搬去了一个很远的小城，之后再没听说他们的消息。帕姆利太太很快也发现自己最好还是搬去他们那里比较好。这位移居海外的绅士记忆中那个眼睛黝黑，憔悴苍老的温特太太，你们都能猜到，自然就是这个故事里的温特太太。我还清楚地记得她是多么孤单，小孩子们又是如何惧怕她，她如何一直离群索居不同其他人往来，虽然她活了很久很久。”

---

① 在英国实行的绞刑，犯人脖子上套上吊绳后，把脚下一块可抽动的木板抽开，犯人身体落下时颈椎会断裂，导致窒息和脑部贫血，几分钟内便会死亡。假如颈椎不断，犯人死亡过程将十分缓慢且痛苦。故而给杰克戴上脚镣被说成“出于怜悯”。

② 引自《圣经·新约·路加福音》第七章第十二节，这一章讲述耶稣令拿因城寡妇之子复活的故事，正好同本故事里的结局相反。

“朗普多既有欢乐祥和的故事，也有伤心痛苦的经历啊。”拉克兰先生感叹说。

“是的，是的。不过我要感恩地说像那样的经历毕竟不多，虽然我们的生活总是好坏参半。”

“我想起了乔治·歪山——他是那种名声不好的人，我因为工作的原因颇为了解。”登记员评论说，看来他也想要讲个故事。

“我听说过他小时候上学时干过的一些事。”

“是的，歪脖子小树大了也长不直——当然，他倒是没有干什么伤天害理的事，但是有几次差点就被罚去做劳役；还有一次则是当贼反被贼坑啦。”

偷鸡不成蚀把米的乔治·歪山

“有一天，”登记员接着说，“集市刚刚散场，乔治骑着一匹摇摇欲坠的老马慢慢晃出梅尔切斯特，突然看到前面有一个相貌堂堂的年轻农夫骑马出镇，两人同一个方向，他骑的马强壮矫健，要说值钱的话，至少值五十个基尼。在爬上比塞特小丘的时候，乔治特意赶上了年轻的农夫。两人开始闲聊打发时间；乔治先是聊起路况，然后便同那位骑着良驹的陌生人开始了非常友善的交谈。农夫一开始并不想跟乔治多说，但是慢慢地态度也变得友好起来——就跟乔治对他一样热情了。他告诉歪山他之前在梅尔切斯特集市上办了点事，晚上要去肖茨福特广场，第二天好到卡斯特桥集市去。等到了木桉树酒馆他们停下来让马饮食歇息，顺便一起喝两杯。这样两人便越发亲近，接着又继续上路了。他们还没到肖茨福特的时候天突然下起雨了，正巧两人经过特朗翠脊村，天色已晚，乔治于是劝农夫当晚就别再赶路了，淋多了雨肯定会感冒的。至于他自己，听说这个客栈还挺不错，他打算就在这里住下了。年轻的农夫最后也决定就在那里过夜，两人下马进了客栈，美美地一起吃了顿晚餐，聊着各自的闲话，就跟相识多年的老友一般亲热。到了该休息的时候，两人感情已经好得打算同住一间房了。乔治·歪山让老板给了他们一间两床双人间，然后就一起上楼去了。

“两人睡觉前还在房间里继续天南海北地东拉西扯，后来说着说着有意无意地就聊到了乔装易容、交换衣服上头去了。农夫告诉乔治，他经常听到有人这么干；但是歪山说他从没听过有这样的伎俩；很快，年轻的农夫就睡熟了。

“第二天清晨，高个子的年轻农夫还在熟睡中（我是照别人跟我讲这个故事时的原话讲的），诚实的乔治便轻手轻脚地爬下床，穿上了农夫的衣服，口袋里还有农夫的钱。乔治想弄到手的主要是农夫光鲜的衣服和矫健的骏马，因为昨天他在集市上干了桩小小的交易，为了不被别人轻易认出来，很希望能换套行头；但他的欲望还是有界限的，他不打算把他年轻朋友的钱也拿走，最多只拿够付房钱的数额就行了。他于是从里面抽出了相应的钱数，把剩下的钱，连带钱包放在房间的桌上，然后下楼去了。客栈的伙计并没有特别注意顾客的长相，一大早起来的一两个人便把乔治当成了农夫；等他很大方地付了房钱，然后说得马上出发时，没人对他走到农夫的马前给马上鞍表示异议；于是他骑上马，很自然地走掉了。

“大约半个小时后年轻的农夫醒过来了，看到对面床上的朋友乔治穿着不属于自己的衣服离开了，还把又脏又破的衣服好心地留给了他。他坐起身，没有急着起床去叫人，而是琢磨了一会儿。‘钱，钱没了，’他自言自语，‘这太糟了。不过衣服也没了。’

“他接着抬起眼睛，看到了桌上的钱，或者说大部分的钱，都留下来了。

“‘哈！哈！哈！’他欢呼起来，然后在屋里手舞足蹈，‘哈！哈！哈！’他又笑起来，对着刮脸镜子和黄铜烛台里的自己露出灿烂的笑容；然后朝着四面八方挥舞胳膊，好像在进行舞剑操练一样。

“等他穿上乔治的衣服下楼时，看上去似乎并不在意别人把他认成乔治；甚至当他看到他的好马被换成了一匹劣马时，也没打算叫唤。客栈的人告诉他，他的朋友已经付过了房钱，他看起来非常高兴，不等早餐端上来就骑上乔治的马离开了；他没有走大路，而是挑了条最近的小路，不知道乔治之前也是走的这条路。

“他以乔治·歪山的身份骑马走了差不多两英里，那里小路突然转了个大弯，然后他就撞见两个村警扭着一个男子，男子正拼命挣扎。那正是穿走了他的衣服、牵走了他的马的朋友乔治。不过年轻的农夫并没有急着冲上去要回他的财物；要不是他已经被人看到了，他大概会打马往旁边的树林里走。

“‘帮忙，帮忙，快来帮忙啊！以国王的名义！’两个警察大喊。

“农夫没办法，只好骑马走上前去。‘咋回事儿？’他问，尽量装得非常镇定。

“‘逃兵——他是个逃兵！’他们喊，‘他是要给军事法庭审判，肯定要挨枪子儿的。他几天以前从切尔滕纳姆骑兵营跑出来了，一直被搜查队追踪，但是到处都找不到他。我们跟他们说了，如果我们抓到他，就把他扭送到他们那儿去。这个浑蛋从军营跑出来的第二天，就遇到一个受人尊敬的农场主，他在酒馆里把人家灌醉了，哄那农场主说他很有军人的气质，骗人家跟他交换了衣服，说农场主穿上军装肯定帅得很。农场主就真的干了。然后逃兵就说他要去跟老板娘开个玩笑，看下他穿农场主这一身衣服她还认不认得出来，然后就离开了房间。他再也没有回来，农场主乔利斯发现自己穿着士兵的衣服，自己口袋里头的钱没有了，等他去马厩一看，马也不见咯。’

“‘太卑鄙无耻了！’穿着乔治衣服的年轻人说，然后指指乔治，‘那个流氓无赖就是他吗？’

“‘不是！不是！’乔治大喊，在逃兵这件事上面他的确是清白无辜的，‘他才是那个逃兵！就是他穿了农夫乔利斯的衣服，他跟我睡在一个房间里头，然后故意说起换衣服这个话题，然后我才想到在他睡醒以前穿他的衣服的。他穿的是我的衣服！’

“‘唉哟，你们听到没有？’高个子年轻人对着警察抱怨道，‘他还随便栽赃给他碰到的第一个无辜的人！军爷，我给你说——你这样做没用！’

“‘就是，就是！这样做没用！’两个警察应和道，‘还敢厚颜无

耻栽赃别人，我们就差没有当场抓到你！哎呀，感谢上帝，我们总算把手铐给他铐上了。'

"'终于铐上了，感谢上帝，'高个子年轻人说，'好吧，我要继续赶路啦。祝你们押送犯人好运！'他随即以胯下那匹疲惫羸弱的马能达到的最快速度离开了。

"警察们把被铐住的乔治押在中间，牵着马朝另一个方向大步前进，他们在村里跟派来追逃兵的军营护卫队交谈过，现在要把乔治送到那儿去，乔治一路哼哼：'我要挨枪子儿咯！我要挨枪子儿咯！'他们走了差不多一英里的时候迎面碰上了护卫队。

"'嘿！你们好哇！'带头的警察招呼道。

"'嘿！你们也好！'领队的下士回答。

"'我们抓到你们要找的人啦。'警察说。

"'在哪儿？'下士问。

"'这儿，在我们两个中间的就是，'警察回答，'你们没认出来，因为他没穿制服。'

"下士仔仔细细打量了一遍乔治，然后摇摇头，说他不是那个逃兵。

"'但是你们的逃兵跟农夫乔利斯换了衣服，还偷了他的马。你们看，衣服和马都在他这儿！'

"'这个不是我们要找的人，'士兵们说，'我们要找的那个是个高个子年轻人，右边脸上有一颗痣，行动起来很有军人风范，这个人明显没有。'

"'我当时就跟这两位公差大人说是另外那个人！'乔治辩解，'他们就是不肯相信我！'

"事实很明显了，那个高个子年轻人才是逃跑的骑兵，不是乔治·歪山——农夫乔利斯后来也赶到现场，证实了这一点。由于乔治犯下的罪行是抢了个强盗，所以量刑比较轻。骑兵营的那位逃兵后来一直没有被抓到。连续两次换装给了他最大的掩护让他顺利逃脱；不过他把乔治的马丢在了几英里之外，因为他后来发现骑着这可怜的畜生是成事不足败事有余。"

从国外回来的客人似乎对朗普多的那些问题人物和他们的奇闻

逸事兴趣不大，倒是更想了解那些普通人家的日常生活，虽然同车的当地人显然更喜欢前者。他现在第一次打听起了年轻的异性——或者说他离开故乡那会儿还年轻的异性。但是他的同车伙伴们坚持认为奇闻比家常更有讲述的价值，不愿跟他多谈那些来来去去的普通人的简单历史。他们又问他还记不记得奈蒂·萨金特。

“奈蒂·萨金特——是的，我确实记得有这么个人。如果儿时的记忆没错的话，我走的时候她还是个年轻姑娘，跟她叔叔住在一起，是吧？”

“就是她没错。她可是个人物啊，先生。倒不是说她有多坏，你知道，但她绝对啥都做得出来。你应该听听她是如何得到她房子的公簿持有权的。德先生，你说是不是？”

“他应该听一听。”那位怀才不遇的老画家回答。

“那你来讲给他听嘛，德先生。这个故事你讲最合适了，你比我们更了解和法律有关的东西。”

德先生谦虚了一下，然后就开始讲述起来。

奈蒂·萨金特续租记

“奈蒂一直跟她叔叔住在灌木林旁边那座孤零零的房子里，她是个个子高挑、机灵活泼的年轻姑娘。啊，我还清楚地记得她那时候一头黑发，眼睛神采飞扬，想要嘲弄人的时候会把小嘴淘气地噘起来。总之，她刚一成年就已经有许多追求者，慢慢到后来，来了个追求者——你可能没听说过这个人——叫作贾斯帕·克里夫，虽然她应该有很多更好的选择，但她偏偏就喜欢上了这个人，最后就非贾斯帕不可了。那是个自私自利的主，脑子里盘算最多的不是他要做什么，而是他做这事能得到什么。他眼睛看着奈蒂，心里头想的却是她叔叔的房子。当然他也不是一点都不喜欢她——这个我还是承认的。

“这座房子是她祖父的祖父建的，有一个花园和一小块地，是按从前的公簿持有制享有终身持有权的，[①]已经持有好几代了。她叔叔是这块土地的最后一个持有人，一旦死了，假如没有补入新持有人，房子和地就会落入庄园领主的手中。当然要续约并不难——只要交一小笔‘入地费’，他们是这么叫的，大约几个英镑，他便有权根据庄园的习惯做法更新租契；庄园主也不能阻止他这样做。

“那么，他能给自己的侄女也是他唯一的亲人提供的最好供养当然就是让她拥有这个房子的确定继承权了；奈蒂的叔叔当然应该确保按时更新租契，因为假如他不缴纳新的入地费，那么这土地的最后一个持有人去世之后，土地就会被没收；而且庄园领主——乡绅，也非常渴望把房子和地给收回来。每个礼拜天，当老头走进教堂，经过乡绅的座席前时，乡绅都会说：‘他的膝盖更颤巍巍了，他的背又驼了几分——而且他还没有申请重新入地权，哈哈！我终于可以把我宅子附近的那个角落清理个干净啦！’

“现在回头想想，老萨金特居然一直那么拖拖拉拉，真是太不寻常了，不过有的人就是这样。于是一周又一周，他不断拖延着不肯去乡绅经理人的办公室交入地费，还自顾自地说：‘下个集市日我会比现在多点空闲去办。’不过最大的问题其实是因为他很不喜欢贾斯帕·克里夫，贾斯帕·克里夫却不停地催奈蒂，奈蒂又不停地催她的叔叔，所以老头就越发不愿更新地契，能拖多久是多久，故意要恶心恶心那个唯利是图的小子。到后来老萨金特生病了，贾斯帕再也忍不住了：他自己把入地费的钱筹好了，交给奈蒂，然后非常直截

① 公簿持有是十六、十七世纪英国主要的土地持有形式，租种者向庄园领主租地时，在庄园法庭取得一份文书记录副本，作为其领有份地的契约凭证。公簿持有农根据种类不同，分为可继承持有（租种土地者死后，其后代享有直接继承的权利，租期属于无限期）、终身持有（土地由指定人来继承，被指定的人可以终身保有土地，通常是三人，且是佃户的家属。三人中的最末一个死亡之后，田地就复归庄园主。不过，通常当三人中有一人死亡时，其他两人可以和领主商量补进一个新人，但必须为此付一笔入地费）和定期持有（通常为十二至二十一年，到期后可通过缴纳更新地契费延长租期）。这一制度到十七世纪开始转型为自由持有制和契约租借制，到十九世纪后彻底消失。威塞克斯属于比较落后的英格兰乡村，因此在文中，尽管已经是十九世纪上半叶，但公簿持有制依然还在生效。

了当跟她摊牌。

"'你跟你叔叔应该要晓得好歹。你最好再催紧一点。钱由我来出，要是你让房子和地从你手里头丢了，我是不会娶你的，打死都不会！这种事都办不好的女人，根本不配找个老公。'

"姑娘忧心忡忡地拿着钱回到家，告诉她叔叔假如没有房子，她就没有丈夫了。老萨金特先生对那笔钱呸呸地痛骂了一阵，本来就没多少钱他又不是出不起；但是他这次确实开始重视这件事了，因为他看出来她是铁了心要嫁给贾斯帕，而他不想让她伤心。乡绅发现萨金特最终还是开始行动了，大为光火，但又不好反对，只好准备好所需要的文书（在这个庄园，公簿持有农们都有书面的文件作为持地凭证，有的庄园是没有的）。由于老萨金特现在身体太虚弱，没法上门去找经理人，所以契约文书就由经理人带到他这里来，将一份乡绅已签过字的交给他作为交过入地费的收据；另一份则让老萨金特签字后带回给乡绅。

"经理人说好了五点钟上门来拜访老萨金特将此事办妥，奈蒂把钱放到桌子抽屉里以方便拿取。她在放钱时突然听到她叔叔发出了微弱的喊声，转过头一看，发现他从坐的椅子里向前栽倒了。她上前扶起他，发现他已经昏迷，而且之后便一直不省人事。无论是用药还是兴奋剂都没法再把他唤醒。之前医生告诉过她，他可能会就这么去了，现在看来是他的大限已到。她还没来得及去找医生，他的脸和四肢就已变得冰冷而灰白，她明白找医生也没用了。他已经彻底断气了。

"奈蒂的思维一片混乱，但她慢慢想起了自己的处境，情况可谓极度严峻。这个房子、花园和土地全都没了——再过几个小时——随之而去的还有她的家和她的恋人。她不愿相信贾斯帕真的会卑劣到兑现他在失去耐心之下说出的话；但是她想起来还是不寒而栗。她叔叔反正都活了这么久了，为什么不再多活几个小时呢？现在已经三点多了；五点钟经理人就会上门来，如果一切顺利的话，五点十分的时候，这个房子和地契就将在她和贾斯帕有生之年都被牢牢地握在手中，因为这次交了入地费后，终身持有公簿的三个名字里会把她和贾斯帕两个人的名字加上。那个该死的乡绅这次终于可以把这块地拿回手里，一定乐坏了吧！他其实并不需要这块地，只是本性使然地讨厌这些小块小块的公簿持有、租赁持有和自由持有地，就像是他那风景旖旎、平静如镜的地产海洋上有一个个独立的小岛一般。

“突然，奈蒂心中想到了一个办法，可以在她叔叔毫不知情的情况下达成她的目的。那是在十二月一个阴沉的下午，她计划的第一步是——别人是这么说的，我自己觉得很有道理，不用怀疑——”

“绝对是真的，”克里斯托弗·屯克证实说，“我那时候正好路过。”

“她计划的第一步是先把大门锁好，确保不会被人打扰。接着她便把她叔叔的那张不大但很沉的橡木书桌移到壁炉前，然后她走到叔叔的尸体前，他还像死时一样坐在椅子上——那是个有填充垫子的扶手椅，下面有轮子，座椅很高，别人是这么说的——她于是把她叔叔连人带椅子推到桌子那儿，让他背对着窗，摆出低头看着前面那个橡木书桌的姿势。我打小就知道那张橡木书桌了，跟我自己家里的家具一样熟悉。她把大开本的家庭圣经打开放在桌上摆在他面前，让他的食指指着那一页；然后她把他的眼皮撑开一些，再戴上他的老花镜，这样从背后看上去，所有人都会以为他在看经书。接下来她把门锁打开，坐了下来；等天色暗下来后，她点亮了一根蜡烛，放在桌上的书旁。

“大家可以想象一下她是怎么熬过那段时间的。等经理人到了，那一声敲门声响起时，她差点吓个半死——反正别人是这么跟我说的。奈蒂立刻起身去开了门。

“‘先生，非常抱歉，’她轻言细语地说，‘我叔叔今天晚上不太舒服，恐怕他不能见您了。’

“‘哼嗯！——好得很哪！’经理人说，‘所以我大老远跑过来办这件芝麻大的事，结果还白跑一趟！’

“‘哦不，先生——我希望您没有白跑一趟，’奈蒂说，‘我想新租约的授予事宜还是可以一样照办的吧？’

“‘照办？当然不行。他必须缴纳续约的钱，然后当着我的面在文书上签字。’

“她看上去忧心忡忡。‘叔叔一直对法律方面的事情特别害怕，’她说，‘所以，您也知道，他就一直把这件事拖了一年又一年。今天他这个样子，我真怕会把他给吓坏了。我跟他说您很快就要来找他签字的时候，他吓得仅剩的三颗牙都在打战。他一直都很恐惧那些经理人呀，上门来收租的呀，诸如此类的。’

“‘可怜的老人家——我对此很遗憾。但是，这件事还是办不成，除非我亲自看着他，见证他签字才行。’

“‘先生，能不能您看着他签字，但是他却看不到您呢？我就安慰他，说您对见证方式的要求没那么严格，不打算进去打扰他。这样只要您在场看着他签字就应该够了吧？他已经是个缩成一团、抖抖索索的老人家了，如果您这样做的话，真是对他莫大的体贴和照顾了。’

“‘当着我的面就可以了，那是当然——我来的目的就是这个。但是他不看到我，我怎么能当目击证人呢？’

“‘哦，先生，是这样的。请跟我到这儿来。’她带他往左边走了几码远，来到了会客室窗对面。百叶窗被特意拉起来了，烛光照到了花园的灌木丛上。经理人看得到屋内靠另一头的地方，老人的后脑勺和头的一侧、肩膀和一只手臂，老人坐在桌前，面前放着书和蜡烛，鼻子上还架着老花镜，就像她之前摆放的那样。

“‘先生，您看，他正在读圣经呢。’她说，声音异常柔顺。

“‘看到了。我一直以为他对于宗教之类的事情不怎么上心。’

“‘他一直都很喜欢看圣经呢，’奈蒂向他保证说，‘虽然我觉得他现在看着看着在打盹儿了。当然了，对一位老人家，尤其是在他身体还不太舒服的时候，这也是很正常的事。先生，您可不可以就站在这里看他签字呢？看他现在这么虚弱。’

“‘好吧，’经理人说，点燃了一根雪茄。‘你应该已经准备好了入地费吧，那点微不足道的钱？’

“‘是的，’奈蒂说，‘我这就拿出来。’她把钱取出来，用纸包好递给经理人。他点过数后，从胸袋里取出了两张珍贵的羊皮纸文书，把其中一张递给她让她拿过去签字。

"'叔叔的手有一点用不上力了，'她说，'再加上他现在又有点打盹，迷迷糊糊的，我真不知道他签出来的字会是什么样子呢。'

"'无所谓，只要他签字就行。'

"'我能扶着他的手吗？'

"'行，扶着他的手吧，姑娘——那样就可以了。'

"奈蒂又进了房子，经理人继续在窗外抽烟。接下来就到了奈蒂这场演出最高难度的部分啦。经理人看见她把墨水瓶放到她叔叔面前，轻轻碰了碰他的手肘，像是在唤醒他，又对他说了几句话，再把契约展开放在了他面前；她在纸上指了指，告诉他该在哪里签字，然后把笔蘸好墨水，放进他的手里。在扶着他的手的时候，她巧妙地站到了他的身后，这样经理人便只能看到一小部分老人的头以及她扶着的手；但是他总算是亲眼看到老人的手在文件上面签上了自己的名字。等一切完毕后，她立刻拿着文件走出来交给经理人，经理人借着会客室窗的灯光签上自己的名字作为见证人。然后他便把乡绅签过字的那份契约交给她，离开了。第二天早上，奈蒂告诉大家她叔叔死在床上了。"

"她肯定是给他脱了衣服，再把他放到床上去的。"

"是的，肯定是。哎，我跟你说，这姑娘可真是够有胆量的！总之，长话短说，她就这样重新拿到了房子和土地，从严格意义上来说，本来已经不属于她了。得到了这些之后，她也就顺利得到了一个丈夫。

"常言道，善恶皆有报。奈蒂用她的足智多谋赢得了贾斯帕，结果结婚不过两年他就开始揍她——倒不是很厉害，也就是打了她几巴掌，但已足够让她大为恼怒，于是她就向邻居哭诉自己当初费尽心机得到他，结果现在却如此痛苦，真是悔不当初。等老乡绅死了以后，他的儿子继承了庄园，奈蒂的所作所为开始传了开来。不过奈蒂是个年轻漂亮的女人，庄园主的儿子那时也是个年轻英俊的小伙子，而且比他父亲要开明，并不介意小块土地持有农的存在；所以他一直没有去起诉她。"

谈话声渐渐平息下去，很快马车下了山坡，靠近了山脚下稀稀落落的村子。到了村里，乘客们一个接一个在自家门前下车了。归国的游子来到村里的客栈，要了一张床，简单吃过饭，便出发去看他早年熟悉的地方。虽然月亮刚升起，光芒如潮水般洒落在大地上，但身处实地，周遭的一切却远不如他在两千英里之外时，在心中想象的那般动人。一个彻头彻尾的外国人看到这样一个古老地区的古老村落会觉得特别有吸引力；但他尚留着儿时的记忆，因此反而有了更高的期待，现下便觉得不足了。他一直走啊走，看看这家的烟囱，那处的白墙，最后来到了教堂的墓地，走了进去。

墓碑被月光照得发白，很容易辨认上面的字。在这里，拉克兰第一次感觉到自己是这与之阔别了三十五年的乡村社区的一员。在沙利特家旁边的，是达斯家的墓地，另外一边是保利家，普里威特家，还有萨金特家，以及其他一些他才听过的名字；这些名字他记得甚至比另外那些更牢：吉克斯家，克罗斯家，耐茨家和欧德家。毫无疑问，这些家族或者其中一些，还有后人在世；但是对他来讲，他们都已经是陌生人了。回到这里，他心中并没有油然生起一种落叶归根的感觉；相反，他发现自己反倒好像肩负起了要从零开始，重新让自己在此立足的责任，就跟他从未来过此处，人们也从不认识他一样。时光并未屈尊打算令他欢欣，故土也并未打算接纳他的致敬。

接下来的几天，人们见到拉克兰先生的身影在客栈出现，在村子正街晃荡，在上朗普多的田野和土地里徘徊，然后，就像幽灵一般，又无声无息地消失了。他告诉过一些村民他这次回来的直接目的——看看这个地方，和当地居民聊聊天——已经达成了。然而他的最终目的——回到此地度过余生——也许永远都不会执行了。他上次来访已经是十二到十五年前的事了，从那以后他再也没有出现过。

一八九一年三月

西巡路上

一

这位扰乱了下文所描述的两位女子平静生活的男子——顺便说一句，无论从哪个角度看，他都不是什么大人物——第一次认识她们是在十月的一个傍晚，在梅尔切斯特镇。他先是站在围庭里，面前高高的塔楼与锥形尖顶在潮湿又平整的草地上拔地而起；他徒劳地试图在黑暗中一窥这全英格兰最统一的中世纪建筑群落的风貌。[①]他站在那里，更多是靠耳朵而非眼睛分辨出教堂的高墙；虽然看不见它们，但有一阵喧闹声从市镇广场沿街传到围庭，再撞上这栋建筑，并清晰地反弹回他的耳朵里。

他决定推迟到次日再来参观这座现已空无一人的宏伟建筑，把注意力转到了喧闹声上去。噪声里混杂着洪亮的汽笛风琴声、咣当咣当的敲锣声、叮叮咚咚的手摇铃声、啪嗒啪嗒的拨浪鼓声，以及人群含糊不清的呼喊声。喧嚣声所在处有一片火红的光笼罩在空中。他朝着那个方向穿过拱门，沿一条笔直的街道，走进了市镇广场。

寻遍全欧洲，他也不一定能找到比眼前反差更强烈的景象。单

① 梅尔切斯特（Melchester）是哈代杜撰的地名，实际对应的是英格兰南部城市索尔兹伯里。索尔兹伯里大教堂是英国著名的天主教教堂，于十三世纪早期建成，主体工程用时三十八年，因此整个教堂建筑风格非常统一，为结构厚重的哥特式。大教堂拥有英国最高的塔楼，教堂的围庭（The Close）是英格兰最大的大教堂围庭，位于教堂南侧，是一个四方形的回廊，由连续的十字拱加六分拱的拱门组成，中间则是大片的草坪。

就色彩与火焰来看，这简直就是在地狱的第八层；[1]但若论欢乐程度，可说是超越了荷马史诗里描绘的天堂。宽敞的广场被帐篷、货摊和其他临时搭建的摊位塞得满满当当，摊位上挂着无数轻油灯，带着烟尘的黄铜色刺目光芒正从这些灯吐出的火舌上升起来。在这片光芒前有数十个人影，差不多都只能看见轮廓，正前前后后冲、上上下下蹿，或转着圈儿飞，就像是夕阳下飞舞的蚊蚋一般。

他们的动作节奏感极强，简直像是被机器驱动一样。不过很快就看出他们确实是被机器所驱动；这些人影便是乘客，正在荡秋千、坐跷跷板、玩弹跳板，以及乘坐位于最中心的三台蒸汽旋转木马。汽笛风琴的喧闹声正是从那儿发出来的。

年轻人转念一想，辉煌灯火中生气勃勃的人群还是好过黑夜暗影中的建筑。他点燃一根短烟斗，把帽子歪向一侧，一只手插进口袋里，好让自己跟新环境显得更融洽一些，然后走近那台最大、乘客最多的“蒸汽马戏团”，旋转木马的老板是这么称呼它们的。这台“马戏团”做工精美绝伦，现在正在全力旋转。骑手们围绕着汽笛风琴，随着奏出的乐曲旋转着，铜管的喇叭口正对着年轻男子。跟着机器旋转的还有以不同角度安装的长长的玻璃镜子，像万花筒一般把旋转的人和摇动的木马投射到他的眼中。

现在可以看出他跟在场的大部分人都不一样。这是个很绅士的年轻人，是只有在大城市，特别是伦敦，才会见到的一类人。身形秀美，穿着虽不时髦却很得体，看上去应该是专业人士阶层；从相貌上看，他曲线柔和、非常俊美，完全不是那种无聊乏味又务实的人。说实在的，有些人可能会觉得他不算是典型的中产阶级男性；在这个世纪，卑鄙无耻、野心勃勃才是主流的追求，而且已然取代了爱情在过去的宝贵地位。

旋转的人影在他眼前经过，带着出乎意料的祥和与优雅；本来这

---

① 此处典故来自中世纪意大利诗人但丁的《神曲》。但丁在《神曲》里描绘了地狱的景象，将地狱分为九层，罪行分别从轻到重。第八层地狱里受苦的灵魂生前的罪行是“欺骗”——这与本文的三位主人公有关，因此哈代提及第八层可能是有意为之。

些人平日的举止根本谈不上祥和与优雅。经过精巧的设计，可说是旋转木马设计史上的巨大成就与完美之作，每一匹木马被赋予的动作——奔腾跃起或降落——的时间都掌握得刚刚好：每一对骏马中一匹在准备起跳时，另一匹则在顶端俯冲。这是我们这个时代最令人欢欣的假日游戏；这种跑马般的起起伏伏让乘客们都深深着迷。这些人中最小的只有六岁，最大的已有六十岁了，中间各个年龄都有。乍一看很难看清某个具体的人，不过慢慢地，这位旁观者的目光逐渐落在了旋转着的几个漂亮姑娘中最漂亮的那个身上。

不是最开始吸引他的穿浅色上衣戴浅色帽子的那个。不，应该是那个穿黑色披肩、灰色裙子、戴浅色手套和——不，也不是她，是她后头的那个；她穿着大红裙子、深色上衣，戴着棕色帽子和手套。没错，最漂亮的姑娘就是她。

最终选定这一个之后，无所事事的旁观者便抓住每一次她划过他视野的短暂时机细细观察她。她除了骑马之外已经浑然忘我：她的面容带着沉浸在狂喜的梦幻中的表情；这一刻她忘记了自己的年龄、过往、相貌，也不记得自己的种种烦忧。而他本人则满怀时下流行的情绪——朦胧的惆怅与抑郁，眼见这年轻鲜活的生命如此快活如同身在天堂，顿觉神清气爽。

他担心藏在这亮闪闪的洛可可式机器背后那个脏兮兮的添煤工会觉得时间已到，这批客人乘坐的时间已值回一个便士的票价，然后毫不留情把整个蒸汽机，连同木马、镜子、小号、锣鼓、铙钹等等都停下来；于是他等待着她的每一次出现，中间那些身影则漫不经心一瞥而过，包括两个相貌逊色得多的姑娘、一个带着孩子的老妇人、两个少年、一对新婚夫妇、叼着陶土烟斗的老头、一个戴着戒指的英俊小伙、坐在战车里的年轻淑女们、两个熟手木匠，等等，直到他心仪的那位乡村美人随后再次出现。他从未见过比这更美的自然造物，每转一圈她就勾起他更深的情绪。接着木马停了下来，乘客们的叹息声清晰可闻。

他绕到她可能会下马的位置去，但她却在座位上没动。空了的马鞍上慢慢又被新来的人填满，看来她是想要再坐一轮。年轻人走到她的坐骑旁，友善地问她玩得是否开心。

“哦，是的！”她眉飞色舞地回答，“我有生以来从没有过这样的感觉呢！”

跟她搭话并不难。她生性毫不拘谨——太过不拘谨了，加上涉世未深，还不懂得怎样巧妙地有所保留；稍加哄劝，她便欣然与他对答起来。她来自大平原上的一个小村庄，[1]现在居住在梅尔切斯特，这是她生平第一次见到蒸汽马戏团，她完全不懂这奇妙的机器是怎么造出来的。她来到城里是应哈汉姆太太的邀请，到她家来接受训练当女仆，假如她能学得会的话。哈汉姆太太是一位年轻女士，出嫁前的闺名是伊迪丝·怀特，住在离她家不远的地方；哈汉姆太太是看着她长大的，因此对她非常和蔼，甚至还不辞劳苦亲自教她读书写字。哈汉姆太太是她在这个世界上唯一的朋友，还没有孩子，所以总是要她做伴而不要其他人，虽然她才刚来不久。放任她几乎是想做什么就做什么，只要她开口要求，就可以随时放假。这位仁慈的年轻夫人的丈夫是镇上一位富有的红酒商，不过哈汉姆太太并不怎么喜欢他。白天里从现在谈话的位置就能看到他们家的房子。比起偏僻的乡下，她更喜欢梅尔切斯特；下个礼拜天她会有一顶新帽子啦，要花十五先令九便士呢。

接着她询问这位新认识的朋友住在何处，他告诉她在伦敦，那座古老而烟雾缭绕的城市。假如要住，就应该住在伦敦；如果不能住在那儿，这辈子简直就白活了。他因为工作原因每年会来威塞克斯两三次；他昨天刚从温顿塞斯特过来，过两天就会去下一个县。有一个原因让他比起城市更喜欢乡下，那就是因为这里有像她这样的姑娘。

说话间那架予人欢乐的机器又开动了，在这个欢快的姑娘眼里，英俊的青年男子、灯火通明人声鼎沸的集市广场、远处的房屋，乃至整个世界都一如之前再次转动起来；在她右手边的镜子里这一切又都在反向旋转，她是固定不动的中心，周围是起起伏伏、绚烂夺目、

[1] 此处大平原对应的是索尔兹伯里平原（Salisbury Plain），位于英格兰南部的西南角，属于白垩高原地形，占地三百平方英里（七百八十平方公里），主要在威尔特郡境内，有一小部分位于伯克郡和汉普郡。

光怪陆离的宇宙；其间最显眼的便是刚才与她搭话的那个人的身形。每次她转到离他最近的那半边轨道时他们便会微笑着对视，一副会心的表情。那表情在当时并无深意，却常常预示着日后的激情涌动、心痛难耐、分分合合、执迷不悟、儿女成群、做牛做马、心满意足、逆来顺受、心灰意冷。

等木马再次慢下来时他走到她身边，建议她再来一轮。“这次你不用管票钱了，”他说，“我来付吧！”

她笑到眼泪都出来了。

“你笑什么呢，亲爱的？”他问。

“因为——你看起来很体面，一定很有钱，你这样说只是一时兴起！”她回答说。

“哈哈！”年轻人也应声笑起来，同时殷勤地掏出钱，让她再次旋转起来。

当他手持烟斗、身着出门散步时穿戴的粗呢外套和宽边软帽，微笑着站在斑驳的人群中时，谁能想到他就是查尔斯·布拉德福特·雷伊先生呢？他是一名初级律师，在温顿塞斯特念书，又在林肯会馆获得律师资格，[①]现正跟随巡回法庭在西区定期巡回，他的同伴们已去往下一个市镇了，而他因为一桩小仲裁案需在梅尔切斯特做短暂逗留。[②]

---

① 从十三世纪开始，任何要从事出庭律师职业的人，都需要在伦敦众多法律学会的某一家会馆中接受学徒式教育，并获得会馆授予的律师执业许可。因此，律师会馆就是培养法律专业人才的大学。其中最著名的有四所，称为伦敦的四大律师会馆，包括中殿会馆（The Middle Temple）、内殿会馆（The Inner Temple）、林肯会馆（Lincoln’s Inn）和格雷会馆（Gray’s Inn）。这四大会馆已有超过六百年的历史，是伦敦古老的法律行会的代表。

② 巡回法庭（Assize）起源于中世纪，是英国司法组织的重要组成部分。全英格兰被分为六个巡回区（Circuit），伦敦法庭的法官定期到各个巡回区的主要市镇主持巡回法庭，每年举行一到两次审判，有陪审团参与判案。西部巡回区（Western Circuit）于一三一〇年形成，包括汉普郡、威尔特郡、萨默塞特郡、多塞特郡（即哈代故乡所在郡）、德文郡和康沃尔郡。巡回法庭受理的案件类型主要是各类法令与普通法规定的重罪，但也受理轻罪，包括大量盗窃案件，同时也受理民事诉讼。

二

年轻女孩刚提到的那栋房子在距广场较远的一角，可俯瞰整个广场。这房子看上去颇为气派，占地面积也相当可观，每一层楼都有好些扇窗户。在二楼的一扇窗户后面是一间很大的起居室，窗边坐着一位女士，看起来大约在二十八到三十岁之间。百叶窗尚未拉下，女士手托着腮，漫不经心地看着窗外怪异的景象。屋内没有点灯，但集市广场上耀眼的灯光照进来已足够照亮她的脸。她与其说是美貌，不如说是有吸引力：眼睛黝黑，心思细密，嘴唇娇柔。

一个男人从后面信步走进房间，朝她走来。

“噢，伊迪丝，我没看见你在这里，”他说，“你怎么黑灯瞎火一个人坐在这儿？”

“我在看集市。”女士用慵懒的声音回答。

“噢？每年都有这讨厌的玩意儿！我真希望它能被禁掉。”

“我挺喜欢的。”

“哼嗯。品味这东西是萝卜青菜各有所爱啊。”

出于礼貌他跟着她往窗外打望了片刻，然后又出去了。

几分钟后她打了下铃。

“安娜还没回来吗？”哈汉姆太太问道。

“还没呢，太太。”

“现在这个点儿她该回来了。我本意是只让她出去十分钟的。”

“要不要我出去找她呢，太太？”女仆有些紧张地问。

“不用。没有必要。她是个好孩子，很快就会回来的。”

然而等女仆走开后，哈汉姆太太便站起身进了自己的房间，穿上斗篷、戴上帽子、走下楼去，在楼下遇到了她的丈夫。

“我想去集市上看看，”她说，“再去找找安娜。我已经承诺了要对她负责，所以必须确保她不会出事。她该回来了。你要跟我一起去吗？”

“噢，她不会有事的。我进门的时候看到她坐在那个转来转去的东西上面，跟她的小伙子聊天呢。不过如果你很想让我跟你去的话我就去吧，虽然我恨不得离那儿一百英里远。”

“那你还是离它远点好了。我自己一个人去也没关系的。”

她出了门，走进了广场拥挤的人群中，很快就看到了骑在旋转木马上的安娜。木马一停下来，哈汉姆太太便走上去严厉地说：“安娜，你怎么成了个野姑娘！我只答应让你出来十分钟的！”

安娜一下子懵了，那个起初站在背后的年轻人走上前扶她下了木马。

“请不要责怪她，”他很有礼貌地说，“她之所以逗留这么久全是我的错。她骑马的样子看起来实在太优雅了，所以我就唆使她再多转一会儿。我可以向你保证她非常安全不会有事的。”

“既然这样，那就请你照看好她吧。”哈汉姆太太掉转身欲离开。

但是这会儿想离开却不太容易了。不知道是什么吸引了人群朝着他们后方涌过去；红酒商的妻子被挟裹在其中，跟安娜的新识紧紧贴在了一起动弹不得。他们的脸距离彼此不过几英寸，他的呼吸直吹到她和安娜的脸颊上来。他们只好微笑一下以避免尴尬，但都没开口说话，只是被动地等待着。哈汉姆太太突然感到有男子的手紧握住了她的手指，看看那个年轻人的表情便知道那手是他的，她还知道从安娜所在的位置来看，他一定以为自己握住的是安娜的手。是什么阻止了她，没提醒他弄错了，她也说不清楚。而他还不满足于握住女孩的手，还俏皮地把两根手指悄悄探进了她的手套，放在她掌心里。这个姿势一直保持到人群的压力减弱；但是等到人群逐渐散开，哈汉姆太太能够抽身时，几分钟已经过去了。

“真奇怪，他们是怎么认识的？”她一边往回走一边想，“安娜真的很冒失——而他真是又邪恶又迷人。”

她因这陌生男子的举止和声音，以及他那轻浮而温柔的触摸而有些微微躁动，所以没有立刻回家，而是又转回来，从一个隐蔽的角落观察那一对男女。她还辩解（她跟安娜一样都是感情冲动的人）说无论安娜用了什么办法认识他，这种鼓励都有情可原；他看上去那么绅士，那么迷人，眼睛那么美丽。想到他比自己要年轻好几岁，她不由得长叹一声。

过了许久这一对才离开旋转木马那儿朝哈汉姆太太家门前走去，她能听到年轻人说想送女孩回家。看来，安娜是有了个恋人，而且还是个很痴心的恋人。哈汉姆太太对他颇为好奇。等那对人走近红酒商家门前，这里已经人迹罕至了，两人在一堵墙的阴影里站了一会儿。等他们分开后，安娜继续向门口走去，她的新识则回头穿过广场。

“安娜，”哈汉姆太太走出来，“我一直在看着你呢！我敢肯定那个小伙子在离开前吻了你对吧？”

“呃——”安娜结结巴巴地说，“他说，如果我不介意的话——这对我不会有什么害处，而且，而且，还是对他莫大的恩惠！”

“啊，我就知道！你是今天晚上才认识他的吧？”

“是的，夫人。”

“但是我敢肯定你已经把你的名字和所有底细都告诉他了。”

“他问我的。”

“可他却没有告诉你他的名字和底细。”

“不，夫人，他告诉我了！”安娜骄傲地大声说，“他叫查尔斯·布拉德福特，是伦敦人！”

“很好，假如他是个正经人，我当然不反对你跟他结识，”女主人说道。虽然原则很重要，但她对那个年轻人颇具好感，“不过假如他还想继续跟你来往的话，我就得仔细考虑了。你只不过是个乡下姑娘，这个月才刚来梅尔切斯特，在此之前你从未见过任何一个公职人员，居然有本事俘虏像他这样的城里小伙子！”

“我没有俘虏他。我什么也没做呀。”安娜一脸迷惑地说。

等回了房独自一人时，哈汉姆太太还在想安娜的同伴，他看上去真是个风度翩翩、彬彬有礼的男子。他对她的手的爱抚仿佛有一种魔力；她不禁奇怪他怎么会被那么个姑娘给吸引。

第二天一早，感情丰富的伊迪丝·哈汉姆如常去梅尔切斯特大教堂参加平日礼拜。在晨雾中穿过围庭时，她又一次看见了头天傍晚引起她极大兴趣的男子，他正若有所思地抬头凝望高高耸立的教堂中殿。她刚走进正厅坐下，他也进来了，在她对面的一排座位坐了下来。

他并没有注意到她，但哈汉姆太太不时地对他注目，并愈发不解她那个青涩懵懂的小女仆怎么就入了他的眼。这位女主人几乎跟她的女仆一样，对于“时代末了”的年轻人知之甚少，不然就不会这样大惊小怪了。雷伊把周遭打量了一遍之后就突然起身离开了，并不在意礼拜仪式尚在进行之中；而哈汉姆太太——这位寂寞而善感的人——也对赞美主丧失了兴趣。她多希望自己嫁的是一位懂得怎样谈情说爱的伦敦男子呀，就像这位误打误撞抚摸了她的手的男子，很显然就是个中高手。

三

梅尔切斯特的日程安排很轻松，雷伊只需要出庭几个小时；巡回法庭的下一个开庭市镇在卡斯特桥，那儿没什么工作需要雷伊做，所以他也就没过去。而再下一个市镇要等到下礼拜一才开庭，审判则要等到礼拜二早上。因此正常情况下雷伊应该在礼拜一下午到达后一个小镇；不过事实上直到礼拜三中午他才急匆匆从住处向市镇正街走去，身后随风飞舞摆动的除了他的律师长袍，还有按照最时新的亚述浅浮雕样式做成的层叠鬈曲的银色假发。他虽然进了巡回法庭大厅，但其实却无事可做，便坐在铺着蓝色粗呢台面的桌子后的律师席上，一边削笔，一边想着跟眼前的案子毫无关系的事情。他做了一件始料未及的事——一个星期以前他都不敢相信自己会做出这样的事——想到这儿，他陷入了一种不满与消沉的情绪中。

在集市后第二天，他又设法见到了那位漂亮的乡下少女安娜，并陪她一起出城去参观了旧梅尔切斯特遗址；他对她产生了遏制不住的迷恋，于是整个礼拜天、礼拜一和礼拜二都逗留在梅尔切斯特；在此期间一共哄劝姑娘跟他见面、散步了六七次；在这短短的时间内便得到了她——从身体到心灵。

他猜想大概是因为最近自己在城里独自一人生活太久，才会轻易被激情左右，放纵自己如此对待一个淳朴少女，而她因为涉世未深，一开始就毫无保留地交付自己任由他摆布。他深悔不该因为一时的情欲玩弄她的感情；现在只能希望她不会因为他而一生受苦。

她恳请他再回去看她，苦苦哀求、泣不成声。他答应了她，也打算履行诺言。他不能现在就抛弃她。虽然这种意料之外的交往是有些棘手，但好在两人隔着一百英里——对她这样能力有限的女孩来说就跟隔了一千英里一般——能够有效地避免这段夏日热恋太过影响他的生活；而且当他想勤奋工作的时候，思及她那淳朴的爱，也许能有些反面的好处，让他不必去城里瞎晃找乐子。巡回法庭的工作让他每年有三到四次机会去梅尔切斯特，那个时候他尽可以去看望她。

一开始他并不知道两人这段关系会发展到多深，所以当时情急之下告诉她的是自己的化名，或者说是不完整的名字，倒不是存心要欺骗她。他后来也没有费心跟安娜纠正这个错误，但在离开前他觉得有必要给她留个通讯地址——离他办公室不远的一家文具店，她可以写信寄到那里，收信人就用他名字的缩写“查·布”就可以了。

雷伊按计划返回了伦敦住所，返程途中又经过梅尔切斯特，特意逗留了几个小时，和他迷人的自然之子在一起。回城后他每天过着单调的生活。他和办事处的各个房间大多数时候都被黄褐色的烟雾包围，与外界隔绝开来；等他点亮汽油灯读书写字时，他总觉得自己身处奇境之中，不由得望着灯上的火焰，翻来覆去想的都是梅尔切斯特的那位轻信了他的姑娘。他时常因为疯狂地思念她而倍感郁闷，便从北门走进法院大楼那昏暗肃穆的正厅，挤到其他跟他一样穿着打扮，一样尚未受聘的初级律师中间去；或者挤进这个或那个人头攒动的法庭，里面正在审理一桩轰动一时的案子，就好像他跟这案子有关一样，虽然守在门口的警官和他自己都心知肚明他与这案子毫无瓜葛，就跟站在旁听席门外耐心等候的那些闲人一样；他们早上八点就守在门外等着进来，因为他们跟他一样，都属于一个在等候中打发时光的阶层。但是他无论怎么做都是徒劳，于是不禁思量，这种场合里的这些人同粉粉嫩嫩、活泼可爱的安娜比起来多么迥异啊。

出乎他意料的是这个农家姑娘到现在还没给他来信，虽然他告诉过她想写就尽管写。很显然处于这种状态中的年轻女子不应该会这样按兵不动的。最后他给她写了寥寥数语的短信，直言希望她写信来。回来的邮车没有带来回信，不过一天以后文具店主交给他一封信，上面盖着梅尔切斯特的邮戳，信封上是一个女性娟秀的笔迹。

有信件来这件事本身就已经足够让想象力丰富的他感到满足了。他没有急着拆开，事实上他过了近半小时才展信阅读，预计信里肯定满是些热切的回忆和温婉的恳请。然而等到他走到壁炉边打开信纸，发现信里既没有夸张的情感也没有鄙俗的言辞时，他大为讶异又十分欣喜。这是他收到过的女性来信中最令人心动的一封。是的，信里的语言简单平实，思想也无足轻重；然而它是这般沉着自信，只有为自己身为女子感到矜持自尊的年轻女孩才能写得出来；他从头到尾看了两遍。信写了整整四页纸，还有几行是照着已过时的习惯横过来交叉写的；①信纸也非常普通，底色和表面都不时新。不过这又有什么关系呢？他从前也收到过一些完全称得上是大家闺秀的女子的来信，但是统统都没有像这一封这般通晓事理又富有人情味。他挑不出一句话，说它不同寻常机智过人，所以只能说这封信“浑然一体”赢得了他的心；除了请他再给她写信以及早点来看她之外，没

---

① 在一八四〇年之前，寄邮件的费用非常昂贵，在伦敦市以内是按页收费，一页纸两到三个便士；伦敦以外的地区则按重量和距离收费，由收信人付费。为节约纸张，人们写信的时候先从左到右写满一页纸，再把纸转九十度再从左到右写；正看的话相当于从底部往上又写了一页穿插在最早一页的字里行间，这种写法叫作交叉信（Crossed Letter）。交叉信非常难读，但如果字写得小，字体也工整的话还是可以读懂的。一八四〇年后国会改革了邮政系统，使邮资大大降低，铁路普及也使邮件收寄速度大大加快，可说是维多利亚早期技术进步和政府干预下的一大成功之举。文中安娜和雷伊通信的时间已是一八四〇年后，邮资已经降低到每封信一便士，不需要再节省纸张，因此交叉信已经比较少见了。

有只言片语表明她认为自己对他有权提出要求。

在这种情况下再给她写信并建立起长期通信关系是雷伊事前万万没有想到的;然而他真的又回了一封短信，写了几句鼓励的话语，签上自己的化名，还让她继续来信，并兴冲冲地保证他近期内会设法再去看望她，以及他永远也不会忘记他们相识虽短却情深意浓的爱情。

四

现在我们来回顾一下安娜在梅尔切斯特收到雷伊的第一封信的那一刻。

信是邮差在送早间邮件时亲自交到她手里的。收到信时她从脸一直红到了脖子，把信在手里翻来覆去。“这是给我的吗？”她问。

“嗨，当然了，你没看见上面写着吗？”邮差微笑着说，心里猜想着这封信是什么内容，出自谁手，会让她这样语无伦次。

“哦，是的，当然了！”安娜回答道，看着信封上的字，很勉强地傻傻笑了笑，脸更红了。

她那副困窘的表情并没有在邮差走后消失。她打开信封，亲吻里面的内容，把它放到自己的口袋里，继续沉思着，慢慢地眼里充满了泪水。

几分钟后她端了杯茶送到哈汉姆太太的卧室。安娜的女主人打量了一下她，说:“安娜，你今天早上看起来情绪很低落。怎么了？”

“我没有低落，我很开心。只是我——”她停住了，努力压制住一声啜泣。

“嗯？”

“我收到了一封信——可是这对我来说有什么用呢，我一个字都不认识！”

“哎呀，别难过孩子，如果需要的话，我可以读给你听。”

“但这封信是那个人写的——我不希望任何人看到，只想自己一个人看！”安娜低声说。

“我不会告诉别人的。是那个年轻人写来的吗？”

“我想应该是的。”安娜缓缓把信拿出来，说，“夫人，那么请您念给我听好吗？”

原来这就是安娜难为情又慌乱的原因——她于读书写作一窍不通。她住在中威塞克斯大平原上一个偏僻的小茅屋里，由婶婶抚养长大；就算这时已经有了全民教育制度，但在方圆几英里内也没有学校。[①]她的婶婶是个目不识丁的妇人；也没人来查看安娜的境况，没人在意她是否应接受初等教育；不过跟许多由亲戚养大的孩子一样，至少她吃穿不愁，婶婶待她也不错。自从她来到梅尔切斯特跟哈汉姆太太同住后，后者对她也很慈爱，主动教她怎样得体地说话；安娜在这方面学得很快，这对许多不识字的人来说倒也不难；她很快就能流利自如地像女主人那样遣词造句了。哈汉姆太太还坚持给她一个拼写字帖，让她开始练习拼读书写。安娜在这一方面进展则很迟缓，可是这当口却收到了这封信。

伊迪丝·哈汉姆大大的黑眼睛透出对信件内容的兴趣，不过她担任的只是个念信人的角色，因此她尽量让自己的语气听起来更加单调平淡一些。她读完了那封短信，信的末了貌似漫不经心地要求安娜给个温柔的回音。

“那么——您会帮我写信的，是吗，亲爱的女主人？”安娜急切地问，“而且您会好好地帮我写，就像您平时自己写一样，好吗？我不能让他知道我自己不会写，如果他知道了，我会羞愧到死，恨不得钻到地缝里去的！”

哈汉姆太太从信里的某些措辞看出了端倪，便问了几个问题，安娜的回答证实了她的怀疑。当伊迪丝发现这个女孩已经将自己的

① 英国政府于一八七〇年颁布了《初等教育法》，目标是填补宗教教育的不足，在没有学校的学区设立公立初等学校，对五至十二岁儿童实施强制性初等教育。此后，英国政府又于一八八〇年颁布了《芒代拉法》，规定对五至十岁儿童实施强制性初等义务教育；一八九一年颁布了《免费初等教育法》，规定初等教育为免费义务教育，并最终于一九一八年完全实现了国民初等义务教育。

幸福委身于这段刚开始的恋情时，顿时大为关切。她责怪自己没有及时干预那次小小的调情，让自己监护下的这个可怜的孩子不得不承受这样严重的后果；虽然当时看到这对男女在一起时她觉得把年轻人的感情扼杀在萌芽状态并非她的分内事。可是木已成舟，她作为安娜唯一的保护人，现在唯有竭尽全力帮忙才是。因此她觉得自己必须答应安娜的迫切恳求，亲自帮她拟定并誊写给这个伦敦小伙子的回信，以尽量保持他对这姑娘的感情；若不是这个情况，她应该会建议安娜找家里的厨子代笔。

一封温柔文雅的回信于是就此拟定了，由伊迪丝·哈汉姆亲自落笔写成。这正是雷伊收到并赞赏不已的那封。它自然是当着安娜的面写的，用的是安娜简陋的信纸，而且也多多少少是照这年轻姑娘的意思写的；但是信中的生气、灵魂和个性，却毫无疑问是伊迪丝·哈汉姆的。

“你至少应该自己签个名吧？”她说，“到现在你总该会写自己的名字了吧？”

“不，不行，”安娜直往后缩，“我写得太难看了。他会以我为耻，再也不想见到我的！”

正如我们已经见到的，信里请求他回信的语气巧妙又恰当，字里行间的魅力足以影响他，令他照办。他宣称收到她的来信真是无比开心，并希望她以后每周都给他写信。于是安娜和她的女主人在接下来的几周便一直如法炮制；每一封去信都由伊迪丝建议并写就，安娜站在一旁观望；回信由伊迪丝朗读和解释，安娜又站在一旁聆听。

在寄出了第六封信后的一个冬日深夜，哈汉姆太太独自一人坐在将熄的炉火旁。她的丈夫已经上床就寝，她自己则思绪万千，仿佛入定了一般，忘记了时辰也不计较天寒。之所以陷入这种情绪是因为她那天做了一件特别的事。自从上次雷伊来过到现在，安娜还是头一回离开，回大平原去找从前村里的朋友玩几天；她不在的时候雷伊的信却不期而至。伊迪丝自作主张回复了这封信，而且完全按照自己的心意，没有等她的女仆回来再合作完成。能够给他写信倾诉只有他才知道的衷肠实在是太过奢侈，她便让自己放纵了一回。

为什么是奢侈呢？

伊迪丝·哈汉姆过着非常孤单的日子。英国的母亲们总认为一桩糟糕的婚姻，哪怕有诸多坏处，也好过一直单身，哪怕当个老姑娘可以自由自在、保有个人喜好、尊严和闲暇。她被母亲洗了脑，于是在二十七岁时——大约是三年前——她终于决定听天由命，便同意嫁给这位年纪很大的红酒商，事后却发现自己犯了一个大错。这只是桩契约般的婚姻，而她作为女性更深的天性却从未得到过一丝满足。

她现在明确意识到在她灵魂深处已深深刻上了一个男子的影子，而对他来说自己不过是一个名字罢了。一开始是他的外貌和声音吸引了她，还有他温柔的触摸；有了这些契机，再加上后来一封接一封地给他写信再阅读那些柔情蜜意的回信，不知不觉让她产生了感情，反过来又激起了他更深的情意；最后两个通信者之间产生了磁铁般的相互吸引，尽管其中一个用的是别人的身份写信。虽然她自己并没有意识到，但对身为女性的她来说，他最大的魅力其实是在于他能够在两天之内便成功勾引到另一名女子。

伊迪丝写到信中并签上别人名字的——为避免收信人起疑全都换成了单音节词和简单句——全都是她自己热烈而又难以抒怀的思想。而安娜却那么开心；假如没有伊迪丝的帮助，浅陋的安娜是决计想不到用这样的妙计来赢得他的心，就算是她自己会写字。伊迪丝已经发现是她自己偷偷藏在字里行间的情感引起了那位年轻律师的回应，而安娜偶尔口授让她加进去的句子显然没给他留下任何印象。

安娜一直没发现在她离开期间伊迪丝写了这封信；但是她第二天早上一回来就说她有急事必须马上见到她的恋人，并请求哈汉姆太太写信让他立刻来。

她举止中那奇特的焦虑不安没有逃过哈汉姆太太的眼睛，最后她终于崩溃了，哭得眼泪成河。她跪倒在伊迪丝膝前，坦承她与恋人的关系很快就会以有形的方式昭告天下了。

伊迪丝·哈汉姆生性宽宏大量，完全没想过要在这个节骨眼上抛下安娜让她放任自流。在她看来，一个真正的女人，哪怕她因此迅速采取行动保护自己珍爱的人，[①]也绝非出于自己的本意。虽然她才刚给雷伊写过一封信，但她还是立刻又写了一封署名为安娜的信，委婉但清楚地说明了事态。

雷伊匆匆写了两句回复，说他听到这个消息很是关切，恨不得插上翅膀立刻过来看她。

但是一周以后，姑娘又拿着一封短信到女主人的房里，读了之后得知他还是无法抽身。安娜悲痛欲绝，但是她听取了哈汉姆太太的忠告，没有像其他处在这种境地的年轻女子一样用滔滔不绝的谴责和怨恨淹死对方。当下最为紧迫的是要让这个男人继续保持对她的爱意。因此，伊迪丝又以安娜的名义请求他无论如何不必为此事烦心，也不必着急赶来。她最大的愿望就是不要成为他事业的负担、高尚工作的绊脚石；她只是想让他知道发生了什么事，他尽可以将之抛于脑后；只要他还能像原来一样温柔地给她来信就好了；他可以等到春季巡回法庭开庭的时候再来，那时候再商量该怎么办也不迟。

可以料到安娜自己的想法跟这些慷慨的言辞必然是大相径庭的；但是女主人的判断力占了上风，于是安娜让步了。“我多希望能像您一样把信写得这样恰如其分呀，我亲爱的、亲爱的女主人！我自己是打死也想不出来该这么写的；虽然等您写出来以后我觉得我正是这样想、这样感觉的呢！”

等信送走了，留下伊迪丝·哈汉姆一人时，她不禁伏在椅背上哭泣。

“我真希望孩子是我的——那该有多好啊！”她喃喃地说，“但是我怎么能说出这么邪恶的话呢！”

---

① 维多利亚时期十分强调女子的贞洁，婚前性行为、未婚先孕就等同于道德败坏与堕落。年轻女仆假如未婚先孕，通常会立刻被主人逐出家门，以免带坏家里其他人——亦即文中所谓的“保护自己珍爱的人”。因此，伊迪丝对待未婚先孕的安娜的态度可说是非常开明、十分罕见的。

五

收到这封信时，雷伊被深深地打动了。得知她的状况对他虽有影响，但远不如她的态度对他的触动大——她在这件事上对他的态度实在是太出乎他意料了。没有一个字的谴责，全是为他的利益考虑，每一行字明明白白都是自我牺牲精神，加在一起构成的是高尚的德行，他做梦也没想到女性身上竟会有这种品质。

“上帝宽恕我吧！”他颤抖着说，“我是个邪恶的浑蛋。我没料到她竟是这样的珍宝！”

他立刻回信安慰她，宣称他当然不会抛下她，他会在某处给她找一个安身之处。与此同时只要女主人愿意留她，她就先待着。

但很不幸的是，在这一点上却出了意外。不知道是不是安娜的情况走漏了风声传到哈汉姆太太的丈夫那里，总之他不顾伊迪丝的苦苦哀求，把安娜给辞退了。于是安娜自己做主，决定先回大平原上的婶婶家去住一阵。这样一来她们就得商量好如何保持通信；由于姑娘没有能力把以她的名义开始的通信自己继续下去，而且以后两人也没法配合行动了，她便请求哈汉姆太太——她在这世上唯一的富裕朋友——帮她收信并自行回复，之后再把那些信转寄到她大平原上的住处，如果她能找到个靠得住的邻居，就可以请人家读给她听。然后安娜便带着行李出发回大平原去了。

这样一来，伊迪丝·哈汉姆发现自己陷入一种奇怪的境地中：她得用妻子才会用的言辞，同一个不是她丈夫的男人通信，谈论的孕事根本不是她自己的，而信末署名的那个女子还不在场；她在扮演这个角色时与这个男子产生了共鸣，内心情愫暗生；这爱恋如此微妙，只存在于想象之中，但又这般热烈、令人如醉如痴。她展开每一封信阅读，就仿佛这信本就是写给她的；而她也完全按自己的心意回复，不再考虑他人。

在安娜离开后的整个通信期间，敏感多情的伊迪丝·哈汉姆一直活在梦幻般的狂喜之中；那想象中的亲密在她心里掀起了前所未有的激情巨浪。一开始为求心安，伊迪丝把他的每一封信连同自己回信的草稿都转寄给安娜；但到后来这些所谓的草稿便被大大删节了，还有好些往来信件则没有再转寄过去。

虽然雷伊耽于情欲，而且至少表面上沾染了这个虚伪社会中自我放纵的恶习，但他德行不坏，底子里依然有诚实与公正存在。他确实对这个乡下姑娘有些情意，而当他发现她竟能用最简单的言语表达出最深沉的感受时，这种情意便愈发真切。他想了又想，举棋不定；最后他决定去问问他姐姐的意见——她比他年长许多,是位富有同情心、心地善良的未婚淑女。在吐露这个秘密的同时，他给她看了几封信。

“她看上去很有教养呀，”雷伊小姐评论道，“而且也很聪慧。她的表达很有品味，应该是天生的吧。”

“是呀。而且她的字写得相当漂亮，是不是？多亏有初级教育学校。”

“可怜的孩子，她真的会让人不由自主想要向着她呢。”

这次商量的最终结果就是，虽然没有得到直接的建议，但雷伊用真名写了一封信——假如没有得到鼓励，他是不会如此自作主张的——告诉安娜他不能没有她，他春天就来帮她摆脱困境，因为他决定要娶她。

雷伊做出这英勇决定的消息是由哈汉姆太太亲自告诉安娜的，她收到信后立刻坐马车赶到了大平原上安娜住的茅屋找她。安娜得知后像个小女孩一般欢快地跳了起来。随后她给伊迪丝·哈汉姆口述了一些贫乏肤浅、词不达意的话请她帮忙妥善回信，伊迪丝回去后又以加倍热烈的浓情写就。

“唉！”她放下笔以后，忍不住长叹一声，“安娜——这可爱又可怜的小傻瓜呀——以她的智力根本欣赏不了他！她怎么能懂他呢？而我——又不是我怀了他的孩子！”

眼下已是二月，通信已经持续了四个月。在又一封信里雷伊偶然提起了他的职业和前景，他说一开始准备要娶她时，他想好了要放弃这个行业，反正这职业到目前为止也并未给他带来多少收益；而且，直白地说，假如娶了她的话，可能也很难继续干下去了。不过她的那些来信却让他意外发现了一座宝藏，在她可爱的天性中原来还潜藏着这样的聪慧与热情，因此他觉得自己大可不必如此悲观。他确信，在他的指导下让她学习一些伦敦的社交礼仪，如果有必要再请一位家庭教师，以她的潜质，一定能成为一位专业人员最理想的妻子，就算他将来升任大法官她也完全可以胜任。她在字里行间流露出的天生贵气，连许多大法官的妻子都比不上呢。

“啊——可怜的人，可怜的人！”伊迪丝·哈汉姆懊悔不已。

她现在迷恋有多深，痛苦就有多深。是她令他陷入这样的境地——缔结一桩毁了他的婚姻；然而出于对女仆的怜悯，她又不能采取任何行动阻止他的计划。安娜这个星期就会来梅尔切斯特，但她不能给这姑娘看他最近的这封回信；里面有太多信息显示出另一个人的存在，而且已经鸠占鹊巢取代了头一个。

安娜到了以后，女主人带她到自己的房间里密谈。安娜有些不安地开口，说她很高兴婚期总算快到了。

“唉，安娜！”哈汉姆太太回答，“我觉得我们必须得把一切都告诉他——让他知道是我一直在帮你写信，好吗？——要是等你嫁给他以后他才知道的话，我怕会造成你们以后争吵和指责——”

“啊，主人，亲爱的主人——请不要现在告诉他啊！”安娜声泪俱下，“如果您这样做了，他可能就不会娶我了；那我该怎么办呢？我都不敢想我会沦落成什么样子！我现在写字已经有进步了。我一直把您好心送我的字帖带在身边，我每天都练习，虽然这真的非常非常困难，但我相信我最终可以做好的，只要我一直坚持下去！”

伊迪丝看了看字帖。范本是她自己写的，而姑娘所谓的进步就是对女主人字体的变了形的临摹。但就算她能完全复制伊迪丝行云流水的字迹，那才情却是模仿不来的。

“您写得那么美妙，”安娜又说，“说出了所有我想说的话，却比我说的好一百倍！我求您不要在这个节骨眼上抛下我不管！”

“好吧，”另一位回答她，“可是我——可是我真觉得我不应该继续下去了！”

“为什么呢？”

伊迪丝有强烈的欲望想倾诉心声，于是说了真话：“因为它会给我造成很大的影响。”

“但是它不可能影响您啊！”

“为什么呢，孩子？”

“因为您已经结婚了呀！”安娜的回答真是清楚明白、一派天真。

“是的，当然不会影响我，”女主人匆匆地说道；虽然心中不安，但她很庆幸还有两三件本想倾吐的事没有说出来，“不过你现在必须照着我写在这儿的范本，专心致志练习，写好你的名字。”

六

很快雷伊就写信来谈到了婚礼的事。原本他以为这不过是一时风流犯下的错误；既然现在决定要将错就错、尽力弥补，他便对这重要的实验投入了许多的热情。为了更好地保密，他希望能在伦敦举行仪式；而伊迪丝·哈汉姆更希望他们在梅尔切斯特举行；安娜则一副被动的样子，等着别人来安排。他的理由占了上风，哈汉姆太太只得一面热心一面悲伤地开始准备安娜的行装。绝望之下，她觉得无论冒多大风险也要亲眼见证自己的梦想破灭，再次见到那个与她心灵感应让她情根深种的男子；她于是主动提出和安娜一起去伦敦，一直陪她到仪式完成——女主人强装笑颜说是要去“看看她的圆满结局”，姑娘满怀感激地接受了这提议；因为她也只有这一位朋友可以作为陪护人和证婚人，在一位绅士新郎面前不会露怯，不至于让他觉得社会地位相差太悬殊，后悔自己犯下了不可弥补的大错。

三月一个灰暗的上午，伦敦西南区一个民事登记处门前。雷伊从一辆四轮出租马车上下来，再小心翼翼地把安娜和她的陪护人哈汉姆太太扶下车。[①]安娜穿着哈汉姆太太帮她挑的入时的衣服，看起

① 十八世纪中期至十九世纪初期，在英格兰结婚必须在教堂举行公开仪式才能合法登记；一八三六年取消了这一要求，新人除了去教堂举行婚礼外，也可以选择到民事登记处进行公证结婚（Civil Marriage）。民事登记处登记公民出生、死亡、婚姻数据，并提供公证结婚服务。

来非常可爱，虽然不如当初在梅尔切斯特的集市上那么迷人——那时她还是个天真无邪的小姑娘，穿着乡下姑娘的长裙，骑在木马上。

哈汉姆太太是今早搭乘早班列车过来的。一个年轻人——雷伊的一位朋友——在门口跟他们碰头，四个人一起进了登记处。不算第一次不经意碰面的话，雷伊是在一个小时前才认识这位红酒商的妻子的。不过因为马上要举行仪式了，所以除了开始的寒暄之外他也没机会跟她多说话。在登记处，婚姻的契约很快便结成了；然而在这期间，雷伊却发觉自己和安娜的朋友之间似乎有一种奇特又隐秘的相互引力。

结婚的仪式——或者说是对之前结合的正式认可——完成了，四人一起乘一辆出租马车来到了雷伊最近在一个新市郊租的公寓；他没有租下一整栋房子，因为目前他还付不起租金。安娜切了一个小蛋糕——那是雷伊在头天晚上离开林肯会馆回家路过糕点铺时买的——除此之外她没有再做什么。雷伊的朋友有事得马上离开，他走后剩下的三人里实际在交谈的就只有伊迪丝和雷伊，两人谈得很是热烈。这谈话确确实实只在他们之间进行——安娜就像是家养的宠物一般，只有谦卑聆听的份，却完全不解其意。雷伊意识到这一点时很是吃惊，开始对她的这一缺陷感到不满。

到最后，他实在是大失所望，但又不愿承认，于是说："哈汉姆太太，我的宝贝可能是因为太紧张了，所以才这么不知所措。我看等这件事结束后，她得需要平静一下才能缓过来，再说出她之前在信里常常让我赞赏的那些温柔又富于哲思的话来。"

他们之前已计划好当天下午就出发去诺尔西，在那里度过新婚的头几天；随着出发时间临近，雷伊让他的妻子去隔壁房间的写字台那儿给他姐姐写张便条——她因身染微恙未能前来参加婚礼——告知她仪式已经结束，感谢她送的小礼物，并希望以后能与她成为闺蜜，因为现在她不仅是查尔斯的姐姐，也是写信者的姐姐了。

"用你最拿手的美妙又诗意的方式来表达这个意思，"查尔斯补充说，"因为我特别希望你能赢得她的欢心，和她成为亲密的朋友。"

安娜看起来很不安，但还是起身去了，雷伊继续留下来跟客人交谈。过了很长一段时间还不见她回来，她的丈夫突然起身，过去找她。

他发现她还趴在书桌上写信，眼里满是泪水；他颇感兴趣地低头看看那张信纸，想看她在这种微妙情形下将如何得体地表达自己的友善之情。他大吃一惊地发现她只写了寥寥几行，字迹和拼写就像出自八岁孩童之手，而思想则更是愚笨不堪。

"安娜，"他紧紧盯着信纸，问，"这是怎么回事？"

"这是说明——说明我只能写成这样了！"她回答，眼泪"哗"地下来了。

"唉？一派胡言！"

"我做不到！"她一边哀哀抽泣，一边鼓足勇气坚持地说，"我——我——那些信不是我写的，查尔斯！我只是告诉她该写些什么！而且也不是每次都是！但是我正在学习，噢，学得非常快，我亲爱的、亲爱的丈夫！你会原谅我的，对不对，原谅我之前没有告诉你？"她徐徐跪地，悲凄地抱住他的腰，把脸贴着他。

他呆立了片刻，把她扶起来，猛地一转身，"啪"地关上门，走回起居室伊迪丝那里。伊迪丝觉察出也许事情已经败露，两人相互凝视了片刻。

"我猜得对吗？"他开口了，面色苍白，语气沉着，"是你一直在代她写信？"

"这在当时很有必要。"伊迪丝说。

"她是一个字一个字口述让你写下来吗？"

"不是每一个字。"

"或者说，其实很少？"

"很少。"

"你每周写的那些信大部分都是你自己的想法，虽然署的是她的名！"

"是的。"

"也许有好些信都是你独处时写的，根本没有和她商量？"

"确实。"

他转身走到书柜前，靠在上面，一只手捂住了脸；伊迪丝看到他这样痛苦，脸顿时“唰”地一下白得像纸。

“你欺骗了我——你毁了我！”他喃喃地说。

“啊，请别这样说！”她悲痛地喊，一下子跳了起来，手搭到他肩上，“你这样说我会受不了的！”

“那些信让我那么欢喜，原来却是假的！你为什么要这样做——为什么！”

“刚开始我完全是为了帮她！为了尽力使这个单纯的姑娘不要遭受不幸，我只能这样做！但是我承认我后来继续写是为了我自己快乐。”

雷伊抬起头，问：“为什么它会让你快乐？”

“这个我不能说。”她回答。

他继续望着她，看到她的嘴唇在他的注视下突然开始颤抖，看到她双眼慢慢浮现出泪水，然后垂下眼帘。她突然惊慌地往旁边走去，说她要去车站赶回家的火车了，能不能请他马上叫一辆出租马车。

但是雷伊走上前去，握住了她的手，她没有抵抗。“唉，想想竟然有这样的事！”他说，“其实，你和我是朋友——恋人——深爱对方的恋人——在通信中！”

“我想，是的。”

“不仅如此。”

“不仅如此？”

“当然不仅如此。你想要对此视而不见也没用。在法律上我跟她结婚了——上帝保佑我和她吧！——但在灵魂和精神上我娶的是你，不是这个世界上任何其他女人！”

“别说了！”

“我一定要说！你何必试图掩盖全部的真相，既然你已经承认了一半。是的，这是你和我之间的结合——不是我和她的！现在我不想再多说什么了。但是，我残忍的爱人啊，我想我有权对你提一个要求！”

她没问是什么，于是他把她搂到胸前，俯看着她。“如果那些信里写的都只是做戏，”他语气坚定地说，“那么就只把你的脸给我。

如果都是出自你的真心，就把嘴唇给我。请记住，这是第一次，也是最后一次！”

她把嘴迎了上去，他久久地吻她。“你能原谅我吗？”她哭着问。

“是的。”

“可是你却被毁了！”

“那又怎样呢！”他耸了耸肩说，“是我自己活该！”

她退开，擦干眼泪，进房间去跟安娜告别。安娜没料到她这么快就要走，还在跟那封信做斗争。雷伊跟着伊迪丝下了楼，三分钟后她坐上一辆驶向滑铁卢车站的双轮轻便马车。

他回到妻子身边，“安娜，今天先别管信的事了，”他温和地说，“穿上外套吧。我们也得马上出发了。”

这个头脑简单的姑娘因为自己真的结婚了而备受鼓舞，看到事情败露后他对她依然和颜悦色，感到十分开心。她并不知道此刻在他眼里看到的是一艘奴隶的劳役大船，而他，这个挑剔的城里人，被锁在了船上不得不劳作至死，跟他锁在一起的则是她这个大字不识的村妇。

在回梅尔切斯特的路上，伊迪丝脸上还带着悲伤到麻木的表情，嘴唇还因为他那绝望的热吻而隐隐作痛。她这场激情四射的幻梦终于到了尽头。黄昏时分她到达了梅尔切斯特车站，原定她丈夫会去接她。但一个心不在焉，一个心事重重，两人都没看见对方，她于是一个人走出了车站。

她没有叫出租马车，机械地一路走回了家。进了门后，她无法忍受房子里的死气沉沉，便在黑暗中上楼走进安娜原来的寝室，在那里待了一会儿，默默沉思。然后她转身回到起居室，不知不觉便伏下身趴在了地板上。

“我毁了他！”她反复地说，“我毁了他，因为我不能做出背叛她的事！”

过了半小时，有人打开了房门。

“啊——是谁？”她坐起来惊问，因为房间里一片黑暗。

“你的丈夫——不然还有谁？”那位杰出的商人回答。

“啊——我的丈夫——我都忘了我还有个丈夫！”她低声对自己说。

“我在车站没找到你，”他继续说，“你看到了安娜顺利地嫁出去了吧？希望一切顺利，因为她就快到时候了。”

“是的——安娜已经结婚了。”

在伊迪丝乘车回家的同时，安娜和她的丈夫正坐在向诺尔西飞驰的火车二等车厢相对的两扇车窗旁。他手里拿着一个皮夹子，里面全是有折痕的写得密密麻麻的纸。他把它们一张一张展开，一边默默读着，一边低声叹息。

“亲爱的查尔斯，你在做什么呀？”她在对面窗边怯怯地问，然后慢慢靠近他，宛如朝圣一般。

“在看那些署名为‘安娜’的美妙来信。”他郁郁地回答，带着认命的神情。

一八九一年秋

一个想象力丰富的女人

在上威塞克斯著名的海滨胜地索伦特希，威廉·马契密尔打听度假屋有眉目后便回客栈去找他的妻子。她跟孩子们一起到海边散步去了。马契密尔照着客栈门厅那位颇有军人气度的行李搬运工所指的方向去找他们。

“天哪，你们怎么走了这么远！我都快喘不过气来了。”马契密尔追上妻子后，颇为不耐烦地说。她正一边走路一边看书，三个孩子跟着保姆早已远远跑到前头去了。

马契密尔太太还沉浸在书中做着白日梦，闻言吓了一跳，回过神来，说：“是呀，你走了这么久。客栈真是无聊透顶，我实在不想待在里面了。不过威尔，很抱歉让你这样找我，有什么事吗？”

“唉，我一直没法拿定主意。每次去看那些号称又通风又舒适的房子，都发现它们其实又不通风又不舒适。你跟我去看看我最后选的那套房合不合适吧？恐怕房间不够多，但实在找不到更好的了。整个镇子都住满了。”

夫妻俩让保姆带着孩子们继续散步，两人先回去了。

这两人年纪相当，相貌般配，家境富足，但性情却迥异：丈夫是个慢性子，温和而略有些迟钝；妻子则神经敏锐、乐观开朗。即便如此，两人也不常争执。主要在于他们的品味和喜好，在那些最细微却又最重要的细节上，两人完全没有共同语言。马契密尔觉得他妻子的爱好实在是犯傻；她则认为他唯利是图、俗不可耐。丈夫是北方一个繁华都市的枪支制造商，总是一心扑在工作上；夫人却喜好风雅，是“缪斯的随从”——用这已过时的套话形容她最贴切不过了。艾拉生性多情善感，每次想到丈夫制造出来的东西都是为了毁灭生命，就会慈悲地打住，不愿再了解再多的细节。为了保持内心安宁，她只有劝说自己那些武器至少有一部分早晚会用来消灭那些害虫与野兽，它们对待更低等物种的残忍程度几乎同人类不相上下。

她之前从未认为他的职业是拒绝他做丈夫的理由。所有称职的母亲都谆谆教诲女儿：女子首要之美德就是不惜任何代价找个一辈子的饭票，所以她一开始根本没有考虑过这个问题；于是她接受了威廉的求婚，又度过了蜜月，这才进入反思阶段。这就像一个人在黑暗中猛然抓住了个东西，她开始思量自己抓住的究竟是什么，在心里一遍遍绕着它打转、揣摩：它究竟是稀世珍宝还是稀松寻常；内里是金银锦绣还是一团草包；是绊脚石还是垫脚石；是知心爱人还是形同路人。

她隐隐约约得出了结论，于是一面同情她的所有者愚钝不堪、缺乏品位；一面自伤自怜，进而白日里写作与做梦，夜深人静时则喟然叹息，将自己温婉细腻的情感宣泄出来，以此证明自己心尚未死。不过就算威廉知道她的这些想法，也不会受太大的困扰。

艾拉身段玲珑、举止优雅、纤细苗条，走起路来步履轻快，甚至带点蹦蹦跳跳。她有一对黝黑的眼眸，双瞳光彩照人、晶莹剔透；像艾拉这类气质的女子一般都有一双这样顾盼生辉的眼睛，往往会令她的异性朋友心痛不已，有时也令自己黯然神伤。她的丈夫身材高大、脸型瘦长，蓄着棕色颏须，脸上带着沉思的神情；而且，还必须补充一点，他对她一直都颇为和善宽容。他说起话来一本正经，对于世间需要仰仗武器的种种乱象感到无比满意。

夫妇俩步行来到了要找的别墅前。这所房屋坐落在面朝大海的一排房子中间，前面有一个小花园，种着用来挡风防水的常青树，还有一直通到门廊的石阶。这一排房子都有门牌号码，大家都称这栋房子为“新大街十三号”，不过它比其他的房子要大许多，而且房东太太别出心裁坚持称之为“科堡别墅”[①]。此地现在正是阳光明媚、

---

① 科堡（Coburg）位于德国巴伐利亚州北部的弗朗克地区，是维多利亚女王的丈夫阿尔伯特亲王的故乡。该城的艾恩斯特家族数百年间与欧洲各国王室均有联姻关系。房东太太坚持将房子命名为“科堡别墅”，一来是致敬维多利亚女王与阿尔伯特亲王；二来可能因为该门牌号“十三号”在西方属于不吉利的数字，因此怕如此直呼会导致房客有顾虑而难以出租。

游人如织的时候；但到了冬季，就得把沙袋挡在门前，把锁孔堵上防止风雨侵袭；木门上的油漆经风雨侵蚀冲刷，薄得已经能看见底漆和节疤了。

房东太太一直在等马契密尔先生回来，她到走廊上迎接他们，带他们看了几个房间。她说自己是个寡妇，亡夫生前是个公职人员，因为猝然离世导致她生活拮据，又急切地介绍这房子设施的各种便利好处。

马契密尔太太说这房子本身和地理位置都很不错；可惜房子太小住不下，除非能把所有房间都租给她。

房东太太很是失望，想了半天。她说自己迫切希望两位来客能租下她的房子，但很可惜有两个房间被一位单身绅士常年租住着。的确他付的租金不如旺季时的高，但他一年到头都租着，而且他人又特别和气、风趣，从不惹麻烦，她不想为了一个月的短租把他赶走，就算租金再高也不行。“不过，”她补充说，“也许他会自愿暂时离开一段时间。”

马契密尔夫妇不想这样做，于是回了客栈，打算再去中介那里打听打听。结果他们正准备坐下来喝茶，房东太太就找过来了。她说那位先生非常热心，很愿意把他的房间让出来给新来的客人住三四个礼拜。

“这确实是很好心，但是我们不想这样麻烦他。”马契密尔夫妇回答。

“哦，这没什么麻烦的，我向你们保证！”房东太太滔滔不绝地说，“因为，他跟大多数年轻人都不一样——耽于梦想、独来独往、郁郁寡欢——而且他并不喜欢在旺季来这里，反倒更喜欢等到淡季，强劲的西南风猛拍着房门，海水直冲到大街上，整个镇上人影都不见一个的时候来。事实上他很快就要走了——他要去对面岛上的一个小屋暂住一段，算是换个环境吧。”因此她希望他们能去她那儿住。

于是，马契密尔一家第二天就搬进了那栋房子，感觉确实很适合他们。午餐过后，马契密尔先生朝码头方向溜达而去，马契密尔太太打发孩子们去户外沙滩上玩耍，自己好好地安顿下来，在屋子里这儿那儿仔细查看了一番，再测试一下衣柜门上穿衣镜的效果。

她发现后面的小起居室里的家具比起别处更加个人化，这正是那位单身青年的房间。破旧的书籍——都是优秀的版本但并非珍本——随意堆在屋子的角落里，有种奇特的含蓄态度，似乎前任房客并不认为旺季来的客人会有兴趣翻看这些书一般。房东太太在门口守候着，看马契密尔太太有什么不满意之处，好马上调整。

“我就把这间小房间作我的卧室吧，因为这里面有书。对了，那位离开的先生好像有很多书，他应该不会介意我拿几本看吧，胡珀太太？”

“哦，当然不会了，夫人。是的，他有很多很多书。因为，他自己也算是个搞文学的。他是个诗人——是的，就是个诗人——他自己有一小笔固定收入，足够他写诗啦，但是还不够让他飞黄腾达，就算他愿意费那份心思的话。”

“一位诗人！噢，我还不知道呢。”

马契密尔太太翻开一本书，看到了扉页上书的主人的签名。“天哪！”她接着说，“我很熟悉这个名字——罗伯特·崔维——我当然熟悉了，还有他的诗！原来我们占的是他的房间，被我们赶出家门的是他？！”

几分钟后，艾拉·马契密尔独自一人坐下，满怀好奇与惊喜地想着罗伯特·崔维。了解了艾拉最近的经历就明白她为何对他感兴趣了。她自己就是一个不得志的文人的独生女儿，婚后打理琐碎的家事以及为一个平庸男子生儿育女让她逐渐消沉，从前的恬静与灵气也似乎逐渐远去。在过去一两年，她试图为自己不幸搁浅的情感找到一个温和又恰当的宣泄口，于是她开始喜欢上了写诗。这些诗的作者署名均用了男子化名，大多出现在一些不知名的杂志里。但有两首则发表在颇有名气的杂志上，其中第二首是用小一些的字印在页面下方，页面上方用大字印的另一首同一主题的诗就是这位罗伯特·崔维写的。事实上，两人都为日报报道的同一则悲剧事件所触动，不约而同地以此为灵感写就了诗句。编辑在按语中提及这一巧合，并称赞两首诗都很杰出，因此特意将它们并列刊登。

从那以后艾拉，或者说“约翰·爱维”，便十分关注各种刊物上登出的署名为“罗伯特·崔维”的所有新作——崔维作为男子不会因性别受到困扰，自然也从未想到要使用女性化名。当然，马契密尔太太说服自己冒充男子写诗也有其好处，因为没有人会相信这些感情浓烈的诗歌竟是由一位麻木不仁、专心事业的轻型武器制造商的妻子、三个孩子的母亲写就的。

崔维的诗歌与一众新晋小诗人的作品相比风格迥异：他的诗歌也许不算天才之作，但却激情澎湃；也许不算精雕细琢，但却多姿多彩。他既非象征派也非颓废派，应当算是悲观主义者，倘若该特质可用来形容一个人敢于直面人生的最坏与最好。他无意脱离内容单纯追求形式与节奏的完美，因此有时候诗兴大发来不及进行艺术加工时，他便会写下一些伊丽莎白体的不甚押韵的十四行诗，让每一位有正义感的评论家都不禁义愤填膺，口诛笔伐。

艾拉·马契密尔常常一遍一遍地阅读这位对手的作品，他的诗总是那么震撼人心，相比之下，自己的诗句却如此孱弱无力，这让她羡慕嫉妒又伤心绝望。她试图模仿他，但他的境界实在非她力所能及，这有时会让她突然无比沮丧。这样过了数月之后，一天她突然从出版列表中发现崔维把他未发表的诗作整理成册出版了，评论有褒有贬全看运气，但销量已足够支付印刷费用。

他的这一招促使“约翰·爱维”决定把自己的作品也整理一番，除了为数不多的已发表的作品外，还得把许多未付印的诗稿加进去，无论如何也要凑成一本她自己的诗集。出版的费用高得惊人。偶尔有几篇评论提及她这本可怜的小册子，但是既没人谈论也无人购买，于是，不到两周它就夭折了——假如说它曾存活于世的话。

恰好在那时，艾拉发现自己怀上了第三个孩子，因此注意力得到了转移，否则她这次诗意冒险的惨败对她的影响一定会严重得多。她丈夫将医生的账单和出版商的账单一并付清，这事当时就算完结了。不过，虽然艾拉算不上是位了不起的诗人，却也不只是个生儿育女的普通女子。近来，她又开始灵感滋生。就在这时她却阴差阳错地住进了罗伯特·崔维的房间。

她若有所思地从椅子上起身，满怀对同行的兴趣在房间里搜寻。是的，他自己的诗集也在书堆里头。虽然她已经很熟悉书的内容了，但在这儿又不禁重读起来，仿佛它在大声召唤她一般。然后她找了点琐事当借口把胡珀太太叫来，随后又打听起了这位年轻先生。

“啊，夫人，我肯定如果您见到他的话，一定会喜欢他的，可惜他太腼腆，所以估计您是见不到他了。”胡珀太太似乎并不介意谈论前任房客以满足现任房客的好奇心，“是不是住在这儿很久了？是的，差不多两年啦。就算他人不在的时候也保留着房间。这地方空气温和，对他的肺有好处，所以他喜欢随时想来就来。他大多数时间都在读读写写，很少跟别人交往。不过说到这个，他真的是个非常和气善良的小伙子，要是别人了解他的话，一定会乐意跟他做朋友的。现在好人可不常见啦。”

“啊，他心地善良……而且人很和气。”

“是的，只要我开口，他什么事都愿意答应。有时候我会跟他说，‘崔维先生呀，你看上去精神不佳呢。’他就说，‘是呀，胡珀太太，不过我不知道你是怎么看出来的。’我就说，‘不如你换个环境试试？’然后过了一两天他就会说他要去一趟巴黎呀、挪威呀之类的地方。等他回来的时候果真就好多啦。”

“是嘛！毫无疑问，他一定生性敏感吧。”

“是呀。而且他在有些方面有点怪癖。有一次他大半夜写完了一首诗，然后就在屋子里走来走去反复诵读。可是这地板这么薄——这房子盖得偷工减料的，我自己都不得不承认——害得我在楼上都睡不着，真恨不得叫他……不过我们相处得还是很愉快的。”

这次对话只是个开头，随着日子一天天过去，两人常常聊起这位崭露头角的诗人。一次聊天时胡珀太太指给艾拉看一些她之前没注意到的东西：在床头窗帘后的墙纸上有铅笔小字，字迹潦草。

“啊！我来看看，”马契密尔太太掩饰不住心中的好奇，弯下腰把精致的脸庞凑到墙边。

胡珀太太一副知情人的样子说：“这些是他的诗最早的雏形、最初的想法。大部分字他都努力擦过，不过你还是能看得出来。我估计这些都是他半夜醒来，嗯，脑子里想到了几句诗，于是赶紧在墙上记下来，生怕早上起来时给忘了。这里，你看这几句，后来我看到杂志上发表了。有一些更新的，对了，那一首我以前就没见过。一定是几天前刚写上去的。”

“噢，是的！……”不知何故，艾拉·马契密尔突然脸红了，希望她的同伴在告知完她这个信息之后能快点离开。她急切地想要独自一人读那些手迹，但不是出于对文学的热爱，而是一种难以名状的个人兴趣。她于是一直等待那独处的时刻，并预感那时她将获得莫大的情感享受。

也许是因为外海上风浪大，艾拉又容易晕船，所以她的丈夫觉得不带上她，独自一人驾帆船或坐汽船出海更自在。他挺喜欢自己一个人登上廉价的短途汽船，在船上看乘客们在月光下翩翩起舞，然后突然一个趔趄搂成一团。他温和地告诉她，说船上的人鱼龙混杂，不方便带上她。因此，这位事业有成的制造商在此地逗留期间自个儿是换了个环境，好好吹了吹海风，然而艾拉的生活——至少在表面上看来——却单调无比，每天不外乎就是花上好几个小时泡泡水、在海滩上走来走去。但是她的诗兴却不断高涨，激情在心中燃烧，让她对周遭世界浑然不觉。

她反复吟咏崔维的那本诗集，直到把所有的诗都烂熟于心，还劳神费时试图写出能与其中几首媲美的诗，但却徒劳无功，直至失败的沮丧让她眼泪夺眶而出。这位占领了她芳心的主人似乎无所不在却又无法接近：如磁铁般深深吸引她的不是他的智慧或者哲思，而是他的个人魅力——这让她自己也百思不得其解。的确，每天从中午到晚上她都身处他惯常生活的环境中，可说周遭一切都无时无刻不在对她喃喃低诉他的存在。然而他与她素未谋面，打动她的是她自己的本能——她需要将自己无处安放的情思寄托到她碰到的第一个合适的对象身上去——不过艾拉自己并未意识到这一点。

文明社会为使爱情开花结果设置了过于实际的条件，导致所有激情都自然地走向同一结果。艾拉的丈夫对她的爱已所剩无几，甚至可能跟她一样，已消失殆尽，残留的只是间或的友情。作为一个热情洋溢、生机勃勃的女性，她的生命力需要得到爱的滋养，于是这次机缘所得便顺理成章成了养料，更何况它实属上品，可谓千载难逢。

一天孩子们在衣橱里玩捉迷藏，在嬉闹中扯出了几件衣服。胡珀太太说那是崔维先生的，把它们重又挂了回去。艾拉异想天开，等到下午屋里没人的时候，打开衣橱，取出了一件衣服穿上，这是一件雨衣，上面还连着防水雨帽。

“以利亚的外衣！[①]”她说，“唯愿它能赐予我灵感，令我与他比肩，如他这般的慧业才人呵！”

每每念及此端她便会泪水潸然。她转过头在镜子里打量自己：他的心脏曾在这件衣裳底下跳动，他的头脑曾在那顶帽子底下思索，那是她永远无法企及的高度。想到她与他相比那样黯然失色，不免闷闷不乐。她还没来得及脱下雨衣，门突然开了，她丈夫走了进来。

“这是什么鬼——”

她脸红了，脱下衣帽，说：“这是我在这衣橱里面发现的，一时兴起就穿上试试。不然我还能干吗呢？你总是不在！”

“总是不在？呃……”

当天晚上她又同房东太太聊起来，后者很可能自己也对诗人略有些柔情，因此每次都很乐意谈起他，而且总是言辞热切。“夫人，我知道你对崔维先生很感兴趣，”她说，“他刚让人捎了个口信来，说如果我明天下午在的话，他想过来找几本书，问能不能到你房间去拿？”

“啊，当然可以！”

“到时候你就可以跟崔维先生见个面了，如果你愿意在场的话！”

艾拉答应了，心中窃喜。回房睡觉时她心里还在想着他。

第二天早上她丈夫说：“艾尔，我一直在想你昨天说的话，我总

① 以利亚是公元前九世纪以色列的先知。在《圣经·旧约·列王纪上》第十九章中，以利亚将外衣搭在以利沙身上，表示收他为徒；而在《列王纪下》第二章里，以利亚用外衣击打约旦河水，水便分开让以利亚和以利沙通过；后来耶和华遣火车火马接以利亚上天，以利沙便拾起以利亚的外衣，继承了他的衣钵，成为以色列新的先知。因此，“以利亚的外衣”此处是权力和能力的象征，也寓意继承某人的权力与事业。

是在外面晃，让你一个人待着无聊。可能确实是这样。今天海上风浪不大，我带你一起去坐游艇吧。”

对这样的邀请，艾拉还是有史以来头一次感到不乐意，但她当时还是接受了。出发时间临近，她回房去收拾准备，然后站着想了一会儿。她已明显爱上了诗人，想要见他的愿望如此强烈，盖过了其他所有顾虑。

“我不想去，”她对自己说，“我受不了他来了我却不在！所以我不去了。”

她告诉丈夫她改变主意了，不想出海。他倒也无所谓，自己走了。

这一天接下来的时间里房子里静悄悄的，孩子们去沙滩上玩耍了。阳光下轻柔的海风习习，百叶窗帘轻摆着飞出了窗外。“绿色西里西亚”乐队——为旅游季雇来的一支外国乐队——吹奏出的音符把科堡别墅附近的居民和游客几乎全吸引过去了。这时突然传来敲门声。

马契密尔太太没有听到仆人应门，有些不耐烦起来。书就在她所在的房间里，但是没有人上楼来。她打铃把仆人叫来，说：“有人在叫门呢。”

“哦，不，夫人，他已经走了。我去应了门的。”仆人回答道。这时胡珀太太自己进来了。

“太令人失望了！”她说，“崔维先生来不了了！”

“但是我好像听到他敲门了呀！”

“不不，那是有人在找住处，找错了地方。我忘了告诉你崔维先生在午饭前让人送了个便条过来，让我不用给他准备下午茶，因为他用不着那几本书了，所以就不过来拿了。”

艾拉满心悲苦，很长一段时间都不忍重读他的那首题为“永别的生命”的悼歌，她那颗漂泊无依的心痛苦不堪，她的双眼泪水涟涟。等到孩子们鞋袜尽湿回家，跑上来跟她讲述他们的历险记时，她只觉得自己已经不那么在乎他们了。

“胡珀太太，你有没有——住在这儿的那位先生的照片呢？”不知为何，她近来竟然有些害羞，不敢说出他的名字来。

“啊，当然有了。就在你那间卧室的壁炉台上方的装饰相框里，夫人。”

“不对，那是大公夫妇的照片。[①]”

“是的，没错，不过他就在他们后面。他才是那个相框的正主，我是特意买给他放相片的，但是他在走之前说：‘请一定要记得把我遮起来，别让那些新来的房客看到。我不想被他们盯着看，我相信他们也不想被我盯着看。’所以我就临时把大公和夫人的照片塞进去盖在他上面，正好他们的照片还没有相框，而且比起一个小伙子的私人照片，皇家贵族的照片更适合摆在出租房里做装饰。如果你把他们的照片拿出来你就能看到他了。上帝呀，他如果知道的话一定不会介意的，夫人！他没料到下一任房客会是像你这样迷人的女士，否则他说不定根本就不会想把自己藏起来了呢。”

“他长得帅吗？”她有些羞怯地问。

“我觉得他很帅。也许有的人不觉得。”

“我会吗？”她有些热切地问。

“我觉得你也会认为他帅的，不过有的人说他不是帅而是引人注目。他浓眉大眼，总是若有所思；他四下环顾时眼神敏锐、目光如电，你会觉得，一个不以写诗为生的诗人就应该是这副模样。”

“他多大年纪？”

“他应该比你大个几岁吧，夫人；我想大概三十一二岁的样子。”

事实上艾拉已经三十岁零几个月了，不过看上去还很年轻。虽然她心性尚不成熟，但到了这个年龄阶段，她像所有多愁善感的女人一样，开始觉得绝恋也许比初恋更加热烈。唉，很快她还会进入一个更令人抑郁的阶段，虚荣心较强的女人到那时都不愿再接待男性来客了，除非背对着窗或把窗帘半拉下来。她回想着胡珀太太的评论，没有再提年龄的事。

---

① 即约克公爵（后继位为乔治五世）与符腾堡州台克公爵的女儿玛丽公主，此照片可能为两人于一八九三年七月六日婚礼大典的照片。两人即爱德华八世与乔治六世之父母、现任英国女王伊丽莎白二世之祖父母。大公（Royal Duke）是在公爵（Duke）前加上王室（Royal）一词，是专为同英国君主有合法血缘关系的公爵特设的头衔，在爵位中位列最高。此头衔可以继承，但最多到第三代，即君主的孙辈。之后则要将Royal一词去掉，只能称为公爵。

就在此时来了一封电报。是她丈夫发来的，他跟几个朋友乘游艇沿着海峡漂到了巴德茅斯，要第二天才能回来了。

简单用过正餐之后，艾拉带着孩子们在岸边闲逛直到夜幕降临，心里还想着房间里那没有取出的照片，想到即将到来的心醉神迷的时刻，她内心无比平和。这位年轻女子很善于制造细致入微又丰富多彩的想象，因此得知当晚她丈夫不在时，便克制住自己，没有立刻冲动地冲上楼去打开相框，而是决定等到独自一人时再来察看。而且比起午后的炎炎日光，那时已是万籁俱寂、烛光莹莹，窗外是肃穆的大海与璀璨的星光，更能增添一层浪漫色彩。

还不到十点，孩子们就被打发去睡觉，艾拉随后也准备就寝了。为了更好地满足自己强烈的好奇心，她开始做各种准备，先除去所有多余的外衣，换上睡袍，再放一张椅子在桌前，读上几页崔维最柔情蜜意的诗歌。然后她把相框取下拿到灯前，把背板打开，取出照片，举到眼前。

这是一副十分惹眼的面容。诗人蓄了一丛漆黑浓密的髭须和帝髯，帽檐低垂盖住了前额。房东太太描述过的那双又大又黑的眼睛蕴藏了无限的悲凄，在一对俊美的眉毛下方向外张望，似乎正在阅读对面的人脸上那微缩的宇宙，并且看到的景象完全无法令他乐观。

艾拉用她最低沉、最有磁性、最柔美的语调轻声道："原来这就是你，是你无数次残忍地让我相形见绌呀！"

她久久凝视着照片，陷入了纷乱的思绪，直到热泪盈眶，将唇覆于相纸上。然后她又故作轻松地笑了笑，拭了拭眼睛。

她觉得自己实在是太邪恶了，一个有夫之妇，还有三个孩子，竟然这样不知羞耻，移情别恋于一个陌生人。不，他并不是陌生人！她对他的思想与感受了如指掌，就像熟知自己一般。事实上，他的思想与感受与她如出一辙，而她的丈夫却是个麻木不仁的人。也许对于需要养家糊口的人来说，这其实是种幸运。

"比起威尔，他同真正的我更相似，更心意相通，虽然我们素未谋面。"她说道。

她把他的诗集和照片放在床头柜上。等她斜靠在枕头上后，她又重读了罗伯特·崔维诗作中被她奉为最真挚动人的几首诗。把书放在一旁，她躺下来，把他的照片立起来放在被套上凝视着。接着她就着烛光又浏览了一遍头边墙纸上那些模糊的铅笔小字。它们在这儿——有短语、双韵行、限韵行、诗的句首和句中、草草的想法，就像雪莱随手记在纸片上的诗句一样，不过只言片语，却饱含深情、沁人心脾、令人悸动，就好像是他本人的呼吸，如此温暖而充满爱意，从墙上萦绕而至，轻轻吹过她的脸颊；那面墙曾经无数次围绕在他头颅四周，如今又围绕着她。他一定常常这样举起他的手——手里握着铅笔。是的，这些字迹之所以偏向一侧，一定是因为手这样伸着。

这些题写在墙上的字体来自诗人的世界，那是：

> 比活人更真实的形态，
> 一个个永生哺育的婴孩。①

毫无疑问，在夜半无人时，他可以毫无顾忌，不惧批评家们的口诛笔伐，于是这些思想与斗争精神便纷至沓来涌入他的脑海。毫无疑问，它们常常是在月光下、烛光中或蓝灰的晨曦里匆匆写就，但也许从不会在日头高悬之时。而此刻，她的长发正散落在他手臂曾靠着的地方，他就将手撑在那里，匆匆记录下自己转瞬即逝的才思。她就睡在诗人的唇边，陷入他精神的怀抱，被他如以太般的灵魂浸润、穿透。

她就这般如坠梦中，时间分分秒秒逝去，突然楼梯上有脚步声传来，很快她听到丈夫沉重的步子踏在门前的楼梯口。

“艾尔，你在哪儿？”

她说不清当时是怎么想的，但她本能地不愿让她丈夫知道她之前都在做什么，立刻把照片塞到了枕头底下。与此同时他推开了门，一副吃饱喝足怡然自得的神气。

---

① 出自英国十九世纪上半叶著名的浪漫主义诗人珀西·比希·雪莱的诗剧《被解放了的普罗米修斯》第一幕，原诗中即用这两句形容诗人通过想象创造出生命的力量。哈代对雪莱极为推崇，多次在自己的作品中提及、引用雪莱以向诗人致敬。本故事中的罗伯特·崔维便有雪莱的影子。

“噢，抱歉，”威廉·马契密尔说，“你是不是头又痛了？我是不是打扰到你了？”

“不，我没有头痛，”她说，“你怎么回来了？”

“噢，我们后来发现还来得及赶回来，我也不想多浪费一天，因为明天我还要去别的地方。”

“需要我下楼来吗？”

“噢，不用了。我已经累得像狗了。我美美地吃了一顿，打算马上就睡觉去。我明天早上六点就得起床，希望能起得来……我起来就不叫你了。离你睡醒还早得很呢。”他边说边走进了房间。

艾拉的眼睛跟随着他的一举一动，悄无声息地把照片塞到枕头底下更深处。

“你确定没有不舒服吧？”他又问，弯下腰来看她。

“没有，只是有点心烦。”

“那就没啥关系。”他俯下身吻她，“今晚我要跟你在一起。”

次日一早六点就有人来叫马契密尔；她听到他惊醒，打哈欠，然后自言自语，“在我头底下嘎吱嘎吱响的到底是什么鬼东西？”他以为她还在睡觉，四处搜了一下，扯出来个东西。艾拉眼睛悄悄睁开条缝，发现那是崔维的照片。

“哎哟喂，真是见鬼！”她丈夫喊道。

“怎么了，亲爱的？”她问。

“噢，你醒了？哈哈！”

“你笑什么呀？”

“某个家伙的照片——我猜是我们这位房东太太的朋友吧。奇怪，怎么会跑到这儿来，可能是他们在铺床的时候不小心从壁炉台上带下来的吧。”

“我昨天在看这个照片，应该是那个时候掉下来的。”

“噢，他是你的朋友？上帝保佑他那颗诗情画意的小心脏吧！”

艾拉对她倾慕的偶像十分忠诚，无法忍受听到他被嘲弄。“他是个聪明人！”她温柔地说道，但声音却在发抖，她自己都觉得不应该，“他是位新兴诗人——我们来之前这两间房就是他在住，不过我从来没见过他。”

“要是你从来没见过他，你怎么会知道他的呢？”

“胡珀太太给我看的照片，然后告诉我的。”

“噢，好吧，我得起床走了。我今天会早点回来。抱歉今天不能带上你，亲爱的。小心看着孩子们，下水时别让他们淹着了。”

当天马契密尔太太问房东太太崔维先生最近有没有可能会再来。

“有的，”胡珀太太答道，“他下周的今天就会到附近一个朋友家来住，直到你们离开。他肯定会来打个招呼的。”

马契密尔确实下午很早就回来了。他看过了几封他不在时收到的信件后，突然宣布说他们一家得比预计的要提前一周离开了——也就是三天后。

“我们还可以再多待一周吗？”她乞求说，“我喜欢这儿。”

“我不喜欢。日子过得实在太慢了。”

“那你可以留下我和孩子们自己先走呀！”

“艾尔，你怎么这么任性！多留几天有什么用？我还得回来接你们！不行，我们得一起回去。我们之后可以在北威尔士或者布莱顿再多住几天。再说，接下来你还可以再待三天呢。”

这个男人，才华让她自愧不如、无比倾慕，个人则令她彻底沦陷、深深着迷，可是却命中注定她无法与他相见了。但是她还是决定孤注一掷。她从房东太太那里打听到崔维就住在对岸岛上一个僻静地点，离热闹的镇上不远，于是第二天下午就从邻近码头乘邮船到了对岸。

这趟旅途是多么徒劳无果啊！艾拉对房子的方位只有个模糊概念，当她以为她找到了，并鼓起勇气问路人崔维是否住在那里，得到的回答却是不知道。就算他真的住在哪里，她又怎么好去拜访他呢？有的女子也许够自信敢去求见，但是她不行。他一定会认为她疯了。她也许应该邀请他来拜访她，但她也没有勇气这样做。她满怀哀伤地在风景如画的海滨小岛上徘徊，最后不得不回镇上搭乘返航的汽船，好赶回客栈吃晚饭，免得离开太久引起注意。

出乎意料的是，在最后一刻，她丈夫又说既然她这么想留下，那么他不反对让她和孩子们继续待到这个周末，只要她能自己带着孩子们回家就行。这延期让她心中狂喜，但她尽量不表露出来。第二天一早马契密尔就自己离开了。

可是一周过去了，崔维却没有来。

周六上午，马契密尔一家留下来的成员也离开了这个给过艾拉那么多狂热幻梦之地。火车除了乏味还是乏味；阳光照进来，光柱里飘满尘埃，坐垫晒得发烫；铁道上尘土飞扬；电线一行一行，间距相同——一路上只有这些伴着她。窗外深蓝的海平面慢慢从视野中消失，与之一起消失的还有她的诗人的家。她心情沉重，想要看看书，却一时泪如泉涌。

马契密尔的生意可谓蒸蒸日上，他们一家人住在一栋崭新的大房子里，坐落在他做生意的中部城市几英里外，占地面积颇为可观。艾拉在这儿的生活非常孤单，住在郊区就是这样，尤其是在某些季节；因此她有大把的时间创作她热爱的抒情诗和挽歌。她刚一回来就在她最喜爱的杂志的最新一期上读到了罗伯特·崔维的新作，应该就是在她到索伦特希之前写的，因为里面有两行双韵体诗她在床头的墙纸上看到过，胡珀太太也说了那是新写的。艾拉控制不住自己，冲动地提笔给他写了一封信，自称约翰·爱维，并以诗人同行的名义祝贺他能如此娴熟地运用音步与节奏将震撼灵魂的思想完美地表现出来，反观自己在同一行当里的表现却是惨不忍睹。

几天以后，有一封信寄到了她的住址，虽然她一开始根本不敢想——回信客气而简短，信中青年诗人说虽然自己不太熟悉爱维先生的诗作，但还记得曾经读到过他署名的几首很有潜力的作品。他很高兴能与爱维先生成为笔友，也非常期待未来能见到他的更多新作。

大概是因为她假扮成男子写的去信中有种稚气胆怯的口吻，于是崔维便自然地在回信中带着老大哥的语气，显得高高在上。不过这有什么关系呢？重要的是他回信了，而且是在她熟悉的房间里、自己亲手写成，因为他已经回到了该住处。

两人的通信便这样开始了，并持续了两个多月。艾拉·马契密尔时不时会寄一些自认为写得最好的诗歌给他，他也非常客气地收下了，但他并未说已经认真拜读过了，也没有给她寄任何作品作为答谢。艾拉知道崔维完全被蒙蔽，把她当成了男子，所以没有那么介意，不然她肯定会感到很受伤的。

然而这种境况毕竟还是不太令人满意，她内心里常有一个小小的、奉承的声音在告诉她：假如他能见到她，只需一面，情况就会大不相同。一开始，她本打算直接向他坦白承认自己的女子身份的，不过这时她有了个惊喜的发现，便觉得这样做没有必要了。她丈夫有个朋友是本市最重要的一家报社的编辑，某天他们一起用餐时，谈话间提及了这位诗人，编辑说他的兄长是一位风景画家，与崔维先生是朋友，两人这会儿正一块儿在威尔士旅行。

艾拉跟编辑的兄长略有相识。次日上午她就坐下来给他写了封信，邀请他回来时到她家来做客，如果可能的话，也请带上他的同伴崔维先生，她很希望能够与之结识。几天后她收到了回信，说他同他的朋友崔维先生非常乐意接受她的邀请，南下时会顺路过来做客，大约是在下一周的某天。

艾拉顿时满怀希望，无比快活。她的计划终于成功了，她那虽未谋面却挚爱的人儿就要来了。“看啊，他就站在我们墙壁后，从窗户往里观看，从窗棂往里窥探。”她欣喜若狂地想着，“看，冬天已往，雨水止住过去了，地上百花开放，百鸟鸣叫的时候已经来到，斑鸠的声音在我们境内也听见了。”[①]

不过还得考虑他食宿的各种细节。她无微不至地安排妥当后，便等待着那意味深长的日子与时辰的到来。

那天下午大约五点时她听到门铃响起，门厅里传来编辑兄长的声音。虽然她是位女诗人——至少自视如此——但也未能免俗，那天依然花费无数心思精心打扮了一番，穿了一件富丽堂皇的料子做成的时髦长裙，有些类似古希腊的希顿长袍，这款式在有艺术品位、好浪漫情调的女士们中间非常流行，是艾拉上次去伦敦时在邦德街的裁缝那里定制的。客人进了起居室。她望向他身后；没有人再跟进

① 出自《圣经·旧约·雅歌》第二章第九至十二节。《雅歌》主要记载男女间爱情的欢悦与相思的忧苦，第二章以新婚夫妇对唱形式写成。

门来。那么，爱神哪！罗伯特·崔维到底在哪儿？

“哦，很抱歉，”寒暄过后，画家说，“马契密尔太太，你知道，崔维真是个古怪的家伙。他本来说要来的，结果他又说来不了了。他就是这么含含糊糊的。我们都带着行装走了好几英里了，结果他说他要继续往家去。”

“他——他不来了？”

“他不来了，他让我代他说声抱歉。”

“你是什么时候跟他分——分——分开的？”她问道，下唇开始不停颤抖，说话间好像装了个颤音塞一般。她无比渴望能从这个无聊得要死的家伙身边逃开去痛哭一场。

“就在刚才，在那边那条公路上。”

“什么！他刚刚就从我的门前经过？”

“是呀。我们来到门前——这大门可真气派，是我见过的做工最好的现代熟铁工艺品啦——我们来到门口，停下聊了一会儿，然后他就跟我道别自己走了。其实是因为，他刚才心情有点郁闷，不想见人。他人非常好，也很热心，但是有时候有点喜怒无常、郁郁寡欢，他想得太多了。你知道，他的诗歌在有的人看来太色情太奔放了。昨天刚出版的《××评论》上就有一篇文章猛烈抨击了他，他在火车站时碰巧看到了。可能你已经读过了？”

“没有。”

“没有更好。唉，这种文章根本不值得往心里去：就是那种按吩咐写的文章，不过是为了迎合心胸狭隘的订户，以保证发行量。但他却因为这篇文章很是愤懑。他说，对他作品的扭曲误读让他很受伤，他可以经得起公正的批评，却受不了那些他无力反驳也无法阻止其扩散的谎言。这就是崔维的弱点。他总是一个人离群索居，所以这些恶意中伤才能够这样影响他。要是他多出来搞点社交，感受下繁华的商业生活，就不会这么在乎这个了。总之，他就不肯来了，理由是这房子看上去太新，太铜臭——请原谅——”

“但是——他一定知道——这里有人理解他呀！他难道没提到他收到过从这个地址寄出的信件吗？”

“是的，他是提到过，有一位约翰·爱维——他估计是你的亲戚，正在这里做客暂住？”

“他——喜欢爱维吗，他有没有说？”

“嗯，我想他对爱维并没有太大兴趣吧。”

“那对爱维的诗也没什么兴趣？”

“对爱维的诗也没什么兴趣——就我所知，应该是的。”

罗伯特·崔维不喜欢她的房子，她的诗，也不喜欢诗的作者。她一能脱身后便来到育儿室，毫无理由地把孩子们狂亲了一通以发泄自己的情绪，直到她突然想到孩子们跟他们的父亲一样，相貌平庸，不禁心头一阵厌恶。

在对话间，那位愚钝又直率的风景画家压根儿没发觉她想接待的不是他，而是崔维。他尽情地享受了一番做客的乐趣，看起来很喜欢同艾拉的丈夫交往，艾拉的丈夫也很喜欢他，带着他把附近逛了个遍，两人都压根没注意到艾拉的情绪。

画家走了不过一两天后，艾拉早上独自在楼上坐着，浏览刚到的伦敦报纸，读到了以下一则新闻：

诗人自尽

近年来在我国诗坛崭露头角的抒情诗人罗伯特·崔维先生上周六晚在索伦特希的寓所持左轮手枪击穿右太阳穴自尽。读者们都知道崔维先生最近出版了一本新诗集《致无名女子》，书中多为激情澎湃的情诗。这本诗集道尽了世间万般情感，面世后备受好评，却遭到《XX 评论》严厉——近乎猛烈——的批判。虽不能确定，但在诗人的写字台上发现了该刊物，因而推测这一惨剧可能有部分原因应归咎于该刊的这篇批判文章；并且有人透露说自从这篇批判文章问世后，诗人便一直情绪低落。

接下来是死因聆讯报告，内附一封信，是崔维写给远方友人的：

亲爱的 ××：

在你收到这封信之前，我应当已获得解脱，再也不必看到、听见和知悉这俗世的种种事情。我不想多说自己为何走到这一步，以免使你困扰，但请相信我的理由全都合理且合乎逻辑。假如上天能赐我一位慈母、一位姐妹或一位对我温柔体贴的红颜知己，我或许还愿意继续苟活于世。正如你所知，我早就梦想着有这样一位知己，却始终无法得到。正是这位难以寻得、捉摸不透的女子给予我灵感，让我写出了我的新诗集。虽然在某些地方已说过，但诗集的书名中所指的女郎只是我想象中的女子，并不是任何真人。自始至终，这位女子都没有出现，我从未遇见过她，也从不曾赢得过她的芳心。我想这一点必须提及，以免伤及无辜，导致任何女子横遭误解和指责，说她的冷眼和无情导致我轻生。请代我向房东太太致歉，我很抱歉给她带来许多不便与不快，不过相信我在那里居住过的事情很快便会被世人遗忘。我在银行尚有许多资金，应该足以支付所有费用。

罗·崔维

艾拉呆坐了片刻，震惊不已。然后突然冲进了旁边的卧室，扑到床上埋住脸。

她悲痛不已、心乱如麻、肝肠寸断；她就这样一时痛苦一时狂乱地在床上躺了一个多小时，颤抖的唇时不时吐出些许支离破碎的呓语：“啊！要是他认识了我——认识了我——我！……啊，要是我能见过他一面——只要一面。把我的手放在他滚烫的额前——亲吻他——让他知道我有多爱他——就算身败名裂千夫所指我也不怕，我愿意为了他生，为了他死！或许这样就能挽救他那宝贵的生命了！……可是我没有——因为上帝不许我那样做！上帝也嫉妒我们，他不愿让我们得到这样的幸福！”

再没有任何“如果”了，两人已永无可能相会。即便如此，在幻梦中她似乎还能看到那些“如果”发生的场景，虽然永远无法实现了——

那曾经可能却再无可能的时刻，
那曾在他与她心中孕育滋生的时刻，
自此以后只剩一生苍茫。[①]

她用第三人称给索伦特希的房东太太写了封信，尽量用较为克制的语气，告知胡珀太太，说马契密尔太太在报纸上读到诗人死亡的不幸消息。她在科堡别墅逗留期间对诗人颇有好感，想必胡珀太太也有所察觉，因此希望胡珀太太能在崔维先生入棺之前剪下一缕他的头发，连同相框中那张照片一并寄给马契密尔太太以作纪念，她将不胜感激。随信还附上了一金镑的邮政汇票。

下一班回程邮递送来了一封信，装着她索要的东西。艾拉对着照片哀哀痛哭了一番，然后把它锁到了自己抽屉里。那一绺头发她则用白丝带系好放在胸前，在没人注意的角落里不时拿出来亲吻一下。

“怎么了？”有一次，她丈夫看报纸时抬起头来看到了，便问道，“你在对着什么东西哭？一绺头发？谁的？”

“他已经死了！”她低声说。

“谁啊？”

“威尔，我现在不想告诉你，除非你一定要我说！”她答道，声音中夹着一声重重的抽泣。

“噢，好吧。”

“你不介意我拒绝告诉你吧？我以后会告诉你的。”

“当然不啦，一点都不介意。”

他吹着不成调的口哨走开了。等他到了市区工厂里时，这件事又浮现在他脑海中。

---

① 引自哈代同时代的十九世纪英国拉斐尔前派重要画家兼诗人但丁·加百列·罗塞蒂的十四行诗集《生命殿堂》第五十三首《胎死腹中的爱》。

他也已知悉他们在索伦特希住过的度假别墅中发生了一起自杀事件。想到他妻子近来手里常翻着的诗集，在别墅居住期间听到过房东太太关于崔维的谈话，他猛醒过来，自言自语道："噢，那肯定是他！见鬼！她是怎么认识他的？女人真是些狡猾的动物！"

然后他便平静地继续忙他的日常事务，将此事抛于脑后了。而艾拉此时在家已经下定了决心。胡珀太太在寄来头发和照片的同时，还告知了她葬礼举行的日期。随着这天上午、中午慢慢过去，这位悲天悯人的女子已无法克制越来越强烈的愿望，想知道他们到底将他葬在何处。现在她已不在乎丈夫或者旁人怎么去看待她的古怪行为了。她给马契密尔留了个便条，称她有事要离开，下午和晚上都不在，但次日一早便会回来。她把便条留在他桌上，把同样的话吩咐给仆人，然后便步行出了门。

马契密尔下午很早就回来了，仆人们一个个都神色不安。保姆把他请到一旁，隐晦地暗示女主人近来看起来无比悲伤，很担心她会自寻短见投水而死。马契密尔回想了一下，说他觉得总体来说她应该不至于这样。不过他也立刻出门了，没告诉仆人们他的去向，只说他们晚上不必等他回来。他驾着马车赶到火车站，买了一张去索伦特希的车票。

虽然他乘的是快车，但到达时天已黑了。他知道他妻子如果比他早出发的话，只有慢车可坐，所以不会比他早太多到达。索伦特希旅游旺季已经过去，大道上现在昏暗凄清，出租马车稀少又便宜。问过了公墓该怎么走后他很快就到了。大门已经落锁，看门人说里面已经没有人了，但还是让他进去了。虽然还不算太晚，但时值秋季,夜色已渐浓。守门人指给他看过日间新下葬的一两处墓地的方向，但他发现蜿蜒曲折的小径已经很难看清。他时而踩到草地上，时而被钉在地上的木桩绊个踉跄，时而弯下腰仔细辨认有没有人影映在天幕上。他什么也没看见。突然他来到某处，地上泥土似乎被反复踩踏过，然后看见新立的墓碑旁有什么东西蹲伏在地上。她听到了他的脚步声，一下子跳了起来。

"艾尔！你怎么做出这样的蠢事！"他怒声说，"离家出走——

我从来没有听说过这种事！当然，我并不嫉妒这个倒霉的男人。但是你身为有夫之妇和三个孩子的母亲，而且马上就要生第四个了，却为一个死去的情人冲昏了头做出这样的事，实在太不像话了！……你知不知道你被锁在这里面了？你很可能一个晚上都出不去了！”

她没有回答。

“为了你好，我希望你跟他没有做出太出格的事。”

“不要侮辱我，威尔。”

“记住，以后我不允许你再干出这种事。听清楚了吗？”

“清楚了。”她回答。他拉过她的手臂挽住，带着她走出了公墓。当天晚上是回不去了，但顶着这副狼狈相他也不想让别人认出来，于是带她去了火车站附近一家破落的小咖啡馆，次日凌晨便离开了，旅途中两人几乎没有再开口交谈。两人都意识到婚姻中最糟糕的情况已经出现，语言也于事无补。他们在中午回到了家。

几个月过去了，两人都绝口不提这个插曲。艾拉总是一副黯然神伤、无精打采的模样，简直可说是日渐憔悴。眼见着她第四次临盆的日子渐渐逼近，但这样的压力也无法让她打起精神来。

“我觉得我这次可能熬不过去了。”有一天，她这样说道。

“呸！说什么胡话呢，幼稚！以前都熬过去了，这次为什么就不行？”

她摇摇头说：“我几乎敢肯定我会死掉的。我倒也乐意，要不是我放不下奈莉，还有弗兰克，还有泰尼。”

“还有我！”

“你很快就会找到别人来接替我的位置，”她喃喃地说，带着忧伤的笑容，“你完全有权这么做，我向你保证我很乐意。”

“艾尔，你不会还在想着你的——那个诗人朋友吧？”

她既没有承认也没有否认。“我这次是熬不过去了，”她再次强调说，“我有预感我好不了了。”

一般来说，有这种想法通常就是开了个坏头，于是六周以后，在一个五月天，她躺在房间里，脉搏微弱，脸色苍白，奄奄一息，只有出的气没有进的气了。她为之付出了自己生命的婴儿，那本不必出生的生命，倒是肥胖健壮。临死之前，她柔声对马契密尔说："威尔，我要向你告白那件事全部的来龙去脉——你知道是指的哪一件——那次我们去索伦特希度假。我不知道是中了什么邪——我怎么能这样把你抛在脑后呢，我的丈夫！但是我当时陷入一种病态。我觉得你对我不够好，觉得你对我不闻不问，还觉得你才情不如我，而他却远胜于我。也许，我并不是想要一个情人，而是一个能够完全欣赏我的人——"

她已经精疲力竭，无法再继续说下去。几个小时以后，她突然陷入昏迷，随后便撒手人寰了，还没来得及跟她的丈夫继续说明她跟诗人的关系问题。威廉·马契密尔，说实话，跟大部分做了多年丈夫的男人一样，并不会因这种过往的情爱而吃醋、扰乱心神，也没有急着催促她说出和死去的情人的全部真相，反正那个男人已无法再给他增添麻烦。

然而等她已入土一两年后，一天马契密尔正翻查一些以前的资料，打算在第二任妻子进入之前先行毁掉。突然，他在一个信封里发现了一束头发以及已故诗人的照片，背后还有死去的妻子手写的日期，正是他们在索伦特希度假的时候。

马契密尔若有所思地看着头发和照片，看了很久很久，心里突然想到了什么。他那夺走了母亲生命的小儿子现在已经是个吵吵闹闹的蹒跚幼童了。他把男孩抱坐在膝盖上，把那一缕头发放在孩子头边，再把照片放在后面的桌上，好仔细比对两张脸的五官。这肯定是造化弄人，但其原因却不得而知：这孩子的脸同艾拉从未谋面的那位男子的脸竟然十分相似；诗人那梦幻般特别的神情，犹如思想转移一般，出现在孩子的脸上，连头发的颜色都一模一样。

"真他妈该死，我早该想到了！"马契密尔嘟哝道，"所以她真的背着我跟那个浑蛋在度假屋里给我戴了绿帽子！等我算一算：她写的日期是——八月的第二周……五月的第三周……是的……果然……滚开，你这个该死的小杂种！你根本和我毫无关系！"

一八九三年

浪子回头

一

这个人就住在“小镇之巅”（大家都这么称呼那个地点）下方一栋大大的老房子里，除了本故事的主人公们，就只有他碰巧熟知他们大部分的历史了。这房子和周围房子的区别在于二楼有一个飘窗，可将整个高街从西到东尽收眼底，西边包括萝拉的住处、旁边的市镇大道尽头（接下来会讲到在这里发生的恶作剧）、向西隆起的波特-布雷迪路，以及通往骑兵营的拐角，上尉就住在兵营里头。从这个绝佳的观景瞭望处向东眺望可俯瞰全镇，只见房子挨着房子随地势逐渐下沉、缩小，直到跟横穿过荒原的公路融为一体。公路像条白丝带，过了四分之一英里开外的格雷桥后，便消失在无数蜿蜒迂回的乡间道路中、幽僻的密林深处，以及人烟稀少的丘陵山谷里；延绵一百二十英里，然后在海德公园角重露出康庄大道的面目，与一个熙熙攘攘繁华热闹的世界相连。

方才提到的骑兵营里最近迎来了第X骠骑兵团的进驻，该团初到此地。镇上居民还不太认识兵团的人，就已听到传言说这是一群“顶呱呱”的小伙子，随行的军乐队更是出类拔萃。不知什么原因，小镇已经多年未作骑兵总部之用了，之前在这里驻扎的各部队只是些普通的分遣队而已；因此当镇上所有人得知此次来的兵团乃是“顶呱呱”的骠骑兵时，都觉得脸上有光——包括把桌椅板凳租给已成家的分遣队士兵的那些旧家具商。

在当时，骠骑兵们的左肩上还披着帅气的镶毛边皮披风，松松地垂在背后，就像是鸟儿受伤的羽翼一般，大家把这饰物叫作“霹雳斯”，但士兵们自己叫它“斯林斗篷”。在女人的眼中——其实在男人眼中也一样——这披风给骑兵们平添了许多非凡的魅力。

住在有飘窗的房子里的那位市民平日白天里大部分时间都坐在窗前，因为他是个病人，无事可做，只有对外界保持持续关注才不会觉得度日如年。骠骑兵们到来才一个礼拜，他就听到楼下街上一个小学生在对另一个喊：

“哎，你听说了骑兵团的事没有？听说他们遭鬼缠了！真的——有个鬼一直在骚扰他们；已经一路满世界地跟了他们好几年咯！”

一个闹鬼的骑兵团。不管是病人还是健康人，听着可都是件新鲜事。飘窗后的听者得出结论：第X骠骑兵团里一定有些上蹿下跳的活跃分子。

一天他坐着轮椅去参加了一个下午茶会——这是他为数不多的出行，因为身体状况不允许——得以非正式地结识了蒙布里上尉。蒙布里是个二十八到三十岁左右的英俊男子，行为举止间无不透露出迷人的浪子气质，笃定会使他成为良家女子们的梦中情人。他脸色苍白，大大的黑眼睛熠熠生辉，充分展露出这种邪气；不过他眼中的光芒真是变化多端，这一秒可以忧郁悲伤，下一秒又可以严肃认真，可谓随心所欲尽在他掌握中。

当时在场的一位又老又聋的太太贸然问蒙布里上尉：“我们听说的那是怎么回事？他们说你的兵团闹鬼呢。”

上尉的脸上露出沉重甚至哀伤的神情。“是的，”他回答说，“再真实不过了。”有的年轻女士满不在乎地笑了，然而当她们发现他看上去不像在说笑时，顿时也面色一凛。

“真的吗？”老太太又问。

“真的。当然我们都不愿意多谈这种事。”

“是的是的，当然不想。但是——是怎么个闹法啊？”

“嗯，这个——东西，我姑且这么叫它吧，一直跟着我们。不管是乡下还是城里，国外还是国内，它都一样跟着。”

“那是为什么呢？”

蒙布里压低了声音说：“嗯，我们估计是因为我们团里有人曾经犯下了罪过。”

“天哪……太可怕了，太古怪了！”

“不过，我也说了，我们很少谈这事。”

“是的……是的。”

等这位骠骑兵走了，一位年轻小姐再也无法抑制强烈的好奇，问有没有人见过这个鬼。

律师的儿子一向对镇上的最新消息了如指掌，他回答说虽然除了骑兵们很少有人见过，但有不止一个市民，有男有女，已经偶然瞟到了，差点没被吓死。这鬼魂大多是在深夜出现，在距离兵营最近的市镇大道的浓密树丛底下徘徊。它高达十英尺，牙齿咔嗒作响，声音又干又涩，就像骷髅发出来的一般，连臀骨骨臼相互摩擦的声音也清晰可闻。

后来在冬夜最阴暗的几周里，有好几位胆小的居民就被符合这生动描述的东西吓得魂飞魄散，连警察都被惊动来调查此事。打那以后鬼魂出现的频率就少了，兵团的一些小伙子还感激涕零地宣称数年来他们一直被鬼魂纠缠不休，自从来了卡斯特桥镇以后，终于好多了。

这些年轻小伙子住在小镇顶端的兵营里，那是座长满青苔的红砖建筑，拱顶石上还刻着“战时总部”的缩写“W. D.”和一个宽宽的箭头。对他们来说，这种闹鬼的把戏不过是他们的娱乐节目里头最无伤大雅的玩笑罢了。还有那些更出格的行为——谈情说爱、酗酒打牌、吆五喝六等，也都成了镇上居民的谈资，当然肯定会有些夸大其词。但是骠骑兵们，包括蒙布里上尉在内，让镇上和附近村子里多位年轻姑娘伤心流泪，这绝对不假；当然这也是因为这个小镇古老偏僻，所以这群快活的小伙子才会如此引人注目，要是换成是个繁华都市，就不会激起这么大水花了。

二

骑兵们照例每周一次着行军装外出操练。

一次行军归来回到镇上时，每个骑士肩上那浪漫的“霹雳斯”都迎着柔和的西南风飘舞，蒙布里上尉抬头望向飘窗，同坐在窗后看书的人相互点头致意。看书人和屋内另一个在场的朋友目送着部队沿路上坡，来到了萝拉住的房子对面，然后看到那位年轻姑娘出现在阳台上。

“我听说他们已经订婚了。”朋友说。

“谁——蒙布里和萝拉？不会吧——这么快？”

“是呀。”

“他不会结婚的。已经有好几个姑娘跟他不清不楚了。我真为萝拉感到难过。”

“噢，你完全不必担心。这两人是绝配。”

“她不过是下一个而已。”

“她是下一个，但不仅于此。她已经套牢了他。她是个天生的爱情玩家，懂得怎么在他擅长的游戏里打败他。要说全镇有哪个姑娘能够立于不败之地成为他的终结者，那就只有萝拉啦。”

结果真是如此。也许是天性使然，萝拉从一开始便醉心于军营爱情；这从她青睐的角色以及她同他们上演的故事情节便可以看出来。自她刚成年到现在，只要她周围能见到一个士兵，无论此人多么平庸，她也绝对不会对平民感兴趣，无论这个平民多么优秀。也许是因为她叔叔的房子（她就住在叔叔家）正好位于西街离军营最近的一角，每天从窗户就可以看到两百米开外部队进进出出，号角不时地吹响，加上她对于军营内的真实生活一无所知，于是将之理想化了，因此强化了她最初的偏见，认为军人才是唯一值得她倾心的对象。

蒙布里上尉则是她的最高战利品：他是周围所有少女的梦中情人，姑娘们为他心乱如麻、绞尽脑汁、伤心哭泣，但他却被她的才智与手段征服，拜倒在她的石榴裙下。嫁给自己中意的男子固然让她心满意足，但更让她得意的是周围所有适婚少女的母亲们都对她恨之入骨。

飘窗后的那个男人去参加了他们的婚礼仪式。不是应邀前往，因为这时他跟夫妇俩还只是点头之交而已。主要是因为教堂就在他家旁边，还有一部分原因是因为大家潜意识里都觉得，这对夫妇虽然日后可能会幸福，但也有充分的理由不会幸福，这样旁观者就可以一边悲天悯人地揣测，一边沾沾自喜，所以许多人都是冲着这个原因去观礼的。他那个时候偶尔还能写些很不错的格律诗，于是在等待中，他用铅笔在祈祷书的空白页上写了几句诗来打发时间。这首诗那时并未被发表，不过这里可以公开了。

闪婚观礼有感

（八行两韵诗）[①]

若二人有福，愿此刻永驻。
贪一时之欢，惹一生牵绊。
结一世姻缘，变万般束缚。
若二人有福，愿此刻永驻。
愿东升太阳，永不会日暮。
愿熊熊烈火，永不会黯淡。
若二人有福，愿此刻永驻。
贪一时之欢，惹一生牵绊。

虽然这场恋爱——至少在蒙布里这一方——一开始并没有抱着正经的目的，但是这对夫妻似乎找到了让婚姻永葆恋爱时的激情的秘诀，就仿佛是为了向众人证明所有预言都是错的。接下来的那个

---

① Triolet 是西方文学中的一种诗歌体裁形式，一般为八行，有两个韵脚，因此汉语中译为“八行双韵体”。十九世纪英国诗歌在使用八行双韵体时，一般习惯采用 ABaAabAB 格律，即一、三、四、五、七行均押 a 韵（本文中为 -est 韵），但一、四、七行重复同一个单词（本文中为 blest）；二、六、八行押 b 韵（本文中为 -ire 韵），但二、八行重复（本文中为 desire）。同时，每一行诗句均为四步抑扬格，即含有四个音步，每个音步有两个元音，前一个弱读后一个重读，称为抑扬格。如“If hours/be years/the twain/are blest”，就是典型的四步抑扬格诗句。译文韵脚也对应使用了英文的格律模式（a 韵为 -u，b 韵为 -an）。

冬天，他们是卡斯特桥镇及附近地区——不，应该说是整个南威塞克斯——最受欢迎的一对。凡是从镇上驾车能到的范围内，那些年轻快活的乡绅府上要举办时髦晚宴的话，必定得有他俩到场才算完美；在全郡舞会上蒙布里太太是舞姿最轻盈快活的那个。接下来便是驻军小镇生活里不可避免的事件：业余戏剧表演，两人还是一样受欢迎。他们宣称这演出是为了不起的 ×× 慈善机构筹款——不过没人关心具体名称，只要有戏可看就行——蒙布里上尉和他的妻子都参与了演出，事实上两人就是这次演出的始作俑者。总之一切都开心顺利，两人生活中充满了欢声笑语、无忧无虑，活动精彩纷呈。尽管夫妻俩在付账时有些不大爽快，不过公平来讲，他们无论早晚最后还是付清了所有欠款。

三

一个星期天，在专为部队设的小教堂里，布道坛上出现了一张陌生的面孔。这是新来的副牧师。他放在布道坛桌上的不是大家熟悉的传道书，只有一本《圣经》而已。飘窗后的那位朋友当时并不在场，但他很快听说这位年轻的副牧师给了会众们一个大大的惊喜。来听布道的会众构成复杂，虽然骑兵们占据了会场正厅，但犄角旮旯里头则挤满了平民。不过哪怕是最厚道的人都说，这些人去那儿做礼拜是醉翁之意不在酒。

但现在他们又多了一个理由要挤进这个本就人满为患的教堂：听惯了高谈阔论、空洞无物的布道，圣威先生言辞典雅令人折服的布道真是一股清流，一时间镇上其他的教堂听众流失严重。

在十九世纪的这个时期，听布道是大部分信教群众去教堂的唯一原因。读福音祷告不过是预备式，就像巡回法庭开庭时宣读王室公告一样，都是正餐开始之前的开胃菜罢了。等到做完礼拜回家后，别人只会问：今天是谁在布道，讲得好不好？就算是大主教本人来主持，也没人会在意祷告了些什么，唱了些什么。而现在，原来只参加早课的教众也开始来参加晚课了，甚至有时连午课的特别演讲也来听。

一天，蒙布里上尉走进妻子的起居室时——屋里全是租用的家具——她还以为是别人进来了，因为他没有像往常一样哼着时下最流行的曲子，露出漫不经心的样子。

“杰克，出什么事了吗？”她没有抬头，一边问一边继续写信。

“嗯——没什么大事，就我所知。”

“哦，但肯定有什么事。”她一边写一边嘟囔。

“是啊——这个该死的新来的，穷得只能裹张床单，瘦得像条麻秆——我是说新来的牧师！他要我们把礼拜天下午的乐队表演停了。”

萝拉抬起头来，一脸惊骇。

“天哪！我们这些为数不多的有脑子的人就靠这个才熬过了礼拜一到礼拜六啊！”

“他说就是因为全镇的人都跑来听音乐所以不去做礼拜了，而且演奏的这些曲子要么堕落亵渎，要么无聊低俗，要么空洞无物——总之不该在礼拜天演奏。当然最后是由洛特曼来搞定这些事了。”

洛特曼是乐队的指挥。在礼拜天下午，军营绿地事实上已经成了大多数市民欣然前往的散步场所，甚至包括许多参加过圣威先生早课礼拜的教众。那些本应下午聆听副牧师讲道的小男孩，许多都在草地上滚来滚去，在更体面的听众背后扮鬼脸。

有两三个星期萝拉都没有再听到这件事。一天她突然想了起来，便问她丈夫还有没有再收到抗议。

“噢——是圣威先生。我忘了跟你说了，我已经跟他认识了。他人不坏。”

萝拉问蒙布里，他或者某位长官有没有把这位不知天高地厚、胆敢干涉他们的副牧师好好训斥一顿。

“呃——我们忘了这茬了。他们告诉我，他的布道真是令人拍案叫绝。”

两人的交情显然在不断加深，因为没过多久上尉又跟她说：“圣威反对礼拜天下午乐队奏乐其实是蛮有道理的。毕竟这离他的教堂太近了。不过他并没有太过分地给我们施压。”

“我很吃惊你居然会为他辩护！”

“我只是突然想到了。我们当然不想冒犯镇上的居民，如果他们不喜欢乐队奏乐的话。”

“可是他们都喜欢啊。”

飘窗后的那位病人一直不大清楚这世俗与教会观念交锋进展的具体细节；但其结果是礼拜天下午卡斯特桥军营广场上的乐队演奏从此中止了，这让乐队成员们大失所望，外头散步的情人们大感悲愤，镇上和附近村子里的孩子们大为遗憾。

到这时，蒙布里夫妇已经常常去听那位虽然有些狭隘但和善文雅的副牧师布道了。因为他们固然生性轻浮、漫不经心、放荡不羁，但为了体面也得去教堂做个样子，不过他们可不会像那些十足的俗人一样遵守教义。然而有一天飘窗后的朋友居然看到蒙布里上尉同圣威先生一边热切地交谈着一边沿高街往下走。他跟一位来访友人提起此事，对方告诉他这两人总是形影不离，大家都开始议论纷纷。

不过即便没人告诉他，这位观察者也会很快亲眼见到。那两人开始几乎每天都一起路过他楼下。在此之前，时常同蒙布里上尉结伴而行的是身着时髦外出服的蒙布里太太，但现在却不常见了。这两个男人亲密又奇特的友谊持续了近一年后，圣威先生被委任去中部郡一个人口稠密的小城领圣职了。他只得同教众们依依惜别，临走前的讲道刊发在本地报纸上，真是感人至深。失去他大家都很惋惜；后来卡斯特桥教众听说他刚上任不久，就因为一次恶劣天气导致肺部发炎不治身亡，大家都陷入了真切的悲痛中。

现在我们要谈到正题了。在所有认识已故副牧师的人里头，最伤心欲绝的莫过于那个他刚来时蔑称他为“穷得只能裹张床单，瘦得像条麻秆”的男人了。蒙布里太太对这位众人瞩目的牧师一直没多少好感。事实上，她听说他升迁去别处时心里颇为窃喜，因为他让这位热爱游戏人间、呼朋唤友、尽情享乐的女人少了许多乐趣。虽然她对丈夫失去了一位朋友表示遗憾，但这朋友反正也不是她的。可是，接下来发生的事却让她始料未及。

“亲爱的，最近有件事我一直想跟你说，”一天早饭时，他犹犹豫豫地说，“你猜过是什么吗？”

她从没猜过。

“我想退伍。”

“什么！”

“自从圣威死后，我就一直在想他，还有他从前对我说过的那些真挚的话。我内心里听到了神的召唤，让我放弃这打打杀杀的职业并投身教会，我要听从这召唤，我相信这决定是正确的。”

“什么——你要当牧师？”

“是的。”

“那我该做什么？”

“当牧师的太太。”

“我才不要！”她断然拒绝。

“但是你没得选呀！”

“我宁愿离家出走！”她言辞激烈地说。

“不，你绝对不可以。”蒙布里回答道，他通常在下定决心时才会用这种语气说话，“你会慢慢习惯的，因为天意驱使着我必须实现这个想法，就算它同我的世俗利益背道而驰。上帝的手在推动我去追随圣威的脚步。”

“杰克，”她脸色苍白、双眼圆睁，语气平静地问，“你是真的已经打算好了不当战士而去做牧师了吗？”

“我想说牧师也是战士——是教会这支军队的一员。当然我不想在这里说教，惹你不快。我明确地回答，是的。”

过了一段时间，一天深夜，他发现她坐在房间里微弱的炉火旁独自垂泪，没有注意到他进来了。

“我可怜的宝贝，你为什么要哭呢？”他问。

她吓了一跳，然后说：“因为你跟我说过的那些话！”

上尉很是心烦意乱，但并未因此改变主意。

不久后，镇上的人听说蒙布里上尉从第X骠骑兵团退伍，去了芳托神学院进修，要改行做牧师了，都不禁惊诧万分。

四

“唉，太可惜了！这么英俊潇洒的一个军人——这么受人追捧——简直就是全镇的骄傲——社交生活的灵魂人物啊！结果现在！……虽然不该说死人的坏话,但是都怪那个可恶的圣威先生——他这是造孽啊！”

当蒙布里上尉，现在已经是约翰·蒙布里牧师，得天时地利，如愿回到了原来建功立业的地方，成为一个传福音的牧师时，大家各种说长道短，总结起来不外如是。镇上有一片低洼地区，当时密密麻麻地挤满了贫民窟居民，正急需一位副牧师，蒙布里便慷慨地主动请缨，虽然明知自己的努力很可能徒劳无功，也不会有感谢、赞扬或酬劳。

如果诚实地评价他作为一名传教士的成就，那完全跟出色沾不上边。大家都能看出他勤勉努力、专心致志、虔诚真挚，但是他的演讲太过刻意，他的布道太过枯燥，而且，唉，太过冗长。就连那些此刻正坐在白鹿客栈的酒吧厅里——客栈就坐落在刚提到的贫民窟和之前蒙布里混得风生水起的富人区的分界线上，因此从地理位置上来说也是严格的不偏不倚的——公正的看客判官也大体上赞同西城区那些年轻姑娘的观点，虽然他们表达得更加简洁尖刻：“唉，上帝他老人家真是毁了个优秀的军人，造出来个糟糕的牧师，把蒙布里上尉弄得跟个木乃伊一样干巴巴的！”

蒙布里知道别人怎么评论他，但他依然每天出入那些肮脏破败的小屋，内心平静，毫不受影响。

飘窗后的病人就是在这个时候同蒙布里太太有了更深的交情。她同丈夫一起回到了镇上，就住在他的辖区正中央的一所小房子里，通过某种渠道她成了这位病人的访客。她与一位两人共同的朋友正坐在他屋里聊天，外面发生的事又触及了她心底的痛处。她的脸比原来苍白消瘦了许多，失落使她的脸庞多了些柔和与若有所思，让她那以前有些轻佻的脸现在显得更迷人了。这两位女士来访是希望借飘窗一用，好目送骠骑兵团拔营离开，他们要迁到离伦敦更近的军营去了。

士兵们转过军营路拐角，踏上高街顶端，走在最前面的是领头的乐队，正在演奏《我留下的姑娘》（从前但凡这种时刻就会奏这曲子，不过现在已经弃用了）。他们渐渐走近，经过飘窗，有一两位军官抬头看到了蒙布里太太，向她行礼致意。她听着乐声逐渐远去，不禁热泪盈眶。这三人还没从刚才那壮观场面带来的浪漫气氛中回过神来，就看见蒙布里先生沿着人行道走来。他大概已经在街头跟从前的战友们道过别了，因为他正从那个方向过来。蒙布里先生穿着寒碜的教士长袍，胳膊上还挎着个篮子，里面装的似乎是他为贫苦的教众买的一些东西。跟那些骑兵完全不同，他对自己的外表或者周围环境淡然置之。

对萝拉来说这种反差实在是太强烈了。她嘴唇开始颤抖，问那位病人他怎么看待她的际遇变化。

这个问题对方很难回答，但她一时情绪激动，又任性地重复了一遍这个问题。

“你认为，”她又补充说，“作为有家室的人，一个丈夫有权这样做吗，就算是他觉得自己受到了神召？”

她的倾听者对她和她丈夫都抱着巨大的同情，因此没法给出一个满意的回答。萝拉满怀向往地望着窗外，骑兵们现在正朝着梅尔斯托克岭的方向逐渐远去,变成了尘土飞扬的一条细线。“我，”她说，“本来应该坐在马车里跟着他们一起去伦敦的，结果却注定要在邓诺威巷的窟窿里头腐烂化脓！”

从她那天离开到病人再见到她，这中间发生了许多事，有许多关于她的传言。

五

卡斯特桥曾历经战乱与和平时期，有欢乐的岁月，也有忧伤的日子，而现在则突降天灾。霍乱在这片苦难的土地上肆虐，这个古老市镇洼地上的区域则惨遭最严重的蹂躏。蒙布里的教区在邓诺威区的米克森巷，是重灾区。但是这恶疾选在蒙布里在任时爆发，已经算是对人们的一种怜悯了。

疾病传播得太快，许多人不得不离开镇上到附近乡下或农场暂住。蒙布里先生的房子距离受灾最重的街区很近，而他每天早中晚都在努力扑灭病魔，缓解被感染的病人的痛苦。因此为了慎重起见，他决定让妻子暂时离开，同自己隔离。

她想到了海边的一个村庄，离巴德茅斯-里吉斯很近。她的住处被安排在了克雷斯顿，离卡斯特桥镇不过六英里，然而有一道高高的山岭将之与卡斯特桥所在的山谷隔绝开来，因此那里现在的气氛完全不同。

她便去了该处，在这安全地带过着乡下生活。与此同时，她的丈夫正在贫民窟里日夜操劳。这时她认识了一位第Y步兵团的中尉，范尼科克先生，他所在的团正驻扎在巴德茅斯步兵营里。萝拉常常坐在海滩边的乘凉架下，望着一层层细浪缓缓爬上沙滩，漫不经心地倾听浪花退去时冲蚀鹅卵石的声音。而他则常常在那边散步。

两人很快从相识到相知。她的境遇、过往、美貌与年纪——比他年长一两岁——都在这个年轻人心中刻下了深深的烙印，于是很快在那片孤独的海滩上，两人开始了毫无顾忌的调情嬉闹。

事后，有些恶意诋毁她的人说她当初选这个地方住就是为了接近这位先生，但是我们有理由相信她在去之前与他从未谋面。而此时卡斯特桥正疲于应付自己的悲惨遭遇——每天都有人下葬，有被污染的衣物和寝具需要销毁——因此就算有关于两人的流言传来，也无暇传播。悲剧的阴云笼罩了一切，没人有功夫理睬萝拉的事。

与此同时，在山另一侧的巴德茅斯，人们的情绪则大不相同。这边受灾情况很轻而且很早就过去了，现在已经恢复了正常的工作和娱乐。蒙布里先生设法每周去看萝拉两次，都是在露天里，以保证她不会被他感染，而且他丝毫没有听说那些隐约的传闻。一个风大天干的下午，他如常与她在隔开两地的山顶见面，附近就是连接各市镇的公路，与古老的山脊路呈直角交叉。

他看到她走近，微笑着挥挥手，大声对她喊："亲爱的，我们就隔着这个墙说话吧。"（在此地，田地之间都用矮土墙做篱笆。）"我一定不能让你有危险。托上帝的福，应该不会太久了！"

"那我就照你的吩咐做吧，杰克。但是你自己却在冒着巨大的风险，是不是？我没有听人说起你，但我猜你肯定是身处危险中。"

"我的风险并不比别人的更大。"

两人就这样一本正经地聊了一会儿，吹来一阵风拍打着中间那磨坊矮堰般的土墙。

"你好像有什么事情要问我是吗？"他又补充了一句。

"有的。你知道，我们正想办法在巴德茅斯筹款帮助你的受灾民众。我们想到的方式是戏剧表演。他们想让我参加演出。"

他的脸色黯淡下来，"这事我再了解不过了，还有背后的各种花招！我希望你们能想点别的方法筹款。"

她轻描淡写地说恐怕事情已经定下来了。"所以你反对我参加演出是吗？当然——"

他告诉她，他并不是说全然反对，但希望他们可以选择清唱剧、演讲，或者其他方式，好与救济的目的更相称一些。

"但是，"她有些不耐烦地说，"大家根本就不会去看清唱剧或者听演讲呀！他们只会挤着去看喜剧或者闹剧。"

"是啊，我无法命令巴德茅斯人应该怎样去赚那些要用在我们身上的钱。是谁来筹办这次表演？"

"第 Y 步兵团的小伙子们。"

"噢，是了，那是我们的老把戏！"蒙布里先生回答，"卡斯特桥的苦难正是他们寻欢作乐的理由！坦率地说，亲爱的萝拉，我希望你不要参加演出。不过我不会禁止你这样做，由你自己来做判断吧。"

这次会面结束了，两人便各奔南北。事后众人才知晓，蒙布里太太在喜剧中扮演的是女主角，而她剧中的恋人一角则由范尼科克先生出演。

六

这对相互吸引的人早就在酝酿着要做一件事，而这次演出则促成了此事。

细节无须赘述，第 Y 步兵团要离开巴德茅斯去布里斯托尔了，这加速了他们的行动。犹豫了一个礼拜之后，她同意离开克雷斯顿的住处，在附近的山岭上同范尼科克碰头，跟他一起去巴斯，他会在那里帮她找好住处，这样她离他所在的营地就只有十多英里远。

于是在选定要离开的那天傍晚，她在梳妆台上给丈夫写了一封信，上面写着：

> 亲爱的杰克，
>
> 我无法再继续忍受这样的生活，所以决定要与它作别。我告诉过你，如果你坚持要去当牧师我就会离家出走，现在我履行了诺言。我天性如此，无法改变。我已决定往后要同范尼科克先生休戚与共。我希望——但并不指望——你能原谅我。
>
> 萝

然后她连行李都没带就出发了，傍晚时在暮色中登上了山岭。几乎就在上次同她丈夫相会的同一个地点，她看到了范尼科克的身影，他从布里斯托尔一路过来接她。

“我不要在这儿跟你见面——太晦气了！”她朝他喊道，“我的天哪，我们另外选个地方吧。你退回到路碑那里去，我过来见你。”

他往回走到了山岭北面斜坡上的路碑旁，那是老路与新路交会处，她在那里跟他碰了头。

他问她为何不肯在山顶上跟他会面，她沉默不语，面色戚戚。过了一会儿，她询问他们要坐什么交通工具旅行。

他解释说，他打算步行去到卡斯特桥镇另一端的梅尔斯托克山，那里会有一辆轻便的双轮出租马车等着他们，再带他们走捷径到艾威尔公路，一直送他们到艾威尔镇。去布里斯托尔的铁路就经过艾威尔。

他们依计行事，在一片朦胧昏暗中轻快地走着，慢慢靠近了卡斯特桥镇。为避人耳目他们到了罗马圆剧场后便转而向右，绕到了邓诺威十字路口。那儿有一条人烟稀少的路穿过荒原通往梅尔斯托克山，去往艾威尔的马车就在那里等着他们。

“我刚才一直注意到，”她说，“镇上邓诺威区那一头上空闪耀着刺目的光。好像是从米克森巷某个地方传来的。”

“可能是灯光吧。”他猜想说。

“那条巷子里没有一盏比灯芯草蜡烛还大的灯。那是霍乱最严重的地方。”

在过了十字路口稍远一些的斯坦德法斯特拐角，他们突然看到了小巷尽头的景象。在路中间，许多巨大的火堆在熊熊燃烧，以做净化空气之用；人们把铺盖和衣物从巷子里那些沿街的破落房屋里搬出来。有的被扔进了火里，剩下的放到手推车上推到荒原上去，正好在这两个私奔者的必经之路上。

他们沿路继续往前走，看到了露天安放着一口巨大的铜锅。铺盖衣物等就在这里用滚水煮沸消毒。借着灯光，萝拉发现她的丈夫就站在铜锅旁，正是他把手推车上的东西卸下来浸入水中。夜晚如此宁静闷热，铜锅边的对话清晰地传到她耳中。

“今晚还有很多车需要消毒的衣物吗？”

“先生，还有些今天下午死掉的人的衣服。要不我们还是等到明天吧，你肯定已经累得不行了。”

“我们还是马上消毒吧，我不能让别人来做这件事。你把这一车倒在草地上，回去把剩下的拿过来吧。”

男子依言照办，推着手推车走了。蒙布里暂停片刻，擦了擦脸，在这一派肮脏污秽、水汽蒸腾的环境中继续干他那平凡的苦差，用一根看起来像旧擀面杖的东西把铜锅里的衣物下压、搅拌。锅中升腾起的蒸汽，满载着死亡的讯息，低低地飘过草地。

萝拉突然开口说：“我今天晚上还是不去了。他太累了，我一定得帮帮他。我没想到情况会这么糟糕！”

范尼科克的胳膊从她腰上垂了下来，之前走路时他的手一直搂着她的腰。“你会离开吗？”她问。

“如果你坚持要我走的话我就走，不过我更想一起帮忙。”他的语气听起来并没有反对或抗议。

萝拉此刻已经走上前去，“杰克，我来帮你的忙了！”

疲惫不堪的牧师转过身，举起灯笼察看。“啊——怎么会是你，萝拉？”他吃惊地说，“你为什么来这儿掺和？你最好回去——太危险了。”

“但是我想帮你的忙，杰克。请让我一起帮忙吧！我不是一个人，是范尼科克先生陪我来的。如果他还没有走的话，应该也能帮上忙。范尼科克先生！”

年轻的中尉有些不情愿地走上前来。蒙布里先生很正式地跟他交谈了几句，就继续劳作去了，顺便说了一句：“我以为第Y步兵团已经去了布里斯托尔了呢。”

“是的，不过我因为有事处理所以又回来了一趟。”

两位新来的人开始干活，范尼科克把背着的小包放到地上，里面装的是萝拉的盥洗用品。很快推车的男人又推了一车衣物过来了，几人一起干了近半小时，一个马车夫从北面的阴影里冒了出来。

“对不起，先生，”他小声对范尼科克说，“我在梅尔斯托克山那儿等得太久了，最后就赶车下山到了大路上；我看到这儿有光，就过来看看发生了什么事。”

范尼科克中尉告诉他再等几分钟，最后一车衣物已经处理完了。蒙布里先生伸了个懒腰，喘着粗气说：“好啦！我们只能干到这儿了。”

一旦神经松懈下来，他似乎就被剧烈的疼痛侵袭了。他双手按着两肋向前弯下腰。

“啊！我估计病魔最终还是找上我啦，”他吃力地说，“我得想办法回家去，萝拉，让范尼科克先生送你回去吧。”

他在他们的搀扶下走了几步，然后不得不颓然坐在草地上。

“恐——怕——你们得去弄个架子，或者板子之类的来了，”他虚弱地说，“或者想办法把我弄到手推车上去。”

但是范尼科克已经去喊马车夫了。等到车夫把马车从附近的大路上赶过来，蒙布里先生被扶了进去。萝拉也跟着上了马车，来到了他在十字路口附近的简陋住所，把他送上了楼。

范尼科克在屋外空马车旁等候了一阵，但是萝拉没有再出来。他于是上了马车，让车夫带他回艾威尔镇去了。

七

蒙布里先生在救助受苦受难的穷苦民众时操劳过度，最终成了夺走无数生命的病魔的牺牲品——也是最后一批之一。两天以后他就躺在了棺中。

萝拉就在楼下的房间里。仆人送来了一些信件，她大致浏览了一下。其中一封就是她自己写给蒙布里的，告诉他她无法忍受跟他一起生活，打算跟范尼科克私奔。读完后她把信带上楼，塞进了死者的木棺中。第二天她便将他下葬了。

她现在自由了。

她封了他在邓诺威十字路口的房子，回到了克雷斯顿的住处。很快她收到了范尼科克的来信。她丈夫去世六周之后，她的情人过来看她了。

“我忘了把这个还给你——那天晚上。”他随即说到，把她私奔时装着她全部行李的小包递给她。

萝拉接过来，漫不经心地把包抖开。掉落在地板上的是她的牙刷、梳子、拖鞋、睡衣和其他旅行用品。它们现在看上去丑恶不堪、令人讨厌，她试图把它们盖起来。

“现在我可以，”他说，“合法地向你求婚了——再等上一段时间——不用像我们当初打算的那样私奔了。”

他说这话时显得无精打采，似乎在暗示说者有些言不由衷。萝拉把地上的东西捡起来，回答说他自然可以向她求婚——反正她已经自由了。但是她的表情同样完全看不出一丝热忱。然后她的眼睛眨得越来越快，只得用手帕掩住了脸。一时间她泣不成声。

他没有动，也没有试图安慰她。是什么介入了两人之间呢？没有任何活人。他们曾是恋人，现在也没有任何实质性障碍阻止他们结合了。然而那个故去的人的影子却挥之不去：他消瘦的身形，在阴暗的邓诺威荒原上，在那可怕的熔炉前来来回回走动着。

不过范尼科克如果到附近来的话，还是会去看看萝拉，虽然次数不多；但两年后，似乎是故意要促成这桩人人都认定了的婚事，第Y步兵团又回到了巴德茅斯－里吉斯驻扎。

这样一来两人就不得不经常碰面了。但是或许是因为障碍才是爱情之源，又或许是因为心怀负罪感，也可能是因为做了寡妇的蒙布里太太美貌大不如前，他们对彼此的热情已然消退，从以前的如火如荼变成现在的不温不火。后来范尼科克是否成家，飘窗后的朋友不得而知。但蒙布里太太终其一生都是寡妇，不曾再婚。

一九〇〇年

老蔷朵太太

副牧师来这个教区还不到一个礼拜，但这个秋日的早晨天朗气清，于是他决定出去画一幅水彩写生，展示远眺两英里外的科夫斯门城堡废墟的画面——他来的时候路过了那个废墟。写生花的时间比他预计的要长，午饭时间渐近，他感到肚子饿了。

在他附近有一个石头建的古老的农舍，看起来还算体面，面积也相当大。他走了进去，里面一位老妇人接待了他。

“老妈妈，你能给我一点吃的吗？”他说。

她把手举到耳朵边。

“你能给我一点吃的吗？”他大声喊，“面包和奶酪——随便什么都行。”

她脸上闪过一丝不悦之色，摇了摇头。“真是运气不佳呀。”他自言自语。

她想了想，更文雅地说：“这样，再过一下我自己也要吃正餐了。就是些土豆和卷心菜，加点培根一起煮的。你想不想来一点？但是我估计可能不对你的胃口，你更愿意吃面包和奶酪。”

“不不，我就跟你一起吃。等你做好了叫我，我就在外面。”

“晓得，我早就看到你了。你在画那堆破石头，是不是呀？”

“是的，老妈妈。”

“是咯，有的人就是找不到啥别的事情干来打发时间咯。好吧，等我做好饭了就喊你。”

他出去继续作画。大约七到十分钟后，老妇人出现在门口朝他举手示意。副牧师把画笔涮了涮，走到小溪边洗干净手，走进屋子里。

“你的在那儿。”她指了指桌子，“我在这儿吃。”她又指了指高背椅。

“你跟我坐一起吃吧？”

“哎哟，我可不敢跟贵人坐一起吃——那可不行。”她态度十分坚决，于是两人便分开就餐。

蔬菜是在柴火上做的，滋味十分美妙——烹饪蔬菜唯一正确的方式就是用柴火——培根煮得也恰到好处。副牧师吃得非常尽兴，他觉得自己从没吃到过这么美味的马铃薯和卷心菜，这倒的确有可能，因为它们都是现从菜园里收回来的，还带着清晨的新鲜。他吃完后，说自己非常享受这顿饭，问应该付她多少钱。

“噢，那么一丁点吃的，我可不能要钱。”

“但是你一定得收一点。真是美味的一餐。”

“确实，这些都是我自己种的。但是我不会为一丁点吃的收钱。我这辈子都没有干过这种事！”

“如果你能收钱，我会更安心一些。”

听了这话她有些为难，但为了照顾他的情绪，只好很勉强地说：“那好嘛，我想收两便士应该不会太多吧？”

“两便士？”

“对头，两便士。”

“哎呀，老妈妈，这跟不要钱没什么区别呀。我肯定它至少值这么多钱。”他把一先令放在桌上。

“我给你说了是两便士，一分不多！”她固执地说，“哎，这个人哟！这些东西最多花我一个半便士的成本，我收的钱还可以多赚至少半便士嘞！培根是最贵的，可能要花一个便士。土豆我多得很，卷心菜不吃也是要丢的！”

于是他没有再争辩，付了那微不足道的金额，然后走到门口。“那条路通向哪里呀？”他打算告别之前跟她进行几句友好交谈，便指着她门前不远的大路上一条分岔的白色小径问道。

“他们跟我说这条路通往恩科沃斯。”

“这里离恩科沃斯有多远呢？”

“有三英里吧，他们说。天晓得是不是真的。”

“所以你也才来此地不久？”

"到圣马丁节就三十五年咯。"

"但是你还从来没去过恩科沃斯？"

"没去过。我为啥要去恩科沃斯？我没啥事要去那儿办——那儿都是些高楼大厦，里头住的人对我来说就跟住在月亮上差不多，跟我八竿子打不着。我一年到头只会去两个地方：每两个礼拜去一趟安戈布里赶集；每个礼拜去一趟教区教堂。"

"是哪一个教堂？"

"呃，君士里奇。"

"噢——原来你在我的教区呀？"

"可能吧。就在边上。"

"我还不知道这个教区辖地居然有这么远。我是新来的。嗯，希望我们还能见面。再见！"

副牧师再次跟牧师聊天时顺便提及了此事。"对了，住在远处往科夫斯门去的方向的那个老太太可真古怪——叫什么太太来的——我不知道她的名字——就是那个又老又聋的妇人。"

"我估计你说的是老蔷朵太太吧。"

"她告诉我她在那里住了有三十五年了，但她却从没去过恩科沃斯，虽然只有三英里远。她一年到头只去过两个地方——去集市赶集，还有礼拜天上教堂。"

"礼拜天上教堂，嗯哼。我认为她对自己的旅行范围夸大其词了。我在这里当了十三年的牧师，但是还从来没有在教堂里头见过她呢。"

"真是个可恶的老妇人！她是怎么想的，竟然说出这种谎言！"

"她说这话时肯定不知道你是这个教区的，会发现她在撒谎。我敢保证她绝不会对我说这话的！"牧师窃笑着说。

副牧师思量了一番，觉得这事绝对在他职责之内，于是一得空的当天上午，他就大步流星，越过废墟，来到农舍。那位住户自然是在家的。

"又来画画啦？"她正蹲在壁炉前刷洗支木柴的炭架，抬起头来看见是他，便问道。

"不，我是为了一件更重要的事而来，蔷朵太太。我是这个教区新来的副牧师。”

“你上次说过咯。你说完走了以后，我就给自己说，他肯定还会再来的，要是不来就吊死我。结果你今天就来咯。”

“是的，希望你不介意？”

“噢，不会。我敢说你发觉我们都是些乡巴佬了哇？”

“嗯，我们先不谈那个。但是我觉得你告诉我你每个礼拜天都去教堂，但事实上你很多年都没去过，实在是很大的罪过——很不应该！”

“噢，我是这样给你说的哇？”

“你的确是这样说的。”

“奇怪，我当时为啥要这样说嘞？”

“我也觉得奇怪。”

“唉，其实，你应该猜得出来，我为啥不去做礼拜。上帝呀，我都聋得像块木头一样咯，有啥必要一路拖起脚走去教堂又走回来嘛？你应该有常识，晓得我说那个话只是打个比方，因为看到你是个牧师嘛。”

“如果你坐得离布道坛和讲台近一点也许就能听得见礼拜了呢？”

“我肯定听不到，不行——真的一个字都听不到。就是在当年，艾萨克·科格思还在的时候，他都是大声吼着祷告，比现在的这些人声音大多咯，而且他们还用手摇风琴唱赞美诗，但是我都完全听不到——那还是好多好多年以前，那个时候我的胆子比现在大得多嘞。”

“嗯——很遗憾。我有一个办法，假如你愿意的话，我会很乐意去做。我可以给你买一个喇叭助听器。你愿意用吗？”

“啊，当然，我肯定愿意。我无所谓用啥咯——对我来说都一样。”

“那你会来参加礼拜吧？”

“好吧。反正我去一趟跟待在家里也没啥区别，我觉得。”

这位热心的年轻人自己掏钱买了个喇叭助听器。第二个礼拜天，教众们到达教堂时非常吃惊地发现蔷朵太太坐在君士里奇教堂中殿的前排，正对着大家坐着，面无表情。

整个早课期间她都是大家关注的焦点。那个喇叭高高地竖着，明晃晃、亮闪闪，成了这个圣殿里最引人瞩目的东西。

那天上午副牧师没能跟她说上话，于是第二天便去拜访她询问试验的结果。她远远地一看到他就开始摇头。

“不行，不行！”看他走近，她斩钉截铁地说，“我就晓得这些东西都没啥用！”

“啊？”

“真的一点用都没有，我应该早点跟你说的。你给我这个老太婆买这些花里胡哨的东西真的是浪费钱咯！”

“你还是听不见？天哪——真是太令人失望了。”

“就跟你站在科里奇山上对我只动嘴不出声地说话一样！”

“太不幸了。”

“我再也不来做礼拜了——永远不——我可不想再被当猴耍了。”

副牧师沉思了半晌。“蔷朵太太，听我说，还有一个办法可以试一试，也只有这一个了。如果还不奏效，我想我们就只能放弃了。这个办法我也只是听说，但自己从来没试过。它是把一根传声管安装固定，低的一头对着布道坛正下方的座位，你就坐在那里，传声管经过布道坛内部向上升起，另一端是一个喇叭口，就装在讲台上放经书的架子旁。牧师的声音进入喇叭口，再直接传到下面听者的耳朵里。你明白吗？”

“明白了。”

“如果我自己花钱装一个，你会来做礼拜吧？”

“好吧，那我就来咯。我可以试一下，虽然我刚说了不去咯。反正试一下也没啥关系。”

好心眼儿的副牧师于是费了很大的劲儿买到了管子，再如他描述的一样，找人把管子垂直固定住，上面的喇叭口就在讲道人的脸部正下方，不管换谁来讲都一样，第二个礼拜天早上就可以试试效果了。副牧师一走出祭衣室，就非常满意地看到了蔷朵太太。她就坐在讲坛下方的座位上，腰挺得笔直、神情专注，头就挨着传声管低的那一端的管口，看起来无比自得，因为自己的灵魂需要特别的装置才能拯救，而其他人都只要寻常方式就够了。副牧师先在布道坛对面的读经台上念祈祷文，这部分仪式蔷朵太太只要看着祈祷书就能轻松跟上；接下来副牧师便爬上八级台阶来到了八角形的木制布道坛，大声诵读了要阐释的经文，然后开始布道。

这是个初冬的清晨，地面下过霜，天气晴好。他的布道刚开始没多久，就发现有水汽从传声管的喇叭口那儿冒出来，很显然是下方蔷朵太太呼气造成的，还带着一股炖洋葱的味道。不过他还是继续演讲，左手捏着他的只在礼拜天早课时才佩戴的最上等的细麻纱手帕，希望过一阵这味道就能消失。最后他终于无法忍受这气味了，轻轻把手帕盖在了传声管的喇叭口上，但并没有停止那雄辩流畅的演讲；他很满意周围的空气终于相对清新了。

他听到底下有人骚动了一下。接着布道坛边缘传来一个沙哑的低语声："管子遭堵住咯！"

"那么，我的弟兄们啊，你们可以看到，"副牧师忽略掉这干扰，继续说道，"我们若将这考验加于我们自身，便能更快看清——"

"管子遭堵住咯！"低语声更大更嘶哑了。

"便能更快看清这些行为道德上是向善，还是漠然，我们便能得到实质的帮助——"

突然有一阵猛烈的热风吹来，他看到他的手帕从传声管喇叭口冉冉升起，飘落到布道坛地板上。二楼的楼座上有小男孩"嘻嘻"笑起来，以为看到了神迹。事实上是蔷朵太太把嘴对准了管子的底端，用尽全身力气吹气，把管子给吹通了。几秒钟后，布道坛里的空气就如之前一般了，让副牧师极为崩溃。但他又不敢再把管口堵上，生怕老妇人会弄出更大的响动，把会众的注意力都吸引过来，看见这极不得体的场面。

"假如你们仔细研读我引用的章节的话，"他继续说，语气听起来有些别扭，"你们便会发现它指出了三点值得我们注意——"

（"这不是洋葱，是薄荷。"他在心里暗暗说。）

"这就是，人类在不知悔改的状态下——"

（"还有苹果酒。"）

"法律、仁爱与恩典这几件事，我们要分开来考察——"

（"还有腌卷心菜。她做的这顿正餐可真是够糟糕的！"）

“要看它的外在意识和内在意识两个方面。”

这位副牧师绅士又继续艰难地讲了大约五分钟，然后他再也无法忍受了，他绝望地用大拇指堵住了那个洞口，然后重新拾回已经七零八落的线索继续布道，与此同时听到她拼命吹气想疏通管道。但是他死死堵住洞口，尽快结束了他的布道。

之后一周，他都没有去拜访蔷朵太太，对拯救她的灵魂的热忱显然已经降温。然而他在探视另一位农舍居民时遇到了她，她立刻跟他说起话来，像是把他当成了事业搭档一般。

“我听得到啦！”她说，“真的，每个字都清清楚楚！我从来都不晓得还有管子这种好东西。但是有一两次不知道你在想啥，把帕子落在上头，把声音隔断咯，害得我有好长一段都错过了，下次请不要再这样啦。不过啊，从现在开始我每个礼拜天早上都要来，愿我主开恩。”

副牧师内心在颤抖。

“你能不能隔一阵到我家来一趟给我读经？”

“当然可以。”

第二个礼拜天他自然又经历了一遍这残酷考验。傍晚时他把这苦恼告诉了牧师，牧师又窃笑起来。

“你这是自找的，”他说，“你对这个教区不如我了解。你本该让这个老太太自生自灭的。”

“我想我本该这样的！”

“感谢上帝，她对我的布道毫无兴趣，在我传道时不会来听。哈哈！”

副牧师有些恼怒地说：“哼，我一定得做点什么。我再也受不了了。我要告诉她别来了。”

“你不可能这么做。”

“我还差不多答应了要去给她读经。但是——我不会去的。”

“她这会儿很可能已经忘了你答应过她了吧。”

年轻人眼前浮现出下一个礼拜天他站在布道坛里的可怕景象，最后他决定要避免这样的事再发生，管子必须拿掉。第二天一早，他就下达了指令，传声管被卸掉了。

一两天后，她请人带信来，说她想要见他。他预计这位生气的老妇人可能会狠狠地怒斥他一通，于是便推迟了一天才去见她。等到第二天下午他举步维艰地向她家走去时，心里又苦恼又不安。虽然他也算富有教养的谦谦君子，但他已下定决心绝不把管子再装回去，并希望能找到个新的“权宜之计”来解决这个从上礼拜对他来说就已无法忍受的局面，哪怕会给蔷朵太太造成各种不便。

“感谢上天，管子总算拆掉了，”他边走边对自己说，“无论如何我都不会再把它装回去！”

他走近时，很惊讶地发现屋子里所有白棉布窗帘全都拉上了。他走到门前，门是掩着的。一个小女孩从门缝里向外窥探。

“蔷朵太太还好吗？”他温和地问。

“她死了，先生。”女孩低声回答。

“死了？……蔷朵太太死了？”

“是的，先生。”

一个女人走了出来。“是的，就是这样，先生。她大概是两个小时以前走的，走得很突然。哎，先生，你晓得的，她都已经七十多岁咯，上个礼拜天她去教堂的时候出发得有点晚，因为她走之前要先把她的正餐准备好。她很着急，生怕迟到。结果她就一路跑上山，用力太猛了，她这么大年纪的人就不应该这样子。结果就导致她心脏不舒服，后面这一个星期身体都很差，所以她就让人去找你。她说了两三次，希望你能快点来，因为你答应过她会来，而且你一直都很坚持很真诚地对她好，所以她知道你来不了肯定是迫不得已。但是她不肯让我们再去叫你，怕太打扰你了，而且可能是有其他穷人正需要你。她很担心下个礼拜天不能去听你布道了，怕你会觉得伤心，以为她是偷懒不来了。但她其实是很想再去听你布道的。可是天命难违啊，她很快就走了。‘我这辈子最后终于有了一个真朋友，’她说，‘真的是千里挑一的好人哪。他不嫌弃我这个老太婆，还觉得我的灵魂跟那些比较富有的人的灵魂一样值得拯救。’她让我把这个交给你。”

那是张折起来的小纸片，写着他的名字，塞在一个顶针中间。

他打开来，发现这是她所谓的遗嘱，里面写着她的柜子、座钟、四柱床架、镶框的刺绣样品都留给他——事实上这是她所有能称得上是家具的东西了。

副牧师走出了门，像是听到了鸡鸣时的彼德。[①]他是个温和的年轻人，走着走着眼眶湿润了。等他来到小径无人处，他站定想了又想，跪在了尘土中，一手扶着手肘，另一只手掩住了脸。

他就这样一动不动跪了几分钟，被阳光照得温热的白色小径上是他那黑色的身影。然后他站起身来，掸了掸膝盖，继续朝前走去。

写于一八八八至一八九〇年；发表于一九二九年二月

---

① 此典故来自《圣经·新约》，在《马太福音》《马可福音》《路加福音》《约翰福音》以及《使徒行传》中均有记载。彼得（全名西门彼得，又名西门，或作彼得），是耶稣的十二门徒之一，也是耶稣最喜爱的三门徒之一。耶稣在被犹大出卖前的最后的晚餐上，曾经预言当天晚上在鸡叫以前，彼得会三次不认他；彼得信誓旦旦要与耶稣同生共死，但当耶稣真的被捕、被折磨时，他果然三次否认认识耶稣。直到听到鸡鸣时，他记起了耶稣的预言，放声痛哭，并幡然悔悟。

书号	书名	定价	作者
9787544745048	哈姆雷特	22.00	（英国）威廉·莎士比亚
9787544744560	奥赛罗	20.00	（英国）威廉·莎士比亚
9787544744829	李尔王	22.80	（英国）威廉·莎士比亚
9787544744812	麦克白	19.80	（英国）威廉·莎士比亚
9787544745055	威尼斯商人	19.80	（英国）威廉·莎士比亚
9787544745895	无事生非	20.00	（英国）威廉·莎士比亚
9787544711104	仲夏夜之梦	22.80	（英国）威廉·莎士比亚
9787544731386	第十二夜	21.80	（英国）威廉·莎士比亚
9787544746618	罗密欧与朱丽叶	22.80	（英国）威廉·莎士比亚
9787544726207	鲁滨孙漂流记	38.80	（英国）丹尼尔·笛福
9787544726092	双城记	48.80	（英国）查尔斯·狄更斯
9787544724661	雾都孤儿	49.80	（英国）查尔斯·狄更斯
9787544723473	呼啸山庄	36.80	（英国）艾米莉·勃朗特
9787544727655	简·爱	39.80	（英国）夏洛蒂·勃朗特
9787544723220	傲慢与偏见	39.80	（英国）简·奥斯汀
9787544738668	理智与情感	49.80	（英国）简·奥斯汀
9787544752909	劝导	38.80	（英国）简·奥斯汀
9787544755207	诺桑觉寺	34.80	（英国）简·奥斯汀
9787544736114	夜莺与玫瑰	20.00	（英国）奥斯卡·王尔德
9787544724852	道林·格雷的画像	32.80	（英国）奥斯卡·王尔德
9787544754194	莎乐美	22.00	（英国）奥斯卡·王尔德
9787544720748	动物庄园	18.00	（英国）乔治·奥威尔
9787544720021	一九八四	29.80	（英国）乔治·奥威尔
9787544713115	巴黎伦敦落魄记	29.80	（英国）乔治·奥威尔
9787544750226	上来透口气	34.80	（英国）乔治·奥威尔
9787544744799	恋爱中的女人	56.00	（英国）D. H. 劳伦斯
9787544724081	儿子与情人	49.80	（英国）D. H. 劳伦斯
9787544754682	美丽新世界	32.80	（英国）奥尔德斯·赫胥黎

书号	书名	定价	作者
9787544756983	伍尔夫读书随笔	26.80	(英国)弗吉尼亚·伍尔夫
9787544731812	培根论说文集	28.00	(英国)弗朗西斯·培根
9787544755269	曼殊斐尔小说集	18.80	(英国)曼殊菲尔
9787544726115	格列佛游记	39.00	(英国)乔纳森·斯威夫特
9787544750455	小人物日记	20.00	(英国)乔治·格罗史密斯,威登·格罗史密斯
9787544759250	像爱丽丝的小镇	45.00	(英国)内维尔·舒特
9787544725125	勃朗宁夫人十四行诗	19.80	(英国)伊丽莎白·勃朗宁
9787544720267	泰戈尔诗选	20.00	(印度)泰戈尔
9787544723657	马克·吐温中短篇小说选	38.80	(美国)马克·吐温
9787544750660	汤姆·索亚历险记	34.80	(美国)马克·吐温
9787544751087	哈克贝利·费恩历险记	38.80	(美国)马克·吐温
9787544723213	欧·亨利中短篇小说选	36.80	(美国)欧·亨利
9787544723107	野性的呼唤	18.00	(美国)杰克·伦敦
9787544726122	海狼	39.00	(美国)杰克·伦敦
9787544726436	了不起的盖茨比	26.80	(美国)F. S. 菲茨杰拉德
9787544722568	红字	28.80	(美国)纳撒尼尔·霍桑
9787544738859	老人与海	22.00	(美国)欧内斯特·海明威
9787544733915	太阳照常升起	29.80	(美国)欧内斯特·海明威
9787544733380	永别了,武器	32.80	(美国)欧内斯特·海明威
9787544726627	爱伦·坡短篇小说选	37.80	(美国)爱伦·坡
9787544723206	嘉莉妹妹	42.80	(美国)西奥多·德莱塞
9787544724654	都柏林人	34.80	(爱尔兰)詹姆斯·乔伊斯
9787544759717	一个青年艺术家的画像	36.80	(爱尔兰)詹姆斯·乔伊斯
9787544745857	一个陌生女人的来信	38.00	(奥地利)斯蒂芬·茨威格
9787544758659	少年维特的烦恼	26.80	(德国)歌德
9787544720236	契诃夫中短篇小说选	29.80	(俄罗斯)安东·契诃夫
9787544728409	克雷洛夫寓言选	22.80	(俄罗斯)克雷洛夫
9787544760195	父与子	38.80	(俄罗斯)屠格涅夫
9787544746441	猎人笔记	46.00	(俄罗斯)屠格涅夫

书号	书名	定价	作者
9787544723015	白夜	28.80	（俄罗斯）陀思妥耶夫斯基
9787544727761	红与黑	49.80	（法国）司汤达
9787544723725	茶花女	29.80	（法国）小仲马
9787544725156	莫泊桑中短篇小说选	36.80	（法国）居伊·德·莫泊桑
9787544730129	最后一课——都德短篇小说选	23.80	（法国）阿尔封斯·都德
9787544748254	窄门	21.80	（法国）安德烈·纪德
9787544748223	田园交响曲	20.00	（法国）安德烈·纪德
9787544748230	背德者	21.80	（法国）安德烈·纪德
9787544722360	包法利夫人	36.80	（法国）古斯塔夫·福楼拜
9787544720243	沉思录	26.80	（古罗马）马可·奥勒留
9787544726429	里柯克幽默小品选	38.80	（加拿大）斯蒂芬·里柯克
9787544752916	先知·沙与沫	29.80	（黎巴嫩）纪伯伦
9787544758680	泪与笑	32.80	（黎巴嫩）纪伯伦
9787544738392	走出非洲	38.80	（丹麦）凯伦·布里克森
9787544743075	老残游记	32.80	（清）刘鹗
9787544741439	浮生六记	25.00	（清）沈复
9787544721028	假如给我三天光明	25.00	（美国）海伦·凯勒
9787544720274	爱的教育	29.80	（意大利）亚米契斯
9787544717793	安徒生童话	29.80	（丹麦）安徒生
9787544723589	小王子	19.80	（法国）圣埃克苏佩里
9787544761475	丛林故事	45.00	（英国）吉卜林
9787544722827	原来如此	18.00	（英国）吉卜林
9787544723794	爱丽丝漫游奇境记	28.80	（英国）刘易斯·卡罗尔
9787544752923	彼得·潘	26.80	（英国）J. M. 巴里
9787544757973	鹅妈妈的故事	22.80	（法国）沙尔·贝洛
9787544728164	小妇人	48.80	（美国）L. M. 奥尔科特
9787544752626	绿山墙的安妮	38.00	（加拿大）L. M. 蒙哥马利
9787544754910	小公主	28.80	（美国）弗朗西斯·伯内特
9787544755184	秘密花园	36.80	（美国）弗朗西斯·伯内特
9787544753821	黑骏马	32.80	（英国）安娜·塞维尔

书号	书名	定价	作者
9787544753838	怪医杜立德	22.80	（美国）休·洛夫廷
9787544757720	小熊维尼	34.80	（英国）A.A.米尔恩
9787544751919	小鹿斑比	26.80	（奥地利）F.萨尔腾
9787544754217	柳林风声	29.80	（英国）肯尼斯·格雷厄姆
9787544754200	奥兹国历险记	26.80	（美国）莱曼·弗兰克·鲍姆
9787544754859	化身博士	19.80	（英国）罗伯特·史蒂文森
9787544725071	金银岛	28.80	（英国）罗伯特·史蒂文森
9787544727174	八十天环游地球	32.80	（法国）儒勒·凡尔纳
9787544733069	海底两万里	46.80	（法国）儒勒·凡尔纳
9787544734233	神秘岛	46.80	（法国）儒勒·凡尔纳
9787544754187	地心游记	36.80	（法国）儒勒·凡尔纳
9787544733649	时间机器	18.80	（英国）H.G.威尔斯
9787544757430	失落的世界	35.80	（英国）阿瑟·柯南·道尔
9787544755658	007经典原著系列：金手指	36.80	（英国）伊恩·弗莱明
9787544733922	消失的地平线	25.00	（英国）詹姆斯·希尔顿
9787544723305	社会契约论	18.80	（法国）让-雅克·卢梭
9787544723299	忏悔录	25.80	（法国）让-雅克·卢梭
9787544757751	论人类不平等的起源和基础	22.80	（法国）让-雅克·卢梭
9787544725002	君主论	16.80	（意大利）马基雅弗利
9787544735414	富兰克林自传	32.00	（美国）本杰明·富兰克林
9787544720212	人性的弱点	29.80	（美国）戴尔·卡耐基
9787544721011	人性的优点	32.80	（美国）戴尔·卡耐基
9787544720250	致加西亚的信	16.00	（美国）埃尔伯特·哈伯德
9787544757102	我们时代的神经症人格	29.80	（美国）卡伦·霍妮
9787544754149	我们内心的冲突	28.80	（美国）卡伦·霍妮
9787544731348	菊与刀	26.00	（美国）露丝·本尼迪克特
9787544732239	中国人的气质	26.80	（美国）明恩溥
9787544757393	月亮与六便士	39.80	（英国）萨默塞特·毛姆
9787544754446	木偶奇遇记	26.80	（意大利）卡洛·科洛迪

书号	书名	定价	作者
9787544771238	面纱	49.80	（英国）萨默塞特·毛姆
9787544765367	刀锋	45.00	（英国）萨默塞特·毛姆
9787544769501	生活的真相 ——毛姆短篇小说选	46.80	（英国）萨默塞特·毛姆
9787544765138	黑暗的心	24.80	（英国）约瑟夫·康拉德
9787544767590	墙上的斑点 ——伍尔夫短篇小说选	36.80	（英国）弗吉尼亚·伍尔夫
9787544763943	弗兰肯斯坦	34.80	（英国）玛丽·雪莱
9787544762700	居里夫人的故事	33.00	（英国）埃列娜·多丽
9787544771511	彼得兔的故事	38.00	（英国）毕翠克丝·波特
9787544762441	物种起源	49.80	（英国）达尔文
9787544764735	列那狐	26.80	（英国）威廉·卡克斯顿
9787544766395	狮子、女巫和魔衣柜	24.80	（英国）C. S. 刘易斯
9787544770996	凯斯宾王子	36.80	（英国）C. S. 刘易斯
9787544771412	坎特维尔的幽灵 ——奥斯卡·王尔德短篇小说选	36.80	（英国）奥斯卡·王尔德
9787544770569	莎士比亚十四行诗集	34.80	（英国）威廉·莎士比亚
9787544767286	摩尔·弗兰德斯	42.80	（英国）丹尼尔·笛福
9787544765350	马丁·伊登	49.00	（美国）杰克·伦敦
9787544770774	热爱生命 ——杰克·伦敦短篇小说选	39.80	（美国）杰克·伦敦
9787544766593	睡谷的传说 ——欧文奇幻短篇小说选	25.80	（美国）华盛顿·欧文
9787544764520	牧师的黑面纱 ——霍桑短篇小说集	33.80	（美国）纳撒尼尔·霍桑
9787544763868	乞力马扎罗的雪 ——海明威短篇小说选	49.80	（美国）欧内斯特·海明威
9787544765497	西尔维娅·普拉斯诗集	32.80	（美国）西尔维娅·普拉斯
9787544769402	波兰吹号手	36.80	（美国）埃里克·凯利
9787544768078	波莉安娜	35.80	（美国）埃莉诺·波特

书号	书名	定价	作者
9787544766685	彩虹鸽	26.80	（美国）达恩·葛帕·默克奇
9787544762755	小勋爵	29.80	（美国）弗朗西丝·伯内特
9787544765015	如何享受人生，享受工作	29.80	（美国）戴尔·卡耐基
9787544756655	股票大作手回忆录	38.00	（美国）埃德温·勒菲弗
9787544772327	伤心咖啡馆之歌	36.80	（美国）卡森·麦卡勒斯
9787544768054	公主的月亮 ——詹姆斯·瑟伯童话集	29.80	（美国）詹姆斯·瑟伯
9787544762656	吉檀迦利	24.80	（印度）泰戈尔
9787544763103	园丁集	28.00	（印度）泰戈尔
9787544765763	泰戈尔回忆录	32.80	（印度）泰戈尔
9787544767231	格林童话	35.00	（德国）雅各布·格林 威廉·格林
9787544763974	阴谋与爱情	26.80	（德国）弗里德里希·席勒
9787544772662	豪夫童话	59.80	（德国）威廉·豪夫
9787544765695	涡堤孩	22.00	（德国）莫特·福凯
9787544769198	高老头	42.80	（法国）巴尔扎克
9787544763837	昆虫记	35.80	（法国）让－亨利·法布尔
9787544766807	死魂灵	42.80	（俄国）尼古莱·果戈里
9787544770750	老屋子	36.80	（丹麦）卡尔·爱华尔德
9787544763875	小约翰	28.80	（荷兰）F.望·蔼覃
9787544765701	伊索寓言	29.80	（古希腊）伊索
9787544772075	青鸟	32.80	（比利时）梅特林克

图书在版编目（CIP）数据

一个想象力丰富的女人：哈代短篇小说选：汉英对照 /（英）托马斯 · 哈代（Thomas Hardy）著；张成萍译．—南京：译林出版社，2019.1

（双语译林．壹力文库）

ISBN 978-7-5447-7594-6

I.①一… II.①托… ②张… III.①英语 - 汉语 - 对照读物 ②短篇小说 - 小说集 - 英国 - 现代 IV. ①H319.4: I

中国版本图书馆 CIP 数据核字（2018）第 264066 号

一个想象力丰富的女人——哈代短篇小说选〔英国〕托马斯 · 哈代 / 著　张成萍 / 译

责任编辑　陆元昶
特约编辑　杨红丹
装帧设计　灵动视线
校　　对　刘文硕
责任印制　贺　伟

出版发行　译林出版社
地　　址　南京市湖南路 1 号 A 楼
邮　　箱　yilin@yilin.com
网　　址　www.yilin.com
市场热线　010-85376701
排　　版　灵动视线
印　　刷　三河市华润印刷有限公司
开　　本　640 毫米 ×960 毫米　1/16
印　　张　29.5
版　　次　2019 年 1 月第 1 版　2019 年 1 月第 1 次印刷
书　　号　ISBN 978-7-5447-7594-6
定　　价　43.80元

AN IMAGINATIVE WOMAN
SELECTED SHORT STORIES OF THOMAS HARDY

Thomas Hardy

CONTENTS

How I Built Myself a House

My wife Sophia, myself, and the beginning of a happy line, formerly lived in the suburbs of London, in the sort of house called a Highly Desirable Semi-detached Villa. But in reality our residence was the very opposite of what we wished it to be. We had no room for our friends when they visited us, and we were obliged to keep our coals out of doors in a heap against the back-wall. If we managed to squeeze a few acquaintances round our table to dinner, there was very great difficulty in serving it; and on such occasions the maid, for want of sideboard room, would take to putting the dishes in the staircase, or on stools and chairs in the passage, so that if anybody else came after we had sat down, he usually went away again, disgusted at seeing the remains of what we had already got through standing in these places, and perhaps the celery waiting in a corner hard by. It was therefore only natural that on wet days, chimney-sweepings, and those cleaning times when chairs may be seen with their legs upwards, a tub blocking a doorway, and yourself walking about edgeways among the things, we called the villa hard names, and that we resolved to escape from it as soon as it would be politic, in a monetary sense, to carry out a notion which had long been in our minds.

This notion was to build a house of our own a little further out of town than where we had hitherto lived. The new residence was to be right and proper in every respect. It was to be of some mysterious size and proportion, which would make us both peculiarly happy ever afterwards—that had always been a settled thing. It was neither to cost too much nor too little, but just enough to fitly inaugurate the new happiness. Its situation was to be in a healthy spot, on a stratum of dry gravel, about ninety feet above the springs. There were to be trees to the north, and a pretty view to the south. It was also to be easily accessible by rail.

Eighteen months ago, a third baby being our latest blessing, we began to put the above-mentioned ideas into practice. As the house itself, rather than its position, is what I wish particularly to speak of, I will not dwell upon the innumerable difficulties that were to be overcome before a suitable spot could be found. Maps marked out in little pink and green oblongs clinging to a winding road, became as familiar to my eyes as my own hand. I learned, too, all about the coloured plans of Land to be Let for Building Purposes, which are exhibited at railway stations and in agents' windows—that sketches of cabbages in rows, or artistically irregular, meant large trees that would afford a cooling shade when they had been planted and had grown up—that patches of blue showed fishponds and fountains; and that a wide straight road to the edge of the map was the way to the station, a corner of which was occasionally shown, as if it would come within a convenient distance, disguise the fact as the owners might.

After a considerable time had been spent in these studies, I began to see that some of our intentions in the matter of site must be given up. The trees to the north went first. After a short struggle, they were followed by the ninety feet above the springs. Sophia, with all wifely tenacity, stuck to the pretty view long after I was beaten about the gravel subsoil. In the end, we decided upon a place imagined to be rather convenient, and rather healthy, but possessing no other advantage worth mentioning. I took it on a lease for the established period, ninety-nine years.

We next thought about an architect. A friend of mine, who sometimes sends a paper on art and science to the magazines, strongly recommended a Mr. Penny, a gentleman whom he considered to have architectural talent of every kind, but if he was a trifle more skilful in any one branch of his profession than in another, it was in designing excellent houses for families of moderate means. I at once proposed to Sophia that we should think over some arrangement of rooms which would be likely to suit us, and then call upon the architect, that he might put our plan into proper shape.

I made my sketch, and my wife made hers. Her drawing and dining rooms were very large, nearly twice the size of mine, though her doors and windows showed sound judgment. We soon found that there was no such thing as fitting our ideas together, do what we would. When we had come to no conclusion at all, we called at Mr. Penny's office. I began telling him my business, upon which he took a sheet of foolscap, and made numerous imposing notes, with large brackets and dashes to them. Sitting there with him in his office, surrounded by rolls of paper, circles, squares, triangles, compasses, and many other of the inventions which have been sought out by men from time to time, and perceiving that all these were the realities which had been faintly shadowed forth to me by Euclid some years before, it is no wonder that I became a puppet in his hands. He settled everything in a miraculous way. We were told the only possible size we could have the rooms, the only way we should be allowed to go upstairs, and the exact quantity of wine we might order at once, so as to fit the wine cellar he had in his head. His professional opinions, propelled by his facts, seemed to float into my mind whether I wished to receive them or not. I thought at the time that Sophia, from her silence, was in the same helpless state; but she has since told me it was quite otherwise, and that she was only a little tired.

I had been very anxious all along that the stipulated cost, eighteen hundred pounds, should not be exceeded, and I impressed this again upon Mr. Penny.

"I will give you an approximate estimate for the sort of thing we are thinking of," he said. "Linem." (This was the clerk.)

"Did you speak, sir?"

"Forty-nine by fifty-four by twenty-eight, twice fourteen by thirty-one by eleven, and several small items which we will call one hundred and sixty."

"Eighty-two thousand four hundred—"

"But eighteen hundred at the very outside," I began, "is what—"

"Feet, my dear sir—feet, cubic feet," said Mr. Penny. "Put it down at sixpence a foot, Linem, remainders not an object."

"Two thousand two hundred pounds." This was too much.

"Well, try it at something less, leaving out all below hundreds, Linem."

"About eighteen hundred and seventy pounds."

"Very satisfactory, in my opinion," said Mr. Penny turning to me. "What do you think?"

"You are so particular, John," interrupted my wife. "I am sure it is exceedingly moderate: elegance and extreme cheapness never do go together."

(It may be here remarked that Sophia never calls me "my dear" before strangers. She considers that, like the ancient practice in besieged cities of throwing loaves over the walls, it really denotes a want rather than an abundance of them within.)

I did not trouble the architect any further, and we rose to leave.

"Be sure you make a nice conservatory, Mr. Penny," said my wife; "something that has character about it. If it could only be in the Chinese style, with beautiful ornaments at the corners, like Mrs. Smith's, only better," she continued, turning to me with a glance in which a broken tenth commandment might have been seen.

"Some sketches shall be forwarded, which I think will suit you," answered Mr. Penny pleasantly, looking as if he had possessed for some years a complete guide to the minds of all people who intended to build.

It is needless to go through the whole history of the plan-making. A builder had been chosen, and the house marked out, when we went down to the place one morning to see how the foundations looked.

It is a strange fact, that a person's new house drawn in outline on the ground where it is to stand, looks ridiculously and inconveniently small. The notion it gives one is, that any portion of one's after-life spent within such boundaries must of necessity be rendered wretched on account of bruises daily received by running against the partitions, door posts, and fireplaces. In my case, the lines showing sitting-rooms seemed to denote cells; the kitchen looked as if it might develop into a large box; whilst the study appeared to consist chiefly of a fireplace and a door. We were told that houses always looked so; but Sophia's disgust at the sight of such a diminutive drawing-room was not to be lessened by any scientific reasoning. Six feet longer—four feet then—three it must be, she argued, and the room was accordingly lengthened. I felt rather relieved when at last I got her off the ground, and on the road home.

The building gradually crept upwards, and put forth chimneys. We were standing beside it one day, looking at the men at work on the top, when the builder's foreman came towards us.

"Being your own house, sir, and as we are finishing the last chimney, you would perhaps like to go up," he said.

"I am sure I should much, if I were a man," was my wife's observation to me. "The landscape must appear so lovely from that height."

This remark placed me in something of a dilemma, for it must be confessed that I am not given to climbing. The sight of cliffs, roofs, scaffoldings, and elevated places in general, which have no sides to keep people from slipping off, always causes me to feel how infinitely preferable a position at the bottom is to a position at the top of them. But as my house was by no means lofty, and it was but for once, I said I would go up.

My knees felt a good deal in the way as I ascended the ladder; but that was not so disagreeable as the thrill which passed through me as I followed my guide along two narrow planks, one bending beneath each foot. However, having once started, I kept on, and next climbed another ladder, thin and weak-looking, and not tied at the top. I could not help thinking, as I viewed the horizon between the steps, what a shocking thing it would be if any part should break; and to get rid of the thought, I adopted the device of mentally criticising the leading articles in that morning's *Times*; but as the plan did not answer, I tried to fancy that, though strangely enough it seemed otherwise, I was only four feet from the ground. This was a failure too; and just as I had commenced upon an idea that great quantities of feather-beds were spread below, I reached the top scaffold.

"Rather high," I said to the foreman, trying, but failing to appear unconcerned.

"Well, no," he answered; "nothing to what it is sometimes (I'll just trouble you not to step upon the end of that plank there, as it will turnover); though you may as well fall from here as from the top of the Monument for the matter of life being quite extinct when they pick you up," he continued, looking around at the weather and the crops, as it were.

Then a workman, with a load of bricks, stamped along the boards, and overturned them at my feet, causing me to shake up and down like the little servant-men behind private cabs. I asked, in trepidation, if the bricks were not dangerously heavy, thinking of a newspaper paragraph headed "Frightful Accident from an Overloaded Scaffold."

"Just what I was going to say. Dan has certainly too many there," answered the man. "But it won't break down if we walk without springing, and don't sneeze, though the mortar-boy's hooping-cough was strong enough in my poor brother Jim's case," he continued abstractedly, as if he himself possessed several necks, and could afford to break one or two.

My wife was picking daisies a little distance off, apparently in a state of complete indifference as to whether I was on the scaffold, at the foot of it, or in St George's Hospital; so I roused myself for a descent, and tried the small ladder. I cannot accurately say how I did get down; but during that performance, my body seemed perforated by holes, through which breezes blew in all directions. As I got nearer the earth, they went away. It may be supposed that my wife's notion of the height differed considerably from my own, and she inquired particularly for the landscape, which I had quite forgotten; but the discovery of that fact did not cause me to break a resolution not to trouble my chimneys again.

Beyond a continual anxiety and frequent journeyings along the sides of a triangle, of which the old house, the new house, and the architect's office were the corners, nothing worth mentioning happened till the building was nearly finished. Sophia's ardour in the business, which at the beginning was so intense, had nearly burned itself out, so I was left pretty much to myself in getting over the later difficulties. Amongst them was the question of a porch. I had often been annoyed whilst waiting outside a door on a wet day at being exposed to the wind and rain, and it was my favourite notion that I would have a model porch whenever I should build a house. Thus it was very vexing to recollect, just as the workmen were finishing off, that I had never mentioned the subject to Mr. Penny, and that he had not suggested anything about one to me.

"A porch or no porch is entirely a matter of personal feeling and taste," was his remark, in answer to a complaint from me; "so, of course, I did not put one without its being mentioned. But it happens that in this case it would be an improvements feature, in fact. There is this objection, that the roof will close up the window of the little place on the landing; but we may get ventilation by making an opening higher up, if you don't mind a trifling darkness, or rather gloom."

My first thought was that this might tend to reduce myself and family to a state of chronic melancholy; but remembering there were reflectors advertised to throw sunlight into any nook almost, I agreed to the inconvenience, for the sake of the porch, though I found afterwards that the gloom was for all time, the patent reflector, naturally enough, sending its spot of light against the opposite wall, where it was not wanted, and leaving none about the landing, where it was.

In getting a house built for a specified sum by contract with a builder, there is a certain pit-fall into which unwary people are sure to step—this accident is technically termed "getting into extras." It is evident that the only way to get out again without making a town-talk about yourself, is to pay the builder a large sum of money over and above the contract amount—the value of course of the extras. In the present case, I knew very well that the perceptible additions would have to be paid for. Commonsense, and Mr. Penny himself perhaps, should have told me a little more distinctly that I must pay if I said "yes" to questions whether I preferred one window a trifle larger than it was originally intended, another a trifle smaller, second thoughts as to where a doorway should be, and so on. Then came a host of things "not included"—a sink in the scullery, a rain-water tank and a pump, a trap-door into the roof, a scraper, a weather-cock and four letters, ventilators in the nursery, same in the kitchen, all of which worked vigorously enough, but the wrong way; patent remarkable bell-pulls; a royal letters extraordinary kitchen-range, which it would cost exactly three pence three—farthings to keep a fire in for twelve hours, and yet cook any joint in any way, warm up what was left yesterday, boil the vegetables, and do the ironing. But not keeping a strict account of all these expenses, and thinking myself safe in Mr.

Penny's hands from any enormous increase, I was astounded to find that the additions altogether came to some hundreds of pounds. I could almost go through the worry of building another house, to show how carefully I would avoid getting into extras again.

Then they have to be wound up. A surveyor is called in from somewhere, and, by a fiction, his heart's desire is supposed to be that you shall not be overcharged one halfpenny by the builder for the additions. The builder names a certain sum as the value of a portion—say double its worth, the surveyor then names a sum, about half its true value. They then fight it out by word of mouth, and gradually bringing their valuations nearer and nearer together, at last meet in the middle. All my accounts underwent this operation.

Families-removing van carried our furniture and effects to the new building without giving us much trouble; but a number of vexing little incidents occurred on our settling down, which I should have felt more deeply had not a sort of Martinmas summer of Sophia's interest in the affair now set in, and lightened them considerably. Smoke was one of our nuisances. On lighting the study-fire, every particle of smoke came curling into the room. In our trouble, we sent for the architect, who immediately asked if we had tried the plan of opening the register to cure it. We had not, but we did so, and the smoke ascended at once. The last thing I remember was Sophia jumping up one night and frightening me out of my senses with the exclamation: "O, that builder! Not a single bar of any sort is there to the nursery-windows. John, some day those poor little children will tumble out in their innocence—how should they know better?—and be dashed to pieces. Why did you put the nursery on the second floor?" And you may be sure that some bars were put up the very next morning.

1865

The Thieves Who Couldn't Help Sneezing

Many years ago, when oak-trees now past their prime were about as large as elderly gentlemen's walking-sticks, there lived in Wessex a yeoman's son, whose name was Hubert. He was about fourteen years of age, and was as remarkable for his candour and lightness of heart as for his physical courage, of which, indeed, he was a little vain.

One cold Christmas Eve his father, having no other help at hand, sent him on an important errand to a small town several miles from home. He travelled on horseback, and was detained by the business till a late hour of the evening. At last, however, it was completed; he returned to the inn, the horse was saddled, and he started on his way. His journey homeward lay through the Vale of Blackmore, a fertile but somewhat lonely district, with heavy clay roads and crooked lanes. In those days, too, a great part of it was thickly wooded.

It must have been about nine o'clock when, riding along amid the overhanging trees upon his stout-legged cob Jerry, and singing a Christmas carol, to be in harmony with the season, Hubert fancied that he heard a noise among the boughs. This recalled to his mind that the spot he was traversing bore an evil name. Men had been waylaid there. He looked at Jerry, and wished he had been of any other colour than light grey; for on this account the docile animal's form was visible even here in the dense shade. "What do I care?" he said aloud, after a few minutes of reflection. "Jerry's legs are too nimble to allow any highwayman to come near me."

"Ha! ha! indeed," was said in a deep voice; and the next moment a man darted from the thicket on his right hand, another man from the thicket on his left hand, and another from a tree-trunk a few yards ahead. Hubert's bridle was seized, he was pulled from his horse, and although he struck out with all his might, as a brave boy would naturally do, he was overpowered. His arms were tied behind him, his legs bound tightly together, and he was thrown into the ditch. The robbers, whose faces he could now dimly perceive to be artificially blackened, at once departed, leading off the horse.

As soon as Hubert had a little recovered himself, he found that by great exertion he was able to extricate his legs from the cord; but, in spite of every endeavour, his arms remained bound as fast as before. All, therefore, that he could do was to rise to his feet and proceed on his way with his arms behind him, and trust to chance for getting them unfastened. He knew that it would be impossible to reach home on foot that night, and in such a condition; but he walked on. Owing to the confusion which this attack caused in his brain, he lost his way and would have been inclined to lie down and rest till morning among the dead leaves had he not known the danger of sleeping without wrappers in a frost so severe. So he wandered further onwards, his arms wrung and numbed by the cord which pinioned him, and his heart aching for the loss of poor Jerry, who never had been known to kick, or bite, or show a single vicious habit. He was not a little glad when he discerned through the trees a distant light. Towards this he made his way, and presently found himself in front of a large mansion with flanking wings, gables, and towers, the battlements and chimneys showing their shapes against the stars.

All was silent; but the door stood wide open, it being from this door that the light shone which had attracted him. On entering he found himself in a vast apartment arranged as a dining-hall, and brilliantly illuminated. The walls were covered with a great deal of dark wainscoting, formed into moulded panels, carvings, closet-doors, and the usual fittings of a house of that kind. But what drew his attention most was the large table in the midst of the hall, upon which was spread a sumptuous supper, as yet untouched. Chairs were placed around, and it appeared as if something had occurred to interrupt the meal just at the time when all were ready to begin.

Even had Hubert been so inclined, he could not have eaten in his helpless state, unless by dipping his mouth into the dishes, like a pig or cow. He wished first to obtain assistance; and was about to penetrate further into the house for that purpose when he heard hasty footsteps in the porch and the words, "Be quick!" uttered in the deep voice which had reached him when he was dragged from the horse. There was only just time for him to dart under the table before three men entered the dining-hall. Peeping from beneath the hanging edges of the tablecloth, he perceived that their faces, too, were blackened, which at once removed any remaining doubts he may have felt that these were the same thieves.

"Now, then," said the first—the man with the deep voice—"let us hide ourselves. They will all be back again in a minute. That was a good trick to get them out of the house—eh?"

"Yes. You well imitated the cries of a man in distress," said the second.

"Excellently," said the third.

"But they will soon find out that it was a false alarm. Come, where shall we hide? It must be some place we can stay in for two or three hours, till all are in bed and asleep. Ah! I have it. Come this way! I have learnt that the further closet is not opened once in a twelvemonth; it will serve our purpose exactly."

The speaker advanced into a corridor which led from the hall. Creeping a little farther forward, Hubert could discern that the closet stood at the end, facing the dining-hall. The thieves entered it, and closed the door. Hardly breathing, Hubert glided forward, to learn a little more of their intention, if possible; and, coming close, he could hear the robbers whispering about the different rooms where the jewels, plate, and other valuables of the house were kept, which they plainly meant to steal.

They had not been long in hiding when a gay chattering of ladies and gentlemen was audible on the terrace without. Hubert felt that it would not do to be caught prowling about the house, unless he wished to be taken for a robber himself; and he slipped softly back to the hall, out at the door, and stood in a dark corner of the porch, where he could see everything without being himself seen. In a moment or two a whole troop of personages came gliding past him into the house. There were an elderly gentleman and lady, eight or nine young ladies, as many young men, besides half-a-dozen men-servants and maids. The mansion had apparently been quite emptied of its occupants.

"Now, children and young people, we will resume our meal," said the old gentleman. "What the noise could have been I cannot understand. In ever felt so certain in my life that there was a person being murdered outside my door."

Then the ladies began saying how frightened they had been, and how they had expected an adventure, and how it had ended in nothing after all.

"Wait a while," said Hubert to himself. "You'll have adventure enough by-and-by, ladies."

It appeared that the young men and women were married sons and daughters of the old couple, who had come that day to spend Christmas with their parents.

The door was then closed, Hubert being left outside in the porch. He thought this a proper moment for asking their assistance; and, since he was unable to knock with his hands, began boldly to kick the door.

"Hullo! What disturbance are you making here?" said a footman who opened it; and, seizing Hubert by the shoulder, he pulled him into the dining-hall. "Here's a strange boy I have found making a noise in the porch, Sir Simon."

Everybody turned.

"Bring him forward," said Sir Simon, the old gentleman before mentioned. "What were you doing there, my boy?"

"Why, his arms are tied!" said one of the ladies.

"Poor fellow!" said another.

Hubert at once began to explain that he had been waylaid on his journey home, robbed of his horse, and mercilessly left in this condition by the thieves.

"Only to think of it!" exclaimed Sir Simon.

"That's a likely story," said one of the gentleman-guests, incredulously.

"Doubtful, hey?" asked Sir Simon.

"Perhaps he's a robber himself," suggested a lady.

"There is a curiously wild wicked look about him certainly, now that I examine him closely," said the old mother.

Hubert blushed with shame; and, instead of continuing his story, and relating that robbers were concealed in the house, he doggedly held his tongue, and half resolved to let them find out their danger for themselves.

"Well, untie him," said Sir Simon. "Come, since it is Christmas Eve, we'll treat him well. Here, my lad; sit down in that empty seat at the bottom of the table, and make as good a meal as you can. When you have had your fill we will listen to more particulars of your story."

The feast then proceeded; and Hubert, now at liberty, was not at all sorry to join in. The more they ate and drank the merrier did the company become; the wine flowed freely, the logs flared up the chimney, the ladies laughed at the gentlemen's stories; in short, all went as noisily and as happily as a Christmas gathering in old times possibly could do.

Hubert, in spite of his hurt feelings at their doubts of his honesty, could not help being warmed both in mind and in body by the good cheer, the scene, and the example of hilarity set by his neighbours. At last he laughed as heartily at their stories and repartees as the old Baronet, Sir Simon, himself. When the meal was almost over one of the sons, who had drunk a little too much wine, after the manner of men in that century, said to Hubert, "Well, my boy, how are you? Can you take a pinch of snuff?" He held out one of the snuff-boxes which were then becoming common among young and old throughout the country.

"Thank you," said Hubert, accepting a pinch.

"Tell the ladies who you are, what you are made of, and what you can do," the young man continued, slapping Hubert upon the shoulder.

"Certainly," said our hero, drawing himself up, and thinking it best to put a bold face on the matter. "I am a travelling magician."

"Indeed!"

"What shall we hear next?"

"Can you call up spirits from the vasty deep, young wizard?"

"I can conjure up a tempest in a cupboard," Hubert replied.

"Ha-ha!" said the old Baronet, pleasantly rubbing his hands.

"We must see this performance. Girls, don't go away; here's something to be seen."

"Not dangerous, I hope?" said the old lady.

Hubert rose from the table. "Hand me your snuff-box, please," he said to the young man who had made free with him. "And now," he continued, "without the least noise, follow me. If any of you speak it will break the spell."

They promised obedience. He entered the corridor, and, taking off his shoes, went on tiptoe to the closet door, the guests advancing in a silent group at a little distance behind him. Hubert next placed a stool in front of the door, and, by standing upon it, was tall enough to reach to the top. He then, just as noiselessly, poured all the snuff from the box along the upper edge of the door, and, with a few short puffs of breath, blew the snuff through the chink into the interior of the closet. He held up his finger to the assembly, that they might be silent.

"Dear me, what's that?" said the old lady, after a minute or two had elapsed.

A suppressed sneeze had come from inside the closet.

Hubert held up his finger again.

"How very singular," whispered Sir Simon. "This is most interesting."

Hubert took advantage of the moment to gently slide the bolt of the closet door into its place. "More snuff," he said, calmly.

"More snuff," said Sir Simon. Two or three gentlemen passed their boxes, and the contents were blown in at the top of the closet. Another sneeze, not quite so well suppressed as the first, was heard: then another, which seemed to say that it would not be suppressed under any circumstances whatever. At length there arose a perfect storm of sneezes.

"Excellent, excellent for one so young!" said Sir Simon. "I am much interested in this trick of throwing the voice—called, I believe, ventriloquism."

"More snuff," said Hubert.

"More snuff," said Sir Simon. Sir Simon's man brought a large jar of the best scented Scotch.

Hubert once more charged the upper chink of the closet, and blew the snuff into the interior, as before. Again he charged, and again, emptying the whole contents of the jar. The tumult of sneezes became really extraordinary to listen to—there was no cessation. It was like wind, rain, and sea battling in a hurricane.

"I believe there are men inside, and that it is no trick at all!" exclaimed Sir Simon, the truth flashing on him.

"There are," said Hubert. "They are come to rob the house; and they are the same who stole my horse."

The sneezes changed to spasmodic groans. One of the thieves, hearing Hubert's voice, cried, "Oh! mercy! mercy! let us out of this!"

"Where's my horse?" said Hubert.

"Tied to the tree in the hollow behind Short's Gibbet. Mercy! mercy! let us out, or we shall die of suffocation!"

All the Christmas guests now perceived that this was no longer sport, but serious earnest. Guns and cudgels were procured; all the men-servants were called in, and arranged in position outside the closet. At a signal Hubert withdrew the bolt, and stood on the defensive. But the three robbers, far from attacking them, were found crouching in the corner, gasping for breath. They made no resistance; and, being pinioned, were placed in an out-house till the morning.

Hubert now gave the remainder of his story to the assembled company, and was profusely thanked for the services he had rendered. Sir Simon pressed him to stay over the night, and accept the use of the best bed-room the house afforded, which had been occupied by Queen Elizabeth and King Charles successively when on their visits to this part of the country. But Hubert declined, being anxious to find his horse Jerry, and to test the truth of the robbers' statements concerning him.

Several of the guests accompanied Hubert to the spot behind the gibbet, alluded to by the thieves as where Jerry was hidden. When they reached the knoll and looked over, behold! there the horse stood, uninjured, and quite unconcerned. At sight of Hubert he neighed joyfully; and nothing could exceed Hubert's gladness at finding him. He mounted, wished his friends "Good-night!" and cantered off in the direction they pointed out as his nearest way, reaching home safely about four o'clock in the morning.

1877

What the Shepherd Saw:
A Tale of Four Moonlight Nights

FIRST NIGHT

The genial Justice of the Peace—now, alas, no more who made himself responsible for the facts of this story, used to begin in the good old-fashioned way with a bright moonlight night and a mysterious figure, an excellent stroke for an opening, even to this day, if well followed up.

The Christmas moon (he would say) was showing her cold face to the upland, the upland reflecting the radiance in frost—sparkles so minute as only to be discernible by an eye near at hand. This eye, he said, was the eye of a shepherd lad, young for his occupation, who stood within a wheeled hut of the kind commonly in use among sheep-keepers during the early lambing season, and was abstractedly looking through the loop-hole at the scene without.

The spot was called Lambing Corner, and it was a sheltered portion of that wide expanse of rough pasture—land known as the Marlbury Downs, which you directly traverse when following the turnpike-road across Mid-Wessex from London, through Aldbrickham, in the direction of Bath and Bristol. Here, where the hut stood, the land was high and dry, open, except to the north, and commanding an undulating view for miles. On the north side grew a tall belt of coarse furze, with enormous stalks, a clump of the same standing detached in front of the general mass. The clump was hollow, and the interior had been ingeniously taken advantage of as a position for the before-mentioned hut, which was thus completely screened from winds, and almost invisible, except through the narrow approach. But the furze twigs had been cut away from the two little windows of the hut, that the occupier might keep his eye on his sheep.

In the rear, the shelter afforded by the belt of furze bushes was artificially improved by an enclosure of upright stakes, interwoven with boughs of the same prickly vegetation, and within the enclosure lay a renowned Marlbury-Down breeding flock of eight hundred ewes.

To the south, in the direction of the young shepherd's idle gaze, there rose one conspicuous object above the uniform moonlit plateau, and only one. It was a Druidical trilithon, consisting of three oblong stones in the form of a doorway, two on end, and one across as a lintel. Each stone had been worn, scratched, washed, nibbled, split, and otherwise attacked by ten thousand different weathers; but now the blocks looked shapely and little the worse for wear, so beautifully were they silvered over by the light of the moon. The ruin was locally called the Devil's Door.

An old shepherd presently entered the hut from the direction of the ewes, and looked around in the gloom. "Be ye sleepy?" he asked in cross accents of the boy.

The lad replied rather timidly in the negative.

"Then," said the shepherd, "I'll get me home-along, and rest for a few hours. There's nothing to be done here now as I can see. The ewes can want no more tending till daybreak—'tis beyond the bounds of reason that they can. But as the order is that one of us must bide, I'll leave 'ee, d'ye hear. You can sleep by day, and I can't. And you can be down to my house in ten minutes if anything should happen. I can't afford 'ee candle; but, as 'tis Christmas week, and the time that folks have holler days, you can enjoy yerself by falling asleep a bit in the chair instead of biding awake all the time. But mind, not longer at once than while the shade of the Devil's Door moves a couple of spans, for you must keep an eye upon the ewes."

The boy made no definite reply, and the old man, stirring the fire in the stove with his crook-stem, closed the door upon his companion and vanished.

As this had been more or less the course of events every night since the season's lambing had set in, the boy was not at all surprised at the charge, and amused himself for some time by lighting straws at the stove. He then went out to the ewes and new-born lambs, re-entered, sat down, and finally fell asleep. This was his customary manner of performing his watch, for though special permission for naps had this week been accorded, he had, as a matter of fact, done the same thing on every preceding night, sleeping often till awakened by a smack on the shoulder at three or four in the morning from the crook-stem of the old man.

It might have been about eleven o'clock when he awoke. He was so surprised at awaking without, apparently, being called or struck, that on second thoughts he assumed that somebody must have called him in spite of appearances, and looked out of the hut window towards the sheep. They all lay as quiet as when he had visited them, very little bleating being audible, and no human soul disturbing the scene. He next looked from the opposite window, and here the case was different. The frost-facets glistened under the moon as before; an occasional furze bush showed as a dark spot on the same; and in the foreground stood the ghostly form of the trilithon. But in front of the trilithon stood a man.

That he was not the shepherd or any one of the farm labourers was apparent in a moment's observation, his dress being a dark suit, and his figure of slender build and graceful carriage. He walked backwards and forwards in front of the trilithon.

The shepherd lad had hardly done speculating on the strangeness of the unknown's presence here at such an hour, when he saw a second figure crossing the open sward towards the locality of the trilithon and furze clump that screened the hut. This second personage was a woman; and immediately on sight of her the male stranger hastened forward, meeting her just in front of the hut window. Before she seemed to be aware of his intention he clasped her in his arms.

The lady released herself and drew back with some dignity.

"You have come, Harriet—bless you for it!" he exclaimed fervently.

"But not for this," she answered, in offended accents. And then, more good-naturedly, "I have come, Fred, because you entreated me so! What can have been the object of your writing such a letter? I feared I might be doing you grievous ill by staying away. How did you come here?"

"I walked all the way from my father's."

"Well, what is it? How have you lived since we last met?"

"But roughly; you might have known that without asking. I have seen many lands and many faces since I last walked these downs, but I have only thought of you."

"Is it only to tell me this that you have summoned me so strangely?"

A passing breeze blew away the murmur of the reply and several succeeding sentences, till the man's voice again became audible in the words, "Harriet—truth between us two! I have heard that the Duke does not treat you too, well."

"He is warm-tempered, but be is a good husband."

"He speaks roughly to you, and sometimes even threatens to lock you out of doors."

"Only once, Fred! On my honour, only once. The Duke is a fairly good husband, I repeat. But you deserve punishment for this night's trick of drawing me out. What does it mean?"

"Harriet, dearest, is this fair or honest? Is it not notorious that your life with him is a sad one—that, in spite of the sweetness of your temper, the sourness of his embitters your days? I have come to know if I can help you. You are a Duchess, and I am Fred Ogbourne; but it is not impossible that I may be able to help you....By God! The sweetness of that tongue ought to keep him civil, especially when there is added to it the sweetness of that face!"

"Captain Ogbourne!" she exclaimed, with an emphasis of playful fear. "How can such a comrade of my youth behave to me as you do? Don't speak so and stare at me so! Is this really all you have to say? I see I ought not to have come. 'Twas thoughtlessly done."

Another breeze broke the thread of discourse for a time.

"Very well. I perceive you are dead and lost to me," he could next be heard to say; "'Captain Ogbourne' proves that. As I once loved you I love you now, Harriet, without one jot of abatement; but you are not the woman you were—you once were honest towards me; and now you conceal your heart in made-up speeches. Let it be; I can never see you again."

"You need not say that in such a tragedy tone, you silly. You may see me in an ordinary way—why should you not? But, of course, not in such a way as this. I should not have come now, if it had not happened that the Duke is away from home, so that there is nobody to check my erratic impulses."

"When does he return?"

"The day after to-morrow, or the day after that."

"Then meet me again to-morrow night."

"No, Fred, I cannot."

"If you cannot to-morrow night, you can the night after; one of the two before he comes please bestow on me. Now, your hand upon it! To-morrow or next night you will see me to bid me farewell!" He seized the Duchess's hand.

"No, but Fred—let go my hand! What do you mean by holding me so? If it be love to forget all respect to a woman's present position in thinking of her past, then yours maybe so, Frederick. It is not kind and gentle of you to induce me to come to this place for pity of you, and then to hold me tight here."

"But see me once more! I have come two thousand miles to ask it."

"O, I must not! There will be slanders—Heaven knows what! I cannot meet you. For the sake of old times don't ask it."

"Then own two things to me; that you did love me once, and that your husband is unkind to you often enough now to make you think of the time when you cared for me."

"Yes—I own them both," she answered faintly. "But owning such as that tells against me; and I swear the inference is not true."

"Don't say that; for you have come—let me think the reason of your coming what I like to think it. It can do you no harm. Come once more!"

He still held her hand and waist. "Very well, then," she said. "Thus far you shall persuade me. I will meet you to-morrow night or the night after. Now, O let me go."

He released her, and they parted. The Duchess ran rapidly down the hill towards the outlying mansion of Shakeforest Towers, and when he had watched her out of sight, he turned and strode off in the opposite direction. All then was silent and empty as before.

Yet it was only for a moment. When they had quite departed, another shape appeared upon the scene. He came from behind the trilithon. He was a man of stouter build than the first, and wore the boots and spurs of a horseman. Two things were at once obvious from this phenomenon: that he had watched the interview between the Captain and the Duchess; and that, though he probably had seen every movement of the couple, including the embrace, he had been too remote to hear the reluctant words of the lady's conversation—or, indeed, any words at all—so that the meeting must have exhibited itself to his eye as the assignation of a pair of well-agreed lovers. But it was necessary that several years should elapse before the shepherd-boy was old enough to reason out this.

The third individual stood still for a moment, as if deep in meditation. He crossed over to where the lady and gentleman had stood, and looked at the ground; then he too turned and went away in a third direction, as widely divergent as possible from those taken by the two interlocutors. His course was towards the highway; and a few minutes afterwards the trot of a horse might have been heard upon its frosty surface, lessening till it died away upon the ear.

The boy remained in the hut, confronting the trilithon as if he expected yet more actors on the scene, but nobody else appeared. How long he stood with his little face against the loophole he hardly knew; but he was rudely awakened from his reverie by a punch in his back, and in the feel of it he familiarly recognized the stem of the old shepherd's crook.

"Blame thy young eyes and limbs, Bill Mills—now you have let the fire out, and you know I want it kept in! I thought something would go wrong with 'ee up here, and I couldn't bide in bed no more than thistledown on the wind, that I could not! Well, what's happened, fie upon 'ee?"

"Nothing."

"Ewes all as I left 'em?"

"Yes."

"Any lambs want bringing in?"

"No."

The shepherd relit the fire, and went out among the sheep with a lantern, for the moon was getting low. Soon he came in again.

"Blame it all—thou'st say that nothing have happened; when one ewe have twinned and is like to go off, and another is dying for want of half an eye of looking to! I told 'ee, Bill Mills, if anything went wrong to come down and call me; and this is how you have done it."

"You said I could go to sleep for a hollerday, and I did."

"Don't you speak to your betters like that, young man, or you'll come to the gallows-tree! You didn't sleep all the time, or you wouldn't have been peeping out of that there hole! Now you can go home, and be up here again by breakfast-time. I be an old man, and there's old men that deserve well of the world; but no—I must rest how I can!"

The elder shepherd then lay down inside the hut, and the boy went down the hill to the hamlet where he dwelt.

SECOND NIGHT

When the next night drew on the actions of the boy were almost enough to show that he was thinking of the meeting he had witnessed, and of the promise wrung from the lady that she would come there again. As far as the sheep-tending arrangements were concerned, to-night was but a repetition of the foregoing one. Between ten and eleven o'clock the old shepherd withdrew as usual for what sleep at home he might chance to get without interruption, making up the other necessary hours of rest at sometime during the day: the boy was left alone.

The frost was the same as on the night before, except perhaps that it was a little more severe. The moon shone as usual, except that it was three-quarters of an hour later in its course; and the boy's condition was much the same, except that he felt no sleepiness whatever. He felt, too, rather afraid; but upon the whole he preferred witnessing an assignation of strangers to running the risk of being discovered absent by the old shepherd.

It was before the distant clock of Shakeforest Towers had struck eleven that he observed the opening of the second act of this midnight drama. It consisted in the appearance of neither lover nor Duchess, but of the third figure—the stout man, booted and spurred who came up from the easterly direction in which he had retreated the night before. He walked once round the trilithon, and next advanced towards the clump concealing the hut, the moonlight shining full upon his face and revealing him to be the Duke. Fear seized upon the shepherd-boy: the Duke was Jove himself to the rural population, whom to offend was starvation, homelessness, and death, and whom to look at was to be mentally scathed and dumbfounded. He closed the stove, so that not a spark of light appeared, and hastily buried himself in the straw that lay in a corner.

The Duke came close to the clump of furze and stood by the spot where his wife and the Captain had held their dialogue; he examined the furze as if searching for a hiding-place, and in doing so discovered the hut. The latter he walked round and then looked inside; finding it to all seeming empty, he entered, closing the door behind him and taking his place at the little circular window against which the boy's face had been pressed just before.

The Duke had not adopted his measures too rapidly, if his object were concealment. Almost as soon as he had stationed himself there eleven o'clock struck, and the slender young man who had previously graced the scene promptly reappeared from the north quarter of the down. The spot of assignation having, by the accident of his running forward on the foregoing night, removed itself from the Devil's Door to the clump of furze, he instinctively came thither, and waited for the Duchess where he had met her before.

But a fearful surprise was in store for him to-night, as well as for the trembling juvenile. At his appearance the Duke breathed more and more quickly, his breathings being distinctly audible to the crouching boy. The young man had hardly paused when the alert nobleman softly opened the door of the hut, and, stepping round the furze, came full upon Captain Fred.

"You have dishonoured her, and you shall die the death you deserve!" came to the shepherd's ears, in a harsh, hollow whisper through the boarding of the hut.

The apathetic and taciturn boy was excited enough to run the risk of rising and looking from the window, but he could see nothing for the intervening furze boughs, both the men having gone round to the side. What took place in the few following moments he never exactly knew. He discerned portion of a shadow in quick muscular movement; then there was the fall of something on the grass; then there was stillness.

Two or three minutes later the Duke became visible round the corner of the hut, dragging by the collar the now inert body of the second man. The Duke dragged him across the open space towards the trilithon. Behind this ruin was a hollow, irregular spot, overgrown with furze and stunted thorns, and riddled by the old holes of badgers, its former inhabitants, who had now died out or departed. The Duke vanished into this depression with his burden, reappearing after the lapse of a few seconds. When he came forth he dragged nothing behind him.

He returned to the side of the hut, cleansed something on the grass, and again put himself on the watch, though not as before, inside the hut, but without, on the shady side. "Now for the second!" he said.

It was plain, even to the unsophisticated boy, that he now awaited the other person of the appointment—his wife, the Duchess—for what purpose it was terrible to think. He seemed to be a man of such determined temper that he would scarcely hesitate in carrying out a course of revenge to the bitter end. Moreover—though it was what the shepherd did not perceive—this was all the more probable, in that the moody Duke was labouring under the exaggerated impression which the sight of the meeting in dumb show had conveyed.

The jealous watcher waited long, but he waited in vain. From within the hut the boy could hear his occasional exclamations of surprise, as if he were almost disappointed at the failure of his assumption that his guilty Duchess would surely keep the tryst. Sometimes he stepped from the shade of the furze into the moonlight, and held up his watch to learn the time.

About half-past eleven he seemed to give up expecting her. He then went a second time to the hollow behind the trilithon, remaining there nearly a quarter of an hour. From this place he proceeded quickly over a shoulder of the declivity, a little to the left, presently returning on horseback, which proved that his horse had been tethered in some secret place down there. Crossing anew the down between the hut and the trilithon, and scanning the precincts as if finally to assure himself that she had not come, he rode slowly downwards in the direction of Shakeforest Towers.

The juvenile shepherd thought of what lay in the hollow yonder; and no fear of the crook-stem of his superior officer was potent enough to detain him longer on that hill alone. Any live company, even the most terrible, was better than the company of the dead so, running with the speed of a hare in the direction pursued by the horseman, he overtook the revengeful Duke at the second descent (where the great western road crossed before you came to the old park entrance on that side—now closed up and the lodge cleared away, though at the time it was wondered why, being considered the most convenient gate of all).

Once within the sound of the horse's footsteps, Bill Mills felt comparatively comfortable; for, though in awe of the Duke because of his position, he had no moral repugnance to his companionship on account of the grisly deed he had committed, considering that powerful nobleman to have a right to do what he chose on his own lands. The Duke rode steadily on beneath his ancestral trees, the hoofs of his horse sending up a smart sound now that he had reached the hard road of the drive, and soon drew near the front door of his house, surmounted by parapets with square-cut battlements that cast a notched shade upon the gravelled terrace. These outlines were quite familiar to little Bill Mills, though nothing within their boundary had ever been seen by him.

When the rider approached the mansion a small turret door was quickly opened and a woman came out. As soon as she saw the horseman's outlines she ran forward into the moonlight to meet him.

"Ah dear—and are you come?" she said. "I heard Hero's tread just when you rode over the hill, and I knew it in a moment. I would have come further if I had been aware—"

"Glad to see me, eh?"

"How can you ask that?"

"Well; it is a lovely night for meetings."

"Yes, it is a lovely night."

The Duke dismounted and stood by her side. "Why should you have been listening at this time of night, and yet not expecting me?" he asked.

"Why, indeed! There is a strange story attached to that, which I must tell you at once. But why did you come a night sooner than you said you would come? I am rather sorry—I really am!" (shaking her head playfully) "for as a surprise to you I had ordered a bonfire to be built, which was to be lighted on your arrival to-morrow; and now it is wasted. You can see the outline of it just out there."

The Duke looked across to a spot of rising glade, and saw the faggots in a heap. He then bent his eyes with a bland and puzzled air on the ground, "What is this strange story you have to tell me that kept you awake?" he murmured.

"It is this—and it is really rather serious. My cousin Fred Ogbourne—Captain Ogbourne as he is now—was in his boyhood a great admirer of mine, as I think I have told you, though I was six years his senior. In strict truth, he was absurdly fond of me."

"You have never told me of that before."

"Then it was your sister I told—yes, it was. Well, you know I have not seen him for many years, and naturally I had quite forgotten his admiration of me in old times. But guess my surprise when the day before yesterday, I received a mysterious note bearing no address, and found on opening it that it came from him. The contents frightened me out of my wits. He had returned from Canada to his father's house, and conjured me by all he could think of to meet him at once. But I think I can repeat the exact words, though I will show it to you when we get indoors.

"MY DEAR COUSIN HARRIET," the note said, "After this long absence you will be surprised at my sudden reappearance, and more by what I am going to ask. But if my life and future are of any concern to you at all, I beg that you will grant my request. What I require of you, is, dear Harriet, that you meet me about eleven to-night by the Druid stones on Marlbury Downs, about a mile or more from your house. I cannot say more, except to entreat you to come. I will explain all when you are there. The one thing is, I want to see you. Come alone. Believe me, I would not ask this if my happiness did not hang upon it—God knows how entirely! I am too agitated to say more—Yours. FRED."

"That was all of it. Now, of course, I ought not to have gone, as it turned out, but that I did not think of then. I remembered his impetuous temper, and feared that something grievous was impending over his head, while he had not a friend in the world to help him, or anyone except myself to whom he would care to make his trouble known. So I wrapped myself up and went to Marlbury Downs at the time he had named. Don't you think I was courageous?"

"Very."

"When I got there—but shall we not walk on; it is getting cold?" The Duke, however, did not move. "When I got there he came, of course, as a full grown man and officer, and not as the lad that I had known him. When I saw him I was sorry I had come. I can hardly tell you how he behaved. What he wanted I don't know even now; it seemed to be no more than the mere meeting with me. He held me by the hand and waist—O, so tight—and would not let me go till I had promised to meet him again. His manner was so strange and passionate that I was afraid of him in such a lonely place, and I promised to come. Then I escaped—then I ran home—and that's all. When the time drew on this evening for the appointment—which, of course, I never intended to keep—I felt uneasy, lest when he found I meant to disappoint him he would come on to the house; and that's why I could not sleep. But you are so silent!"

"I have had a long journey."

"Then let us get into the house. Why did you come alone and unattended like this?"

"It was, my humour."

After a moment's silence, during which they moved on, she said, "I have thought of something which I hardly like to suggest to you. He said that if I failed to come to-night he would wait again to-morrow night. Now, shall we to-morrow night go to the hill together—just to see if he is there; and if he is, read him a lesson on his foolishness in nourishing this old passion, and sending for me so oddly, instead of coming to the house?"

"Why should we see if he's there?" said her husband moodily.

"Because I think we ought to do something in it. Poor Fred! He would listen to you if you reasoned with him, and set our positions in their true light before him. It would be no more than Christian kindness to a man who unquestionably is very miserable from some cause or other. His head seems quite turned."

By this time they had reached the door, rung the bell, and waited. All the house seemed to be asleep; but soon a man came to them, the horse was taken away, and the Duke and Duchess went in.

THIRD NIGHT

There was no help for it. Bill Mills was obliged to stay on duty, in the old shepherd's absence, this evening as before, or give up his post and living. He thought as bravely as he could of what lay behind the Devil's Door, but with no great success, and was therefore in a measure relieved, even if awe-stricken, when he saw the forms of the Duke and Duchess strolling across the frosted greensward. The Duchess was a few yards in front of her husband and tripped on lightly.

"I tell you he has not thought it worth while to come again!" the Duke insisted, as he stood still, reluctant to walk further.

"He is more likely to come and wait all night; and it would be harsh treatment to let him do it a second time."

"He is not here; so turn and come home."

"He seems not to be here, certainly; I wonder if anything has happened to him. If it has, I shall never forgive myself!"

The Duke, uneasily, "O, no. He has some other engagement."

"That is very unlikely."

"Or perhaps he has found the distance too far."

"Nor is that probable."

"Then he may have thought better of it."

"Yes, he may have thought better of it; if, indeed, he is not here all the time—somewhere in the hollow behind the Devil's Door. Let us go and see; it will serve him right to surprise him."

"O, he's not there."

"He may be lying very quiet because of you," she said archly.

"O, no—not because of me!"

"Come, then. I declare, dearest, you lag like an unwilling schoolboy to-night, and there's no responsiveness in you! You are jealous of that poor lad, and it is quite absurd of you."

"I'll come! I'll come! Say no more, Harriet!" And they crossed over the green.

Wondering what they would do, the young shepherd left the hut, and doubled behind the belt of furze, intending to stand near the trilithon unperceived. But, in crossing the few yards of open ground he was for a moment exposed to view.

"Ah, I see him at last!" said the Duchess.

"See him!" said the Duke. "Where?"

"By the Devil's Door; Don't you notice a figure there? Ah, my poor lover-cousin, won't you catch it now?" And she laughed half-pityingly. "But what's the matter?" she asked, turning to her husband.

"It is not he!" said the Duke hoarsely.

"It can't be he!"

"No, it is not he. It is too small for him. It is a boy."

"Ah, I thought so! Boy, come here."

The youthful shepherd advanced with apprehension.

"What are you doing here?"

"Keeping sheep, your Grace."

"Ah, you know me! Do you keep sheep here every night?"

"Off and on, my Lord Duke."

"And what have you seen here to-night or last night?" inquired the Duchess. "Any person waiting or walking about?"

The boy was silent.

"He has seen nothing," interrupted her husband, his eyes so forbiddingly fixed on the boy that they seemed to shine like points of fire. "Come, let us go. The air is too keen to stand in long."

When they were gone the boy retreated to the hut and sheep, less fearful now than at first—familiarity with the situation having gradually overpowered his thoughts of the buried man. But he was not to be left alone long. When an interval had elapsed of about sufficient length for walking to and from Shakeforest Towers, there appeared from that direction the heavy form of the Duke. He now came alone.

The nobleman, on his part, seemed to have eyes no less sharp than the boy's, for he instantly recognized the latter among the ewes, and came straight towards him.

"Are you the shepherd lad I spoke to a short time ago?"

"I be, my Lord Duke."

"Now listen to me. Her Grace asked you what you had seen this last night or two up here, and you made no reply. I now ask the same thing, and you need not be afraid to answer. Have you seen anything strange these nights you have been watching here?"

"My Lord Duke, I be a poor heedless boy, and what I see I don't bear in mind."

"I ask you again," said the Duke, coming nearer, "have you seen anything strange these nights you have been watching here?"

"O, my Lord Duke! I be but the under-shepherd boy, and my father he was but your humble Grace's hedger, and my mother only the cinder-woman in the back-yard! If all asleep when left alone, and I see nothing at all!"

The Duke grasped the boy by the shoulder, and, directly impending over him stared down into his face, "Did you see anything strange done here last night, I say?"

"O, my Lord Duke, have mercy, and don't stab me!" cried the shepherd, falling on his knees. "I have never seen you walking here, or riding here, or lying-in-wait for a man, or dragging a heavy load!"

"H'm!" said his interrogator, grimly, relaxing his hold. "It is well to know that you have never seen those things. Now, which would you rather—see me do those things now, or keep a secret all your life?"

"Keep a secret, my Lord Duke!"

"Sure you are able?"

"O, your Grace, try me!"

"Very well. And now, how do you like sheep keeping?"

"Not at all. 'Tis lonely work for them that think of spirits, and I'm badly used."

"I believe you. You are too young for it. I must do something to make you more comfortable. You shall change this smock-frock for a real cloth jacket, and your thick boots for polished shoes. And you shall be taught what you have never yet heard of, and be put to school, and have bats and balls for the holidays, and be made a man of. But you must never say you have been a shepherd boy, and watched on the hills at night, for shepherd boys are not liked in good company."

"Trust me, my Lord Duke."

"The very moment you forget yourself, and speak of your shepherd days—this year, next year, in school, out of school, or riding in your carriage twenty years hence—at that moment my help will be withdrawn, and smash down you come to shepherding forthwith. You have parents, I think you say?"

"A widowed mother only, my Lord Duke."

"I'll provide for her, and make a comfortable woman of her, until you speak of—what?"

"Of my shepherd days, and what I saw here."

"Good. If you do speak of it?"

"Smash down she comes to widowing forthwith!"

"That's well—very well. But it's not enough. Come here." He took the boy across to the trilithon, and made him kneel down.

"Now, this was once a holy place," resumed the Duke. "An altar stood here, erected to a venerable family of gods, who were known and talked of long before the God we know now. So that an oath sworn here is doubly an oath. Say this after me: 'May all the host above—angels and archangels, and principalities and powers—punish me; may I be tormented wherever I am—in the house or in the garden, in the fields or in the roads, in church or in chapel, at home or abroad, on land or at sea; may I be afflicted in eating and in drinking, in growing up and in growing old, in living and dying, inwardly and outwardly, and for always, if I ever speak of my life as a shepherd-boy, or of what I have seen done on this Marlbury Down. So be it, and so let it be. Amen and amen.' Now kiss the stone."

The trembling boy repeated the words, and kissed the stone, as desired.

The Duke led him off by the hand. That night the junior shepherd slept in Shakeforest Towers, and the next day he was sent away for tuition to a remote village. Thence he went to a preparatory establishment, and in due course to a public school.

FOURTH NIGHT

On a winter evening many years subsequent to the above-mentioned occurrences, the *cidevant* shepherd sat in a well-furnished office in the north wing of Shakeforest Towers in the guise of an ordinary educated man of business. He appeared at this time as a person of thirty-eight or forty, though actually he was several years younger. A worn and restless glance of the eye now and then, when he lifted his head to search for some letter or paper which had been mislaid, seemed to denote that his was not a mind so thoroughly at ease as his surroundings might have led an observer to expect. His pallor, too, was remarkable for a countryman. He was professedly engaged in writing, but he shaped not a word. He had sat there only a few minutes, when, laying down his pen and pushing back his chair, he rested a hand uneasily on each of the chair-arms and looked on the floor.

Soon he arose and left the room. His course was along a passage which ended in a central octagonal hall crossing this he knocked at a door. A faint, though deep, voice told him to come in. The room he entered was the library, and it was tenanted by a single person only—his patron the Duke.

During this long interval of years the Duke had lost all his heaviness of build. He was, indeed, almost a skeleton; his white hair was thin, and his hands were nearly transparent. "Oh—Mills?" he murmured. "Sit down. What is it?"

"Nothing new, your Grace. Nobody to speak of has written, and nobody has called."

"Ah—what then? You look concerned."

"Old times have come to life, owing to something waking them."

"Old times be cursed—which old times are they?"

"That Christmas week twenty-two years ago, when the late Duchess's cousin Frederick implored her to meet him on Marlbury Downs. I saw the meeting—it was just such a night as this—and I, as you know, saw more. She met him once, but not the second time."

"Mills, shall I recall some words to you—the words of an oath taken on that hill by a shepherd-boy?"

"It is unnecessary. He has strenuously kept that oath and promise. Since that night no sound of his shepherd life has crossed his lips—even to yourself. But do you wish to hear more, or do you not, your Grace?"

"I wish to hear no more," said the Duke sullenly.

"Very well; let it be so. But a time seems coming—may be quite near at hand—when, in spite of my lips, that episode will allow itself to go undivulged no longer."

"I wish to hear no more!" repeated the Duke.

"You need be under no fear of treachery from me," said the steward, somewhat bitterly. "I am a man to whom you have been kind—no patron could have been kinder. You have clothed and educated me; have installed me here; and I am not unmindful. But what of it—has your Grace gained much by my stanchness? I think not. There was great excitement about Captain Ogbourne's disappearance, but I spoke not a word. And his body has never been found. For twenty-two years I have wondered what you did with him. Now I know. A circumstance that occurred this afternoon recalled the time to me most forcibly. To make it certain to myself that all was not a dream, I went up therewith a spade; I searched, and saw enough to know that something decays there in a closed badger's hole."

"Mills, do you think the Duchess guessed?"

"She never did, I am sure, to the day of her death."

"Did you leave all as you found it on the hill?"

"I did."

"What made you think of going up there this particular afternoon?"

"What your Grace says you don't wish to be told."

The Duke was silent; and the stillness of the evening was so marked that there reached their ears from the outer air the sound of a tolling bell.

"What is that bell tolling for?" asked the nobleman.

"For what I came to tell you of, your Grace."

"You torment me—it is your way!" said the Duke loudly. "Who's dead in the village?"

"The oldest man—the old shepherd."

"Dead at last—how old is he?"

"Ninety-four."

"And I am only seventy. I have four-and-twenty years to the good!"

"I served under that old man when I kept sheep on Marlbury Downs. And he was on the hill that second night, when I first exchanged words with your Grace. He was on the hill all the time; but I did not know he was there—nor did you."

"Ah!" said the Duke, starting up. "Go on—I yield the point—you may tell!"

"I heard this afternoon that he was at the point of death. It was that which set me thinking of that past time—and induced me to search on the hill for what I have told you. Coming back I heard that he wished to see the Vicar to confess to him a secret he had kept for more than twenty years—'out of respect to my Lord the Duke'—something that he had seen committed on Marlbury Downs when returning to the flock on a December night twenty-two years ago. I have thought it over. He had left me in charge that evening; but he was in the habit of coming back suddenly, lest I should have fallen asleep. That night I saw nothing of him, though he had promised to return. He must have returned, and—found reason to keep in hiding. It is all plain. The next thing is that the Vicar went to him two hours ago. Further than that I have not heard."

"It is quite enough. I will see the Vicar at daybreak to-morrow."

"What to do?"

"Stop his tongue for four-and-twenty years—till I am dead at ninety-four, like the shepherd."

"Your Grace—while you impose silence on me, I will not speak, even though my neck should pay the penalty. I promised to be yours, and I am yours. But is this persistence of any avail?"

"I'll stop his tongue, I say!" cried the Duke with some of his old rugged force. "Now, you go home to bed, Mills, and leave me to manage him."

The interview ended, and the steward withdrew. The night, as he had said was just such an one as the night of twenty-two years before, and the events of the evening destroyed in him all regard for the season as one of cheerfulness and goodwill. He went off to his own house on the further verge of the park, where he led a lonely life, scarcely calling any man friend. At eleven he prepared to retire to bed—but did not retire. He sat down and reflected. Twelve o'clock struck; he looked out at the colorless moon, and, prompted by he knew not what, put on his hat and emerged into the air. Here Bill Mills strolled on and on, till he reached the top of Marlbury Downs, a spot he had not visited at this hour of the night during the whole score-and-odd years.

He placed himself, as nearly as he could guess the spot where the shepherd's hut had stood. No lambing was in progress there now, and the old shepherd who had used him so roughly had ceased from his labours that very day. But the trilithon stood up white as ever; and, crossing the intervening sward, the steward fancifully placed his mouth against the stone. Restless and self-reproachful as he was, he could not resist a smile as he thought of the terrifying oath of compact, sealed by a kiss upon the stones of a Pagan temple. But he had kept his word, rather as a promise than as a formal vow, with much worldly advantage to himself, though not much happiness; till increase of years had bred reactionary feelings which led him to receive the news of to-night with emotions akin to relief.

While leaning against the Devil's Door and thinking on these things, he became conscious that he was not the only inhabitant of the down. A figure in white was moving across his front with long, noiseless strides. Mills stood motionless, and when the form drew quite near he perceived it to be that of the Duke himself in his nightshirt—apparently walking in his sleep. Not to alarm the old man, Mills clung close to the shadow of the stone. The Duke went straight on into the hollow. There he knelt down, and began scratching the earth with his hands like a badger. After a few minutes he arose, sighed heavily, and retraced his steps as he had come.

Fearing that he might harm himself, yet unwilling to arouse him, the steward followed noiselessly. The Duke kept on his path unerringly, entered the park, and made for the house, where he let himself in by a window that stood open—the one probably by which he had come out. Mills softly closed the window behind his patron, and then retired homeward to await the revelations of the morning, deeming it unnecessary to alarm the house.

However, he felt uneasy during the remainder of the night, no less on account of the Duke's personal condition than because of that which was imminent next day. Early in the morning he called at Shakeforest Towers. The blinds were down, and there was something singular upon the porter's face when he opened the door. The steward inquired for the Duke.

The man's voice was subdued as he replied: "Sir, I am sorry to say that his Grace is dead! He left his room some time in the night, and wandered about nobody knows where. On returning to the upper floor he lost his balance and fell downstairs."

The steward told the tale of the Down before the Vicar had spoken. Mills had always intended to do so after the death of the Duke. The consequences to himself he underwent cheerfully; but his life was not prolonged. He died, a farmer at the Cape, when still somewhat under forty-nine years of age.

The splendid Marlbury breeding flock is as renowned as ever, and, to the eye, seems the same in every particular that it was in earlier times; but the animals which composed it on the occasion of the events gathered from the Justice are divided by many ovine generations from its members now. Lambing Corner has long since ceased to be used for lambing purposes, though the name still lingers on as the appellation of the spot. This abandonment of site may be partly owing to the removal of the high furze bushes which lent such convenient shelter at that date. Partly, too, it may be due to another circumstance. For it is said by present shepherds in that district that during the nights of Christmas week flitting shapes are seen in the open space around the trilithon, together with the gleam of a weapon, and the shadow of a man dragging a burden into the hollow. But of these things there is no certain testimony.

Christmas 1881

The Three Strangers

Among the few features of agricultural England, which retain an appearance but little modified by the lapse of centuries, may be reckoned the long, grassy and furzy downs, coombs, or ewe-leases, as they are called according to their kind, that fill a large area of certain counties in the south and south-west. If any mark of human occupation is met with hereon, it usually takes the form of the solitary cottage of some shepherd.

Fifty years ago such a lonely cottage stood on such a down, and may possibly be standing there now. In spite of its loneliness, however, the spot, by actual measurement, was not three miles from a country-town. Yet that affected it little. Three miles of irregular upland, during the long inimical seasons, with their sleets, snows, rains, and mists, afford withdrawing space enough to isolate a Timon or a Nebuchadnezzar; much less, in fair weather, to please that less repellent tribe, the poets, philosophers, artists, and others who "conceive and meditate of pleasant things."

Some old earthen camp or barrow, some clump of trees, at least some starved fragment of ancient hedge is usually taken advantage of in the erection of these forlorn dwellings. But, in the present case, such a kind of shelter had been disregarded. Higher Crowstairs, as the house was called, stood quite detached and undefended. The only reason for its precise situation seemed to be the crossing of two footpaths at right angles hard by, which may have crossed there and thus for a good five hundred years. Hence the house was exposed to the elements on all sides. But, though the wind up here blew unmistakably when it did blow, and the rain hit hard whenever it fell, the various weathers of the winter season were not quite so formidable on the down as they were imagined to be by dwellers on low ground. The raw rimes were not so pernicious as in the hollows, and the frosts were scarcely so severe. When the shepherd and his family who tenanted the house were pitied for their sufferings from the exposure, they said that upon the whole they were less inconvenienced by "wuzzes and flames" (hoarses and phlegms) than when they had lived by the stream of a snug neighbouring valley.

The night of March 28, 182-, was precisely one of the nights that were wont to call forth these expressions of commiseration. The level rainstorm smote walls, slopes, and hedges like the clothyard shafts of Senlac and Crecy. Such sheep and outdoor animals as had no shelter stood with their buttocks to the winds; while the tails of little birds trying to roost on some scraggy thorn were blown inside-out like umbrellas. The gable-end of the cottage was stained with wet, and the eaves droppings flapped against the wall. Yet never was commiseration for the shepherd more misplaced. For that cheerful rustic was entertaining a large party in glorification of the christening of his second girl.

The guests had arrived before the rain began to fall, and they were all now assembled in the chief or living room of the dwelling. A glance into the apartment at eight o'clock on this eventful evening would have resulted in the opinion that it was as cosy and comfortable a nook as could be wished for in boisterous weather. The calling of its inhabitant was proclaimed by a number of highly-polished sheep-crooks without stems that were hung ornamentally over the fireplace, the curl of each shining crook varying from the antiquated type engraved in the patriarchal pictures of old family Bibles to the most approved fashion of the last local sheep-fair. The room was lighted by half-a-dozen candles, having wicks only a trifle smaller than the grease which enveloped them, in candlesticks that were never used but at high-days, holy-days, and family feasts. The lights were scattered about the room, two of them standing on the chimney-piece. This position of candles was in itself significant. Candles on the chimney-piece always meant a party.

On the hearth, in front of a back-brand to give substance, blazed a fire of thorns, that crackled "like the laughter of the fool."

Nineteen persons were gathered here. Of these, five women, wearing gowns of various bright hues, sat in chairs along the wall; girls shy and not shy filled the window bench; four men, including Charley Jake the hedge-carpenter, Elijah New the parish-clerk, and John Pitcher, a neighbouring dairyman, the shepherd's father-in-law, lolled in the settle; a young man and maid, who were blushing over tentative pourparlers on a life-companionship sat beneath the corner-cupboard; and an elderly engaged man of fifty or upward moved restlessly about from spots where his betrothed was not to the spot where she was. Enjoyment was pretty general, and so much the more prevailed in being unhampered by conventional restrictions. Absolute confidence in each other's good opinion begat perfect ease, while the finishing stroke of manner, amounting to a truly princely serenity, was lent to the majority by the absence of any expression or trait denoting that they wished to get on in the world, enlarge their minds, or do any eclipsing thing whatever—which nowadays so generally nips the bloom and bonhomie of all except the two extremes of the social scale.

Shepherd Fennel had married well, his wife being a dairyman's daughter from a vale at a distance, who brought fifty guineas in her pocket—and kept them there, till they should be required for ministering to the needs of a coming family. This frugal woman had been somewhat exercised as to the character that should be given to the gathering. A sit still party had its advantages; but an undisturbed position of ease in chairs and settles was apt to lead on the men to such an unconscionable deal of toping that they would sometimes fairly drink the house dry. A dancing-party was the alternative; but this, while avoiding the foregoing objection on the score of good drink, had a counterbalancing disadvantage in the matter of good victuals, the ravenous appetites engendered by the exercise causing immense havoc in the buttery. Shepherdess Fennel fell back upon the intermediate plan of mingling short dances with short periods of talk and singing, so as to hinder any ungovernable rage in either. But this scheme was entirely confined to her own gentle mind: the shepherd himself was in the mood to exhibit the most reckless phases of hospitality.

The fiddler was a boy of those parts, about twelve years of age, who had a wonderful dexterity in jigs and reels, though his fingers were so small and short as to necessitate a constant shifting for the high notes, from which he scrambled back to the first position with sounds not of unmixed purity of tone. At seven the shrill tweedle-dee of this youngster had begun, accompanied by a booming ground-bass from Elijah New, the parish-clerk, who had thoughtfully brought with him his favourite musical instrument, the serpent. Dancing was instantaneous, Mrs. Fennel privately enjoining the players on no account to let the dance exceed the length of a quarter of an hour.

But Elijah and the boy in the excitement of their position quite forgot the injunction. Moreover, Oliver Giles, a man of seventeen, one of the dancers, who was enamoured of his partner, a fair girl of thirty-three rolling years, had recklessly handed a new crown-piece to the musicians, as a bribe to keep going as long as they had muscle and wind. Mrs. Fennel seeing the steam begin to generate on the countenances of her guests, crossed over and touched the fiddler's elbow and put her hand on the serpent's mouth. But they took no notice, and fearing she might lose her character of genial hostess if she were to interfere too markedly, she retired and sat down helpless. And so the dance whizzed on with cumulative fury, the performers moving in their planet-like courses, direct and retrograde, from apogee to perigee, till the hand of the well-kicked clock at the bottom of the room had travelled over the circumference of an hour.

While these cheerful events were in course of enactment within Fennel's pastoral dwelling an incident having considerable bearing on the party had occurred in the gloomy night without. Mrs. Fennel's concern about the growing fierceness of the dance corresponded in point of time with the ascent of a human figure to the solitary hill of Higher Crowstairs from the direction of the distant town. This personage strode on through the rain without a pause, following the little-worn path which, further on in its course, skirted the shepherd's cottage.

It was nearly the time of full moon, and on this account, though the sky was lined with a uniform sheet of dripping cloud, ordinary objects out of doors were readily visible. The sad wan light revealed the lonely pedestrian to be a man of supple frame; his gait suggested that he had somewhat passed the period of perfect and instinctive agility, though not so far as to be otherwise than rapid of motion when occasion required. At a rough guess, he might have been about forty years of age. He appeared tall, but a recruiting sergeant, or other person accustomed to the judging of men's heights by the eye, would have discerned that this was chiefly owing to his gauntness, and that he was not more than five-feet-eight or -nine.

Notwithstanding the regularity of his tread there was caution in it, as in that of one who mentally feels his way; and despite the fact that it was not a black coat nor a dark garment of any sort that he wore, there was something about him which suggested that he naturally belonged to the black-coated tribes of men. His clothes were of fustian, and his boots hobnailed, yet in his progress he showed not the mud-accustomed bearing of hobnailed and fustianed peasantry.

By the time that he had arrived abreast of the shepherd's premises the rain came down, or rather came along, with yet more determined violence. The outskirts of the little settlement partially broke the force of wind and rain, and this induced him to stand still. The most salient of the shepherd's domestic erections was an empty sty at the forward corner of his hedgeless garden, for in these latitudes the principle of masking the homelier features of your establishment by a conventional frontage was unknown. The traveller's eye was attracted to this small building by the pallid shine of the wet slates that covered it. He turned aside, and, finding it empty, stood under the pent-roof for shelter.

While he stood the boom of the serpent within the adjacent house, and the lesser strains of the fiddler, reached the spot as an accompaniment to the surging hiss of the flying rain on the sod, its louder beating on the cabbage-leaves of the garden, on the straw hackles of eight or ten beehives just discernible by the path, and its dripping from the eaves into a row of buckets and pans that had been placed under the walls of the cottage. For at Higher Crowstairs, as at all such elevated domiciles, the grand difficulty of housekeeping was an insufficiency of water; and a casual rainfall was utilized by turning out, as catchers, every utensil that the house contained. Some queer stories might be told of the contrivances for economy in suds and dishwaters that are absolutely necessitated in upland habitations during the droughts of summer. But at this season there were no such exigencies; a mere acceptance of what the skies bestowed was sufficient for an abundant store.

At last the notes of the serpent ceased and the house was silent. This cessation of activity aroused the solitary pedestrian from the reverie into which he had lapsed, and, emerging from the shed, with an apparently new intention, he walked up the path to the house-door. Arrived here, his first act was to kneel down on a large stone beside the row of vessels, and to drink a copious draught from one of them. Having quenched his thirst he rose and lifted his hand to knock, but paused with his eye upon the panel. Since the dark surface of the wood revealed absolutely nothing, it was evident that he must be mentally looking through the door, as if he wished to measure thereby all the possibilities that a house of this sort might include, and how they might bear upon the question of his entry.

In his indecision he turned and surveyed the scene around. Not a soul was anywhere visible. The garden-path stretched downward from his feet, gleaming like the track of a snail; the roof of the little well (mostly dry), the well-cover, the top rail of the garden-gate, were varnished with the same dull liquid glaze; while, far away in the vale, a faint whiteness of more than usual extent showed that the rivers were high in the meads. Beyond all this winked a few bleared lamplights through the beating drops, lights that denoted the situation of the county-town from which he had appeared to come. The absence of all notes of life in that direction seemed to clinch his intentions, and he knocked at the door.

Within, a desultory chat had taken the place of movement and musical sound. The hedge-carpenter was suggesting a song to the company, which nobody just then was inclined to undertake, so that the knock afforded a not unwelcome diversion.

"Walk in!" said the shepherd promptly.

The latch clicked upward, and out of the night our pedestrian appeared upon the door-mat. The shepherd arose, snuffed two of the nearest candles, and turned to look at him.

Their light disclosed that the stranger was dark in complexion and not unprepossessing as to feature. His hat, which for a moment he did not remove, hung low over his eyes, without concealing that they were large, open, and determined, moving with a flash rather than a glance round the room. He seemed pleased with his survey, and, baring his shaggy head, said, in a rich deep voice, "The rain is so heavy, friends, that I ask leave to come in and rest awhile."

"To be sure, stranger," said the shepherd. "And faith, you've been lucky in choosing your time, for we are having a bit of a fling for a glad cause—though, to be sure, a man could hardly wish that glad cause to happen more than once a year."

"Nor less," spoke up a woman. "For 'tis best to get your family over and done with, as soon as you can, so as to be all the earlier out of the fag o't."

"And what may be this glad cause?" asked the stranger.

"A birth and christening," said the shepherd.

The stranger hoped his host might not be made unhappy either by too many or too few of such episodes, and being invited by a gesture to a pull at the mug, he readily acquiesced. His manner, which, before entering, had been so dubious, was now altogether that of a careless and candid man.

"Late to be traipsing athwart this coomb—hey?" said the engaged man of fifty.

"Late it is, master, as you say. I'll take a seat in the chimney-corner, if you have nothing to urge against it, ma'am; for I am a little moist on the side that was next the rain."

Mrs. Shepherd Fennel assented, and made room for the self-invited comer, who, having got completely inside the chimney-corner, stretched out his legs and his arms with the expansiveness of a person quite at home.

"Yes, I am rather cracked in the vamp," he said freely, seeing that the eyes of the shepherd's wife fell upon his boots, "and I am not well fitted either. I have had some rough times lately, and have been forced to pick up what I can get in the way of wearing, but I must find a suit better fit for working-days when I reach home."

"One of hereabouts?" she inquired.

"Not quite that—further up the country."

"I thought so. And so be I; and by your tongue you come from my neighbourhood."

"But you would hardly have heard of me," he said quickly. "My time would be long before yours, ma'am, you see."

This testimony to the youthfulness of his hostess had the effect of stopping her cross-examination.

"There is only one thing more wanted to make me happy," continued the new-comer. "And that is a little baccy, which I am sorry to say I am out of."

"I'll fill your pipe," said the shepherd.

"I must ask you to lend me a pipe likewise."

"A smoker, and no pipe about 'ee?"

"I have dropped it somewhere on the road."

The shepherd filled and handed him a new clay pipe, saying, as he did so, "Hand me your baccy-box—I'll fill that too, now I am about it."

The man went through the movement of searching his pockets.

"Lost that too?" said his entertainer, with some surprise.

"I am afraid so," said the man with some confusion. "Give it to me in a screw of paper." Lighting his pipe at the candle with a suction that drew the whole flame into the bowl, he resettled himself in the corner and bent his looks upon the faint steam from his damp legs, as if he wished to say no more.

Meanwhile the general body of guests had been taking little notice of this visitor by reason of an absorbing discussion in which they were engaged with the band about a tune for the next dance. The matter being settled, they were about to stand up when an interruption came in the shape of another knock at the door.

At sound of the same the man in the chimney-corner took up the poker and began stirring the brands as if doing it thoroughly were the one aim of his existence; and a second time the shepherd said, "Walk in!" In a moment another man stood upon the straw-woven door-mat. He too was a stranger.

This individual was one of a type radically different from the first. There was more of the commonplace in his manner, and a certain jovial cosmopolitanism sat upon his features. He was several years older than the first arrival, his hair being slightly frosted, his eyebrows bristly, and his whiskers cut back from his cheeks. His face was rather full and flabby, and yet it was not altogether a face without power. A few grog-blossoms marked the neighbourhood of his nose. He flung back his long drab greatcoat, revealing that beneath it he wore a suit of cinder-grey shade throughout, large heavy seals, of some metal or other that would take a polish, dangling from his fob as his only personal ornament. Shaking the water-drops from his low-crowned glazed hat, he said, "I must ask for a few minutes' shelter, comrades, or I shall be wetted to my skin before I get to Casterbridge."

"Make yourself at home, master," said the shepherd, perhaps a trifle less heartily than on the first occasion. Not that Fennel had the least tinge of niggardliness in his composition; but the room was far from large, spare chairs were not numerous, and damp companions were not altogether desirable at close quarters for the women and girls in their bright-coloured gowns.

However, the second comer, after taking off his greatcoat, and hanging his hat on a nail in one of the ceiling-beams as if he had been specially invited to put it there, advanced and sat down at the table. This had been pushed so closely into the chimney-corner, to give all available room to the dancers, that its inner edge grazed the elbow of the man who had ensconced himself by the fire; and thus the two strangers were brought into close companionship. They nodded to each other by way of breaking the ice of unacquaintance, and the first stranger handed his neighbour the family mug—a huge vessel of brownware, having its upper edge worn away like a threshold by the rub of whole generations of thirsty lips that had gone the way of all flesh, and bearing the following inscription burnt upon its rotund side in yellow letters—

THERE iS NO FUN
UNTiLL i CUM.

The other man, nothing loth, raised the mug to his lips, and drank on, and on, and on—till a curious blueness overspread the countenance of the shepherd's wife, who had regarded with no little surprise the first stranger's free offer to the second of what did not belong to him to dispense.

"I knew it!" said the toper to the shepherd with much satisfaction. "When I walked up your garden before coming in, and saw the hives all of a row, I said to myself, 'Where there's bees there's honey, and where there's honey there's mead.' But mead of such a truly comfortable sort as this I really didn't expect to meet in my older days." He took yet another pull at the mug, till it assumed an ominous elevation.

"Glad you enjoy it!" said the shepherd warmly.

"It is goodish mead," assented Mrs. Fennel, with an absence of enthusiasm which seemed to say that it was possible to buy praise for one's cellar at too heavy a price. "It is trouble enough to make—and really I hardly think we shall make any more. For honey sells well, and we ourselves can make shift with a drop o' small mead and metheglin for common use from the comb-washings."

"O, but you'll never have the heart!" reproachfully cried the stranger in cinder-grey, after taking up the mug a third time and setting it down empty. "I love mead, when 'tis old like this, as I love to go to church o' Sundays, or to relieve the needy any day of the week."

"Ha, ha, ha!" said the man in the chimney-corner, who, in spite of the taciturnity induced by the pipe of tobacco, could not or would not refrain from this slight testimony to his comrade's humour.

Now the old mead of those days, brewed of the purest first-year or maiden honey, four pounds to the gallon—with its due complement of white of eggs, cinnamon, ginger, cloves, mace, rosemary, yeast, and processes of working, bottling, and cellaring—tasted remarkably strong; but it did not taste so strong as it actually was. Hence, presently, the stranger in cinder-grey at the table, moved by its creeping influence, unbuttoned his waistcoat, threw himself back in his chair, spread his legs, and made his presence felt in various ways.

"Well, well, as I say," he resumed, "I am going to Casterbridge, and to Casterbridge I must go, I should have been almost there by this time;

but the rain drove me into your dwelling, and I'm not sorry for it."

"You don't live in Casterbridge?" said the shepherd.

"Not as yet; though I shortly mean to move there."

"Going to set up in trade, perhaps?"

"No, no," said the shepherd's wife. "It is easy to see that the gentleman is rich, and don't want to work at anything."

The cinder-grey stranger paused, as if to consider whether he would accept that definition of himself. He presently rejected it by answering, "Rich is not quite the word for me, dame. I do work, and I must work. And even if I only get to Casterbridge by midnight I must begin work there at eight to-morrow morning. Yes, het or wet, blow or snow, famine or sword, my day's work to-morrow must be done."

"Poor man! Then, in spite o' seeming, you be worse off than we?" replied the shepherd's wife.

"'Tis the nature of my trade, men and maidens. 'Tis the nature of my trade more than my poverty.…But really and truly I must up and off, or I shan't get a lodging in the town." However, the speaker did not move, and directly added, "There's time for one more draught of friendship before I go; and I'd perform it at once if the mug were not dry."

"Here's a mug o' small," said Mrs. Fennel. "Small, we call it, though to be sure 'tis only the first wash o' the combs."

"No," said the stranger disdainfully. "I won't spoil your first kindness by partaking o' your second."

"Certainly not," broke in Fennel. "We don't increase and multiply everyday, and I'll fill the mug again." He went away to the dark place under the stairs where the barrel stood. The shepherdess followed him.

"Why should you do this?" she said reproachfully, as soon as they were alone. "He's emptied it once, though it held enough for ten people; and now he's not contented wi' the small, but must needs call for more o' the strong! And a stranger unbeknown to any of us. For my part, I don't like the look o' the man at all."

"But he's in the house, my honey; and 'tis a wet night, and a christening. Daze it, what's a cup of mead more or less? There'll be plenty more next bee-burning. "

"Very well—this time, then," she answered, looking wistfully at the barrel. "But what is the man's calling, and where is he one of, that he should come in and join us like this?"

"I don't know. I'll ask him again."

The catastrophe of having the mug drained dry at one pull by the stranger in cinder-grey was effectually guarded against this time by Mrs. Fennel. She poured out his allowance in a small cup, keeping the large one at a discreet distance from him. When he had tossed off his portion the shepherd renewed his inquiry about, the stranger's occupation.

The latter did not immediately reply, and the man in the chimney-corner, with sudden demonstrativeness, said, "Anybody may know my trade—I'm a wheelwright."

"A very good trade for these parts," said the shepherd.

"And anybody may know mine—if they've the sense to find it out," said the stranger in cinder-grey.

"You may generally tell what a man is by his claws," observed the hedge-carpenter, looking at his own hands, "My fingers be as full of thorns as an old pin-cushion is of pins."

The hands of the man in the chimney-corner instinctively sought the shade, and he gazed into the fire as he resumed his pipe. The man at the table took up the hedge-carpenter's remark, and added smartly, "True; but the oddity of my trade is that, instead of setting a mark upon me, it sets mark upon my customers."

No observation being offered by anybody in elucidation of this enigma the shepherd's wife once more called for song. The same obstacles presented themselves as at the former time—one had no voice, another had forgotten the first verse. The stranger at the table, whose soul had now risen to a good working temperature, relieved the difficulty by exclaiming that, to start the company, he would sing himself. Thrusting one thumb into the arm-hole of his waistcoat, he waved the other hand in the air, and, with an extemporizing gaze at the shining sheep-crooks above the mantelpiece, began—

Oh, my trade it is the rarest one,

Simple shepherds all—
My trade is a sight to see;
For my customers I tie, and take them up on high
And waft 'em to a far countree!

The room was silent when he had finished the verse with one exception, that of the man in the chimney-corner who, at the singer's word, "Chorus!" joined him in a deep bass voice of musical relish, "And waft 'em to a far countree!"

Oliver Giles, John Pitcher the dairyman, the parish-clerk the engaged man of fifty, the row of young women again the wall, seemed lost in thought not of the gayest kind. The shepherd looked meditatively on the ground, the shepherdess gazed keenly at the singer, and with some suspicion she was doubting whether this stranger were merely singing an old song from recollection, or was composing one there and then for the occasion. All were as perplexed at the obscure revelation as the guests at Belshazzar's Feast, except the man in the chimney-corner, who quietly said, "Second verse, stranger," and smoked on.

The singer thoroughly moistened himself from his lips inwards, and went on with the next stanza as requested—

My tools are but common ones,
Simple shepherds all—
My tools are no sight to see;
A little hempen string, and a post whereon to swing,
Are implements enough for me!

Shepherd Fennel glanced round. There was no longer any doubt that the stranger was answering his question rhythmically. The guests one and all started back with suppressed exclamations. The young woman engaged to the man of fifty fainted half-way, and would have proceeded, but finding him wanting in alacrity for catching her she sat down trembling.

"O, he's the—!" whispered the people in the background, mentioning the name of an ominous public officer. "He's come to do it! 'Tis to be at Casterbridge jail to-morrow—the man for sheep-stealing—the poor clockmaker we heard of, who used to live away at Shottsford and had no work to do—Timothy Summers, whose family were a-starving, and so he went out of Shottsford by the high-road, and took a sheep in open daylight, defying the farmer and the farmer's wife and the farmer's lad, and every man jack among 'em. He" (and they nodded towards the stranger of the deadly trade) "is come from up the country to do it because there's not enough to do in his own county-town, and he's got the place here now our own county man's dead; he's going to live in the same cottage under the prison wall."

The stranger in cinder-grey took no notice of this whispered string of observations, but again wetted his lips. Seeing that his friend in the chimney-corner was the only one who reciprocated his joviality in any way, he held out his cup towards that appreciative comrade, who also held out his own. They clinked together, the eyes of the rest of the room hanging upon the singer's actions. He parted his lips for the third verse; but at that moment another knock was audible upon the door. This time the knock was faint and hesitating.

The company seemed scared; the shepherd looked with consternation towards the entrance, and it was with some effort that he resisted his alarmed wife's deprecatory glance, and uttered for the third time the welcoming words, "Walk in!"

The door was gently opened, and another man stood upon the mat. He, like those who had preceded him, was a stranger. This time it was a short, small personage, of fair complexion, and dressed in a decent suit of dark clothes.

"Can you tell me the way to—?" he began: when, gazing round the room to observe the nature of the company amongst whom he had fallen, his eyes lighted on the stranger in the cinder-grey. It was just at the instant when the latter, who had thrown his mind into his song with such a will that he scarcely heeded the interruption, silenced all whispers and inquiries by bursting into his third verse—

To-morrow is my working day,

Simple shepherds all—
To-morrow is a working day for me;
For the farmer's sheep is slain, and the lad who did it ta'en,
And on his soul may God ha' merc-y!

The stranger in the chimney-corner, waving cups with the singer so heartily that his mead splashed over on the hearth repeated in his bass voice as before, "And on his soul may God ha' merc-y!"

All this time the third stranger had been standing in the doorway. Finding now that he did not come forward or go on speaking, the guests particularly regarded him. The noticed to their surprise that he stood before them the picture of abject terror—his knees trembling, his hand shaking so violently that the door-latch by which he supported himself rattled audibly: his white lips were parted, and his eyes fixed on the merry officer of justice in the middle the room. A moment more and he had turned, closed the door, and fled.

"What a man can it be?" said the shepherd.

The rest, between the awfulness of their late discovery and the odd conduct of this third visitor, looked as if they knew not what to think, and said nothing. Instinctively they withdrew further and further from the grim gentleman in their midst, whom some of them seemed to take for the Prince of Darkness himself, till they formed a remote circle, an empty space of floor being left between them and him—

"...circulus, cujus centrum diabolus."

The room was so silent—though there were more than twenty people in it—that nothing could be heard but the patter of the rain against the window-shutters, accompanied by the occasional hiss of a stray drop that fell down the chimney into the fire, and the steady puffing of the man in the corner, who had now resumed his pipe of long clay.

The stillness was unexpectedly broken. The distant sound of a gun reverberated through the air—apparently from the direction of the county-town.

"Be jiggered!" cried the stranger who had sung the song, jumping up.

"What does that mean?" asked several.

"A prisoner escaped from the jail—that's what it means."

All listened. The sound was repeated, and none of them spoke but the man in the chimney-corner, who said quietly, "I've often been told that in this county they fire a gun at such times; but I never heard it till now."

"I wonder if it is my man?" murmured the personage in cinder-grey.

"Surely it is!" said the shepherd involuntarily. "And surely we've zeed him! That little man who looked in at the door by now, and quivered like a leaf when he zeed ye and heard your song!"

"His teeth chattered, and the breath went out of his body," said the dairyman.

"And his heart seemed to sink within him like a stone," said Oliver Giles.

"And he bolted as if he'd been shot at," said the hedge carpenter.

"True—his teeth chattered, and his heart seemed to sink and he bolted as if he'd been shot at," slowly summed up the man in the chimney-corner.

"I didn't notice it," remarked the hangman.

"We were all a—wondering what made him run off in such a fright," faltered one of the women against the wall, "and now 'tis explained!"

The firing of the alarm-gun went on at intervals, low and sullenly, and their suspicions became a certainty. The sinister gentleman in cinder-grey roused himself. "Is there a constable here?" he asked, in thick tones. "If so, let him step forward."

The engaged man of fifty stepped quavering out from the wall, his betrothed beginning to sob on the back of the chair.

"You are a sworn constable?"

"I be, sir."

"Then pursue the criminal at once, with assistance, and bring him back here. He can't have gone far."

"I will, sir, I will—when I've got my staff. I'll go home and get it, and come sharp here, and start in a body."

"Staff!—never mind your staff; the man'll be gone!"

"But I can't do nothing without my staff—can I, William, and John, and Charles Jake? No; for there's the king's royal crown a painted on en in yaller and gold, and the lion and the unicorn, so as when I raise en up and hit my prisoner, 'tis made a lawful blow thereby. I wouldn't tempt to take up a man without my staff—no, not I. If I hadn't the law to gie me courage, why, instead o' my taking up him he might take up me!"

"Now, I'm a king's man myself, and can give you authority enough for this," said the formidable officer in grey. "Now then, all of ye, be ready. Have ye any lanterns?"

"Yes—have ye any lanterns?—I demand it!" said the constable.

"And the rest of you able-bodied—"

"Able-bodied men—yes—the rest of ye!" said the constable.

"Have you some good stout staves and pitchforks—"

"Staves and pitchforks—in the name o' the law! And take 'em in yer hands and go in quest, and do as we in authority tell ye!"

Thus aroused, the men prepared to give chase. The evidence was, indeed, though circumstantial, so convincing, that but little argument was needed to show the shepherd's guests that after what they had seen it would look very much like connivance if they did not instantly pursue the unhappy third stranger, who could not as yet have gone more than a few hundred yards over such uneven country.

A shepherd is always well provided with lanterns; and, lighting these hastily, and with hurdle-staves in their hands, they poured out of the door, taking a direction along the crest of the hill, away from the town, the rain having fortunately a little abated.

Disturbed by the noise, or possibly by unpleasant dreams of her baptism, the child who had been christened began to cry heart-brokenly in the room overhead. These notes of grief came down through the chinks of the floor to the ears of the women below, who jumped up one by one, and seemed glad of the excuse to ascend and comfort the baby, for the incidents of the last half-hour greatly oppressed them. Thus in the space of two or three minutes the room on the ground-floor was deserted quite.

But it was not for long. Hardly had the sound of footsteps died away when a man returned round the corner of the house from the direction the pursuers had taken. Peeping in at the door, and seeing nobody there, he entered leisurely. It was the stranger of the chimney-corner, who had gone out with the rest. The motive of his return was shown by his helping himself to a cut piece of skimmer-cake that lay on a ledge beside where he had sat, and which he had apparently forgotten to take with him. He also poured out half a cup more mead from the quantity that remained, ravenously eating and drinking these as he stood. He had not finished when another figure came in just as quietly—his friend in cinder-grey.

"O—you here?" said the latter, smiling. "I thought you had gone to help in the capture." And this speaker also revealed the object of his return by looking solicitously round for the fascinating mug of old mead.

"And I thought you had gone," said the other, continuing his skimmer-cake with some effort.

"Well, on second thoughts, I felt there were enough without me," said the first confidentially, "and such a night as it is, too. Besides, 'tis the business o' the Government to take care of its criminals—not mine."

"True; so it is. And I felt as you did, that there were enough without me."

"I don't want to break my limbs running over the humps and hollows of this wild country."

"Nor I neither, between you and me."

"These shepherd-people are used to it—simple-minded souls, you know, stirred up to anything in a moment. They'll have him ready for me before the morning, and no trouble to me at all."

"They'll have him, and we shall have saved ourselves all labour in the matter."

"True, true. Well, my way is to Casterbridge; and 'tis as much as my legs will do to take me that far. Going the same way?"

"No, I am sorry to say! I have to get home over there," (he nodded indefinitely to the right) "and I feel as you do, that it is quite enough for my legs to do before bedtime."

The other had by this time finished the mead in the mug, after which, shaking hands heartily at the door, and wishing each other well, they went their several ways.

In the meantime the company of pursuers had reached the end of the hog's-back elevation which dominated this part of the down. They had decided on no particular plan of action; and, finding that the man of the baleful trade was no longer in their company, they seemed quite unable to form any such plan now. They descended in all directions down the hill, and straightway several of the party fell into the snare set by Nature for all misguided midnight ramblers over this part of the cretaceous formation. The "lanchets," or flintslopes, which belted the escarpment at intervals of a dozen yards, took the less cautious ones unawares, and losing their footing on the rubbly steep they slid sharply downwards, the lanterns rolling from their hands to the bottom, and there lying on their sides till the horn was scorched through.

When they had again gathered themselves together the shepherd, as the man who knew the country best, took the lead, and guided them round these treacherous inclines. The lanterns, which seemed rather to dazzle their eyes and warn the fugitive than to assist them in the exploration, were extinguished, due silence was observed; and in this more rational order they plunged into the vale. It was a grassy, briery, moist defile, affording some shelter to any person who had sought it; but the party perambulated it in vain, and ascended on the other side. Here they wandered apart, and after an interval closed together again to report progress. At the second time of closing in they found themselves near a lonely ash, the single tree on this part of the coomb, probably sown there by a passing bird some fifty years before. And here, standing a little to one side of the trunk, as motionless as the trunk itself, appeared the man they were in quest of, his outline being well defined against the sky beyond. The band noiselessly drew up and faced him.

"Your money or your life!" said the constable sternly to the still figure.

"No, no," whispered John Pitcher. "'Tisn't our side ought to say that. That's the doctrine of vagabonds like him, and we be on the side of the law."

"Well, well," replied the constable impatiently; "I must say something, mustn't I? and if you had all the weight o' this undertaking upon your mind, perhaps you'd say the wrong thing too!—Prisoner at the bar, surrender, in the name of the Father—the Crown, I mane!"

The man under the tree seemed now to notice them for the first time, and, giving them no opportunity whatever for exhibiting their courage, he strolled slowly towards them. He was, indeed, the little man, the third stranger; but his trepidation had in a great measure gone.

"Well, travellers," he said, "did I hear ye speak to me?"

"You did; you've got to come and be our prisoner at once!" said the constable. "We arrest 'ee on the charge of not biding in Casterbridge jail in a decent proper manner to be hung to-morrow morning. Neighbours, do your duty, and seize the culpet!"

On hearing the charge the man seemed enlightened, and, saying not another word, resigned himself with preternatural civility to the search-party, who, with their staves in their hands, surrounded him on all sides, and marched him back towards the shepherd's cottage.

It was eleven o'clock by the time they arrived. The light shining from the open door, a sound of men's voices within, proclaimed to them as they approached the house that some new events had arisen in their absence.

On entering they discovered the shepherd's living room to be invaded by two officers from Casterbridge jail, and a well-known magistrate who lived at the nearest country-seat, intelligence of the escape having become generally circulated.

"Gentlemen," said the constable, "I have brought back your man—not without risk and danger; but every one must do his duty! He is inside this circle of able-bodied persons, who have lent me useful aid, considering their ignorance of Crown work. Men, bring forward your prisoner!" And the third stranger was let to the light.

"Who is this?" said one of the officials.

"The man," said the constable.

"Certainly not," said the turnkey; and the first corroborated his statement.

"But how can it be otherwise?" asked the constable. "Or why was he so terrified at sight o' the singing instrument of the law who sat there?" Here he related the strange behaviour of the third stranger on entering the house during the hangman's song.

"Can't understand it," said the officer coolly. "All I know is that it is not the condemned man. He's quite a different character from this one; a gauntish fellow, with dark hair and eyes, rather good-looking, and with a musical bass voice that if you heard it once you'd never mistake as long as you lived."

"Why, souls—'twas the man in the chimney-corner!"

"Hey—what?" said the magistrate, coming forward after inquiring particulars from the shepherd in the background. "Haven't you got the man after all?"

"Well, sir," said the constable, "he's the man we were in search of, that's true; and yet he's not the man we were in search of. For the man we were in search of was not the man we wanted, sir, if you understand my everyday way; for 'twas the man in the chimney-corner!"

"A pretty kettle of fish altogether!" said the magistrate. "You had better start for the other man at once."

The prisoner now spoke for the first time. The mention of the man in the chimney-corner seemed to have moved him as nothing else could do. "Sir," he said, stepping forward to the magistrate, "take no more trouble about me. The time is come when I may as well speak. I have done nothing; my crime is that the condemned man is my brother. Early this afternoon I left home at Shottsford to tramp it all the way to Casterbridge jail to bid him farewell. I was benighted, and called here to rest and ask the way. When I opened the door I saw before me the very man, my brother, that I thought to see in the condemned cell at Casterbridge. He was in this chimney corner; and jammed close to him, so that he could not have got out if he had tried, was the executioner who'd come to take his life, singing a song about it and not knowing that it was his victim who was close by, joining in to save appearances. My brother threw a glance of agony at me, and I knew he meant, 'Don't reveal what you see; my life depends on it.' I was so terror-struck that I could hardly stand, and, not knowing what I did, I turned and hurried away."

The narrator's manner and tone had the stamp of truth and his story made a great impression on all around. "And do you know where your brother is at the present time?" asked the magistrate.

"I do not. I have never seen him since I closed this door."

"I can testify to that, for we've been between ye ever since," said the constable.

"Where does he think to fly to?—what is his occupation?"

"He's a watch-and-clock-maker, sir."

"'A said 'a was a wheelwright—a wicked rouge," said the constable.

"The wheels of clocks and watches he meant, no doubt," said Shepherd Fennel. "I thought his hands were palish for's trade."

"Well, it appears to me that nothing can be gained by retaining this poor man in custody," said the magistrate. "Your business lies with the other, unquestionably."

And so the little man was released off-hand; but he looked nothing the less sad on that account, it being beyond the power of magistrate or constable to raze out the written troubles in his brain, for they concerned another whom he regarded with more solicitude than himself. When this was done, and the man had gone his way, the night was found to be so far advanced that it was deemed useless to renew the search before the next morning.

Next day, accordingly, the quest for the clever sheep-stealer became general and keen, to all appearance at least. But the intended punishment was cruelly disproportioned to the transgression, and the sympathy of a great many country-folk in that district was strongly on the side of the fugitive. Moreover, his marvellous coolness and daring in hob-and-nobbing with the hangman, under the unprecedented circumstances of the shepherd's party, won their admiration. So that it may be questioned if all those who ostensibly made themselves so busy in exploring woods and fields and lanes were quite so thorough when it came to the private examination of their own lofts and outhouses. Stories were afloat of a mysterious figure being occasionally seen in some old overgrown trackway or other, remote from turnpike roads; but when a search was instituted in any of these suspected quarters nobody was found. Thus the days and weeks passed without tidings.

In brief, the bass-voiced man of the chimney-corner was never recaptured. Some said that he went across the sea, others that he did not, but buried himself in the depths of a populous city. At any rate, the gentleman in cinder-grey never did his morning's work at Casterbridge, nor met anywhere at all, for business purposes, the genial comrade with whom he had passed an hour of relaxation in the lonely house on the slope of the coomb.

The grass has long been green on the graves of Shepherd Fennel and his frugal wife; the guests who made up the christening party have mainly followed their entertainers to the tomb; the baby in whose honour they all had met is a matron in the sere and yellow leaf. But the arrival of the three strangers at the shepherd's that night, and the details connected therewith, is a story as well known as ever in the country about Higher Crowstairs.

1883

Interlopers at the Knap

I

The north road from Casterbridge is tedious and lonely, especially in winter time. Along a part of its course it connects with Long-Ash Lane, a monotonous track without a village or hamlet for many miles, and with very seldom a turning. Unapprised wayfarers who are too old, or too young, or in other respects too weak for the distance to be traversed, but who, nevertheless, have to walk it, say, as they look wistfully ahead, "Once at the top of that hill, and I must surely see the end of Long-Ash Lane!" But they reach the hill-top, and Long-Ash Lane stretches in front as mercilessly as before.

Some few years ago a certain farmer was riding through this lane in the gloom of a winter evening. The farmer's friend, a dairyman, was riding beside him. A few paces in the rear rode the farmer's man. All three were well horsed on strong, round-barrelled cobs; and to be well horsed was to be in better spirits about Long-Ash Lane than poor pedestrians could attain to during its passage.

But the farmer did not talk much to his friend as he rode along. The enterprise which had brought him there filled his mind; for in truth it was important. Not altogether so important was it, perhaps, when estimated by its value to society at large; but if the true measure of a deed be proportionate to the space it occupies in the heart of him who undertakes it, Farmer Charles Darton's business to-night could hold its own with the business of kings.

He was a large farmer. His turnover, as it is called, was probably thirty thousand pounds a year. He had a great many draught horses, a great many milch cows, and of sheep a multitude. This comfortable position was, however, none of his own making. It had been created by his father, a man of a very different stamp from the present representative of the line.

Darton, the father, had been a one-idea'd character, with a buttoned-up pocket and a chink-like eye brimming with commercial subtlety. In Darton the son, this trade subtlety had become transmuted into emotional, and the harshness had disappeared; he would have been called a sad man but for his constant care not to divide himself from lively friends by piping notes out of harmony with theirs. Contemplative, he allowed his mind to be a quiet meeting place for memories and hopes. So that, naturally enough, since succeeding to the agricultural calling, and up to his present age of thirty-two, he had neither advanced nor receded as a capitalist—a stationary result which did not agitate one of his unambitious, unstrategic nature, since he had all that he desired. The motive of his expedition to-night showed the same absence of anxious regard for Number One.

The party rode on in the slow, safe trot proper to night-time and bad roads, Farmer Darton's head jigging rather unromantically up and down against the sky, and his motions being repeated with bolder emphasis by his friend Japheth Johns; while those of the latter were travestied in jerks stillness softened by art in the person of the lad who attended them. A pair of whitish objects hung one on each side of the latter, bumping against him at each step, and still further spoiling the grace of his seat. On close inspection they might have been perceived to be open rush baskets—one containing a turkey, and the other some bottles of wine.

"D'ye feel ye can meet your fate like a man, neighbour Darton?" asked Johns, breaking a silence which had lasted while five-and-twenty hedgerow trees had glided by.

Mr. Darton with a half-laugh murmured, "Ay—call it my fate! Hanging and wiving go by destiny." And then they were silent again.

The darkness thickened rapidly, at intervals shutting down on the land in a perceptible flap, like the wave of a wing. The customary close of day was accelerated by a simultaneous blurring of the air. With the fall of night had come a mist just damp enough to incommode, but not sufficient to saturate them. Countrymen as they were born, as may be said, with only an open door between them and the four seasons—they regarded the mist but as an added obscuration, and ignored its humid quality.

They were travelling in a direction that was enlivened by no modern current of traffic, the place of Darton's pilgrimage being an old-fashioned village—one of the Hintocks (several villages of that name, with a distinctive prefix or affix, lying thereabout)—where the people make the best cider and cider-wine in all Wessex, and where the dunghills smell of pomace instead of stable refuse as elsewhere. The lane was sometimes so narrow that the brambles of the hedge, which hung forward like anglers' rods over a stream, scratched their hats and hooked their whiskers as they passed. Yet this neglected lane had been a highway to Queen Elizabeth's subjects and the cavalcades of the past. Its day was over now, and its history as a national artery done for ever.

"Why I have decided to marry her," resumed Darton (in a measured musical voice of confidence which revealed a good deal of his composition), as he glanced round to see that the lad was not too near, "is not only that I like her, but that I can do no better, even from a fairly practical point of view. That I might ha' looked higher is possibly true, though it is really all nonsense. I have had experience enough in looking above me. 'No more superior women for me,' said I—you know when. Sally is a comely, independent, simple character, with no make-up about her, who'll think me as much a superior to her as I used to think—you know who I mean—was to me."

"Ay," said Johns. "However, I shouldn't call Sally Hall simple. Primary, because no Sally is; secondary, because if some could be, this one wouldn't. 'Tis a wrong denomination to apply to a woman, Charles, and affects me, as your best man, like cold water. 'Tis like recommending a stage play by saying there's neither murder, villainy, nor harm of any sort in it, when that's what you've paid your half-crown to see."

"Well; may your opinion do you good. Mine's a different one." And turning the conversation from the philosophical to the practical, Darton expressed a hope that the said Sally had received what he'd sent on by the carrier that day.

Johns wanted to know what that was.

"It is a dress," said Darton. "Not exactly a wedding dress; though she may use it as one if she likes. It is rather serviceable than showy—suitable for the winter weather."

"Good," said Johns. "Serviceable is a wise word in a bridegroom. I commend 'ee, Charles."

"For," said Darton, "why should a woman dress up like a rope-dancer because she's going to do the most solemn deed of her life except dying?"

"Faith, why? But she will, because she will, I suppose," said Dairyman Johns.

"H'm," said Darton.

The lane they followed had been nearly straight for several miles, but they now left it for a smaller one which after winding uncertainly for some distance forked into two. By night country roads are apt to reveal ungainly qualities which pass without observation during day; and though Darton had travelled this way before, he had not done so frequently, Sally having been wooed at the house of a relative near his own. He never remembered seeing at this spot a pair of alternative ways looking so equally probable as these two did now. Johns rode on a few steps.

"Don't be out of heart, sonny," he cried. "Here's a handpost. Ezra—come and climb this post, and tell us the way."

The lad dismounted, and jumped into the hedge where the post stood under a tree.

"Unstrap the baskets, or you'll smash up that wine!" cried Darton, as the young man began spasmodically to climb the post, baskets and all.

"Was there ever less head in a brainless world?" said Johns. "Here, simple Ezzy, I'll do it." He leapt off, and with much puffing climbed the post, striking a match when he reached the top, and moving the light along the arm, the lad standing and gazing at the spectacle.

"I have faced tantalization these twenty years with a temper as mild as milk!" said Japheth; "but such things as this don't come short of devilry!" And flinging the match away, he slipped down to the ground.

"What's the matter?" asked Darton.

"Not a letter, sacred or heathen—not so much as would tell us the way to the town of Smokey hole—ever I should sin to say it! Either the moss and mildew have eat away the words, or we have arrived in a land where the natives have lost the art o' writing, and should ha' brought our compass like Christopher Columbus."

"Let us take the straightest road," said Darton placidly; "I shan't be sorry to get there—'tis a tiresome ride. I would have driven if I had known."

"Nor I neither, sir," said Ezra. "These straps plough my shoulder like a zull. If 'tis much further to your lady's home, Maister Darton, I shall ask to be let carry half of these good things in my innerds—hee, hee!"

"Don't you be such a reforming radical, Ezra," said Johns sternly. "Here, I'll take the turkey."

This being done, they went forward by the right-hand lane, which ascended a hill, the left winding away under a plantation. The pit-a-pat of their horses' hoofs lessened up the slope; and the ironical directing-post stood in solitude as before, holding out its blank arms to the raw breeze, which brought a snore from the wood as if Skrymir the Giant were sleeping there.

II

Three miles to the left of the travelers, along the road they had not followed, rose an old house with mullioned windows of Ham-hill stone, and chimneys of lavish solidity. It stood at the top of a slope beside King's-Hintock village-street, only a mile or two from King's-Hintock Court, yet quite shut away from that mansion and its precincts. Immediately in front of it grew a large sycamore tree, whose bared roots formed a convenient staircase from the road below to the front door of the dwelling. Its situation gave the house what little distinctive name it possessed, namely, "The Knap." Some forty yards off a brook dribbled past, which, for its size, made a great deal of noise. At the back was a dairy barton, accessible for vehicles and live-stock by a side "drong." Thus much only of the character of the homestead could be divined out of doors at this shady evening-time.

But within there was plenty of light to see by, as plenty was construed at Hintock. Beside a Tudor fireplace, whose moulded four-centred arch was nearly hidden by a figured blue-cloth blower, were seated two women—mother and daughter—Mrs. Hall, and Sarah, or Sally; for this was a part of the world where the latter modification had not as yet been effaced as a vulgarity by the march of intellect. The owner of the name was the young woman by whose means Mr. Darton proposed to put an end to his bachelor condition on the approaching day.

The mother's bereavement had been so long ago as not to leave much mark of its occurrence upon her now, either in face or clothes. She had resumed the mob-cap of her early married life, enlivening its whiteness by a few rose-du-Barry ribbons. Sally required no such aids to pinkness. Roseate good-nature lit up her gaze; her features showed curves of decision and judgment; and she might have been regarded without much mistake as a warm-hearted, quick-spirited, handsome girl.

She did most of the talking, her mother listening with a half-absent air, as she picked up fragments of red-hot wood ember with the tongs, and piled them upon the brands. But the number of speeches that passed was very small in proportion to the meanings exchanged. Long experience together often enabled them to see the course of thought in each other's minds without a word being spoken. Behind them, in the centre of the room, the table was spread for supper, certain whiffs of air laden with fat vapours, which ever and anon entered from the kitchen, denoting its preparation there.

"The new gown he was going to send you stays about on the way like himself," Sally's mother was saying.

"Yes, not finished, I daresay," cried Sally independently. "Lord, I shouldn't be amazed if it didn't come at all! Young men make such kind promises when they are near you, and forget 'em when they go away. But he doesn't intend it as a wedding-gown—he gives it to me merely as a gown to wear when I like—a travelling-dress is what it would be called by some. Come rathe or come late it don't much matter, as I have a dress of my own to fall back upon. But what time is it?"

She went to the family clock and opened the glass, for the hour was not otherwise discernible by night, and indeed at all times was rather a thing to be investigated than beheld, so much more wall than window was there in the apartment. “It is nearly eight,” said she.

“Eight o’clock, and neither dress nor man,” said Mrs. Hall.

“Mother, if you think to tantalize me by talking like that, you are much mistaken! Let him be as late as he will—or stay away altogether—I don’t care,” said Sally. But a tender, minute quaver in the negation showed that there was something forced in that statement.

Mrs. Hall perceived it, and drily observed that she was not so sure about Sally not caring. “But perhaps you don’t care so much as I do, after all,” she said. “For I see what you don’t, that it is a good and flourishing match for you; a very honourable offer in Mr. Darton. And I think I see a kind husband in him. So pray God ’twill go smooth, and wind up well.”

Sally would not listen to misgivings. Of course it would go smoothly, she asserted. “How you are up and down, mother!” she went on. “At this moment, whatever hinders him, we are not so anxious to see him as he is to be here, and his thought runs on before him, and settles down upon us like the star in the east. Hark!” she exclaimed, with a breath of relief, her eyes sparkling. “I heard something. Yes—here they are!”

The next moment her mother’s slower ear also distinguished the familiar reverberation occasioned footsteps clambering up the roots of the sycamore.

“Yes it sounds like them at last,” she said. “Well, it is not so very late after all, considering the distance.”

The footfall ceased, and they arose, expecting a knock. They began to think it might have been, after all, some neighbouring villager under Bacchic influence, giving the centre of the road a wide berth, when their doubts were dispelled by the new-comer’s entry into the passage. The door of the room was gently opened, and there appeared not the pair of travellers with whom we have already made acquaintance, but a pale-faced man in the garb of extreme poverty—almost in rags.

“O, it’s a tramp—gracious me!” said Sally, starting back.

His cheeks and eye-orbits were deep concaves—rather, it might be, from natural weakness of constitution than irregular living, though there were indications that he had led no careful life. He gazed at the two women fixedly for a moment: then with an abashed, humiliated demeanour, dropped his glance to the floor, and sank into a chair without uttering a word.

Sally was in advance of her mother, who had remained standing by the fire. She now tried to discern the visitor across the candles.

"Why—mother," said Sally faintly, turning back to Mrs. Hall. "It is Phil, from Australia!"

Mrs. Hall started, and grew pale, and a fit of coughing seized the man with the ragged clothes. "To come home like this!" she said. "O, Philip—are you ill?"

"No, no, mother," replied he impatiently, as soon as he could speak.

"But for God's sake how do you come here—and just now too?"

"Well, I am here," said the man. "How it is I hardly know. I've come home, mother, because I was driven to it. Things were against me out there, and went from bad to worse."

"Then why didn't you let us know?—you've not writ a line for the last two or three years."

The son admitted sadly that he had not. He said that he had hoped and thought he might fetch up again, and be able to send good news. Then he had been obliged to abandon that hope, and had finally come home from sheer necessity—previously to making a new start. "Yes, things are very bad with me," he repeated, perceiving their commiserating glances at his clothes.

They brought him nearer the fire, took his hat from his thin hand, which was so small and smooth as to show that his attempts to fetch up again had not been in a manual direction. His mother resumed her inquiries, and dubiously asked if he had chosen to come that particular night for any special reason.

For no reason, he told her. His arrival had been quite at random. Then Philip Hall looked round the room, and saw for the first time that the table was laid somewhat luxuriously, and for a larger number than themselves; and that an air of festivity pervaded their dress. He asked quickly what was going on.

"Sally is going to be married in a day or two," replied the mother; and she explained how Mr. Darton, Sally's intended husband, was coming there that night with the groomsman, Mr. Johns, and other details. "We thought it must be their step when we heard you," said Mrs. Hall.

The needy wanderer looked again on the floor. "I see—I see," he murmured. "Why, indeed, should I have come to-night? Such folk as I are not wanted here at these times, naturally. And I have no business here—spoiling other people's happiness."

"Phil," said his mother, with a tear in her eye, but with a thinness of lip and severity of manner which were presumably not more than past events justified; "since you speak like that to me, I'll speak honestly to you. For these three years you have taken no thought for us. You left home with a good supply of money, and strength and education, and you ought to have made good use of it all. But you come back like a beggar; and that you come in a very awkward time for us cannot be denied. Your return to-night may do us much harm. But mind—you are welcome to this home as long as it is mine. I don't wish to turn you adrift. We will make the best of a bad job; and I hope you are not seriously ill?"

"O, no. I have only this infernal cough."

She looked at him anxiously. "I think you had better go to bed at once," she said.

"Well—I shall be out of the way there," said the son wearily. "Having ruined myself, don't let me ruin you by being seen in these togs, for Heaven's sake. Who do you say Sally is going to be married to—a Farmer Darton?"

"Yes—a gentleman-farmer—quite a wealthy man. Far better in station than she could have expected. It is a good thing, altogether."

"Well done, little Sal!" said her brother, brightening and looking up at her with a smile. "I ought to have written; but perhaps I have thought of you all the more. But let me get out of sight. I would rather go and jump into the river than be seen here. But have you anything I can drink? I am confoundedly thirsty with my long tramp."

"Yes, yes, we will bring something upstairs to you," said Sally, with grief in her face.

"Ay, that will do nicely. But, Sally and mother—" He stopped, and they waited.

"Mother, I have not told you all," he resumed slowly, still looking on the floor between his knees. "Sad as what you see of me is, there's worse behind."

His mother gazed upon him in grieved suspense, and Sally went and leant upon the bureau, listening for every sound, and sighing. Suddenly she turned round, saying, "Let them come, I don't care! Philip, tell the worst, and take your time."

"Well, then," said the unhappy Phil, "I am not the only one in this mess. Would do Heaven I were! But—"

"O, Phil!"

"I have a wife as destitute as I."

"A wife?" said his mother.

"Unhappily!"

"A wife! Yes, that is the way with sons!"

"And besides—" said he.

"Besides! O, Philip, surely—"

"I have two little children."

"Wife and children!" whispered Mrs. Hall, sinking down confounded.

"Poor little things!" said Sally involuntarily.

His mother turned again to him. "I suppose these helpless beings are left in Australia?"

"No. They are in England."

"Well, I can only hope you've left them in a respectable place."

"I have not left them at all. They are here—within a few yards of us. In short, they are in the stable."

"Where?"

"In the stable. I did not like to bring them indoors till I had seen you, mother, and broken the bad news a bit to you. They were very tired, and are resting out there on some straw."

Mrs. Hall's fortitude visibly broken down. She had been brought up not without refinement, and was even more moved by such a collapse of genteel aims as this than a substantial dairyman's widow would in ordinary have been moved. "Well, it must be borne," she said, in a low voice, with her hands tightly joined. "A starving son, a starving wife, starving children! Let it be. But why is this come to us now, to-day, to-night? Could no other misfortune happen to helpless women than this, which will quite upset my poor girl's chance of a happy life? Why have you done us this wrong, Philip? What respectable man will come here, and marry open-eyed into a family of vagabonds?"

"Nonsense, mother!" said Sally vehemently, while her face flushed. "Charley isn't the man to desert me. But if he should be, and won't marry me because Phil's come, let him go and marry elsewhere. I won't be ashamed of my own flesh and blood for any man in England—not I!" And then Sally turned away and burst into tears.

"Wait till you are twenty years older and you will tell a different tale," replied her mother.

The son stood up. "Mother," he said bitterly, "as I have come, so I will go. All I ask of you is that you will allow me and mine to lie in your stable to-night. I give you my word that we'll be gone by break of day, and trouble you no further!"

Mrs. Hall, the mother, changed at that. "O, no," she answered hastily; "never shall it be said that I sent any of my own family from my door. Bring 'em in, Philip, or take me out to them."

"We will put 'em all into the large bedroom," said Sally, brightening, "and make up a large fire. Let's go and help them in, and call Rebekah." (Rebekah was the woman who assisted at the dairy and housework; she lived in a cottage hard by with her husband, who attended to the cows.)

Sally went to fetch a lantern from the back-kitchen, but her brother said, "You won't want a light. I lit the lantern that was hanging there."

"What must we call your wife?" asked Mrs. Hall.

"Helena," said Philip.

With shawls over their heads they proceeded towards the back door.

"One minute before you go," interrupted Philip. "I haven't confessed all."

"Then Heaven help us!" said Mrs. Hall, pushing to the door and clasping her hands in calm despair.

"We passed through Evershead as we came," he continued, "and I just looked in at the 'Sow-and-Acorn' to see if old Mike still kept on there as usual. The carrier had come in from Sherton Abbas at that moment, and guessing that I was bound for this place—for I think he knew me—he asked me to bring on a dressmaker's parcel for Sally that was marked 'immediate.' My wife had walked on with the children. 'Twas a flimsy parcel, and the paper was torn, and I found on looking at it that it was a thick warm gown. I didn't wish you to see poor Helena in a shabby state. I was ashamed that you should—'twas not what she was born to. I untied the parcel in the road, took it on to her where she was waiting in the Lower Barn, and told her I had managed to get it for her, and that she was to ask no question. She, poor thing, must have supposed I obtained it on trust, through having reached a place where I was known, for she put it on gladly enough. She has it on now. Sally has other gowns, I daresay."

Sally looked at her mother, speechless.

"You have others, I daresay!" repeated Phil, with a sick man's impatience, "I thought to myself, 'Better Sally cry than Helena freeze.' Well, is the dress of great consequence? 'Twas nothing very ornamental, as far as I could see."

"No—no; not of consequence," returned Sally sadly, adding in a gentle voice, "You will not mind if I lend her another instead of that one, will you?"

Philip's agitation at the confession had brought on another attack of the cough, which seemed to shake him to pieces. He was so obviously unfit to sit in a chair that they helped him upstairs at once; and having hastily given him a cordial and kindled the bedroom fire, they descended to fetch their unhappy new relations.

III

It was with strange feelings that the girl and her mother, lately so cheerful, passed out of the back door into the open air of the barton, laden with hay scents and the hereby breath of cows. A fine sleet had begun to fall, and they trotted across the yard quickly. The stable-door was open; a light shone from it—from the lantern which always hung there, and which Philip had lighted, as he said. Softly nearing the door, Mrs. Hall pronounced the name "Helena!"

There was no answer for the moment. Looking in she was taken by surprise. Two people appeared before her. For one, instead of the drabbish woman she had expected, Mrs. Hall saw a pale, dark-eyed, ladylike creature, whose personality ruled her attire rather than was ruled by it. She was in a new and handsome gown, Sally's own, and an old bonnet. She was standing up, agitated; her hand was held by her companion—none else than Sally's affianced, Farmer Charles Darton, upon whose fine figure the pale stranger's eyes were fixed, as his were fixed upon her. His other hand held the rein of his horse, which was standing saddled as if just led in.

At sight of Mrs. Hall they both turned, looking at her in a way neither quite conscious nor unconscious, and without seeming to recollect that words were necessary as a solution to the scene. In another moment Sally entered also, when Mr. Darton dropped his companion's hand, led the horse aside, and came to greet his betrothed and Mrs. Hall.

"Ah!" he said, smiling—with something like forced composure—"this is a roundabout way of arriving, you will say, my dear Mrs. Hall. But we lost our way, which made us late. I saw a light here, and led in my horse at once—my friend Johns and my man have gone onward to the little inn with theirs, not to crowd you too much. No sooner had I entered than I saw that this lady had taken temporary shelter here—and found I was intruding."

"She is my daughter-in-law," said Mrs. Hall calmly. "My son, too, is in the house, but he has gone to bed unwell."

Sally had stood staring wonderingly at the scene until this moment, hardly recognizing Darton's shake of the hand. The spell that bound her was broken by her perceiving the two little children seated on a heap of hay. She suddenly went forward, spoke to them, and took one on her arm and the other in her hand.

"And two children?" said Mr. Darton, showing thus that he had not been there long enough as yet to understand the situation.

"My grandchildren," said Mrs. Hall, with as much affected ease as before.

Philip Hall's wife, in spite of this interruption to her first rencounter, seemed scarcely so much affected by it as to feel any one's presence in addition to Mr. Darton's. However, arousing herself by a quick reflection, she threw a sudden critical glance of her sad eyes upon Mrs. Hall; and, apparently finding her satisfactory, advanced to her in a meek initiative. Then Sally and the stranger spoke some friendly words to each other, and Sally went on with the children into the house. Mrs. Hall and Helena followed, and Mr. Darton followed these, looking at Helena's dress and outline, and listening to her voice like a man in a dream.

By the time the others reached the house Sally had already gone upstairs with the tired children. She rapped against the wall for Rebekah to come in and help to attend to them, Rebekah's house being a little "spit-and-daub" cabin leaning against the substantial stonework of Mrs. Hall's taller erection. When she came a bed was made up for the little ones, and some supper given to them. On descending the stairs after seeing this done Sally went to the sitting-room. Young Mrs. Hall entered it just in advance of her, having in the interim retired with her mother-in-law to take off her bonnet, and otherwise make herself presentable. Hence it was evident that no further communication could have passed between her and Mr. Darton since their brief interview in the stable.

Mr. Japheth Johns now opportunely arrived, and broke up the restraint of the company, after a few orthodox meteorological commentaries had passed between him and Mrs. Hall by way of introduction. They at once sat down to supper, the present of wine and turkey not being produced for consumption to-night, lest the premature display of those gifts should seem to throw doubt on Mrs. Hall's capacities as a provider.

"Drink hearty, Mr. Johns—drink hearty," said that matron magnanimously. "Such as it is there's plenty of. But perhaps cider-wine is not to your taste?—though there's body in it."

"Quite the contrairy, ma'am—quite the contrairy," said the dairyman. "For though I inherit the malt-liquor principle from my father, I am a cider-drinker on my mother's side. She came from these parts, you know. And there's this to be said for 't—'tis a more peaceful liquor, and don't lie about a man like your hotter drinks. With care, one may live on it a twelve month without knocking down a neighbour, or getting a black eye from an old acquaintance."

The general conversation thus begun was continued briskly, though it was in the main restricted to Mrs. Hall and Japheth, who in truth required but little help from anybody. There being slight call upon Sally's tongue, she had ample leisure to do what her heart most desired, namely, watch her intended husband and her sister-in-law with a view of elucidating the strange momentary scene in which her mother and herself had surprised them in the stable. If that scene meant anything, it meant, at least, that they had met before. That there had been no time for explanations Sally could see, for their manner was still one of suppressed amazement at each other's presence there. Darton's eyes, too, fell continually on the gown worn by Helena as if this were an added riddle to his perplexity; though to Sally it was the one feature in the case which was no mystery. He seemed to feel that fate had impishly changed his vis-a-vis in the lover's jig he was about to foot; that while the gown had been expected to enclose a Sally, a Helena's face looked out from the bodice; that some long-lost hand met his own from the sleeves.

Sally could see that whatever Helena might know of Darton, she knew nothing of how the dress entered into his embarrassment. And at moments the young girl would have persuaded herself that Darton's looks at her sister-in-law were entirely the fruit of the clothes query. But surely at other times a more extensive range of speculation and sentiment was expressed by her lover's eye than that which the changed dress would account for.

Sally's independence made her one of the least jealous of women. But there was something in the relations of these two visitors which ought to be explained.

Japheth Johns continued to converse in his well-known style, interspersing his talk with some private reflections on the position of Darton and Sally, which, though the sparkle in his eye showed them to be highly entertaining to himself, were apparently not quite communicable to the company. At last he withdrew for the night, going off to the roadside inn half-a-mile ahead, whither Darton promised to follow him in a few minutes.

Half-an-hour passed, and then Mr. Darton also rose to leave, Sally and her sister-in-law simultaneously wishing him good-night as they retired upstairs to their rooms. But on his arriving at the front door with Mrs. Hall a sharp shower of rain began to come down, when the widow suggested that he should return to the fireside till the storm ceased.

Darton accepted her proposal, but insisted that, as it was getting late, and she was obviously tired, she should not sit up on his account, since he could let himself out of the house, and would quite enjoy smoking a pipe by the hearth alone. Mrs. Hall assented; and Darton was left by himself. He spread his knees to the brands, lit up his tobacco as he had said, and sat gazing into the fire, and at the notches of the chimney-crook which hung above.

An occasional drop of rain rolled down the chimney with a hiss, and still he smoked on; but not like a man whose mind was at rest. In the long run, however, despite his meditations, early hours afield and a long ride in the open air produced their natural result. He began to doze.

How long he remained in this half-unconscious state he did not know. He suddenly opened his eyes. The back-brand had burnt itself in two, and ceased to flame; the light which he had placed on the mantelpiece had nearly gone out. But in spite of these deficiencies there was a light in the apartment, and it came from elsewhere. Turning his head he saw Philip Hall's wife standing at the entrance of the room with a bed-candle in one hand, a small brass tea-kettle in the other, and his gown, as it certainly seemed, still upon her.

"Helena!" said Darton, starting up.

Her countenance expressed dismay, and her first words were an apology. "I did not know you were here, Mr. Darton," she said, while a blush flashed to her cheek. "I thought everyone had retired—I was coming to make a little water boil; my husband seems to be worse. But perhaps the kitchen fire can be lighted up again."

"Don't go on my account. By all means put it on here as you intended," said Darton. "Allow me to help you." He went forward to take the kettle from her hand, but she did not allow him, and placed it on the fire herself.

They stood some way apart; one on each side of the fireplace, waiting till the water should boil, the candle on the mantel between them, and Helena with her eyes on the kettle. Darton was the first to break the silence. "Shall I call Sally?" he said.

"O, no," she quickly returned. "We have given trouble enough already. We have no right here. But we are the sport of fate, and were obliged to come."

"No, right here!" said he in surprise.

"None. I can't explain it now," answered Helena. "This kettle is very slow."

There was another pause; the proverbial dilatoriness of watched pots was never more clearly exemplified.

Helena's face was of that sort which seems to ask for assistance without the owner's knowledge—the very antipodes of Sally's, which was self-reliance expressed. Darton's eyes travelled from the kettle to Helena's face, then back to the kettle, then to the face for rather a longer time. "So I am not to know anything of the mystery that has distracted me all the evening?" he said. "How is it that a woman, who refused me because (as I supposed) my position was not good enough for her taste, is found to be the wife of a man who certainly seems to be worse off than I?"

"He had the prior claim," said she.

"What! you knew him at that time?"

"Yes, yes! And he went to Australia, and sent for me, and I joined him out there!"

"Ah—that was the mystery!"

"Please say no more," she implored. "Whatever, my errors, I have paid for them during the last five years!"

The heart of Darton was subject to sudden overflowings. He was kind to a fault. "I am sorry from my soul," he said, involuntarily approaching her. Helena withdrew a step or two, at which he became conscious of his movement, and quickly took his former place. Here he stood without speaking, and the little kettle began to sing.

"Well, you might have been my wife if you had chosen," he said at last. "But that's all past and gone. However, if you are in any trouble or poverty I shall be glad to be of service, and as your relation by marriage I shall have a right to be. Does your uncle know of your distress?"

"My uncle is dead. He left me without a farthing. And now we have two children to maintain."

"What, left you nothing? How could he be so cruel as that?"

"I disgraced myself in his eyes."

"Now," said Darton earnestly, "let me take care of the children, at least while you are so unsettled. You belong to another, so I cannot take care of you."

"Yes, you can," said a voice; and suddenly a third figure stood beside them. It was Sally. "You can, since you seem to wish to?" she repeated. "She no longer belongs to another.…My poor brother is dead!"

Her face was red, her eyes sparkled, and all the woman came to the front. "I have heard it!" she went on to him passionately. "You can protect her now as well as the children!" She turned then to her agitated sister-in-law. "I heard something," said Sally (in a gentle murmur, differing much from her previous passionate words), "and I went into his room. It must have been the moment you left. He went off so quickly, and weakly, and it was so unexpected, that I couldn't leave, even to call you."

Darton was just able to gather from the confused discourse which followed that, during his sleep by the fire, Sally's brother whom he had never seen had become worse; and that during Helena's absence for water the end had unexpectedly come. The two young women hastened upstairs, and he was again left alone.

After standing there a short time he went to the front door and looked out; till, softly closing it behind him, he advanced and stood under the large sycamore-tree. The stars were flickering coldly, and the dampness which had just descended upon the earth in rain now sent up a chill from it. Darton was in a strange position, and he felt it. The unexpected appearance, in deep poverty, of Helena young lady, daughter of a deceased naval officer, who had been brought up by her uncle, a solicitor, and had refused Darton in marriage years ago—the passionate, almost angry demeanour of Sally at discovering them, the abrupt announcement that Helena was a widow; all this coming together was a conjuncture difficult to cope with in a moment, and made him question whether he ought to leave the house or offer assistance. But for Sally's manner he would unhesitatingly have done the latter.

He was still standing under the tree when the door in front of him opened, and Mrs. Hall came out. She went round to the garden-gate at the side without seeing him. Darton followed her, intending to speak. Pausing outside, as if in thought, she proceeded to a spot where the sun came earliest in spring-time, and where the north wind never blew; it was where the row of beehives stood under the wall. Discerning her object, he waited till she had accomplished it.

It was the universal custom thereabout to wake the bees by tapping at their hives whenever a death occurred in the household, under the belief that if this were not done the bees themselves would pine away and perish during the ensuing year. As soon as an interior buzzing responded to her tap at the first hive Mrs. Hall went on to the second, and thus passed down the row. As soon as she came back he met her.

"What can I do in this trouble, Mrs. Hall?" he said.

"O, nothing, thank you, nothing," she said in a tearful voice, now just perceiving him. "We have called Rebekah and her husband, and they will do everything necessary." She told him in a few words the particulars of her son's arrival, broken in health—indeed, at death's very door, though they did not suspect it—and suggested, as the result of a conversation between her and her daughter, that the wedding should be postponed.

"Yes, of course," said Darton. "I think now to go straight to the inn and tell Johns what has happened." It was not till after he had shaken hands with her that he turned hesitatingly and added, "Will you tell the mother of his children that, as they are now left fatherless, I shall be glad to take the eldest of them, if it would be any convenience to her and to you?"

Mrs. Hall promised that her son's widow should be told of the offer, and they parted. He retired down the rooty slope and disappeared in the direction of the inn, where he informed Johns of the circumstances.

Meanwhile Mrs. Hall had entered the house. Sally was downstairs in the sitting-room alone, and her mother explained to her that Darton had readily assented to the postponement.

"No doubt he has," said Sally, with sad emphasis. "It is not put off for a week, or a month, or a year. I shall never marry him, and she will!"

IV

Time passed, and the household on the Knap became again serene under the composing influences of daily routine. A desultory, very desultory correspondence, dragged on between Sally Hall and Darton, who, not quite knowing how to take her petulant words on the night of her brother's death, had continued passive thus long, Helena and her children remained at the dairy-house, almost of necessity, and Darton therefore deemed it advisable to stay away.

One day, seven months later on, when Mr. Darton was as usual at his farm, twenty miles from King's-Hintock, a note reached him from Helena. She thanked him for his kind offer about her children, which her mother-in-law had duly communicated, and stated that she would be glad to accept it as regarded the eldest, the boy. Helena had, in truth, good need to do so, for her uncle had left her penniless, and all application to some relatives in the north had failed. There was, besides, as she said, no good school near Hintock to which she could send the child.

On a fine summer day the boy came. He was accompanied half-way by Sally and his mother—to the "White Horse," the fine old Elizabethan inn at Chalk Newton,* where he was handed over to Darton's bailiff in a shining spring-cart, who met them there.

He was entered as a day-scholar at a popular school at Casterbridge, three or four miles from Darton's, having first been taught by Darton to ride a forest-pony, on which he cantered to and from the aforesaid fount of

---

* It is now pulled down, and its site occupied by a modern one in red brick (1912). — T.H.

knowledge, and (as Darton hoped) brought away a promising headful of the same at each diurnal expedition. The thoughtful taciturnity into which Darton had latterly fallen was quite dissipated by the presence of this boy.

When the Christmas holidays came it was arranged that he should spend them with his mother. The journey was, for some reason or other, performed in two stages, as at his coming, except that Darton in person took the place of the bailiff, and that the boy and himself rode on horseback.

Reaching the renowned "White Horse," Darton inquired if Miss and young Mrs. Hall were there to meet little Philip (as they had agreed to be). He was answered by the appearance of Helena alone at the door.

"At the last moment Sally would not come," she faltered.

That meeting practically settled the point towards which these long-severed persons were converging. But nothing was broached about it for some time yet. Sally Hall had, in fact, imparted the first decisive motion to events by refusing to accompany Helena. She soon gave them a second move by writing the following note—

[Private.]

DEAR CHARLES,

Living here so long and intimately with Helena, I have naturally learnt her history, especially that of it which refers to you. I am sure she would accept you as a husband at the proper time, and I think you ought to give her the opportunity. You inquire in an old note if I am sorry that I showed temper (which it wasn't) that night when I heard you talking to her. No, Charles, I am not sorry at all for what I said then.

Yours sincerely,
SALLY HALL

Thus set in train, the transfer of Darton's heart back to its original quarters proceeded by mere lapse of time. In the following July, Darton went to his friend Japheth to ask him at last to fulfill the bridal office which had been in abeyance since the previous January twelvemonths.

"With all my heart, man o' constancy!" said Dairyman Johns warmly. "I've lost most of my genteel fair complexion haymaking this hot weather, 'tis true, but I'll do your business as well as them that look better. There be scents and good hair-oil in the world yet, thank God, and they'll take off the roughest o' my edge. I'll compliment her. 'Better late than never, Sally Hall,' I'll say."

"It is not Sally," said Darton hurriedly. "It is young Mrs. Hall."

Japheth's face, as soon as he really comprehended, became a picture of reproachful dismay. "Not Sally?" he said. "Why not Sally? I can't believe it! Young Mrs. Hall! Well, well—where's your wisdom?"

Darton shortly explained particulars; but Johns would not be reconciled. "She was a woman worth having if ever woman was," he cried. "And now to let her go!"

"But I suppose I can marry where I like," said Darton.

"H'm," replied the dairyman, lifting his eyebrows expressively. "This don't become you, Charles—it really do not. If I had done such a thing you would have sworn I was a curst no'thern fool to be drawn off the scent by such a red-herring doll-oll-oll."

Farmer Darton responded in such sharp terms to this laconic opinion that the two friends finally parted in a way they had never parted before. Johns was to be no groomsman to Darton after all. He had flatly declined. Darton went off sorry, and, even unhappy, particularly as Japheth was about to leave that side of the county, so that the words which had divided them were not likely to be explained away or softened down.

A short time after the interview Darton was united to Helena at a simple matter-of-fact wedding; and she and her little girl joined the boy who had already grown to look on Darton's house as home.

For some months the farmer experienced an unprecedented happiness and satisfaction. There had been a flaw in his life, and it was as neatly mended as was humanly possible. But after a season the stream of events followed less clearly, and there were shades in his reveries. Helena was a fragile woman, of little staying power, physically or morally, and since the time that he had originally known her—eight or ten years before she had been severely tried. She had loved herself out, in short, and was now occasionally given to moping. Sometimes she spoke regretfully of the gentilities of her early life, and instead of comparing her present state with her condition as the wife of the unlucky Hall, she mused rather on what it had been before she took the first fatal step of clandestinely marrying him. She did not care to please such people as those with whom she was thrown as a thriving farmer's wife. She allowed the pretty trifles of agricultural domesticity to glide by her as sorry details, and had it not been for the children Darton's house would have seemed but little brighter than it had been before.

This led to occasional unpleasantness, until Darton sometimes declared to himself that such endeavours as his to rectify early deviations of the heart by harking back to the old point mostly failed of success. "Perhaps Johns was right," he would say. "I should have gone on with Sally. Better go with the tide and make the best of its course than stem it at the risk of a capsize." But he kept these unmelodious thoughts to himself, and was outwardly considerate and kind.

This somewhat barren tract of his life had extended to less than a year and half when his ponderings were cut short by the loss of the woman they concerned. When she was in her grave he thought better of her than when she had been alive; the farm was a worse place without her than with her, after all. No woman short of divine could have gone through such an experience as hers with her first husband without becoming a little soured. Her stagnant sympathies, her sometimes unreasonable manner, had covered a heart frank and well meaning, and originally hopeful and warm. She left him a tiny red infant in white wrappings. To make life as easy as possible to this touching object became at once his care.

As this child learnt to walk and talk Darton learnt to see feasibility in a scheme which pleased him. Revolving the experiment which he had hither to made upon life, he fancied he had gained wisdom from his mistakes and caution from his miscarriages.

What the scheme was needs no penetration to discover. Once more he had opportunity to recast and rectify his ill-wrought situations by returning to Sally Hall, who still lived quietly on under her mother's roof at Hintock. Helena had been a woman to lend pathos and refinement to a home; Sally was the woman to brighten it. She would not, as Helena did, despise the rural simplicities of a farmer's fireside. Moreover, she had a pre-eminent qualification for Darton's household; no other woman could make so desirable a mother to her brother's two children and Darton's one as Sally—while Darton, now that Helena had gone, was a more promising husband for Sally than he had ever been when liable to reminders from an uncured sentimental wound.

Darton was not a man to act rapidly, and the working out of his reparative designs might have been delayed for some time. But there came a winter evening precisely like the one which had darkened over that former ride to Hintock, and he asked himself why he should postpone longer, when the very landscape called for a repetition of that attempt.

He told his man to saddle the mare, booted and spurred himself with a younger horseman's nicety, kissed the two youngest children, and rode off. To make the journey a complete parallel to the first, he would fain have had his old acquaintance Japheth Johns with him. But Johns, alas! was missing. His removal to the other side of the county had left unrepaired the breach which had arisen between him and Darton; and though Darton had forgiven him a hundred times, as Johns had probably forgiven Darton, the effort of reunion in present circumstances was one not likely to be made.

He screwed himself up to as cheerful a pitch as he could without his former crony, and became content with his own thoughts as he rode, instead of the words of a companion. The sun went down; the boughs appeared scratched in like an etching against the sky; old crooked men with faggots at their backs said "Good-night, sir," and Darton replied "Good-night" right heartily.

By the time he reached the forking roads it was getting as dark as it had been on the occasion when Johns climbed the directing-post. Darton made no mistake this time. "Nor shall I be able to mistake, thank Heaven, when I arrive," he murmured. It gave him peculiar satisfaction to think that the proposed marriage, like his first, was of the nature of setting in order things long awry, and not a momentary freak of fancy.

Nothing hindered the smoothness of his journey, which seemed not half its former length. Though dark, it was only between five and six o'clock when the bulky chimneys of Mrs. Hall's residence appeared in view behind the sycamore-tree. On second thoughts he retreated and put up at the ale-house as in former time; and when he had plumed himself before the inn mirror, called for something to drink, and smoothed out the incipient wrinkles of care, he walked on to the Knap with a quick step.

V

That evening Sally was making "pinners" for the milkers, who were now increased by two, for her mother and herself no longer joined in milking the cows themselves. But upon the whole there was little change in the household economy, and not much in its appearance, beyond such minor particulars as that the crack over the window, which had been a hundred years coming, was a trifle wider; that the beams were a shade blacker; that the influence of modernism had supplanted the open chimney corner by a grate; that Rebekah, who had worn a cap when she had plenty of hair, had left it off now she had scarce any, because it was reported that caps were not fashionable; and that Sally's face had naturally assumed a more womanly and experienced cast.

Mrs. Hall was actually lifting coals with the tongs, as she had used to do.

"Five years ago this very night, if I am not mistaken—" she said, laying on an ember.

"Not this very night—though 'twas one night this week," said the correct Sally.

"Well, 'tis near enough. Five years ago Mr. Darton came to marry you, and my poor boy Phil came home to die." She sighed. "Ah, Sally," she presently said, "if you had managed well Mr. Darton would have had you, Helena or none."

"Don't be sentimental about that, mother," begged Sally. "I didn't care to manage well in such a case. Though I liked him, I wasn't so anxious. I would never have married the man in the midst of such a hitch as that was," she added with decision; "and I don't think I would if he were to ask me now."

"I am not sure about that, unless you have another in your eye."

"I wouldn't; and I'll tell you why. I could hardly marry him for love at this time o' day. And as we've quite enough to live on if we give up the dairy to-morrow, I should have no need to marry for any meaner reason.…I am quite happy enough as I am, and there's an end of it."

Now it was not long after this dialogue that there came a mild rap at the door, and in a moment there entered Rebekah, looking as though a ghost had arrived. The fact was that that accomplished skimmer and churner (now a resident in the house) had overheard the desultory observations between mother and daughter, and on opening the door to Mr. Darton thought the coincidence must have a grisly meaning in it. Mrs. Hall welcomed the farmer with warm surprise, as did Sally, and for a moment they rather wanted words.

"Can you push up the chimney-crook for me, Mr. Darton? the notches hitch," said the matron. He did it, and the homely little act bridged over the awkward consciousness that he had been a stranger for four years.

Mrs. Hall soon saw what he had come for, and left the principals together while she went to prepare him a late tea, smiling at Sally's recent hasty assertions of indifference, when she saw how civil Sally was. When tea was ready she joined them. She fancied that Darton did not look so confident as when he had arrived; but Sally was quite light-hearted, and the meal passed pleasantly.

About seven he took his leave of them. Mrs. Hall went as far as the door to light him down the slope. On the doorstep he said frankly:

"I came to ask your daughter to marry me; chose the night and everything, with an eye to a favourable answer. But she won't."

"Then she's a very ungrateful girl!" emphatically said Mrs. Hall.

Darton paused to shape his sentence, and asked, "I—I suppose there's nobody else more favoured?"

"I can't say that there is, or that there isn't," answered Mrs. Hall. "She's private in some things. I'm on your side, however, Mr. Darton, and

I'll talk to her."

"Thank 'ee, thank 'ee!" said the farmer in a gayer accent; and with this assurance the not very satisfactory visit came to an end. Darton descended the roots of the sycamore, the light was withdrawn, and the door closed. At the bottom of the slope he nearly ran against a man about to ascend.

"Can a jack-o'-lent believe his few senses on such a dark night, or can't he?" exclaimed one whose utterance Darton recognized in a moment, despite its unexpectedness. "I dare not swear he can, though I fain would!" The speaker was Johns.

Darton said he was glad of this opportunity, bad as it was, of putting an end to the silence of years, and asked the dairyman what he was travelling that way for.

Japheth showed the old jovial confidence in a moment. "I'm going to see your—relations—as they always seem to me," he said—"Mrs. Hall and Sally. Well, Charles, the fact is I find the natural barbarousness of man is much increased by a bachelor life, and, as your leavings were always good enough for me, I'm trying civilisation here." He nodded towards the house.

"Not with Sally—to marry her?" said Darton, feeling something like a rill of ice-water between his shoulders.

"Yes, by, the help of Providence and my personal charms. And I think I shall get her. I am this road every week—my present dairy is only four miles off, you know, and I see her through the window. 'Tis rather odd that I was going to speak practical to-night to her for the first time. You've just called?"

"Yes, for a short while. But she didn't say a word about you."

"A good sign, a good sign. Now that decides me. I'll swing the mallet and get her answer this very night as I planned."

A few more remarks, and Darton, wishing his friend joy of Sally in a slightly hollow tone of jocularity, bade him good-bye. Johns promised to write particulars, and ascended, and was lost in the shade of the house and tree. A rectangle of light appeared when Johns was admitted, and all was dark again.

"Happy Japheth!" said Darton. "This then is the explanation!"

He determined to return home that night. In a quarter of an hour he passed out of the village, and the next day went about his swede-lifting and storing as if nothing had occurred.

He waited and waited to hear from Johns whether the wedding-day was fixed: but no letter came. He learnt not a single particular till, meeting Johns one day at a horse-auction, Darton exclaimed genially—rather more genially than he felt—"When is the joyful day to be?"

To his great surprise a reciprocity of gladness was not conspicuous in Johns. "Not at all," he said, in a very subdued tone. "'Tis a bad job; she won't have me."

Darton held his breath till he said with treacherous solicitude, "Try again—'tis coyness."

"O, no," said Johns decisively. "There's been none of that. We talked it over dozens of times in the most fair and square way. She tells me plainly, I don't suit her. 'Twould be simply annoying her to ask her again. Ah, Charles, you threw a prize away when you let her slip five years ago."

"I did—I did," said Darton.

He returned from that auction with a new set of feelings in play. He had certainly made a surprising mistake in thinking Johns his successful rival. It really seemed as if he might hope for Sally after all.

This time, being rather pressed by business, Darton had recourse to pen-and-ink, and wrote her as manly and straightforward a proposal as any woman could wish to receive. The reply came promptly—

DEAR MR. DARTON,

I am as sensible as any woman can be of the goodness that leads you to make me this offer a second time. Better women than I would be proud of the honour, for when I read your nice long speeches on mangold-wurzel, and such like topics, at the Casterbridge Farmers' Club, I do feel it an honour, I assure you. But my answer is just the same as before. I will not try to explain what, in truth, I cannot explain—my reasons; I will simply say that I must decline to be married to you.

With good wishes as in former times,

I am, your faithful friend,
SALLY HALL

Darton dropped the letter hopelessly. Beyond the negative, there was just a possibility of sarcasm in it—"nice long speeches on mangold-wurzel" had a suspicious sound. However, sarcasm or none, there was the answer, and he had to be content.

He proceeded to seek relief in a business which at this time engrossed much of his attention—that of clearing up a curious mistake just current in the county, that he had been nearly ruined by the recent failure of a local bank. A farmer named Darton had lost heavily, and the similarity of name had probably led to the error. Belief in it was so persistent that it demanded several days of letter-writing to set matters straight, and persuade the world that he was as solvent as ever he had been in his life. He had hardly concluded this worrying task when, to his delight, another letter arrived in the handwriting of Sally.

Darton tore it open; it was very short.

DEAR MR. DARTON,

We have been so alarmed these last few days by the report that you were ruined by the stoppage of —'s Bank, that, now it is contradicted, I hasten, by my mother's wish, to say how truly glad we are to find there is no foundation for the report. After your kindness to my poor brother's children, I can do no less than write at such a moment. We had a letter from each of them a few days ago.

Your faithful friend,
SALLY HALL

"Mercenary little woman!" said Darton to himself with a smile. "Then that was the secret of her refusal this time she thought I was ruined."

Now, such was Darton, that as hours went on he could not help feeling too generously towards Sally to condemn her in this. What did he want in a wife? He asked himself. Love and integrity. What next? Worldly wisdom. And was there really more than worldly wisdom in her refusal to go aboard a sinking ship? She now knew it was otherwise. "Begad," he said, "I'll try her again."

The fact was he had so set his heart upon Sally, and Sally alone, that nothing was to be allowed to baulk him; and his reasoning was purely formal.

Anniversaries having been unpropitious, he waited on till a bright day late in May—a day when all animate nature was fancying, in its trusting, foolish way, that it was going to bask under blue sky for evermore. As he rode through Long-Ash Lane it was scarce recognizable as the track of his two winter journeys. No mistake could be made now, even with his eyes shut. The cuckoo's note was at its best, between April tentativeness and midsummer decrepitude, and the reptiles in the sun behaved as winningly as kittens on a hearth. Though afternoon, and about the same time as on the last occasion, it was broad day and sunshine when he entered Hintock, and the details of the Knap dairy-house were visible far up the road. He saw Sally in the garden, and was set vibrating. He had first intended to go on to the inn; but "No," he said, "I'll tie my horse to the garden-gate. If all goes well it can soon be taken round: if not, I mount and ride away."

The tall shade of the horseman darkened the room in which Mrs. Hall sat, and made her start, for he had ridden by a side path to the top of the slope, where riders seldom came. In a few seconds he was in the garden with Sally.

Five—ay, three minutes—did the business at the back of that row of bees. Though spring had come, and heavenly blue consecrated the scene, Darton succeeded not. "No," said Sally firmly. "I will never, never marry you, Mr. Darton. I—would have done it once; but now I never can."

"But!"—implored Mr. Darton. And with a burst of real eloquence he went on to declare all sorts of things that he would do for her. He would drive her to see her mother every week—take her to London—settle so much money upon her—Heaven knows what he did not promise, suggest, and tempt her with. But it availed nothing. She interposed with a stout negative which closed the course of his argument like an iron gate across a highway. Darton paused.

"Then," said he simply, "you hadn't heard of my supposed failure when you declined last time?"

"I had not," she said. "That you believed me capable of refusing you for such a reason does not help your cause."

"And 'tis not because of any soreness from my slighting you years ago?"

"No. That soreness is long past."

"Ah—then you despise me, Sally!"

"No," she slowly answered. "I don't altogether despise you. I don't think you quite such a hero as I once did—that's all. The truth is, I am happy enough as I am; and I don't mean to marry at all. Now may I ask a favour, sir?" She spoke with an ineffable charm, which, whenever he thought of it, made him curse his loss of her as long as he lived.

"To any extent."

"Please do not put this question to me any more. Friends as long as you like, but lovers and married never."

"I never will," said Darton. "Not if I live a hundred years."

And he never did. That he had worn out his welcome in her heart was only too plain.

When his step-children had grown up and were placed out in life all communication between Darton and the Hall family ceased. It was only by chance that, years after, he learnt that Sally, notwithstanding the solicitations her attractions drew down upon her, had refused several offers of marriage, and steadily adhered to her purpose of leading a single life.

May 1884

A Few Crusted Characters

Introduction

It is a Saturday afternoon of blue and yellow autumn-time, and the scene is the High Street of a well-known market-town. A large carrier's van stands in the quadrangular fore-court of the White Hart Inn, upon the sides of its spacious tilt being painted, in weather-beaten letters: "Burthen, Carrier to Longpuddle." These vans, so numerous hereabout, are a respectable, if somewhat lumbering, class of conveyance, much resorted to by decent travellers not overstocked with money, the better among them roughly corresponding to the old French diligences.

The present one is timed to leave the town at four in the afternoon precisely, and it is now half-past three by the clock in the turret at the top of the street. In a few seconds errand-boys from the shops begin to arrive with packages, which they fling into the vehicle, and turn away whistling and care for the packages no more. At twenty minutes to four an elderly woman places her basket upon the shafts, slowly mounts, takes up a seat inside, and folds her hands and her lips. She has secured her corner for the journey, though there is as yet no sign of a horse being put in, nor of a carrier. At the three-quarters, two other women arrive, in whom the first recognizes the postmistress of Upper Longpuddle and the registrar's wife, they recognizing her as the aged groceress of the same village. At five minutes to the hour there approach Mr. Profitt, the schoolmaster, in a soft felt hat, and Christopher Twink, the master-thatcher; and as the hour strikes there rapidly drop in the parish clerk and his wife, the seedsman and his aged father, the registrar; also Mr. Day, the world-ignored local landscape-painter, an elderly man who resides in his native place, and has never sold a picture outside it, though his pretensions to art have been nobly supported by his fellow-villagers, whose confidence in his genius has been as remarkable as the outer neglect of it, leading them to buy his paintings so extensively (at a price of a few shillings each, it is true) that every dwelling in the parish exhibits three or four of those admired productions on its walls.

Burthen, the carrier, is by this time seen bustling round the vehicle; the horses are put in, the proprietor arranges the reins and springs up into his seat as if he were used to it—which he is.

"Is everybody here?" he asks preparatorily over his shoulder to the passengers within.

As those who were not there did not reply in the negative the muster was assumed to be complete, and after a few hitches and hindrances the van with its human freight was got under way. It jogged on at an easy pace till it reached the bridge which formed the last outpost of the town. The carrier pulled up suddenly.

"Bless my soul!" he said, "I've forgot the curate!"

All who could do so gazed from the little back window of the van, but the curate was not in sight.

"Now I wonder where that there man is?" continued the carrier.

"Poor man, he ought to have a living at his time of life."

"And he ought to be punctual," said the carrier. "'Four o'clock sharp is my time for starting,' I said to 'en. And he said, 'I'll be there.' Now he's not here; and as a serious old church-minister he ought to be as good as his word. Perhaps Mr. Flaxton knows, being in the same line of life?" He turned to the parish clerk.

"I was talking an immense deal with him, that's true, half an hour ago," replied that ecclesiastic, as one of whom it was no erroneous supposition that he should be on intimate terms with another of the cloth. "But he didn't say he would be late."

The discussion was cut off by the appearance round the corner of the van of rays from the curate's spectacles, followed hastily by his face and a few white whiskers, and the swinging tails of his long gaunt coat. Nobody reproached him, seeing how he was reproaching himself; and he entered breathlessly and took his seat.

"Now be we all here?" said the carrier again. They started a second time, and moved on till they were about three hundred yards out of the town, and had nearly reached the second bridge, behind which, as every native remembers, the road takes a turn, and travellers by this highway disappear finally from the view of gazing burghers.

"Well, as I'm alive!" cried the postmistress from the interior of the conveyance, peering through the little square back-window along the road townward.

"What?" said the carrier.

"A man hailing us!"

Another sudden stoppage. "Somebody else?" the carrier asked.

"Ay, sure!" All waited silently, while those who could gaze out did so.

"Now, who can that be?" Burthen continued. "I just put it to ye, neighbours, can any man keep time with such hindrances? Bain't we full a'ready? Who in the world can the man be?"

"He's a sort of gentleman," said the schoolmaster, his position commanding the road more comfortably than that of his comrades.

The stranger, who had been holding up his umbrella to attract their notice, was walking forward leisurely enough, now that he found, by their stopping that it had been secured. His clothes were decidedly not of a local cut, though it was difficult to point out any particular mark of difference. In his left hand he carried a small leather travelling bag. As soon as he had overtaken the van he glanced at the inscription on its side, as if to assure himself that he had hailed the right conveyance, and asked if they had room.

The carrier replied that though they were pretty well laden he supposed they could carry one more, whereupon the stranger mounted, and took the seat cleared for him within. And then the horses made another move, this time for good, and swung along with their burden of fourteen souls all told.

"You Bain't one of these parts, sir?" said the carrier. "I could tell that as far as I could see 'ee."

"Yes, I am one of these parts," said the stranger.

"Oh? H'm."

The silence which followed seemed to imply a doubt of the truth of the new-comer's assertion. "I was speaking of Upper Longpuddle more particular," continued the carrier hardily, "and I think I know most faces of that valley."

"I was born at Longpuddle, and nursed at Longpuddle, and my father and grandfather before me," said the passenger quietly.

"Why, to be sure," said the aged groceress in the background, "it isn't John Lackland's son—never—it can't be he who went to foreign parts five-and-thirty years ago with his wife and family?—Yet—what do I hear?—that's his father's voice!"

"That's the man," replied the stranger. "John Lackland was my father, and I am John Lackland's son. Five-and-thirty years ago, when I was a boy of eleven, my parents emigrated across the seas, taking me and my sister with them. Kytes's boy Tony was the one who drove us and our belongings to Casterbridge on the morning we left; and his was the last Longpuddle face I saw. We sailed the same week across the ocean, and there we've been ever since, and there I've left those I went with—all three."

"Alive or dead?"

"Dead," he replied in a low voice. "And I have come back to the old place, having nourished a thought—not a definite intention, but just a thought—that I should like to return here in a year or two, to spend the remainder of my days."

"Married man, Mr. Lackland?"

"No."

"And have the world used 'ee well, sir—or rather John, knowing 'ee as a child? In these rich new countries that we hear of so much, you've got rich with the rest?"

"I am not very rich," Mr. Lackland said. "Even in new countries, you know, there are failures. The race is not always to the swift, nor the battle to the strong; and even if it sometimes is, you may be neither swift nor strong. However, that's enough about me. Now, having answered your inquiries, you must answer mine; for being in London, I have come down here entirely to discover what Longpuddle is looking like, and who are living there. That was why I preferred a seat in your van to hiring a carriage for driving across."

"Well, as for Longpuddle, we rub on there much as usual. Old figures have dropped out o' their frames, so to speak it, and new ones have been put in their places. You mentioned Tony Kytes as having been the one to drive your family and your goods to Casterbridge in his father's wagon when you left. Tony is, I believe, living still, but not at Longpuddle. He went away and settled at Lewgate, near, Mellstock after his marriage. Ah, Tony was a sort o' man!"

"His character had hardly come out when I knew him."

"No. But 'twas well enough, as far as that goes—except as to women. I shall never forget his courting—never!"

The returned villager waited silently, and the carrier went on—

Tony Kytes, The Arch-Deceiver

"I shall never forget Tony's face. It was a little, round, firm, tight face, with a seam here and there left by the small-pox, but not enough to hurt his looks in a woman's eye, though he'd had it badish when he was a boy. So very serious looking and unsmiling 'a was, that young man, that it really seemed as if he couldn't laugh at all without great pain to his conscience. He looked very hard at a small speck in your eye when talking to 'ee. And there was no more sign of a whisker or beard on Tony Kytes's face than on the palm of my hand. He used to sing 'The Tailor's Breeches' with a religious manner, as if it were a hymn—

O the petticoats went off, and the breeches they went on!

and all the rest of the scandalous stuff. He was quite the women's favorite, and in return for their likings he loved 'em in shoals.

"But in course of time Tony got fixed down to one in particular, Milly Richards—a nice, light, small, tender little thing; and it was soon said that they were engaged to be married. One Saturday he had been to market to do business for his father, and was driving home the wagon in the afternoon. When he reached the foot of the hill, who should he see waiting for him at the top but Unity Sallet, a handsome girl, one of the young women he'd been very tender towards before he'd got engaged to Milly.

"As soon as Tony came up to her, she said, 'My dear Tony, will you give me a lift home?'

"'That I will, darling,' said Tony. 'You don't suppose I could refuse?'

"She smiled a smile, and up she hopped, and on drove Tony.

"'Tony,' she says, in a sort of tender chide, 'why did ye desert me for that other one? In what is she better than I? I should have made 'ee a finer wife, and a more loving one, too. 'Tisn't girls that are so easily won at first that are the best. Think how long we've known each other—ever since we were children almost—now haven't we, Tony?'

"'Yes, that we have,' says Tony, a-struck with the truth o't.

"'And you've never seen anything in me to complain of, have ye, Tony? Now tell the truth to me.'

"'I never have, upon my life,' says Tony.

"'And—can you say I'm not pretty, Tony? Now look at me.'

"He let his eyes light upon her for a long while. 'I really can't,' says he. 'In fact, I never knowed you was so pretty before!'

"'Prettier than she?'

"What Tony would have said to that nobody knows, for before he could speak, what should he see ahead, over the hedge past the turning, but a feather he knew well—the feather in Milly's hat—she to whom he had been thinking of putting the question as to giving out the banns that very week.

"'Unity,' says he, as mild as he could, 'here's Milly coming. Now I shall catch it mightily if she sees 'ee riding here with me; and if you get down she'll be turning the corner in a moment, and, seeing 'ee in the road, she'll know we've been coming on together. Now, dearest Unity, will ye, to avoid all unpleasantness, which I know ye can't bear any more than I, will ye lie down in the back part of the wagon, and let me cover you over with the tarpaulin till Milly has passed? It will all be done in a minute. Do!—and I'll think over what we've said; and perhaps I shall put a loving question to you after all, instead of to Milly. 'Tisn't true that it is all settled between her and me.'

"Well, Unity Sallet agreed, and lay down at the back end of the wagon, and Tony covered her over, so that the wagon seemed to be empty but for the loose tarpaulin; and then he drove on to meet Milly.

"'My dear Tony!' cries Milly, looking up with a little pout at him as he came near. 'How long you've been coming home! Just as if I didn't live at Upper Longpuddle at all! And I've come to meet you as you asked me to do, and to ride back with you, and talk over our future home—since you asked me, and I promised. But I shouldn't have come else, Mr. Tony!'

"'Ay, my dear, I did ask ye—to be sure I did, now I think of it—but I had quite forgot it. To ride back with me, did you say, dear Milly?'

"'Well, of course! What can I do else? Surely you don't want me to walk, now I've come all this way?'

"'Oh no, no! I was thinking you might be going on to town to meet your mother. I saw her there—and she looked as if she might be expecting 'ee.'

"'Oh no; she's just home. She came across the fields, and so got back before you.'

"'Ah! I didn't know that,' says Tony. And there was no help for it but to take her up beside him.

"They talked on very pleasantly, and looked at the trees and beasts and birds and insects, and at the plowmen at work in the fields, till presently who should they see looking out of the upper window of a house that stood beside the road they were following but Hannah Jolliver, another young beauty of the place at that time, and the very first woman that Tony had fallen in love with—before Milly and before Unity, in fact the one that he had almost arranged to marry instead of Milly. She was a much more dashing girl than Milly Richards, though he'd not thought much of her of late. The house Hannah was looking from was her aunt's.

"'My dear Milly—my coming wife, as I may call 'ee,' says Tony in his modest way, and not so loud that Unity could overhear, 'I see a young woman looking out of window who I think may accost me. The fact is, Milly, she had a notion that I was wishing to marry her, and since she's discovered I've promised another, and prettier than she, I'm rather afeared of her temper if she sees us together. Now, Milly, would you do me a favor—my coming wife, as I may say?'

"'Certainly, dearest Tony,' says she.

"'Then would ye creep under the tarpaulin just here in the front of the wagon, and hide there out of sight till we've passed the house? She hasn't seen us yet. You see, we ought to live in peace and good-will since 'tis almost Christmas, and 'twill prevent angry passions rising, which we always should do.'

"'I don't mind, to oblige you, Tony,' Milly said; and though she didn't care much about doing it, she crept under, and crouched down just behind the seat, Unity being snug at the other end. So they drove on till they got near the road-side cottage. Hannah had soon seen him coming, and waited at the window, looking down upon him. She tossed her head a little disdainful and smiled off-hand.

"'Well, aren't you going to be civil enough to ask me to ride home with you?' she says, seeing that he was for driving past with a nod and a smile.

"'Ah, to be sure! What was I thinking of?' said Tony, in a flutter. 'But you seem as if you was staying at your aunt's?'

"'No, I am not.' she said. 'Don't you see I have my bonnet and jacket on? I have only called to see her on my way home. How can you be so stupid, Tony?'

"'In that case—ah—of course you must come along wi' me,' says Tony, feeling a dim sort of sweat rising up inside his clothes. And he reined in the horse, and waited till she'd come down-stairs, and then helped her up beside him. He drove on again, his face as long as a face that was a round one by nature well could be.

"Hannah looked round sideways into his eyes. 'This is nice, isn't it, Tony?' she says. 'I like riding with you.'

"Tony looked back into her eyes. 'And I with you,' he said after a while. In short, having considered her, he warmed up, and the more he looked at her the more he liked her, till he couldn't for the life of him think why he had ever said a word about marriage to Milly or Unity while

Hannah Jolliver was in question. So they sat a little closer and closer, their feet upon the foot-board and their shoulders touching, and Tony thought over and over again how handsome Hannah was. He spoke tenderer and tenderer, and called her 'dear Hannah' in a whisper at last.

"'You've settled it with Milly by this time, I suppose,' said she.

"'N—no, not exactly.'

"'What? How low you talk, Tony.'

"'Yes—I've a kind of hoarseness. I said, not exactly.'

"'I suppose you mean to?'

"'Well, as to that—' His eyes rested on her face, and hers on his. He wondered how he could have been such a fool as not to follow up Hannah. 'My sweet Hannah!' he bursts out, taking her hand, not being really able to help it, and forgetting Milly and Unity and all the world besides. 'Settled it? I don't think I have!'

"'Hark!' says Hannah.

"'What?' says Tony, letting go her hand.

"'Surely I heard a sort of little screaming squeak under that tar-cloth? Why, you've been carrying corn, and there's mice in this wagon, I declare!' She began to haul up the tails of her gown.

"'Oh no; 'tis the axle,' said Tony, in an assuring way. 'It do go like that sometimes in dry weather.'

"'Perhaps it was.... Well, now, to be quite honest, dear Tony, do you like her better than me? Because—because, although I've held off so independent, I'll own at last that I do like 'ee, Tony, to tell the truth; and I wouldn't say no if you asked me—you know what.'

"Tony was so won over by this pretty offering mood of a girl who had been quite the reverse (Hannah had a backward way with her at times, if you can mind) that he just glanced behind, and then whispered very soft, 'I haven't quite promised her, and I think I can get out of it, and ask you that question you speak of.'

"'Throw over Milly?—all to marry me! How delightful!' broke out Hannah, quite loud, clapping her hands.

"At this there was a real squeak—an angry, spiteful squeak, and afterwards a long moan, as if something had broke its heart, and a movement of the wagon cloth.

"'Something's there!' said Hannah, starting up.

"'It's nothing, really,' says Tony, in a soothing voice, and praying inwardly for a way out of this. 'I wouldn't tell 'ee at first, because I wouldn't frighten 'ee. But, Hannah, I've really a couple of ferrets in a bag under there, for rabbiting, and they quarrel sometimes. I don't wish it knowed, as 'twould be called poaching. Oh, they can't get out, bless ye!—you are quite safe. And—and—what a fine day it is, isn't it, Hannah, for this time of year? Be you going to market next Saturday? How is your aunt now?' And so on, says Tony, to keep her from talking any more about love in Milly's hearing.

"But he found his work cut out for him, and wondering again how he should get out of this ticklish business, he looked about for a chance. Nearing home he saw his father in a field not far off, holding up his hand as if he wished to speak to Tony.

"'Would you mind taking the reins a moment, Hannah,' he said, much relieved, 'while I go and find out what father wants?'

"She consented, and away he hastened into the field only too glad to get breathing-time. He found that his father was looking at him with rather a stern eye.

"'Come, come, Tony,' says old Mr. Kytes, as soon as his son was alongside him, 'this won't do, you know.'

"'What?' says Tony.

"'Why, if you mean to marry Milly Richards, do it, and there's an end o't. But don't go driving about the country with Jolliver's daughter and making a scandal. I won't have such things done.'

"'I only asked her—that is, she asked me—to ride home.'

"'She? Why, now, if it had been Milly, 'twould have been quite proper; but you and Hannah Jolliver going about by yourselves—'

"'Milly's there, too, father.'

"'Milly? Where?'

"'Under the tarpaulin! Yes; the truth is, father, I've got rather into a nunny-watch, I'm afeard! Unity Sallet is there, too—yes, under the other end of the tarpaulin. All three are in that wagon, and what to do with 'em

I know no more than the dead. The best plan is, as I'm thinking, to speak out loud and plain to one of 'em before the rest, and that will settle it; not but what 'twill cause 'em to kick up a bit of a miff, for certain. Now, which would you marry, father, if you was in my place?'

"'Whichever of 'em did not ask to ride with thee.'

"'That was Milly, I'm bound to say, as she only mounted by my invitation. But Milly—'

"'Then stick to Milly, she's the best.…But look at that!'

"His father pointed towards the wagon. 'She can't hold that horse in. You shouldn't have left the reins in her hands. Run on and take the horse's head, or there'll be some accident to them maids!'

"Tony's horse, in fact, in spite of Hannah's tugging at the reins, had started on his way at a brisk walking pace, being very anxious to get back to the stable, for he had had a long day out. Without another word, Tony rushed away from his father to overtake the horse.

"Now, of all things that could have happened to wean him from Milly, there was nothing so powerful as his father's recommending her. No; it could not be Milly, after all. Hannah must be the one, since he could not marry all three. This he thought while running after the wagon. But queer things were happening inside it.

"It was, of course, Milly who had screamed under the tarpaulin, being obliged to let off her bitter rage and shame in that way at what Tony was saying, and never daring to show, for very pride and dread o' being laughed at, that she was in hiding. She became more and more restless, and in twisting herself about, what did she see but another woman's foot and white stocking close to her head. It quite frightened her, not knowing that Unity Sallet was in the wagon likewise. But after the fright was over she determined to get to the bottom of all this, and she crept and crept along the bed of the wagon, under the cloth, like a snake, when lo and behold she came face to face with Unity.

"'Well, if this isn't disgraceful!' says Milly, in a raging whisper, to Unity.

"''Tis,' says Unity, 'to see you hiding in a young man's wagon like this, and no great character belonging to either of ye!'

"'Mind what you are saying!' replied Milly, getting louder. 'I am engaged to be married to him, and haven't I a right to be here? What right have you, I should like to know? What has he been promising you? A pretty lot of nonsense, I expect! But what Tony says to other women is all mere wind, and no concern to me!'

"'Don't you be too sure!' says Unity. 'He's going to have Hannah, and not you, nor me either; I could hear that.'

"Now, at these strange voices sounding from under the cloth Hannah was thunderstruck a'most into a swound; and it was just at this time that the horse moved on. Hannah tugged away wildly, not knowing what she was doing; and as the quarrel rose louder and louder Hannah got so horrified that she let go the reins altogether. The horse went on at his own pace, and coming to the corner where we turn round to drop down the hill to Lower Longpuddle he turned too quick, the off-wheels went up the bank, the wagon rose sideways till it was quite on edge upon the near axles, and out rolled the three maidens into the road in a heap.

"When Tony came up, frightened and breathless, he was relieved enough to see that neither of his darlings was hurt, beyond a few scratches from the brambles of the hedge. But he was rather alarmed when he heard how they were going on at one another.

"'Don't ye quarrel, my dears—Don't ye!' says he, taking off his hat out of respect to 'em. And then he would have kissed them all round, as fair and square as a man could, but they were in too much of a taking to let him, and screeched and sobbed till they was quite spent.

"'Now, I'll speak out honest, because I ought to,' says Tony, as soon as he could get heard. 'And this is the truth,' says he: 'I've asked Hannah to be mine, and she is willing, and we are going to put up the banns next—'

"Tony had not noticed that Hannah's father was coming up behind, nor had he noticed that Hannah's face was beginning to bleed from the scratch of a bramble. Hannah had seen her father, and had run to him, crying worse than ever.

"'My daughter is not willing, sir,' says Mr. Jolliver, hot and strong. 'Be you willing, Hannah? I ask ye to have spirit enough to refuse him, if yer virtue is left to 'ee and you run no risk?'

"'She's as sound as a bell for me, that I'll swear!' says Tony, flaring up. 'And so's the others, come to that, though you may think it an onusual thing in me!'

"'I have spirit, and I do refuse him!' says Hannah, partly because her father was there, and partly, too, in a tantrum because of the discovery and the scratch on her face. 'Little did I think when I was so soft with him just now that I was talking to such a false deceiver!'

"'What, you won't have me, Hannah?' says Tony, his jaw hanging down like a dead man's.

"'Never; I would sooner marry no—nobody at all!' she gasped out, though with her heart in her throat, for she would not have refused Tony if he had asked her quietly, and her father had not been there, and her face had not been scratched by the bramble. And having said that, away she walked upon her father's arm, thinking and hoping he would ask her again.

"Tony didn't know what to say next. Milly was sobbing her heart out; but as his father had strongly recommended her he couldn't feel inclined that way. So he turned to Unity.

"'Well will You, Unity dear, be mine?' he says.

"'Take her leavings? Not I!' says Unity. 'I'd scorn it!' And away walks Unity Sallet likewise, though she looked back when she'd gone some way, to see if he was following her.

"So there at last were left Milly and Tony by themselves, she crying in watery streams, and Tony looking like a tree struck by lightning.

"'Well, Milly,' he says at last, going up to her, 'it do seem as if fate had ordained that it should be you and I, or nobody. And what must be must be I suppose. Hey, Milly?'

"'If you like, Tony. You didn't really mean what you said to them?'

"'Not a word of it,' declares Tony, bringing down his fist upon his palm.

"And then he kissed her, and put the wagon to rights, and they mounted together; and their banns were put up the very next Sunday. I was not able to go to their wedding, but it was a rare party they had, by all account. Everybody in Longpuddle was there, almost; you among the rest,

I think, Mr. Flaxton?" The speaker turned to the parish clerk.

"I was," said Mr. Flaxton. "And that party was the cause of a very curious change in some other people's affairs; I mean in Steve Hardcome's and his cousin James's."

"Ah! the Hardcomes," said the stranger. "How familiar that name is to me! What of them?"

The clerk cleared his throat and began—

The History of the Hardcomes

"Yes, Tony's was the very best wedding party that ever I was at; and I've been at a good many, as you may suppose, having, as a Church officer, the privilege to attend all christening, wedding, and funeral parties—such being our Wessex custom.

"'Twas on a frosty night in Christmas week, and among the folk invited were the said Hardcomes o' Climmerston—Steve and James—first cousins, both of them small farmers, just entering into business on their own account. With them came as a matter of course their intended wives, two young women of the neighborhood, both very pretty and sprightly maidens, and numbers of friends from Abbot's-Cernel and Weatherbury and Mellstock and I don't know where—a regular houseful.

"The kitchen was cleared of furniture for dancing, and the old folk played at 'Put' and 'All-fours' in the parlour, though at last they gave that up to join in the dance. The top of the figure was by the large front window of the room, and there were so many couples that the lower part of the figure reached through the door at the back, and into the darkness of the out-house; in fact, you couldn't see the end of the row at all, and 'twas never known exactly how long that dance was, the lowest couples being lost among the faggots and brushwood in the out-house.

"When we had danced a few hours, and the crowns of we taller men were swelling into lumps with bumping the beams of the ceiling, the first fiddler laid down his fiddle-bow, and said he should play no more, for he wished to dance. And in another hour the second fiddler laid down his, and said he wanted to dance, too; so there was only the third fiddler left, and he was a' old, veteran man, very weak in the wrist. However, he managed to keep up a feeble tweedle-dee; but there being no chair in the room, and his knees being as weak as his wrists, he was obliged to sit upon as much of the little corner-table as projected beyond the corner-cupboard fixed over it, which was not a very wide seat for a man advanced in years.

"Among those who danced most continually were the two engaged couples, as was natural to their situation. Each pair was very well matched, and very unlike the other. James Hardcome's intended was called Emily Darth, and both she and James were gentle, nice-minded, in-door people, fond of a quiet life. Steve and his chosen, named Olive Pawle, were different; they were of a more bustling nature, fond of racketing about and seeing what was going on in the world. The two couples had arranged to get married on the same day, and that not long thence; Tony's wedding being a sort of stimulant, as is often the case; I've noticed it professionally many times.

"They danced with such a will as only young people in that stage of courtship can dance; and it happened that as the evening wore on James had for his partner Stephen's plighted one, Olive, at the same time that Stephen was dancing with James's Emily. It was noticed that in spite o' the exchange the young men seemed to enjoy the dance no less than before. By-and-by they were treading another tune in the same changed order as we had noticed earlier, and though at first each one had held the other's mistress strictly at half-arm's length, lest there should be shown any objection to too close quarters by the lady's proper man, as time passed there was a little more closeness between 'em; and presently a little more closeness still.

"The later it got the more did each of the two cousins dance with the wrong young girl, and the tighter did he hold her to his side as he whirled her round; and, what was very remarkable, neither seemed to mind what the other was doing. The party began to draw towards its end, and I saw no more that night, being one of the first to leave, on account of my morning's business. But I learnt the rest of it from those that knew.

"After finishing a particularly warming dance with the changed partners, as I've mentioned, the two young men looked at one another, and in a moment or two went out into the porch together."

"'James,' says Steve, 'what were you thinking of when you were dancing with my Olive?'

"'Well,' said James, 'perhaps what you were thinking of when you were dancing with my Emily.'

"'I was thinking,' said Steve, with some hesitation, 'that I wouldn't mind changing for good and all!'

"'It was what I was feeling likewise,' said James.

"'I willingly agree to it, if you think we could manage it.'

"'So do I. But what would the girls say?'

"''Tis my belief,' said Steve, 'that they wouldn't particularly object. Your Emily clung as close to me as if she already belonged to me, dear girl.'

"'And your Olive to me,' says James. 'I could feel her heart beating like a clock.'

"Well, they agreed to put it to the girls when they were all four walking home together. And they did so. When they parted that night the exchange was decided on—all having been done under the hot excitement of that evening's dancing. Thus it happened that on the following Sunday morning, when the people were sitting in church with mouths wide open to hear the names published as they had expected, there was no small amazement to hear them coupled the wrong way, as it seemed. The congregation whispered, and thought the parson had made a mistake, till they discovered that his reading of the names was verily the true way. As they had decided, so they were married, each one to the other's original property.

"Well, the two couples lived on for a year or two ordinarily enough, till the time came when these young people began to grow a little less warm to their respective spouses, as is the rule of married life; and the two cousins wondered more and more in their hearts what had made 'em so mad at the last moment to marry crosswise as they did, when they might have married straight, as was planned by nature, and as they had fallen in love. 'Twas Tony's party that had done it, plain enough, and they half wished they had never gone there. James, being a quiet, fireside, perusing man, felt at times a wide gap between himself and Olive, his wife, who loved riding and driving and out-door jaunts to a degree; while Steve, who was always knocking about hither and thither, had a very domestic wife, who worked samplers, and made hearth-rugs, scarcely ever wished to cross the threshold, and only drove out with him to please him.

"However, they said very little about this mismating to any of their acquaintances, though sometimes Steve would look at James's wife and sigh, and James would look at Steve's wife and do the same. Indeed, at last the two men were frank enough towards each other not to mind mentioning it quietly to themselves, in a long-faced, sorry-smiling, whimsical sort of way, and would shake their heads together over their foolishness in upsetting a well-considered choice on the strength of an hour's fancy in the whirl and wildness of a dance. Still, they were sensible and honest young fellows enough, and did their best to make shift with their lot as they had arranged it, and not to repine at what could not now be altered or mended.

"So things remained till one fine summer day they went for their yearly little outing together, as they had made it their custom to do for a long while past. This year they chose Budmouth-Regis as the place to spend their holiday in; and off they went in their best clothes at nine o'clock in the morning.

"When they had reached Budmouth-Regis they walked two and two along the shore—their new boots going squeakity-squash upon the clammy velvet sands. I can seem to see 'em now! Then they looked at the ships in the harbor; and then went up to the Lookout; and then had dinner at an inn; and then again walked two and two, squeakity-squash, upon the velvet sands. As evening drew on they sat on one of the public seats upon the Esplanade, and listened to the band; and then they said 'What shall we do next?'

"'Of all things,' said Olive (Mrs. James Hardcome, that is), 'I should like to row in the bay! We could listen to the music from the water as well as from here, and have the fun of rowing besides.'

"'The very thing; so should I,' says Stephen, 'his tastes being always like hers.'

Here the clerk turned to the curate.

"But you, sir, know the rest of the strange particulars of that strange evening of their lives better than anybody else, having had much of it from their own lips, which I had not; and perhaps you'll oblige the gentleman?"

"Certainly, if it is wished," said the curate. And he took up the clerk's tale—

"Stephen's wife hated the sea, except from land, and couldn't bear the thought of going into a boat. James, too, disliked the water, and said that for his part he would much sooner stay on and listen to the band in the seat they occupied, though he did not wish to stand in his wife's way if she desired a row. The end of the discussion was that James and his cousin's wife Emily agreed to remain where they were sitting and enjoy the music, while they watched the other two hire a boat just beneath, and take their water excursion of half an hour or so, till they should choose to come back and join the sitters on the Esplanade, when they would all start homeward together.

"Nothing could have pleased the other two restless ones better than this arrangement; and Emily and James watched them go down to the boatman below and choose one of the little yellow skiffs, and walk carefully out upon the little plank that was laid on trestles to enable them to get alongside the craft. They saw Stephen hand Olive in, and take his seat facing her; when they were settled they waved their hands to the couple watching them, and then Stephen took the pair of sculls and pulled off to the tune beat by the band, she steering through the other boats skimming about, for the sea was as smooth as glass that evening, and pleasure-seekers were rowing everywhere.

"'How pretty they look moving on, don't they?' said Emily to James (as I've been assured). 'They both enjoy it equally. In everything their likings are the same.'

"'That's true,' said James.

"'They would have made a handsome pair if they had married,' said she.

"'Yes,' said he. ''Tis a pity we should have parted 'em.'

"'Don't talk of that, James,' said she. 'For better or for worse we decided to do as we did, and there's an end of it.'

"They sat on after that without speaking, side by side, and the band played as before; the people strolled up and down, and Stephen and Olive shrank smaller and smaller as they shot straight out to sea. The two on shore used to relate how they saw Stephen stop rowing a moment, and take off his coat to get at his work better; but James's wife sat quite still in the stern, holding the tiller-ropes by which she steered the boat. When they had got very small indeed she turned her head to shore.

"'She is waving her handkerchief to us,' said Stephen's wife, who thereupon pulled out her own, and waved it as a return signal.

"The boat's course had been a little awry while Mrs. James neglected her steering to wave her handkerchief to her husband and Mrs. Stephen; but now the light skiff went straight onward again, and they could soon see nothing more of the two figures it contained than Olive's light mantle and Stephen's white shirt-sleeves behind.

"The two on the shore talked on. ''Twas very curious our changing partners at Tony Kytes's wedding,' Emily declared. 'Tony was of a fickle nature by all account, and it really seemed as if his character had infected us that night. Which of you two was it that first proposed not to marry as we were engaged?'

"'H'm—I can't remember at this moment,' says James. 'We talked it over, you know, and no sooner said than done.'

"''Twas the dancing,' said she. 'People get quite crazy sometimes in a dance.'

"'They do,' he owned.

"'James—do you think they care for one another still?' asks Mrs. Stephen.

"James Hardcome mused and admitted that perhaps a little tender feeling might flicker up in their hearts for a moment now and then. 'Still, nothing of any account,' he said.

"'I sometimes think that Olive is in Steve's mind a good deal,' murmurs Mrs. Stephen; 'particularly when she pleases his fancy by riding past our window at a gallop on one of the draught-horses.... I never could do anything of that sort, I could never get over my fear of a horse.'

"'And I am no horseman, though I pretend to be on her account,' murmured James Hardcome. 'But isn't it almost time for them to turn and sweep round to the shore, as the other boating folk have done? I wonder what Olive means by steering away straight to the horizon like that? She has hardly swerved from a direct line seaward since they started.'

"'No doubt they are talking, and don't think of where they are going,' suggests Stephen's wife.

"'Perhaps so,' said James. 'I didn't know Steve could row like that.'

"'O, yes,' says she. 'He often comes here on business, and generally has a pull round the bay.'

"'I can hardly see the boat or them,' says James again; 'and it is getting dark.'

"The heedless pair afloat now formed a mere speck in the films of the coming night, which thickened apace, till it completely swallowed up their distant shapes. They had disappeared while still following the same straight course away from the world of land-livers, as if they were intending to drop over the sea-edge into space, and never return to earth again.

"The two on the shore continued to sit on, punctually abiding by their agreement to remain on the same spot till the others returned. The Esplanade lamps were lit one by one, the bandsmen folded up their stands and departed, the yachts in the bay hung out their riding lights, and the little boats came back to shore one after another, their hirers walking on to the sands by the plank they had climbed to go afloat; but among these Stephen and Olive did not appear.

"'What a time they are!' said Emily. 'I am getting quite chilly. I did not expect to have to sit so long in the evening air.'

"Thereupon James Hardcome said that he did not require his overcoat, and insisted on lending it to her.

"He wrapped it round Emily's shoulders.

"'Thank you, James,' she said. 'How cold Olive must be in that thin jacket!'

"He said he was thinking so too. 'Well, they are sure to be quite close at hand by this time, though we can't see 'em. The boats are not all in yet. Some of the rowers are fond of paddling along the shore to finish out their hour of hiring.'

"'Shall we walk by the edge of the water,' said she, 'to see if we can discover them?'

"He assented, reminding her that they must not lose sight of the seat, lest the belated pair should return and miss them, and be vexed that they had not kept the appointment.

"They walked a sentry beat up and down the sands immediately opposite the seat; and still the others did not come. James Hardcome at last went to the boatman, thinking that after all his wife and cousin might have come in under shadow of the dusk without being perceived, and might have forgotten the appointment at the bench.

"'All in?' asked James.

"'All but one boat,' said the lessor. 'I can't think where that couple is keeping to. They might run foul of something or other in the dark.'

"Again Stephen's wife and Olive's husband waited, with more and more anxiety. But no little yellow boat returned. Was it possible they could have landed further down the Esplanade?

"'It may have been done to escape paying,' said the boat-owner. 'But they didn't look like people who would that.'

"James Hardcome knew that he could found no hope on such a reason as that. But now, remembering what had been casually discussed between Steve and himself about their wives from time to time, he admitted for the first time the possibility that their old tenderness had been revived by their face-to-face position more strongly than either had anticipated at starting—the excursion having been so obviously undertaken for the pleasure of performance only—and that they had landed at some steps he knew of further down toward the pier, to be longer alone together.

"Still he disliked to harbour the thought, and would not mention its existence to his companion. He merely said to her, 'Let us walk further on.'

"They did so, and lingered between the boat-stage and pier till Stephen Hardcome's wife was uneasy, and was obliged to accept James's offered arm. Thus the night advanced. Emily was presently so worn out by fatigue that James felt it necessary to conduct her home; there was, too, a remote chance that the truants had landed in the harbour on the other side of the town, or elsewhere, and hastened home in some unexpected way, the belief that their consorts would not have waited so long.

"However, he left a direction in the town that a lookout should be kept, though this was arranged privately, the bare possibility of an elopement being enough to make him reticent; and, full of misgivings, the two remaining ones hastened to catch the last train out of Budmouth-Regis; and when they got to Casterbridge drove back to Upper Longpuddle."

"Along this very road as we do now," remarked the parish clerk.

"To be sure—along this very road," said the curate. "However, Stephen and Olive were not at their homes; neither had entered the village since leaving it in the morning. Emily and James Hardcome went to their respective dwellings to snatch a hasty night's rest, and at daylight the next morning they drove again to Casterbridge and entered the Budmouth train, the line being just opened.

"Nothing had been heard of the couple there during this brief absence. In the course of a few hours some young men testified to having seen such a man and woman rowing in a frail hired craft, the head of the boat kept straight to sea; they had sat looking in each other's faces as if they were in a dream, with no consciousness of what they were doing, or whither they were steering. It was not till late that day that more tidings reached James's ears. The boat had been found drifting bottom upward a long way from land. In the evening the sea rose somewhat, and a cry spread through the town that two bodies were cast ashore in Lullwind Bay, several miles to the eastward. They were brought to Budmouth, and inspection revealed them to be the missing pair. It was said that they had been found tightly locked in other's arms, his lips upon hers, their features still wrapt in the same calm and dream-like repose which had been observed in their demeanour as they had glided along.

"Neither James nor Emily questioned the original motives of the unfortunate man and woman in putting to sea. They were both above suspicion as to intention. Whatever their mutual feelings might have led them on to, underhand behavior at starting was foreign to the nature of either. Conjecture pictured that they might have fallen into tender reverie while gazing each into a pair of eyes that had formerly flashed for him and her alone, and, unwilling to avow what their mutual sentiments were, they had done no more than continue thus, oblivious of time and space, till darkness suddenly overtook them far from land. But nothing was truly known. It had been their destiny to die thus. The two halves, intended by Nature to make the perfect whole, had failed in that result during their lives, though 'in their death they were not divided.' Their bodies were brought home, and buried on one day. I remember that, on looking round the churchyard while reading the service, I observed nearly all the parish at their funeral."

"It was so, sir," said the clerk.

"The remaining two," continued the curate (whose voice had grown husky while relating the lovers' sad fate), "were a more thoughtful and far-seeing, though less romantic, couple than the first. They were now mutually bereft of a companion, and found themselves by this accident in a position to fulfil their destiny according to Nature's plan and their own original and calmly-formed intention. James Hardcome took Emily to wife in the course of a year and a half; and the marriage proved in every respect a happy one. I solemnized the service, Hardcome having told me, when he came to give notice of the proposed wedding, the story of his first wife's loss almost word for word as I have told it to you."

"And are they living in Longpuddle still?" asked the new-comer.

"O no, sir," interposed the clerk. "James has been dead these dozen years, and his mis'ess about six or seven. They had no children. William Privett used to be their odd man till he died."

"Ah—William Privett! He dead too?—dear me!" said the other. "All passed away!"

"Yes, sir. William was much older than I. He'd ha' been over eighty if he had lived till now."

"There was something very strange about William's death—very strange indeed!" sighed a melancholy man in the back of the van. It was the seedsman's father, who had hitherto kept silence.

"And what might have been?" asked Mr. Lackland.

The Superstitious Man's Story

"William, as you may know, was a curious, silent man; you could feel when he came near 'ee; and if he was in the house or anywhere behind your back without your seeing him, there seemed to be something clammy in the air, as if a cellar door was opened close by your elbow. Well, one Sunday, at a time that William was in very good health to all appearance, the bell that was ringing for church went very heavy all of a sudden; the sexton, who told me o't, said he'd not known the bell to go so heavy in his hand for years—and he feared it meant a death in the parish. That was on the Sunday, as I say. During the week after, it chanced that William's wife was staying up late one night to finish her ironing, she doing the washing for Mr. and Mrs. Hardcome. Her husband had finished his supper and gone to bed as usual some hour or two before. While she ironed she heard him coming down stairs; he stopped to put on his boots at the stair-foot, where he always left them, and then came on into the living-room where she was ironing, passing through it towards the door, this being the only way from the staircase to the outside of the house. No word was said on either side, William not being a man given to much speaking, and his wife being occupied with her work. He went out and closed the door behind him. As her husband had now and then gone out in this way at night before when unwell, or unable to sleep for want of a pipe, she took no particular notice, and continued at her ironing. This she finished shortly after, and as he had not come in she waited awhile for him putting away the irons and things, and preparing the table for his breakfast in the morning. Still he did not return, and supposing him not far off, and wanting to get to bed herself, tired as she was, she left the door unbarred and went to the stairs, after writing on the back of the door with chalk: Mind and do the door (because he was a forgetful man).

"To her great surprise, and I might say alarm, on reaching the foot of the stairs his boots were standing there as they always stood when he had gone to rest; going up to their chamber she found him in bed sleeping as sound as a rock. How he could have got back again without her seeing or hearing him was beyond her comprehension. It could only have been bypassing behind her very quietly while she was bumping with the iron. But this notion did not satisfy her: it was surely impossible that she should not have seen him come in through a room so small. She could not unravel the mystery, and felt very queer and uncomfortable about it. However, she would not disturb him to question him then, and went to bed herself.

"He rose and left for his work very early the next morning, before she was awake, and she waited his return to breakfast with much anxiety for an explanation, for thinking over the matter by daylight made it seem only the more startling. When he came in to the meal he said, before she could put her question, 'What's the meaning of them words chalked on the door?'

"She told him, and asked him about his going out the night before. William declared that he had never left the bedroom after entering it, having in fact undressed, lain down, and fallen asleep directly, never once waking till the clock struck five, and he rose up to go to his labour.

"Betty Privett was as certain in her own mind that he did go out as she was of her own existence, and was little less certain that he did not return. She felt too disturbed to argue with him, and let the subject drop as though she must have been mistaken. When she was walking down Longpuddle street later in the day she met Jim Weedle's daughter Nancy, and said, 'Well, Nancy, you do look sleepy to-day!'

"'Yes, Mrs. Privett,' says Nancy. 'Now don't tell anybody, but I don't mind letting you know what the reason o't is. Last night, being Old Midsummer Eve, some of us went to church porch, and didn't get home till near one.'

"'Did ye?' says Mrs. Privett. 'Old Midsummer yesterday was it? Faith I didn't think whe'r 'twas Midsummer or Michaelmas; I'd too much work to do.'

"'Yes. And we were frightened enough, I can tell 'ee, by what we saw.'

"'What did ye see?'

"You may not remember, sir, having gone off to foreign parts so young, that on Midsummer Night it is believed hereabout that the faint shapes of all the folk in the parish who are going to be at death's door within the year can be seen entering the church. Those who get over their illness come out again after a while; those that are doomed to die do not return.

"'What did you see?' asked William's wife.

"'Well,' says Nancy, backwardly—'we needn't tell what we saw, or who we saw.'

"'You saw my husband,' says Betty Privett, in a quiet way.

"'Well, since you put it so,' says Nancy, hanging fire, 'we—thought we did see him; but it was darkish, and we was frightened, and of course it might not have been he.'

"'Nancy, you needn't mind letting it out, though 'tis kept back in kindness. And he didn't come out of church again; I know it as well as you.'

"Nancy did not answer yes or no to that, and no more was said. But three days after, William Privett was mowing with John Chiles in Mr. Hardcome's meadow, and in the heat of the day they sat down to eat their bit o' nunch under a tree, and empty their flagon. Afterwards both of 'em fell asleep as they sat. John Chiles was the first to wake, and as he looked towards his fellow-mower he saw one of those great white miller's-souls as we call 'em—that is to say, a miller-moth—come from William's open mouth while he slept, and fly straight away. John thought it odd enough, as William had worked in a mill for several years when he was a boy. He then looked at the sun and found by the place o't that they had slept a long while, and as William did not wake, John called to him and said it was high time to begin work again. He took no notice, and then John went up and shook him, and found he was dead.

"Now on that very day old Philip Hookhorn was down at Longpuddle Spring dipping up a pitcher of water; and as he turned away, who should he see but William, looking very pale and odd. This surprised Philip Hookhorn very much, for years before that time William's little son—his only child—had been drowned in that spring while at play there, and this had so preyed upon William's mind that he'd never been seen near the spring afterwards, and had been known to go half a mile out of his way to avoid the place. On inquiry, it was found that William in body could not have stood by the spring, being in the mead two miles off ; and it also came out that the time at which he was seen at the spring was the very time when he died."

"A rather melancholy story," observed the emigrant, after a minute's silence.

"Yes, yes. Well, we must take ups and downs together," said the seedsman's father.

"You don't know, Mr. Lackland, I suppose, what a rum start that was between Andrey Satchel and Jane Vallens and the pa'son and clerk o' Scrimpton?" said the master-thatcher, a man with a spark of subdued liveliness in his eye, who had hitherto kept his attention mainly upon small objects a long way ahead, as he sat in front of the van with his feet outside. "Theirs was a queerer experience of a pa'son and clerk than some folks get, and may cheer 'ee up a little after this dampness that's been flung over yer soul."

The returned one replied that he knew nothing of the history, and should be happy to hear it, quite recollecting the personality of the man Satchel.

"Ah no; this Andrey Satchel is the son of the Satchel that you knew; this one has not been married more than two or three years, and 'twas at the time o' the wedding that the accident happened that I could tell 'ee of, or anybody else here, for that matter."

"No, no; you must tell it, neighbour, if anybody," said several; a request in which Mr. Lackland joined, adding that the Satchel family was one he had known well before leaving home.

"I'll just mention, as you be a stranger," whispered the carrier to Lackland, "that Christopher's stories will bear pruning."

The emigrant nodded.

"Well, I can soon tell it," said the master-thatcher, schooling himself to a tone of actuality. "Though as it has more to do with the pa'son and clerk than with Andrey himself, it ought to be told by a better churchman than I."

Andrey Satchel and the Parson and Clerk

"It all arose, you must know, from Andrey being fond of a drop of drink at that time—though he's a sober enough man now by all account, so much the better for him. Jane, his bride, you see, was somewhat older than Andrey; how much older I don't pretend to say; she was not one of our parish, and the register alone may be able to tell that. But, at any rate, her being a little ahead of her young man in mortal years, coupled with other bodily circumstances owing to that young man—"

("Ah, poor thing!" sighed the women.)

"—made her very anxious to get the thing done before he changed his mind; and 'twas with a joyful countenance (they say) that she, with Andrey and his brother and sister-in-law, marched off to church one November morning as soon as 'twas day a'most, to be made one with Andrey for the rest of her life. He had left our place long before it was light, and the folks that were up all waved their lanterns at him, and flung up their hats as he went.

"The church of her parish was a mile and more from where she lived, and, as it was a wonderful fine day for the time of year, the plan was that as soon as they were married they would make out a holiday by driving straight off to Port Bredy, to see the ships and the sea and the sojers, instead of coming back to a meal at the house of the distant relation she lived wi', and moping about there all the afternoon.

"Well, some folks noticed that Andrey walked with rather wambling steps to church that morning; the truth o't was that his nearest neighbour's child had been christened the day before, and Andrey, having stood godfather, had stayed all night keeping up the christening, for he had said to himself, 'Not if I live to be a thousand shall I again be made a godfather one day, and a husband the next, and perhaps a father the next, and therefore I'll make the most of the blessing.' So that when he started from home in the morning he had not been in bed at all. The result was, as I say, that when he and his bride-to-be walked up the church to get married, the pa'son (who was a very strict man inside the church, whatever he was outside) looked hard at Andrey, and said, very sharp: 'How's this, my man? You are in liquor. And so early, too. I'm ashamed of you!'

"'Well, that's true, sir,' says Andrey. 'But I can walk straight enough for practical purposes. I can walk a chalk line,' he says (meaning no offence), 'as well as some other folk: and—'(getting hotter)—'I reckon that if you, Pa'son Billy Toogood, had kept up a christening all night so thoroughly as I have done, you wouldn't be able to stand at all; d—me if you would!'

"This answer made Pa'son Billy—as they used to call him—rather spitish, not to say hot, for he was a warm-tempered man if provoked, and he said, very decidedly: 'Well, I cannot marry you in this state; and I will not! Go home and get sober!' And he slapped the book together like a rat-trap.

"Then the bride burst out crying as if her heart would break, for very fear that she would lose Andrey after all her hard work to get him, and begged and implored the pa'son to go on with the ceremony. But no.

"'I won't be a party to your solemnizing matrimony with a tipsy man,' says Mr. Toogood. 'It is not right and decent. I am sorry for you, my young woman, seeing the condition you are in, but you'd better go home again. I wonder how you could think of bringing him here drunk like this!'

"'But if—if he don't come drunk he won't come at all, sir!' she says, through her sobs.

"'I can't help that,' says the pa'son; and plead as she might, it did not move him. Then she tried him another way.

"'Well, then, if you'll go home, sir, and leave us here, and come back to the church in an hour or two, I'll undertake to say that he shall be as sober as a judge,' she cries. 'We'll bide here, with your permission; for if he once goes out of this here church unmarried, all Van Amburgh's horses won't drag him back again!'

"'Very well,' says the parson. 'I'll give you two hours, and then I'll return.'

"'And please, sir, lock the door, so that we can't escape!' says she.

"'Yes,' says the parson.

"'And let nobody know that we are here.'

"The pa'son then took off his clane white surplice, and went away; and the others consulted upon the best means for keeping the matter a secret, which it was not a very hard thing to do, the place being so lonely, and the hour so early. The witnesses, Andrey's brother and brother's wife, neither one o' which cared about Andrey's marrying Jane, and had come rather against their will, said they couldn't wait two hours in that hole of a place, wishing to get home to Longpuddle before dinner-time. They were altogether so crusty that the clerk said there was no difficulty in their doing as they wished. They could go home as if their brother's wedding had actually taken place and the married couple had gone onward for their day's pleasure jaunt to Port Bredy as intended. He, the clerk, and any casual passer-by would act as witnesses when the pa'son came back.

"This was agreed to, and away Andrey's relations went, nothing loath, and the clerk shut the church door and prepared to lock in the couple. The bride went up and whispered to him, with her eyes a-streaming still.

"'My dear good clerk,' she says, 'if we bide here in the church, folk may see us through the windows, and find out what has happened; and 'twould cause such a talk and scandal that I never should get over it: and perhaps, too, dear Andrey might try to get out and leave me! Will ye lock us up in the tower, my dear good clerk?' she says. 'I'll tole him in there if you will.'

"The clerk had no objection to do this to oblige the poor young woman, and they toled Andrey into the tower, and the clerk locked 'em both up straightway, and then went home, to return at the end of the two hours.

"Pa'son Toogood had not been long in his house after leaving the church when he saw a gentleman in pink and top-boots ride past his windows, and with a sudden flash of heat he called to mind that the hounds met that day just on the edge of his parish. The pa'son was one who dearly loved sport, and much he longed to be there.

"In short, except o' Sundays and at tide-times in the week, Pa'son Billy was the life o' the Hunt. 'Tis true that he was poor, and that he rode all of a heap, and that his black mare was rat-tailed and old, and his tops older, and all over of one colour, whitey-brown, and full o' cracks. But he'd been in at the death of three thousand foxes. And—being a bachelor man—every time he went to bed in summer he used to open the bed at bottom and crawl up head foremost, to mind en of the coming winter and the good sport he'd have, and the foxes going to earth. And whenever there was a christening at the Squire's, and he had dinner there afterwards, as he always did, he never failed to christen the chiel over again in a bottle of port wine.

"Now the clerk was the parson's groom and gardener and general manager, and had just got back to his work in the garden when he, too, saw the hunting man pass, and presently saw lots more of 'em, noblemen and gentry, and then he saw the hounds, the huntsman, Jim Treadhedge, the whipper—in, and I don't know who besides. The clerk loved going to cover as frantical as the pa'son, so much so that whenever he saw or heard the pack he could no more rule his feelings than if they were the winds of heaven. He might be bedding, or he might be sowing—all was forgot. So he throws down his spade and rushes in to the pa'son, who was by this time as frantical to go as he.

"'That there mare of yours, sir, do want exercise bad, very bad, this morning!' the clerk says, all of a tremble. 'Don't ye think I'd better trot her round the downs for an hour, sir?'

"'To be sure, she does want exercise badly. I'll trot her round myself,' says the parson.

"'Oh—you'll trot her yerself? Well, there's the cob, sir. Really that cobis getting oncontrollable through biding in a stable so long! If you wouldn't mind my putting on the saddle—'

"'Very well. Take him out, certainly,' says the pa'son, never caring what the clerk did so long as he himself could get off immediately. So, scrambling into his riding-boots and breeches as quick as he could, he rode off towards the meet, intending to be back in an hour. No sooner was he gone than the clerk mounted the cob, and was off after him. When the pa'son got to the meet he found a lot of friends, and was as jolly as he could be: the hounds found a'most as soon as they threw off, and there was great excitement. So, forgetting that he had meant to go back at once, away rides the pa'son with thc rest o' the hunt, all across the fallow ground that lies between Lippet Wood and Green's Copse; and as he galloped he looked behind for a moment, and there was the clerk close to his heels.

"'Ha, ha, clerk—you here?' he says.

"'Yes, Sir, here be I,' says t' other.

"'Fine exercise for the horses!'

"'Ay, sir—hee, hee!' says the clerk.

"So they went on and on, into Green's Copse, then across to Higher Jirton; then on across this very turnpike-road to Waterston Ridge, then away towards Yalbury Wood: up hill and down dale, like the very wind, the clerk close to the pa'son, and the pa'son not far from the hounds. Never was there a finer run knowed with that pack than they had that day; and neither pa'son nor clerk thought one word about the unmarried couple locked up in the church tower waiting to get j'ined.

"'These hosses of yours, Sir, will be much improved by this!' says the clerk as he rode along, just a neck behind the pa'son. ''Twas a happy thought of your reverent mind to bring 'em out to-day. Why, it may be frosty and slippery in a day or two, and then the poor things mid not be able to leave the stable for weeks.'

"'They may not, they may not, it is true. A merciful man is merciful to his beast,' says the pa'son.

"'Hee, hee!' says the clerk, glancing sly into the pa'son's eye.

"'Ha, ha!' says the pa'son, a-glancing back into the clerk's.

"'Halloo!' he shouts, as he sees the fox break cover at that moment. 'Halloo!' cries the clerk. 'There he goes! Why, dammy, there's two foxes—'

"'Hush, clerk, hush! Don't let me hear that word again! Remember our calling.'

"'True, sir, true. But really, good sport do carry away a man so, that he's apt to forget his high persuasion!' And the next minute the corner of the clerk's eye shot again into the corner of the pa'son's, and the pa'son's back again to the clerk's. 'Hee, hee!' said the clerk.

"'Ha, ha!' said Pa'son Toogood.

"'Ah, sir,' says the clerk again, 'this is better than crying Amen to your Ever-and-ever on a winter's morning!'

"'Yes, indeed, clerk! To everything there's a season,' says Pa'son Toogood, quite pat, for he was a learned Christian man when he liked, and had chapter and ve'se at his tongue's end, as a pa'son should.

"At last, late in the day, the hunting came to an end by the fox running into a' old woman's cottage, under her table, and up the clock-case. The pa'son and clerk were among the first in at the death, their faces a-staring in at the old woman's winder, and the clock striking as he'd never been heard to strik' before. Then came the question of finding their way home.

"Neither the pa'son nor the clerk knowed how they were going to do this, for their beasts were well—nigh tired down to the ground. But they started back—along as well as they could, though they were so done up that they could only drag along at a' amble, and not much of that at a time.

"'We shall never, never get there!' groaned Mr. Toogood, quite bowed down.

"'Never!' groans the clerk. ''Tis a judgment upon us for our iniquities!'

"'I fear it is,' murmurs the pa'son.

"Well, 'twas quite dark afore they entered pa'sonage gate, having crept into the parish as quiet if they'd stole a hammer, little wishing their congregation to know what they'd been up to all day long. And as they were so dog-tired, and so anxious about the horses, never once did they think of the unmarried couple. As soon as ever the horses had been stabled and fed, and the pa'son and clerk had had a bit and a sup theirselves, they went to bed.

"Next morning when Pa'son Toogood was at breakfast, thinking of the glorious sport he'd had the day before, the clerk came in a hurry to the door and asked to see him.

"'It has just come into my mind, sir, that we've forgot all about the couple that we was to have married yesterday!'

"The half-chawed victuals dropped from the pa'son's mouth as if he'd been shot. 'Bless my soul,' says he, 'so we have! How very awkward!'

"'It is, sir; very. Perhaps we've ruined the 'ooman!'

"'Ah—to be sure—I remember! She ought to have been married before.'

"'If anything has happened to her up in that there tower, and no doctor or nuss—'

("Ah—poor thing!" sighed the women.)

"'—'twill be a quarter—sessions matter for us, not to speak of the disgrace to the Church!'

"'Good God, clerk, Don't drive me wild!' says the pa'son. 'Why the hell didn't I marry 'em, drunk or sober!' (Pa'sons used to cuss in them days like plain honest men.) 'Have you been to the church to see what happened to them, or inquired in the village?'

"'Not I, sir! It only came into my head a moment ago, and I always like to be second to you in church matters. You could have knocked me down with a sparrow's feather when I thought o't, sir; I assure 'ee you could!'

"Well, the pa'son jumped up from his breakfast, and together they went off to the church.

"'It is not at all likely that they are there now,' says Mr. Toogood, as they went; 'and indeed I hope they are not. They be pretty sure to have escaped and gone home.'

"However, they opened the church-hatch, entered the churchyard, and looking up at the tower there they seed a little small white face at the belfry-winder, and a little small hand waving. 'Twas the bride.

"'God my life, clerk,' says Mr. Toogood, 'I don't know how to face 'em!' And he sank down upon a tombstone. 'How I wish I hadn't been so cussed particular!'

"'Yes—'twas a pity we didn't finish it when we'd begun,' the clerk said. 'Still, since the feelings of your holy priest craft wouldn't let ye, the couple must put up with it.'

"'True, clerk, true! Does she look as if anything premature had took place?'

"'I can't see her no lower down than her armpits, sir.'

"'Well—how do her face look?'

"'It do look mighty white!'

"'Well, we must know the worst! Dear me, how the small of my back do ache from that ride yesterday!...But to more godly business!'

"They went on into the church, and unlocked the tower stairs, and immediately poor Jane and Andrey busted out like starved mice from a cupboard, Andrey limp and sober enough now, and his bride pale and cold, but otherwise as usual.

"'What,' says the pa'son, with a great breath of relief, 'you haven't been here ever since?'

"'Yes, we have, sir!' says the bride, sinking down upon a seat in her weakness. 'Not a morsel, wet or dry, have we had since! It was impossible to get out without help, and here we've stayed!'

"'But why didn't you shout, good souls?' said the pa'son.

"'She wouldn't let me,' says Andrey.

"'Because we were so ashamed at what had led to it,' sobs Jane. 'We felt that if it were noised abroad it would cling to us all our lives! Once or twice Andrey had a good mind to toll the bell, but then he said: 'No; I'll starve first. I won't bring disgrace on my name and yours, my dear.' And so we waited and waited, and walked round and round; but never did you come till now!'

"'To my regret!' says the parson. 'Now, then, we will soon get it over.'

"'I—I should like some victuals,' said Andrey; ''twould gie me courage to do it, if it is only a crust o' bread and a' onion; for I am that leery that I can feel my stomach rubbing against my backbone.'

"'I think we had better get it done,' said the bride, a bit anxious in manner; 'since we are all here convenient, too!'

"Andrey gave way about the victuals, and the clerk called in a second witness who wouldn't be likely to gossip about it, and soon the knot was tied, and the bride looked smiling and calm forthwith, and Andrey limper than ever.

"'Now,' said Pa'son Toogood, 'you two must come to my house, and have a good lining put to your insides before you go a step further.'

"They were very glad of the offer, and went out of the churchyard by one path while the pa'son and clerk went out by the other, and so did not attract notice, it being still early. They entered the rectory as if they'd just come back from their trip to Port Bredy; and then they knocked in the victuals and drink till they could hold no more.

"It was a long while before the story of what they had gone through was known, but it was talked of in time, and they themselves laugh over it now; though what Jane got for her pains was no great bargain after all. 'Tis true she saved her name."

"Was that the same Andrey who went to the squire's house as one of the Christmas fiddlers?" asked the seedsman.

"No, no," replied Mr. Profitt, the schoolmaster. "It was his father did that. Ay, it was all owing to his being such a man for eating and drinking." Finding that he had the ear of the audience, the schoolmaster continued without delay—

Old Andrey's Experience as a Musician

"I was one of the quire-boys at that time, and we and the players were to appear at the manor-house as usual that Christmas week, to play and sing in the hall to the squire's people and visitors (among 'em being the archdeacon, Lord and Lady Baxby, and I don't know who); afterwards going, as we always did, to have a good supper in the servants' hall. Andrew knew this was the custom, and meeting us when we were starting to go, he said to us: 'Lord, how I should like to join in that meal of beef, and turkey, and plum-pudding, and ale, that you happy ones be going to just now! One more or less will make no difference to the squire. I am too old to pass as a singing boy, and too bearded to pass as a singing girl; can ye lend me a fiddle, neighbours, that I may come with ye as a bandsman?'

"Well, we didn't like to be hard upon him, and lent him an old one, though Andrew knew no more of music than the Giant o' Cernel; and armed with the instrument he walked up to the squire's house with the others of us at the time appointed, and went in boldly, his fiddle under his arm. He made himself as natural as he could in opening the music-books and moving the candles to the best points for throwing light upon the notes; and all went well till we had played and sung. 'While Shepherds Watch,' and 'Star, Arise,' and 'Hark the Glad Sound.' Then the squire's mother, a tall gruff old lady, who was much interested in church-music, said quite unexpectedly to Andrew: 'My man, I see you don't play your instrument with the rest. How is that?'

"Every one of the quire was ready to sink into the earth with concern at the fix Andrew was in. We could see that he had fallen into a cold sweat, and how he would get out of it we did not know.

"'I've had a misfortune, mem,' he says, bowing as meek as a child. 'Coming along the road I fell down and broke my bow.'

"'O, I am sorry to hear that,' says she. 'Can't it be mended?'

"'O no, mem,' says Andrew. ''Twas broke all to splinters.'

"'I'll see what I can do for you,' says she.

"And then it seemed all over, and we played 'Rejoice, Ye Drowsy Mortals All,' in D and two sharps. But no sooner had we got through it than she says to Andrew, 'I've sent up into the attic, where we have some old musical instruments, and found a bow for you.' And she hands the bow to poor wretched Andrew, who didn't even know which end to take hold of. 'Now we shall have the full accompaniment,' says she.

"Andrew's face looked as if it were made of rotten apple as he stood in the circle of players in front of his book; for if there was one person in the parish that everybody was afraid of, 'twas this hook-nosed old lady. However, by keeping a little behind the next man he managed to make pretence of beginning, sawing away with his bow without letting it touch the strings, so that it looked as if he were driving into the tune with heart and soul. 'Tis a question if he wouldn't have got through all right if one of the squire's visitors (no other than the archdeacon) hadn't noticed that he held the fiddle upside down, the nut under his chin, and the tail-piece in his hand; and they began to crowd round him, thinking 'twas some new way of performing.

"This revealed everything; the squire's mother had Andrew turned out of the house as a vile impostor, and there was great interruption to the harmony of the proceedings, the squire declaring he should have notice to leave his cottage that day fortnight. However, when we got to the servants' hall there sat Andrew, who had been let in at the back door by the orders of the squire's wife, after being turned out at the front by the orders of the squire, and nothing more was heard about his leaving his cottage: But Andrew never performed in public as a musician after that night; and now he's dead and gone, poor man, as we all shall be!"

"I had quite forgotten the old choir, with their fiddles and bass-viols," said the home-comer, musingly. "Are they still going on the same as of old?"

"Bless the man!" said Christopher Twink, the master-thatcher; "why they've been done away with these twenty year. A young teetotaler plays the organ in church now, and plays it very well; though 'tis not quite such good music as in old times, because the organ is one of them that go with a winch, and the young teetotaler says he can't always throw the proper feeling into the tune without well-nigh working his arms off."

"Why did they make the change, then?"

"Well, partly because of fashion, partly because the old musicians got into a sort of scrape. A terrible scrape 'twas too—wasn't it, John? I shall never forget it—never! They lost their character as officers of the church as complete as if they'd never had any character at all."

"That was very bad for them."

"Yes." The master-thatcher attentively regarded past times as if they lay about a mile off, and went on.

Absent-Mindedness in a Parish Choir

"It happened on Sunday after Christmas—the last Sunday they ever played in Longpuddle church gallery, as it turned out, though they didn't know it then. As you may know, sir, the players formed a very good band almost as good as the Mellstock parish players that were led by the Dewys; and that's saying a great deal. There was Nicholas Puddingcome, the leader, with the first fiddle; there was Timothy Thomas, the bass-viol man; John Biles, the tenor fiddler; Dan'l Hornhead, with the serpent; Robert Dowdle, with the clarionet; and Mr. Nicks, with the oboe—all sound and powerful musicians, and strong-winded men—they that blowed. For that reason they were very much in demand Christmas week for little reels and dancing-parties; for they could turn a jig or a hornpipe out of hand as well as ever they could turn out a psalm, and perhaps better, not to speak irreverent. In short, one half-hour they could be playing a Christmas carol in the squire's hall to the ladies and gentlemen, and drinking tea and coffee with 'em as modest as saints; and the next, at the Tinker's Arms, blazing away like wild horses with the 'Dashing White Sergeant' to nine couple of dancers and more, and swallowing rum-and-cider hot as flame.

"Well, this Christmas they'd been out to one rattling randy after another every night, and had got next to no sleep at all. Then came the Sunday after Christmas, their fatal day. 'Twas so mortal cold that year that they could hardly sit in the gallery; for though the congregation down in the body of the church had a stove to keep off the frost, the players in the gallery had nothing at all. So Nicholas said—at morning service, when 'twas freezing an inch an hour, 'Please the Lord I won't stand this numbing weather no longer; this afternoon we'll have something in our insides to make us warm if it cost a king's ransom.'

"So he brought a gallon of hot brandy and beer, ready mixed, to church with him in the afternoon, and by keeping the jar well wrapped up in Timothy Thomas's bass-viol bag it kept drinkably warm till they wanted it, which was just a thimbleful in the Absolution, and another after the Creed, and the remainder at the beginning o' the sermon. When they'd had the last pull they felt quite comfortable and warm, and as the sermon went on—most unfortunately for 'em it was a long one that afternoon—they fell asleep, every man jack of 'em; and there they slept on as sound as rocks.

"'Twas a very dark afternoon, and by the end of the sermon all you could see of the inside of the church were the pa'son's two candles alongside of him in the pulpit, and his spaking face behind 'em. The sermon being ended at last, the pa'son gie'd out the Evening Hymn. But no choir set about sounding up the tune, and the people began to turn their heads to learn the reason why, and then Levi Limpet, a boy who sat in the gallery, nudged Timothy and Nicholas, and said, 'Begin! Begin!'

"'Hey, what?' says Nicholas, starting up; and the church being so dark and his head so muddled he thought he was at the party they had played at all the night before, and away he went, bow and fiddle, at 'The Devil among the Tailors,' the favorite jig of our neighborhood at that time. The rest of the band, being in the same state of mind and nothing doubting, followed their leader with all their strength, according to custom. They poured out that there tune till the lower bass notes of 'The Devil among the Tailors' made the cobwebs in the roof shiver like ghosts; then Nicholas, seeing nobody moved, shouted out as he scraped (in his usual commanding way at dances when the folk didn't know the figures), 'Top couples cross hands! And when I make the fiddle squeak at the end, every man kiss his pardner under the mistletow!'

"The boy Levi was so frightened that he bolted down the gallery stairs and out homeward like lightning. The pa'son's hair fairly stood on end when he heard the evil tune raging through the church; and thinking the choir had gone crazy, he held up his hand and said: 'Stop, stop, stop! Stop, stop! What's this?' But they didn't hear 'n for the noise of their own playing, and the more he called the louder they played.

"Then the folks came out of their pews, wondering down to the ground, and saying: 'What do they mean by such a wickedness? We shall be consumed like Sodom and Gomorrah!'

"Then the squire came out of his pew lined wi' green baize, where lots of lords and ladies visiting at the house were worshipping along with him, and went and stood in front of the gallery, and shook his fist in the musicians' faces, saying, 'What! In this reverent edifice! What!'

"And at last they heard 'n through their playing, and stopped.

"'Never such an insulting, disgraceful thing—never!' says the squire, who couldn't rule his passion.

"'Never!' says the pa'son, who had come down and stood beside him.

"'Not if the angels of Heaven,' says the squire, (he was a wickedish man, the squire was, though now for once he happened to be on the Lord's side)— 'not if the angels of Heaven come down,' he says, 'shall one of you villainous players ever sound a note in this church again; for the insult to me, and my family, and my visitors, and God Almighty, that you've a-perpetrated this afternoon!'

"Then the unfortunate church band came to their senses, and remembered where they were; and 'twas a sight to see Nicholas Puddingcome and Timothy Thomas and John Biles creep down the gallery stairs with their fiddles under their arms, and poor Dan'l Hornhead with his serpent, and Robert Dowdle with his clarionet all looking as little as ninepins; and out they went. The pa'son might have forgie'd 'em when he learned the truth o't, but the squire would not. That very week he sent for a barrel-organ that would play two-and-twenty new psalm tunes, so exact and particular that, however sinful inclined you was, you could play nothing but psalm tunes whatsoever. He had a really respectable man to turn the winch, as I said, and the old players played no more."

"And, of course, my old acquaintance, the annuitant, Mrs. Winter, who always seemed to have something on her mind, is dead and gone?" said the home-comer, after a long silence.

Nobody in the van seemed to recollect the name.

"O yes, she must be dead long since: she was seventy when I as a child knew her," he added.

"I can recollect Mrs. Winter very well, if nobody else can," said the aged groceress. "Yes, she's been dead these five-and-twenty year at least. You knew what it was upon her mind, sir, that gave her that hollow-eyed look, I suppose?"

"It had something to do with a son of hers, I think I once was told. But I was too young to know particulars."

The groceress sighed as she conjured up a vision of days long past. "Yes," she murmured, "it had all to do with a son." Finding that the van was still in a listening mood, she spoke on—

The Winters and the Palmleys

"To go back to the beginning—if one must—there were two women in the parish when I was a child, who were to a certain extent rivals in good looks. Never mind particulars, but in consequence of this they were at daggers-drawn, and they did not love each other any better when one of them tempted the other's lover away from her and married him. He was a young man of the name of Winter, and in due time they had a son.

"The other woman did not marry for many years: but when she was about thirty a quiet man named Palmley asked her to be his wife, and she accepted him. You don't mind when the Palmleys were Longpuddle folk, but I do well. She had a son also, who was, of course, nine or ten years younger than the son of the first. The child proved to be of rather weak intellect, though his mother loved him as the apple of her eye.

"This woman's husband died when the child was eight years old, and left his widow and boy in poverty. Her former rival, also a widow now, but fairly well provided for, offered for pity's sake to take the child as errand boy, small as he was, her own son, Jack, being hard upon seventeen. Her poor neighbour could do no better than let the child go there. And to the richer woman's house little Palmley straightway went.

"Well, in some way or other—how, it was never exactly known—the thriving woman, Mrs. Winter, sent the little boy with a message to the next village one December day, much against his will. It was getting dark, and the child prayed to be allowed not to go, because he would be afraid coming home. But the mistress insisted, more out of thoughtlessness than cruelty, and the child went. On his way back he had to pass through Yalbury Wood, and something came out from behind a tree and frightened him into fits. The child was quite ruined by it; he became quite a drivelling idiot, and soon afterward died.

"Then the other woman had nothing left to live for, and vowed vengeance against that rival who had first won away her lover, and now had been the cause of her bereavement. This last affliction was certainly not intended by her thriving acquaintance, though it must be owned that when it was done she seemed but little concerned. Whatever vengeance poor Mrs. Palmley felt, she had no opportunity of carrying it out, and time might have softened her feelings into forgetfulness of her supposed wrongs as she dragged on her lonely life. So matters stood when, a year after the death of the child, Mrs. Palmley's niece, who had been born and bred in the city of Exonbury, came to live with her.

"This young woman—Miss Harriet Palmley—was a proud and handsome girl, very well brought up, and more stylish and genteel than the people of our village, as was natural, considering where she came from. She regarded herself as much above Mrs. Winter and her son in position as Mrs. Winter and her son considered themselves above poor Mrs. Palmley. But love is an unceremonious thing, and what in the world should happen but that young Jack Winter must fall woefully and wildly in love with Harriet Palmley almost as soon as he saw her.

"She being better educated than he, and caring nothing for the village notion of his mother's superiority to her aunt, did not give him much encouragement. But Longpuddle being no very large world, the two could not help seeing a good deal of each other while she was staying there, and, disdainful young woman as she was, she did seem to take a little pleasure in his attentions and advances.

"One day when they were picking apples together, he asked her to marry him. She had not expected anything so practical as that at so early a time, and was led by her surprise into a half-promise; at any rate she did not absolutely refuse him, and accepted some little presents that he made her.

"But he saw that her view of him was rather as a simple village lad than as a young man to look up to, and he felt that he must do something bold to secure her. So he said one day, 'I am going away, to try to get into a better position than I can get here.' In two or three weeks he wished her good-bye, and went away to Monksbury, to superintend a farm, with a view to start as a farmer himself; and from there he wrote regularly to her, as if their marriage were an understood thing.

"Now Harriet liked the young man's presents and the admiration of his eyes; but on paper he was less attractive to her. Her mother had been a schoolmistress, and Harriet had besides a natural aptitude for pen-and-ink work, in days when to be a ready writer was not such a common thing as it is now, and when actual handwriting was valued as an accomplishment in itself. Jack Winter's performances in the shape of love-letters quite jarred her city nerves and her finer taste, and when she answered one of them, in the lovely running hand that she took such pride in, she very strictly and loftily bade him to practise with a pen and spelling-book if he wished to please her. Whether he listened to her request or not nobody knows, but his letters did not improve. He ventured to tell her in his clumsy way that if her heart were more warm towards him she would not be so nice about his handwriting and spelling; which indeed was true enough.

"Well, in Jack's absence the weak flame that had been set alight in Harriet's heart soon sank low, and at last went out altogether. He wrote and wrote, and begged and prayed her to give a reason for her coldness; and then she told him plainly that she was town born, and he was not sufficiently well educated to please her.

"Jack Winter's want of pen-and-ink training did not make him less thin-skinned than others; in fact, he was terribly tender and touchy about anything. This reason that she gave for finally throwing him over grieved him, shamed him, and mortified him more than can be told in these times, the pride of that day in being able to write with beautiful flourishes, and the sorrow at not being able to do so, raging so high. Jack replied to her with an angry note, and then she hit back with smart little stings, telling him how many words he had misspelt in his last letter, and declaring again that this alone was sufficient justification for any woman to put an end to an understanding with him. Her husband must be a better scholar.

"He bore her rejection of him in silence, but his suffering was sharp—all the sharper in being untold. She communicated with Jack no more; and as his reason for going out into the world had been only to provide a home worthy of her, he had no further object in planning such a home now that she was lost to him. He therefore gave up the farming occupation by which he had hoped to make himself a master-farmer, and left the spot to return to his mother.

"As soon as he got back to Longpuddle he found that Harriet had already looked wi' favour upon another lover. He was a young road-contractor, and Jack could not but admit that his rival was both in manners and scholarship much ahead of him. Indeed, a more sensible match for the beauty who had been dropped into the village by fate could hardly have been found than this man, who could offer her so much better a chance than Jack could have done, with his uncertain future and narrow abilities for grappling with the world. The fact was so clear to him that he could hardly blame her.

"One day by accident Jack saw on a scrap of paper the handwriting of Harriet's new beloved. It was flowing like a stream, well spelt, the work of a man accustomed to the ink-bottle and the dictionary, of a man already called in the parish a good scholar. And then it struck all of a sudden into Jack's mind what a contrast the letters of this young man must make to his own miserable old letters, and how ridiculous they must make his lines appear. He groaned and wished he had never written to her, and wondered if she had ever kept his poor performances. Possibly she had kept them, for women are in the habit of doing that, he thought, and whilst they were in her hands there was always a chance of his honest, stupid love-assurances to her being joked over by Harriet with her present lover, or by anybody who should accidentally uncover them.

"The nervous, moody young man could not bear the thought of it, and at length decided to ask her to return them, as was proper when engagements were broken off. He was some hours in framing, copying, and recopying the short note in which he made his request, and having finished it he sent it to her house. His messenger came back with the answer, by word of mouth, that Miss Palmley bade him say she should not part with what was hers, and wondered at his boldness in troubling her.

"Jack was much affronted at this, and determined to go for his letters himself. He chose a time when he knew she was at home, and knocked and went in without much ceremony; for though Harriet was so high and mighty, Jack had small respect for her aunt, Mrs. Palmley, whose little child had been his boot-cleaner in earlier days. Harriet was in the room, this being the first time they had met since she had jilted him. He asked for his letters with a stern and bitter took at her.

"At first she said he might have them for all that she cared, and took them out of the bureau where she kept them. Then she glanced over the outside one of the packet, and suddenly altering her mind, she told him shortly that his request was a silly one, and slipped the letters into her aunt's work-box, which stood open on the table, locking it, and saying with a bantering laugh that of course she thought it best to keep 'em, since they might be useful to produce as evidence that she had good cause for declining to marry him.

"He blazed up hot. 'Give me those letters!' he said. 'They are mine!'

"'No, they are not,' she replied; 'they are mine.'

"'Whos'ever they are I want them back,' says he. 'I don't want to be made sport of for my penmanship: you've another young man now! He has your confidence, and you pour all your tales into his ear. You'll be showing them to him!'

"'Perhaps,' said my lady Harriet, with calm coolness, like the heartless woman that she was.

"Her manner so maddened him that he made a step towards the work-box, but she snatched it up, locked it in the bureau, and turned upon him triumphant. For a moment he seemed to be going to wrench the key of the bureau out of her hand; but he stopped himself, and swung round upon his heel and went away.

"When he was out-of-doors alone, and it got night, he walked about restless, and stinging with the sense of being beaten at all points by her. He could not help fancying her telling her new lover or her acquaintances of this scene with himself, and laughing with them over those poor blotted, crooked lines of his that he had been so anxious to obtain. As the evening passed on he worked himself into a dogged resolution to have them back at any price, come what might.

"At the dead of night he came out of his mother's house by the back door, and creeping through the garden hedge went along the field adjoining till he reached the back of her aunt's dwelling. The moon struck bright and flat upon the walls, 'twas said, and every shiny leaf of the creepers was like a little looking-glass in the rays. From long acquaintance Jack knew the arrangement and position of everything in Mrs. Palmley's house as well as in his own mother's . The back window close to him was a casement with little leaded squares, as it is to this day, and was, as now, one of two lighting the sitting-room. The other, being in front, was closed up with shutters, but this back one had not even a blind, and the moonlight as it streamed in showed every article of the furniture to him outside. To the right of the room is the fireplace, as you may remember; to the left was the bureau at that time; inside the bureau was Harriet's work-box, as he supposed (though it was really her aunt's), and inside the work-box were his letters. Well, he took out his pocket-knife, and without noise lifted the leading of one of the panes, so that he could take out the glass, and putting his hand through the hole he unfastened the casement, and climbed in through the opening. All the household—that is to say, Mrs. Palmley, Harriet, and the little maidservant—were asleep. Jack went straight to the bureau, so he said, hoping it might have been unfastened again—it not being kept locked in ordinary—but Harriet had never unfastened it since she secured her letters there the day before. Jack told afterward how he thought of her sleep upstairs, caring nothing for him, and of the way she had made sport of him and of his letters; and having advanced so far, he was not to be hindered now. By forcing the large blade of his knife under the flap of the bureau, he burst the weak lock; within was the rosewood work-box just as she had placed it in her hurry to keep it from him. There being no time to spare for getting the letters out of it then, he took it under his arm, shut the bureau, and made the best of his way out of the house, latching the casement behind him, and re-fixing the pane of glass in its place.

"Winter found his way back to his mother's as he had come, and being dog-tired, crept upstairs to bed, hiding the box till he could destroy its contents. The next morning early he set about doing this, and carried it to the linhay at the back of his mother's dwelling. Here by the hearth he opened the box, and began burning one by one the letters that had cost him so much labour to write and shame to think of, meaning to return the box to Harriet, after repairing the slight damage he had caused it by opening it without a key, with a note—the last she would ever receive from him—telling her triumphantly that in refusing to return what he had asked for she had calculated too surely upon his submission to her whims.

"But on removing the last letter from the box he received a shock; for underneath it, at the very bottom, lay money—several golden guineas—'Doubtless Harriet's pocket-money,' he said to himself; though it was not, but Mrs. Palmley's. Before he had got over his qualms at this discovery he heard footsteps coming through the house-passage to where he was. In haste he pushed the box and what was in it under some brushwood which lay in the linhay; but Jack had been already seen. Two constables entered the out-house, and seized him as he knelt before the fireplace, securing the work-box and all it contained at the same moment. They had come to apprehend him on a charge of breaking into the dwelling-house of Mrs. Palmley on the night preceding; and almost before the lad knew what had happened to him they were leading him along the lane that connects that end of the village with this turnpike-road, and along they marched him between 'em all the way to Casterbridge jail.

"Jack's act amounted to night burglary—though he had never thought of it—and burglary was felony, and a capital offense in those days. His figure had been seen by some one against the bright wall as he came away from Mrs. Palmley's back window, and the box and money were found in his possession, while the evidence of the broken bureau-lock and tinkered window-pane was more than enough for circumstantial detail. Whether his protestation that he went only for his letters, which he believed to be wrongfully kept from him, would have availed him anything if supported by other evidence I do not know; but the one person who could have borne it out was Harriet, and she acted entirely under the sway of her aunt. That aunt was deadly towards Jack Winter. Mrs. Palmley's time had come. Here was her revenge upon the woman who had first won away her lover, and next ruined and deprived her of her heart's treasure—her little son. When the assize week drew on, and Jack had to stand his trial, Harriet did not appear in the case at all, which was allowed to take its course, Mrs. Palmley testifying to the general facts of the burglary. Whether Harriet would have come forward if Jack had appealed to her is not known; possibly she would have done it for pity's sake; but Jack was too proud to ask a single favour of a girl who had jilted him; and he let her alone. The trial was a short one, and the death sentence was passed.

"The day o' young Jack's execution was a cold dusty Saturday in

March. He was so boyish and slim that they were obliged in mercy to hang him in the heaviest fetters kept in the jail, lest his heft should not break his neck, and they weighed so upon him that he could hardly drag himself up to the drop. At that time the gover'ment was not strict about burying the body of an executed person within the precincts of the prison, and at the earnest prayer of his poor mother his body was allowed to be brought home. All the parish waited at their cottage doors in the evening for its arrival: I remember how, as a very little girl, I stood by my mother's side. About eight o'clock, as we hearkened on our door-stones in the cold bright starlight, we could hear the faint crackle of a waggon from the direction of the turnpike-road. The noise was lost as the waggon dropped into a hollow, then it was plain again as it lumbered down the next long incline, and presently it entered Longpuddle. The coffin was laid in the belfry for the night, and the next day, Sunday, between the services, we buried him. A funeral sermon was preached the same afternoon, the text chosen being, "He was the only son of his mother, and she was a widow." Yes, they were cruel times!

"As for Harriet, she and her lover were married in due time; but by all account her life was no jocund one. She and her good-man found that they could not live comfortably at Longpuddle, by reason of her connection with Jack's misfortunes, and they settled in a distant town, and were no more heard of by us; Mrs. Palmley, too, found it advisable to join 'em shortly after. The dark-eyed, gaunt old Mrs. Winter, remembered by the emigrant gentleman here, was, as you will have foreseen, the Mrs. Winter of this story; and I can well call to mind how lonely she was, how afraid the children were of her, and how she kept herself as a stranger among us, though she lived so long."

"Longpuddle has had her sad experiences as well as her sunny ones," said Mr. Lackland.

"Yes, yes. But I am thankful to say not many like that, though good and bad have lived among us."

"There was Georgy Crookhill—he was one of the shady sort, as I have reason to know," observed the registrar, with the manner of a man who would like to ha'e his say also.

"I used to hear what he was as a boy at school."

"Well, as he began so he went on. It never got so far as a hanging matter with him, to be sure; but he had some narrow escapes of penal servitude; and once it was a case of the biter bit."

Incident in the Life of Mr. George Crookhill

"One day," the registrar continued, "Georgy was ambling out of Melchester on a miserable screw, the fair being just over, when he saw in front of him a fine-looking, young farmer riding out of the town in the same direction. He was mounted on a good strong handsome animal, worth fifty guineas if worth a crown. When they were going up Bissett Hill, Georgy made it his business to overtake the young farmer. They passed the time o' day to one another; Georgy spoke of the state of the roads, and jogged alongside the well-mounted stranger in very friendly conversation. The farmer had not been inclined to say much to Georgy at first, but by degrees he grew quite affable too—as friendly as Georgy was toward him. He told Crookhill that he had been doing business at Melchester fair, and was going on as far as Shottsford-Forum that night, so as to reach Casterbridge market the next day. When they came to Woodyates Inn they stopped to bait their horses, and agreed to drink together; with this they got more friendly than ever, and on they went again. Before they had nearly reached Shottsford it came on to rain, and as they were now passing through the village of Trantridge, and it was quite dark, Georgy persuaded the young farmer to go no further that night; the rain would most likely give them a chill. For his part he had heard that the little inn here was comfortable, and he meant to stay. At last the young farmer agreed to put up there also; and they dismounted, and entered, and had a good supper together, and talked over their affairs like men who had known and proved each other a long time. When it was the hour for retiring they went upstairs to a double-bedded room which Georgy Crookhill had asked the landlord to let them share, so sociable were they.

"Before they fell asleep they talked across the room, about one thing and another, running from this to that till the conversation turned upon disguises, and changing clothes for particular ends. The farmer told Georgy that he had often heard tales of people doing it; but Crookhill professed to be very ignorant of all such tricks; and soon the young farmer sank into slumber.

"Early in the morning, while the tall young farmer was still asleep (I tell the story as 'twas told me), honest Georgy crept out of his bed by stealth, and dressed himself in the farmer's clothes, in the pockets of the said clothes being the farmer's money. Now though Georgy particularly wanted the farmer's nice clothes and nice horse, owing to a little transaction at the fair which made it desirable that he should not be too easily recognized, his desires had their bounds: he did not wish to take his young friend's money, at any rate more of it than was necessary for paying his bill. This he abstracted, and leaving the farmer's purse containing the rest on the bedroom table, went downstairs. The inn folks had not particularly noticed the faces of their customers, and the one or two who were up at this hour had no thought but that Georgy was the farmer; so when he had paid the bill very liberally, and said he must be off, no objection was made to his getting the farmer's horse saddled for himself; and he rode away upon it as if it were his own.

"About half an hour after the young farmer awoke, and looking across the room saw that his friend Georgy had gone away in clothes which didn't belong to him, and had kindly left for himself the seedy ones worn by Georgy. At this he sat up in a deep thought for some time, instead of hastening to give an alarm. 'The money, the money is gone,' he said to himself, 'and that's bad. But so are the clothes.'

"He then looked upon the table and saw that the money, or most of it, had been left behind.

"'Ha, ha, ha!' he cried, and began to dance about the room. 'Ha, ha, ha!' he said again, and made beautiful smiles to himself in the shaving glass and in the brass candlestick; and then swung about his arms for all the world as if he were going through the sword exercise.

"When he had dressed himself in Georgy's clothes and gone downstairs, he did not seem to mind at all that they took him for the other;

and even when he saw that he had been left a bad horse for a good one, he was not inclined to cry out. They told him his friend had paid the bill, at which he seemed much pleased, and without waiting for breakfast he mounted Georgy's horse and rode away likewise, choosing the nearest by-lane in preference to the high-road, without knowing that Georgy had chosen that by-lane also.

"He had not trotted more than two miles in the personal character of Georgy Crookhill when, suddenly rounding a bend that the lane made thereabout, he came upon a man struggling in the hands of two village constables. It was his friend Georgy, the borrower of his clothes and horse. But so far was the young farmer from showing any alacrity in rushing forward to claim his property that he would have turned the poor beast he rode into the wood adjoining, if he had not been already perceived.

"'Help, help, help!' cried the constables. 'Assistance in the name of the Crown!'

"The young farmer could do nothing but ride forward. 'What's the matter?' he inquired, as coolly as he could.

"'A deserter—a deserter!' said they. 'One who's to be tried by court martial and shot without parley. He deserted from the Dragoons at Cheltenham some days ago, and was tracked; but the search-party can't find him anywhere, and we told 'em if we met him we'd hand him on to 'em forthwith. The day after he left the barracks the rascal met a respectable farmer and made him drunk at an inn, and told him what a fine soldier he would make, and coaxed him to change clothes, to see how well a military uniform would become him. This the simple farmer did; when our deserter said that for a joke he would leave the room and go to the landlady, to see if she would know him in that dress. He never came back, and Farmer Jollice found himself in soldier's clothes, the money in his pockets gone, and, when he got to the stable, his horse gone too.'

"'A scoundrel!' says the young man in Georgy's clothes. 'And is this the wretched caitiff?' (pointing to Georgy).

"'No, no!' cries Georgy, as innocent as a babe of this matter of the soldier's desertion. 'He's the man! He was wearing Farmer Jollice's suit o'clothes, and he slept in the same room wi' me, and brought up the subject of changing clothes, which put it into my head to dress myself in his suit before he was awake. He's got on mine!'

"'D'ye hear the villain?' groans the tall young man to the constables. 'Trying to get out of his crime by charging the first innocent man with it that he sees! No, master soldier—that won't do!'

"'No, no! That won't do!' the constables chimed in. 'To have the impudence to say such as that, when we caught him in the act almost! But, thank God, we've got the handcuffs on him at last.'

"'We have, thank God,' said the tall young man. 'Well, I must move on. Good luck to ye with your prisoner!' And off he went, as fast as his poor jade would carry him.

"The constables then, with Georgy handcuffed between 'em, and leading the horse, marched off in the other direction, toward the village where they had been accosted by the escort of soldiers sent to bring the deserter back, Georgy groaning: 'I shall be shot, I shall be shot!' They had not gone more than a mile before they met them.

"'Hoi, there!' says the head constable.

"'Hoi, yerself!' says the corporal in charge.

"'We've got your man,' says the constable.

"'Where?' says the corporal.

"'Here, between us,' said the constable. 'Only you don't recognize him out o' uniform.'

"The corporal looked at Georgy hard enough; then shook his head and said he was not the absconder.

"'But the absconder changed clothes with Farmer Jollice, and took his horse; and this man has em, d'ye see!'

"''Tis not our man,' said the soldiers. 'He's a tall young fellow with a mole on his right cheek, and a military bearing, which this man decidedly has not.'

"'I told the two officers of justice that 'twas the other!' pleaded Georgy. 'But they wouldn't believe me.'

"And so it became clear that the missing dragoon was the tall young farmer, and not Georgy Crookhill—a fact which Farmer Jollice himself corroborated when he arrived on the scene. As Georgy had only robbed the robber, his sentence was comparatively light. The deserter from the Dragoons was never traced: his double shift of clothing having been of the greatest advantage to him in getting off; though he left Georgy's horse behind him a few miles ahead, having found the poor creature more hindrance than aid."

The man from abroad seemed to be less interested in the questionable characters of Longpuddle and their strange adventures than in the ordinary inhabitants and the ordinary events, though his local fellow-travellers preferred the former as subjects of discussion. He now for the first time asked concerning young persons of the opposite sex—or rather those who had been young when he left his native land. His informants, adhering to their own opinion that the remarkable was better worth telling than the ordinary, would not allow him to dwell upon the simple chronicles of those who had merely come and gone. They asked him if he remembered Netty Sargent.

"Netty Sargent—I do, just remember her. She was a young woman living with her uncle when I left, if my childish recollection may be trusted."

"That was the maid. She was a one-er, if you like, sir. Not any harm in her, you know, but up to everything. You ought to hear how she got the copyhold of her house extended. Oughtn't he, Mr. Day?"

"He ought," replied the world-ignored old painter.

"Tell him, Mr. Day. Nobody can do it better than you, and you know the legal part better than some of us."

Day apologized, and began—

Netty Sargent's Copyhold

"She continued to live with her uncle, in the lonely house by the copse, a tall, spry young woman. Ah, how well one can remember her black hair and dancing eyes at that time, and her sly way of screwing up her mouth when she meant to tease ye! Well, she was hardly out of short frocks before the chaps were after her, and by long and by late she was courted by a young man whom perhaps you did not know—Jasper Cliff was his name—and, though she might have had many a better fellow, he so greatly took her fancy that 'twas Jasper or nobody for her. He was a selfish customer, always thinking less of what he was going to do than of what he was to gain by his doings. Jasper's eyes might have been fixed upon Netty, but his mind was upon her uncle's house; though he was fond of her in his way—I admit that.

"This house, built by her great-great-grandfather, with its garden and little field, was copyhold-granted upon lives in the old way, and had been so granted for generations. Her uncle's was the last life upon the property, so that at his death, if there was no admittance of new lives, it would all fall into the hands of the lord of the manor. But 'twas easy to admit—slight 'fine,' as 'twas called, of a few pounds, was enough to entitle him to a new deed o' grant by the custom of the manor; and the lord could not hinder it.

"Now there could be no better provision for his niece and only relative than a sure house over her head, and Netty's uncle should have seen to the renewal in time, owing to the peculiar custom of forfeiture by the dropping of the last life before the new fine was paid; for the squire was very anxious to get hold of the house and land; and every Sunday when the old man came into the church and passed the squire's pew, the squire would say, 'A little weaker in his knees, a little crookeder in his back—and the readmittance not applied for, ha! ha! I shall be able to make a complete clearing of that corner of the manor some day!'

"'Twas extraordinary, now we look back upon it, that old Sargent should have been so dilatory; yet some people are like it, and he put off calling at the squire's agent's office with the fine week after week, saying to himself, 'I shall have more time next market day than I have now.' One unfortunate hinderance was that he didn't very well like Jasper Cliff, and as Jasper kept urging Netty, and Netty on that account kept urging her uncle, the old man was inclined to postpone the re-liveing as long as he could, to spite the selfish young lover. At last old Mr. Sargent fell ill, and then Jasper could bear it no longer: he produced the fine money himself, and handed it to Netty, and spoke to her plainly.

"'You and your uncle ought to know better. You should press him more. There's the money. If you let the house and ground slip between ye, I won't marry; hang me if I will! For folks won't deserve a husband that can do such things.'

"The worried girl took the money and went home, and told her uncle that it was no house no husband for her. Old Mr. Sargent pooh-poohed the money, for the amount was not worth consideration, but he did now bestir himself, for he saw she was bent upon marrying Jasper, and he did not wish to make her unhappy, since she was so determined. It was much to the squire's annoyance that he found Sargent had moved in the matter at last; but he could not gainsay it, and the documents were prepared (for on this manor the copyholders had writings with their holdings, though on some manors they had none). Old Sargent being now too feeble to go to the agent's house, the deed was to be brought to his house signed, and handed over as a receipt for the money; the counterpart to be signed by Sargent, and sent back to the squire.

"The agent had promised to call on old Sargent for this purpose at five o'clock, and Netty put the money into her desk to have it close at hand. While doing this she heard a slight cry from her uncle, and turning round, saw that he had fallen forward in his chair. She went and lifted him, but he was unconscious, and unconscious he remained. Neither medicine nor stimulants would bring him to himself. She had been told that he might possibly go off in that way, and it seemed as if the end had come. Before she had started for a doctor his face and extremities grew quite cold and white, and she saw that help would be useless. He was stone-dead.

"Netty's situation rose upon her distracted mind in all its seriousness. The house, garden, and field were lost—by a few hours—and with them a home for herself and her lover. She would not think so meanly of Jasper as to suppose that he would adhere to the resolution declared in a moment of impatience; but she trembled, nevertheless. Why could not her uncle have lived a couple of hours longer, since he had lived so long? It was now past three o'clock; at five the agent was to call, and, if all had gone well, by ten minutes past five the house and holding would have been securely hers for her own and Jasper's lives, these being two of the three proposed to be added by paying the fine. How that wretched old squire would rejoice at getting the little tenancy into his hands! He did not really require it, but constitutionally hated these tiny copyholds and leaseholds and freeholds, which made islands of independence in the fair, smooth ocean of his estates.

"Then an idea struck into the head of Netty how to accomplish her object in spite of her uncle's negligence. It was a dull December afternoon, and the first step in her scheme—so the story goes, and I see no reason to doubt it—"

"''Tis true as the light,' affirmed Christopher Twink. 'I was just passing by.'

"The first step in her scheme was to fasten the outer door, to make sure of not being interrupted. Then she set to work by placing her uncle's small, heavy oak table before the fire; then she went to her uncle's corpse, sitting in the chair as he had died—a stuffed arm-chair, on castors, and rather high in the seat, so it was told me—and wheeled the chair, uncle and all, to the table, placing him with his back towards the window, in the attitude of bending over the said oak table which I knew as a boy as well as I know any piece of furniture in my own house. On the table she laid the large family Bible open before him, and placed his forefinger on the page; and then she opened his eyelids a bit, and put on him his spectacles, so that from behind he appeared for all the world as if he were reading the Scriptures. Then she unfastened the door and sat down, and when it grew dark she lit a candle, and put it on the table beside her uncle's book.

"Folk may well guess how the time passed with her till the agent came, and how, when his knock sounded upon the door, she nearly started out of her skin—at least, that's as it was told me. Netty promptly went to the door.

"'I am sorry, sir,' she says, under her breath; 'my uncle is not so well to-night, and I'm afraid he can't see you.'

"'H'm!—that's a pretty tale,' says the steward. 'So I've come all this way about this trumpery little job for nothing!'

"'Oh no, sir—I hope not,' says Netty. 'I suppose the business of granting the new deed can be done just the same?'

"'Done? Certainly not. He must pay the renewal money, and sign the parchment in my presence.'

"She looked dubious. 'Uncle is so dreadful nervous about law business,' says she, 'that, as you know, he's put it off and put it off for years; and now to-day really I've feared it would verily drive him out of his mind. His poor three teeth quite chattered when I said to him that you would be here soon with the parchment writing. He always was afraid of agents, and folks that come for rent, and such like.'

"'Poor old fellow—I'm sorry for him. Well, the thing can't be done unless I see him and witness his signature.'

"'Suppose, sir, that you see him sign, and he Don't see you looking at him? I'd soothe his nerves by saying you weren't strict about the form of witnessing, and didn't wish to come in. So that it was done in your bare presence it would be sufficient, would it not? As he's such an old, shrinking, shivering man, it would be a great considerateness on your part if that would do.'

"'In my bare presence would do, of course—that's all I come for. But how can I be a witness without his seeing me?'

"'Why, in this way, sir; if you'll oblige me by just stepping here.' She conducted him a few yards to the left, till they were opposite the parlor window. The blind had been left up purposely, and the candle-light shone out upon the garden bushes. Within the agent could see, at the other end of the room, the back and side of the old man's head, and his shoulders and arm, sitting with the book and candle before him, and his spectacles on his nose, as she had placed him.

"'He's reading his Bible, as you see, sir,' she says, quite in her meekest way.

"'Yes. I thought he was a careless sort of man in matters of religion.'

"'He always was fond of his Bible,' Netty assured him. 'Though I think he's nodding over it just as this moment. However, that's natural in an old man, and unwell. Now you could stand here and see him sign, couldn't you, sir, as he's such an invalid?'

"'Very well,' said the agent, lighting a cigar. 'You have ready by you the merely nominal sum you'll have to pay for the admittance, of course?'

"'Yes,' said Netty. 'I'll bring it out.' She fetched the cash, wrapped in paper, and handed it to him, and when he had counted it the steward took from his breast-pocket the precious parchments and gave one to her to be signed.

"'Uncle's hand is a little paralyzed,' she said. 'And what with his being half asleep, too, really I don't know what sort of a signature he'll be able to make.'

"'Doesn't matter, so that he signs.'

"'Might I hold his hand?'

"'Aye, hold his hand, my young woman—that will be near enough.'

"Netty re-entered the house, and the agent continued smoking outside the window. Now came the ticklish part of Netty's performance. The steward saw her put the inkhorn before her uncle, and touch his elbow as if to arouse him, and speak to him, and spread out the deed; when she had pointed to show him where to sign she dipped the pen and put it into his hand. To hold his hand she artfully stepped behind him, so that the agent could only see a little bit of his head and the hand she held; but he saw the old man's hand trace his name on the document. As soon as 'twas done she came out to the steward with the parchment in her hand, and the steward signed as witness by the light from the parlor window. Then he gave her the deed signed by the squire, and left; and next morning Netty told the neighbors that her uncle was dead in his bed."

"She must have undressed him and put him there."

"She must. Oh, that girl had a nerve, I can tell ye! Well to cut a long story short, that's how she got back the house and field that were, strictly speaking, gone from her; and by getting them, got her a husband.

"Every virtue has its reward, they say. Netty had hers for her ingenious contrivance to gain Jasper. Two years after they were married he took to beating her—not hard, you know; just a smack or two, enough to set her in a temper, and let out to the neighbours what she had done to win him, and how she repented of her pains. When the old Squire was dead, and his son came into the property, this confession of hers began to be whispered about. But Netty was a pretty young woman, and the squire's son was a pretty young man at that time, and wider-minded than his father, having no objection to little holdings; and he never took any proceedings against her."

There was now a lull in the discourse, and soon the van descended the hill leading into the long straggling village. When the houses were reached the passengers dropped off one by one, each at his or her own door. Arrived at the inn, the returned emigrant secured a bed, and having eaten a light meal, sallied forth upon the scene he had known so well in his early days. Though flooded with the light of the rising moon, none of the objects wore the attractiveness in this their real presentation that had ever accompanied their images in the field of his imagination when he was more than two thousand miles removed from them. The peculiar charm attaching to an old village in an old country, as seen by the eyes of an absolute foreigner, was lowered in his case by magnified expectations from infantine memories. He walked on, looking at this chimney and that old wall, till he came to the churchyard, which he entered.

The head-stones, whitened by the moon, were easily decipherable; and now for the first time Lackland began to fcel himself amid the village community that he had left behind him five-and-thirty years before. Here, besides the Sallets, the Darths, and others of the Pawles, the Privetts, the Sargents, and others of whom he had just heard, were names he remembered even better than those: the Jickses, and the Crosses, and the Knights, and the Olds. Doubtless representatives of these families, or some of them, were yet among the living; but to him they would all be as strangers. Far from finding his heart ready-supplied with roots and tendrils here, he perceived that in returning to this spot it would be incumbent upon him to re-establish himself from the beginning, precisely as though he had never known the place, nor it him. Time had not condescended to wait his pleasure, nor local life his greeting.

The figure of Mr. Lackland was seen at the inn, and in the village street, and in the fields and land about Upper Longpuddle, for a few days after his arrival, and then, ghost-like, it silently disappeared. He had told some of the villagers that his immediate purpose in coming had been fulfilled by a sight of the place, and by conversation with its inhabitants:

but that his ulterior purpose—of coming to spend his latter days among them—would probably never be carried out. It is now a dozen or fifteen years since his visit was paid, and his face has not again been seen.

March 1891

On the Western Circuit

I

The man who played the disturbing part in the two quiet lives hereafter depicted—no great man, in any sense, by the way—first had knowledge of them on an October evening, in the city of Melchester. He had been standing in the Close, vainly endeavouring to gain amid the darkness a glimpse of the most homogeneous pile of mediaeval architecture in England, which towered and tapered from the damp and level sward in front of him. While he stood the presence of the Cathedral walls was revealed rather by the ear than by the eyes; he could not see them, but they reflected sharply a roar of sound which entered the Close by a street leading from the city square, and, falling upon the building, was flung back upon him.

He postponed till the morrow his attempt to examine the deserted edifice, and turned his attention to the noise. It was compounded of steam barrel-organs, the clanging of gongs, the ringing of hand-bells, the clack of rattles, and the undistinguishable shouts of men. A lurid light hung in the air in the direction of the tumult. Thitherward he went, passing under the arched gateway, along a straight street, and into the square.

He might have searched Europe over for a greater contrast between juxtaposed scenes. The spectacle was that of the eighth chasm of the Inferno as to colour and flame, and, as to mirth, a development of the Homeric heaven. A smoky glare, of the complexion of brass-filings, ascended from the fiery tongues of innumerable naphtha lamps affixed to booths, stalls, and other temporary erections which crowded the spacious market-square. In front of this irradiation scores of human figures, more or less in profile, were darting athwart and across, up, down, and around, like gnats against a sunset.

Their motions were so rhythmical that they seemed to be moved by machinery. And it presently appeared that they were moved by machinery indeed; the figures being those of the patrons of swings, see-saws, flying-leaps, above all of the three steam roundabouts which occupied the centre of the position. It was from the latter that the din of steam-organs came.

Throbbing humanity in full light was, on second thoughts, better than architecture in the dark. The young man, lighting a short pipe, and putting his hat on one side and one hand in his pocket, to throw himself into harmony with his new environment, drew near to the largest and most patronized of the steam circuses, as the roundabouts were called by their owners. This was one of brilliant finish, and it was now in full revolution. The musical instrument around which and to whose tones the riders revolved, directed its trumpet-mouths of brass upon the young man, and the long plate-glass mirrors set at angles, which revolved with the machine, flashed the gyrating personages and hobby horses kaleidoscopically into his eyes.

It could now be seen that he was unlike the majority of the crowd. A gentlemanly young fellow, one of the species found in large towns only, and London particularly, built on delicate lines, well, though not fashionably dressed, he appeared to belong to the professional class; he had nothing square or practical about his look, much that was curvilinear and sensuous. Indeed, some would have called him a man not altogether typical of the middle-class male of a century wherein sordid ambition is the master-passion that seems to be taking the time-honoured place of love.

The revolving figures passed before his eyes with an unexpected and quiet grace in a throng whose natural movements did not suggest gracefulness or quietude as a rule. By some contrivance there was imparted to each of the hobby-horses a motion which was really the triumph and perfection of roundabout inventiveness—a galloping rise and fall, so timed that, of each pair of steeds, one was on the spring while the other was on the pitch. The riders were quite fascinated by these equine undulations in this most delightful holiday-game of our times. There were riders as young as six, and as old as sixty years, with every age between.

At first it was difficult to catch a personality, but by and by the observer's eyes centred on the prettiest girl out of the several pretty ones revolving.

It was not that one with the light frock and light hat whom he had been at first attracted by; no, it was the one with the black cape, grey skirt, light gloves and—no, not even she, but the one behind her; she with the crimson skirt, dark jacket, brown hat and brown gloves. Unmistakably that was the prettiest girl.

Having finally selected her, this idle spectator studied her as well as he was able during each of her brief transits across his visual field. She was absolutely unconscious of everything save the act of riding: her features were rapt in an ecstatic dreaminess; for the moment she did not know her age or her history or her lineaments, much less her troubles. He himself was full of vague latter-day glooms and popular melancholies, and it was a refreshing sensation to behold this young thing then and there, absolutely as happy as if she were in a Paradise.

Dreading the moment when the inexorable stoker, grimily lurking behind the glittering rococo-work, should decide that this set of riders had had their pennyworth, and bring the whole concern of steam-engine, horses, mirrors, trumpets, drums, cymbals, and such-like to pause and silence, he waited for her every reappearance, glancing indifferently over the intervening forms, including the two plainer girls, the old woman and child, the two youngsters, the newly-married couple, the old man with a clay pipe, the sparkish youth with a ring, the young ladies in the chariot, the pair of journeyman-carpenters, and others, till his select country beauty followed on again in her place. He had never seen a fairer product of nature, and at each round she made a deeper mark in his sentiments. The stoppage then came, and the sighs of the riders were audible.

He moved round to the place at which he reckoned she would alight; but she retained her seat. The empty saddles began to refill, and she plainly was deciding to have another turn. The young man drew up to the side of her steed, and pleasantly asked her if she had enjoyed her ride.

"O yes!" she said, with dancing eyes. "It has been quite unlike anything I have ever felt in my life before!"

It was not difficult to fall into conversation with her. Unreserved—

too unreserved—by nature, she was not experienced enough to be reserved by art, and after a little coaxing she answered his remarks readily. She had come to live in Melchester from a village on the Great Plain, and this was the first time that she had ever seen a steam-circus; she could not understand how such wonderful machines were made. She had come to the city on the invitation of Mrs. Harnham, who had taken her into her household to train her as a servant, if she showed any aptitude. Mrs. Harnham was a young lady who before she married had been Miss Edith White, living in the country near the speaker's cottage; she was now very kind to her through knowing her in childhood so well. She was even taking the trouble to educate her. Mrs. Harnham was the only friend she had in the world, and being without children had wished to have her near her in preference to anybody else, though she had only lately come; allowed her to do almost as she liked, and to have a holiday whenever she asked for it. The husband of this kind young lady was a rich wine-merchant of the town, but Mrs. Harnham did not care much about him. In the daytime you could see the house from where they were talking. She, the speaker, liked Melchester better than the lonely country, and she was going to have a new hat for next Sunday that was to cost fifteen and ninepence.

Then she inquired of her acquaintance where he lived, and he told her in London, that ancient and smoky city, where everybody lived who lived at all, and died because they could not live there. He came into Wessex two or three times a year for professional reasons; he had arrived from Wintoncester yesterday, and was going on into the next county in a day or two. For one thing he did like the country better than the town, and it was because it contained such girls as herself.

Then the pleasure-machine started again, and, to the light-hearted girl, the figure of the handsome young man, the market-square with its lights and crowd, the houses beyond, and the world at large, began moving round as before, countermoving in the revolving mirrors on her right hand, she being as it were the fixed point in an undulating, dazzling, lurid universe, in which loomed forward most prominently of all the form of her late interlocutor. Each time that she approached the half of her orbit that lay nearest him they gazed at each other with smiles, and with that unmistakable expression which means so little at the moment, yet so often leads up to passion, heart-ache, union, disunion, devotion, overpopulation, drudgery, content, resignation, despair.

When the horses slowed anew he stepped to her side and proposed another heat. "Hang the expense for once," he said. "I'll pay!"

She laughed till the tears came.

"Why do you laugh, dear?" said he.

"Because—you are so genteel that you must have plenty of money, and only say that for fun!" she returned.

"Ha-ha!" laughed the young man in unison, and gallantly producing his money she was enabled to whirl on again.

As he stood smiling there in the motley crowd, with his pipe in his hand, and clad in the rough pea-jacket and wideawake that he had put on for his stroll, who would have supposed him to be Charles Bradford Raye, Esquire, stuff-gownsman, educated at Wintoncester, called to the Bar at Lincoln's-Inn, now going the Western Circuit, merely detained in Melchester by a small arbitration after his brethren had moved on to the next county-town?

II

The square was overlooked from its remoter corner by the house of which the young girl had spoken, a dignified residence of considerable size, having several windows on each floor. Inside one of these, on the first floor, the apartment being a large drawing-room, sat a lady, in appearance from twenty-eight to thirty years of age. The blinds were still undrawn, and the lady was absently surveying the weird scene without, her cheek resting on her hand. The room was unlit from within, but enough of the glare from the market-place entered it to reveal the lady's face. She was what is called an interesting creature rather than a handsome woman; dark-eyed, thoughtful, and with sensitive lips.

A man sauntered into the room from behind and came forward.

"O, Edith, I didn't see you," he said. "Why are you sitting here in the dark?"

"I am looking at the fair," replied the lady in a languid voice.

"Oh? Horrid nuisance every year! I wish it could be put a stop to."

"I like it."

"H'm. There's no accounting for taste."

For a moment he gazed from the window with her, for politeness sake, and then went out again.

In a few minutes she rang.

"Hasn't Anna come in?" asked Mrs. Harnham.

"No, m'm."

"She ought to be in by this time. I meant her to go for ten minutes only."

"Shall I go and look for her, m'm?" said the house-maid alertly.

"No. It is not necessary: she is a good girl and will come soon."

However, when the servant had gone Mrs. Harnham arose, went up to her room, cloaked and bonneted herself, and proceeded downstairs, where she found her husband.

"I want to see the fair," she said; "and I am going to look for Anna. I have made myself responsible for her, and must see she comes to no harm. She ought to be indoors. Will you come with me?"

"Oh, she's all right. I saw her on one of those whirligig things, talking to her young man as I came in. But I'll go if you wish, though I'd rather go a hundred miles the other way."

"Then please do so. I shall come to no harm alone."

She left the house and entered the crowd which thronged the market-place, where she soon discovered Anna, seated on the revolving horse. As soon as it stopped Mrs. Harnham advanced and said severely, "Anna, how can you be such a wild girl? You were only to be out for ten minutes."

Anna looked blank, and the young man, who had dropped into the background, came to her assistance.

"Please don't blame her," he said politely. "It is my fault that she has stayed. She looked so graceful on the horse that I induced her to go round again. I assure you that she has been quite safe."

"In that case I'll leave her in your hands," said Mrs. Harnham, turning to retrace her steps.

But this for the moment it was not so easy to do. Something had attracted the crowd to a spot in their rear, and the wine-merchant's wife, caught by its sway, found herself pressed against Anna's acquaintance without power to move away. Their faces were within a few inches of each other, his breath fanned her cheek as well as Anna's. They could do no other than smile at the accident; but neither spoke, and each waited passively. Mrs. Harnham then felt a man's hand clasping her fingers, and from the look of consciousness on the young fellow's face she knew the hand to be his: she also knew that from the position of the girl he had no other thought than that the imprisoned hand was Anna's. What prompted her to refrain from undeceiving him she could hardly tell. Not content with holding the hand, he playfully slipped two of his fingers inside her glove, against her palm. Thus matters continued till the pressure lessened; but several minutes passed before the crowd thinned sufficiently to allow Mrs. Harnham to withdraw.

"How did they get to know each other, I wonder?" she mused as she retreated. "Anna is really very forward—and he very wicked and nice."

She was so gently stirred with the stranger's manner and voice, with the tenderness of his idle touch, that instead of re-entering the house she turned back again and observed the pair from a screened nook. Really she argued (being little less impulsive than Anna herself) it was very excusable in Anna to encourage him, however she might have contrived to make his acquaintance; he was so gentlemanly, so fascinating, had such beautiful eyes. The thought that he was several years her junior produced a reasonless sigh.

At length the couple turned from the roundabout towards the door of Mrs. Harnham's house, and the young man could be heard saying that he would accompany her home. Anna, then, had found a lover, apparently a very devoted one. Mrs. Harnham was quite interested in him. When they drew near the door of the wine-merchant's house, a comparatively deserted spot by this time, they stood invisible for a little while in the shadow of a wall, where they separated, Anna going on to the entrance, and her acquaintance returning across the square.

"Anna," said Mrs. Harnham, coming up. "I've been looking at you! That young man kissed you at parting I am almost sure."

"Well," stammered Anna; "he said, if I didn't mind—it would do me no harm, and—and—him a great deal of good!"

"Ah, I thought so! And he was a stranger till to-night?"

"Yes, ma'am."

"Yet I warrant you told him your name and everything about yourself?"

"He asked me."

"But he didn't tell you his?"

"Yes, ma'am, he did!" cried Anna victoriously. "It is Charles Bradford, of London."

"Well, if he's respectable, of course I've nothing to say against your knowing him," remarked her mistress, prepossessed, in spite of general principles, in the young man's favour. "But I must reconsider all that, if he attempts to renew your acquaintance. A country-bred girl like you, who has never lived in Melchester till this month, who had hardly ever seen a black-coated man till you came here, to be so sharp as to capture a young Londoner like him!"

"I didn't capture him. I didn't do anything," said Anna, in confusion.

When she was indoors and alone Mrs. Harnham thought what a well-bred and chivalrous young man Anna's companion had seemed. There had been a magic in his wooing touch of her hand; and she wondered how he had come to be attracted by the girl.

The next morning the emotional Edith Harnham went to the usual week-day service in Melchester cathedral. In crossing the Close through the fog she again perceived him who had interested her the previous evening, gazing up thoughtfully at the high-piled architecture of the nave; and as soon as she had taken her seat he entered and sat down in a stall opposite hers.

He did not particularly heed her; but Mrs. Harnham was continually occupying her eyes with him, and wondered more than ever what had attracted him in her unfledged maid-servant. The mistress was almost as unaccustomed as the maiden herself to the end-of-the-age young man, or she might have wondered less. Raye, having looked about him awhile, left abruptly, without regard to the service that was proceeding; and Mrs. Harnham—lonely, impressionable creature that she was—took no further interest in praising the Lord. She wished she had married a London man who knew the subtleties of love-making as they were evidently known to him who had mistakenly caressed her hand.

III

The calendar at Melchester had been light, occupying the court only a few hours; and the assizes at Casterbridge, the next county-town on the Western Circuit, having no business for Raye, he had not gone thither. At the next town after that they did not open till the following Monday, trials to begin on Tuesday morning. In the natural order of things Raye would have arrived at the latter place on Monday afternoon; but it was not till the middle of Wednesday that his gown and grey wig, curled in tiers, in the best fashion of Assyrian bas-reliefs, were seen blowing and bobbing behind him as he hastily walked up the High Street from his lodgings. But though he entered the assize building there was nothing for him to do, and sitting at the blue baize table in the well of the court, he mended pens with a mind far away from the case in progress. Thoughts of unpremeditated conduct, of which a week earlier he would not have believed himself capable, threw him into a mood of dissatisfied depression.

He had contrived to see again the pretty rural maiden Anna, the day after the fair, had walked out of the city with her to the earthworks of Old Melchester, and feeling a violent fancy for her, had remained in Melchester all Sunday, Monday, and Tuesday; by persuasion obtaining walks and meetings with the girl six or seven times during the interval; had in brief won her, body and soul.

He supposed it must have been owing to the seclusion in which he had lived of late in town that he had given way so unrestrainedly to a passion for an artless creature whose inexperience had, from the first, led her to place herself unreservedly in his hands. Much he deplored trifling with her feelings for the sake of a passing desire; and he could only hope that she might not live to suffer on his account.

She had begged him to come to her again; entreated him; wept. He had promised that he would do so, and he meant to carry out that promise. He could not desert her now. Awkward as such unintentional connections were, the interspace of a hundred miles—which to a girl of her limited capabilities was like a thousand—would effectually hinder this summer fancy from greatly encumbering his life; while thought of her simple love might do him the negative good of keeping him from idle pleasures in town when he wished to work hard. His circuit journeys would take him to Melchester three or four times a year; and then he could always see her.

The pseudonym, or rather partial name, that he had given her as his before knowing how far the acquaintance was going to carry him, had been spoken on the spur of the moment, without any ulterior intention whatever. He had not afterwards disturbed Anna's error, but on leaving her he had felt bound to give her an address at a stationer's not far from his chambers, at which she might write to him under the initials "C. B."

In due time Raye returned to his London abode, having called at Melchester on his way and spent a few additional hours with his fascinating child of nature. In town he lived monotonously every day. Often he and his rooms were enclosed by a tawny fog from all the world besides, and when he lighted the gas to read or write by, his situation seemed so unnatural that he would look into the fire and think of that trusting girl at Melchester again and again. Often, oppressed by absurd fondness for her, he would enter the dim religious nave of the Law Courts by the north door, elbow other juniors habited like himself, and like him unretained; edge himself into this or that crowded court where a sensational case was going on, just as if he were in it, though the police officers at the door knew as well as he knew himself that he had no more concern with the business in hand than the patient idlers at the gallery-door outside, who had waited to enter since eight in the morning because, like him, they belonged to the classes that live on expectation. But he would do these things to no purpose, and think how greatly the characters in such scenes contrasted with the pink and breezy Anna.

An unexpected feature in that peasant maiden's conduct was that she had not as yet written to him, though he had told her she might do so if she wished. Surely a young creature had never before been so reticent in such circumstances. At length he sent her a brief line, positively requesting her to write. There was no answer by the return post, but the day after a letter in a neat feminine hand, and bearing the Melchester post-mark, was handed to him by the stationer.

The fact alone of its arrival was sufficient to satisfy his imaginative sentiment. He was not anxious to open the epistle, and in truth did not begin to read it for nearly half-an-hour, anticipating readily its terms of passionate retrospect and tender adjuration. When at last he turned his feet to the fireplace and unfolded the sheet, he was surprised and pleased to find that neither extravagance nor vulgarity was there. It was the most charming little missive he had ever received from woman. To be sure the language was simple and the ideas were slight; but it was so self-possessed; so purely that of a young girl who felt her womanhood to be enough for her dignity that he read it through twice. Four sides were filled, and a few lines written across, after the fashion of former days; the paper, too, was common, and not of the latest shade and surface. But what of those things? He had received letters from women who were fairly called ladies, but never so sensible, so human a letter as this. He could not single out any one sentence and say it was at all remarkable or clever; the ensemble of the letter it was which won him; and beyond the one request that he would write or come to her again soon there was nothing to show her sense of a claim upon him.

To write again and develop a correspondence was the last thing Raye would have preconceived as his conduct in such a situation; yet he did send a short, encouraging line or two, signed with his pseudonym, in which he asked for another letter, and cheeringly promised that he would try to see her again on some near day, and would never forget how much they had been to each other during their short acquaintance.

IV

To return now to the moment at which Anna, at Melchester, had received Raye's letter.

It had been put into her own hand by the postman on his morning rounds. She flushed down to her neck on receipt of it, and turned it over and over. "It is mine?" she said.

"Why, yes, can't you see it is?" said the postman, smiling as he guessed the nature of the document and the cause of the confusion.

"O yes, of course!" replied Anna, looking at the letter, forcedly tittering, and blushing still more.

Her look of embarrassment did not leave her with the postman's departure. She opened the envelope, kissed its contents, put away the letter in her pocket, and remained musing till her eyes filled with tears.

A few minutes later she carried up a cup of tea to Mrs. Harnham in her bed-chamber. Anna's mistress looked at her, and said: "How dismal you seem this morning, Anna. What's the matter?"

"I'm not dismal, I'm glad; only I—" She stopped to stifle a sob.

"Well?"

"I've got a letter—and what good is it to me, if I can't read a word in it!"

"Why, I'll read it, child, if necessary."

"But this is from somebody—I don't want anybody to read it but myself!" Anna murmured.

"I shall not tell anybody. Is it from that young man?"

"I think so." Anna slowly produced the letter, saying: "Then will you read it to me, ma'am?"

This was the secret of Anna's embarrassment and flutterings. She could neither read nor write. She had grown up under the care of an aunt by marriage, at one of the lonely hamlets on the Great Mid-Wessex Plain where, even in days of national education, there had been no school within a distance of two miles. Her aunt was an ignorant woman; there had been nobody to investigate Anna's circumstances, nobody to care about her learning the rudiments; though, as often in such cases, she had been well fed and clothed and not unkindly treated. Since she had come to live at Melchester with Mrs. Harnham, the latter, who took a kindly interest in the girl, had taught her to speak correctly, in which accomplishment Anna showed considerable readiness, as is not unusual with the illiterate; and soon became quite fluent in the use of her mistress's phraseology. Mrs. Harnham also insisted upon her getting a spelling and copy book, and beginning to practise in these. Anna was slower in this branch of her education, and meanwhile here was the letter.

Edith Harnham's large dark eyes expressed some interest in the contents, though, in her character of mere interpreter, she threw into her tone as much as she could of mechanical passiveness. She read the short epistle on to its concluding sentence, which idly requested Anna to send him a tender answer.

"Now—you'll do it for me, won't you, dear mistress?" said Anna eagerly. "And you'll do it as well as ever you can, please? Because I couldn't bear him to think I am not able to do it myself. I should sink into the earth with shame if he knew that!"

From some words in the letter Mrs. Harnham was led to ask questions, and the answers she received confirmed her suspicions. Deep concern filled Edith's heart at perceiving how the girl had committed her happiness to the issue of this new-sprung attachment. She blamed herself for not interfering in a flirtation which had resulted so seriously for the poor little creature in her charge; though at the time of seeing the pair together she had a feeling that it was hardly within her province to nip young affection in the bud. However, what was done could not be undone, and it behoved her now, as Anna's only protector, to help her as much as she could. To Anna's eager request that she, Mrs. Harnham, should compose and write the answer to this young London man's letter, she felt bound to accede, to keep alive his attachment to the girl if possible; though in other circumstances she might have suggested the cook as an amanuensis.

A tender reply was thereupon concocted, and set down in Edith Harnham's hand. This letter it had been which Raye had received and delighted in. Written in the presence of Anna it certainly was, and on

Anna's humble note-paper, and in a measure indited by the young girl; but the life, the spirit, the individuality, were Edith Harnham's.

"Won't you at least put your name yourself?" she said. "You can manage to write that by this time?"

"No, no," said Anna, shrinking back. "I should do it so bad. He'd be ashamed of me, and never see me again!"

The note, so prettily requesting another from him, had, as we have seen, power enough in its pages to bring one. He declared it to be such a pleasure to hear from her that she must write every week. The same process of manufacture was accordingly repeated by Anna and her mistress, and continued for several weeks in succession; each letter being penned and suggested by Edith, the girl standing by; the answer read and commented on by Edith, Anna standing by and listening again.

Late on a winter evening, after the dispatch of the sixth letter, Mrs. Harnham was sitting alone by the remains of her fire. Her husband had retired to bed, and she had fallen into that fixity of musing which takes no count of hour or temperature. The state of mind had been brought about in Edith by a strange thing which she had done that day. For the first time since Raye's visit Anna had gone to stay over a night or two with her cottage friends on the Plain, and in her absence had arrived, out of its time, a letter from Raye. To this Edith had replied on her own responsibility, from the depths of her own heart, without waiting for her maid's collaboration. The luxury of writing to him what would be known to no consciousness but his was great, and she had indulged herself therein.

Why was it a luxury?

Edith Harnham led a lonely life. Influenced by the belief of the British parent that a bad marriage with its aversions is better than free womanhood with its interests, dignity, and leisure, she had consented to marry the elderly wine-merchant as a *pis aller*, at the age of seven-and-twenty—some three years before this date—to find afterwards that she had made a mistake. That contract had left her still a woman whose deeper nature had never been stirred.

She was now clearly realizing that she had become possessed to the bottom of her soul with the image of a man to whom she was hardly so much as a name. From the first he had attracted her by his looks and voice; by his tender touch; and, with these as generators, the writing of letter after letter and the reading of their soft answers had insensibly developed on her side an emotion which fanned his; till there had resulted a magnetic reciprocity between the correspondents, notwithstanding that one of them wrote in a character not her own. That he had been able to seduce another woman in two days was his crowning though unrecognized fascination for her as the she-animal.

They were her own impassioned and pent-up ideas—lowered to monosyllabic phraseology in order to keep up the disguise—that Edith put into letters signed with another name, much to the shallow Anna's delight, who, unassisted, could not for the world have conceived such pretty fancies for winning him, even had she been able to write them. Edith found that it was these, her own foisted-in sentiments, to which the young barrister mainly responded. The few sentences occasionally added from Anna's own lips made apparently no impression upon him.

The letter-writing in her absence Anna never discovered; but on her return the next morning she declared she wished to see her lover about something at once, and begged Mrs. Harnham to ask him to come.

There was a strange anxiety in her manner which did not escape Mrs. Harnham, and ultimately resolved itself into a flood of tears. Sinking down at Edith's knees, she made confession that the result of her relations with her lover it would soon become necessary to disclose.

Edith Harnham was generous enough to be very far from inclined to cast Anna adrift at this conjuncture. No true woman ever is so inclined from her own personal point of view, however prompt she may be in taking such steps to safeguard those dear to her. Although she had written to Raye so short a time previously, she instantly penned another Anna-note hinting clearly though delicately the state of affairs.

Raye replied by a hasty line to say how much he was affected by her news: he felt that he must run down to see her almost immediately.

But a week later the girl came to her mistress's room with another note, which on being read informed her that after all he could not find time for the journey. Anna was broken with grief; but by Mrs. Harnham's counsel strictly refrained from hurling at him the reproaches and bitterness customary from young women so situated. One thing was imperative: to keep the young man's romantic interest in her alive. Rather therefore did Edith, in the name of her *protégée*, request him on no account to be distressed about the looming event, and not to inconvenience himself to hasten down. She desired above everything to be no weight upon him in his career, no clog upon his high activities. She had wished him to know what had befallen: he was to dismiss it again from his mind. Only he must write tenderly as ever, and when he should come again on the spring circuit it would be soon enough to discuss what had better be done.

It may well be supposed that Anna's own feelings had not been quite in accord with these generous expressions; but the mistress's judgment had ruled, and Anna had acquiesced. "All I want is that niceness you can so well put into your letters, my dear, dear mistress, and that I can't for the life o' me make up out of my own head; though I mean the same thing and feel it exactly when you've written it down!"

When the letter had been sent off, and Edith Harnham was left alone, she bowed herself on the back of her chair and wept.

"I wish it was mine—I wish it was!" she murmured. "Yet how can I say such a wicked thing!"

V

The letter moved Raye considerably when it reached him. The intelligence itself had affected him less than her unexpected manner of treating him in relation to it. The absence of any word of reproach, the devotion to his interests, the self-sacrifice apparent in every line, all made up a nobility of character that he had never dreamt of finding in womankind.

"God forgive me!" he said tremulously. "I have been a wicked wretch. I did not know she was such a treasure as this!"

He reassured her instantly; declaring that he would not of course desert her, that he would provide a home for her somewhere. Meanwhile she was to stay where she was as long as her mistress would allow her.

But a misfortune supervened in this direction. Whether an inkling of Anna's circumstances reached the knowledge of Mrs. Harnham's husband or not cannot be said, but the girl was compelled, in spite of Edith's entreaties, to leave the house. By her own choice she decided to go back for a while to the cottage on the Plain. This arrangement led to a consultation as to how the correspondence should be carried on; and in the girl's inability to continue personally what had been begun in her name, and in the difficulty of their acting in concert as heretofore, she requested Mrs. Harnham—the only well-to-do friend she had in the world—to receive the letters and reply to them off-hand, sending them on afterwards to herself on the Plain, where she might at least get some neighbour to read them to her, if a trustworthy one could be met with. Anna and her box then departed for the Plain.

Thus it befell that Edith Harnham found herself in the strange position of having to correspond, under no supervision by the real woman, with a man not her husband, in terms which were virtually those of a wife, concerning a condition that was not Edith's at all; the man being one for whom, mainly through the sympathies involved in playing this part, she secretly cherished a predilection, subtle and imaginative truly, but strong and absorbing. She opened each letter, read it as if intended for herself, and replied from the promptings of her own heart and no other.

Throughout this correspondence, carried on in the girl's absence, the high-strung Edith Harnham lived in the ecstasy of fancy; the vicarious intimacy engendered such a flow of passionateness as was never exceeded. For conscience's sake Edith at first sent on each of his letters to Anna, and even rough copies of her replies; but later on these so-called copies were much abridged, and many letters on both sides were not sent on at all.

Though selfish, and, superficially at least, infested with the self-indulgent vices of artificial society, there was a substratum of honesty and fairness in Raye's character. He had really a tender regard for the country girl, and it grew more tender than ever when he found her apparently capable of expressing the deepest sensibilities in the simplest words. He meditated, he wavered; and finally resolved to consult his sister, a maiden lady much older than himself, of lively sympathies and good intent. In making this confidence he showed her some of the letters.

"She seems fairly educated," Miss Raye observed. "And bright in ideas. She expresses herself with a taste that must be innate."

"Yes. She writes very prettily, doesn't she, thanks to these elementary schools?"

"One is drawn out towards her, in spite of one's self, poor thing."

The upshot of the discussion was that though he had not been directly advised to do it, Raye wrote, in his real name, what he would never have decided to write on his own responsibility; namely that he could not live without her, and would come down in the spring and shelve her looming difficulty by marrying her.

This bold acceptance of the situation was made known to Anna by Mrs. Harnham driving out immediately to the cottage on the Plain. Anna jumped for joy like a little child. And poor, crude directions for answering appropriately were given to Edith Harnham, who on her return to the city carried them out with warm intensification.

"O!" she groaned, as she threw down the pen. "Anna—poor good little fool—Hasn't intelligence enough to appreciate him! How should she? While I—don't bear his child!"

It was now February. The correspondence had continued altogether for four months; and the next letter from Raye contained incidentally a statement of his position and prospects. He said that in offering to wed her he had, at first, contemplated the step of retiring from a profession which hitherto had brought him very slight emolument, and which, to speak plainly, he had thought might be difficult of practice after his union with her. But the unexpected mines of brightness and warmth that her letters had disclosed to be lurking in her sweet nature had led him to abandon that somewhat sad prospect. He felt sure that, with her powers of development, after a little private training in the social forms of London under his supervision, and a little help from a governess if necessary, she would make as good a professional man's wife as could be desired, even if he should rise to the woolsack. Many a Lord Chancellor's wife had been less intuitively a lady than she had shown herself to be in her lines to him.

"O—poor fellow, poor fellow!" mourned Edith Harnham.

Her distress now raged as high as her infatuation. It was she who had wrought him to this pitch—to a marriage which meant his ruin; yet she could not, in mercy to her maid, do anything to hinder his plan. Anna was coming to Melchester that week, but she could hardly show the girl this last reply from the young man; it told too much of the second individuality that had usurped the place of the first.

Anna came, and her mistress took her into her own room for privacy. Anna began by saying with some anxiety that she was glad the wedding was so near.

"O, Anna!" replied Mrs. Harnham. "I think we must tell him all—that I have been doing your writing for you?—lest he should not know it till after you become his wife, and it might lead to dissension and recriminations—"

"O, mis'ess, dear mis'ess—please don't tell him now!" cried Anna in distress. "If you were to do it, perhaps he would not marry me; and what should I do then? It would be terrible what would come to me! And I am getting on with my writing, too. I have brought with me the copybook you were so good as to give me, and I practise every day, and though it is so, so hard, I shall do it well at last, I believe, if I keep on trying."

Edith looked at the copybook. The copies had been set by herself, and such progress as the girl had made was in the way of grotesque facsimile of her mistress's hand. But even if Edith's flowing caligraphy were reproduced the inspiration would be another thing.

"You do it so beautifully," continued Anna, "and say all that I want to say so much better than I could say it, that I do hope you won't leave me in the lurch just now!"

"Very well," replied the other. "But I—but I thought I ought not to go on!"

"Why?"

Her strong desire to confide her sentiments led Edith to answer truly:

"Because of its effect upon me."

"But it can't have any!"

"Why, child?"

"Because you are married already!" said Anna with lucid simplicity.

"Of course it can't," said her mistress hastily; yet glad, despite her conscience, that two or three outpourings still remained to her. "But you must concentrate your attention on writing your name as I write it here."

VI

Soon Raye wrote about the wedding. Having decided to make the best of what he feared was a piece of romantic folly, he had acquired more zest for the grand experiment. He wished the ceremony to be in London, for greater privacy. Edith Harnham would have preferred it at Melchester; Anna was passive. His reasoning prevailed, and Mrs. Harnham threw herself with mournful zeal into the preparations for Anna's departure. In a last desperate feeling that she must at every hazard be in at the death of her dream, and see once again the man who by a species of telepathy had exercised such an influence on her, she offered to go up with Anna and be with her through the ceremony—"to see the end of her," as her mistress put it with forced gaiety; an offer which the girl gratefully accepted; for she had no other friend capable of playing the part of companion and witness, in the presence of a gentlemanly bridegroom, in such a way as not to hasten an opinion that he had made an irremediable social blunder.

It was a muddy morning in March when Raye alighted from a four-wheel cab at the door of a registry-office in the S.W. district of London, and carefully handed down Anna and her companion Mrs. Harnham. Anna looked attractive in the somewhat fashionable clothes which Mrs. Harnham had helped her to buy, though not quite so attractive as, an innocent child, she had appeared in her country gown on the back of the wooden horse at Melchester Fair.

Mrs. Harnham had come up this morning by an early train, and a young man—a friend of Raye's—having met them at the door, all four entered the registry-office together. Till an hour before this time Raye had never known the wine-merchant's wife, except at that first casual encounter, and in the flutter of the performance before them he had little opportunity for more than a brief acquaintance. The contract of marriage at a registry is soon got through; but somehow, during its progress, Raye discovered a strange and secret gravitation between himself and Anna's friend.

The formalities of the wedding—or rather ratification of a previous union—being concluded, the four went in one cab to Raye's lodgings, newly taken in a new suburb in preference to a house, the rent of which he could ill afford just then. Here Anna cut the little cake which Raye had bought at a pastrycook's on his way home from Lincoln's Inn the night before. But she did not do much besides. Raye's friend was obliged to depart almost immediately, and when he had left the only ones virtually present were Edith and Raye who exchanged ideas with much animation. The conversation was indeed theirs only, Anna being as a domestic animal who humbly heard but understood not. Raye seemed startled in awakening to this fact, and began to feel dissatisfied with her inadequacy.

At last, more disappointed than he cared to own, he said, "Mrs. Harnham, my darling is so flurried that she doesn't know what she is doing or saying. I see that after this event a little quietude will be necessary before she gives tongue to that tender philosophy which she used to treat me to in her letters."

They had planned to start early that afternoon for Knollsea, to spend the few opening days of their married life there, and as the hour for departure was drawing near Raye asked his wife if she would go to the writing-desk in the next room and scribble a little note to his sister, who had been unable to attend through indisposition, informing her that the ceremony was over, thanking her for her little present, and hoping to know her well now that she was the writer's sister as well as Charles's.

"Say it in the pretty poetical way you know so well how to adopt," he added, "for I want you particularly to win her, and both of you to be dear friends."

Anna looked uneasy, but departed to her task, Raye remaining to talk to their guest. Anna was a long while absent, and her husband suddenly rose and went to her.

He found her still bending over the writing-table, with tears brimming up in her eyes; and he looked down upon the sheet of note-paper with some interest, to discover with what tact she had expressed her good-will in the delicate circumstances. To his surprise she had progressed but a few lines, in the characters and spelling of a child of eight, and with the ideas of a goose.

"Anna," he said, staring; "What's this?"

"It only means—that I can't do it any better!" she answered, through her tears.

"Eh? Nonsense!"

"I can't!" she insisted, with miserable, sobbing hardihood. "I—I—didn't write those letters, Charles! I only told her what to write! And not always that! But I am learning, O so fast, my dear, dear husband! And you'll forgive me, won't you, for not telling you before?" She slid to her knees, abjectly clasped his waist and laid her face against him.

He stood a few moments, raised her, abruptly turned, and shut the door upon her, rejoining Edith in the drawing-room. She saw that something untoward had been discovered, and their eyes remained fixed on each other.

"Do I guess rightly?" he asked, with wan quietude. "You were her scribe through all this?"

"It was necessary," said Edith.

"Did she dictate every word you ever wrote to me?"

"Not every word."

"In fact, very little?"

"Very little."

"You wrote a great part of those pages every week from your own conceptions, though in her name!"

"Yes."

"Perhaps you wrote many of the letters when you were alone, without communication with her?"

"I did."

He turned to the bookcase, and leant with his hand over his face; and Edith, seeing his distress, became white as a sheet.

"You have deceived me—ruined me!" he murmured.

"O, don't say it!" she cried in her anguish, jumping up and putting her hand on his shoulder. "I can't bear that!"

"Delighting me deceptively! Why did you do it—why did you!"

"I began doing it in kindness to her! How could I do otherwise than try to save such a simple girl from misery? But I admit that I continued it for pleasure to myself."

Raye looked up. "Why did it give you pleasure?" he asked.

"I must not tell," said she.

He continued to regard her, and saw that her lips suddenly began to quiver under his scrutiny, and her eyes to fill and droop. She started aside, and said that she must go to the station to catch the return train: could a cab be called immediately?

But Raye went up to her, and took her unresisting hand. "Well, to think of such a thing as this!" he said. "Why, you and I are friends—lovers—devoted lovers—by correspondence!"

"Yes; I suppose."

"More."

"More?"

"Plainly more. It is no use blinking that. Legally I have married her—God help us both!—in soul and spirit I have married you, and no other woman in the world!"

"Hush!"

"But I will not hush! Why should you try to disguise the full truth, when you have already owned half of it? Yes, it is between you and me that the bond is—not between me and her! Now I'll say no more. But, O my cruel one, I think I have one claim upon you!"

She did not say what, and he drew her towards him, and bent over her. "If it was all pure invention in those letters," he said emphatically, "give me your cheek only. If you meant what you said, let it be lips. It is for the first and last time, remember!"

She put up her mouth, and he kissed her long. "You forgive me?" she said, crying.

"Yes."

"But you are ruined!"

"What matter!" he said, shrugging his shoulders. "It serves me right!"

She withdrew, wiped her eyes, entered and bade good-bye to Anna, who had not expected her to go so soon, and was still wrestling with the letter. Raye followed Edith downstairs, and in three minutes she was in a hansom driving to the Waterloo station.

He went back to his wife. "Never mind the letter, Anna, to-day," he said gently. "Put on your things. We, too, must be off shortly."

The simple girl, upheld by the sense that she was indeed married, showed her delight at finding that he was as kind as ever after the disclosure. She did not know that before his eyes he beheld as it were a galley, in which he, the fastidious urban, was chained to work for the remainder of his life, with her, the unlettered peasant, chained to his side.

Edith travelled back to Melchester that day with a face that showed the very stupor of grief; her lips still tingling from the desperate pressure of his kiss. The end of her impassioned dream had come. When at dusk she reached the Melchester station her husband was there to meet her, but in his perfunctoriness and her preoccupation they did not see each other, and she went out of the station alone.

She walked mechanically homewards without calling a fly. Entering, she could not bear the silence of the house, and went up in the dark to where Anna had slept, where she remained thinking awhile. She then returned to the drawing-room, and not knowing what she did, crouched down upon the floor.

"I have ruined him!" she kept repeating. "I have ruined him; because I would not deal treacherously towards her!"

In the course of half an hour a figure opened the door of the apartment.

"Ah—who's that?" she said, starting up, for it was dark.

"Your husband—who should it be?" said the worthy merchant.

"Ah—my husband!—I forgot I had a husband!" she whispered to herself.

"I missed you at the station," he continued. "Did you see Anna safely tied up? I hope so, for 'twas time."

"Yes—Anna is married."

Simultaneously with Edith's journey home Anna and her husband were sitting at the opposite windows of a second-class carriage which sped along to Knollsea. In his hand was a pocket-book full of creased sheets closely written over. Unfolding them one after another he read them in silence, and sighed.

"What are you doing, dear Charles?" she said timidly from the other window, and drew nearer to him as if he were a god.

"Reading over all those sweet letters to me signed 'Anna,'" he replied with dreary resignation.

Autumn 1891

An Imaginative Woman

When William Marchmill had finished his inquiries for lodgings at the well-known watering-place of Solentsea in Upper Wessex, he returned to the hotel to find his wife. She, with the children, had rambled along the shore, and Marchmill followed in the direction indicated by the military-looking hall-porter.

"By Jove, how far you've gone! I am quite out of breath," Marchmill said, rather impatiently, when he came up with his wife, who was reading as she walked, the three children being considerably further ahead with the nurse.

Mrs. Marchmill started out of the reverie into which the book had thrown her. "Yes," she said, "you've been such a long time. I was tired of staying in that dreary hotel. But I am sorry if you have wanted me, Will?"

"Well I have had trouble to suit myself. When you see the airy and comfortable rooms heard of, you find they are stuffy and uncomfortable. Will you come and see if what I've fixed on will do? There is not much room, I am afraid; but I can light on nothing better. The town is rather full."

The pair left the children and nurse to continue their ramble, and went back together.

In age well-balanced, in personal appearance fairly matched, and in domestic requirements conformable, in temper this couple differed, though even here they did not often clash, he being equable, if not lymphatic, and she decidedly nervous and sanguine. It was to their tastes and fancies, those smallest, greatest particulars, that no common denominator could be applied. Marchmill considered his wife's likes and inclinations somewhat silly; she considered his sordid and material. The husband's business was that of a gunmaker in a thriving city northwards, and his soul was in that business always; the lady was best characterized by that superannuated phrase of elegance “a votary of the muse.” An impressionable, palpitating creature was Ella, shrinking humanely from detailed knowledge of her husband’s trade whenever she reflected that everything he manufactured had for its purpose the destruction of life. She could only recover her equanimity by assuring herself that some, at least, of his weapons were sooner or later used for the extermination of horrid vermin and animals almost as cruel to their inferiors in species as human beings were to theirs.

She had never antecedently regarded this occupation of his as any objection to having him for a husband. Indeed, the necessity of getting life-leased at all cost, a cardinal virtue which all good mothers teach, kept her from thinking of it at all till she had closed with William, had passed the honeymoon, and reached the reflecting stage. Then, like a person who has stumbled upon some object in the dark, she wondered what she had got; mentally walked round it, estimated it; whether it were rare or common; contained gold, silver, or lead; were a clog or a pedestal, everything to her or nothing.

She came to some vague conclusions, and since then had kept her heart alive by pitying her proprietor’s obtuseness and want of refinement, pitying herself, and letting off her delicate and ethereal emotions in imaginative occupations, daydreams, and night-sighs, which perhaps would not much have disturbed William if he had known of them.

Her figure was small, elegant, and slight in build, tripping, or rather bounding, in movement. She was dark-eyed, and had that marvelously bright and liquid sparkle in each pupil which characterizes persons of Ella’s cast of soul, and is too often a cause of heartache to the possessor’s male friends, ultimately sometimes to herself. Her husband was a tall, long-featured man, with a brown beard; he had a pondering regard; and was, it must be added, usually kind and tolerant to her. He spoke in squarely shaped sentences, and was supremely satisfied with a condition of sublunary things which made weapons a necessity.

Husband and wife walked till they had reached the house they were in search of, which stood in a terrace facing the sea, and was fronted by a small garden of windproof and salt-proof evergreens, stone steps leading up to the porch. It had its number in the row, but, being rather larger than the rest, was in addition sedulously distinguished as Coburg House by its landlady, though everybody else called it "Thirteen, New Parade." The spot was bright and lively now; but in winter it became necessary to place sandbags against the door, and to stuff up the keyhole against the wind and rain, which had worn the paint so thin that the priming and knotting showed through.

The householder, who had been watching for the gentleman's return, met them in the passage, and showed the rooms. She informed them that she was a professional man's widow, left in needy circumstances by the rather sudden death of her husband, and she spoke anxiously of the conveniences of the establishment.

Mrs. Marchmill said that she liked the situation and the house; but, it being small, there would not be accommodation enough, unless she could have all the rooms.

The landlady mused with an air of disappointment. She wanted the visitors to be her tenants very badly, she said, with obvious honesty. But unfortunately two of the rooms were occupied permanently by a bachelor gentleman. He did not pay season prices, it was true; but as he kept on his apartments all the year round, and was an extremely nice and interesting young man, who gave no trouble, she did not like to turn him out for a month's "let," even at a high figure. "Perhaps, however," she added, "he might offer to go for a time."

They would not hear of this, and went back to the hotel, intending to proceed to the agent's to inquire further. Hardly had they sat down to tea when the landlady called. Her gentleman, she said, had been so obliging as to offer to give up his rooms three or four weeks rather than drive the new-comers away.

"It is very kind, but we won't inconvenience him in that way," said the Marchmills.

"O, it won't inconvenience him, I assure you!" said the landlady eloquently. "You see, he's a different sort of young man from most—dreamy, solitary, rather melancholy—and he cares more to be here when the south-westerly gales are beating against the door, and the sea washes over the Parade, and there's not a soul in the place, than he does now in the season. He'd just as soon be where, in fact, he's going temporarily to a little cottage on the Island opposite, for a change." She hoped therefore that they would come.

The Marchmill family accordingly took possession of the house next day, and it seemed to suit them very well. After luncheon Mr. Marchmill strolled out toward the pier, and Mrs. Marchmill, having despatched the children to their outdoor amusements on the sands, settled herself in more completely, examining this and that article, and testing the reflecting powers of the mirror in the wardrobe door.

In the small back sitting-room, which had been the young bachelor's, she found furniture of a more personal nature than in the rest. Shabby books, of correct rather than rare editions, were piled up in a queerly reserved manner in corners, as if the previous occupant had not conceived the possibility that any incoming person of the season's bringing could care to look inside them. The landlady hovered on the threshold to rectify anything that Mrs. Marchmill might not find to her satisfaction.

"I'll make this my own little room," said the latter, "because the books are here. By the way, the person who has left seems to have a good many. He won't mind my reading some of them, Mrs. Hooper, I hope?"

"O, dear no, ma'am. Yes, he has a good many. You see, he is in the literary line himself somewhat. He is a poet—yes, really a poet—and he has a little income of his own, which is enough to write verses on, but not enough for cutting a figure, even if he cared to."

"A Poet! O, I did not know that."

Mrs. Marchmill opened one of the books, and saw the owner's name written on the title-page. "Dear me!" she continued; "I know his name very well—Robert Trewe—of course I do; and his writings! And it is his rooms we have taken, and him we have turned out of his home?"

Ella Marchmill, sitting down alone a few minutes later, thought with interested surprise of Robert Trewe. Her own latter history will best explain that interest. Herself the only daughter of a struggling man of letters, she had during the last year or two taken to writing poems, in an endeavor to find a congenial channel in which let flow her painfully embayed emotions, whose former limpidity and sparkle seemed departing in the stagnation caused by the routine of a practical household and the gloom of bearing children to a commonplace father. These poems, subscribed with masculine pseudonym, had appeared in various obscure magazines, and in two cases in rather prominent ones. In the second of the latter the page which bore her effusion at the bottom, in smallish print, bore at the top, in large print, a few verses on the same subject by this very man, Robert Trewe. Both of them, had, in fact, been struck by a tragic incident reported in the daily papers, and had used it simultaneously as an inspiration, the editor remarking in a note upon the coincidence, and that the excellence of both poems prompted him to give them together.

After that event Ella, otherwise "John Ivy," had watched with much attention the appearance anywhere in print of verse bearing the signature of Robert Trewe, who, with a man's unsusceptibility on the question of sex, had never once thought of passing himself off as a woman. To be sure, Mrs. Marchmill had satisfied herself with a sort of reason for doing the contrary in her case; since nobody might believe in her inspiration if they found that the sentiments came from a pushing tradesman's wife, from the mother of three children by a matter-of-fact small-arms manufacturer.

Trewe's verse contrasted with that of the rank and file of recent minor poets in being impassioned rather than ingenious, luxuriant rather than finished. Neither *symboliste* nor *décadent*, he was a pessimist in so far as that character applies to a man who looks at the worst contingencies as well as the best in the human condition. Being little attracted by excellences of form and rhythm apart from content, he sometimes, when feeling outran his artistic speed, perpetrated sonnets in the loosely rhymed Elizabethan fashion, which every right-minded reviewer said he ought not to have done.

With sad and hopeless envy Ella Marchmill had often and often scanned the rival poet's work, so much stronger as it always was than her own feeble lines. She had imitated him, and her inability to touch his level would send her into fits of despondency. Months passed away thus, till she observed from the publishers' list that Trewe had collected his fugitive pieces into a volume, which was duly issued, and was much or little praised according to chance, and had a sale quite sufficient to pay for the printing.

This step onward had suggested to "John Ivy" the idea of collecting her pieces also, or at any rate of making up a book of her rhymes by adding many in manuscript to the few that had seen the light, for she had been able to get no great number into print. A ruinous charge was made for costs of publication; a few reviews noticed her poor little volume; but nobody talked of it, nobody bought it, and it fell dead in a fortnight—if it had ever been alive.

The author's thoughts were diverted to another groove just then by the discovery that she was going to have a third child, and the collapse of her poetical venture had perhaps less effect upon her mind than it might have done if she had been domestically unoccupied. Her husband had paid the publisher's bill with the doctor's, and there it all had ended for the time. But, though less than a poet of her century, Ella was more than a mere multiplier of her kind, and latterly she had begun to feel the old afflatus once more. And now by an odd conjunction she found herself in the rooms of Robert Trewe.

She thoughtfully rose from her chair and searched the apartment with the interest of a fellow-tradesman. Yes, the volume of his own verse was among the rest. Though quite familiar with its contents, she read it here as if it spoke aloud to her, then called up Mrs. Hooper, the landlady, for some trivial service, and inquired again about the young man.

"Well, I'm sure you'd be interested in him, ma'am, if you could see him, only he's so shy that I don't suppose you will." Mrs. Hooper seemed nothing loth to minister to her tenant's curiosity about her predecessor. "Lived here long? Yes, nearly two years. He keeps on his rooms even when he's not here: the soft air of this place suits his chest, and he likes to be able to come back at any time. He is mostly writing or reading, and doesn't see many people, though, for the matter of that, he is such a good, kind young fellow that folks would only be too glad to be friendly with him if they knew him. You don't meet kind-hearted people every day."

"Ah, he's kind-hearted…and good."

"Yes; he'll oblige me in anything if I ask him. 'Mr. Trewe,' I say to him sometimes, 'you are rather out of spirits.' 'Well, I am, Mrs. Hooper,' he'll say, 'though I don't know how you should find it out.' 'Why not take a little change?' I ask. Then in a day or two he'll say that he will take a trip to Paris, or Norway, or somewhere; and I assure you he comes back all the better for it."

"Ah, indeed! His is a sensitive nature, no doubt."

"Yes. Still he's odd in some things. Once when he had finished a poem of his composition late at night he walked up and down the room rehearsing it; and the floors being so thin—jerry-built houses, you know, though I say it myself—he kept me awake up above him till I wished him further.…But we get on very well."

This was but the beginning of a series of conversations about the rising poet as the days went on. On one of these occasions Mrs. Hooper drew Ella's attention to what she had not noticed before: minute scribblings in pencil on the wallpaper behind the curtains at the head of the bed.

"O! Let me look," said Mrs. Marchmill, unable to conceal a rush of tender curiosity as she bent her pretty face close to the wall.

"These," said Mrs. Hooper, with the manner of a woman who knew things, "are the very beginnings and first thoughts of his verses. He has tried to rub most of them out, but you can read them still. My belief is that he wakes up in the night, you know, with some rhyme in his head, and jots it down there on the wall lest he should forget it by the morning. Some of these very lines you see here I have seen afterwards in print in the magazines. Some are newer; indeed, I have not seen that one before. It must have been done only a few days ago."

"O, yes!…"

Ella Marchmill flushed without knowing why, and suddenly wished her companion would go away, now that the information was imparted. An indescribable consciousness of personal interest rather than literary made her anxious to read the inscription alone; and she accordingly waited till she could do so, with a sense that a great store of emotion would be enjoyed in the act.

Perhaps because the sea was choppy outside the Island, Ella's husband found it much pleasanter to go sailing and steaming about without his wife, who was a bad sailor, than with her. He did not disdain to go thus alone on board the steamboats of the cheap-trippers, where there was dancing by moonlight, and where the couples would come suddenly down with a lurch into each other's arms; for, as he blandly told her, the company was too mixed for him to take her amid such scenes. Thus, while this thriving manufacturer got a great deal of change and sea-air out of his sojourn here, the life, external at least, of Ella was monotonous enough, and mainly consisted in passing a certain number of hours each day in bathing and walking up and down a stretch of shore. But the poetic impulse having again waxed strong, she was possessed by an inner flame which left her hardly conscious of what was proceeding around her.

She had read till she knew by heart Trewe's last little volume of verses, and spent a great deal of time in vainly attempting to rival some of them, till, in her failure, she burst into tears. The personal element in the magnetic attraction exercised by this circumambient, unapproachable master of hers was so much stronger than the intellectual and abstract that she could not understand it. To be sure, she was surrounded noon and night by his customary environment, which literally whispered of him to her at every moment; but he was a man she had never seen, and that all that moved her was the instinct to specialize a waiting emotion on the first fit thing that came to hand did not, of course, suggest itself to Ella.

In the natural way of passion under the too practical conditions which civilization has devised for its fruition, her husband's love for her had not survived, except in the form of fitful friendship, anymore than, or even so much as, her own for him; and, being a woman of very living ardors, that required sustenance of some sort, they were beginning to feed on this chancing material, which was, indeed, of a quality far better than chance usually offers.

One day the children had been playing hide-and-seek in a closet, whence, in their excitement they pulled out some clothing. Mrs. Hooper explained that it belonged to Mr. Trewe, and hung it up in the closet again. Possessed of her fantasy, Ella went later in the afternoon, when nobody was in that part of the house, opened the closet, unhitched one of the articles, a mackintosh, and put it on, with the waterproof cap belonging to it.

"The mantle of Elijah!" she said. "Would it might inspire me to rival him, glorious genius that he is!"

Her eyes always grew wet when she thought like that, and she turned to look at herself in the glass. His heart had beat inside that coat, and his brain had worked under that hat at levels of thought she would never reach. The consciousness of her weakness beside him made her feel quite sick. Before she had got the things off her the door opened, and her husband entered the room.

"What the devil—"

She blushed, and removed them.

"I found them in the closet here," she said, "and put them on in a freak. What have I else to do? You are always away!"

"Always away? Well…"

That evening she had a further talk with the landlady, who might herself have nourished a half-tender regard for the poet, so ready was she to discourse ardently about him.

"You are interested in Mr. Trewe, I know, ma'am," she said; "and he has just sent to say that he is going to call tomorrow afternoon to look up some books of his that he wants, if I'll be in, and he may select them from your room?"

"O, yes!"

"You could very well meet Mr. Trewe then, if you'd like to be in the way!"

She promised with secret delight, and went to bed musing of him.

Next morning her husband observed: "I've been thinking of what you said, Ell: that I have gone about a good deal and left you without much to amuse you. Perhaps it's true. Today, as there's not much sea, I'll take you with me on board the yacht."

For the first time in her experience of such an offer Ella was not glad. But she accepted it for the moment. The time for setting out drew near, and she went to get ready. She stood reflecting. The longing to see the poet she was now distinctly in love with overpowered all other considerations.

"I don't want to go," she said to herself. "I can't bear to be away!

And I won't go."

She told her husband that she had changed her mind about wishing to sail. He was indifferent, and went his way.

For the rest of the day the house was quiet, the children having gone out upon the sands. The blinds waved in the sunshine to the soft, steady stroke of the sea beyond the wall; and the notes of the Green Silesian band, a troop of foreign gentlemen hired for the season, had drawn almost all the residents and promenaders away from the vicinity of Coburg House. A knock was audible at the door.

Mrs. Marchmill did not hear any servant go to answer it, and she became impatient. The books were in the room where she sat; but nobody came up. She rang the bell.

"There is some person waiting at the door," she said.

"O, no, ma'am! He's gone long ago. I answered it," the servant replied, and Mrs. Hooper came in herself.

"So disappointing!" she said. "Mr. Trewe not coming after all!"

"But I heard him knock, I fancy!"

"No; that was somebody inquiring for lodgings who came to the wrong house. I forgot to tell you that Mr. Trewe sent a note just before lunch to say I needn't get any tea for him, as he should not require the books, and wouldn't come to select them."

Ella was miserable, and for a long time could not even re-read his mournful ballad on "Severed Lives", so aching was her erratic little heart, and so tearful her eyes. When the children came in with wet stockings, and ran up to her to tell her of their adventures, she could not feel that she cared about them half as much as usual.

"Mrs. Hooper, have you a photograph of—the gentleman who lived here?" She was getting to be curiously shy in mentioning his name.

"Why, yes. It's in the ornamental frame on the mantelpiece in your own bedroom, ma'am."

"No; the Royal Duke and Duchess are in that."

"Yes, so they are; but he's behind them. He belongs rightly to that frame, which I bought on purpose; but as he went away he said: 'Cover me up from those strangers that are coming, for God's sake. I don't want them staring at me, and I am sure they won't want me staring at them.' So I slipped in the Duke and Duchess temporarily in front of him, as they had no frame, and Royalties are more suitable for letting furnished than a private young man. If you take 'em out you'll see him under. Lord, ma'am, he wouldn't mind if he knew it! He didn't think the next tenant would be such an attractive lady as you, or he wouldn't have thought of hiding himself, perhaps."

"Is he handsome?" she asked timidly.

"I call him so. Some, perhaps, wouldn't."

"Should I?" she asked, with eagerness.

"I think you would, though some would say he's more striking than handsome; a large-eyed, thoughtful fellow, you know, with a very electric flash in his eye when he looks round quickly, such as you'd expect a poet to be who doesn't get his living by it."

"How old is he?"

"Several years older than yourself, ma'am; about thirty-one or two, I think."

Ella was a matter of fact, a few months over thirty herself; but she did not look nearly so much. Though so immature in nature, she was entering on that tract of life in which emotional women begin to suspect that last love may be stronger than first love; and she would soon, alas, enter on the still more melancholy tract when at least the vainer ones of her sex shrink from receiving a male visitor otherwise than with their backs to the window or the blinds half down. She reflected on Mrs. Hooper's remark, and said no more about age.

Just then a telegram was brought up. It came from her husband, who had gone down the Channel as far as Budmouth with his friends in the yacht, and would not be able to get back till next day.

After her light dinner Ella idled about the shore with the children till dusk, thinking of the yet uncovered photograph in her room, with a serene sense of something ecstatic to come. For, with the subtle luxuriousness of fancy in which this young woman was an adept, on learning that her husband was to be absent that night she had refrained from incontinently rushing upstairs and opening the picture-frame, preferring to reserve the inspection till she could be alone, and a more romantic tinge be imparted to the occasion by silence, candles, solemn sea and stars outside, than was afforded by the garish afternoon sunlight.

The children had been sent to bed, and Ella soon followed, though it was not yet ten o'clock. To gratify her passionate curiosity she now made her preparations, first getting rid of superfluous garments and putting on her dressing-gown, then arranging a chair in front of the table and reading several pages of Trewe's tenderest utterances. Next she fetched the portrait-frame to the light, opened the back, took out the likeness, and set it up before her.

It was a striking countenance to look upon. The poet wore a luxuriant black moustache and imperial, and a slouched hat which shaded the forehead. The large dark eyes described by the landlady showed an unlimited capacity for misery; they looked out from beneath well-shaped brows as if they were reading the universe in the microcosm of the confronter's face, and were not altogether overjoyed at what the spectacle portended.

Ella murmured in her lowest, richest, tenderest tone: "And it's you who've so cruelly eclipsed me these many times!"

As she gazed long at the portrait she fell into thought, till her eyes filled with tears, and she touched the cardboard with her lips. Then she laughed with a nervous lightness, and wiped her eyes.

She thought how wicked she was, a woman having a husband and three children, to let her mind stray to a stranger in this unconscionable manner. No, he was not a stranger! She knew his thoughts and feelings as well as she knew her own; they were, in fact, the self-same thoughts and feelings as hers, which her husband distinctly lacked; perhaps luckily for himself, considering that he had to provide for family expenses.

"He's nearer my real self, he's more intimate with the real me than Will is, after all, even though I've never seen him," she said.

She laid his book and picture on the table at the bedside, and when she was reclining on the pillow she re-read those of Robert Trewe's verses which she had marked from time to time as most touching and true. Putting these aside she set up the photograph on its edge upon the coverlet, and contemplated it as she lay. Then she scanned again by the light of the candle the half-obliterated pencillings on the wallpaper beside her head. There they were—phrases, couplets, *bouts-rimés*, beginnings and middles of lines, ideas in the rough, like Shelley's scraps, and the least of them so intense, so sweet, so palpitating, that it seemed as if his very breath, warm and loving, fanned her cheeks from those walls, walls that had surrounded his head times and times as they surrounded her own now. He must often have put up his hand so—with the pencil in it. Yes, the writing was sideways, as it would be if executed by one who extended his arm thus.

These inscribed shapes of the poet's world,

> Forms more real than living man,
> Nurslings of immortality,

were, no doubt, the thoughts and spirit-strivings which had come to him in the dead of night, when he could let himself go and have no fear of the frost of criticism. No doubt they had often been written up hastily by the light of the moon, the rays of the lamp, in the blue-gray dawn, in full daylight perhaps never. And now her hair was dragging where his arm had lain when he secured the fugitive fancies; she was sleeping on a poet's lips, immersed in the very essence of him, permeated by his spirit as by an ether.

While she was dreaming the minutes away thus, a footstep came upon the stairs, and in a moment she heard her husband's heavy step on the landing immediately without.

"Ell, where are you?"

What possessed her she could not have described, but, with an instinctive objection to let her husband know what she had been doing, she slipped the photograph under the pillow just as he flung open the door with the air of a man who had dined not badly.

"O, I beg pardon," said William Marchmill. "Have you a headache? I am afraid I have disturbed you."

"No, I've not got a headache," said she. "How is it you've come?"

"Well, we found we could get back in very good time after all, and I didn't want to make another day of it, because of going somewhere else tomorrow."

"Shall I come down again?"

"O no. I'm as tired as a dog. I've had a good feed, and I shall turn in straight off. I want to get out at six o'clock tomorrow if I can....I shan't disturb you by my getting up; it will be long before you are awake." And he came forward into the room.

While her eyes followed his movements, Ella softly pushed the photograph further out of sight.

"Sure you're not ill?" he asked, bending over her.

"No, only wicked!"

"Never mind that." And he stooped and kissed her. "I wanted to be with you to-night."

Next morning Marchmill was called at six o'clock; and in waking and yawning she heard him muttering to himself. "What the deuce is this that's been crackling under me so?" Imagining her asleep he searched round him and withdrew something. Through her half-opened eyes she perceived it to be Mr. Trewe.

"Well, I'm damned!" her husband exclaimed.

"What, dear?" said she.

"O, you are awake? Ha! ha!"

"What do you mean?"

"Some bloke's photograph—a friend of our landlady's, I suppose. I wonder how it came here; whisked off the mantelpiece by accident perhaps when they were making the bed."

"I was looking at it yesterday, and it must have dropped in then."

"O, he's a friend of yours? Bless his picturesque heart!"

Ella's loyalty to the object of her admiration could not endure to hear him ridiculed. "He's a clever man!" she said, with a tremor in her gentle voice which she herself felt to be absurdly uncalled for. "He is a rising poet—the gentleman who occupied two of these rooms before we came, though I've never seen him."

"How do you know, if you've never seen him?"

"Mrs. Hooper told me when she showed me the photograph."

"O, well, I must up and be off. I shall be home rather early. Sorry I can't take you today dear. Mind the children don't go getting drowned."

That day Mrs. Marchmill inquired if Mr. Trewe were likely to call at any other time.

"Yes," said Mrs. Hooper. "He's coming this day week to stay with a friend near here till you leave. He'll be sure to call."

Marchmill did return quite early in the afternoon; and, opening some letters which had arrived in his absence, declared suddenly that he and his family would have to leave a week earlier than they had expected to do—in short, in three days.

"Surely we can stay a week longer?" she pleaded. "I like it here."

"I don't. It is getting rather slow."

"Then you might leave me and the children!"

"How perverse you are, Ell! What's the use? And have to come to fetch you! No, we'll all return together; and we'll make out our time in North Wales or Brighton a little later on. Besides, you've three days longer yet."

It seemed to be her doom not to meet the man for whose rival talent she had a despairing admiration, and to whose person she was now absolutely attached. Yet she determined to make a last effort; and having gathered from her landlady that Trewe was living in a lonely spot not far from the fashionable town on the Island opposite, she crossed over in the packet from the neighboring pier the following afternoon.

What a useless journey it was! Ella knew but vaguely where the house stood, and when she fancied she had found it, and ventured to inquire of a pedestrian if he lived there, the answer returned by the man was that he did not know. And if he did live there, how could she call upon him? Some women might have the assurance to do it, but she had not. How crazy he would think her. She might have asked him to call upon her, perhaps; but she had not the courage for that, either. She lingered mournfully about the picturesque seaside eminence till it was time to return to the town and enter the steamer for recrossing, reaching home for dinner without having been greatly missed.

At the last moment, unexpectedly enough, her husband said that he should have no objection to letting her and the children stay on till the end of the week, since she wished to do so, if she felt herself able to get home without him. She concealed the pleasure this extension of time gave her; and Marchmill went off the next morning alone.

But the week passed, and Trewe did not call.

On Saturday morning the remaining members of the Marchmill family departed from the place which had been productive of so much fervor in her. The dreary, dreary train; the sun shining in moted beams upon the hot cushions; the dusty permanent way; the mean rows of wire—these things were her accompaniment: while out of the window the deep blue sea-levels disappeared from her gaze, and with them her poet's home. Heavy-hearted, she tried to read, and wept instead.

Mr. Marchmill was in a thriving way of business, and he and his family lived in a large new house, which stood in rather extensive grounds a few miles outside the midland city wherein he carried on his trade. Ella's life was lonely here, as the suburban life is apt to be, particularly at certain seasons; and she had ample time to indulge her taste for lyric and elegiac composition. She had hardly got back when she encountered a piece by Robert Trewe in the new number of her favorite magazine, which must have been written almost immediately before her visit to Solentsea, for it contained the very couplet she had seen penciled on the wallpaper by the bed, and Mrs. Hooper had declared to be recent. Ella could resist no longer, but seizing a pen impulsively, wrote to him as a brother-poet, using the name of John Ivy, congratulating him in her letter on his triumphant executions in meter and rhythm of thoughts that moved his soul, as compared with her own brow-beaten efforts in the same pathetic trade.

To this address there came a response in a few days, little as she had dared to hope for it—a civil and brief note, in which the young poet stated that, though he was not well acquainted with Mr. Ivy's verse, he recalled the name as being one he had seen attached to some very promising pieces; that he was glad to gain Mr. Ivy's acquaintance by letter, and should certainly look with much interest for his productions in the future.

There must have been something juvenile or timid in her own epistle, as one ostensibly coming from a man, she declared to herself; for Trewe quite adopted the tone of an elder and superior in this reply. But what did it matter? He had replied; he had written to her with his own hand from that very room she knew so well, for he was now back again in his quarters.

The correspondence thus begun was continued for two months or more, Ella Marchmill sending him from time to time some that she considered to be the best her pieces, which he very kindly accepted, though he did not say he sedulously read them, nor did he send her any of his own in return. Ella would have been more hurt at this than she was if she had not known that Trewe labored under the impression that she was one of his own sex.

Yet the situation was unsatisfactory. A flattering little voice told her that, were he only to see her, matters would be otherwise. No doubt she would have helped on this by making a frank confession of womanhood, to begin with, if something had not appeared, to her delight, to render it unnecessary. A friend of her husband's, the editor of the most important newspaper in their city and county, who was dining with them one day, observed during their conversation about the poet that his (the editor's) brother the landscape-painter was a friend of Mr. Trewe's, and that the two men were at that very moment in Wales together.

Ella was slightly acquainted with the editor's brother. The next morning down she sat and wrote, inviting him to stay at her house for a short time on his way back, and to bring with him, if practicable, his companion Mr. Trewe, whose acquaintance she was anxious to make. The answer arrived after some few days. Her correspondent and his friend Trewe would have much satisfaction in accepting her invitation on their way southward, which would be on such and such a day in the following week.

Ella was blithe and buoyant. Her scheme had succeeded; her beloved though as yet unseen was coming. "Behold, he standeth behind our wall; he looked forth at the windows, showing himself through the lattice," she thought ecstatically. "And, lo, the winter is past, the rain is over and gone, the flowers appear on the earth, the time of the singing of birds is come, and the voice of the turtle is heard in our land."

But it was necessary to consider the details of lodging and feeding him. This she did most solicitously, and awaited the pregnant day and hour.

It was about five in the afternoon when she heard a ring at the door and the editor's brother's voice in the hall. Poetess as she was, or as she thought herself, she had not been too sublime that day to dress with infinite trouble in a fashionable robe of rich material, having a faint resemblance to the chiton of the Greeks, a style just then in vogue among ladies of an artistic and romantic turn, which had been obtained by Ella of her Bond Street dressmaker when she was last in London. Her visitor entered the drawing room. She looked toward his rear; nobody else came through the door. Where, in the name of the God of Love, was Robert Trewe?

"O, I'm sorry," said the painter, after their introductory words had been spoken. "Trewe is a curious fellow, you know, Mrs. Marchmill. He said he'd come; then he said he couldn't. He's rather dusty. We've been doing a few miles with knapsacks, you know; and he wanted to get on home."

"He—he's not coming?"

"He's not; and he asked me to make his apologies."

"When did you p-p-part from him?" she asked, her nether lip starting off quivering so much that it was like a *tremolo*-stop opened in her speech. She longed to run away from this dreadful bore and cry her eyes out.

"Just now, in the turnpike road yonder there."

"What! he has actually gone past my gates?"

"Yes. When we got to them—handsome gates they are, too, the finest bit of modern wrought-iron work I have seen—when we came to them we stopped, talking there a little while, and then he wished me goodbye and went on. The truth is, he's a little bit depressed just now, and doesn't want to see anybody. He's a very good fellow, and a warm friend, but a little uncertain and gloomy sometimes; he thinks too much of things. His poetry is rather too erotic and passionate, you know, for some tastes; and he has just come in for a terrible slating from the —*Review* that was published yesterday; he saw a copy of it at the station by accident. Perhaps you've read it?"

"No."

"So much the better. O, it is not worth thinking of; just one of those articles written to order, to please the narrow-minded set of subscribers upon whom the circulation depends. But he's upset by it. He says it is the misrepresentation that hurts him so; that, though he can stand a fair attack, he can't stand lies that he's powerless to refute and stop from spreading. That's just Trewe's weak point. He lives so much by himself that these things affect him much more than they would if he were in the bustle of fashionable or commercial life. So he wouldn't come here, making the excuse that it all looked so new and monied—if you'll pardon—"

"But—he must have known—there was sympathy here! Has he never said anything about getting letters from this address?"

"Yes, yes, he has, from John Ivy—perhaps a relative of yours, he thought, visiting here at the time?"

"Did he—like Ivy, did he say?"

"Well, I don't know that he took any great interest in Ivy."

"Or in his poems?"

"Or in his poems—so far as I know, that is."

Robert Trewe took no interest in her house, in her poems, or in their writer. As soon as she could get away she went into the nursery and tried to let off her emotion by unnecessarily kissing the children, till she had a sudden sense of disgust at being reminded how plain-looking they were, like their father.

The obtuse and single-minded landscape-painter never once perceived from her conversation that it was only Trewe she wanted, and not himself. He made the best of his visit, seeming to enjoy the society of Ella's husband, who also took a great fancy to him, and showed him everywhere about the neighborhood, neither of them noticing Ella's mood.

The painter had been gone only a day or two when, while sitting upstairs alone one morning, she glanced over the London paper just arrived, and read the following paragraph—

SUICIDE OF A POET

Mr. Robert Trewe, who has been favorably known for some years as one of our rising lyrists, committed suicide at his lodgings at Solentsea on Saturday evening last by shooting himself in the right temple with a revolver. Readers hardly need to be reminded that Mr. Trewe recently attracted the attention of a much wider public than had hitherto known him, by his new volume of verse, mostly of an impassioned kind, entitled 'Lyrics to a Woman Unknown,' which has been already favorably noticed in these pages for the extraordinary gamut of feeling it traverses, and which has been made the subject of a severe, if not ferocious, criticism in the *—Review*. It is supposed, though not certainly known, that the article may have partially conduced to the sad act, as a copy of the review in question was found on his writing-table; and he has been observed to be in a somewhat depressed state of mind since the critique appeared.

Then came the report of the inquest, at which the following letter was read, it having been addressed to a friend at a distance—

Dear —,

Before these lines reach your hands I shall be delivered from the inconveniences of seeing, hearing, and knowing more of the things around me. I will not trouble you by giving my reasons for the step I have taken, though I can assure you they were sound and logical. Perhaps had I been blessed with a mother, or a sister, or a female friend of another sort tenderly devoted to me, I might have thought it worth while to continue my present existence. I have long dreamt of such an unattainable creature, as you know; and she, this undiscoverable, elusive one, inspired my last volume; the imaginary woman alone, for, in spite of what has been said in some quarters, there is no real woman behind the title. She has continued to the last unrevealed, unmet, unwon. I think it desirable to mention this in order that no blame may attach to any real woman as having been the cause of my decease by cruel or cavalier treatment of me. Tell my landlady that I am sorry to have caused her this unpleasantness; but my occupancy of the rooms will soon be forgotten. There are ample funds in my name at the bank to pay all expenses.

R. TREWE.

Ella sat for a while as if stunned, then rushed into the adjoining chamber and flung herself upon her face on the bed.

Her grief and distraction shook her to pieces; and she lay in this frenzy of sorrow for more than an hour. Broken words came every now and then from her quivering lips: "O, if he had only known of me—known of me—me!…O, if I had only once met him—only once; and put my hand upon his hot forehead—kissed him—let him know how I loved him—that I would have suffered shame and scorn, would have lived and died, for him! Perhaps it would have saved his dear life!…But no—it was not allowed! God is a jealous God; and that happiness was not for him and me!"

All possibilities were over; the meeting was stultified. Yet it was almost visible to her in her fantasy even now, though it could never be substantiated—

> The hour which might have been, yet might not be,
> Which man's and woman's heart conceived and bore,
> Yet whereof life was barren.

She wrote to the landlady at Solentsea in the third person, in as subdued a style as she could command, enclosing a postal order for a sovereign, and informing Mrs. Hooper that Mrs. Marchmill had seen in the papers the sad account of the poet's death, and having been, as Mrs. Hooper was aware, much interested in Mr. Trewe during her stay at Coburg House, she would be obliged if Mrs. Hooper could obtain a small portion of his hair before his coffin was closed down, and send it her as a memorial of him, as also the photograph that was in the frame.

By the return-post a letter arrived containing what had been requested. Ella wept over the portrait and secured it in her private drawer; the lock of hair she tied with white ribbon and put in her bosom, whence she drew it and kissed it every now and then in some unobserved nook.

"What's the matter?" said her husband, looking up from his newspaper on one of these occasions. "Crying over something? A lock of hair? Whose is it?"

"He's dead!" she murmured.

"Who?"

"I don't want to tell you, Will, just now, unless you insist!" she said, a sob hanging heavy in her voice.

"O, all right."

"Do you mind my refusing? I will tell you someday."

"It doesn't matter in the least, of course."

He walked away whistling a few bars of no tune in particular; and when he had got down to his factory in the city the subject came into Marchmill's head again.

He, too, was aware that a suicide had taken place recently at the house they had occupied at Solentsea. Having seen the volume of poems in his wife's hand of late, and heard fragments of the landlady's conversation about Trewe when they were her tenants, he all at once said to himself, "Why of course it's he!...How the devil did she get to know him? What sly animals women are!"

Then he placidly dismissed the matter, and went on with his daily affairs. By this time Ella at home had come to a determination. Mrs. Hooper, in sending the hair and photograph, had informed her of the day of the funeral; and as the morning and noon wore on an overpowering wish to know where they were laying him took possession of the sympathetic woman. Caring very little now what her husband or anyone else might think of her eccentricities, she wrote Marchmill a brief note, stating that she was called away for the afternoon and evening, but would return on the following morning. This she left on his desk, and having given the same information to the servants, went out of the house on foot.

When Mr. Marchmill reached home early in the afternoon the servants looked anxious. The nurse took him privately aside, and hinted that her mistress's sadness during the past few days had been such that she feared she had gone out to drown herself. Marchmill reflected. Upon the whole he thought that she had not done that. Without saying whither he was bound he also started off, telling them not to sit up for him. He drove to the railway-station, and took a ticket for Solentsea.

It was dark when he reached the place, though he had come by a fast train, and he knew that if his wife had preceded him thither it could only have been by a slower train, arriving not a great while before his own. The season at Solentsea was now past: the parade was gloomy, and the flies were few and cheap. He asked the way to the Cemetery, and soon reached it. The gate was locked, but the keeper let him in, declaring, however, that there was nobody within the precincts. Although it was not late, the autumnal darkness had now become intense; and he found some difficulty in keeping to the serpentine path which led to the quarter where, as the man had told him, the one or two interments for the day had taken place. He stepped upon the grass, and, stumbling over some pegs, stooped now and then to discern if possible a figure against the sky. He could see none; but lighting on a spot where the soil was trodden, beheld a crouching object beside a newly made grave. She heard him, and sprang up.

"Ell, how silly this is!" he said indignantly. "Running away from home—I never heard such a thing! Of course I am not jealous of this unfortunate man; but it is too ridiculous that you, a married woman with three children and a fourth coming, should go losing your head like this over a dead lover!...Do you know you were locked in? You might not have been able to get out all night."

She did not answer.

"I hope it didn't go far between you and him, for your own sake."

"Don't insult me, Will."

"Mind, I won't have any more of this sort of thing; do you hear?"

"Very well," she said.

He drew her arm within his own, and conducted her out of the Cemetery. It was impossible to get back that night; and not wishing to be recognized in their present sorry condition he took her to a miserable little coffee-house close to the station, whence they departed early in the morning, traveling almost without speaking, under the sense that it was one of those dreary situations occurring in married life which words could not mend, and reaching their own door at noon.

The months passed, and neither of the twain ever ventured to start a conversation upon this episode. Ella seemed to be only too frequently in a sad and listless mood, which might almost have been called pining. The time was approaching when she would have to undergo the stress of childbirth for a fourth time, and that apparently not tend to raise her spirits.

"I don't think I shall get over it this time!" she said one day.

"Pooh! what childish foreboding! Why shouldn't it be as well now as ever?"

She shook her head. "I feel almost sure I am going to die; and I should be glad, if it were not for Nelly, and Frank, and Tiny."

"And me!"

"You'll soon find somebody to fill my place," she murmured, with a sad smile. "And you'll have a perfect right to; I assure you of that."

"Ell, you are not thinking still about that—poetical friend of yours?"

She neither admitted nor denied the charge. "I am not going to get over my illness this time," she reiterated. "Something tells me I shan't."

This view of things was rather a bad beginning, as it usually is; and, in fact, six weeks later, in the month of May, she was lying in her room, pulseless and bloodless, with hardly strength enough left to follow up one feeble breath with another, the infant for whose unnecessary life she was slowly parting with her own being fat and well. Just before her death she spoke to Marchmill softly—

"Will, I want to confess to you the entire circumstances of that—about you know what—that time we visited Solentsea. I can't tell what possessed me—how I could forget you so, my husband! But I had got into a morbid state: I thought you had been unkind; that you had neglected me; that you weren't up to my intellectual level, while he was, and far above it. I wanted a fuller appreciator, perhaps, rather than another lover—"

She could get no further then for very exhaustion; and she went off in sudden collapse a few hours later, without having said anything more to her husband on the subject of her love for the poet. William Marchmill, in truth, like most husbands of several years' standing, was little disturbed by retrospective jealousies, and had not shown the least anxiety to press her for confessions concerning a man dead and gone beyond any power of inconveniencing him more.

But when she had been buried a couple of years it chanced one day that, in turning over some forgotten papers that he wished to destroy before his second wife entered the house, he lighted on a lock of hair in an envelope, with the photograph of the deceased poet, a date being written on the back in his late wife's hand. It was that of the time they spent at Solentsea.

Marchmill looked long and musingly at the hair and portrait, for something struck him. Fetching the little boy who had been the death of his mother, now a noisy toddler, he took him on his knee, held the lock of hair against the child's head, and set up the photograph on the table behind, so that he could closely compare the features each countenance presented. By a known but inexplicable trick of Nature there were undoubtedly strong traces of resemblance to the man Ella had never seen; the dreamy and peculiar expression of the poet's face sat, as the transmitted idea, upon the child's, and the hair was of the same hue.

"I'm damned if I didn't think so!" murmured Marchmill. "Then she did play me false with that fellow at the lodgings! Let me see: the dates—the second week in August…the third week in May.…Yes…yes.…Get away, you poor little brat! You are nothing to me!"

1893

A Changed Man

I

The person who, next to the actors themselves, chanced to know most of their story, lived just below "Top o' Town" (as the spot was called) in an old substantially built house, distinguished among its neighbours by having an oriel window on the first floor, whence could be obtained a raking view of the High Street, west and east, the former including Laura's dwelling, the end of the Town Avenue hard by (in which were played the odd pranks hereafter to be mentioned), the Port-Bredy road rising westwards, and the turning that led to the cavalry barracks where the Captain was quartered. Looking eastward down the town from the same favoured gazebo, the long perspective of houses declined and dwindled till they merged in the highway across the moor. The white riband of road disappeared over Grey's Bridge a quarter of a mile off, to plunge into innumerable rustic windings, shy shades, and solitary undulations up hill and down dale for one hundred and twenty miles till it exhibited itself at Hyde Park Corner as a smooth bland surface in touch with a busy and fashionable world.

To the barracks aforesaid had recently arrived the —th Hussars, a regiment new to the locality. Almost before any acquaintance with its members had been made by the townspeople, a report spread that they were a "crack" body of men, and had brought a splendid band. For some reason or other the town had not been used as the headquarters of cavalry for many years, the various troops stationed there having consisted of casual detachments only; so that it was with a sense of honour that everybody—even the small furniture-broker from whom the married troopers hired tables and chairs—received the news of their crack quality.

In those days the Hussar regiments still wore over the left shoulder that attractive attachment, or frilled half-coat, hanging loosely behind like the wounded wing of a bird, which was called the pelisse, though it was known among the troopers themselves as a "sling-jacket." It added amazingly to their picturesqueness in women's eyes, and, indeed, in the eyes of men also.

The burgher who lived in the house with the oriel window sat during a great many hours of the day in that projection, for he was an invalid, and time hung heavily on his hands unless he maintained a constant interest in proceedings without. Not more than a week after the arrival of the Hussars his ears were assailed by the shout of one schoolboy to another in the street below.

"Have 'ee heard this about the Hussars? They are haunted! Yes—a ghost troubles 'em; he has followed 'em about the world for years."

A haunted regiment: that was a new idea for either invalid or stalwart. The listener in the oriel came to the conclusion that there were some lively characters among the —th Hussars.

He made Captain Maumbry's acquaintance in an informal manner at an afternoon tea to which he went in a wheeled chair—one of the very rare outings that the state of his health permitted. Maumbry showed himself to be a handsome man of twenty-eight or thirty, with an attractive hint of wickedness in his manner that was sure to make him adorable with good young women. The large dark eyes that lit his pale face expressed this wickedness strongly, though such was the adaptability of their rays that one could think they might have expressed sadness or seriousness just as readily, if he had had a mind for such.

An old and deaf lady who was present asked Captain Maumbry bluntly: "What's this we hear about you? They say your regiment is haunted."

The Captain's face assumed an aspect of grave, even sad, concern. "Yes," he replied, "it is too true." Some younger ladies smiled till they saw how serious he looked, when they looked serious likewise.

"Really?" said the old lady.

"Yes. We naturally don't wish to say much about it."

"No, no; of course not. But—how haunted?"

"Well; the—*thing*, as I'll call it, follows us. In country quarters or town, abroad or at home, it's just the same."

"How do you account for it?"

"H'm." Maumbry lowered his voice. "Some crime committed by certain of our regiment in past years, we suppose."

"Dear me….How very horrid, and singular!"

"But, as I said, we don't speak of it much."

"No…no."

When the Hussar was gone, a young lady, disclosing a long-suppressed interest, asked if the ghost had been seen by any of the town.

The lawyer's son, who always had the latest borough news, said that, though it was seldom seen by anyone but the Hussars themselves, more than one townsman and woman had already set eyes on it, to his or her terror. The phantom mostly appeared very late at night, under the dense trees of the town-avenue nearest the barracks. It was about ten feet high; its teeth chattered with a dry naked sound, as if they were those of a skeleton; and its hip-bones could be heard grating in their sockets.

During the darkest weeks of winter several timid persons were seriously frightened by the object answering to this cheerful description, and the police began to look into the matter. Whereupon the appearances grew less frequent, and some of the Boys of the regiment thankfully stated that they had not been so free from ghostly visitation for years as they had become since their arrival in Casterbridge.

This playing at ghosts was the most innocent of the amusements indulged in by the choice young spirits who inhabited the lichened, red-brick building at the top of the town bearing "W. D." and a broad arrow on its quoins. Far more serious escapades—levities relating to love, wine, cards, betting—were talked of, with no doubt more or less of exaggeration. That the Hussars, Captain Maumbry included, were the cause of bitter tears to several young women of the town and country is unquestionably true, despite the fact that the gaieties of the young men wore a more staring colour in this old-fashioned place than they would have done in a large and modern city.

II

Regularly once a week they rode out in marching order.

Returning up the town on one of these occasions, the romantic pelisse flapping behind each horseman's shoulder in the soft southwest wind, Captain Maumbry glanced up at the oriel. A mutual nod was exchanged between him and the person who sat there reading. The reader and a friend in the room with him followed the troop with their eyes all the way up the street, till, when the soldiers were opposite the house in which Laura lived, that young lady became discernible in the balcony.

"They are engaged to be married, I hear," said the friend.

"Who—Maumbry and Laura? Never—so soon?"

"Yes."

"He'll never marry. Several girls have been mentioned in connection with his name. I am sorry for Laura."

"Oh, but you needn't be. They are excellently matched."

"She's only one more."

"She's one more, and more still. She has regularly caught him. She is a born player of the game of hearts and she knew how to beat him in his own practices. If there is one woman in the town who has any chance of holding her own and marrying him, she is that woman."

This was true, as it turned out. By natural proclivity Laura had from the first entered heart and soul into military romance as exhibited in the plots and characters of those living exponents of it who came under her notice. From her earliest young womanhood civilians, however promising, had no chance of winning her interest if the meanest warrior were within the horizon. It may be that the position of her uncle's house (which was her home) at the corner of West Street nearest the barracks, the daily passing of the troops, the constant blowing of trumpet-calls a furlong from her windows, coupled with the fact that she knew nothing of the inner realities of military life, and hence idealized it, had also helped her mind's original bias for thinking men-at-arms the only ones worthy of a woman's heart.

Captain Maumbry was a typical prize; one whom all surrounding maidens had coveted, ached for, angled for, wept for, had by her judicious management become subdued to her purpose; and in addition to the pleasure of marrying the man she loved, Laura had the joy of feeling herself hated by the mothers of all the marriageable girls o the neighbourhood.

The man in the oriel went to the wedding; not as a guest, for at this time he was but slightly acquainted with the parties; but mainly because the church was close to his house; partly, too, for a reason which moved many others to be spectators of the ceremony; a subconsciousness that, though the couple might be happy in their experiences, there was sufficient possibility of their being otherwise to colour the musings of an onlooker with a pleasing pathos of conjecture. He could on occasion do a pretty stroke of rhyming in those days, and he beguiled the time of waiting by pencilling on a blank page of his prayer-book a few lines which, though kept private then, may be given here—

AT A HASTY WEDDING

(Triolet)

If hours be years the twain are blest,
For now they solace swift desire
By lifelong ties that tether zest
If hours be years. The twain are blest
Do eastern suns slope never west,
Nor pallid ashes follow fire.
If hours be years the twain are blest
For now they solace swift desire.

As if, however, to falsify all prophecies, the couple seemed to find in marriage the secret of perpetuating the intoxication of a courtship which, on Maumbry's side at least, had opened without serious intent. During the winter following they were the most popular pair in and about

Casterbridge—nay, in South Wessex itself. No smart dinner in the country houses of the younger and gayer families within driving distance of the borough was complete without their lively presence; Mrs. Maumbry was the blithest of the whirling figures at the county ball; and when followed that inevitable incident of garrison-town life, an amateur dramatic entertainment, it was just the same. The acting was for the benefit of such and such an excellent charity—nobody cared what, provided the play were played—and both Captain Maumbry and his wife were in the piece, having been in fact, by mutual consent, the originators of the performance. And so with laughter, and thoughtlessness, and movement, all went merrily. There was a little backwardness in the bill-paying of the couple; but in justice to them it must be added that sooner or later all owings were paid.

III

At the chapel-of-ease attended by the troops there arose above the edge of the pulpit one Sunday an unknown face. This was the face of a new curate. He placed upon the desk, not the familiar sermon book, but merely a Bible. The person who tells these things was not present at that service, but he soon learnt that the young curate was nothing less than a great surprise to his congregation; a mixed one always, for though the Hussars occupied the body of the building, its nooks and corners were crammed with civilians, whom, up to the present, even the least uncharitable would have described as being attracted thither less by the services than by the soldiery.

Now there arose a second reason for squeezing into an already overcrowded church. The persuasive and gentle eloquence of Mr. Sainway operated like a charm upon those accustomed only to the higher and dryer styles of preaching, and for a time the other churches of the town were thinned of their sitters.

At this point in the nineteenth century the sermon was the sole reason for churchgoing amongst a vast body of religious people. The liturgy was a formal preliminary, which, like the Royal proclamation in a court of assize, had to be got through before the real interest began; and on reaching home the question was simply: Who preached, and how did he handle his subject? Even had an archbishop officiated in the service proper nobody would have cared much about what was said or sung. People who had formerly attended in the morning only began to go in the evening, and even to the special addresses in the afternoon.

One day when Captain Maumbry entered his wife's drawing-room, filled with hired furniture, she thought he was somebody else, for he had not come upstairs humming the most catching air afloat in musical circles or in his usual careless way.

"What's the matter, Jack?" she said without looking up from a note she was writing.

"Well—not much, that I know."

"O, but there is," she murmured as she wrote.

"Why—this cursed new lath in a sheet—I mean the new parson! He wants us to stop the band-playing on Sunday afternoons."

Laura looked up aghast.

"Why, it is the one thing that enables the few rational beings hereabouts to keep alive from Saturday to Monday!"

"He says all the town flock to the music and don't come to the service, and that the pieces played are profane, or mundane, or inane, or something—not what ought to be played on Sunday. Of course 'tis Lautmann who settles those things."

Lautmann was the bandmaster. The barrack-green on Sunday afternoons had, indeed, become the promenade of a great many townspeople cheerfully inclined, many even of those who attended in the morning at Mr. Sainway's service; and little boys who ought to have been listening to the curate's afternoon lecture were too often seen rolling upon the grass and making faces behind the more dignified listeners.

Laura heard no more about the matter, however, for two or three weeks, when suddenly remembering it she asked her husband if any further objections had been raised.

"O—Mr. Sainway. I forgot to tell you. I've made his acquaintance.

He is not a bad sort of man."

Laura asked if either Maumbry or some others of the officers did not give the presumptuous curate a good setting down for his interference.

"O well—we've forgotten that. He's a stunning preacher, they tell me."

The acquaintance developed apparently, for the Captain said to her a little later on, "There's a good deal in Sainway's argument about having no band on Sunday afternoons. After all, it is close to his church. But he doesn't press his objections unduly."

"I am surprised to hear you defend him!"

"It was only a passing thought of mine. We naturally don't wish to offend the inhabitants of the town if they don't like it."

"But they do."

The invalid in the oriel never clearly gathered the details of progress in this conflict of lay and clerical opinion; but so it was that, to the disappointment of musicians, the grief of out-walking lovers, and the regret of the junior population of the town and country round, the band-playing on Sunday afternoons ceased in Casterbridge barrack-square.

By this time the Maumbrys had frequently listened to the preaching of the gentle if narrow-minded curate; for these light-natured, hit-or-miss, rackety people went to church like others for respectability's sake. None so Orthodox as your unmitigated worldling. A more remarkable event was the sight to the man in the window of Captain Maumbry and Mr. Sainway walking down the High Street in earnest conversation. On his mentioning this fact to a caller he was assured that it was a matter of common talk that they were always together.

The observer would soon have learnt this with his own eyes if he had not been told. They began to pass together nearly every day. Hitherto Mrs. Maumbry, in fashionable walking clothes, had usually been her husband's companion; but this was less frequent now. The close and singular friendship between the two men went on for nearly a year, when Mr. Sainway was presented to a living in a densely-populated town in the midland counties. He bade the Parishioners of his old place a reluctant farewell and departed, the touching sermon he preached on the occasion being published by the local printer. Everybody was sorry to lose him; and it was with genuine grief that his Casterbridge congregation learnt later on that soon after his induction to his benefice, during some bitter weather, he had fallen seriously ill of inflammation of the lungs, of which he eventually died.

We now get below the surface of things. Of all who had known the dead curate, none grieved for him like the man who on his first arrival had called him a "lath in a sheet." Mrs. Maumbry had never greatly sympathized with the impressive parson; indeed, she had been secretly glad that he had gone away to better himself. He had considerably diminished the pleasures of a woman by whom the joys of earth and good company had been appreciated to the full. Sorry for her husband in his loss of a friend who had been none of hers, she was yet quite unprepared for the sequel.

"There is something that I have wanted to tell lately, dear," he said one morning at breakfast with hesitation. "Have you guessed what it is?"

She had guessed nothing.

"That I think of retiring from the army."

"What!"

"I have thought more and more of Sainway since his death, and of what he used to say to me so earnestly. And I feel certain I shall be right in obeying a call within me to give up this fighting trade and enter the Church."

"What—be a parson?

"Yes."

"But what should I do?"

"Be a parson's wife."

"Never!" she affirmed.

"But how can you help it?"

"I'll run away rather!" she said vehemently.

"No, you mustn't," Maumbry replied, in the tone he used when his mind was made up. "You'll get accustomed to the idea, for I am constrained to carry it out, though it is against my worldly interests. I am forced on by a Hand outside me to tread in the steps of Sainway."

"Jack," she asked, with calm pallor and round eyes; "do you mean to say seriously that you are arranging to be a curate instead of a soldier?"

"I might say a curate is a soldier—of the church militant; but I don't want to offend you with doctrine. I distinctly say, yes."

Late one evening, a little time onward, he caught her sitting by the dim firelight in her room. She did not know he had entered; and he found her weeping.

"What are you crying about, poor dearest?" he said.

She started. "Because of what you have told me!"

The Captain grew very unhappy; but he was undeterred.

In due time the town learnt, to its intense surprise, that Captain Maumbry had retired from the —th Hussars and gone to Fountall Theological College to prepare for the ministry.

IV

"O, the pity of it! Such a dashing soldier—so popular—such an acquisition to the town—the soul of social life here! And now!...One should not speak ill of the dead, but that dreadful Mr. Sainway—it was too cruel of him!"

This is a summary of what was said when Captain, now the Reverend, John Maumbry was enabled by circumstances to indulge his heart's desire of returning to the scene of his former exploits in the capacity of a minister of the Gospel. A low-lying district of the town, which at that date was crowded with impoverished cottagers, was crying for a curate, and Mr. Maumbry generously offered himself as one willing to undertake labours that were certain to produce little result, and no thanks, credit, or emolument.

Let the truth be told about him as a clergyman; he proved to be anything but a brilliant success. Painstaking, single-minded, deeply in earnest as all could see, his delivery was laboured, his sermons were dull to listen to, and alas, too, too long. Even the dispassionate judges who sat by the hour in the bar-parlour of the White Hart—an inn standing at the dividing line between the poor quarter aforesaid and the fashionable quarter of Maumbry's former triumphs, and hence affording a position of strict impartiality—agreed in substance with the young ladies to the westward, though their views were somewhat more tersely expressed: "Surely, God A'mighty spwiled a good sojer to make a bad pa'son when He shifted Cap'n Ma'mbry into a sarpless!"

The latter knew that such things were said, but he pursued his daily labours in and out of the hovels with serene unconcern.

It was about this time that the invalid in the oriel became more than a mere bowing acquaintance of Mrs. Maumbry's. She had returned to the town with her husband, and was living with him in a little house in the centre of his circle of ministration, when by some means she became one of the invalid's visitors. After a general conversation while sitting in his room with a friend of both, an incident led up to the matter that still rankled deeply in her soul. Her face was now paler and thinner than it had been; even more attractive, her disappointments having inscribed themselves as meek thoughtfulness on a look that was once a little frivolous. The two ladies had called to be allowed to use the window for observing the departure of the Hussars, who were leaving for barracks much nearer to London.

The troopers turned the corner of Barrack Road into the top of High Street, headed by their band playing "The girl I left behind me" (which was formerly always the tune for such times, though it is now nearly disused). They came and passed the oriel, where an officer or two, looking up and discovering Mrs. Maumbry, saluted her, whose eyes filled with tears as the notes of the band waned away. Before the little group had recovered from that sense of the romantic which such spectacles impart, Mr. Maumbry came along the pavement. He probably had bidden his former brethren-in-arms a farewell at the top of the street, for he walked from that direction in his rather shabby clerical clothes, and with a basket on his arm which seemed to hold some purchases he had been making for his poorer parishioners. Unlike the soldiers he went along quite unconscious of his appearance or of the scene around.

The contrast was too much for Laura. With lips that now quivered, she asked the invalid what he thought of the change that had come to her.

It was difficult to answer, and with a wilfulness that was too strong in her she repeated the question.

"Do you think," she added, "that a woman's husband has a right to do such a thing, even if he does feel a certain call to it?"

Her listener sympathized too largely with both of them to be anything but unsatisfactory in his reply. Laura gazed longingly out of the window towards the thin dusty line of Hussars, now smalling towards the Mellstock Ridge. "I," she said, "who should have been in their van on the way to London, am doomed to fester in a hole in Durnover Lane!"

Many events had passed and many rumours had been current concerning her before the invalid saw her again after her leave-taking that day.

V

Casterbridge had known many military and civil episodes; many happy times, and times less happy; and now came the time of her visitation. The scourge of cholera had been laid on the suffering country, and the low-lying purlieus of this ancient borough had more than their share of the infliction. Mixen Lane, in the Durnover quarter, and in Maumbry's parish, was where the blow fell most heavily. Yet there was a certain mercy in its choice of a date, for Maumbry was the man for such an hour.

The spread of the epidemic was so rapid that many left the town and took lodgings in the villages and farms. Mr. Maumbry's house was close to the most infected street, and he himself was occupied morn, noon, and night in endeavours to stamp out the plague and in alleviating the sufferings of the victims. So, as a matter of ordinary precaution, he decided to isolate his wife somewhere away from him for a while.

She suggested a village by the sea, near Budmouth Regis, and lodgings were obtained for her at Creston, a spot divided from the Casterbridge valley by a high ridge that gave it quite another atmosphere, though it lay no more than six miles off.

Thither she went. While she was rusticating in this place of safety, and her husband was slaving in the slums, she struck up an acquaintance with a lieutenant in the—st Foot, a Mr. Vannicock, who was stationed with his regiment at the Budmouth infantry barracks. As Laura frequently sat on the shelving beach, watching each thin wave slide up to her, and hearing, without heeding, its gnaw at the pebbles in its retreat, he often took a walk that way.

The acquaintance grew and ripened. Her situation, her history, her beauty, her age—a year or two above his own—all tended to make an impression on the young man's heart, and a reckless flirtation was soon in blithe progress upon that lonely shore.

It was said by her detractors afterwards that she had chosen her lodging to be near this gentleman, but there is reason to believe that she had never seen him till her arrival there. Just now Casterbridge was so deeply occupied with its own sad affairs—a daily burying of the dead and destruction of contaminated clothes and bedding—that it had little inclination to promulgate such gossip as may have reached its ears on the pair. Nobody long considered Laura in the tragic cloud which overhung all.

Meanwhile, on the Budmouth side of the hill the very mood of men was in contrast. The visitation there had been slight and much earlier, and normal occupations and pastimes had been resumed. Mr. Maumbry had arranged to see Laura twice a week in the open air, that she might run no risk from him; and, having heard nothing of the faint rumour, he met her as usual one dry and windy afternoon on the summit of the dividing hill, near where the high road from town to town crosses the old Ridge-way at right angles.

He waved his hand, and smiled as she approached, shouting to her: "We will keep this wall between us, dear." (Walls formed the field-fences here.) "You mustn't be endangered. It won't be for long, with God's help!"

"I will do as you tell me, Jack. But you are running too much risk yourself, aren't you? I get little news of you; but I fancy you are."

"Not more than others."

Thus somewhat formally they talked, an insulating wind beating the wall between them like a mill-weir.

"But you wanted to ask me something?" he added.

"Yes. You know we are trying in Budmouth to raise some money for your sufferers; and the way we have thought of is by a dramatic performance. They want me to take a part."

His face saddened. "I have known so much of that sort of thing, and all that accompanies it! I wish you had thought of some other way."

She said lightly that she was afraid it was all settled. "You object to my taking a part, then? Of course—"

He told her that he did not like to say he positively objected. He wished they had chosen an oratorio, or lecture, or anything more in keeping with the necessity it was to relieve.

"But," said she impatiently, "people won't come to oratorios or lectures! They will crowd to comedies and farces."

"Well, I cannot dictate to Budmouth how it shall earn the money it is going to give us. Who is getting up this performance?"

"The boys of the —st."

"Ah, yes; our old game!" replied Mr. Maumbry. "The grief of Casterbridge is the excuse for their frivolity. Candidly, dear Laura, I wish you wouldn't play in it. But I don't forbid you to. I leave the whole to your judgment."

The interview ended, and they went their ways northward and southward. Time disclosed to all concerned that Mrs. Maumbry played in the comedy as the heroine, the lover's part being taken by Mr. Vannicock.

VI

Thus was helped on an event which the conduct of the mutually-attracted ones had been generating for some time.

It is unnecessary to give details. The —st Foot left for Bristol, and this precipitated their action. After a week of hesitation she agreed to leave her home at Creston and meet Vannicock on the ridge hard by, and to accompany him to Bath, where he had secured lodgings for her, so that she would be only about a dozen miles from his quarters.

Accordingly, on the evening chosen, she laid on her dressing-table a note for her husband, running thus—

DEAR JACK,

I am unable to endure this life any longer, and I have resolved to put man end to it. I told you I should run away if you persisted in being a clergyman, and now I am doing it. One cannot help one's nature. I have resolved to throw in my lot with Mr. Vannicock, and I hope rather than expect you will forgive me.

L.

Then, with hardly a scrap of luggage, she went, ascending to the ridge in the dusk of early evening. Almost on the very spot where her husband had stood at their last tryst she beheld the outline of Vannicock, who had come all the way from Bristol to fetch her.

"I don't like meeting here—it is so unlucky!" she cried to him. "For God's sake let us have a place of our own. Go back to the milestone, and I'll come on."

He went back to the milestone that stands on the north slope of the ridge, where the old and new roads diverge, and she joined him there.

She was taciturn and sorrowful when he asked her why she would not meet him on the top. At last she inquired how they were going to travel.

He explained that he proposed to walk to Mellstock Hill, on the other side of Casterbridge, where a fly was waiting to take them by a cross-cut into the Ivell Road, and onward to that town. The Bristol railway was open to Ivell.

This plan they followed, and walked briskly through the dull gloom till they neared Casterbridge, which place they avoided by turning to the right at the Roman Amphitheatre and bearing round to Durnover Cross.

Thence the way was solitary and open across the moor to the hill whereon the Ivell fly awaited them.

"I have noticed for some time," she said, "a lurid glare over the Durnover end of the town. It seems to come from somewhere about Mixen Lane."

"The lamps," he suggested.

"There's not a lamp as big as a rushlight in the whole lane. It is where the cholera is worst."

By Standfast Corner, a little beyond the Cross, they suddenly obtained an end view of the lane. Large bonfires were burning in the middle of the way, with a view to purifying the air; and from the wretched tenements with which the lane was lined in those days persons were bringing out bedding and clothing. Some was thrown into the fires, the rest placed in wheelbarrows and wheeled into the moor directly in the track of the fugitives.

They followed on, and came up to where a vast copper was set in the open air. Here the linen was boiled and disinfected. By the light of the lanterns Laura discovered that her husband was standing by the copper, and that it was he who unloaded the barrow and immersed its contents. The night was so calm and muggy that the conversation by the copper reached her ears.

"Are there many more loads to-night?"

"There's the clothes o' they that died this afternoon, sir. But that might bide till to-morrow, for you must be tired out."

"We'll do it at once, for I can't ask anybody else to undertake it. Overturn that road on the grass and fetch the rest."

The man did so and went off with the barrow. Maumbry paused for a moment to wipe his face, and resumed his homely drudgery amid this squalid and reeking scene, pressing down and stirring the contents of the copper with what looked like an old rolling-pin. The steam therefrom, laden with death, travelled in a low trail across the meadow.

Laura spoke suddenly: "I won't go to-night after all. He is so tired, and I must help him. I didn't know things were so bad as this!"

Vannicock's arm dropped from her waist, where it had been resting as they walked. "Will you leave?" she asked.

"I will if you say I must. But I'd rather help too." There was no expostulation in his tone.

Laura had gone forward. "Jack," she said, "I am come to help!"

The weary curate turned and held up the lantern. "O—what, is it you, Laura?" he asked in surprise. "Why did you come into this? You had better go back—the risk is great."

"But I want to help you, Jack. Please let me help! I didn't come by myself—Mr. Vannicock kept me company. He will make himself useful too, if he's not gone on. Mr. Vannicock!"

The young lieutenant came forward reluctantly. Mr. Maumbry spoke formally to him, adding as he resumed his labour, "I thought the —st Foot had gone to Bristol."

"We have. But I have run down again for a few things."

The two newcomers began to assist, Vannicock placing on the ground the small bag containing Laura's toilet articles that he had been carrying. The barrowman soon returned with another load, and all continued work for nearly a half-hour, when a coachman came out from the shadows to the north.

"Beg pardon, sir," he whispered to Vannicock, "but I've waited so long on Mellstock hill that at last I drove down to the turnpike; and seeing the light here, I ran on to find out what had happened."

Lieutenant Vannicock told him to wait a few minutes, and the last barrow-load was got through. Mr. Maumbry stretched himself and breathed heavily saying, "There; we can do no more."

As if from the relaxation of effort he seemed to be seized with violent pain. He pressed his hands to his sides and bent forward.

"Ah! I think it has got hold of me at last," he said with difficulty. "I must try to get home. Let Mr. Vannicock take you back, Laura."

He walked a few steps, they helping him, but was obliged to sink down on the grass.

"I am—afraid—you'll have to send for a hurdle, or shutter, or something," he went on feebly, "or try to get me into the barrow."

But Vannicock had called to the driver of the fly, and they waited until it was brought on from the turnpike hard by. Mr. Maumbry was placed therein. Laura entered with him, and they drove to his humble residence near the Cross, where he was got upstairs.

Vannicock stood outside by the empty fly awhile, but Laura did not reappear. He thereupon entered the fly and told the driver to take him back to Ivell.

VII

Mr. Maumbry had over-exerted himself in the relief of the suffering poor, and fell a victim—one of the last—to the pestilence which had carried off so many. Two days later he lay in his coffin.

Laura was in the room below. A servant brought in some letters, and she glanced them over. One was the note from herself to Maumbry, informing him that she was unable to endure life with him any longer and was about to elope with Vannicock. Having read the letter she took it upstairs to where the dead man was, and slipped it into his coffin. The next day she buried him.

She was now free.

She shut up his house at Durnover Cross and returned to her lodgings at Creston. Soon she had a letter from Vannicock, and six weeks after her husband's death her lover came to see her.

"I forgot to give you back this—that night," he said presently, handing her the little bag she had taken as her whole luggage when leaving.

Laura received it and absently shook it out. There fell upon the carpet her brush, comb, slippers, night-dress, and other simple necessaries for a journey. They had an intolerably ghastly look now, and she tried to cover them.

"I can now," he said, "ask you to belong to me legally—when a proper interval has gone—instead of as we meant."

There was languor in his utterance, hinting at a possibility that it was perfunctorily made. Laura picked up her articles, answering that he certainly could so ask her—she was free. Yet not her expression either could be called an ardent response. Then she blinked more and more quickly and put her handkerchief to her face. She was weeping violently.

He did not move or try to comfort her in any way. What had come between them? No living person. They had been lovers. There was now no material obstacle whatever to their union. But there was the insistent shadow of that unconscious one; the thin figure of him, moving to and fro in front of the ghastly furnace in the gloom of Durnover Moor.

Yet Vannicock called upon Laura when he was in the neighbourhood, which was not often; but in two years, as if on purpose to further the marriage which everybody was expecting, the—st Foot returned to Budmouth Regis.

Thereupon the two could not help encountering each other at times. But whether because the obstacle had been the source of the love, or from a sense of error, and because Mrs. Maumbry bore a less attractive look as a widow than before, their feelings seemed to decline from their former incandescence to a mere tepid civility. What domestic issues supervened in Vannicock's further story the man in the oriel never knew; but Mrs. Maumbry lived and died a widow.

1900

Old Mrs. Chundle

The curate had not been a week in the parish, but the autumn morning proving fine he thought he would make a little water-colour sketch, showing a distant view of the Corvsgate ruin two miles off, which he had passed on his way hither. The sketch occupied him a longer time than he had anticipated. The luncheon hour drew on, and he felt hungry.

Quite near him was a stone-built old cottage of respectable and substantial build. He entered it, and was received by an old woman.

"Can you give me something to eat, my good woman?" he said. She held her hand to her ear.

"Can you give me something for lunch?" he shouted.

"Bread-and-cheese—anything will do."

A sour look crossed her face, and she shook her head. "That's unlucky," murmured he.

She reflected and said more urbanely: "Well, I'm going to have my own bit o' dinner in no such long time hence. 'Tis taters and cabbage, boiled with a scantling o' bacon. Would ye like it? But I suppose 'tis the wrong sort, and that ye would sooner have bread-and-cheese?"

"No, I'll join you. Call me when it is ready. I'm just out here."

"Ay, I've seen ye. Drawing the old stones, bain't ye?"

"Yes, my good woman."

"Sure 'tis well some folk have nothing better to do with their time. Very well. I'll call ye, when I've dished up."

He went out and resumed his painting; till in about seven or ten minutes the old woman appeared at her door and held up her hand. The curate washed his brush, went to the brook, rinsed his hands proceeded to the house.

"There's yours," she said, pointing to the table. "I'll have my bit here." And she denoted the settle.

"Why not join me?"

"Oh, faith, I don't want to eat with my betters—not I." And she continued firm in her resolution, and eat apart.

The vegetables had been well cooked over a wood fire—the only way to cook a vegetable properly—and the bacon was well-boiled. The curate ate heartily: he thought he had never tasted such potatoes and cabbage in his life, which he probably had not, for they had been just brought in from the garden, so that the very freshness of the morning was still in them. When he had finished he asked her how much he owed for the repast, which he had much enjoyed.

"Oh, I don't want to be paid for that bit of snack 'a b'lieve!"

"But really you must take something. It was an excellent meal."

"'Tis all my own growing, that's true. But I don't take money for a bit o' victuals. I've never done such a thing in my life."

"I should feel much happier if you would."

She seemed unsettled by his feeling, and added as by compulsion, "Well, then; I suppose twopence won't hurt ye?"

"Twopence?"

"Yes. Twopence."

"Why, my good woman, that's no charge at all. I am sure it is worth this, at least." And he laid down a shilling.

"I tell 'ee 'tis twopence, and no more!" she said firmly. "Why, bless the man, it didn't cost me more than three halfpence, and that leaves me a fair quarter profit. The bacon is the heaviest item; that may perhaps be a penny. The taters I've got plenty of, and the cabbage is going to waste."

He thereupon argued no further, paid the limited sum demanded, and went to the door. "And where does that road lead?" he asked, by way of engaging her in a little friendly conversation before parting, and pointing to a white lane which branched from the direct highway near her door.

"They tell me that it leads to Enckworth."

"And how far is Enckworth?"

"Three mile, they say. But God knows if 'tis true."

"You haven't lived here long, then?"

"Five-and-thirty year come Martinmas."

"And yet you have never been to Enckworth?"

"Not I. Why should I ever have been to Enckworth? I never had any business there—a great mansion of a place, holding people that I've no more doings with than with the people of the moon. No, there's on'y two places I ever go to from year's end that's once a fortnight to Anglebury, to do my bit o' marketing; and once a week to my parish church."

"Which is that?"

"Why, Kingscreech."

"Oh—then you are in my parish?"

"Maybe. Just on the outskirts."

"I didn't know the parish extended so far. I'm a newcomer. Well, I hope we may meet again. Good afternoon to you."

When the curate was next talking to his rector he casually observed: "By the way, that's a curious old soul who lives out towards Corvsgate—old Mrs.— I don't know her name—a deaf old woman."

"You mean old Mrs. Chundle, I suppose."

"She tells me she's lived there five-and-thirty years, and has never been to Enckworth, three miles off. She goes to two places only, from year's end to year's end—to the market town, and to church on Sundays."

"To church on Sundays. H'm. She rather exaggerates her travels, to my thinking. I've been rector here thirteen years, and I have certainly never seen her at church in my time."

"A wicked old woman. What can she think of herself for such deception!"

"She didn't know you belonged here when she said it, and could find out the untruth of her story. I warrant she wouldn't have said it to me!" And the rector chuckled.

On reflection the curate felt that this was decidedly a case for his ministrations, and on the first spare morning he strode across to the cottage beyond the ruin. He found its occupant of course at home.

"Drawing picters again?" she asked, looking up from the hearth, where she was scouring the fire-dogs.

"No. I come on more important matters, Mrs. Chundle. I am the new curate of this parish."

"You said you was last time. And after you had told me and went away I said to myself, he'll be here again sure enough, hang me if I didn't. And here you be."

"Yes. I hope you don't mind?"

"Oh, no. You find us a roughish lot, I make no doubt?"

"Well, I won't go into that. But I think it was a very culpable—unkind thing of you to tell me you came to church every Sunday, when I find you've not been seen there for years."

"Oh—did I tell 'ee that?"

"You certainly did."

"Now I wonder what I did that for?"

"I wonder too."

"Well, you could ha' guessed, after all, that I didn't come to any service. Lord, what's the good o' my lumpering all the way to church and back again, when I'm as deaf as a plock? Your own common sense ought to have told 'ee that 'twas but a figure o' speech, seeing you as a pa'son."

"Don't you think you could hear the service if you were to sit close to the reading-desk and pulpit?"

"I'm sure I couldn't. O no—not a word. Why I couldn't hear anything even at that time when Isaac Coggs used to cry the Amens out loud beyond anything that's done nowadays, and they had the barrel-organ for the tunes—years and years agone, when I was stronger in my narves than now."

"H'm—I'm sorry. There's one thing I could do, which I would with pleasure, if you'll use it. I could get you an ear-trumpet. Will you use it?"

"Ay, sure. That I woll. I don't care what I use—'tis all the same to me."

"And you'll come?"

"Yes. I may as well go there as bide here, I suppose."

The ear-trumpet was purchased by the zealous young man, and the next Sunday, to the great surprise of the parishioners when they arrived, Mrs. Chundle was discovered in the front seat of the nave of Kingscreech Church, facing the rest of the congregation with an unmoved countenance.

She was the centre of observation through the whole morning

service. The trumpet, elevated at a high angle, shone and flashed in the sitters' eyes as the chief object in the sacred edifice.

The curate could not speak to her that morning, and called the next day to inquire the result of the experiment. As soon as she saw him in the distance she began shaking her head.

"No; no;" she said decisively as he approached. "I knowed 'twas all nonsense."

"What?"

"'Twasn't a mossel o' good, and so I could have told 'ee before. A wasting your money in jimcracks upon a' old 'ooman like me."

"You couldn't hear? Dear me—how disappointing."

"You might as well have been mouthing at me from the top o' Creech Barrow."

"That's unfortunate."

"I shall never come no more—never—to be made such a fool of as that again."

The curate mused. "I'll tell you what, Mrs. Chundle. There's one thing more to try, and only one. If that fails I suppose we shall have to give it up. It is a plan I have heard of, though I have never myself tried it; it's having a sound-tube fixed, with its lower mouth in the seat immediately below the pulpit, where you would sit, the tube running up inside the pulpit with its upper end opening in a bell-mouth just beside the book-board. The voice of the preacher enters the bell-mouth, and is carried down directly to the listener's ear. Do you understand?"

"Exactly."

"And you'll come, if I put it up at my own expense?"

"Ay, I suppose. I'll try it, e'en though I said I wouldn't. I may as well do that as do nothing, I reckon."

The kind-hearted curate, at great trouble to himself, obtained the tube and had it fixed vertically as described, the upper mouth being immediately under the face of whoever should preach, and on the following Sunday morning it was to be tried. As soon as he came from the vestry the curate perceived to his satisfaction Mrs. Chundle in the seat beneath, erect and at attention, her head close to the lower orifice of the sound-pipe, and a look of great complacency that her soul required a special machinery to save it, while other people's could be saved in a commonplace way. The rector read the prayers from the desk on the opposite side, which part of the service Mrs. Chundle could follow easily enough by the help of the prayer-book; and in due course the curate mounted the eight steps into the wooden octagon, gave out his text, and began to deliver his discourse.

It was a fine frosty morning in early winter, and he had not got far with his sermon when he became conscious of a steam rising from the bell-mouth of the tube, obviously caused by Mrs. Chundle's breathing at the lower end, and it was accompanied by a suggestion of onion-stew. However he preached on awhile, hoping it would cease, holding in his left hand his finest cambric handkerchief kept especially for Sunday morning services. At length, no longer able to endure the odour, he lightly dropped the handkerchief into the bell of the tube, without stopping for a moment the eloquent flow of his words; and he had the satisfaction of feeling himself in comparatively pure air.

He heard a fidgeting below; and presently there arose to him over the pulpit-edge a hoarse whisper: "The pipe's chokt!"

"Now, as you will perceive, my brethren," continued the curate, unheeding the interruption; "by applying this test to ourselves, our discernment of—"

"The pipe's chokt!" came up in a whisper yet louder and hoarser.

"Our discernment of actions as morally good, or indifferent, will be much quickened, and we shall be materially helped in our—"

Suddenly came a violent puff of warm wind, and he beheld his handkerchief rising from the bell of the tube and floating to the pulpit-floor. The little boys in the gallery laughed, thinking it a miracle. Mrs. Chundle had, in fact, applied her mouth to the bottom end, blown with all her might, and cleared the tube. In a few seconds the atmosphere of the pulpit became as before, to the curate's great discomfiture. Yet stop the orifice again he dared not, lest the old woman should make a still greater disturbance and draw the attention of the congregation to this unseemly situation.

"If you carefully analyze the passage I have quoted," he continued in somewhat uncomfortable accents, "you will perceive that it naturally suggests three points for consideration—"

("It's not onions; it's peppermint," he said to himself.)

"Namely, mankind in its unregenerate state—"

("And cider.")

"The incidence of the law, and loving kindness or grace, which we will now severally consider—"

("And pickled cabbage. What a terrible supper she must have made!")

"Under the twofold aspect of external and internal consciousness."

Thus the reverend gentleman continued strenuously for perhaps five minutes longer: then he could stand it no more. Desperately thrusting his thumb into the hole he drew the threads of his distracted plug. But he stuck to the hole, and brought his sermon to a premature close.

He did not call on Mrs. Chundle the next week, a slight cooling of his zeal for her spiritual welfare being manifest; but he encountered her at the house of another cottager whom he was visiting; and she immediately addressed him as a partner in the same enterprize.

"I could hear beautiful!" she said. "Yes; every word! Never did I know such a wonderful machine as that there pipe. But you forgot what you was doing once or twice, and put your handkercher on the top o' en, and stopped the sound a bit. Please not to do that again, for it makes me lose a lot. Howsomever, I shall come every Sunday morning reg'lar now, please God."

The curate quivered internally.

"And will ye come to my house once in a while and read to me?"

"Of course."

Surely enough the next Sunday the ordeal was repeated for him. In the evening he told his trouble to the rector. The rector chuckled.

"You've brought it upon yourself." he said. "You don't know this parish so well as I. You should have left the old woman alone."

"I suppose I should!"

"Thank Heaven, she thinks nothing of my sermons, and doesn't come when I preach. Ha, ha!"

"Well," said the curate somewhat ruffled, "I must do something. I cannot stand this. I shall tell her not to come."

"You can hardly do that."

"And I've half-promised to go and read to her. But—I shan't go."

"She's probably forgotten by this time that you promised."

A vision of his next Sunday in the pulpit loomed horridly before the young man, and at length he determined to escape the experience. The pipe should be taken down. The next morning he gave directions, and the removal was carried out.

A day or two later a message arrived from her, saying that she wished to see him. Anticipating a terrific attack from the irate old woman he put off going to her for a day, and when he trudged out towards her house on the following afternoon it was in a vexed mood. Delicately nurtured man as he was he had determined not to re-erect the tube, and hoped he might hit on some new modus vivendi, even if at the any inconvenience to Mrs. Chundle, in a situation that had become intolerable as it was last week.

"Thank Heaven, the tube is gone," he said to himself as he walked; "and nothing will make me put it up again!"

On coming near he saw to his surprise that the calico curtains of the cottage windows were all drawn. He went up to the door, which was ajar; and a little girl peeped through the opening.

"How is Mrs. Chundle?" he asked blandly.

"She's dead, sir." said the girl in a whisper.

"Dead?...Mrs. Chundle dead?"

"Yes, sir."

A woman now came. "Yes, 'tis so, sir. She went off quite sudden-like about two hours ago. Well, you see, sir, she was over seventy years of age, and last Sunday she was rather late in starting for church, having to put her bit o' dinner ready before going out; and was very anxious to be in time. So she hurried overmuch, and runned up the hill, which at her time of life she ought not to have done. It upset her heart, and she's been poorly all the week since, and that made her send for 'ee. Two or three times she said she hoped you would come soon, as you'd promised to, and you were so staunch and faithful in wishing to do her good, that she knew ’twas not by your own wish you didn’t arrive. But she would not let us send again, as it might trouble ’ee too much, and there might be other poor folks needing you. She worried to think she might not be able to listen to ’ee next Sunday, and feared you’d be hurt at it, and think her remiss. But she was eager to hear you again later on. However, ’twas ordained otherwise for the poor soul, and she was soon gone. ‘I’ve found a real friend at last,’ she said. ‘He’s a man in a thousand. He’s not ashamed of a’ old woman, and he holds that her soul is worth saving as well as richer people’s.’ She said I was to give you this.”

It was a small folded piece of paper, directed to him and sealed with a thimble. On opening it he found it to be what she called her will, in which she had left him her bureau, case-clock, settle, four-post bedstead, and framed sampler—in fact all the furniture of any account that she possessed.

The curate went out, like Peter at the cock-crow. He was a meek young man, and as he went his eyes were wet. When he reached a lonely place in the lane he stood still thinking, and kneeling down in the dust of the road rested his elbow in one hand and covered his face with the other. Thus he remained some minute or so, a black shape on the hot white of the sunned trackway; till he rose, brushed the knees of his trousers, and walked on.

About 1888—1890; Published in 1929

图书在版编目（CIP）数据

一个想象力丰富的女人：哈代短篇小说选：汉英对照 /（英）托马斯·哈代（Thomas Hardy）著；张成萍译．—南京：译林出版社，2019.1

（双语译林．壹力文库）

ISBN 978-7-5447-7594-6

Ⅰ.①一… Ⅱ.①托… ②张… Ⅲ.①英语－汉语－对照读物②短篇小说－小说集－英国－现代 Ⅳ.①H319.4: I

中国版本图书馆CIP数据核字（2018）第264066号